Kobo Abe Exhibition:

An Axis of

21st Century Literature

生誕100年

安部公房

21世紀文学の基軸

県立神奈川近代文学館 編
公益財団法人神奈川文学振興会 編

平凡社

ABE
KOBO

0
1

NEC NWP-10N

MINOLTA
AUTO CLE
MINOLTA
Nikon
CONTAX 87mm 1A MC
Carl Zeiss
CONTAX 87mm 1A MC
Softar I 55mm
AUTOMATIC
350
POLAROID

MINOX
35 ML
Mamiya RB67
ZEISS IKON
海鷗
FUJITA66
RTS CONTAX
RTS CONTAX

SYNTHI
EMS
SYNTHI AKS

right
outputs
ch. 1
ch. 2
control outputs
ch. 1
ch. 2
hi. level inputs
ch. 1
ch. 2
mic. 600 Ω
FILTER / OSCILLATOR
frequency
response
level
low pass
osc.
RING MOD.
level
control voltages
signal levels
110
ENVELOPE SHAPER
attack
on
decay
off
slow
long
slow
FILTER
channel 2
low
high
NNEL 2
level
signal inputs
control inputs
output ch 1
meter
output ch 2
envelope
ring mod
A
B
reverb
filter
osc. freq.
1
2
3
decay
reverb mix
filter frq
out-put ch. level
1
2
output ch 1
output ch 2
oscillator 1
oscillator 2
oscillator 3
noise
input
ch 1
ch 2
filter
trapezoid
env. signal
ring mod
reverb
stick
sources
treatments
A B C D E F G H I J K L M N O P
Made in England by:
E.M.S (London) Ltd
SYNTHI

ENVELOPE GENERATOR 2
HOLD TIME
ATTACK TIME
DECAY TIME
SUSTAIN LEVEL
RELEASE TIME
VOLTAGE CONTROLLED OSCILLATOR 1
VOLTAGE CONTROLLED OSCILLATOR 2
VCO MIXER
VOLTAGE CONTROLLED HP FILTER
VOLTAGE CONTROLLED LP FILTER
VOLTAGE CONTROLLED AMPLIFIER
VOLUME
SIGNAL OUT
PHONES
POWER OFF
TOTAL
EXT SIGNAL IN
CUTOFF FREQ
3VPP MAX
MODULATION GENERATOR
CLOCK
REV OUT
SAMPLE & HOLD
VCA
VCO 1+2 CV IN
KBD CV OUT
TRIG IN
KBD
TRIG OUT
EXTERNAL SIGNAL PROCESSOR
SIGNAL IN
AMP
OUT
BAND PASS FILTER
F∝V CV OUT
PEAK
ENVELOPE FOLLOWER
ENV OUT
TRIG OUT
SIGNAL LEVEL
LOW CUT FREQ
HIGH CUT FREQ
CV ADJUST
THRESHOLD LEVEL
KORG
SYNTHESIZER

VOLTAGE CONTROLLED OSCILLATOR 1
VOLTAGE CONTROLLED OSCILLATOR 2
VCO MIXER
VOLTAGE CONTROLLED HIGHPASS FILTER
VOLTAGE CONTROLLED LOWPASS FILTER
VOLTAGE CONTROLLED
WAVE FORM
WAVE FORM
RING
VCO 1 LEVEL
CUTOFF FREQUENCY
CUTOFF FREQUENCY
EG 2 & EXT
PW
PITCH
VCO 2 LEVEL
PEAK
PEAK
MODULATION GENERATOR
SCALE
SCALE
FREQUENCY MODULATION
CUTOFF FREQUENCY MODULATION
CUTOFF FREQUENCY MODULATION
PORTAMENTO
MASTER TUNE
MG/T.EXT
MG/T.EXT
MG/T.EXT
WAVE FORM
TIME
EG1/EXT
EG2/EXT
EG2/EXT
FREQUENCY

NGK
89-12

THE タバコ
COLUMBIA
MILD SEVEN

NEC 文豪3MII
0
1
電源

Gimel
TV
サイズ

p1自作の印章｜p2 パイプ｜p3 万年筆｜p4-5 ワープロ（NEC 文豪 NWP-10N）｜p6-7 カメラ、レンズなど
p8-9 シンセサイザー（EMS SYNTHI AKS）｜p10-11 シンセサイザー（KORG MS-20）｜p12 イカ釣り漁船のランプ
p13 碍子｜p14-15 モデルガン｜p16-17 自作のオブジェ（FBI長官の顔）｜p18 マジックグッズが入ったケース
p19 ルービックキューブ｜p20-21 ブタの貯金箱｜p22-23 ワープロ（NEC 文豪 3M II）（撮影・望月孝）
p24「繭の内側」ヴィデオ・インスタレーション　2002年（平成14）　制作・近藤一弥

生誕１００年

安部公房——21世紀文学の基軸

平凡社

目次

カバー：箱根の書斎で 一九八四年（昭和五九）八月 撮影・新田敞 写真提供・新潮社
前見返し：左から安部ヨリミ、春光、公房 一九二七年（昭和二）ころ 奉天の自宅前で
後見返し：箱根の書斎の壁 一九九三年（平成五）一月 撮影・安部ねり

凡例

一　本書は、県立神奈川近代文学館の特別展「安部公房展——21世紀文学の基軸」（二〇二四年十月十二日［土］—十二月八日［日］、編集委員：三浦雅士）の公式図録として企画・編集された。

二　資料の所蔵先は、団体所蔵のもののみを明記し、個人蔵の資料はその旨の記載をしていない。

三　本書全体を通して、基本的に新字、新かなを使用した。引用、書簡の翻刻などは典拠資料に従い、一部旧かなとした。

四　図版キャプション等にて、推定とされるものは、［］内に表記した。

五　今日においては不適切と思われる表現・用語が使用されている箇所があるが、時代的背景および作者の表現・表記を尊重する立場から、原資料のままとした。

安部公房　1976年（昭和51）ころ

いまなぜ安部公房か？——漱石、賢治、安部公房という視点

三浦雅士

1　インターネットを予告した作家

生誕百年を記念して安部公房をさまざまな角度から捉えなおしてみるという企画はなるほど文学館にふさわしい、それだけで十分ではないか、と顰蹙を買いそうな表題になってしまったが、少なくとも安部公房に関しては、それだけでは済まないところがあるのだ。どうしても「いまなぜ安部公房か？」という問いを掲げ、それに答えるというかたちを採らなければならない理由があるのである。

それは、二十世紀末から二十一世紀にかけてメディアが大きく変容してしまったから、という理由である。メディアすなわち人間の意識の媒体、いや人類の意識の媒体、言葉を動き回らせる媒体が、あっというまに、それも全世界的に、変わってしまったからという理由だ。安部公房にはこの変容を見越したうえでその全創作活動を展開していたとしか思えないところがある。

そのことは、第二次大戦直後というべき昭和二十三年（一九四八年）に刊行された『終りし道の標べに』

から、昭和二十六年（一九五一年）に刊行された『壁』への飛躍ひとつに明らかである。著者二十四歳の晦渋な思想小説から、二十七歳の軽快なＳＦ小説への変容。文体も「である」調から「ですます」調に変わった。ここで重要なのは、しかし、にもかかわらず主題のほうは驚くほど一貫していたということである。問われているのは同じ問題なのだが、攻め方がガラリと変わってしまったのである。『終りし道の標べに』の冒頭近く、主題を明示した箇所を引く。

自我の最後の輪郭を失い始めていると言う自覚は、苦しい心の中でも消えずに脈打って、荒い郷愁の息づかいを全存在にふきかける。／私にはもう《斯く在る》という事が理解出来なくなってしまった。而もなお《斯く在る》のだとすれば……。

《斯く在る》とはつまり「私がいまここにこのようにして在る」ということである。それがどのようなことであるのか、分からなくなってしまったというのだ。

これは、洋の東西を問わず、近代において広く青年に蔓延した心情である。じつは青年であること自体が流行の産物なのだが、宗教革命の後に啓蒙主義と科学革命の波が押し寄せたところではどこでも、まず強烈な無神論つまりニヒリズムが、とりわけそれこそ青年のあいだに病のように流行した。この衝撃の強さについては、神の不在を恐怖する人間がいまなお少なくないことを思うべきである。次に、理性によると称された市民革命が訪れ、やがて社会主義運動が蔓延し、科学的と称する共産主義まで登場した。似たようなサイクルは人類史のいたるところ——たとえば仏教の盛衰など——に見られただろうが、一般教育が普及しはじめた——つまり青年の数が爆発的に増えた——十九世紀、二十世紀においてそれはとりわけ強烈だった。

引用した『終りし道の標べに』の一節は、そういう思潮の底に潜む心情を的確に捉えていると言っていい。中原中也の流儀で言えば「気が付いたら居たんですからね」であり、埴谷雄高の流儀で言えば「存在の不快」であり、『壁』と同じ一九五一年に邦訳が刊行されたサルトルの『嘔吐』(原著一九三八年)の流儀で言えば「不条理」つまり生きることの「馬鹿馬鹿しさ」である。

当時、世界的に流行しはじめた実存主義的心情と言えば話が早いかもしれないが、安部の場合はしかし、参照すべき哲学者としては、同じ実存主義者でもサルトルよりもむしろメルロ゠ポンティの名を挙げるべきだろう。メルロ゠ポンティは、安部の『終りし道の標べに』に三年先立つ『知覚の現象学』(一九四五年)において、アランの『精神と情熱に関する八十一章』(一九二一年)とカッシーラーの『シンボル形式の哲学』(一九二三—二九年)を繰り返し取り上げて批判かつ吟味し、両者ともにヘルムホルツのいまや広く知られるようになった考え方「知覚は無意識の推理」を前提として論を進めていることに、それとなく注意を促している。アランとカッシーラーに底流するのは、存在の問題とは何よりもまず意識の問題——その対象化に不可欠な言語の問題——であり、意識の謎の解明こそ存在の謎の解明に繋がるとする考え方である。瞬間的な意識さえも無限に分割できるのだ。いや、分割されなければならない。『終りし道の標べに』から『壁』への飛躍において浮き彫りにされたのはまさにこの問題にほかならなかった。

視覚にせよ聴覚にせよ、瞬時の体験に思えるが、そうではない。ヘルムホルツの慧眼は瞬間もまた無限の分割を孕むという着想にあった。知覚は意識することだから無意識は介在しないはずだが、鮮明な知覚の背後には数十、数百の推理すなわち予想が潜み、文字通り、高速度の当たり外れを繰り返している。能動的な行為であるにもかかわらず、主体はそれを意識しないし、場合によっては意識できないのである。無意識という語が使用された理由だが、その無意識の概念が、ほぼ半世紀後にフロイトが精神分析で解明しようとした無意識とは違ってはるかに明晰であることは、「知覚は無意識の推理」という考え方が、いまや生理学、物理学、数学などと連携して新たな地平を切り拓いていることからも明らかである。解釈学と科学の違いだが、ポパーではないが、精神分析にはマルクス主義同様、確かに科学よりも宗教に近いところがある。理性と感性は截然と区別されるようなものではない。

安部の描く《斯く在る》ことへのこだわりと不安も、このような意識のありようと無縁ではない。サルトルやメルロ゠ポンティもまた、同じようなこだわりと不安からフッサールの現象学やハイデガーの実存主義に引き寄せられてゆき、さらにおしなべてマルクス主義の影響を受けるわけだが、安部を含め三者三様に対応は違っていた。二十世紀の思想と政治の流れはマルクス主義が猛威を振るったという事実を逸しては語れないが、さらに重要なのは、その底流に《斯く在る》ことの根本的な不条理が意識に強いるニヒリズムがあったということである。こうして知識人、とりわけ青年たちは、倫理の新たな代替物としてのマルクス主義に近づいたわけだが、期待は強制収容所から生体臓器移植へといたるマルクス主義の現実の展開によって見事に裏切られた。マルクスとエンゲルスは天国の名のもとに地獄を作ったようなものだったのだ。その後に、なぜかまさに満を持したかのようにインターネット革命が続くわけだが、これはいま始まったばかりであって、したがって誰もまだその因果関係の意味するところまで本格的に論じるにはいたっていない。

安部には、この展開のすべてを予期していたのではないかと思わせるところがある。次々に繰り出される主題の展開がそう思わせるのである。一九八四年の長篇『方舟さくら丸』には、安部の初期の文学活動と後期の演劇活動を止揚した趣があるが——廃墟となった地下の石切場が舞台、登場人物が役者である——、それ以上に、自身にとって革命運動とはいったい何であったのかという問いへの答え、総括のように見えるところがある。「方舟さくら丸」とは理想の共産主義社会の隠喩——闇と湿気はその社会への秘かな批評と言うべきだろう——にほかならないが、香具師として登場した「昆虫屋」がいつしか独裁的軍人に変容する結末近くの筆致などには、刊行が天安門事件、ソ連崩壊以前であることを思えば、安部の慧眼が十分に発揮されているというほかない。廃墟に潜む人々は外部が核戦争によって滅亡したと思い込んでいるが、思い込ませるように仕組んだ主人公は外部に逃れ出て日常が続いていることを疲労困憊した眼で確認するのである。この結末は鮮烈だ。革命であれ日常であれ、現実とは要するに意識の問題にすぎない。意識すなわちインターネットの場であり、意識があらゆる角度から試される場にほかならないのである。

安部はメルロ＝ポンティに近いと言っていいが、意識の謎の新たな解明としてインターネット革命が惹き起こされる可能性を感じていたのは、安部のほうであって、メルロ＝ポンティのほうではない。小説家と哲学者の違いとも言える。意識だけが不可思議な形態——たとえば名刺——をまとって自在に動き回る物語——インターネットの擬人化そのものである——を作るなどということは、小説家にはできても哲学者の手には余ると思われる。小説にまで手を出したサルトルでさえもインターネットの可能性までは感じさせなかったのは、私には哲学者の想像力——サルトルが好んだ主題だが——の限界に思われる。

2 『銀河鉄道の夜』から『カンガルー・ノート』へ

当然のことだが、安部はインターネットを体験してはいない。だが、予感はしていたのだ。『壁』冒頭の『S・カルマ氏の犯罪』をはじめ、それを引き継ぐ一連の短篇は、意識、とりわけ自己意識を対象化した作品群だが、その多くは結果的にインターネットの無気味さ、すなわちそれが人類の自己意識の対象化——対象化の対象化——にほかならないことを浮き彫りにしてしまっている。むろん、自己意識を探究した作家が他にいなかったわけではない。だが、『終りし道の標べに』から『S・カルマ氏の犯罪』への飛躍が決定的に新しかったのは、内部への探究を外部への探究に転換してみせたところにあるのだ。安部は、機械と数学を好み自らシンセサイザーなどを駆使して作曲にまで挑んだ小説家、劇作家そして演出家である。安部には、メビウスの帯の比喩は、自己意識のみならず——いずれ実現される——インターネットにそのまま当てはまるという確信があったと言っていい。意識は微小なインターネットであり、インターネットは巨大な意識である、同じパラドクスを孕むのは必然ではないか、という確信である。もし二十一世紀の現状を見たなら、安部は驚喜したに違いないと私は思う。

私は一九九〇年前後に登場した池澤夏樹、辻原登、小川洋子、多和田葉子、川上弘美といった一群の作家は安部公房の系譜を——さまざまな意味で——秘かに継ぐものと考えているが、たとえば多和田葉子の近作『白鶴亮翅』に次の一節がある。

わたしはクライストが一人の女性といっしょに自ら命を絶ったという話をどこかで聞きかじってい て、そのせいかクライストは太宰治のような男だったのではないかと勝手に思い込んでいた。しかし クライストの場合は心中ではなかった。一人で自殺するのが嫌なのでいっしょに死んでくれる人をイ ンターネットで探す心境に近かった、と伝記の作者は書いている。／インターネットができたせいで 人間がおかしくなったと主張する人がいるが、実はそれは逆で、人間の文明には最初から故障した部 分があり、インターネットはそれを映す鏡に過ぎない、などとクライストというテーマからはずれて そんなことまで書いているこの本の作者はまだテレビもなかった時代に生まれ、現代の若者に腹を立 てているのだろうと思って作者の経歴を見ると、なんとまだ三十歳である。インターネットに対して 批判的な距離をおいているように見えて、文体がどこかブログ風である理由もそれで納得できた。

人間——つまり自分——は欠陥を抱えた動物なのではないかという不安は人類の発生とともに古いが、一九二〇年代のドイツ、とりわけシェーラー、プレスナー、ゲーレンといったいわゆる哲学的人間学を標榜する哲学者たちに──肯定否定は措いて──顕著に見られる考え方と言っていい。多和田の語るクライスト──『こわれ甕』などで有名なクライストである──の若き伝記作者が実在するかどうかここで詮索はしないが、人間の欠陥こそが文明を生んだという発想がそのまま人間の欠陥がインターネットを生んだという発想に繋がることは言うまでもない。多和田がここで描くエピソードは、「ドイツで太極拳を習う」という筋に沿って人間の身体と意識の繋がり──内部と外部の繋がり──を抉り出そうとするこの『白鶴亮翅』という小説の主題から懸け離れているようだが、逆だ。むしろ意識の探究という主題の孕む矛盾を露骨に示しているのである。先に挙げた一群の作家たちがどのようなかたちで安部を引き継いでいるか、ここで縷々説明する余裕はないが、たとえばこの一節などはその一例になるだろう。真実はさりげない場所に潜む。

とりわけ注目すべきは、これらの作家のすべてが秘かに彼岸と此岸の往来を好むということである。自殺も心中も冥界探究の端緒のようなものだ。安部の最後の長篇は『カンガルー・ノート』だが、これが文字通りの冥界下降譚であり、まさにその点において、宮沢賢治の『銀河鉄道の夜』に対応していることは疑いないと言うべきだろう。たとえば背後に流れる音楽──御詠歌と賛美歌──に注意してみるがいい。安部はしかもその御詠歌をピンク・フロイドの『エコーズ』と並べているのだ。安部の小説は『S・カルマ氏の犯罪』に始まり、『カンガルー・ノート』で終わるが、実際のところその展開は、インターネットとは冥界の別名であることを証言しているようなものだ。『カンガルー・ノート』の末尾五行を引く。

正面に覗き穴があった。郵便受けほどの、切り穴。
覗いてみた。ぼくの後ろ姿が見えた。そのぼくも、覗き穴から向こうをのぞいている。
ひどく脅えているようだ。
ぼくも負けずに脅えていた。
恐かった。

むろんメビウスの帯である。人はいまや冥界にじかに触っているのだ。

3　ヘルムホルツからフリストンへ

アランの著書が、小林秀雄の翻訳で一九三六年に刊行され、日本でも多くの読者を得たことは広く知られている。小林のファンがこぞって手にしたのである。だが、『精神と情熱に関する八十一章』の第一部が「感覚による認識」であり、第一章が「感覚による認識のなかにある予想」であるというようなその構想が、ヘルムホルツに全面的に負っていることまでは、広く知られているとは言えないだろう。アランは最初の章で「物の知覚はすべてが予想だ」と喝破しているが、これはヘルムホルツの「知覚は無意識の推理」の見事な言い換えである。小林が膝を打ったのもこのような箇所であっただろう。小林と安部は世間で思われているほど無関係なわけではない。

アランはしかも、第二章「錯覚」の最初の節を次のように結んでいるのである。小林訳で引く。

或る種の錯覚には理性が働いているだろうと推測される、そして僕等に物の形を作り出してくれるものは結局判断というものだ、そういう風に解って来ると、哲学上の認識で、大きく一歩踏み出す事になる。ここで二三例をあげて説明しようと思うが、いろいろ豊富な材料で考えたい諸君は、ヘルムホルツの「生理学的光学」を御覧になるがよろしい。

参照文献の、フランス風断り書きである。カッシーラーならば長文の注を書いたに違いない。だが、ここでは、むしろアランの流儀を真似ておきたい。

ヘルムホルツ『生理学的光学』全三巻、「知覚は無意識の推理」理論を含むその最終巻の刊行はいまを去ること一世紀半、一八六七年——明治維新前年——のことだが、それが再び脚光を浴びるようになったのは、二十一世紀に入ってカール・フリストンの「自由エネルギー原理」が発表されて以降である。むろん二十世紀において脳科学や認知科学の発達には目覚ましいものがあったのだが、知覚や運動といった個別の機能のメカニズムの解明にとどまっていた。フリストンがそこに脳に関する統一原理を提出したのである。簡単に言えばそれは、ヘルムホルツのいう「知覚は無意識の推理」という考え方のその推理を、仮説の生成とその検証と考え、人間——動物も同じだがいまは措く——はこのトップダウンとボトムアップのサイクルを何度も繰り返すことによって、多くは神経中枢の関与することもなく、認識結果を得ているという考え方の提示であった。繰り返しが高速度で行なわれることは言うまでもない。注目すべきは、フリストンが、人間の認知や思考、意思決定、発達など、人が持つさまざまな機能もこの原理で理解できると考えたということである。この原理にのっとった研究が、二〇二〇年代の現在只今進行中なのだ。

安部ならば跳び上がって喜びそうな理論だが、詳細な紹介は素人の手には余る。詳しくは乾敏郎・阪口豊著『脳の大統一理論——自由エネルギー原理とはなにか』、またフリストン他著・乾敏郎訳『能動的推論——心、脳、行動の自由エネルギー原理』などを御覧になるがよろしい、と、アランに倣って記しておきたい。安部文学の味を堪能するには必読の文献と言っていいほどだからだ。

ついでに付け加えておくが、脳科学のこのような動きが、いずれ音楽や舞踊やスポーツといった芸術的身体運動——たとえば多和田の描く太極拳——の研究に画期的な照明を当てることになるだろうことは疑いを容れない。お稽古事の根本、すなわち躾の根本は、優美な動きを意識の次元から無意識の次元に移行するまで叩き込むこと——伝統の形成——である。身体訓練はじつは、意識の次元、脳の次元の問題であって、身体の次元のみの問題ではないということだ。それが成功したか否かは措いて、安部が舞台芸術へ向かったのは必然と言うほかない。表情も身振りも「無意識の推理」の膨大な蓄積の所産——外化——だということだ。安部は、視覚、聴覚、嗅覚、触覚の無気味さをより端的に思い知らせる手段として、文学から舞台へと表現の場を広げたのである。安部の舞台がときに汚らしさを過剰に感じさせもする理由だ。

稽古とは意識的な繰り返しによって適切な無意識を形成することである。フリストンの言う仮説と検証の繰り返しだが、そこで重要な役割を果たすのは、確率であり平均である。たとえば文字を読むという行為のなかにさえ、この種の仮説と検証、確率計算が潜んでいる。アラン風に言えば「読書とはすべて予想だ」である。物語の展開を予想するはるか以前に、人はそもそも次に来る文字を、文章を予想しているというのだ。

意識とりわけ知覚という現象のこのようなありようを描くことにおいて、安部はきわめてすぐれていた。たとえば、『S・カルマ氏の犯罪』の五年後の短篇『鍵』に、次のような描写がある。

> ふいにドアの向うでひびの入った明笛のような声がした。
> 「死んだのか。」
> 若者は瞬間耳をうたぐって眉をよせた。が、すぐにそれが母親のことをさして言ったのだと気づいて、こんどは顎の力をぬいた。いろんな考えが雌を追いかける二匹のみずすましのようにくるくる走りまわる。しかしこういう瞑想にはあまりなれていないたちだったので、そのなかからただ一つの結論だけをぬきだして満足することにした――（なるほど、するとこれが当の三叔父なんだな……）
> 「そうです、死にました。三叔父さんによろしくっていうことでした。」

『鍵』は、「若者」と「三叔父」、およびその娘「波子」の、意識と無意識、解釈と再解釈の葛藤を乾いた筆致で描いた短篇だが――谷崎潤一郎の同名の長篇と比べるがいい――、意識は、雌を追いかけて「くるくる走りまわる」二匹のみずすましのようだという描写に、安部の的確な認識が示されている。引用の地の文がヘルムホルツの言う「無意識の推理」なのだ。安部はここでそれを鮮やかに文章化しているが、普通ならば意識されないし、記憶もされない意識なのである。自己意識を徹底的に解明しようとしているにもかかわらず暗いジメジメした印象がまったくないのは、安部が意識の現象学とでも言うべき手法に徹しているからだ。真昼の光のもとでは意識も無意識も明るい。

「三叔父」は、「若者」に「波子」を紹介するに、「この子は天然の嘘発見器だからな。その脈の変化や体のふるえで、どんな嘘もたちどころに暴露されちゃうんだ」と述べている。嘘発見器が意識の実体化、計測可能化であることを明記し、その振る舞いを描こうとしているのである。ここでは『鍵』を詳しく紹介するわけにはいかないが、ヘルムホルツからフリストンへといたる過程で、「驚き」や「嘘」が芸術表現においてなぜ、そしていかに重要であるのかが解明されてゆくこと、そしてその解明の過程において安部の一連の作品が一級資料としての価値を有している可能性があることは示唆しておきたい。

意識という現象と、インターネットという現象は重なり合う。個の現象が集団の現象にまで拡張されるわけではない。少なくともそれだけではない。むしろ「知覚とは無意識の推理」という語が示唆するように、もともと意識、無意識という現象そのものが集団の現象と言っていい側面を持っているからである。つねにパーセントで示される世論なるものの無気味さについて考えてみるがいい。「無意識の推理」は自分にではなく身体という自然に属しているのだ。さらに言えば類に、集団に、国家に、自分を超える広がりに属している。《斯く在る》ことの無気味さは、したがって、自己の秘密のみならず国家の秘密、宇宙の秘密に直通しているのだ。

このことについては半世紀近い昔、安部の『榎本武揚』を俎上にすでに書いたことがあるので、繰り返さない。個人と国家、自己幻想と共同幻想は転倒した関係にあると述べたのは吉本隆明だが、転倒という——ほかならぬヘーゲルやマルクスが好んだ——概念が適切かどうかは別にして、国家と個人が仕組みにおいて共通していることは疑いない。国際関係において国家が個人として振る舞うことは言うまでもないが、個人の方も国家として——つまり共同体の一代表として——振る舞うことによって辛うじて安定しているのである。恥と見栄——つまり空腹と誇り——が人間活動の原動力なのだ。これが、いわゆるアイデンティティの正体であり、一歩間違えばパラドクスに躓く——たとえば移民問題——といった《斯く在る》人間の秘密なのだ。安部が戯曲『友達』で抉り出したパラドクスである。

遡れば、「我が子を演じる母という他者を演じる子」が自己の起源である、つまり自己の起源は他者である、他者との入れ替え可能性こそが自己なのだ、というパラドクスにいたるわけだが——それこそ吉本の言う対幻想の秘密なのだが——、この段階で重要なのは、おそらく人間だけがとりわけ強く、自他の入れ替えを可能にする「自他をともに俯瞰する眼」、つまり上空から見る眼——入れ替えの蝶番の役を果たす眼——を意識するようになったということであり、現実には上空から見る眼のほうが自己であって、生身の身体など自己ではない、他者の始まり、「自分と呼ばれる他者の身体」を「所有」することの始まりなのだ、ということである。直立二足歩行から空中飛行にまでいたるのは人間の必然——欠陥を長所に転じた人間の必然——だったと言っていい。

人間が、身体をあたかも与えられたもののように——そしてそれを外部から所有しているかのように

——感じてしまう、これが理由である。所有という観念は身体から始まるのであり、それこそ人間が自殺できる理由なのだ。あるいはゲームを楽しめる理由である。自殺とゲームの仕組みは同じなのだ。相手の身になることができなければゲームは成立しない。逆に言えばそれは、ゲームができなければ自己は成立しないということである。子供は伊達に遊んでいるわけではない。安部の小説がつねにどこかゲームを思わせるのも偶然ではない。たとえば『終りし道の標べに』の主題は自殺というゲームにほかならないと言っていい。それが人をつねに立ち竦ませ、苛立たせるのは、自分を殺すということは、そう思っていること自体の否定を意味する以上、原理的に不可能であるという論理が立ち塞がっているからである。メビウスの帯のもとでは自殺は不可能なのだ。

一昔前、ミラーニューロンの発見が話題になったが、他者を真似るという先天的能力はこのパラドクスの前提であって、結論ではない。劇場から出てきた幼児はしばしば舞台を真似て踊るが、模倣は自己の前提であって結果ではない。真似ることができることを意識するようになってはじめて人は自己になるわけだが、それは自己とは一個の他者であることを意識するのと同じことなのだ。それは自己とは誰でもありうること、むしろ誰でもありうるからこそ人は自己なのだ、ということを理解するに等しい。自殺者はつねに、あなた——あなたたち——もまた自殺者でありうることを告知しているのである。自殺はすべて、論理的に全人類への死刑宣告なのだ。

一人称、二人称、三人称という概念もまた伊達に形成されたわけではない。この文法上の概念は、人間の意識の無気味さに直通している。言語の無気味さ、名前の無気味さに直通している。一人称は二人称がなければ成立しえないが、それを確定するのは三人称であって、しかもその三人称は全体を俯瞰する眼と同じ位置にあるのだ。パイロットにもっとも重要なのはつねに地平線を身体的に――つまり自身を三人称的に――意識していることであると述べたのはJ・J・ギブソンだが、それは自己を俯瞰する眼を意識することと同じことだ。三人称的視点がなければ、人は、一人称的視点に立つこともできないのである。遠近法の秘密だ。一頃話題になったFPS、ファーストパーソン・シューティングゲームが与える船酔いに似た気分は、意識と身体、観念と物質の絡み合いの緊密さ、解きほぐしがたさを示している。意識は獲物を追っているだけだが、身体はそのつど、相手に対する自身の位置を確定すべく「知覚の無意識の推理」を、ほとんど死に物狂いになって繰り返しているのである。その苦しさ――酩酊のようなものだ――が楽しみになっているわけだ。

4　ぼくがぼくであるのは何かの間違いだ

問題は、このパラドクス、安部が好んだ言葉でいえばメビウスの帯、クラインの壺といった比喩が、インターネットの時代になって日常的に見聞きできるのみならず触知できるようになったということである。視覚、聴覚からさらに触覚へと至るこの知覚の拡張は重大である。たとえば何かをネットで検索しようとしていて、パソコンであれスマホであれ、出てくる画面が、こっちの意向に添いすぎていてギョッとするということはいまや日常的に体験することだが、そのとき人は、自分が画面のこちら側にいるのかあちら側にいるのか、瞬間的に立ち眩みしているのだ。もう一人の自分——巨大な他者——が自分を知り尽くして操作しているのではないかと疑っているのである。人はそのとき、《斯く在る》自分の秘密に触っている。あなたが身体的に消滅しても、あなたのパソコンにはあなたのインターネット上の行為のすべてが記録されていて、視覚的にも聴覚的にも触覚的にも、いつでも復元可能、再生可能なのだ。とすれば、あなたはいったい生と死のどちら側にいるのか？　そもそも人類という概念、歴史という概念は死の別名ではないのか？

これは安部の小説が与える衝撃と同じである。安部はつまり、インターネットを先取りしてその無気味さを描いていると言っていいほどである。これが彼岸の構造なのだ。

脳は意外性を嫌い、驚きを嫌い、エネルギーの浪費を嫌う。「知覚は無意識の推理」にしても「自由エネルギー原理」にしてもこの原則に基づいて作動している。だが、だからこそ人は意外性や驚きを求めもする。まるで再生する火の鳥のように、起源のパラドクスに焼かれようとするのである。笑いの起源は瞬時に解除された恐怖である、と、かつてデズモンド・モリスは言った。驚きも同じだ。恐怖も驚きも祭礼すなわち芸術の起源だが、芸術の要点はその「驚きをどこに配置するか」ということに尽きる。起承転結も序破急もその例に過ぎない。音楽も美術も作文も同じくコンポジションと呼ばれる理由だ。驚きをどこに置くか、すなわち、どこで驚かせるか、である。意識との駆け引きだが、駆け引きこそが意識なのだ。驚きは二人称の起源であり、二人称は一人称の起源である。

安部の意識の探究がつねに驚きの探究を伴っていたのは必然である。

『壁』冒頭の短篇『S・カルマ氏の犯罪』の、第一行は「**目**を覚ましました」である。詩はともかく、近代の小説にこのような手法、このような文体はなかった。しかも冒頭の一字はゴシックである。安部はつまり冒頭に驚きを配したのだ。

「ぼく」は何かしら変だと思い食堂へ行く。胸がからっぽになったような感じがあるのは空腹のせいではないか、と思ったからである。だが、空腹のせいではなかった。むしろ、自分の名前を忘れていた、より正確に言えば名前を失っていたかららしいのである。事務所へ行った「ぼく」は自分の名札を見る。そこには「**S・カルマ**」とあった。二度目のゴシック、つまり強調である。だが、それは「ぼく」の名前らしいけれど、腑に落ちる感じがまったくない。「ぼく」はその名前を凝視する。

続く一節を引く。

> そのうち、それがぼくの名前であるのは何かの間違いではないかとさえ思われはじめました。しかし、やはりそれはぼくの名前であるにちがいないので、そうだと思おうとすると、今度はぼくがぼくであるのが何かの間違いだと思われはじめるのです。

こうして一枚の名刺に変容したS・カルマ氏、その後を追う「ぼく」の物語が始まる。人によっては認知症のパロディではないかと思うかもしれない——インターネットが認知症の解明に役立つことは疑いないし逆も真——ほどだが、「ぼくがぼくであるのは何かの間違いではないか」という疑いこそ西洋哲学を一貫する主題であることを思えば、『終りし道の標べに』と『S・カルマ氏の犯罪』に本質的な違いはない。深刻さを描くことにおいては後者のほうが滑稽味を帯びている分だけいっそう強烈である。

それでは、現代日本文学の突然変異とさえ思われる『S・カルマ氏の犯罪』の文体はどこから来たか。『カンガルー・ノート』と『銀河鉄道の夜』をともに冥界下降譚として並べた段階ですでに示唆したようなものだが、賢治の童話から来たのである。比べてみればすぐに分かるが、『S・カルマ氏の犯罪』の文体は、『どんぐりと山猫』や『ポラーノの広場』といった賢治の童話の文体と驚くほど似ている。文体は思想である。人が意識を持つ以上、外界の事物もまた意識を持つ、という思想――人類とともに古い思想――が同じなのだ。思想から入って文体として出てきたようなものだ。

安部が賢治に惹かれ、賢治を認めていたことは、近親者の証言からたやすく知ることができるが――娘にネリという名を付けているほどだ――、にもかかわらずこの二人の詩人・作家の比較研究はほとんどないに等しい。なぜか？　その理由を探れば、いわゆる現代日本文学史――さらには世界文学史――の盲点、そして弱点を衝くことができるだろう。自然主義、私小説、プロレタリア文学などという流れは、文学史のたんなる近視眼的な素描にすぎない。書かずにはいられないという衝迫はそんな生易しいものではありえない。

先回りして、漱石、賢治、安部と流れてきた文学の現在の、一例を挙げておく。

先に名を挙げた作家の一人、川上弘美の作品には蛇やトカゲや人造人間が登場し、しばしば意識において合体しもするが、必ずしも変身譚というわけではない。変身が人間の常態で、自己同一性のほうが異常であるとしばしば感じさせるからだ。現実とはすなわち意識の現象にほかならないとそのつど思い知らされる。『婆』の一節を引く。

驚く種はその時によって違う。たとえば思っていたよりも鰺夫の背が高くて驚くことがある。思っていたよりも鰺夫の足取りが早くて驚くことがある。思っていたよりも鰺夫の手がなめらかで驚くことがある。そのたびに生身の鰺夫と電話の中の鰺夫を重ね合わせ修正する作業をこっそりと行う。

まるで「知覚とは無意識の推理」を意識化したような記述である。現実とは意識された何かであって、つねに変容してゆく何か、なのだ。変身譚ではないが、変身の本質を衝いている。ここでも、視聴覚とりわけ触覚が決定的だ。「そのたびに生身の鰺夫と電話の中の鰺夫を重ね合わせ修正する作業をこっそりと行う」というのは、人が日々行なっていながら意識されることなく過ぎて行く作業である。短篇は、あたかもその作業を実体化したような魔法使いそっくりの「婆」を登場させて展開してゆく。

5 漱石、賢治、安部公房という視点

『S・カルマ氏の犯罪』の背後には、賢治童話の細部がさまざまなかたちで息づいている。とはいえ、『カンガルー・ノート』が『銀河鉄道の夜』に対応するとすれば、『S・カルマ氏の犯罪』に対応するのは、

賢治の童話群であるよりもむしろ、詩集『春と修羅』の「序」と言うべきだろう。

わたくしといふ現象は
仮定された有機交流電灯の
ひとつの青い照明です
(あらゆる透明な幽霊の複合体)
風景やみんなといつしよに
せはしくせはしく明滅しながら
いかにもたしかにともりつづける
因果交流電灯の
ひとつの青い照明です
(ひかりはたもち　その電灯は失はれ)

人はみな幽霊だと言っているに等しい。あなたもまた電灯(身体)ではなく光(霊魂)であって、たとえ電灯が消えてもその光は保たれるというのだ。賢治と安部、思想は同じでも、賢治は大いなる肯定に包まれ、安部は逆に疑惑と苦痛に苛まれているように見える。だが、違いを宗教に帰してはならない。エルンスト・マッハはヘルムホルツの十七歳年下だが——ともに十九世紀ドイツの天才的科学者であり思想家だが――、『感覚の分析』ほぼ劈頭に次のように書き記している。廣松渉訳で引く。

相対的に恒常的なものとして、次いでは、特殊な物体（身体）と結びついた、記憶、気分、感情の複合体、つまり自我と呼ばれるものが〈意識に〉立現われる。私〔自我〕は、この物に係わったりかの物に係わったり、平静であったり快活であったり、激昂していたり不機嫌であったり、さまざまでありうる。とはいえ（病的な場合を除けば）、自我を同一のものとして認めるに足る恒常的なものが存続している。いうまでもなく、自我もまた、ただ相対的に恒常的であるにすぎない。自我が一見恒常的に思えるのは、就中その連続性、変化が緩慢なことに負うものである。

この後にマッハは、自己同一性など信仰にすぎない、幼年時代の自分と出会っても、他人に出会うに近いだろうと示唆している。辛辣な物言いだが、語られている内容は賢治とほとんど違わない。マッハは物理学者、賢治は宗教家と言っていいほど雰囲気が違うが、ともに「意識の流れ」としての「自己」を問題にしている点では同じなのだ。私は「意識の流れ」という考え方に説得されないが――それが実現されるとすれば先に引いた川上の一文のようになるはずなのだ――、いずれにせよ自己など幻想にすぎないことは自明である。人を手こずらせる幻想というほかないが、その厄介さが人間の富の源泉なのである。

『感覚の分析』の刊行は一八八五年、ウィリアム・ジェイムズの『心理学原理』の刊行は一八九〇年で、これには「意識の流れ」という章が含まれている。どちらが先かなどと言うのではない。当時の思想の潮流である。要するに誰もがそう考えていたのだ。ジェイムズのドイツ留学はすべて短期であるにせよ数次にわたるが、わざわざプラハ大学を訪ねマッハの講義に出席し感銘を受けたのは一八八二年。マッハ四十四歳、ジェイムズ四十歳。意気投合したというところだろう。その後、マッハがウィーンに転じることは言うまでもない。アインシュタインの一般相対性理論の契機はマッハである。

当時のアメリカ心理学はドイツの亜流、誰も彼もドイツに留学するわけだが、注目されていたのはヘルムホルツと、表向きはその弟子ということになっているヴントである。留学先のこの定番を作ったのがジェイムズとその弟分のスタンレー・ホールということになっている。帰米したそのホールのもとに留学したのが元良勇次郎で、帰日した元良が東京大学で開講した「精神物理学」の授業を受けていたのが夏目漱石である。一八九〇年のことだ。元良三十二歳、漱石二十三歳。

漱石のロンドン留学が一九〇〇年。ここでジェイムズの著作に改めて接し、帰国後、教職を擲って朝日新聞に入社し、「意識の流れ」を自身の小説の手法として『虞美人草』、『坑夫』、『三四郎』と書き継ぐことになった経緯は広く知られている。この経緯があったからこそ、『道草』『明暗』という二大傑作を生み出すことができたわけだが、ここは「意識の流れ」に取り憑かれた漱石の軌跡を克明に辿る場ではない。「意識の流れ」から離れる転機が修善寺吐血と『彼岸過迄』にあったことを示唆するに留める。

ちなみに、ヘルムホルツ、ヴントらの十九世紀ドイツ心理学については高橋澪子『心の科学史』が、元良については植田敏郎『宮沢賢治とドイツ文学』が参考になる。ともに名著と言っていい。賢治は一八九六年生まれ。一八六七年生まれの漱石から見ればほとんど子供の世代に属すが、元良の『心理学綱要』などをよく読み込み、元良の用いる「心的現象」を圧縮して、それまで存在しなかった「心象」という語を発明するにいたった。「心象スケッチ」という方法そのものが、当時、時代の先端にあった元良の影響下にあったから生み出された、というのが植田の説だ。

賢治と安部が照明の当て方ひとつできわめて近い存在であることが分かると述べてきたが、こうして眺めてみると、それ以上に近いのは漱石と賢治のほうである。「意識の流れ」とは『春と修羅』の「序」に言う「わたくしといふ現象」にほかならず、それこそが詩の主題、文学の主題であるべきだという考え方が「心象スケッチ」という語に圧縮されている。賢治がどの程度、漱石を意識していたか確認できないが、小島政二郎の『眼中の人』などを読むと、漱石を取り巻く人々の意識の低さには呆れるほかない。鈴木三重吉が賢治の童話の価値に気づかなかったのは当然である。世界文学の風に吹きまくられていたのは賢治のほうであって、漱石の取り巻きたちではなかった。

マッハの『感覚の分析』とジェイムズの『心理学原理』が通底しているように見えるのは、いずれも当時の知識人の思想潮流を体現していたからである。そうでなければレーニンにしても『唯物論と経験批判論』などというヘルムホルツ批判、マッハ批判をわざわざ物しはしなかっただろう。事実、時代は、ディケンズ、バルザック、フローベル、ゾラから、ドストエフスキー、トルストイを通って、プルースト、ジョイス、カフカ、ウルフ、そしてもちろんウィリアム・ジェイムズの実弟、ヘンリー・ジェイムズといった作家たちの世界へと移ってきていたのだ。文学の焦点が人間の意識に集中していることは指摘するまでもない。漱石が『夢十夜』を書く背景である。だが、小説中心の文学なるものが時代の課題に応えるのはこの辺りが最後と言うべきかもしれない。その後、とりわけフランスを中心にさまざまな実験的な試みが続くが、いずれも長続きせず、ラテン・アメリカ文学の世界的な流行以後、世界文学にめぼしい動きはないように見える。むしろ、いまやインターネットの前で呆然としているようにさえ見える。

このような背景のなかにおくと、安部が賢治のなかに世界文学への鋭敏な反応が潜むことを見抜き、その事実を『S・カルマ氏の犯罪』に描き切ったということは驚くべきことに思える。しかも、それは同時に、安部が漱石のなかに世界文学の先端が潜むことをも感じ取っていたということ、賢治と漱石の両者を凌駕しなければならない衝迫が安部にはあったということを意味する。これが、意識の探究を内的なものではなく、外的なものとして描くという手法を編み出した理由であり、自己繁殖する壁というイメージを引き寄せてしまった理由なのだ、と、私は考える。

「首をもたげると、窓ガラスに自分の姿が映って見えました」と、安部は『S・カルマ氏の犯罪』の最後に書いている。「もう人間の姿ではなく、四角な厚手の板に手足と首がばらばらに、勝手な方向に向ってつき出されているのでした。／やがて、その手足や首もなめし板にはりつけられた兎の皮のようにひきのばされて、ついには彼の全身が一枚の壁そのものに変形してしまっているのでした」と。

最後の二行を引く。

見渡すかぎりの曠野です。
その中でぼくは静かに果しなく成長してゆく壁なのです。

『カンガルー・ノート』の末尾との呼応は見事というほかない。ここにインターネットの比喩を見るのは二十一世紀を生きる私の恣意だが、彼岸の比喩を見るのは恣意ではありえない。死が、彼岸が、冥界が、この世を支えているのではないか？

賢治や安部の冥界下降――あるいは彼岸紀行――に対応するものを漱石に求めるとすれば、それは『思い出す事など』に描かれた臨死体験である。私はこれほど的確に死を描いた文章を知らない。あえて漱石の死のイメージを言えば、マットな黒である。

自己とは「自他をともに俯瞰する眼」であって生身の身体のことではないと先に述べたが、漱石が描いているのは生身の身体の消滅などではなく、それを俯瞰する眼すなわち自己そのものの消滅、ほとんど払拭とでも言うべき事態なのだ。普通、俯瞰する眼には死を、つまり自己の消滅を理解することなどできはしない。視点は機能であって物ではない。私は死なないし、死ねないのだ。俯瞰する眼の登場、自己の登場が、そのまま彼岸の観念の成立を意味する理由だが、にもかかわらず漱石は自己が消えた数時間をじつに明晰に描いている。生が、その数時間の死を断ち切るように、聞こえてくる医師たちの声によって、戻る。鮮烈な声。その後に、まったくの無であった数時間のことを知る。漱石はここで、死を描くためにはただ生こそが描かれなければならないことを教えている。

嘆息するほかないが、これこそ文学の課題であると思える。生と死の解明だ。

言うまでもなく、漱石も賢治も安部公房も死者である。にもかかわらずなぜ、これほどにも生々しくいまなお生きているのか。死者は歴史に住まうが、死者も歴史も日々新しいのはいったいなぜなのか。なぜ、歴史は書き変えられ続けるのか。それはほとんど人類が書き変えられ続けるに等しいのではないか。

インターネットは現在そのものの体現のように思われるが、そのじつは死者たちが充満する世界にほかならない。墓地すなわち図書館と同じだ。太古から変わらぬ事実だが、いまやインターネットの全世界的な普及によって、その事実の仕組みが解明されようとしている、と、私には思われる。先に挙げた一群の作家もまたそう思わせるのである。

安部公房の世界はそのような問いと答えが反響し続ける時空であるというほかない。

（みうら・まさし／文芸評論家）

箱根の仕事場(書斎)の机　ワープロ NEC 文豪 3MII が遺されている。 撮影・近藤一弥

「ねり」という名前

安部ねり

父は、安部公房という作家だった。私が生まれたとき、両親は私に「グスコーブドリの伝記」からブドリの妹の名をつけた。二人とも生まれるのは男の子と決めていて、男の名だけを考えていたらしい。「ねり」という名前は、あわてて母が考えたのかもしれない。父が相談に乗ってくれなかったと後になって母がこぼしていたような気もする。

父はこの童話を読んでいたのだろうか。これが昭和七年に「児童文学」に発表された時、父は八歳だった。羽田書店から出版された時には十七歳である。父の学んだ奉天・千代田小学校の担任だった宮武城吉先生は国語教育として多読と速読を薦めていて、同級生たちの平均年間読書量は三百から五百冊にもおよんでいたという。だから父もこの本を読んでいたと思う。

私も家で賢治の話を聞いたことがある。なんでも賢治は日本文学にはあまり興味がなく、もっぱら洋書を原文で読んでいたとか言っていたような気がする。父はほめているつもりだったに違いない。父自身の書いたものなどを読むと、父は外国文学の影響下に出発した作家であると強く自負していたことがわかる。

賢治の童話の文体は感情を排除したものだ。そのことによって、文体の詩的要素がより感覚的になり音楽のように心に響く。賢治が音楽を好み作曲までしたことも、この作家の耳の良さと優れた感受性を示している。登場人物たちの性格は、様々に色付けされているが、彼らの運命に比べるととるに足りないものにさえ見える。こうした心理の取りあつかいから想像すると、おそらく賢治はすべてを心理劇に還元する、いわゆる日本文学の伝統を嫌っていただろう。賢治の感情を排除した感覚的表現のもとは、たとえば俳句の中にその潮流を見いだすことができる。

このように客観データを使って感覚的な表現をする、という方法論を考えると、賢治に農業技師の経験があった事を思い出さずにはいられない。デジタルなデータを取りアナログな生き物をあつかう。今なお、科学が人間性を損なうものであるという論調があるが、このような主張には、隠された保守的な意図が見え、不穏な響きさえある。賢治は科学的な方法と人間的なものを結ぶ思想を童話という形であらわした。「グスコーブドリの伝記」はまさにそういうものだった。

賢治についてのこうした傾向は、そっくり父に当てはまるところがある。昭和十八年、十九歳の誕生日に書き始められた処女小説「題未定（霊媒の話より）」は童話風の作品だ。曲芸団に暮らす孤児のパー公は、ある金持ちの家庭に憧れている。ああ、あそこの家の子供だったらどんなにいいだろう、と考える彼の目の前で、そこの家のおばあさんが車にひかれて死んでしまう。パー公はとっさに、おばあさんが乗り移った振りをして霊媒になりすます。こうして、あこがれの家庭に入りこんだパー公は、おばあさんとして大事にされる。おばあさんは死んでしまっているのに生きた存在である。だのに、パー公は生きた肉体ではあるが、死んだ存在なのだ。パー公は、たまらなくなってついにはどこへともなく逃げ出してしまう。生きている死者と、死んだ生者という初期の安部公房のテーマがそこに描かれている。

この二人の作家の共通点は容易にあげられる。観測する科学を学んだこと、俳句、詩、外国文学、文学における童話という方法論、音楽、作曲、文壇嫌い、極限の意識、死者とともにある現在、すれ違う登場人物のかすかにふれあう息使い……

安部文学には、大きく三つの時期があり、それぞれの時期の作品の文学的な方法論は、その時代の状況を写している。そのことを象徴するかのように、父は作家として最初にワープロを使い始めた。死後、書斎から見つかった遺稿は、フロッピー・ディスクの中にあった。その中の「もぐら日記」で父は〈感覚〉と〈感情〉とを対比させ、それを脳の機能としてとらえている。この考えは、一九五一年に芥川賞を受賞した小説『壁―S・カルマ氏の犯罪』の骨格にもなっている。「もぐら日記」の中にはまた、「科学と人間」という講演の下書きがある。ここで公房が展開しようとしたことはまさに「グスコーブドリの伝記」ではないか。あれほど、すべてを見通した人が「ねり」という名を付けたのだ。そこに考えがなかったわけがない。

「もぐら日記」には賢治とは異なる思想も記されている。それはヒューマニズムとしての反国家主義と、攻撃性を原罪とはみなさない考えである。公房はこれを、動物行動学者ローレンツへの賞賛と憎しみという形で、書き残した。こうした二人の作家の相違点は、個人的資質によるものもあるだろうが、置かれた時代によるところが大きいと私は感じている。

公房(左)、ねり　1971年(昭和46)ころ　鎌倉で

（左頁）公房　1948年（昭和23）ころ　小日向台町で

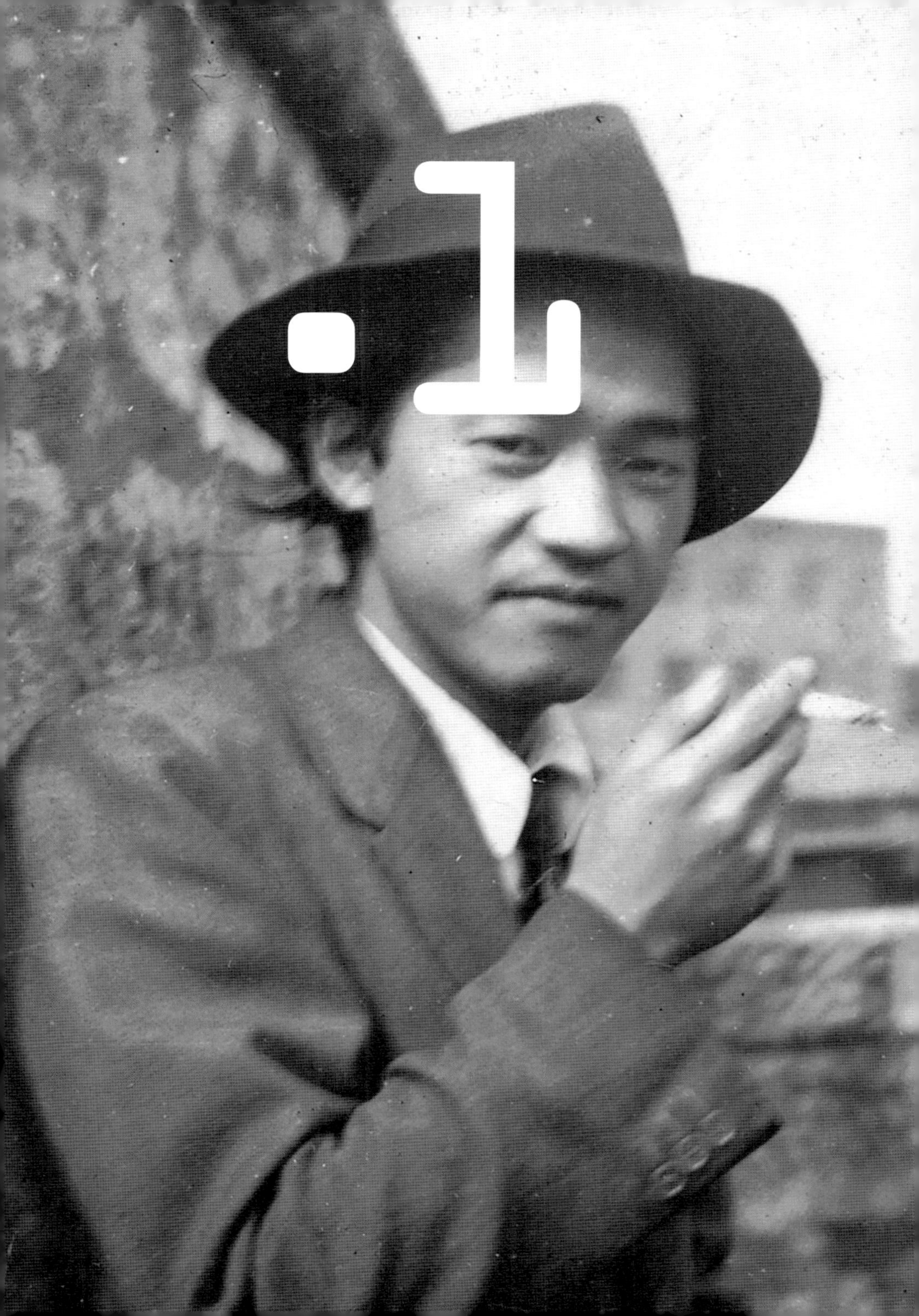

第一部　故郷を持たない人間

安部公房は、医師の父・浅吉と、作家志望の母・ヨリミの長男として、一九二四年（大正一三）三月七日に誕生した。翌年、両親と満洲（現・中国東北部）へ渡り、奉天市（現・瀋陽市）で育つ。成城高等学校（現・成城学園高等学校）への進学を機に、ひとりで内地へ戻った。高校時代の詩や小説の原稿からは、このころすでに作家を志していたことがうかがえる。戦時教育体制下の在学年短縮措置で、一九四三年（昭和一八）九月に高校を繰り上げ卒業となり、東京帝国大学（現・東京大学）医学部に進学。しかし、敗戦が近いとの噂を耳にして、一九四四年一二月、幼馴染みの金山時夫と満洲へ向かった。

敗戦後には、同地で大流行した発疹チフスの往診に追われた父・浅吉が感染し、死去。無政府状態に陥った満洲で不安な日々を送るなか、公房はサイダーを製造、販売して一家の生活を支えた。一九四六年秋に家族を連れて引き揚げ船に乗り込むが、上陸間際に船内でコレラが発生し、佐世保港外に長期間留め置かれた。こうした生い立ちと戦中、戦後の苛酷な体験は、後年の作品にも影響を及ぼしている。引き揚げ後、北海道・旭川の母の実家に家族を残し単身上京、東京大学医学部に復学。極度の貧困に負けず学業と執筆を続けた。

一九四七年、のちに妻となる山田真知子と出会う。同じころ『無名詩集』を自費出版。秋には作家デビュー作となる小説「粘土塀」（「終りし道の標べに」に改題）を書き上げた。

安部浅吉（1898–1945）　北海道上川郡鷹栖村（現・旭川市）生まれ。1921年（大正10）南満医学堂卒業、同校奉天分院小児科医局入局。栄養学を学ぶため栄養研究所（現・国立健康・栄養研究所）に出向中の1923年、同郷の井村ヨリミと結婚。「患者食研究」で博士号を取得。1931年、ドイツへ官費留学し、翌年満洲医科大学助教授となる。1942年に研究職を離れ、奉天市内に安部医院を開業した。

浅吉の切り絵肖像画　1932年（昭和7）ドイツ留学の際の土産。

満洲医科大学　『南満洲鉄道株式会社三十年略史』（1937年9月 改訂2版 南満洲鉄道）から。1911年（明治44）、当時の日本の医学専門学校にあたる機関として南満洲鉄道株式会社（満鉄）が南満医学堂を開校。1922年に医科大学へ昇格、満洲医科大学と改称した。

奉天大広場　『奉天写真帖』（1934年6月 4版　山崎鋆一郎）から。奉天ヤマトホテルなどが建ち並ぶ。広場から伸びた浪速通の先に奉天駅があった。日本人が多く暮らす奉天市中心部は近代的な都市だった。

公房を抱くヨリミ　井村ヨリミ（1899－1990）は北海道上川郡鷹栖村（現・旭川市）生まれ。1919年（大正8）、東京女子高等師範学校（現・お茶の水女子大学）文科に入学。社会主義婦人団体「赤瀾会」のポスターを校内掲示板に貼り、退学処分となる。1923年、同郷の安部浅吉と結婚。翌年3月7日に長男・公房が誕生した。同月、長編小説『スフィンクスは笑ふ』（異端社）を上梓。晩年は歌誌に短歌を投稿するなど、創作への思いを生涯持ち続けた。

安部頼実『光に背く』　1925年3月　3版　洪文社
前年、安部ヨリミ名義で異端社から出版した『スフィンクスは笑ふ』を改題。渡辺病院の美しい令嬢・安子は、兼輔と一郎から好意を寄せられる。一郎の妹・道子を加えた四角関係は、安子への愛よりも男同士の友情を選んだ兼輔の決断により歪められ、各々が苦悩を抱えることになる。

安部ヨリミ『スフィンクスは笑う』　2012年（平成24）2月　講談社　デザイン・菊地信義　解説・三浦雅士

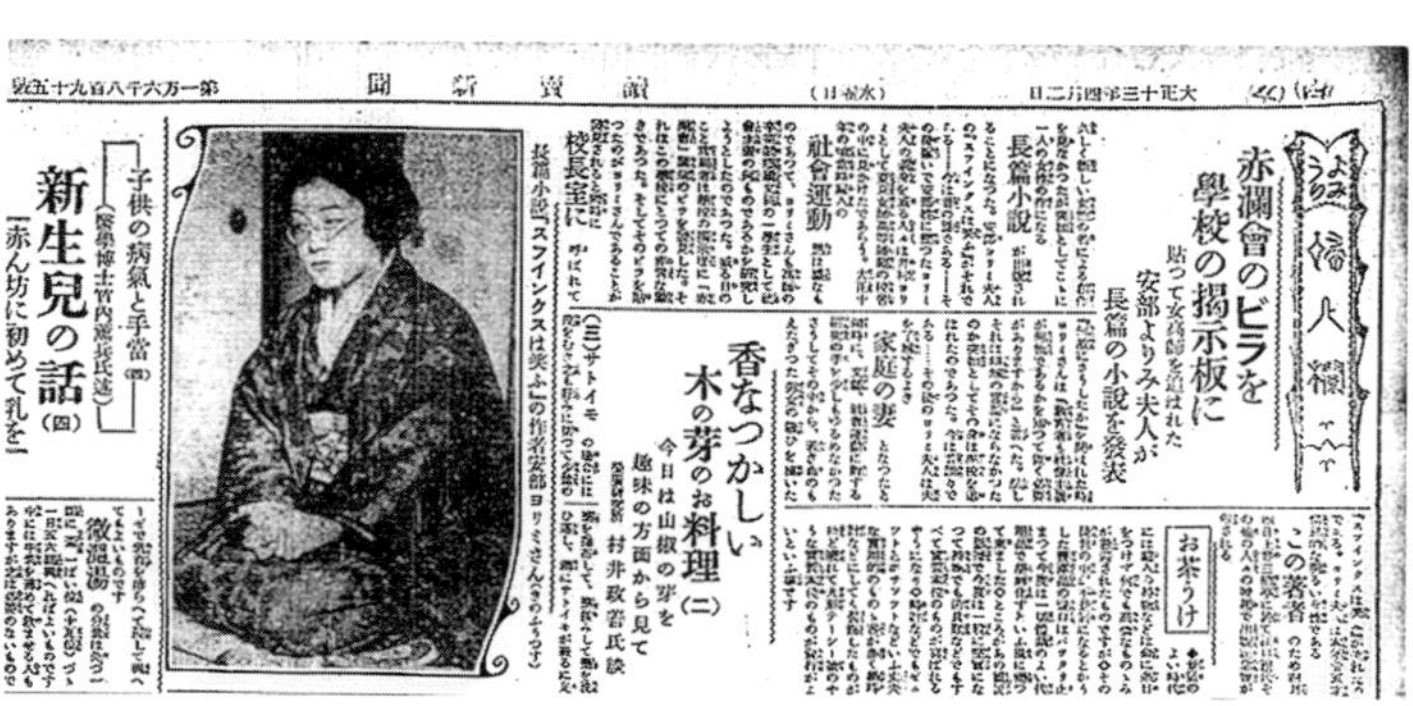

大正十三年四月二日（水曜日）　讀賣新聞　第一万六千八百九十五號

よみうり婦人欄

赤瀾會のビラを學校の掲示板に
貼つて女高師を追はれた
安部よりみ夫人が
長篇の小説を發表

長篇小説

社會運動

校長室に

家庭の妻

長篇小説「スフィンクスは笑ふ」の作者安部ヨリミさん

香なつかしい
木の芽のお料理（二）
今日は山椒の芽を
趣味の方面から見て
村井政善氏談

お茶うけ

この著者

子供の病氣と手當（四）

新生兒の話（四）
「赤ん坊に初めて乳を」

微温湯

「読売新聞」　1924年4月2日　『スフィンクスは笑ふ』の著者として取材を受けた。

ぼくは東京で生れ、旧満洲で育った。しかし原籍は北海道であり、そこでも数年の生活経験をもっている。つまり、出生地、出身地、原籍の三つが、それぞれちがっているわけだ。おかげで略歴の書き出しが、たいそうむつかしい。ただ、本質的に、故郷を持たない人間だということは言えると思う。ぼくの感情の底に流れている、一種の故郷憎悪も、あんがいこうした背景によっているのかもしれない。定着を価値づける、あらゆるものが、ぼくを傷つける。

——「略年譜『われらの文学』に寄せて」から

奉天で　1927年(昭和2)ころ

妹・洋子　雛壇の前で。洋子は1931年に生まれた。

弟・春光と　1931年　東鷹栖村(当時)で。父・浅吉が留学先から戻るまで父母の郷里で暮らし、奉天の満洲教育専門学校附属尋常高等小学校から近文第一尋常高等小学校に転校。春光は1927年に生まれた。

両親、妹・洋子と　［1932年（昭和7）］　奉天で。父・浅吉の帰国に伴い、公房は奉天の満洲教育専門学校附属小学校に再編入学。同年、弟・春光は母方の井村家の養子となった。

奉天千代田小学校卒業式の日に　1936年　後列左端・公房、右端・宮武城吉。満洲教育専門学校附属校だった同校（1933年、奉天千代田小学校と改称）は教育の研究・実験の場で、担任の宮武は児童に多読、速読を指導して読解力を鍛え、国語以外の科目の成績も向上させた。また、とりわけ優秀な児童には特別な課題を与えた。公房には、将来の医学部進学を見据えてドイツ語を教えていたという。

奉天第二中学校3年生のころ　1938年　左から公房、妹・洋子、父・浅吉、妹・康子、母・ヨリミ。康子は前年に誕生。この年、洋子が亡くなる。公房は中学4年生で成城高等学校(現・成城学園高等学校)の入学試験に合格したため、5年制の旧制中学を1年早く卒業した。

金山時夫(1924-1946)　奉天第二中学校の同級生。旅順高等学校、東京工業大学と進学したが、公房との交友は続いた。1944年末、公房とともに新潟から出航する船で満洲へ渡った。終戦間近に家族と安東(現・丹東)へ逃れたのち行方知れずとなったが、1946年、結核性肋膜炎を患い死去。『終りし道の標べに』(1948年10月　真善美社)には金山への献辞がある。

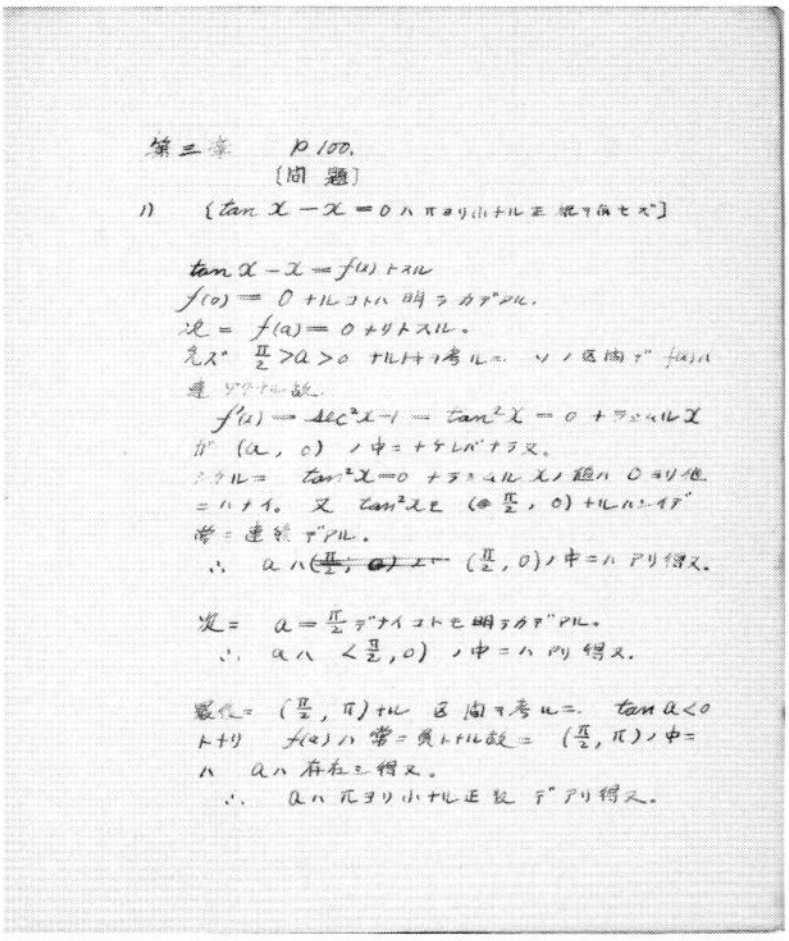

高等微分学(II)　[1941年(昭和16)]

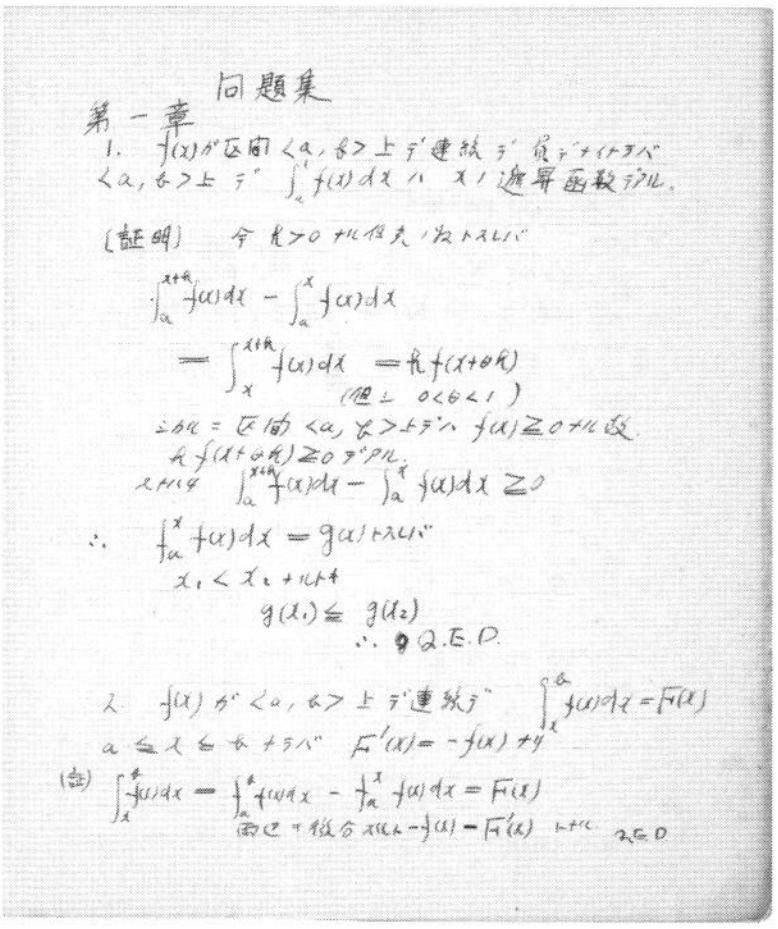

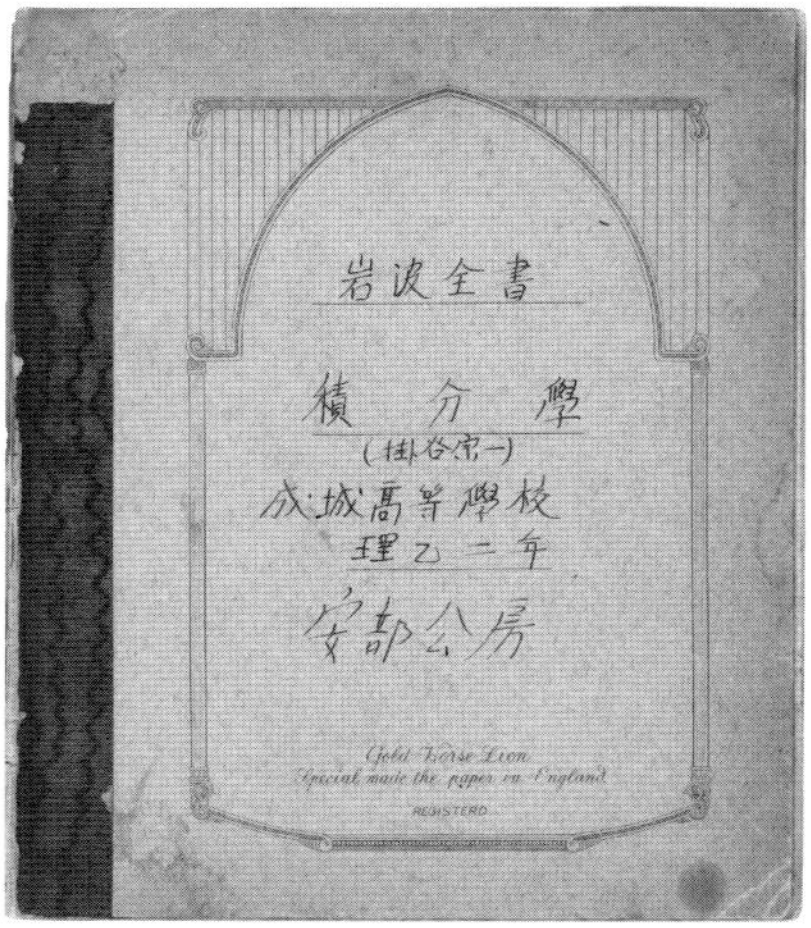

岩波全書 積分学　[1942年]　成城高校在学中のノート。数学の天才と評判だった公房が、同校の後輩に譲ったもの。

成城高校1年生のころ　1940年　入学後すぐに結核を患い、1年間休学。奉天の家族のもとへ戻り、療養生活を送る。翌年4月復学した。

「城」 1943年2月

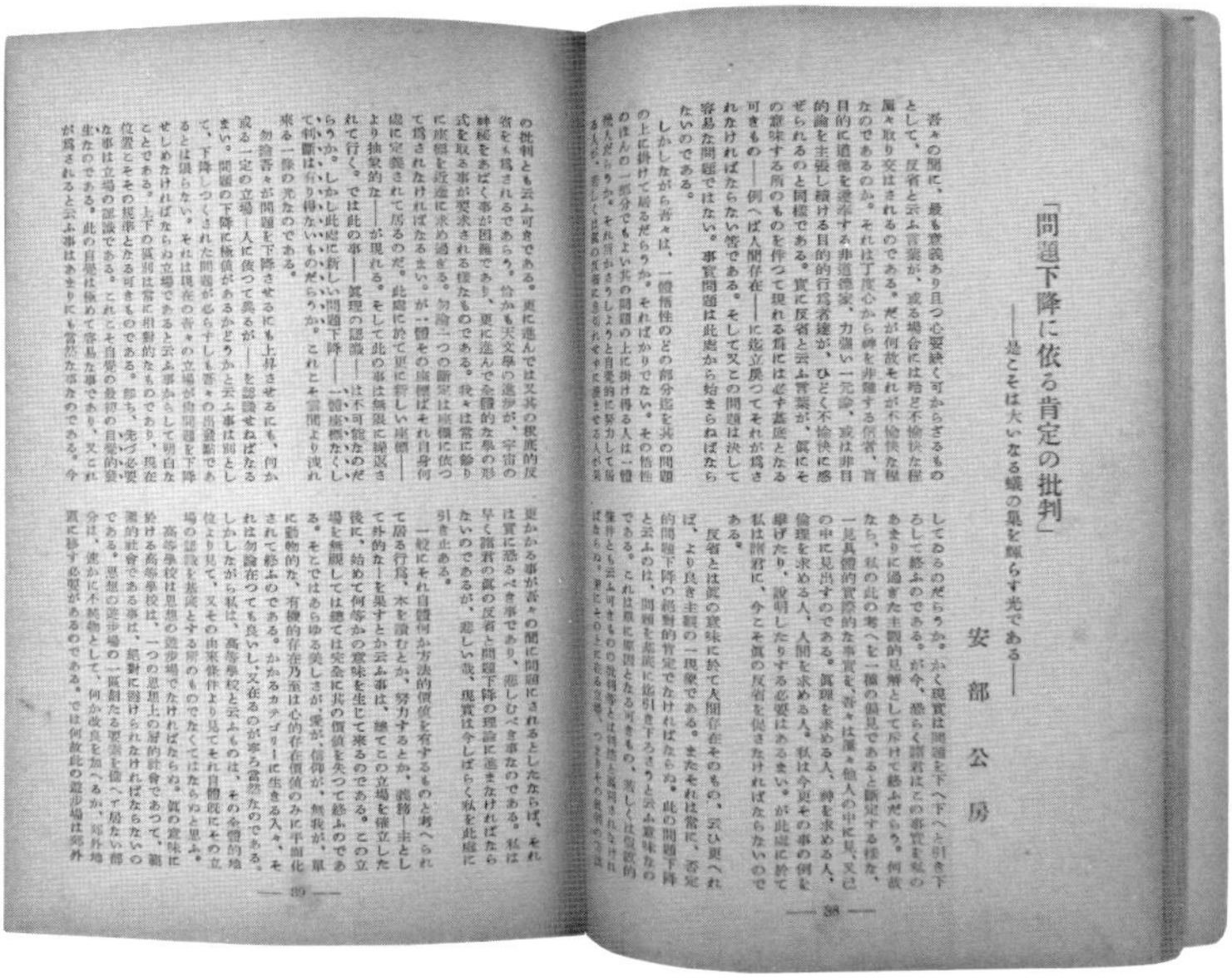

「問題下降に依る肯定の批判」

——是こそは大いなる蟻の巣を輝らす光である——

安部公房

吾々の間に、最も意義あり且つ必要缺く可からざるものとして、反省と云ふ言葉が、或る場合には殆ど不愉快な程屢々取り交はされるのである。だが何故それが不愉快な程なのであるのか。それは丁度心から神を非難する信者、盲目的に道徳を遵奉する非道徳家、力強い一元論、或は非目的論を主張し續ける目的的行爲者達が、ひどく不愉快に感ぜられるのと同樣である。實に反省と云ふ言葉が、眞にその意味する所のものを作つて現れる爲には必ず基底となる可きもの——例へば人間存在——に迄立戻つてそれが爲されなければならない筈である。そして又この問題は決して容易な問題ではない。事實問題は此處から始まらねばならないのである。

「問題下降に依る肯定の批判」 「城」 1943年2月　成城高校校友会雑誌に寄稿したエッセイ。

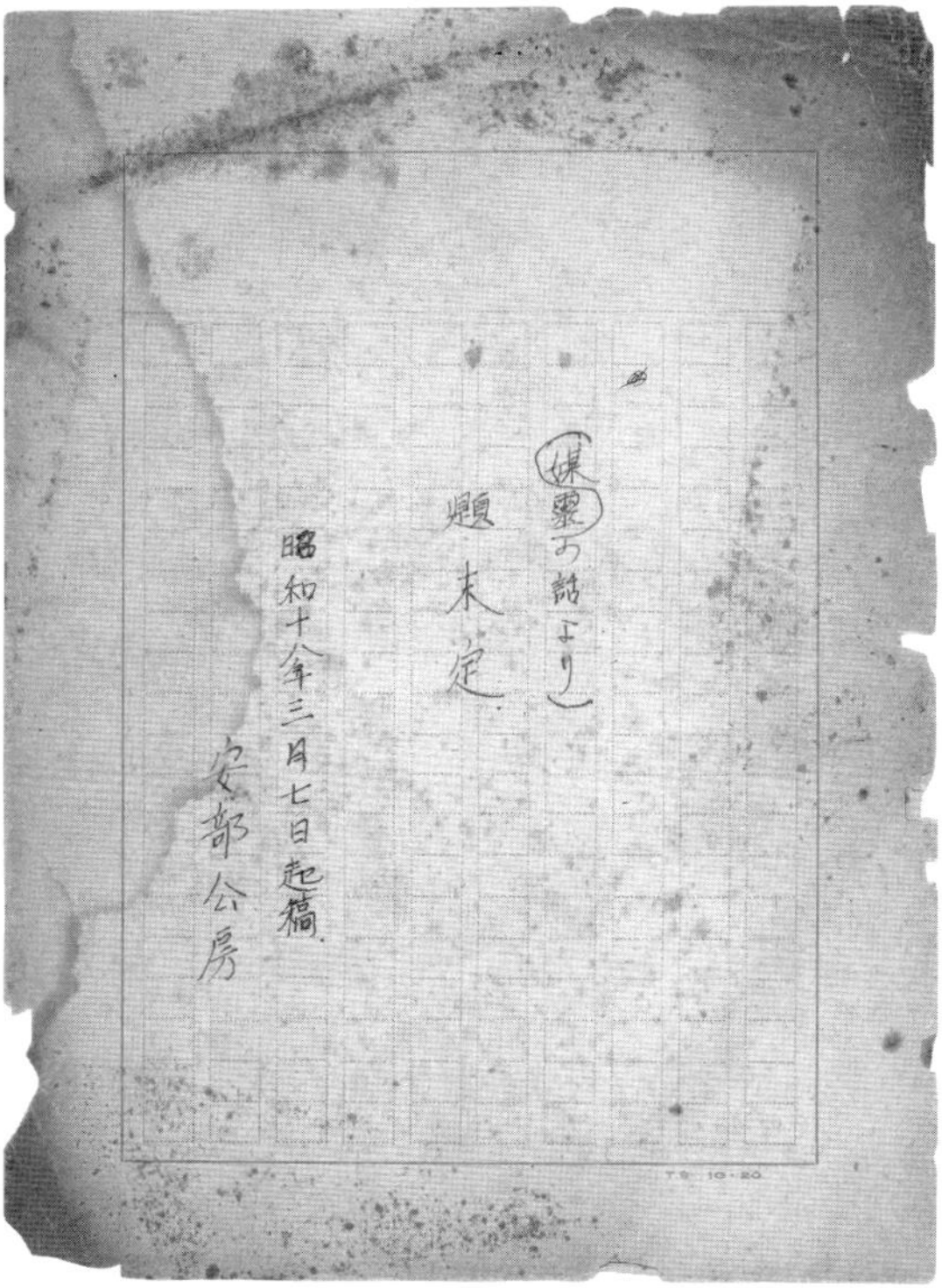

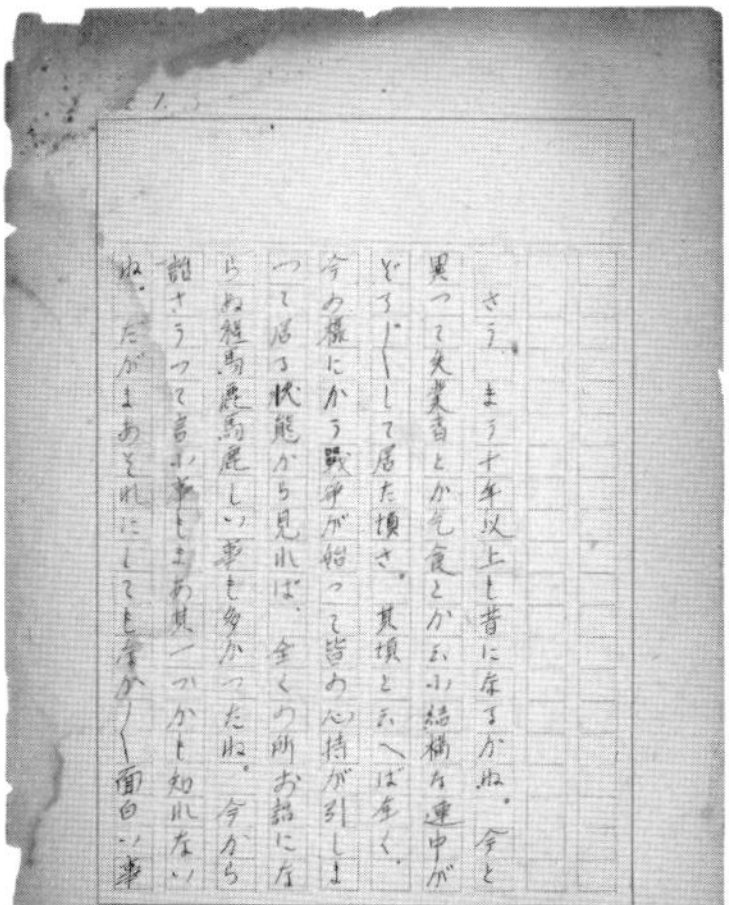

「(霊媒の話より)題未定」原稿　1943年(昭和18) 3月7–16日執筆　現存するもっとも古い小説の原稿で、生前未発表。身寄りがない曲馬団の少年〈パー公〉は、家族への憧れを募らせる。事故で死んだ老女が憑依したふりをして彼女の家庭に入り込むが、優しく受け入れられたことで良心が苛まれていく。

1943年ころ　後列右から公房、弟・春光、前列右から母・ヨリミ、父・浅吉、妹・康子。
同年9月に成城高校を卒業し、10月に東京帝国大学医学部へ入学。

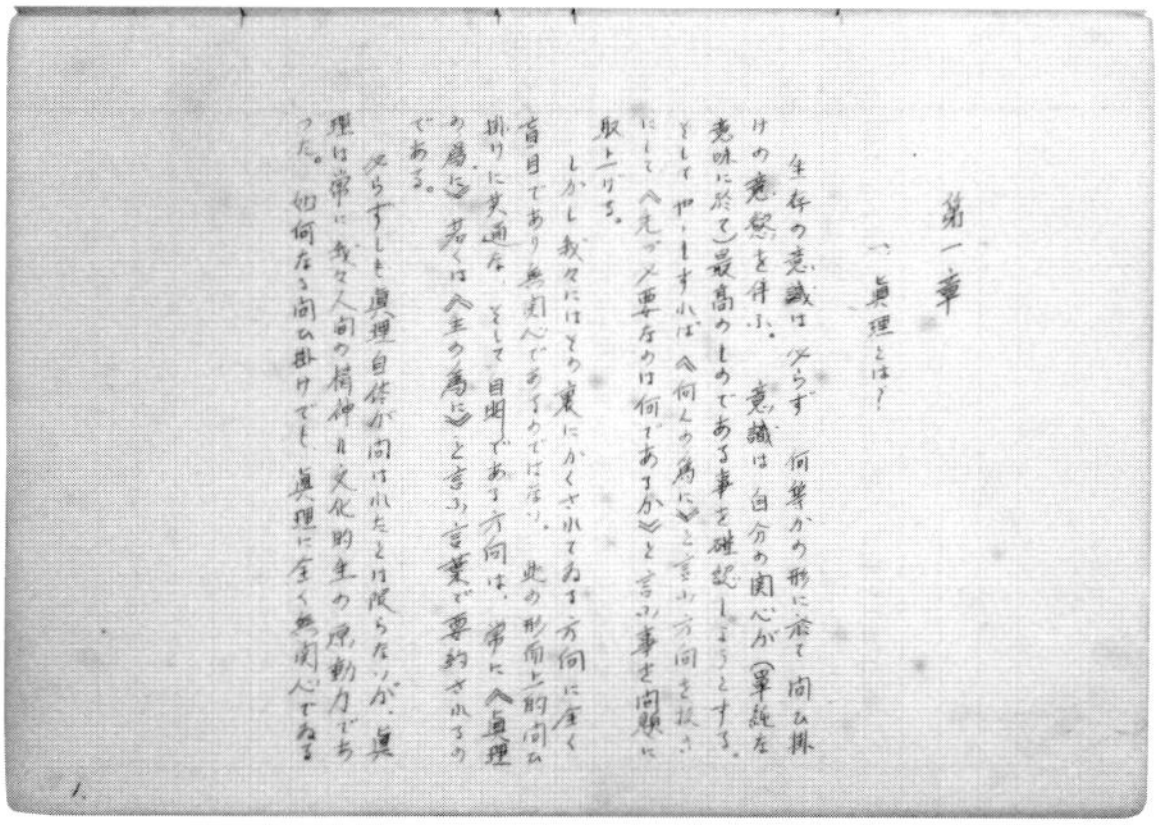

第一章

一、真理とは？

生存の意識は必らず何等かの形に於て向ひ掛けの意欲を伴ふ。意識は自分の関心が（単純な意味に於て）最高のものである事を確認しようとする。そしてやゝもすれば《何んの為に》と言ふ方向を抜きにして《先づ必要なのは何であるか》と言ふ事を問題に取上げる。

しかし我々にはその裏にかくされてゐる方向に全く盲目であり無関心であるのではない。此の形而上的向ひ掛けに共通な、そして自明である方向は、常に《真理の為に》若くは《生の為に》と言ふ言葉で要約されるのである。

必らずしも真理自体が向けられたとは限らないが、真理は常に我々人間の精神乃文化的生の原動力であつた。如何なる向ひ掛けでも真理に全く無関心である

「詩と詩人（意識と無意識）」原稿　1944年6月8日執筆　「真理」と「人間の在り方」をめぐる思索の過程を綴った、生前未発表のエッセイ。

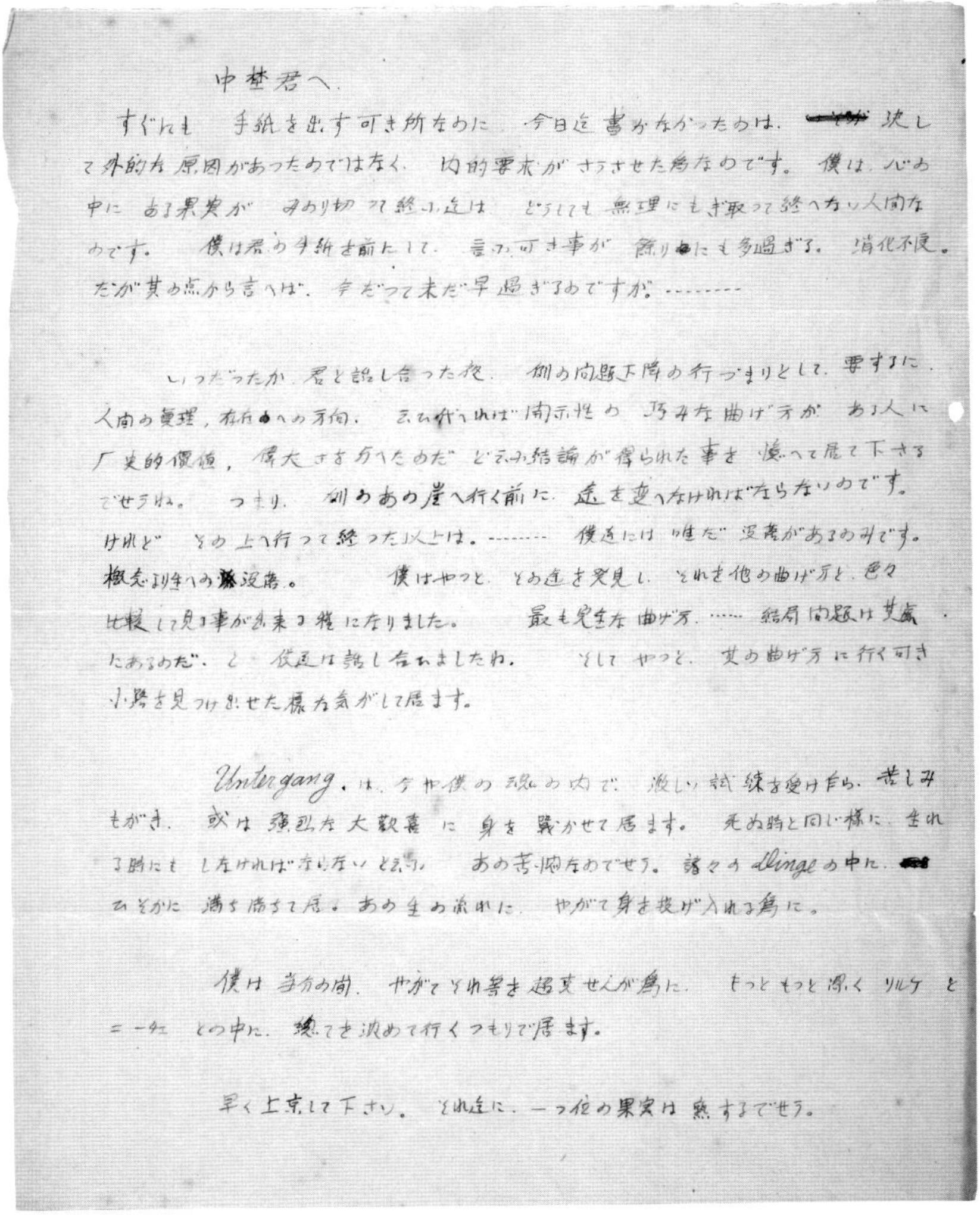
中埜君へ

すぐにも手紙を出す可き所なのに今日迄書かなかったのは、決して外的な原因があったのでは無く、内的要求がさうさせた為なのです。僕は、心の中にある果実が熟り切って終ふ迄は、どうしても無理にもぎ取って終へない人間なのです。僕は君の手紙を前にして、言ふ可き事が余りにも多過ぎる。消化不良。だが其の点から言へば、今だって未だ早過ぎるのですが。--------

いつだったか君と話し合った夜、例の問題上昇の行づまりとして、要するに、人間の真理、存在への方向、言ひ代へれば開示性の巧みな曲げ方が、ある人に歴史的価値、偉大さを与へたのだと云ふ結論が得られた事を憶へて居て下さるでせうね。つまり、例のあの崖へ行く前に、道を変へなければならないのです。けれどその上へ行って終った以上は。-------- 僕達には唯だ没落があるのみです。概念より生への没落。僕はやっと、その道を発見し、それを他の曲げ方と色々比較して見る事が出来る様になりました。最も完全な曲げ方……結局問題は其処にあるのだ、と僕達は話し合いましたね。そしてやっと、其の曲げ方に行く可き小路を見つけ出せた様な気がして居ます。

*Untergang*は、今や僕の魂の内で、激しい試練を受けながら、苦しみもがき、或は強烈な大歓喜に身を戦かせて居ます。死ぬ時と同じ様に、生れる時にもしなければならないと云ふ、あの苦悩なのでせう。諸々の*Dinge*の中に、ひそかに満ち満ちて居る、あの生の流れに、やがて身を投げ入れる為に。

僕は当分の間、やがてそれ等を超克せんが為に、もっともっと深くリルケとニーチェとの中に、総てを沈めて行くつもりで居ます。

早く上京して下さい。それ迄に、一つ位の果実は熟するでせう。

中埜《なかの》肇《はじむ》あて書簡（部分）　1943年（昭和18）11月4日　哲学者の中埜（1922－1997）は成城高校の同級生。京都大学文学部哲学科卒業後、筑波大学などで教授を歴任した。高校時代から哲学を好んだ中埜に、公房から声をかけ親しくなったという。この書簡では思想的な悩みに関連して、公房が影響を受けた詩人ライナー・マリア・リルケについても言及。文科系学生の学徒動員に伴い、中埜は同年12月10日に学徒出陣、海軍に入隊した。

中埜肇あてはがき　1944年5月7日消印　下宿の窓から見える景色を描いたもの。

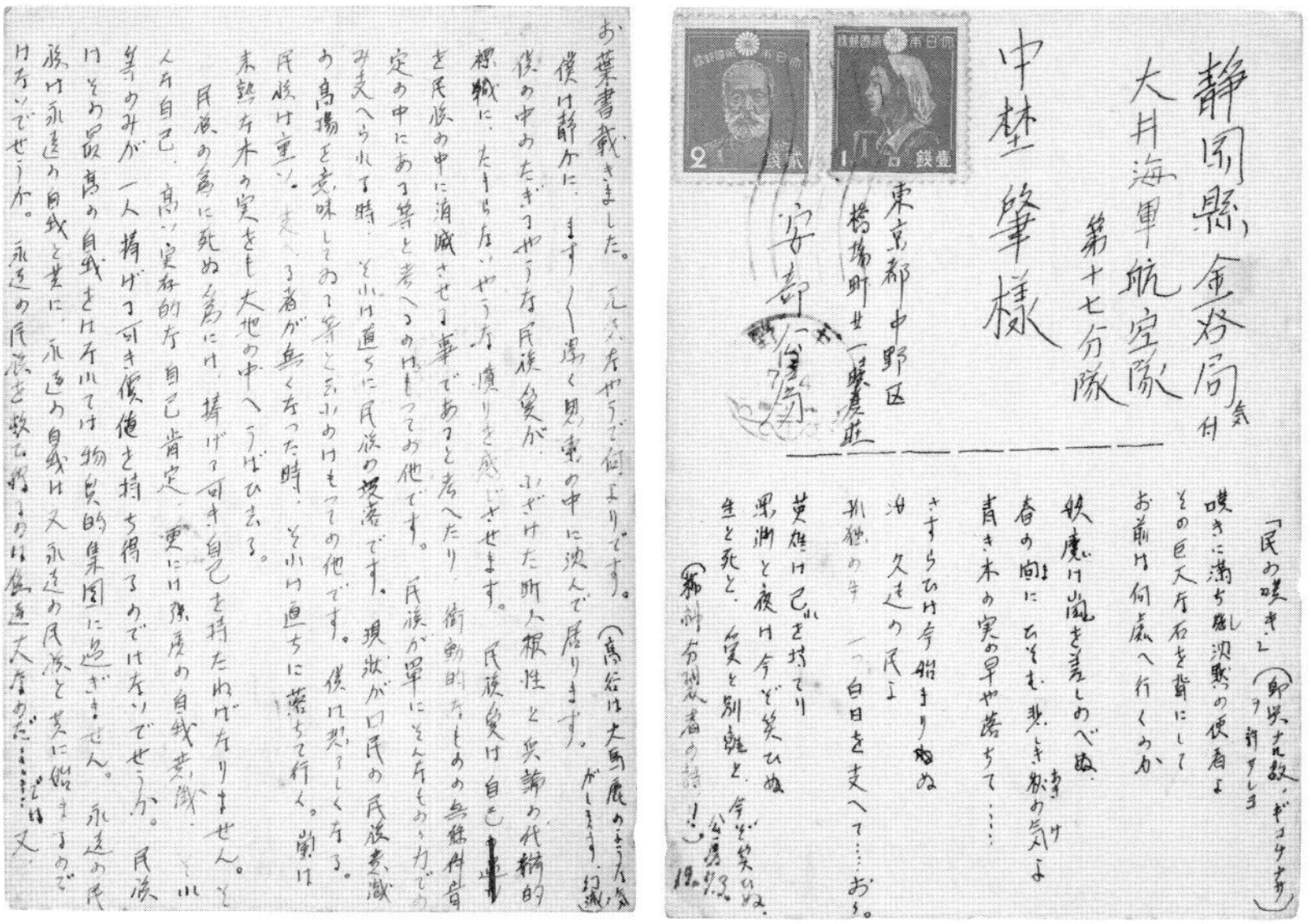
静岡縣金谷局気付
大井海軍航空隊
第十七分隊
中埜肇様

東京都中野区
桜場町廿一 …荘
安部公房

「民の嘆き」

嘆きに満ち …沈黙の使者よ
その巨大な石を背にして
お前は何処へ行くのか

中埜肇あてはがき　1944年7月3日　詩「民の嘆き」を記す。

阿部六郎（1904–1957）　ドイツ文学者、文芸評論家。兄は哲学者の阿部次郎。1927年（昭和2）京都帝国大学文学部文学科卒業、成城高校教授となる。1929年、大岡昇平、河上徹太郎、富永次郎、中原中也らと「白痴群」を創刊した。シェストフの翻訳で注目されたほか、各誌に評論を発表。戦後は成城大学と兼任で東京藝術大学教授をつとめた。写真提供・成城学園教育研究所

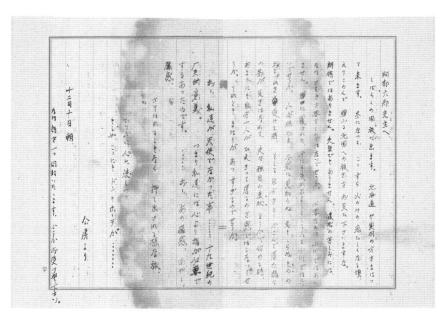

阿部六郎先生へ

しばらくの間旅に出ます。北海道や奥羽の方をまはつて来ます。冬になつて、こゝすら火のけの恋ひしくなる頃、えりこのんで雪ふる北国への旅出を、お笑ひ下さいますな。期待ではありません。大望でもありません。遠船の苦しみには、なれずもきを要するのではないでせうか。必要なのは小川ではありません。雪に覆はれた、今にも流れ出ようとしてゐる小川ではないでせうか。人が晴れなま、不安に見知らぬ、名もしらぬものゝおとづれを受ける時。そして自分をとりかこんで居た様々の影が、光をはなれて、夫々独自の表状をうかべ始める時。あまりにも自分一人がひえきつて居るのを感じはしないでせうか。それとも、まはりがあつすぎるのでせうか。

おゝ、私達が天使でなかつた事……十九世紀の歴史的意義。つまり私達には心より指が必要であつたのです。……おゝ、あの疑惑、あやしい疑惑、

さそはれるともなく押し出される様な旅。

ひそかに心に涙しつゝ、もしや、こゝにもドン・キホーテが……

十二月十日朝。

公房より

なほ詩を一つ同封いたします。どうか、お受け取り下さい。

阿部六郎あて書簡　［1943年］12月10日　高校時代の恩師である阿部に、北海道や奥羽方面へ旅に出ると伝える。

旅出

吾が敬愛する四人のひとへ
（その一人 阿部六郎先生へ）

ひとありて ひそかに
かの はるけき丘より
ひとつぶの なみだ こぼしぬ

まてとよべど
かへらぬとぶりして
まなこ すでに地をはなる
そは天空をぬきて時をたつ
かくて別離とは いま
いみじくも期待なる形象と化し
天へとかける

されど かのはるけき丘より
なみだせし人
なほも忘れじ

あらたなる別離の
ふたゝび つぐなひとして あれいでて
かの形象のほのほになみだして
……その消えさらむを
おゝ その黒々と
かすかなる ひとすじのけぶりのこして
わびしくも きえ行くさまよ

やがて ひくれしのち
さらに ひともなく
ただやみに 雪さへふるか

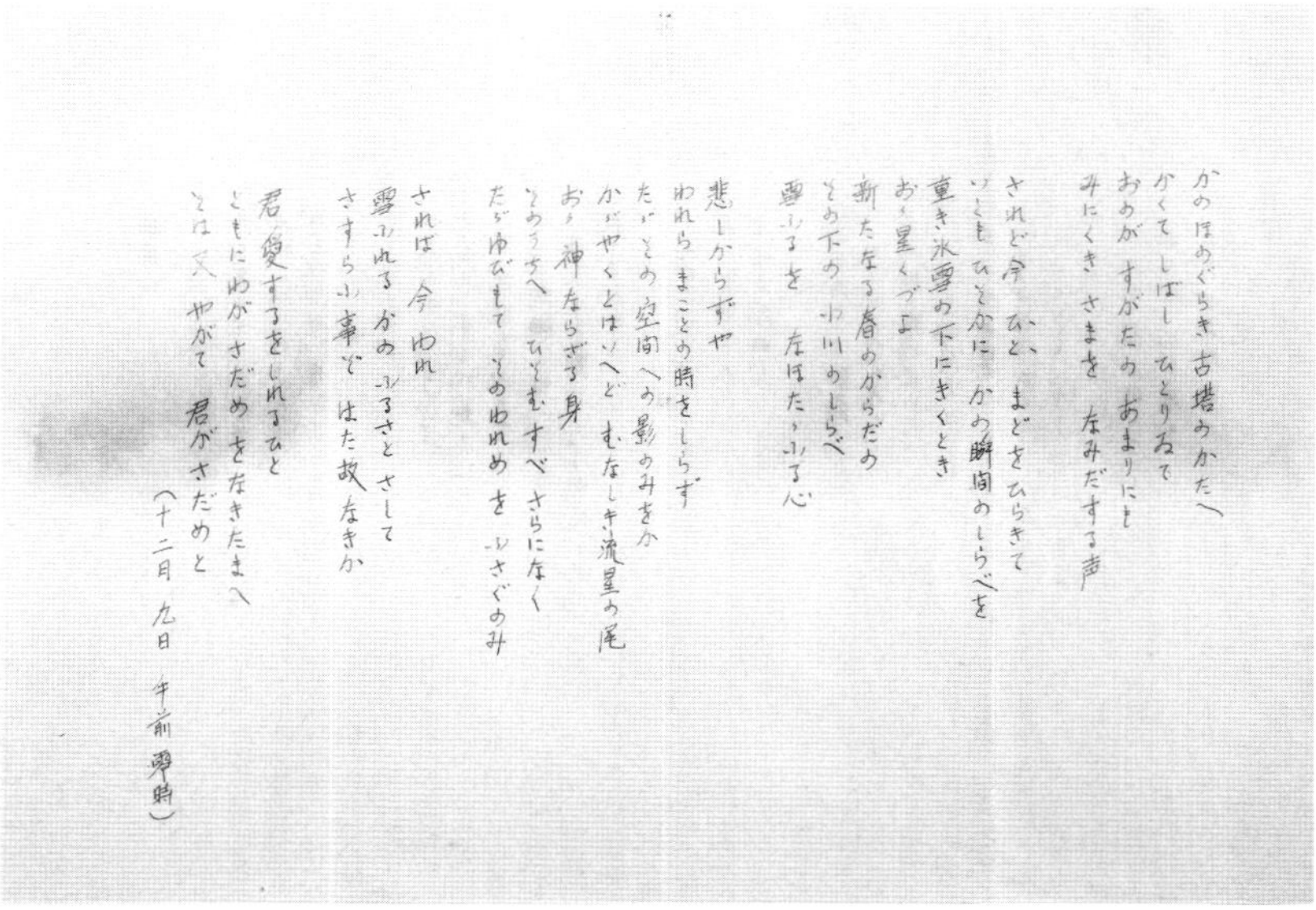

かのほのぐらき古塔のかたへ
かくて しばし ひとりゐて
おのが すがたの あまりにも
みにくき さまを なみだする声

されど今 ひと、 まどをひらきて
いともひそかに かの瞬間のしらべを
重き氷雪の下にきくとき
おゝ星くづよ
新たなる春のからだの
その下の 小川のしらべ
雪ふるを なほたゞふる心

悲しからずや
われら まことの時をしらず
たゞその空間への影のみをか
かゞやくとはいへど むなしき流星の尾
おゝ神ならざる身
そのうちへ ひそむすべ さらになく
たゞゆびもて そのわれめ を ふさぐのみ

されば 今 われ
雪ふれる かのふるさと さして
さすらふ事で はた故なきか

君愛するをしれるひと
ともにわが さだめ をなきたまへ
そは又 やがて 君がさだめと
（十二月 九日 午前零時）

右頁の阿部六郎あて書簡に同封されていた詩「旅出」　12月9日執筆　阿部を含む、敬愛する４人の人びとに贈ると書き添えられている。

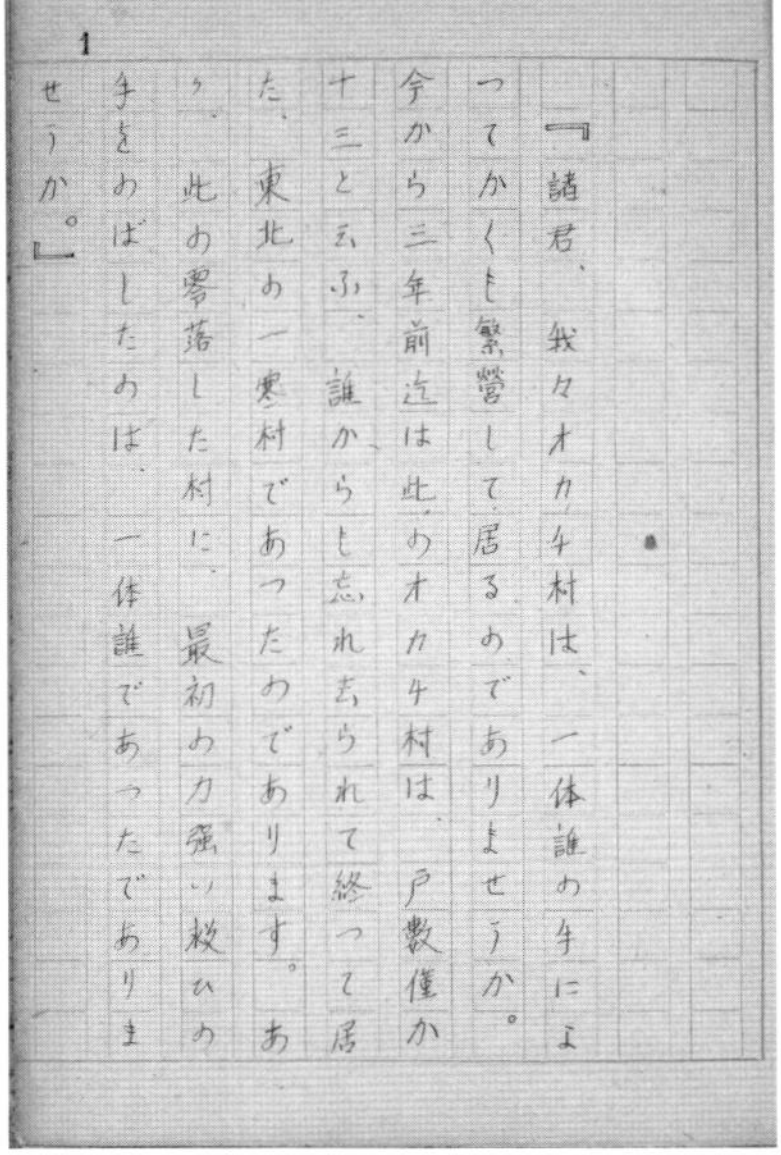

1

『諸君、我々オカチ村は、一体誰の手によつてかくも繁營して居るのでありませうか。今から三十年前迄は此のオカチ村は、戸數僅か十三と云ふ、誰からも忘れ去られて終つて居た、東北の一寒村であつたのであります。あゝ、此の零落した村に、最初の力強い救ひの手をのばしたのは、一体誰であつたでありませうか。』

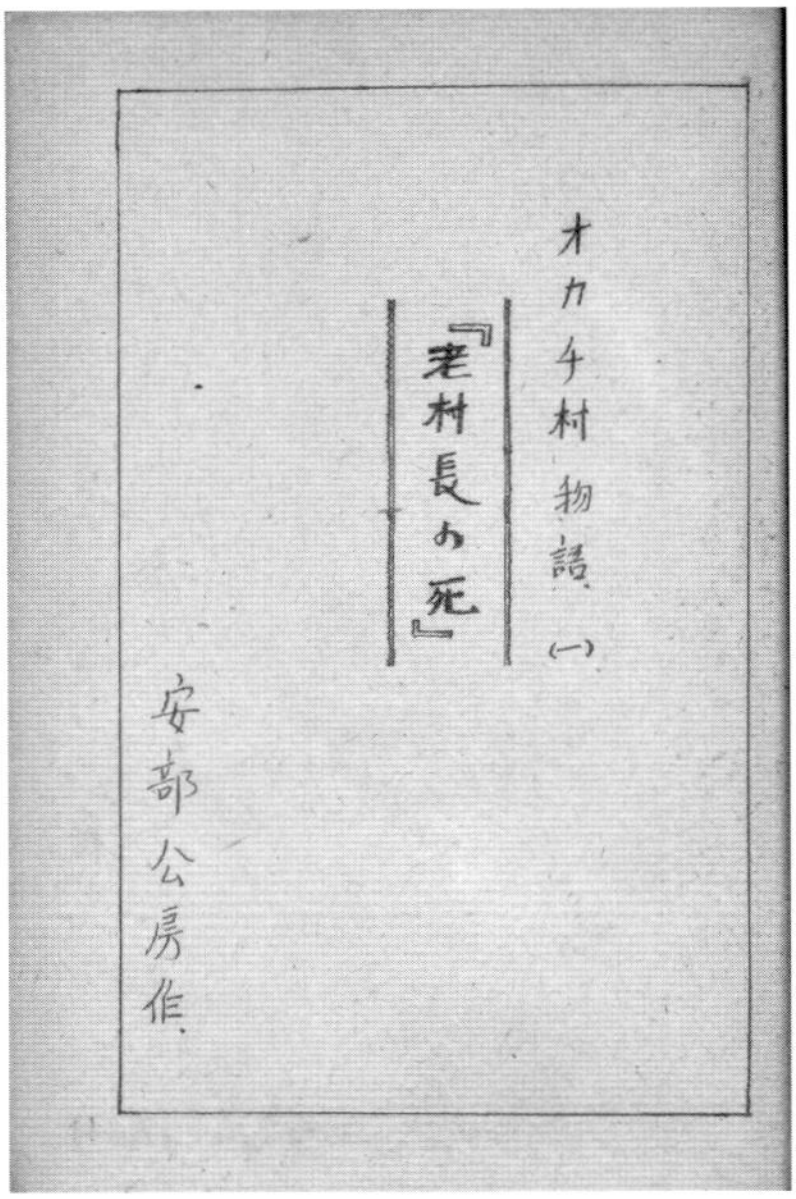

オカチ村物語(一)

『老村長の死』

安部公房作

「オカチ村物語(一)　『老村長の死』」原稿　［1944(昭和19)-1945年］4月4日執筆　地方の農村と思しきオカチ村を舞台にした、生前未発表の小説。些細な罪を村民に責められ、村長の座が危うくなった老人の葛藤が綴られる。

昭和二十一年（一九四六）行く先々で、占領軍から家を追われ、転々と市内を移動。サイダーを製造して、金をもうける。発明に熱中し、セルローズを糖に分解する夢をみる。携帯用固型サイダーを工夫して売り出したが、失敗。中国人の大地主から、協力者になってほしいとたのまれ、かなり動揺したが、けっきょく断った。その年の暮もおしせまってから、やっと引揚げ船に乗り込めた。上陸まぎわに、船内にコレラが発生し、港外に十日近くもとめられ、発狂する者まであらわれた。(このときの異常な体験が、「けものたちは故郷をめざす」の背景になっている)

——「年譜『新鋭文学叢書』に寄せて」から

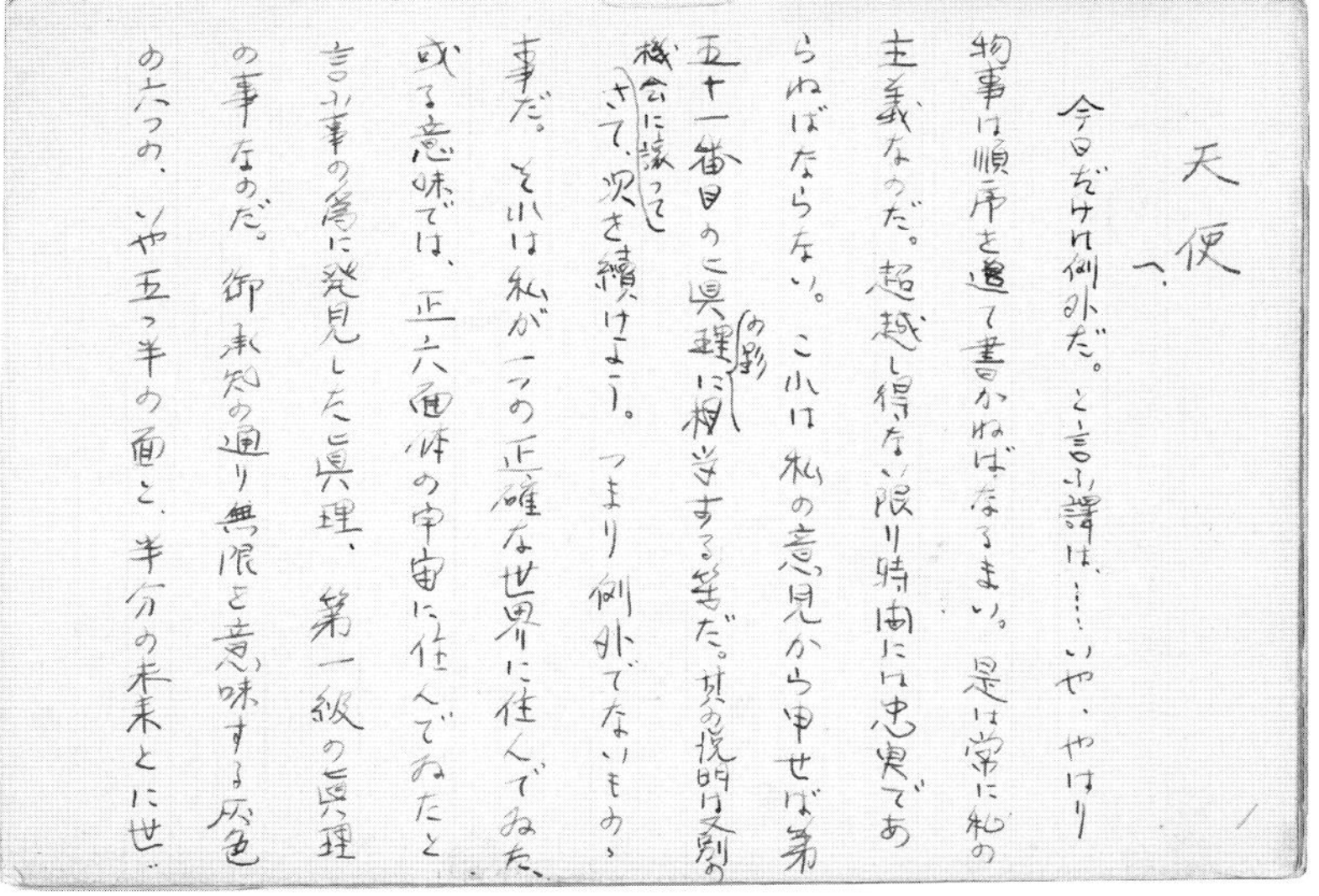
天使

一、

今日だけは例外だ。と言ふ譯は……いや、やはり物事は順序を追て書かねばなるまい。是は常に私の主義なのだ。超越し得ない限り時間には忠実であらねばならない。これは私の意見から申せば第五十一番目の真理の影に相当する筈だ。其の説明は又別の機会に譲って、さて、次を續けよう。つまり例外でないもの、事だ。それは私が一つの正確な世界に住んでゐた、或る意味では、正六面体の宇宙に住んでゐたと言ふ事の為に発見した真理、第一級の真理の事なのだ。御承知の通り無限を意味する灰色の六つの、いや五つ半の面と、半分の未来とに世

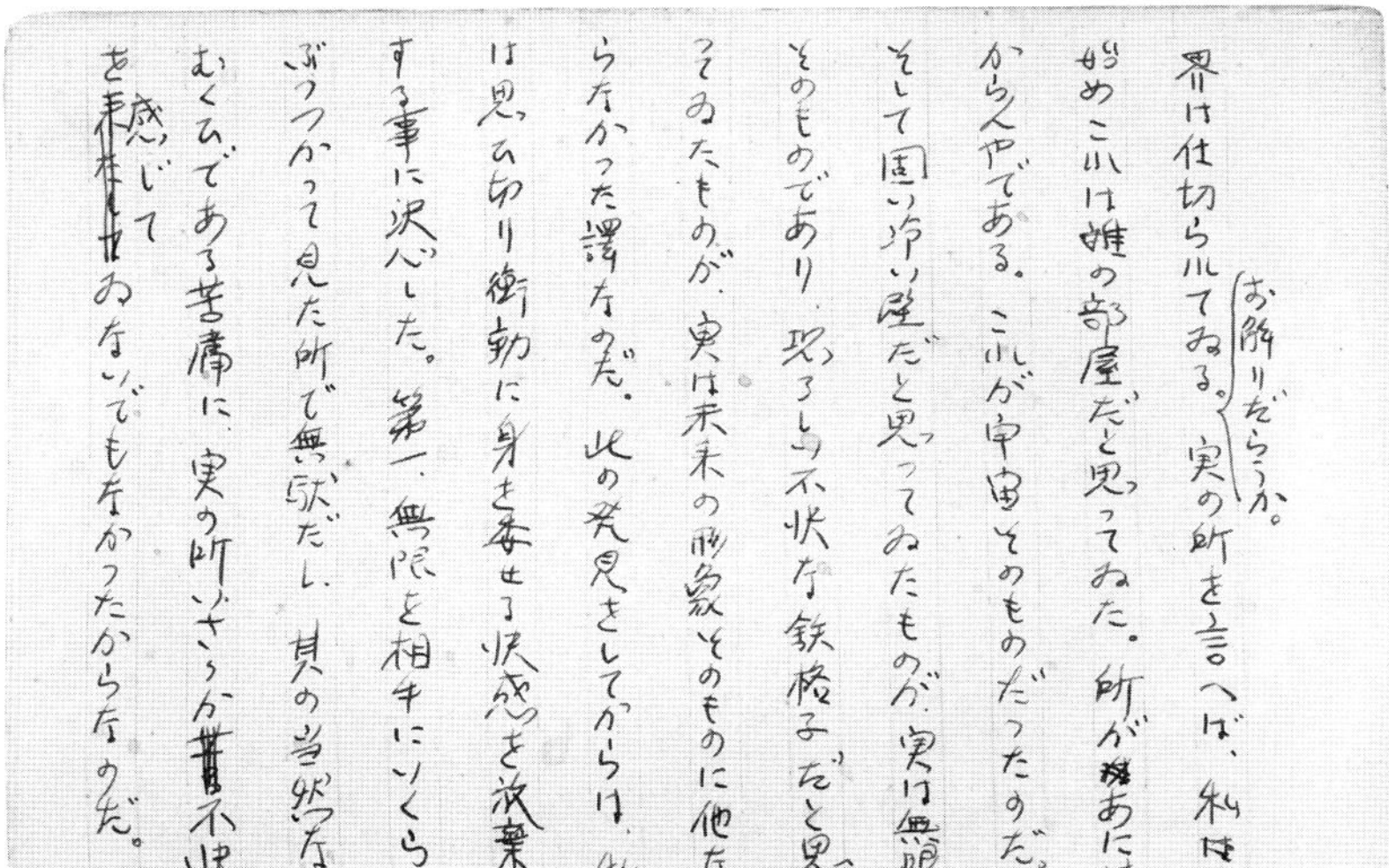
界は仕切られてゐる。お断りだらうか。実の所を言へば、私も始めこれは雑の部屋だと思ってゐた。所があにはからんやである。これが宇宙そのものだったのだ。そして固い冷い壁だと思ってゐたものが、実は無限そのものであり、恐ろしい不状な鉄格子だと思ってゐたものが、実は未来の形象そのものに他ならなかった譯なのだ。此の発見をしてからは、私は思ひ切り衝動に身を委せる状態を放棄する事に決心した。第一、無限を相手にいくらぶつかって見た所で無駄だし、其の当然なむくいである苦痛に、実の所いささか不快を感じてゐないでもなかったからなのだ。

2

「天使」原稿　［1946年11月］執筆　閉じ込められた精神病院を「宇宙」、看護人を「天使」と捉える男が、ある日を境に自分も天使になったと信じ込む。男は病院を抜け出し、町を彷徨い歩くが……。引き揚げ船内で執筆したと推定される、生前未発表の小説。弟・春光宅で保管され、「新潮」2012年（平成24）12月号に新発見資料として掲載された。

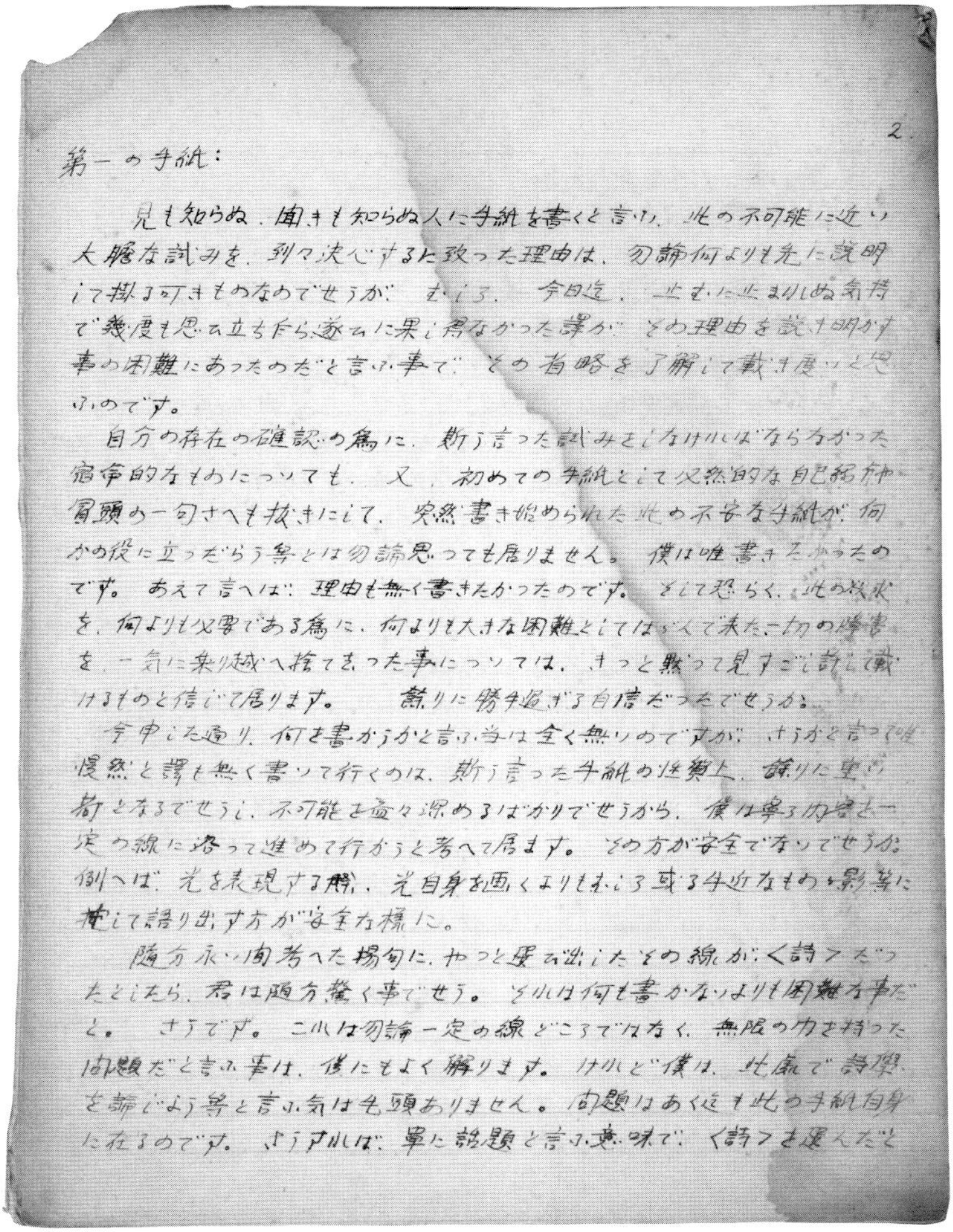

2

第一の手紙：

見も知らぬ、聞きも知らぬ人に手紙を書くと言ふ、此の不可能に近い大胆な試みを、到々決心するに致った理由は、勿論何よりも先に説明して掛る可きものなのでせうが、むしろ、今日迄、止むに止まれぬ気持で幾度も思ひ立ち乍ら遂ひに果し得なかった譯が、その理由を説き明かす事の困難にあったのだと言ふ事で、その省略を了解して戴き度いと思ふのです。

自分の存在の確認の為に、斯う言った試みをしなければならなかった宿命的なものについても、又、初めての手紙として必然的な自己紹介、冒頭の一句さへも抜きにして、突然書き始められた此の不安な手紙が、何かの役に立つだらう等とは勿論思っても居りません。僕は唯書きたかったのです。あえて言へば、理由も無く書きたかったのです。そして恐らく、此の欲求を、何よりも必要である為に、何よりも大きな困難としてはゞんで来た一切の障害を、一気に乗り越へ捨てゝしまった事については、きっと黙って見すごし許して戴けるものと信じて居ります。余りに勝手過ぎる自信だったでせうか。

今申した通り、何を書かうかと言ふ当は全く無いのですが、さうかと言って唯漫然と譯も無く書いて行くのは、斯う言った手紙の性質上、余りに空しい[illegible]となるでせうし、不可能を益々深めるばかりでせうから、僕は寧ろ内容を一定の線に沿って進めて行かうと考へて居ます。その方が安全でないでせうか。例へば、光を表現する際、光自身を画くよりもむしろ或る手近なものゝ影等に託して語り出す方が安全な様に。

随分永い間考へた揚句に、やっと思ひ出したその線が、＜詩＞だったとしたら、君は随分驚く事でせう。それは何も書かないよりも困難な事だと。さうです。これは勿論一定の線どころではなく、無限の力を持った問題だと言ふ事は、僕にもよく解ります。けれど僕は、此処で詩學を論じよう等と言ふ気は毛頭ありません。問題はあく迄も此の手紙自身に在るのです。さうすれば、単に話題と言ふ意味で、＜詩＞を選んだと

「第一の手紙」原稿　1947年（昭和22）1月2日執筆〈僕〉が自分の存在を確認するため、名前も知らない誰かにあてて書いたという書簡体で綴る、生前未発表の小説。本作に続けて「第二の手紙」「第三の手紙」「第四の手紙」が書かれたが、「第四の手紙」の後半部は見つかっていない。

「白い蛾」原稿　1947年5月5日執筆　白蛾丸という船の乗客〈私〉は、船長から船の名の由来となった白い蛾との出会いの物語を聞く。生前未発表の小説。

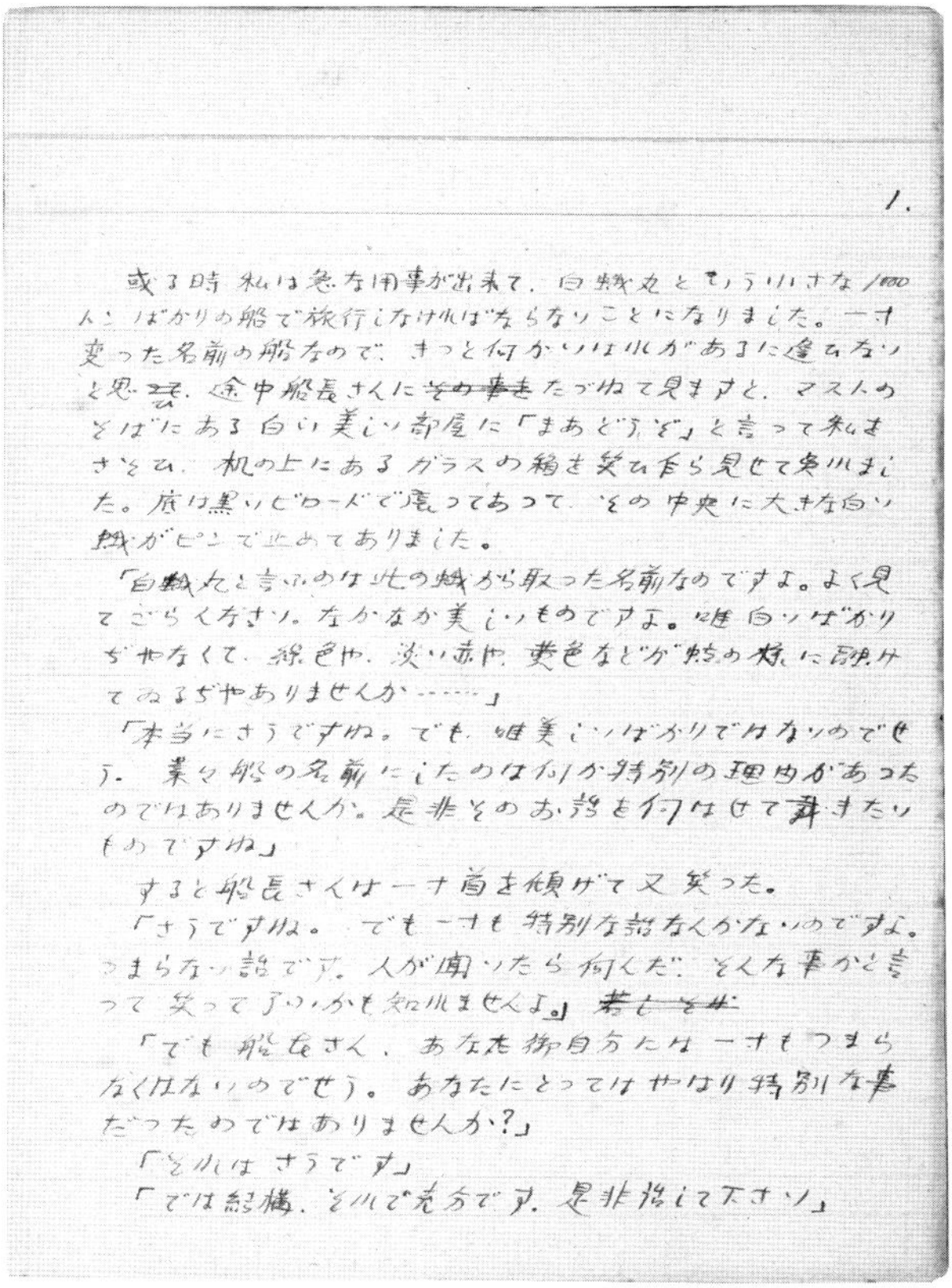

1.

或る時私は急な用事が出来て、白蛾丸というとても小さな1000トンばかりの船で旅行しなければならないことになりました。一寸変った名前の船なので、きっと何かいはれがあるに違ひないと思ひ、途中船長さんに~~その事を~~たづねて見ますと、マストのそばにある白い美しい部屋に「まあどうぞ」と言って私をさそひ、机の上にあるガラスの箱を笑ひ乍ら見せて呉れました。底は黒いビロードで張ってあって、その中央に大きな白い蛾がピンで止めてありました。

「白蛾丸と言ふのは此の蛾から取った名前なのですよ。よく見てごらんなさい。なかなか美しいものですよ。唯白いばかりぢゃなくて、緑色や、淡い赤や、黄色などが虹の様に融けてゐるぢゃありませんか……」

「本当にさうですね。でも唯美しいばかりではないのでせう。態々船の名前にしたのは何か特別の理由があったのではありませんか。是非そのお話を伺はせて戴きたいものですね」

すると船長さんは一寸首を傾げて又笑った。

「さうですね。でも一寸も特別な話なんかないのですよ。つまらない話です。人が聞いたら何んだ、そんな事かと言って笑ってしまふかも知れませんよ。」~~若しそれ~~

「でも船長さん、あなた御自分には一寸もつまらなくはないのでせう。あなたにとってはやはり特別な事だったのではありませんか？」

「それはさうです」

「では結構、それで充分です。是非話して下さい」

中学時代の同級生、緒勝元（左）と公房
1948年ころ　小日向台町で

真知子と　1950年(昭和25)ころ　山田真知子は1926年(大正15)、大分県西国東郡《にしくにさき》高田町(現・豊後高田市)に生まれた。女子美術専門学校(現・女子美術大学)日本画部を卒業した1947年春に、中野の名曲喫茶・クラシックで公房と出会う。まもなく2人は同棲をはじめた。

リンゴの実──真知の為に──

そのリンゴの実の中で
君も亦或る生命を結んだのかもしれぬ
未だ蒼ざめてゐる片頬に
幾度かよぎる影を重ねて
或る悦びを熟させたのかもしれぬ
僕はそつと両手に受けた
永い間うつろな儘に
慄きながら予感を支へてゐた
あの両手の窪みの中に
僕は激しい充実を受け止めた

さながら星の運命の様に
君のリンゴも名前を忘れただらう
完結したものは名前を持たない
再び現実に復帰した
夢想の上を行く蒼い透明だ
僕も亦その途を行けるだらうか
球体への涯しない内部の途を
窮め得ぬその面《も》の影にさながら
路標《しるべ》なき存在を泣かぬだらうか
君が差出した一つの結実を
今僕は唯明るい夢の様に怖れる
涙も亦一つの球体ではなかつたか

──『無名詩集』から

1953年ころ　公房と出会って以降、真知子は「安部真知」として絵画作品や挿絵を発表するようになった。

1953年ころ

茗荷谷の自宅で

ぼくの処女作『終りし道の標べに』に、リルケの影響はまったく見られない。その後につづく、未完の長編（？）『名もなき夜のために』で、多少影響をのぞかせはするが、それもすぐに消えて、『壁』や『デンドロカカリヤ』など、一連のシュールリアリスティックな作風に進んでしまう。だが、実をいうと、『終りし道の標べに』以前に、ぼくにも人並みに詩人の時代があって、『無名詩集』と名乗る、まさしくリルケもどきの、ガリバン刷りの自費出版の詩集があるのである。ぼくは飢えをしのぐために、その薄っぺらな詩集を、友人、知人に、押し売りしてまわった。

――「リルケ」から

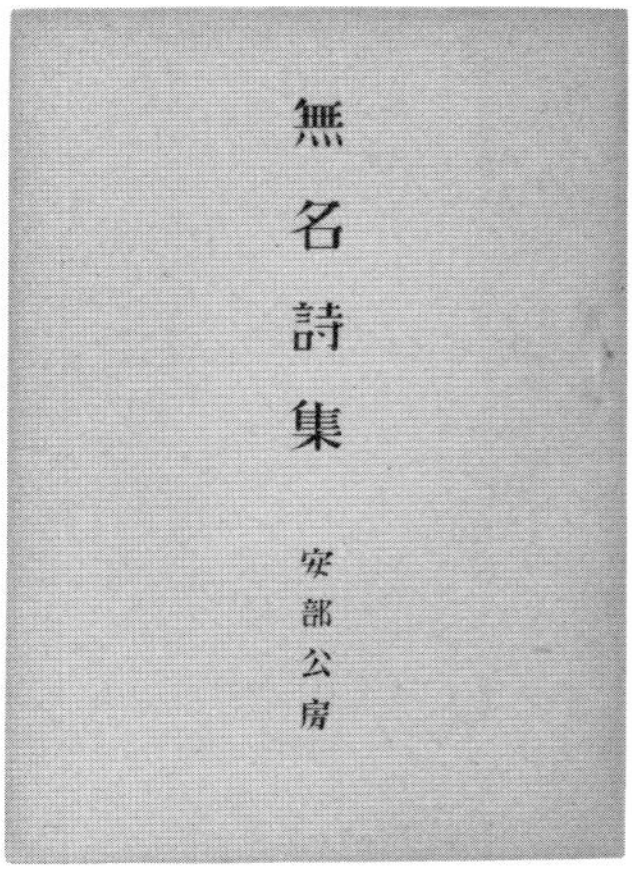

『無名詩集』［1947年（昭和22）5月］
真知子とともに味噌漬けの野菜や炭団《たどん》の行商で生計を立てる苦しい日々のなか、書き溜めた詩をまとめて自費出版した。1冊50円で販売したがまったく売れなかったという。

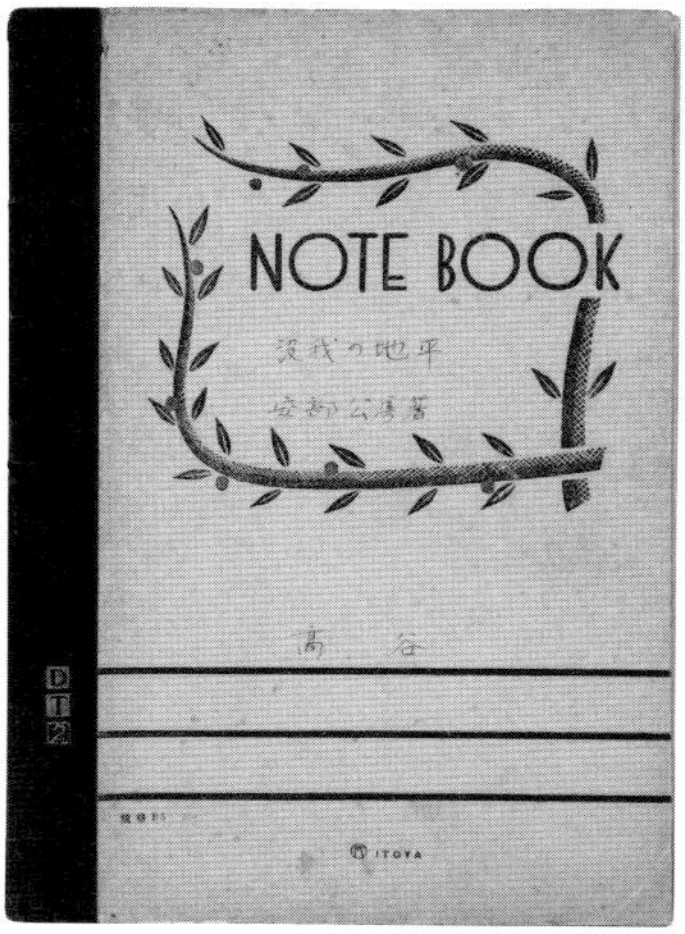

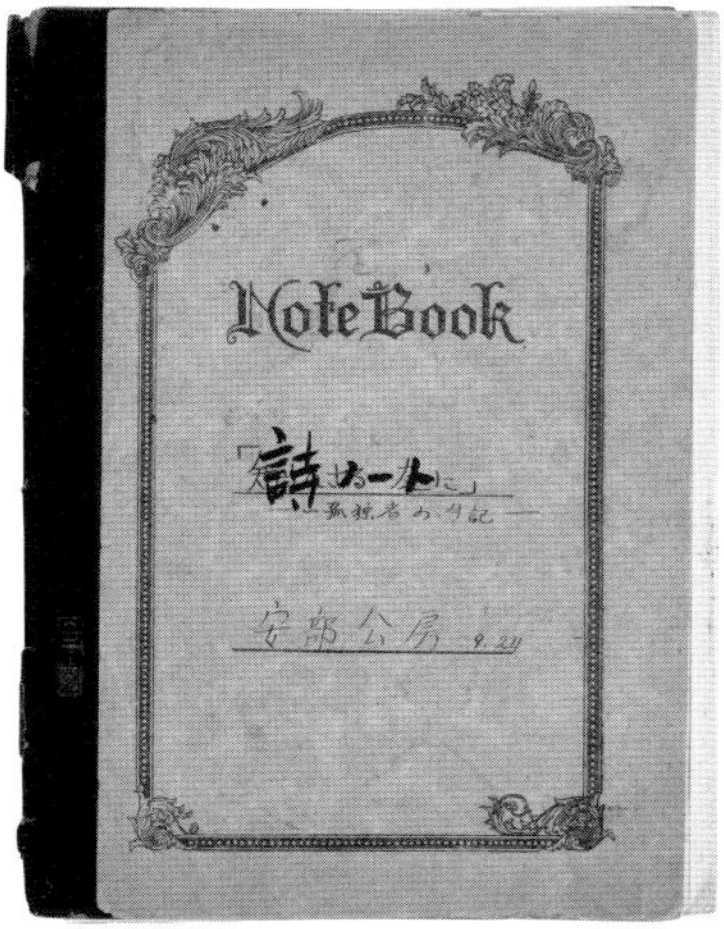

「詩ノート」（［年不詳］）と「没我の地平」（1946年［冬］執筆）　詩を書き留めたノートで、その一部は『無名詩集』に収録された。

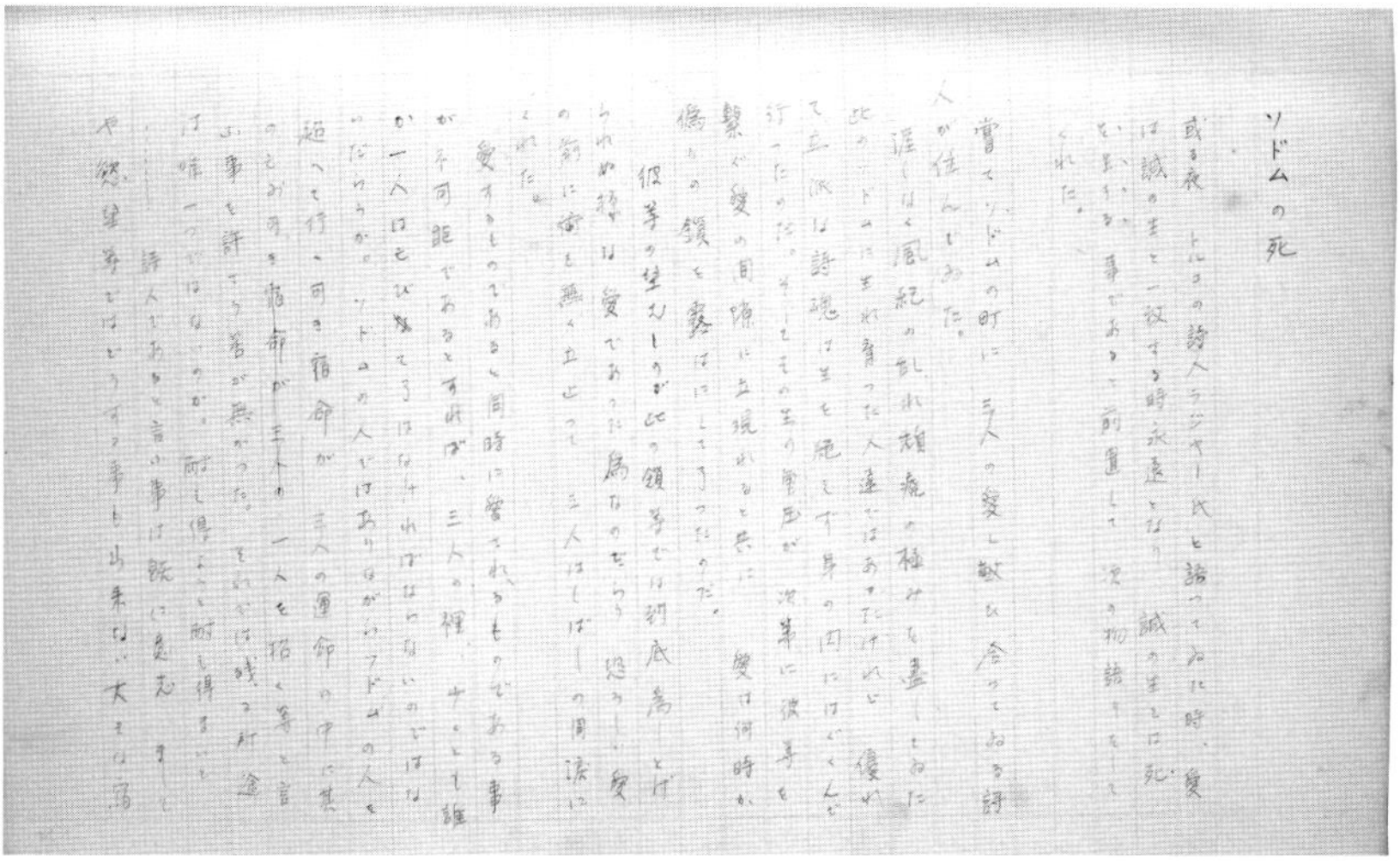

散文詩「ソドムの死」原稿　右頁「没我の地平」から。一部改稿して『無名詩集』に収録。ノート表紙に「安部公房著」「高谷」とあり、高校、大学の後輩・高谷治が清書したものと推定される。1946年秋に引き揚げ船で帰国した公房は、母、弟、妹とともに東鷹栖村の祖父母宅に一時身を寄せ、その後単身上京して高谷の家に居候していた。

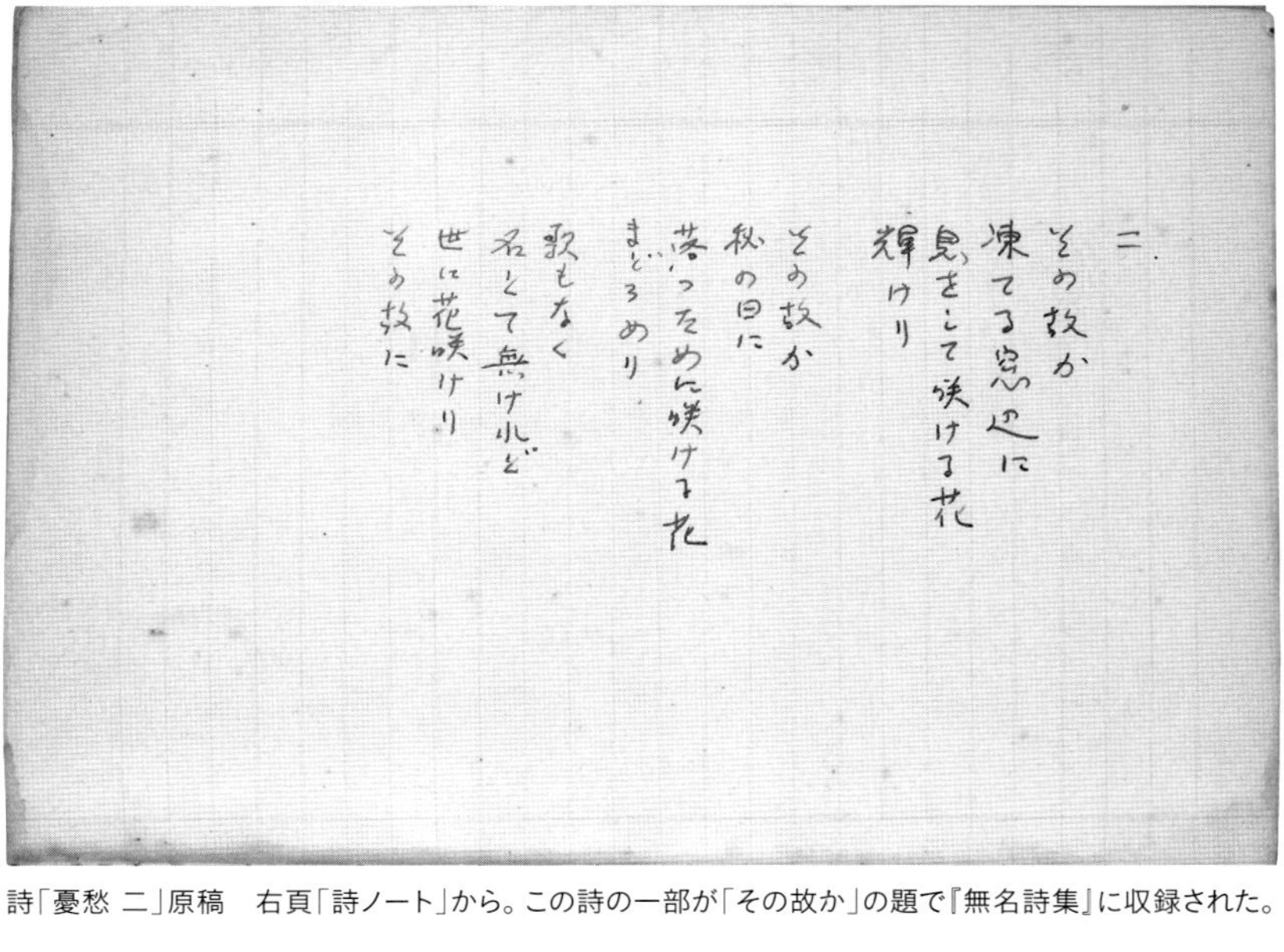

詩「憂愁 二」原稿　右頁「詩ノート」から。この詩の一部が「その故か」の題で『無名詩集』に収録された。

安部公房とマルクス主義

鳥羽耕史

二〇世紀は革命の時代だった。一九一七年、ロシアの二月革命による帝政ロシアの崩壊、一〇月革命によるソヴィエト政権の確立は世界に衝撃を与えた。マルクス主義と共産党が世界中の若者の心を捉える一方、各国政府は革命につながる動きを警戒し、弾圧を強めた。

文学・芸術においても革命は相次いだ。一九〇九年の未来派、一九一三年の表現主義、一九一六年のダダイズム、一九二四年のシュルレアリスムなど、ヨーロッパ各国で、これまでの芸術を否定して革新しようとする新しい芸術運動が続々とはじまった。

アンドレ・ブルトンの「シュルレアリスム宣言」が発表された一九二四年に生まれた安部公房は、まさにこの政治と芸術の革命の時代の申し子であった。しかし、安部が戦後の日本でその活動をはじめるまでには、長く苦しい前史があった。

ロシア革命の脅威から立案された治安維持法が一九二五年に施行されると、一九二二年結成の日本共産党は、一九二八年三月一五日に大弾圧を受けた。小林多喜二「一九二八・三・十五」(『戦旗』一九二八年一一月号~一二月号)には、共産党員に対する警察の暴力が詳述されている。弾圧は繰り返され、一九三三年二月二〇日に捕まった小林多喜二は築地署における「取調べ」という名の拷問で亡くなった。同年六月八日に佐野学・鍋山貞親が獄中で発した「共同被告同志に告ぐる書」という転向声明もあいまって、プロレタリア文学者たちの間でも転向が相次いだ。まもなく、中野重治「村の家」（『経済往来』一九三五年五月号）など一連の「転向文学」が一つのジャンルをなすようになった。

芸術の世界においても弾圧は続いた。一九四一年四月五日には、美術評論家の瀧口修造とシュルレアリスム画家の福沢一郎が検挙され、八ヶ月拘留されて起訴猶予となった。シュルレアリストのアラゴン、エリュアールらが一九二七年にフランス共産党に入党していたのと、福沢らの美術文化協会にプロレタリア美術運動の出身者が多かったため、危険とみなされたのだろう。

一九四五年九月三〇日もしくは一〇月一日、三人の欧米ジャーナリストが、米軍将校に偽装して府中刑務所に乗り込んだことで、非転向を貫いて一七年半も獄中にあった徳田球一や志賀義雄らが発見された。彼ら政治犯の発見に関するニュースは、一〇月三日の読売新聞、同四日のニューヨークタイムスはじめ、国内外で報じられた。ワシントンから適切な処置を求められたマッカーサーは、連合軍最高司令部覚書として、あらゆる政治犯の釈放と特高の廃止、治安維持法の撤廃、内務大臣の罷免を日本政府に命令し、一〇月五日の東久邇内閣総辞職表明を経て、徳田らの釈放が実現することになった。

こうした経緯で戦後の日本共産党のリーダーとなった徳田らが、占領軍を「解放軍」と規定したのは文字通りの意味だっただろう。一一月八日に創立準備全国協議会、一二月一日に第四回大会を開いた日本共産党の人気は高まっていった。翌一九四六年一月、延安に亡命していた野坂参三が帰国し、二六日の帰国歓迎国民大会で「愛される共産党」を提唱して、そのスローガンと占領下の平和革命路線が戦後の日本共産党の方針となった。同年四月の衆院選で、日本共産党は野坂参三、徳田球一、志賀義雄、高倉輝、中西伊之助の五名の当選者を出した。計画された二・一ゼネストと前後して徳田球一、志賀義雄『獄中十八年』（時事通信社、一九四七年）を出したのは、党の影響力と正統性を同時に示す意味があったのだろうが、ゼネストはマッカーサー指令によって中止となった。ゼネスト中止後の四月の衆院選で日本共産党は一議席を減らした。

一九四八年一月、花田清輝と岡本太郎を中心に、戦後日本でのアヴァンギャルド芸術運動をめざす〈夜の会〉が結成され、安部公房も参加した。安部は同じ時期に二〇代の文学者や画家を中心とする〈世紀〉も立ち上げ、新しい芸術は芸術運動から生まれる、という花田のテーゼを実現しようとした。

二・一ゼネストに中止命令を出した占領軍は、一九四八年八月に大韓民国、九月に朝鮮民主主義人民共和国が成立して東アジア情勢が変わるにつれて、占領政策を転換させ、日本を民主化・非軍事化することから、共産主義の防波堤にすることへと目標を変えた。いわゆる「逆コース」である。日本共産党は、日本国憲法施行後の最初の総選挙となった一九四九年一月の衆院選では三五名の当選者を出したが、それが人気の絶頂であり、ターニングポイントとなった。一九四九年四月の団体等規正令と、同年七月から八月にかけての下山、三鷹、松川事件は、日本共産党や労働組合の前途に暗雲を示すものとなった。さらに、一九四九年一〇月の中華人民共和国の成立と、一九五〇年一月のコミンフォルム批判により、事態は決定的となった。共産党の国際組織であるコミンフォルムの機関紙『恒久平和と人民民主主義のために』に掲載された「日本の情勢について」が、野坂参三の平和革命路線を否定したのだ。これに対して「「日本の情勢について」に関する所感」を発表した徳田・野坂らの主流派もしくは所感派と、批判を受け入れる宮本顕治・志賀義雄らの国際派などに党は分裂して混乱に陥った。一九五〇年六月六日に日本共産党の中央委員二四名が追放処分を受け、徳田ら幹部九名は地下に潜って活動することになった。同二五日に朝鮮戦争がはじまると、翌日から共産党機関紙『アカハタ』は三〇日間、ついで七月一八日には無期限の発行停止処分を受け、映画界や、新聞・放送などの報道機関から共産党員を追放するレッドパージがはじまり、やがて電力・石炭・鉄鋼などの基幹産業へと広がった。八月以降、徳田、野坂らは中国へ渡り、北京機関を設立した。

一九五一年三月、〈世紀〉メンバーの安部公房、桂川寛、勅使河原宏の三人が日本共産党に入党申込をしたのは、まさにこうした情勢の頃だった。野間宏に紹介された安部たちは、徳田らの主流派の党員となり、東京南部の下丸子《しもまるこ》の地域サークルで、労働者たちとともに『詩集　下丸子』第一集（一九五一年七月）を制作した。

一九五一年四月のスターリン裁定で国際派が分派とされると、宮本らは自己批判し、一〇月の第五回全国協議会（五全協）で党は再統一され、五一年綱領による武装闘争方針が決まり、一九五二年から山村《さんそん》工作隊や中核自衛隊による火炎ビン闘争などが実行に移された。しかし、武装闘争は大衆の支持を得ず、一九五二年五月のいわゆる血のメーデー事件が七月の破壊活動防止法の制定施行を招く結果となった。同年八月の衆院選で、日本共産党は全員落選となって議席を失ったのである。

安部公房は、一九六一年九月六日に除名されるまで日本共産党員だったが、熱心に活動していた時期は一年ほどだったように見える。特に、新日本文学会の代表としてチェコスロバキア作家同盟大会に参加し、社会主義国の実情を見てきた一九五六年、「東ヨーロッパで考えたこと」(『知性』九月号)と「日本共産党は世界の孤児だ——続・東ヨーロッパで考えたこと」(『知性』一〇月号)を発表してからは、日本共産党を批判的に見るようになっていた。

しかし、少なくとも一九五〇年代前半の安部公房の文学には、マルクスからの影響が顕著に見られる。一九五〇年二月に書きあげ、一年後に発表した「壁—S・カルマ氏の犯罪」(『近代文学』一九五一年二月号)で行われていたのは、カフカの『審判』やルイス・キャロルの『不思議の国のアリス』から『資本論』に至る様々な先行テクストの創造的引用であった。一九五〇年四月二〇日の中埜肇宛書簡で「ぼくは次第にマルクシズムに接近しています」と書いた安部は、五月一五日のノートに至ると「コミニズムは何故マルクスを、スターリンを批判出来ぬか!?」と書き、マルクスやコミュニズムに批判的に接近していった様子が窺える。「三つの寓話」(『人間』一九五〇年一二月号)の一つ、労働者の液化と資本家の溺死を描いた「洪水」は、マルクス『経済学・哲学手稿』で疎外されていない未開人の状態を表した「水中の魚のようにアット・ホーム」という直喩表現によって発想されている。「私の生活手段が誰か他の人のものであり、私の望みのものが誰か他の人の所有物であって手が届かない」という「疎外」の説明も、同じく「三つの寓話」中の「赤い繭」の「俺」の嘆きにつながる。また、マルクス『賃労働と資本』では、「もし蚕が幼虫として生きつづけるためにまゆをつむぐとしたら、そのときは蚕は一個の完全な賃労働者ということになるだろう」とされていた。つまり、「赤い繭」の「俺」は繭をつむぐ蚕として賃労働者のアナロジーとなっているし、繭ができて「俺」がいなくなるという結末は、マルクスの隠喩を用いた労働疎外の表現と見ることができよう。「詩人の生涯」（『文藝』一九五一年一〇月号）も、ジャケツなどマルクスの隠喩を用いながらプロレタリア独裁の理想像を描いた寓話と読めるものになった。

三島由紀夫や福田恆存《つねあり》など、保守を標榜する少数の作家・評論家を除き、戦後文学者の多くは日本共産党や社会党など革新政党の党員、もしくは同伴者と呼ばれる、共感をもって活動するシンパだった。戦後まもなく、プロレタリア文学の再建と新しい文学の創造の両面を担う雑誌として創刊された『新日本文学』や、一九五〇年の日本共産党の分裂時に主流派に近い雑誌として創刊された『人民文学』、自然主義文学の伝統に根ざして一九五五年に創刊された『農民文学』では、社会主義リアリズムの公式に合うような、労働者や農民の生活を描く小説が発表されていた。その中で、「ちっぽけなアヴァンチュール」（『新日本文学』一九五〇年七月号）で不倫の冒険を書いた島尾敏雄や、「書かれざる一章」（『新日本文学』一九五〇年五月号）で党の矛盾を告発した井上光晴は大きな批判にさらされた。一方、マルクスのテクスト自体を創造的に読み替えた安部公房の創作は異色の試みだったが、発表媒体が異なっていたこともあり、そうした批判を受けることはなかった。安部が批判されて一九六一年九月に除名されるに至ったのは、同年七月から八月にかけて、新日本文学会の党員文学者たちと連名で、安保闘争に関わって党を批判した三つの声明が原因だった。一〇月には〈記録芸術の会〉の解散が決議され、安部らの芸術運動も終わりを告げた。

しかし、それが安部におけるマルクス主義的な発想の終わりを意味した訳ではない。除名前の一九六〇年、訪中日本新劇団で日本人民の安保反対闘争を見せるために、安部は群馬県前橋市を中心とした民主商工会加盟店の閉店ストに取材した戯曲『石の語る日』を書いた。さらに除名後も、安部は三井三池炭鉱争議における第一組合と第二組合の対立を着想源としながら、幽霊が自分の殺された理由を探ろうとする勅使河原宏監督の映画『おとし穴』（一九六二年）のシナリオを書いた。幕末の「変節漢」としての榎本武揚の命を狙う架空の新撰組隊士の物語を描いた『榎本武揚』（中央公論社、一九六五年）は、安部の転向小説と目された。しかし、福田恆存が芥川比呂志経由で依頼し、明治百年記念公演のために書かれた戯曲版（一九六七年）で明確化されたように、未来の共和国の幽霊を描くという発想は、やはり今ある政治と異なるものを構想する点において、マルクスの残響とも読めるものになっている。

『砂の女』（新潮社、一九六二年）、『他人の顔』（講談社、一九六四年）、『燃えつきた地図』（新潮社、一九六七年）の「失踪三部作」をはじめとする安部の代表作は除名後に発表された。しかし、これらの作品も、一九五〇年代の芸術運動と政治運動なくしては生まれなかったものであり、その面から考察できる要素を持っているのだ。

（とば・こうじ／早稲田大学文学学術院教授）

（左頁）公房　1951年（昭和26）ころ　茗荷谷の自宅で

.2

第二部　作家・安部公房の誕生

成城高校時代の恩師・阿部六郎は、小説「粘土塀」を読み、埴谷雄高《ゆたか》へ紹介。埴谷の推薦で「終りし道の標べに」として雑誌「個性」(一九四八年〈昭和二三〉二月)に掲載され、公房はついに文壇デビューを果たす。その後も「斯《か》く在る」ことを問う作品を執筆し続けるが、発表が叶わないことも多かった。このころ、前衛芸術運動のグループ・世紀（世紀の会）や夜の会に参加。「デンドロカカリヤ」など、次第にシュルレアリスムの影響を感じさせる作風へと変化する。また、同じころ石川淳のもとを訪ねるようになる。石川に託した「壁—Ｓ・カルマ氏の犯罪—」は原稿用紙二〇六枚に及び、公房が一挙掲載を望んだために掲載先探しは難航したが、ようやく雑誌「近代文学」（一九五一年二月）に掲載された。同年五月ころ、日本共産党に入党。七月に「壁」の芥川賞受賞が決定した際は、文化工作活動のため滞在していた大田区下丸子でその知らせを聞いたという。

一九五六年、初めて東欧の社会主義国を歴訪。以後、社会主義、共産主義体制に批判的な態度をとるようになっていった。翌年、小説「赤い繭」がチェコ語に翻訳されたのを皮切りに、小説の翻訳が盛んになり、社会主義・共産主義国を中心に読者を得ていく。東欧旅行と前後して発表した「Ｒ６２号の発明」「鉛の卵」「第四間氷期」などは、日本にＳＦという概念が定着する以前の、ＳＦ黎明期における画期的な作品といえる。

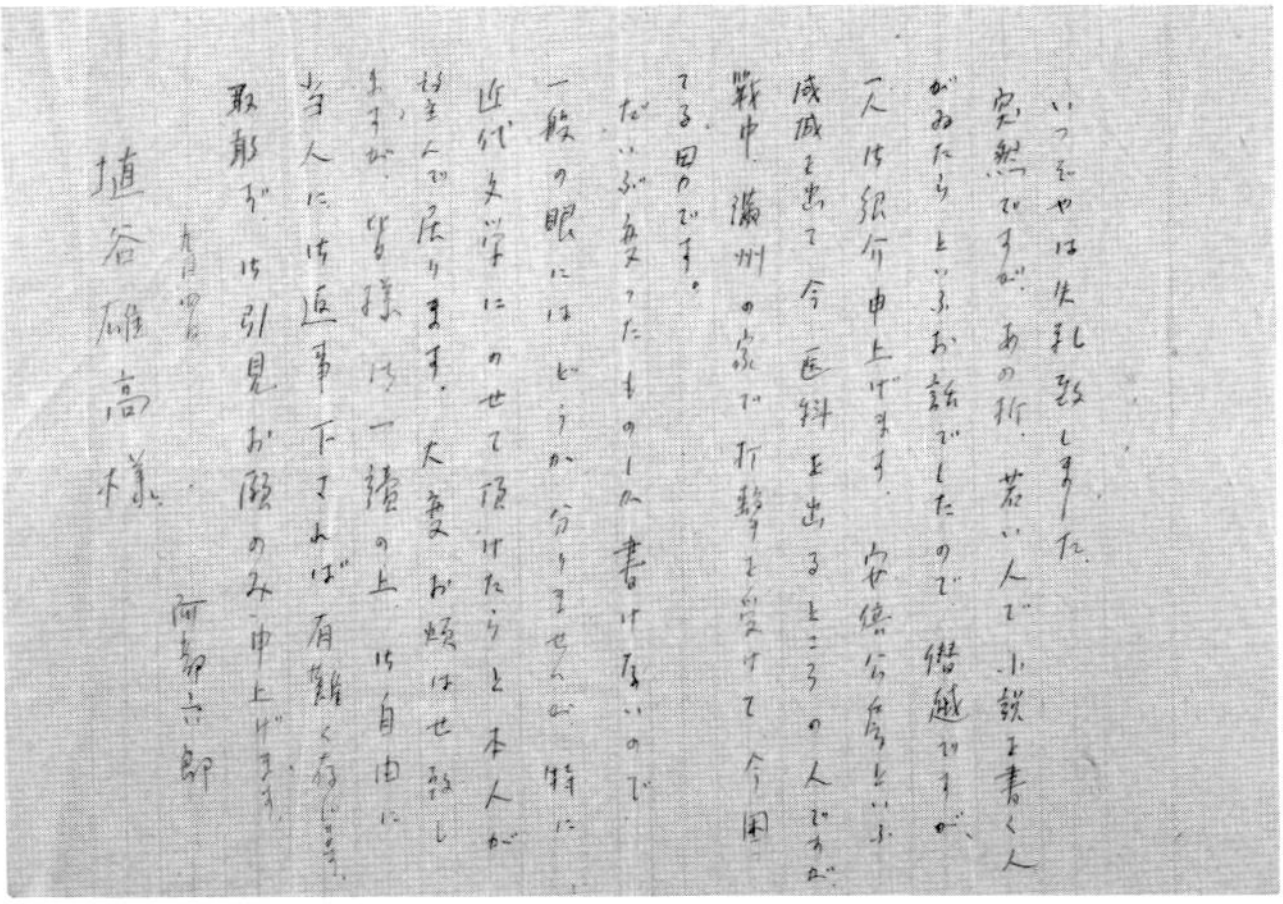

いつぞやは失礼致しました。
突然ですが、あの折、若い人で小説を書く人があつたらといふお話でしたので僭越ですが、
一人御紹介申上げます。安部公房といふ
成城を出て今医科を出るところの人ですが
戦中満州の家で[illegible]を受けて今困つてる男です。
だいぶ変つたものしか書けないので
一般の眼にはどうか分りませんが特に
近代文学にのせて頂けたらと本人が
望んで居ります。大変お煩はせ致し
ますが、皆様に一読の上は自由に
当人に御返事下されば有難く存じます。
取敢ず御引見お願ひのみ申上げます。
九月四日　阿部六郎
埴谷雄高様

埴谷雄高あて阿部六郎書簡　［1947年(昭和22)］9月4日　公房の紹介状。
県立神奈川近代文学館蔵・埴谷雄高文庫

『粘土塀』は好い作品であつた。存在感覚とでもいうべきものが正面から扱われていて、私としては、求めていた作家の一人が現われた感じであつた。私自身そんな領域に頭をつきこんでいるものの、とにかく手薄で、まだまだ誰か現われぬかと思つていただけに喜ばしかつたのである。

——埴谷雄高「安部公房のこと」から

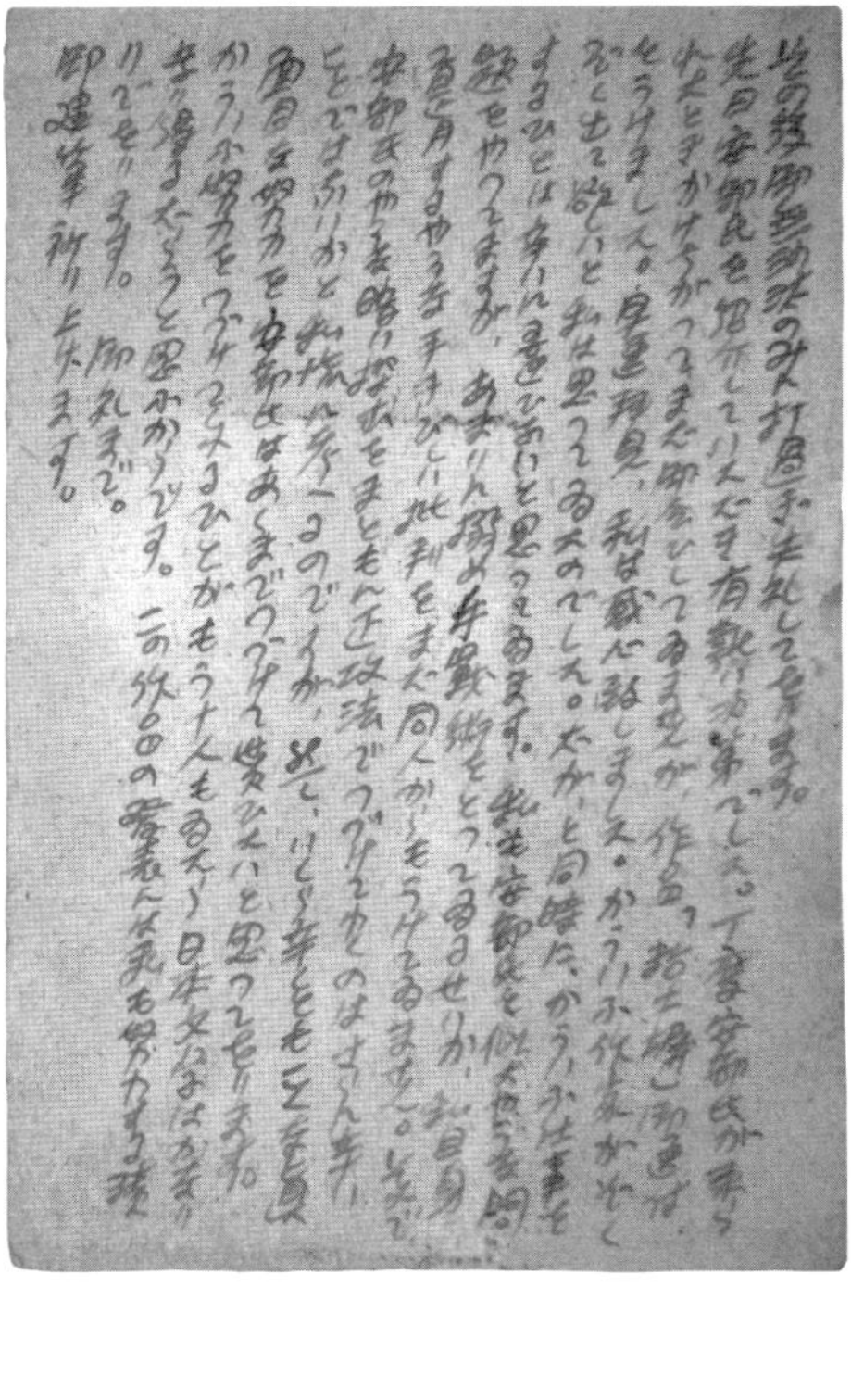

阿部六郎あて埴谷雄高はがき　［1947年9月］25日消印　県立神奈川近代文学館蔵・小野悠紀子氏寄贈

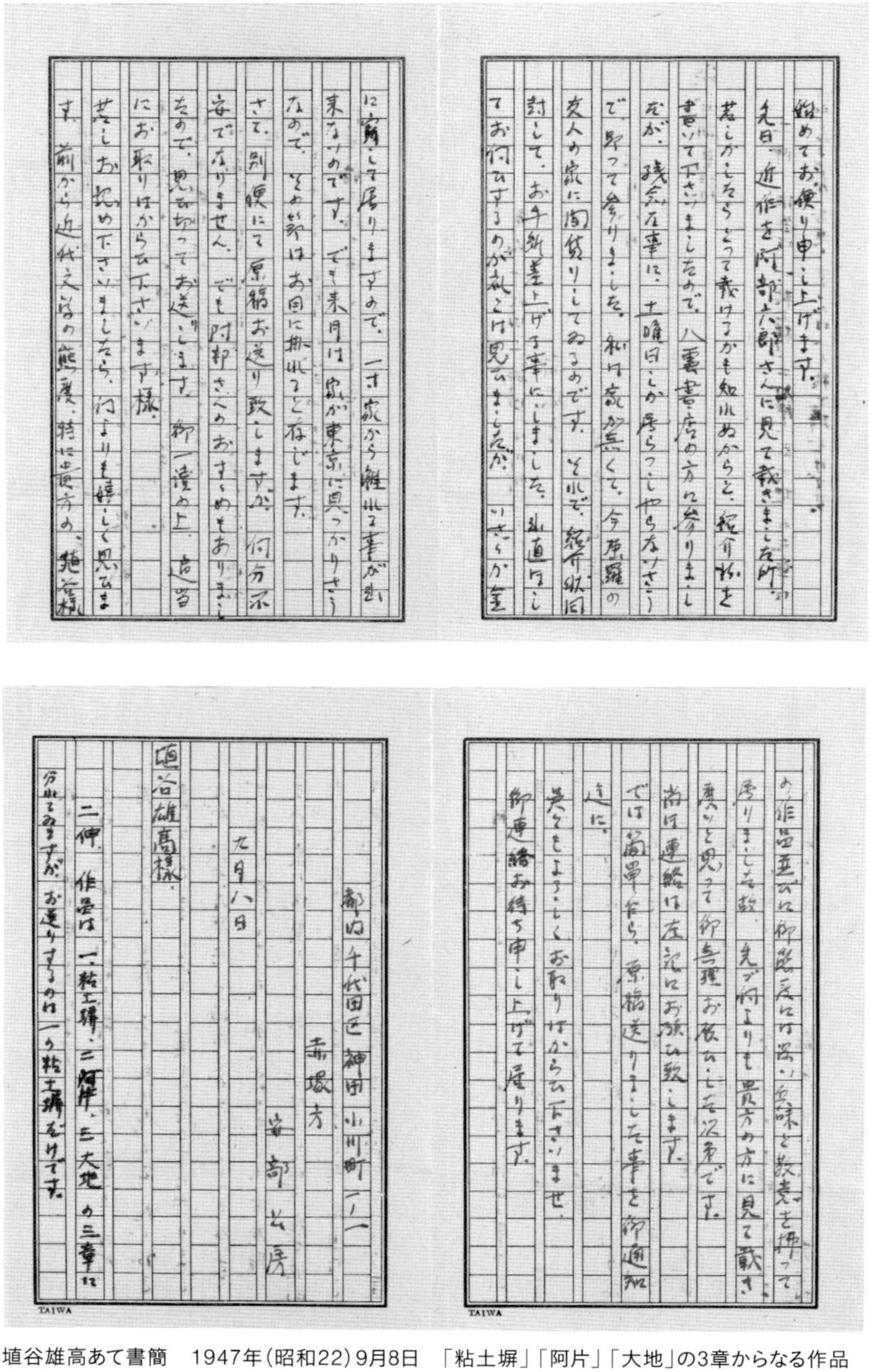
始めてお便り申し上げます。
先日、近作を阿部六郎さんに見て戴きました所、
若しかしたらとって戴けるかも知れぬからと、紹介状を
書いて下さいましたので、八雲書店の方に参りまし
たが、残念な事に、土曜日しか居らっしゃらない
で、帰って参りました。私は家が無くて、今原羅の
友人の家に間借りしてゐるのです。それで、紹介状同
封して、お手紙差上げる事にしました。本直ならし
てお伺ひするのが礼とは思ひましたが、いささか金
に窮して居りますので、一寸家から離れる事が出
来ないのです。でも来月は家が東京に見つかりさう
なので、その節はお目に掛れると存じます。
さて、別便にて原稿お送り致しますが、何分不
安でなりません。でも阿部さんのおすゝめもありまし
たので、思ひ切ってお送りします。御一読の上、適当
にお取りはからひ下さいます様。
若しお認め下さいましたら、何よりも嬉しく思ひま
す。前から近代文学の態度、特に貴方の、埴谷様
の作品並びに御態度には深い興味と敬意を持って
居りました故、先づ何よりも貴方の方に見て戴き
度いと思って御無理お願ひした次第です。
尚ほ連絡は左記にお願ひ致します。
では簡単ながら、原稿送りました事を御通知
迄に。
呉々もよろしくお取りはからひ下さいませ。
御連絡お待ち申し上げて居ります。
都内千代田区神田小川町一ノ一
赤塚方
安部公房
九月八日
埴谷雄高様
二伸 作品は 一、粘土塀・二、阿片・三、大地 の三章に
分れてゐますが、お送りするのは一の粘土塀だけです。
TAIWA
TAIWA

埴谷雄高あて書簡　1947年(昭和22)9月8日　「粘土塀」「阿片」「大地」の3章からなる作品のうち、「粘土塀」のみを送ったと伝える。県立神奈川近代文学館蔵・埴谷雄高文庫

何かしら確証を得ようと軽はずみな心から凍りついた粘土塀に押した手形は、まるで毛編みのジャケツのほころびに指を突込んだ様なものだった、輪郭を消し去るべく内部から拡って来た力は、もう名付けることの出来ぬ全体と繋り始めている。

自我の最後の輪郭を失い始めていると言う自覚は、苦しい心の中でも消えずに脈打って、荒い郷愁の息づかいを全存在にふきかける。

私にはもう《斯く在る》という事が理解出来なくなってしまった。而もなお《斯く在る》のだとすれば……。

——『終りし道の標べに』から

『終りし道の標べに』 1948年10月 真善美社 「何故に人間は斯く在らねばならぬのか?」と問う〈私〉がノートに書きつけた手記の形をとる。

埴谷雄高(1909-1997) 1950年代 自宅で。本名・般若《はんにゃ》豊。台湾・新竹に生まれる。日本大学予科在学中、左翼の活動に参加。1931年、日本共産党に入党。翌年、不敬罪および治安維持法違反で起訴され、豊多摩刑務所の独房で1年余りを過ごす間、カントの『純粋理性批判』に影響を受けた。1945年10月、平野謙、本多秋五らと「近代文学」を創刊、畢生の大作となった長編小説「死霊」を創刊号から連載。長期の中絶を挟み執筆を続けたが、未完となった。

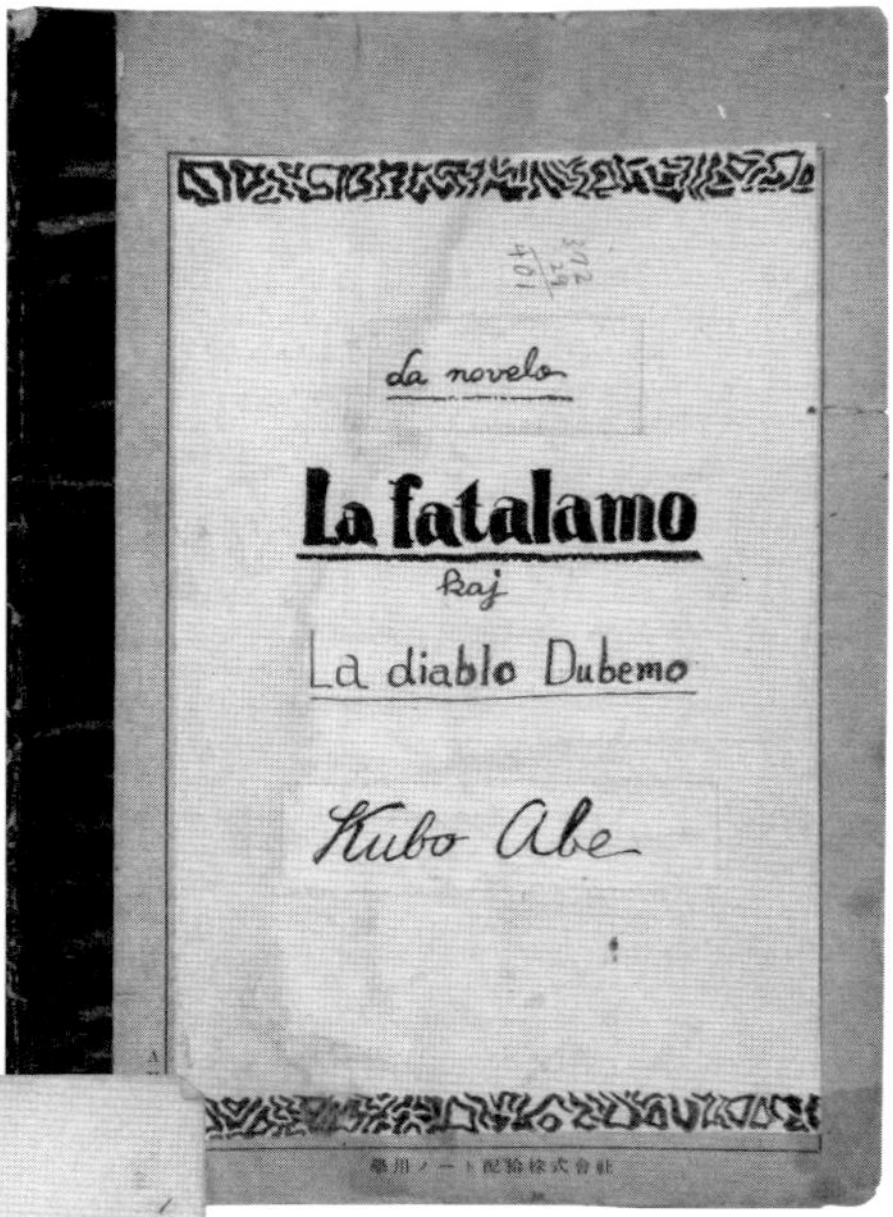

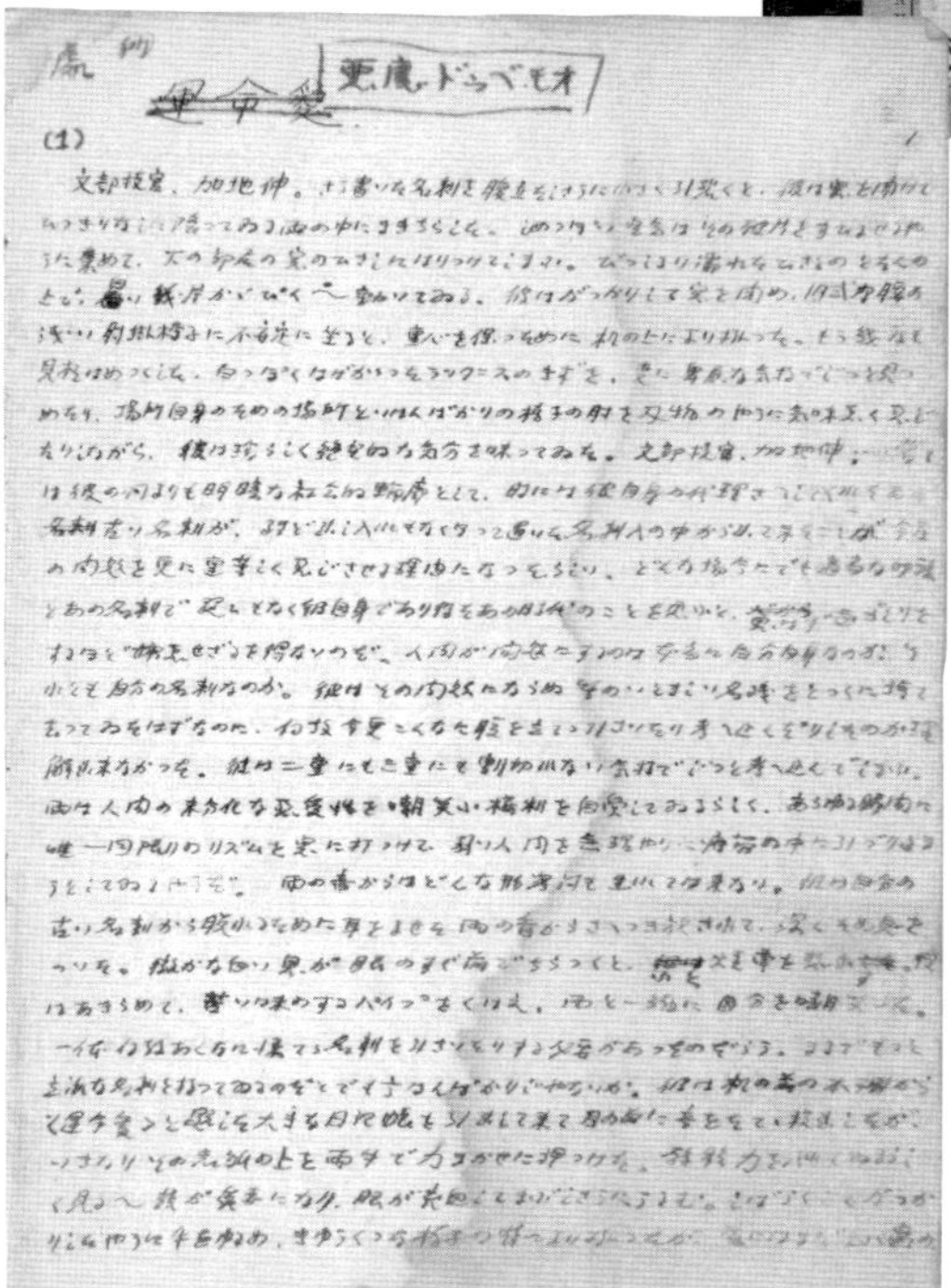

「悪魔ドゥベモオ」草稿　［1948年（昭和23）］執筆　ノートの表紙にエスペラント語で「La novelo La fatalamo kaj La diablo Dubemo Kubo Abe」（小説 宿命そして悪魔ドゥベモオ 安部公房）とある。ドゥベモオは「懐疑」の意。自身の右手と文部技官の肩書を失った〈彼〉が、「人間の運命」である悪魔について書き記そうとする。生前未発表の小説。

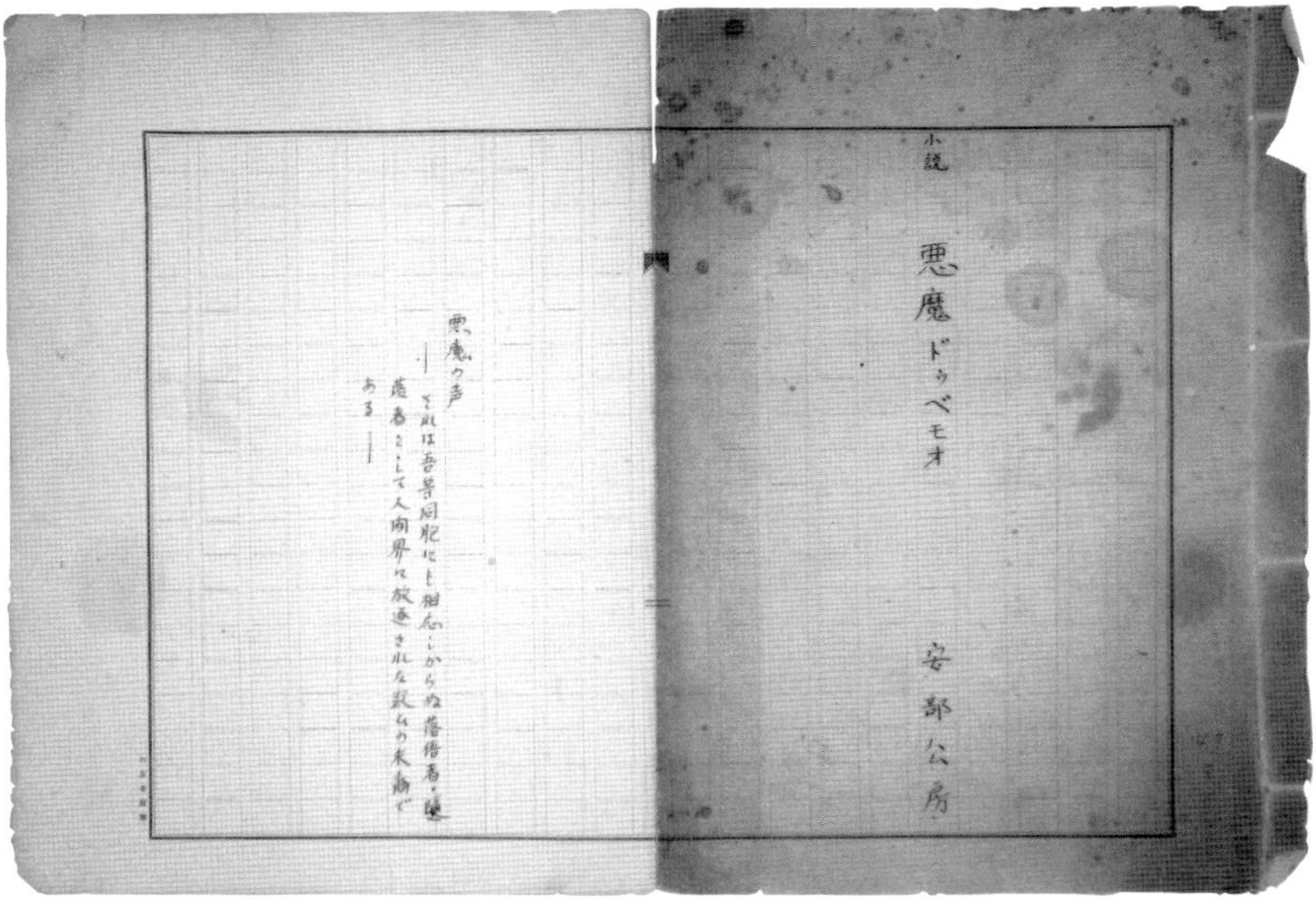

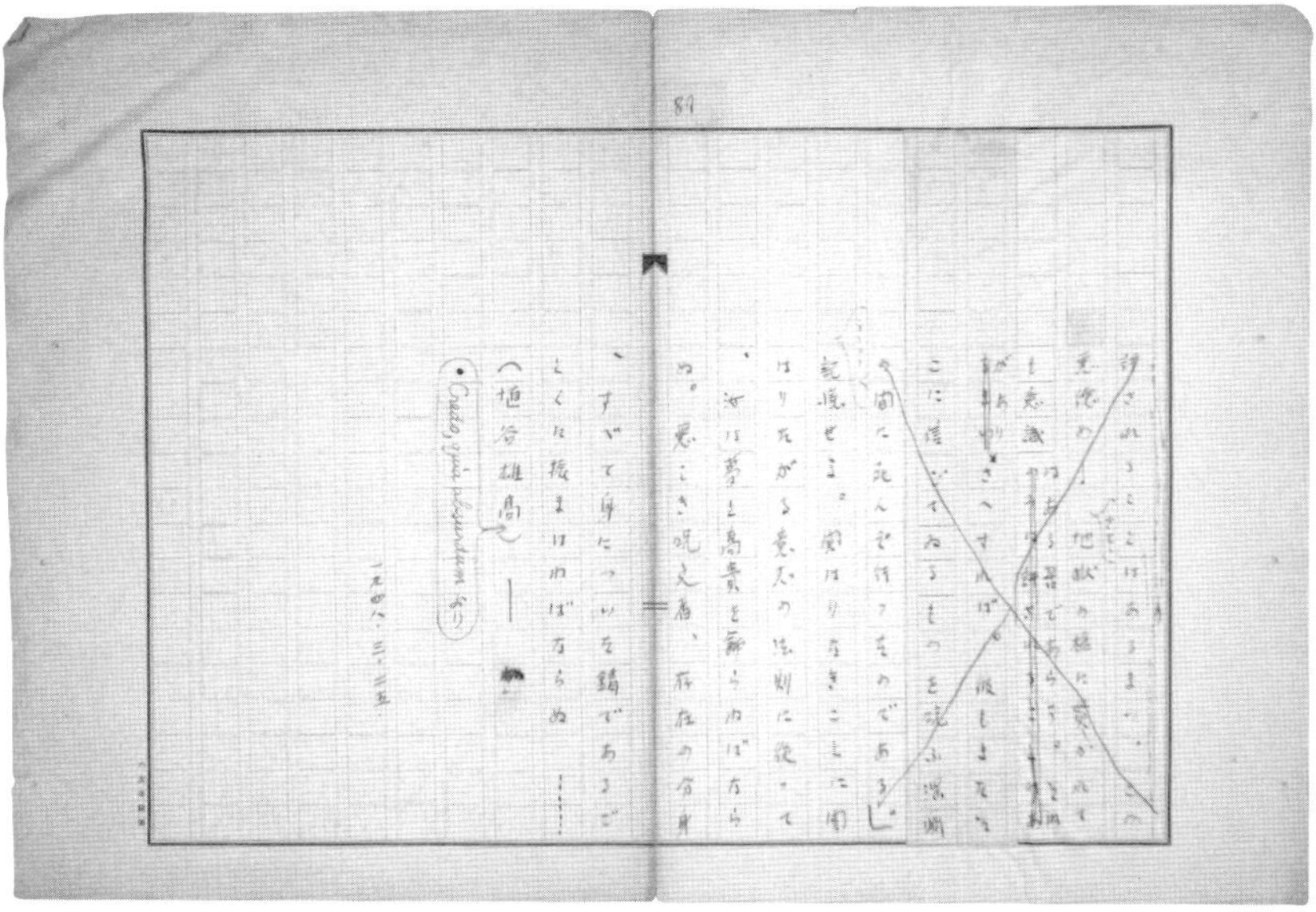

「悪魔ドゥベモオ」原稿　1948年3月25日執筆　冒頭と末尾の部分。

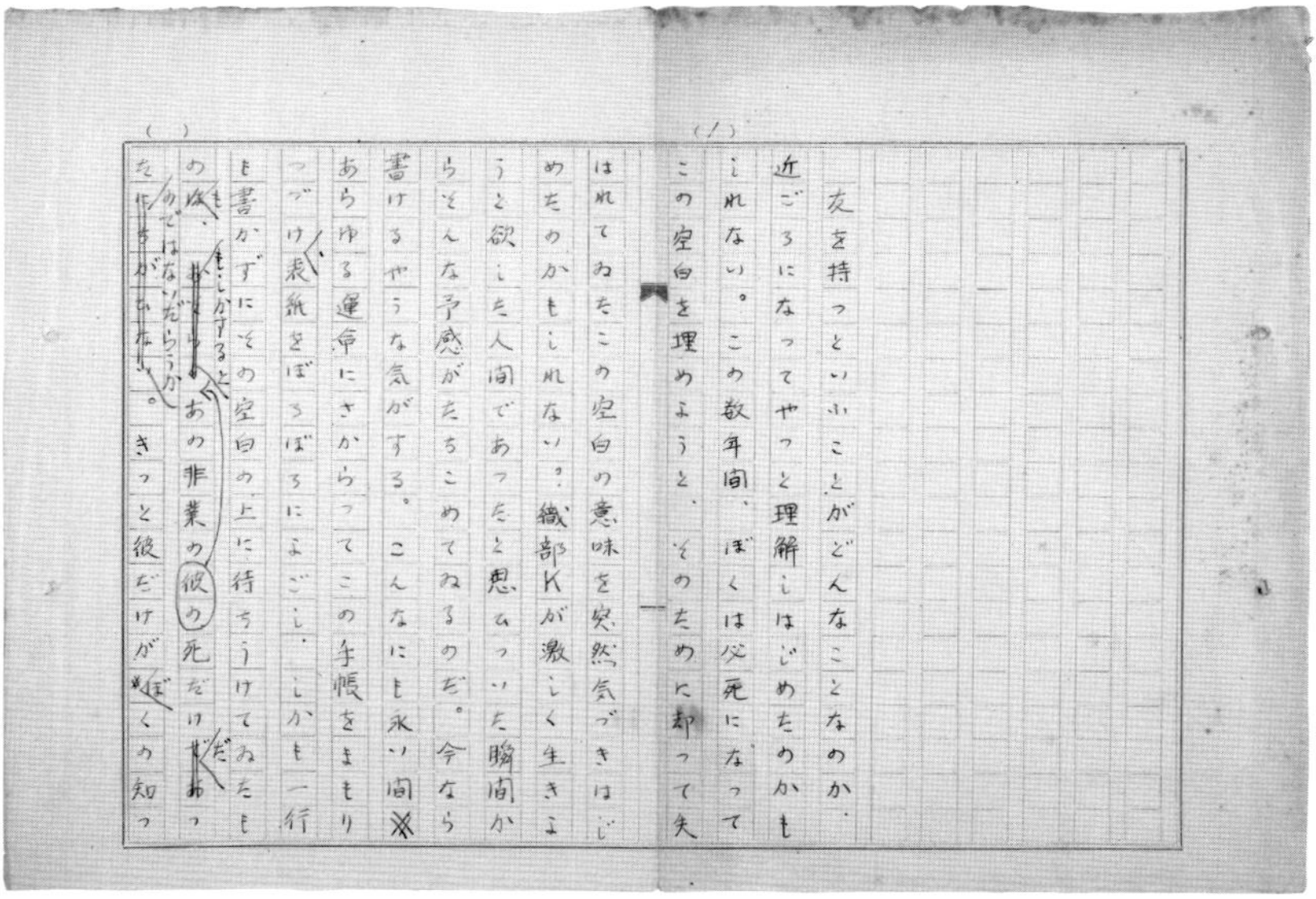
友を持つといふことがどんなことなのか、
近ごろになつてやつと理解しはじめたのかも
しれない。この数年間、ぼくは必死になつて
この空白を理めようと、そのために却つて失
はれてゐたこの空白の意味を突然気づきはじ
めたのかもしれない。織部Kが激しく生きよ
うと欲した人間であつたと思ひついた瞬間か
らそんな予感がたちこめてゐるのだ。今なら
書けるやうな気がする。こんなにも永い間※
あらゆる運命にさからつてこの手帳をまもり
つづけ、表紙をぼろぼろによごし、しかも一行
も書かずにその空白の上に待ちうけてゐたも
の、もしかするとあの非業の彼の死だけだつ
たのではないだらうか。
きつと彼だけがぼくの知つ

［友を持つといふことが……］原稿　1948年(昭和23)11月8日執筆　同月21日付の埴谷雄高あてはがきで触れた「憎悪の負債」と推定される小説。生前未発表。

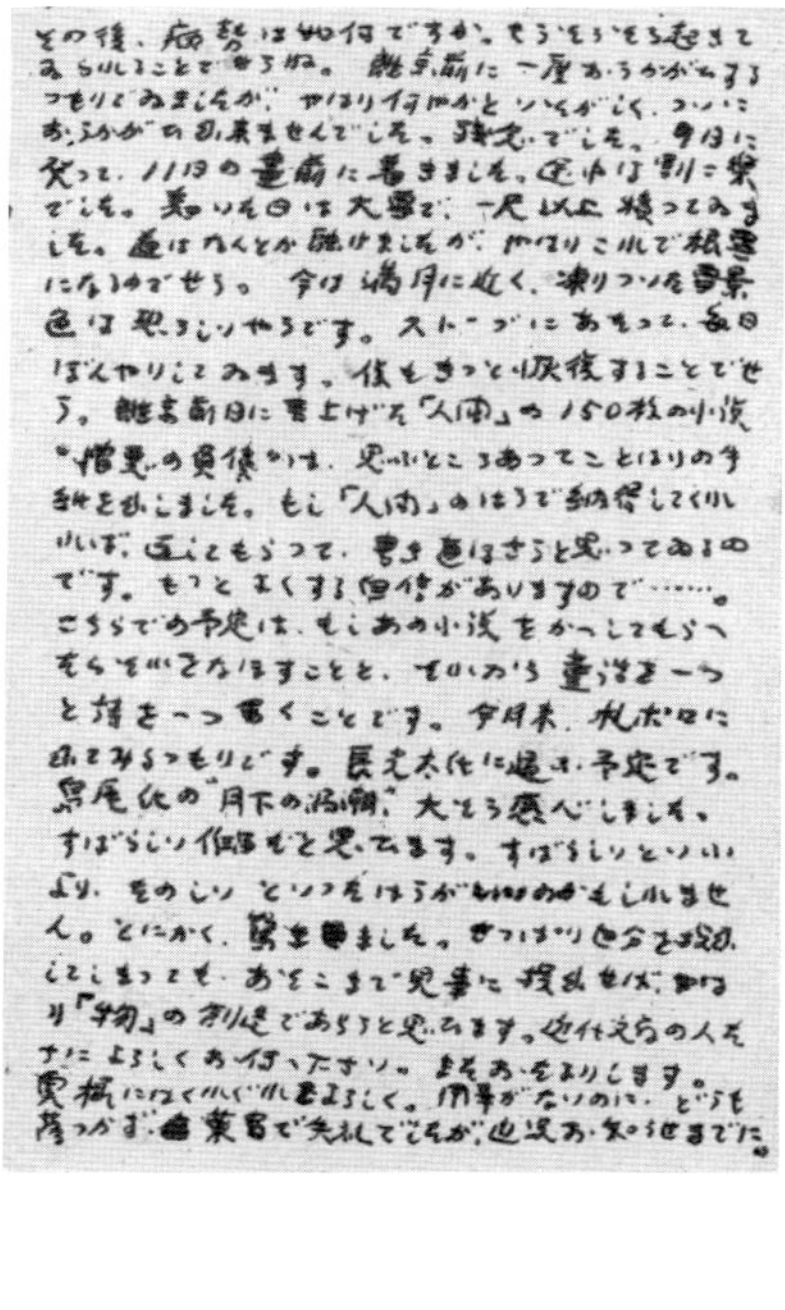
その後、病勢は如何ですか。もうそろそろ起きてゐられることでせうね。離京前に一度おうかがひするつもりでゐましたが、やはり何やかやといそがしく、つひにおうかがひ出来ませんでした。残念でした。今日に発つて、11日の晝前に着きました。途中は割に楽でした。着いた日は大雪で、一尺以上積つてゐました。雪はなんとか融けましたが、やはりこれで根雪になるのでせう。今は満月に近く、凍りついた雪景色は思ひやるです。ストーブにあたつて、毎日ぼんやりしてゐます。僕もきつと恢復することでせう。離京前日に書上げた「人間」の150枚の小説"憎悪の負債"は、思ふところあつてことはりの手紙を出しました。もし「人間」のはうで納得してくれれば、返してもらつて、書き直さうと思つてゐるのです。もつとよくする自信がありますので……。こちらでの予定は、もしあの小説をかへしてもらへたらそれを書きなほすことと、それから童話を一つと詩を一つ書くことです。今月末、札幌に出てみるつもりです。長光太氏に逢ふ予定です。島尾氏の"月下の渦潮"大そう感心しました。すばらしい傑作だと思つてます。すばらしいといふより、をかしいといつたはうがいいのかもしれません。とにかく、驚きました。すつぱり自分を投げ出してしまつても、あそこまで見事に投出せば、やはり「物」の創造であらうと思ひます。近代文学の人たちによろしくお伝へ下さい。またおたよりします。奥様にはくれぐれもよろしく。用事がないのに、どうも落つかず、葉書で失礼でしたが、近況お知らせまでに。

埴谷雄高あてはがき　1948年11月21日　北海道から　雑誌「人間」への掲載を予定していた小説「憎悪の負債」を書き直すつもりだと伝える。童話と詩を書きたいという希望や、島尾敏雄の「月下の渦潮」に感心したことなども記す。県立神奈川近代文学館蔵・埴谷雄高文庫もしかするとリルケの世界では内部と外部とがすっかりいれちがいになっていたのかもしれぬ。
（中略）
人間的なものはすべて裏がえった顔であり、それに合わせて自己を裏がえそうとする試みだけが詩ではないだろうかと。

——「牧神の笛」から

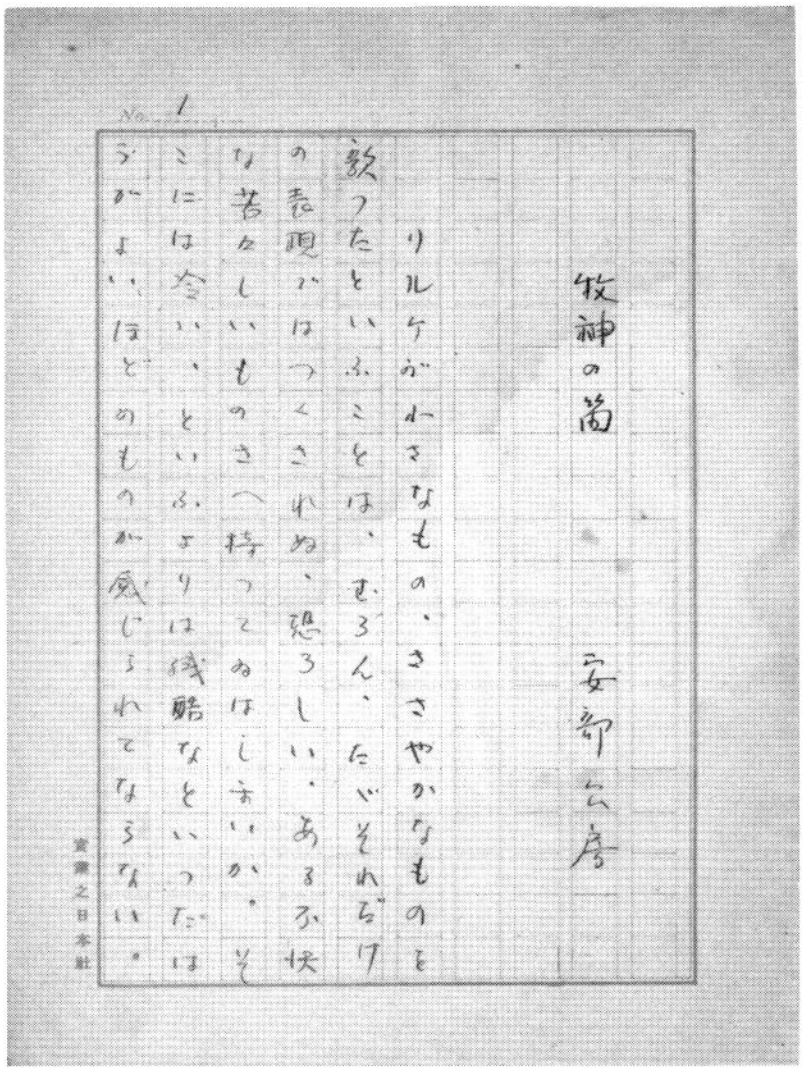
牧神の笛　安部公房
リルケが小さなもの、ささやかなものを歌つたといふことは、むろん、ただそれだけの表現ではつくされぬ、恐ろしい、あるひは不快な苦々しいものさへ持つてゐはしないか。そこには冷い、といふよりは残酷なといつた方がよいほどのものが感じられてならない。

「牧神の笛」原稿　1949年1月4日執筆　リルケとその作品を考察した生前未発表のエッセイ。

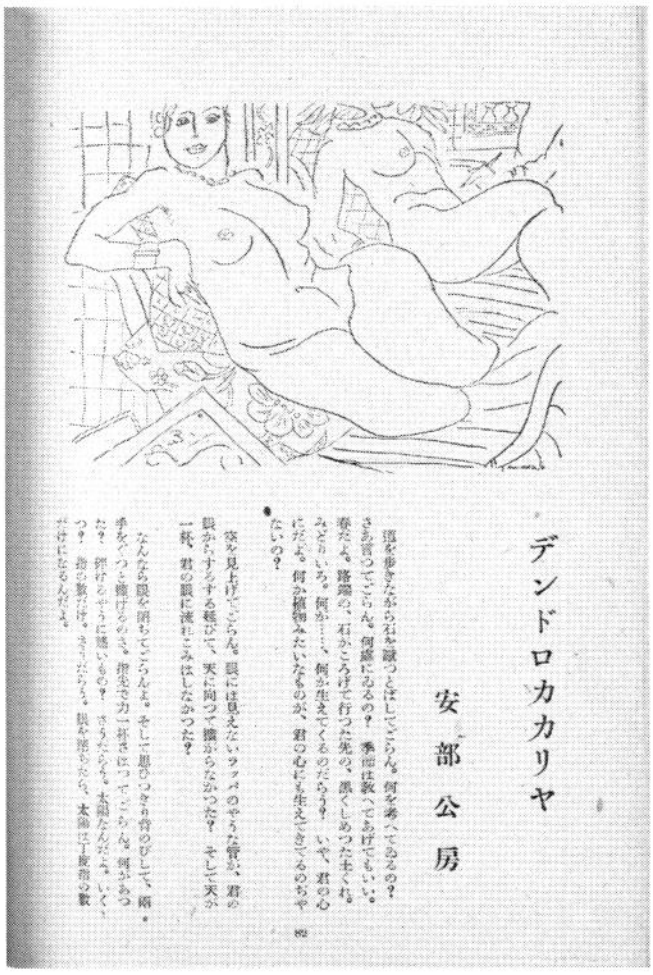
デンドロカカリヤ
安部公房

「デンドロカカリヤ」「表現」1949年8月　カット・浅井真　コモン君は顔が裏返り植物化する発作を起こす。

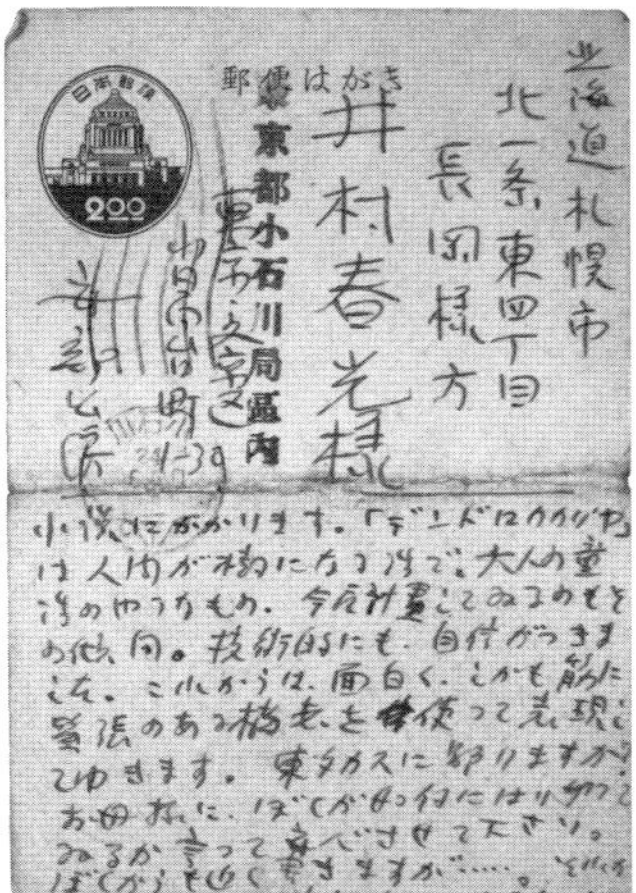
郵便はがき
北海道札幌市北一条東四丁目
長岡様方
井村春光様
東京都小石川局区内
安部公房

小説にかかります。「デンドロカカリヤ」は人間が樹になる話で、大人の童話のやうなもの。今度計画してゐるのもその傾向。技術的にも自信ができました。これからは面白く、しかも緊張のある構成を使って表現してゆきます。

井村春光あてはがき　1949年6月20日消印　母方の井村家の養子となり、北海道で暮らす弟・春光へ近況を伝える。「『デンドロカカリヤ』は人間が樹になる話で、大人の童話のやうなもの」だと説明する。

夜の会

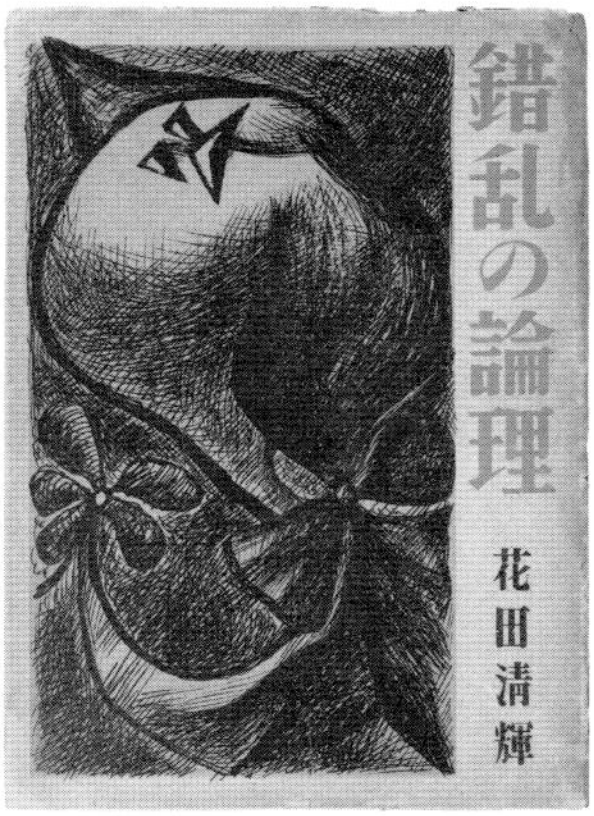

花田清輝『錯乱の論理』 1948年（昭和23）2月 再版 真善美社
装幀・高橋錦吉 戦後の若い知識人を覆う「心理的眩暈《めまい》」を考察した表題作ほかを収録。1947年ころ、岡本太郎が同作に感心したと伝え聞いた花田が岡本のアトリエを訪ね、夜の会に発展したという。初版（1947年9月 真善美社）の表紙はデ・キリコ画「無限の郷愁」、再版の表紙絵は岡本が描いた。

昭和二十三年（一九四八）「終りし道の標べに」が完結し、アプレゲール叢書の一冊として、真善美社から出版。やっと、単位をとり終えて、医学部を卒業。しかし、気がすすまないので、インターンは断念。「夜の会」のメンバーになり、とくに花田清輝の影響をうけて、シュール・リアリズムに近づく。リルケを通じて知った「物」の概念が、かえって実在主義からの脱皮を容易にしてくれた。

——「年譜『新鋭文学叢書』に寄せて」から

左・花田清輝（1909–1974）1950年ころ 詩人・岡本潤と。京都帝国大学在学中の1931年、「サンデー毎日」の懸賞に小説「七」が入選。戦時中から多数の評論を発表。戦後はルネサンスの転形期を生きた人びとに焦点を当てた『復興期の精神』で注目を集め、小説、戯曲も手がけた。1948年1月に花田、岡本太郎、野間宏、椎名麟三、埴谷雄高、梅崎春生、佐々木基一らと夜の会を発足。公房とは夜の会以後も記録芸術の会などの芸術運動でつながりを持った。

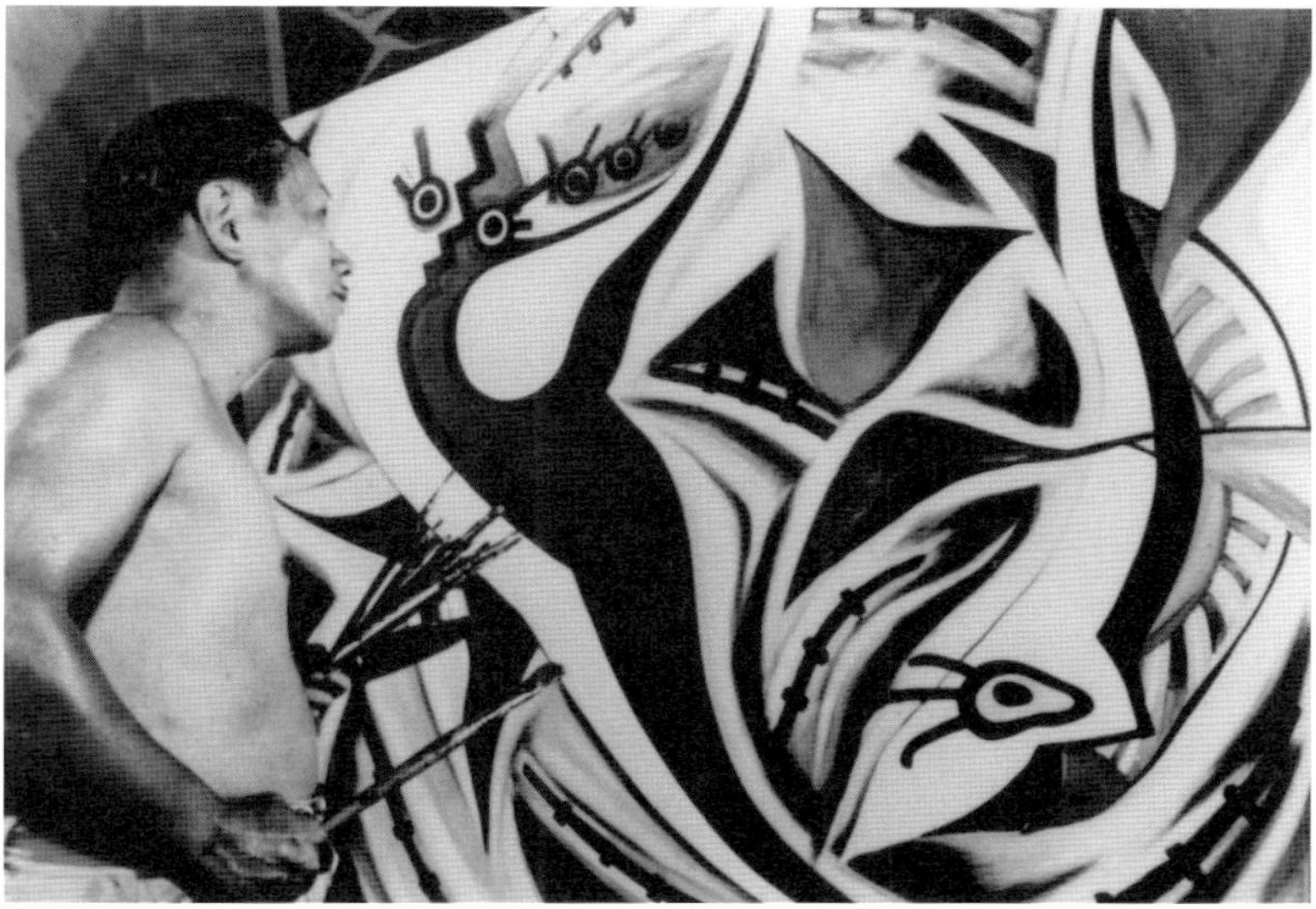

岡本太郎(1911-1996)　1950年代　制作中の絵画の前で。漫画家・岡本一平と作家・岡本かの子の長男。1929年に東京美術学校(現・東京藝術大学)入学。同年、父・一平のロンドン軍縮会議取材に同行し、以後10年余りをパリで過ごして作品を制作。1942年に応召、中国戦線へ出征。1947年ころ、前衛芸術運動を始めようと岡本のアトリエに花田らが集まった折、壁に掛けられた絵画「夜」から会の名が「夜の会」と決まった。写真提供・岡本太郎記念現代芸術振興財団

モナミ　「文学者」(1954年5月)広告から。夜の会の会場となった東中野駅前のフランス料理店、結婚式場。店名を名付けたのは太郎の母・かの子。ここで月に2回の公開研究会を行った。

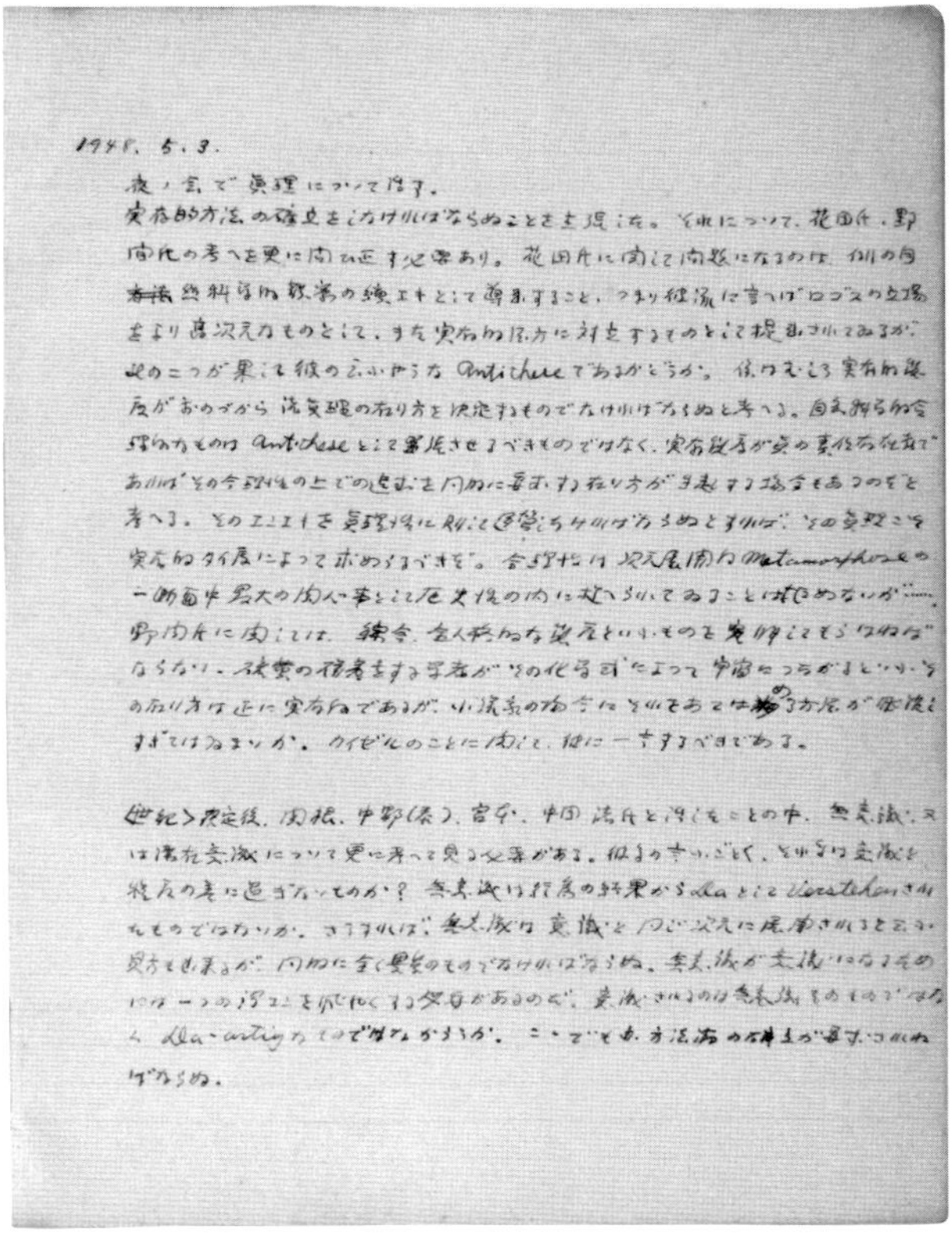

「MEMORANDUM」ノート　1948年(昭和23)執筆　「夜ノ会で真理について話す」とあり、花田清輝、野間宏の考えを問い直す必要があるなどと書く。夜の会に先行して立ち上げた20代の会・世紀についての記述もある。

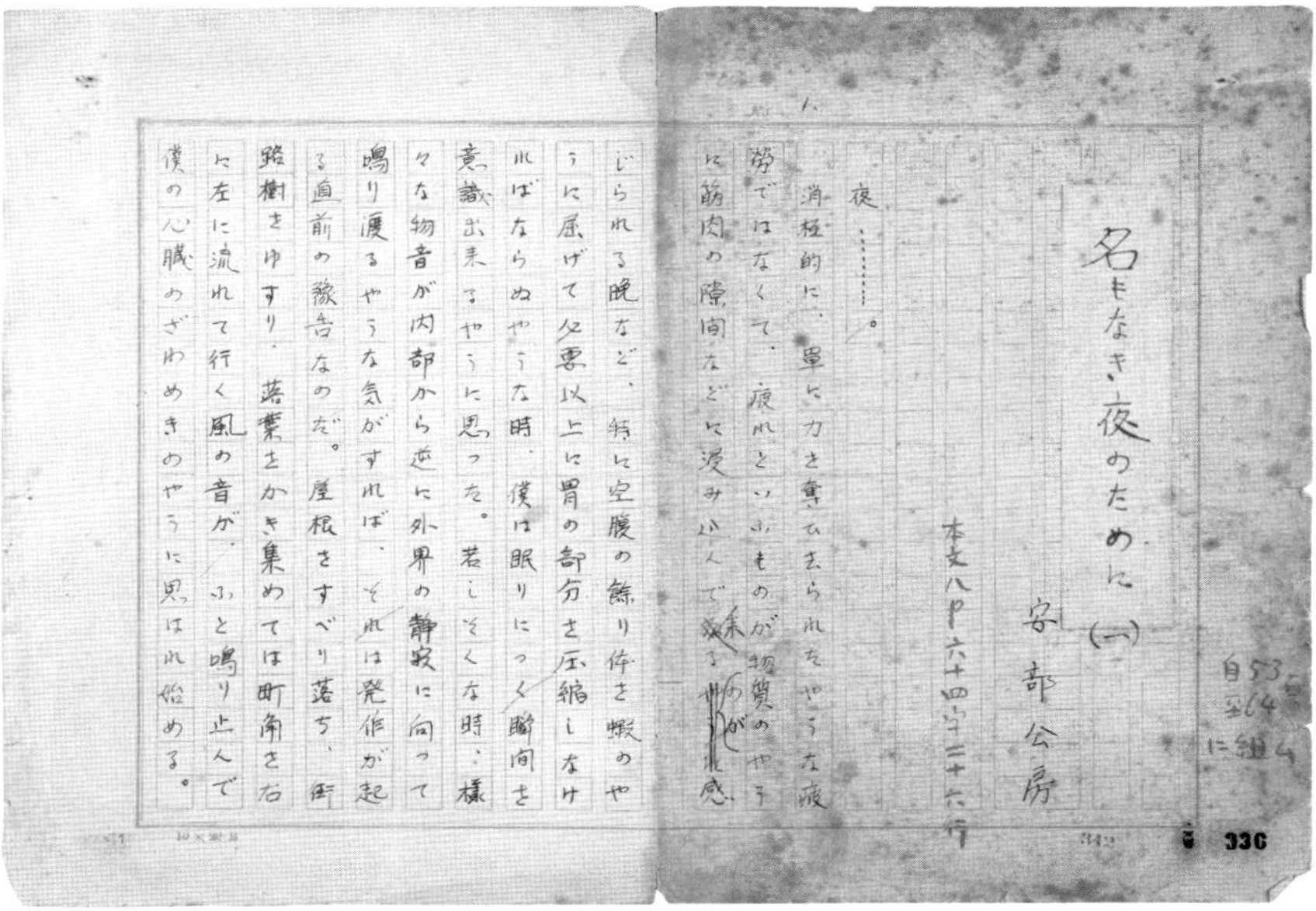
名もなき夜のために（一）

安部公房

本文八P 六十四字二十六行

自53 至64 に組む

夜……。

消極的に、単に力を奪ひさられたやうな疲労ではなくて、疲れといふものが物質のやうに筋肉の隙間などに浸み込んで来る感じられる晩など、特に空腹の余り体を蝦のやうに屈げて必要以上に胃の部分を圧縮しなければならぬやうな時、僕は眠りにつく瞬間を意識出来るやうに思った。若しそんな時、様々な物音が内部から逆に外界の静寂に向って鳴り渡るやうな気がすれば、それは発作が起る直前の徴候なのだ。屋根をすべり落ち、街路樹をゆすり、落葉をかき集めては町角を右に左に流れて行く風の音が、ふと鳴り止んで僕の心臓のざわめきのやうに思はれ始める。

「名もなき夜のために」第1回原稿　「綜合文化」1948年7月号に掲載　〈僕〉がリルケを手がかりに「斯く在る」ことへの思索を深めていく、その過程を綴る。掲載誌の「綜合文化」は綜合文化協会の機関誌で、真善美社より発刊。花田清輝は同社の指導的役割を果たした。

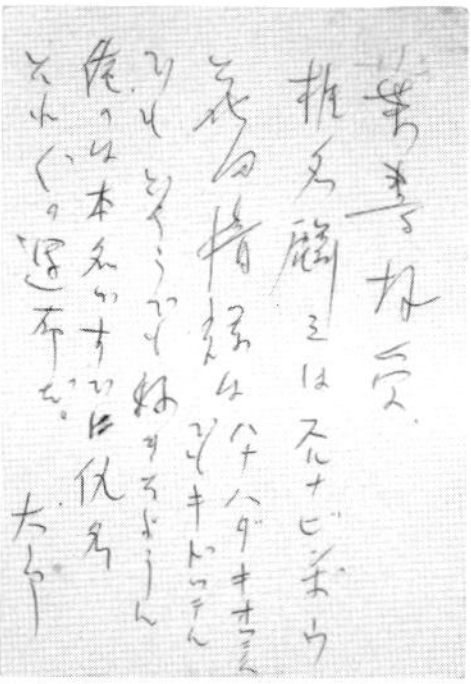
葉書有難う。
椎名麟三は
花田清輝は
俺のは本名がすでに仮名
太郎

埴谷雄高あて岡本太郎はがき　1973年7月6日消印
夜の会参加者に岡本がつけたあだ名について尋ねた書簡への返信。公房のあだ名は「アベコベ」だったという。
県立神奈川近代文学館蔵・埴谷雄高文庫

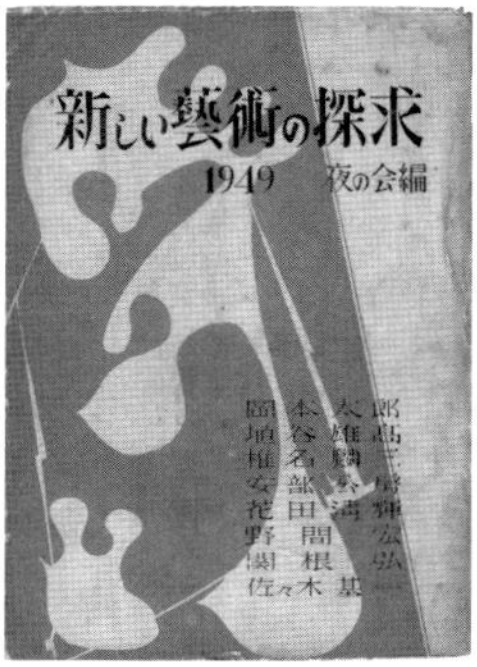

夜の会編『新しい芸術の探求』　1949年5月　月曜書房　夜の会参加者の発表とその後の討論を記録。公房は「創造のモメント」と題して、小説を書くこと、創造することについて考えを述べる。

世紀

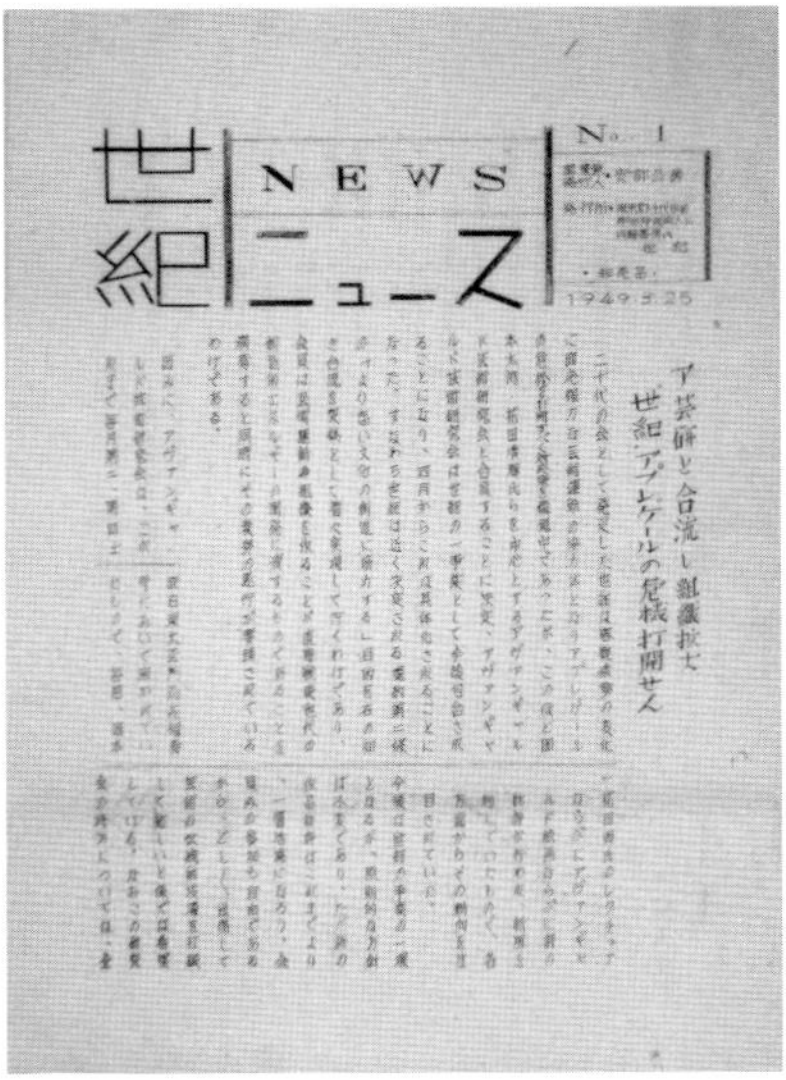
世紀
NEWS
No. 1
世紀ニュース
1949.3.25
ア芸研と合流し組織拡大
世紀アプレゲールの危機打開せん

公房編「世紀ニュース」創刊号　1949年（昭和24）3月　世紀（世紀の会）の機関誌。30代が中心だった夜の会に対して、世紀は20代の芸術運動の会として夜の会に先駆けて発足。

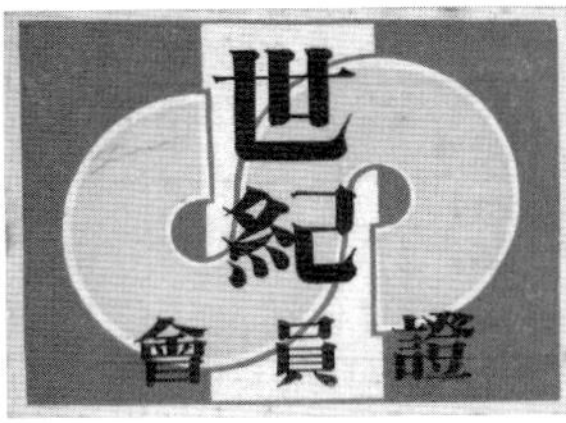

世紀会員証　1950年　鈴木秀太郎旧蔵。

勅使河原《てしがはら》宏宅の暖炉の前で　1950年　草月流創始者・勅使河原蒼風の長男・宏とは岡本太郎の紹介で知り合ったという。撮影・桂川寛

しかし夜の会などは大きな目標を掲げて始められたのですが、積極的な芸術運動の観点から眺めると大して期待できず、結局我々二十代ゼネレーションがたちあがらなければならないのです。

（中略）

日本では文壇がすべてを決定していて、文壇に入らねばどうにもならぬような状態であります。しかし我々はこういうものを打破し芸術運動を遂行しなければなりません。

――「真のアヴァンギャルドに」から

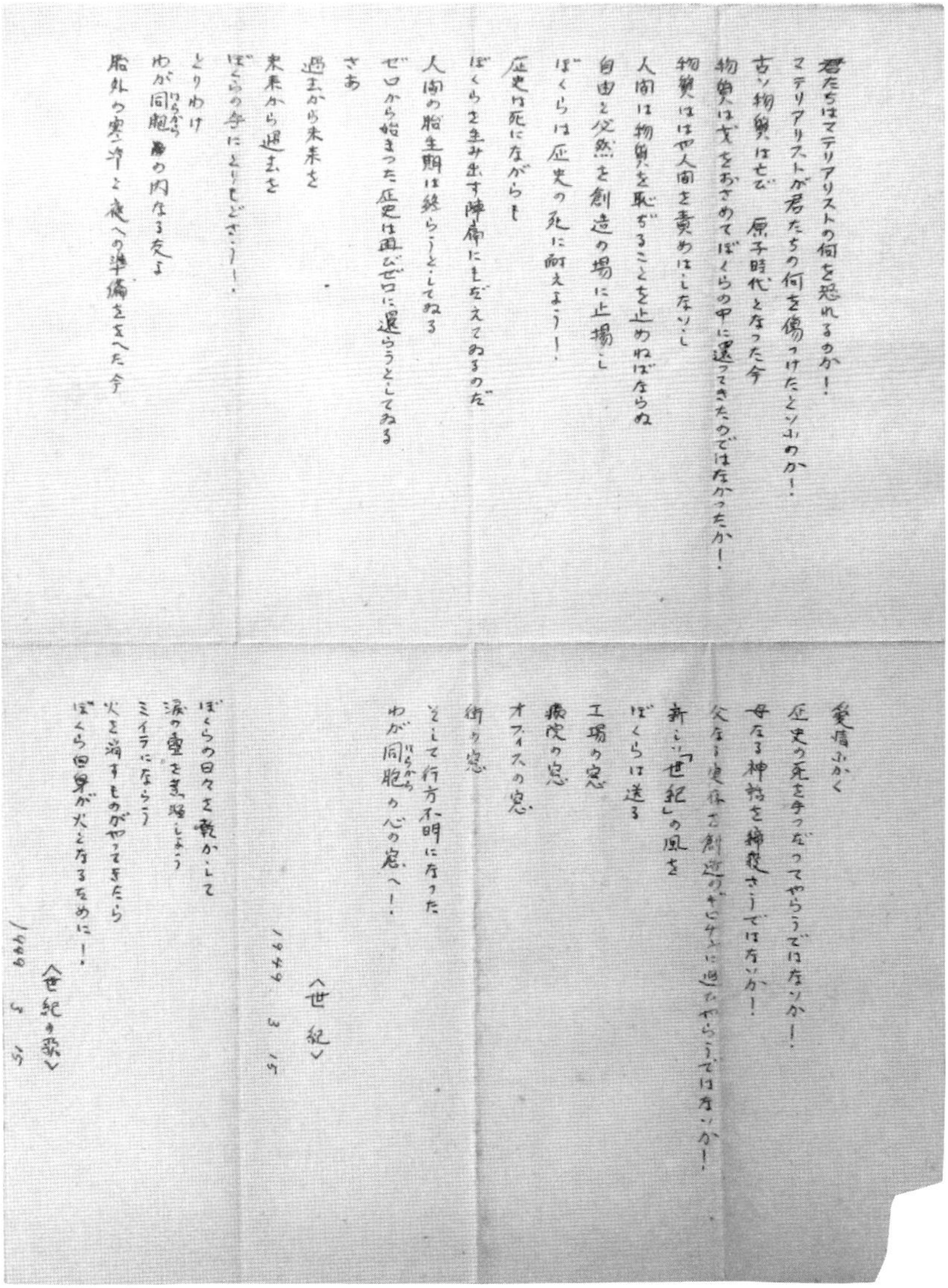
君たちはマテリアリストの何を恐れるのか！
マテリアリストが君たちの何を傷つけたというのか！
古い物質は亡び　原子時代となった今
物質は光をおさめてぼくらの中に還ってきたのではなかったか！
物質はもはや人間を責めはしないし
人間は物質を恥ずることを止めねばならぬ
自由と必然を創造の場に止揚し
ぼくらは歴史の死に耐えよう！
歴史は死にながらも
ぼくらを生み出す陣痛にもだえているのだ
人間の胎生期は終ろうとしている
ゼロから始まった歴史は再びゼロに還ろうとしている
さあ
過去から未来を
未来から過去を
ぼくらの手にとりもどそう！
とりわけ
わが同胞《はらから》の内なる友よ
胎外の寒冷と死への準備をおへた今

愛情ぶかく
歴史の死を手つだってやろうではないか！
母なる神話を抹殺さうではないか！
父なる実存を創造のギロチンに送ってやろうではないか！
新しい「世紀」の風を
ぼくらは送る
工場の窓
病院の窓
オフィスの窓
街の窓
そして行方不明になった
わが同胞《はらから》の心の窓へ！
〈世紀〉
1949　3　15

ぼくらの日々を乾かして
涙の壷を蒸溜しよう
ミイラにならう
火を消すものがやってきたら
ぼくら自身が火となるために！
〈世紀の歌〉
1949　3　15

「世紀」「世紀の歌」原稿　1949年3月15日執筆　「世紀」は「世紀ニュース」創刊号（1949年3月）に「宣言」として無署名で掲載された詩。

「世紀群」1–7 世紀のパンフレットという位置づけで制作した謄写版印刷(ガリ版)による手製本のシリーズ。県立神奈川近代文学館蔵
右・花田清輝訳『カフカ小品集』(「世紀群」1) [1950年(昭和25)] 装幀・勅使河原宏　挿絵・桂川寛
左・モンドリアン著 瀬木慎一訳『アメリカの抽象芸術』(「世紀群」3) [1950年]

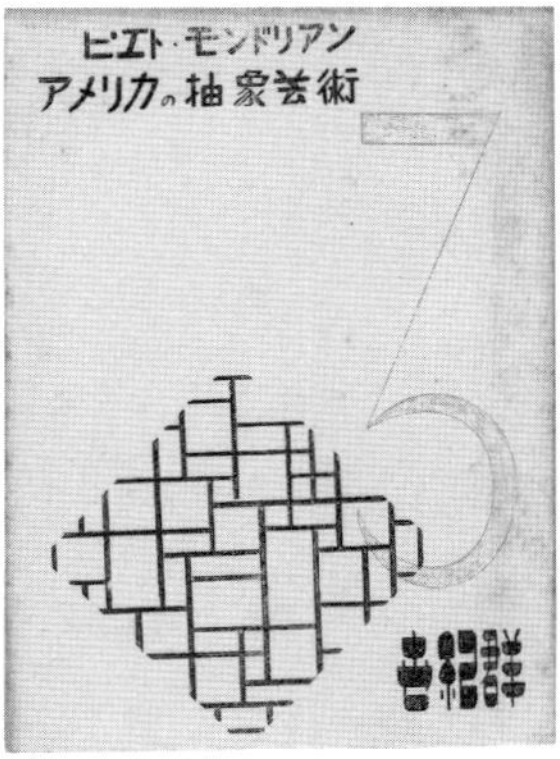

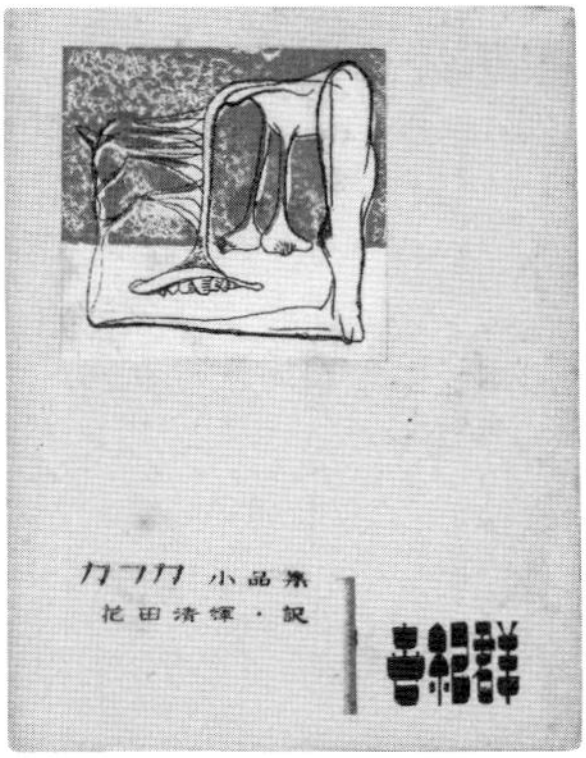

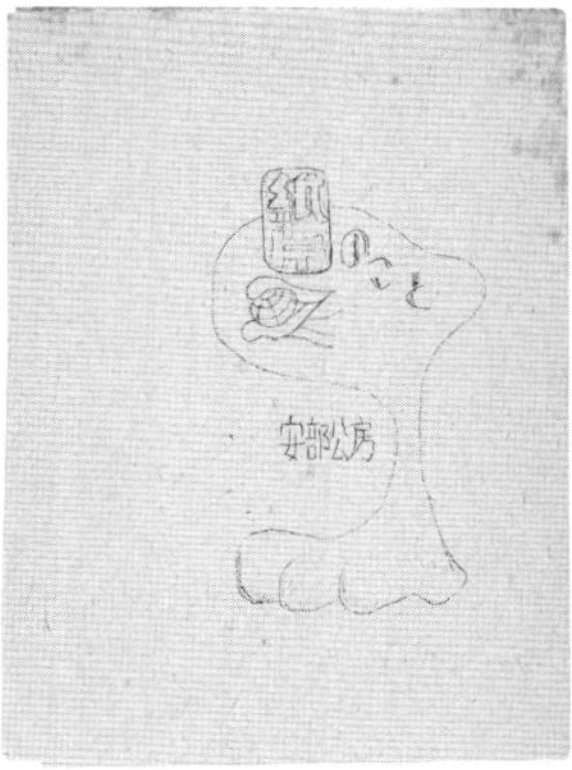

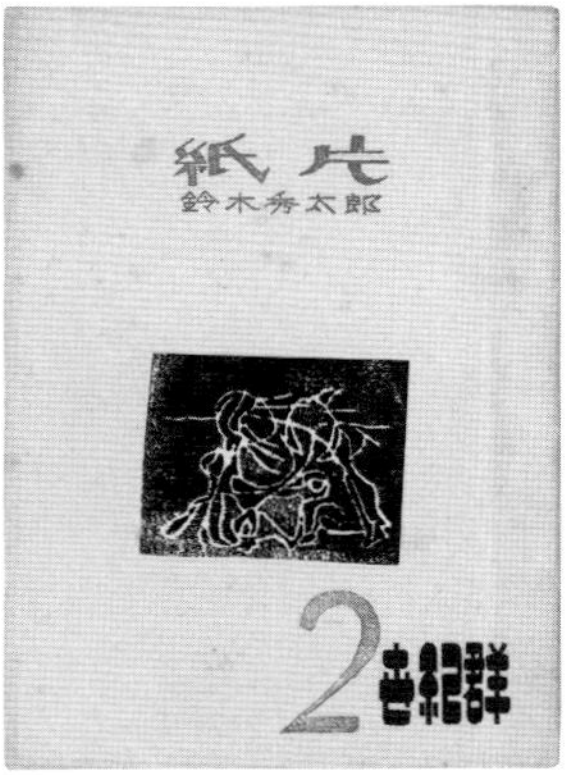

右・鈴木秀太郎『紙片』(「世紀群」2) [1950年] 美術・大野齊治
左・公房「紙片のこと」 鈴木の小説「紙片」の跋文代わりに書いた解説で、『紙片』の付録。

右・関根弘『詩集 沙漠の木』(「世紀群」6) [1950年] 表紙・桂川寛　扉・公房　挿画・勅使河原宏、桂川寛、大野齊治、公房
左・ファーデエフ[著]『文芸評論の課題について』(「世紀群」7) [1950年] 美術・瀬木慎一　翻訳者は不明。

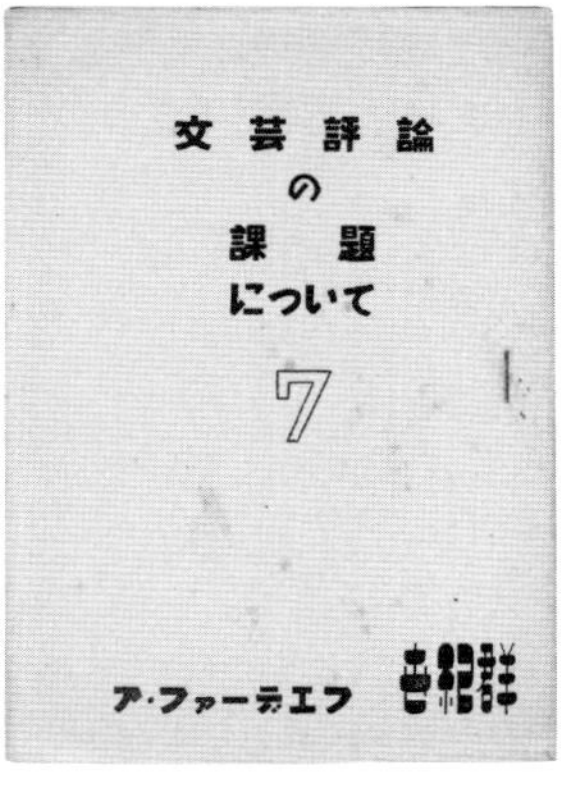

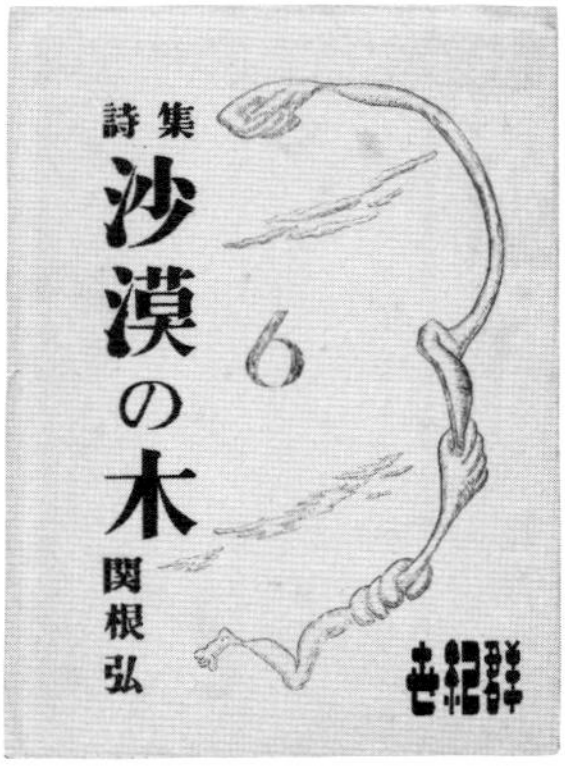

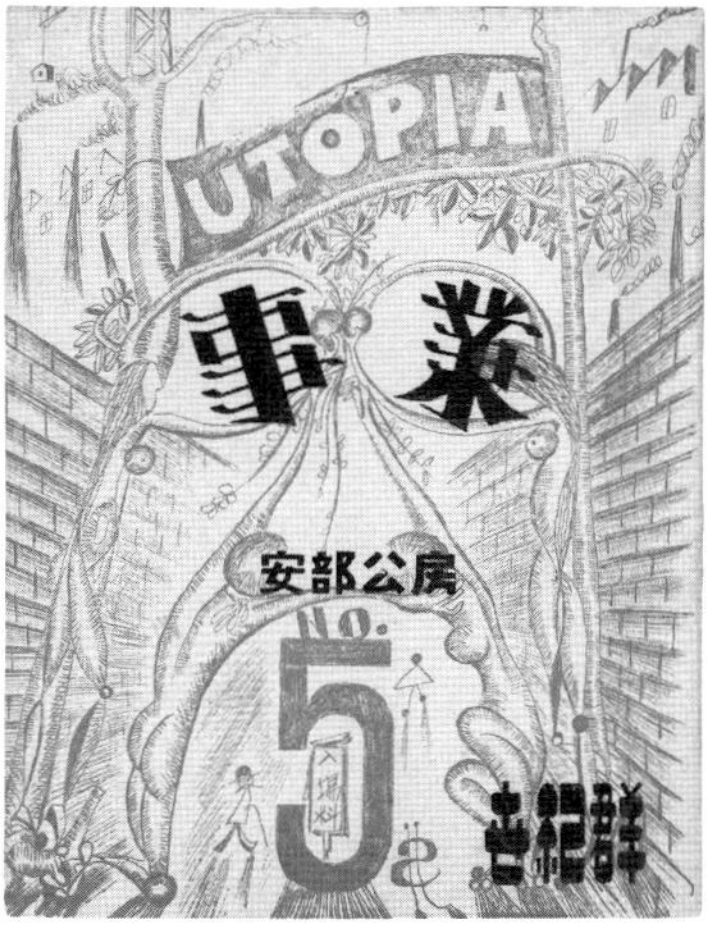

『事業』(「世紀群」5)［1950年］ 表紙・桂川寛 扉・勅使河原宏 挿絵・鈴木秀太郎、桂川寛 原料を伏せて鼠肉加工事業を進める聖プリニウスは、鼠肉より口当たりの良い人肉を使うことを思いつく。

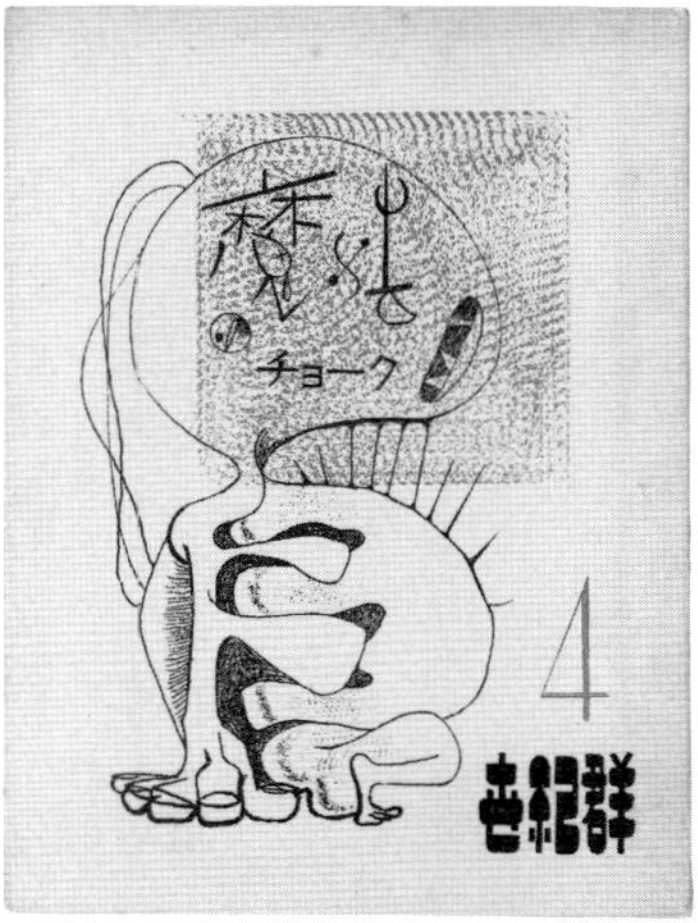

『魔法のチョーク』(「世紀群」4)［1950年］ 扉・安部真知子 美術・勅使河原宏 貧しいアルゴン君は、チョークで壁に食べ物を描くと実体化することに気づくが……。

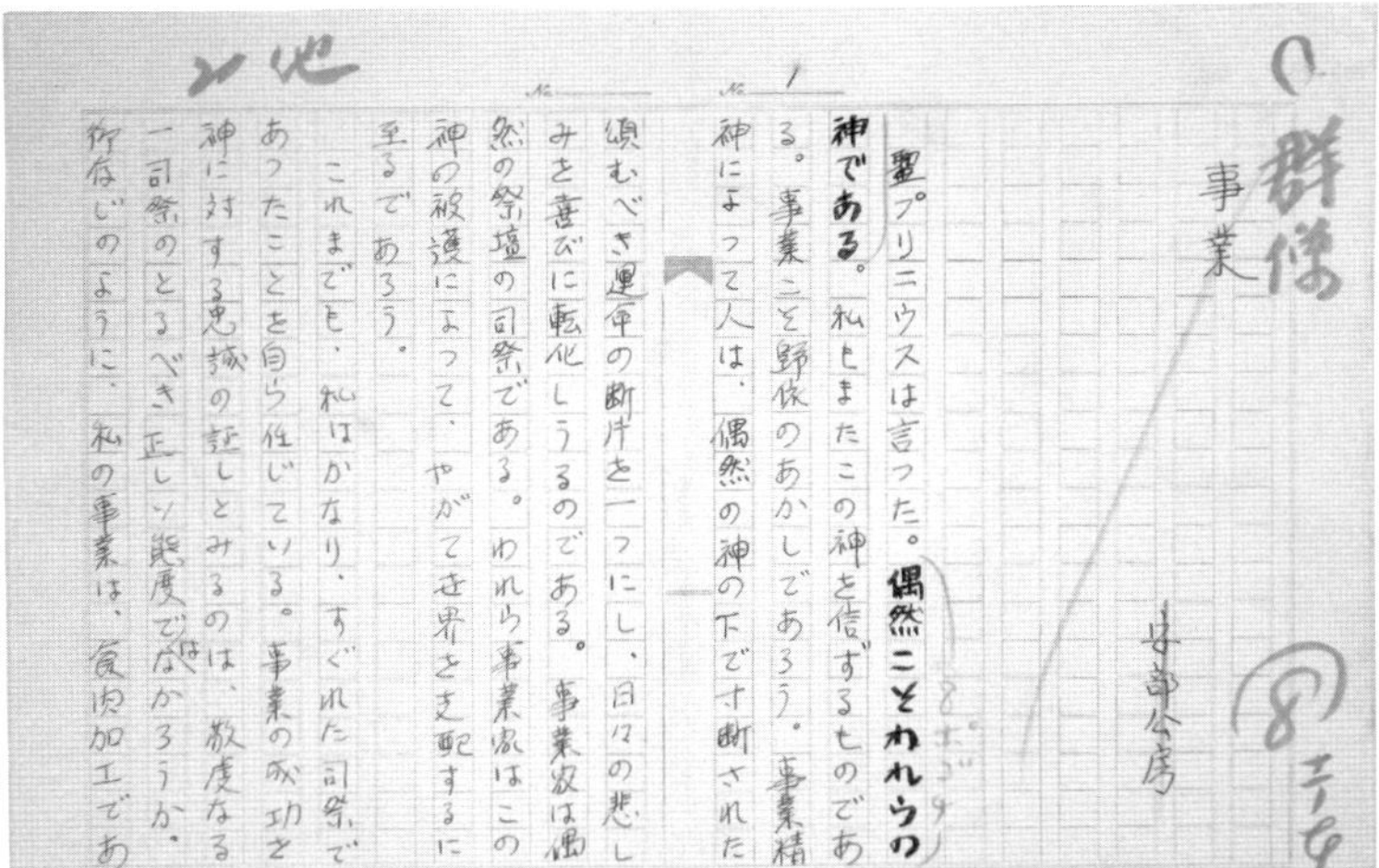
群像
事業
安部公房

聖プリニウスは言った。偶然こそわれらの神である。私もまたこの神を信ずるものである。事業こそ歸依のあかしであろう。事業精神によって人は、偶然の神の下で寸断された憐むべき運命の断片を一つにし、日々の悲しみを喜びに転化しうるのである。事業家は偶然の祭壇の司祭である。われら事業家はこの神の庇護によって、やがて世界を支配するに至るであろう。

これまでにでも、私はかなり、すぐれた司祭であったことを自ら任じている。事業の成功を神に対する忠誠の証しとみるのは、敬虔なる一司祭のとるべき正しい態度ではなかろうか。御存じのように、私の事業は、鼠肉加工であ

「事業」原稿 「群像」1951年7月号に掲載 「世紀群」5と同じ作品が再掲載された。
講談社蔵

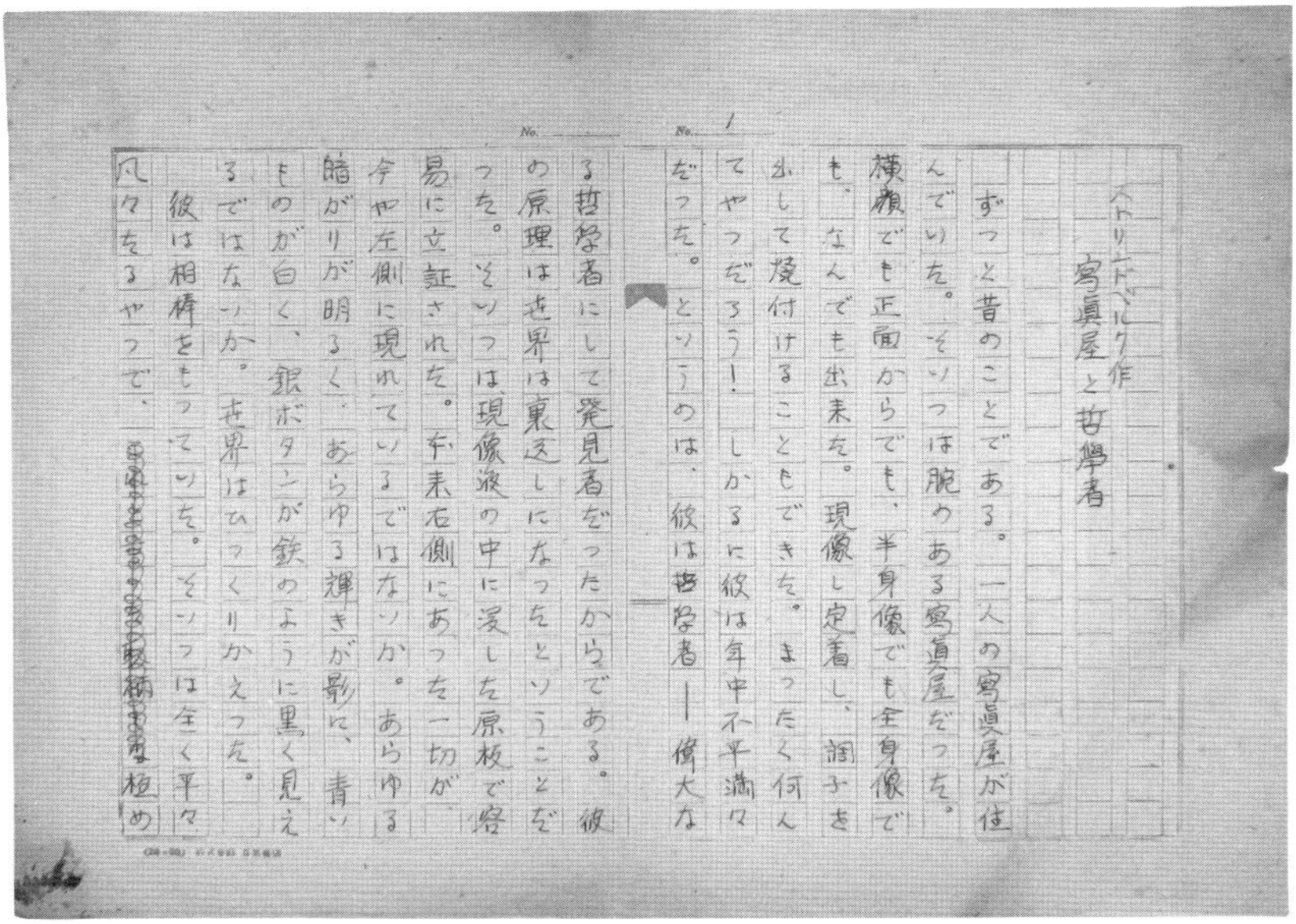

ストリンドベルク作
寫眞屋と哲學者

ずっと昔のことである。一人の寫眞屋が住んでいた。そいつは腕のある寫眞屋だった。横顔でも正面からでも、半身像でも全身像でも、なんでも出来た。現像し定着し、調子を出して焼付けることもできた。まったく何んてやつだろう! しかるに彼は年中不平満々だった。というのは、彼は哲学者――偉大な哲学者にして発見者だったからである。彼の原理は世界は裏返しになったということだった。そいつは現像液の中に浸した原板で容易に立証された。元来右側にあったもの一切が今や左側に現れているではないか。あらゆる暗がりが明るく、あらゆる輝きが影に、青いものが白く、銀ボタンが鉄のように黒く見えるではないか。世界はひっくりかえった。

彼は相棒をもっていた。そいつは全く平々凡々たるやつで、極め

ストリンドベルク著　公房訳「写真屋と哲学者」原稿　［1950年（昭和25）12月］執筆　「世紀群」発刊予告などに記載された『ストリンドベルク童話集』（「世紀群」10）の翻訳原稿と推定される。腕の良い写真屋で哲学者でもある男と、その相棒の寓話。「世紀群」10は未刊、生前未発表。

世紀の仲間と上野公園で　1950年3月
前列右から真知、池田龍雄、後列右から関根弘、公房、桂川寛、福田恒太。

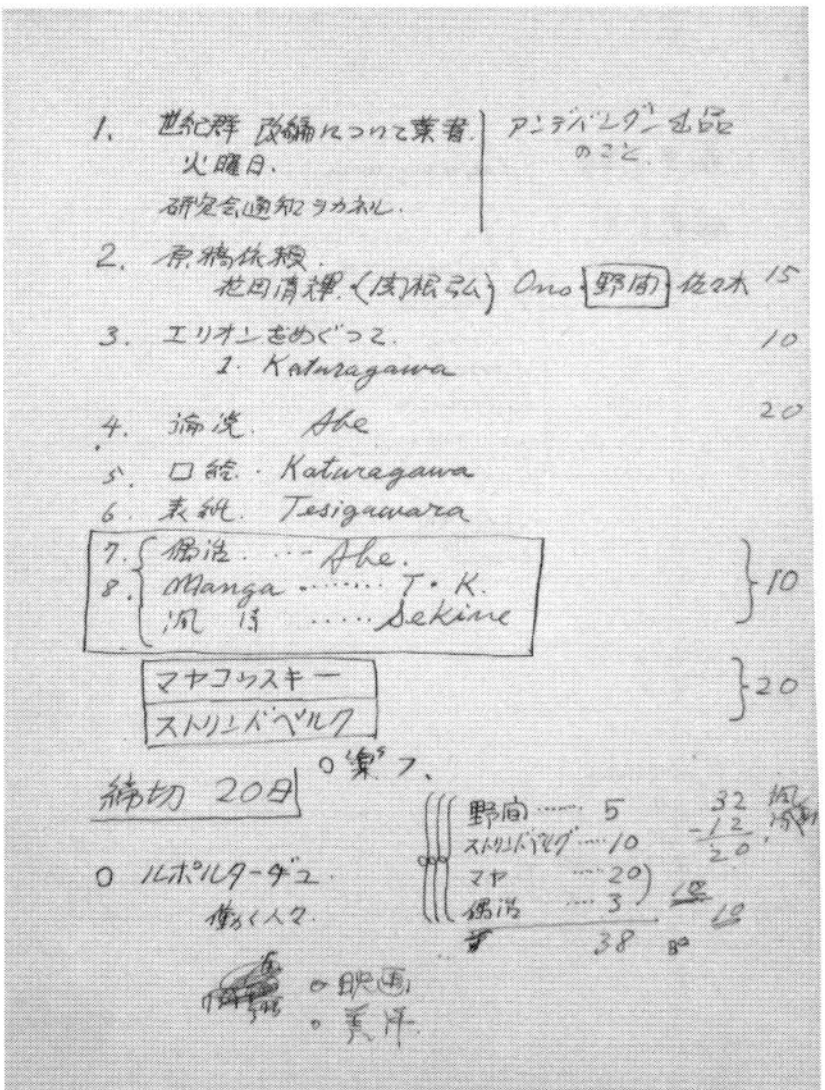

1. 世紀群 改編について葉書. 火曜日. 研究会通知ヲカネル.　アンデパンダン出品のこと.
2. 原稿依頼. 池田清輝.（関根弘） Ono 野間 佐々木　15
3. エリオンをめぐって. 1. Katuragawa　10
4. 論説. Abe　20
5. 口絵. Katuragawa
6. 表紙. Tesigawara
7. 8. 傷治 ……Abe. Manga ……T・K. 風俗 ……Sekine　10
マヤコフスキー / ストリンドベルク　20

締切 20日

○集マ、
野間…… 5
ストリンドベルグ……10
マヤ……20
傷治……3
38

32 − 12 = 20

○ ルポルタージュ. 働く人々.
○映画
○美術

「世紀群」編集プランのメモ

公房画「エディプス」　1950年12月　多色刷り版画(謄写版)　勅使河原宏画「不思議な島」、鈴木秀太郎画「オブヂェ・ボデスク」、大野齊治画「南の人と北の人」、桂川寛画「磔刑《はりつけ》」(すべて謄写版)と本作を収録し、「世紀画集」として頒布した。用紙の調達から印刷まですべて自分たちで手がけたという。「世紀画集」の完成とともに、世紀の活動は終わりを迎えた。県立神奈川近代文学館蔵

世紀の仲間と勅使河原宅で　1950年12月　前列左から公房、勅使河原宏、後列左から桂川寛、鈴木秀太郎、藤池雅子、瀬木慎一。

下丸子文化集団

鈴木秀太郎あて勅使河原宏書簡（部分）［1951年（昭和26）7月］ 下丸子文化集団が結成され、「詩集下丸子」がまもなく完成することを世界青年学生平和友好祭の準備会席上で報告するように伝える。当時、日本各地で労働者によるサークル文化活動が盛んに行われていた。公房、勅使河原宏、桂川寛はそうしたサークルの活動を指導する文化工作者（オルグ）として労働者街の大田区下丸子に入り、下丸子文化集団を組織した。

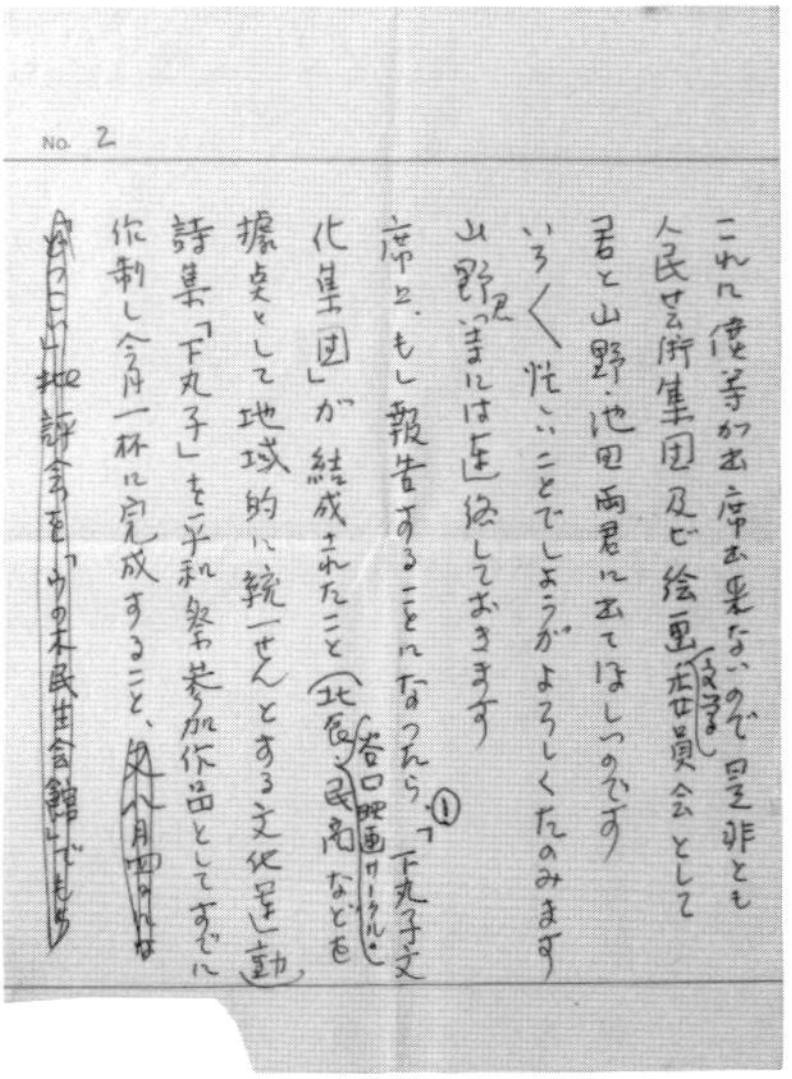

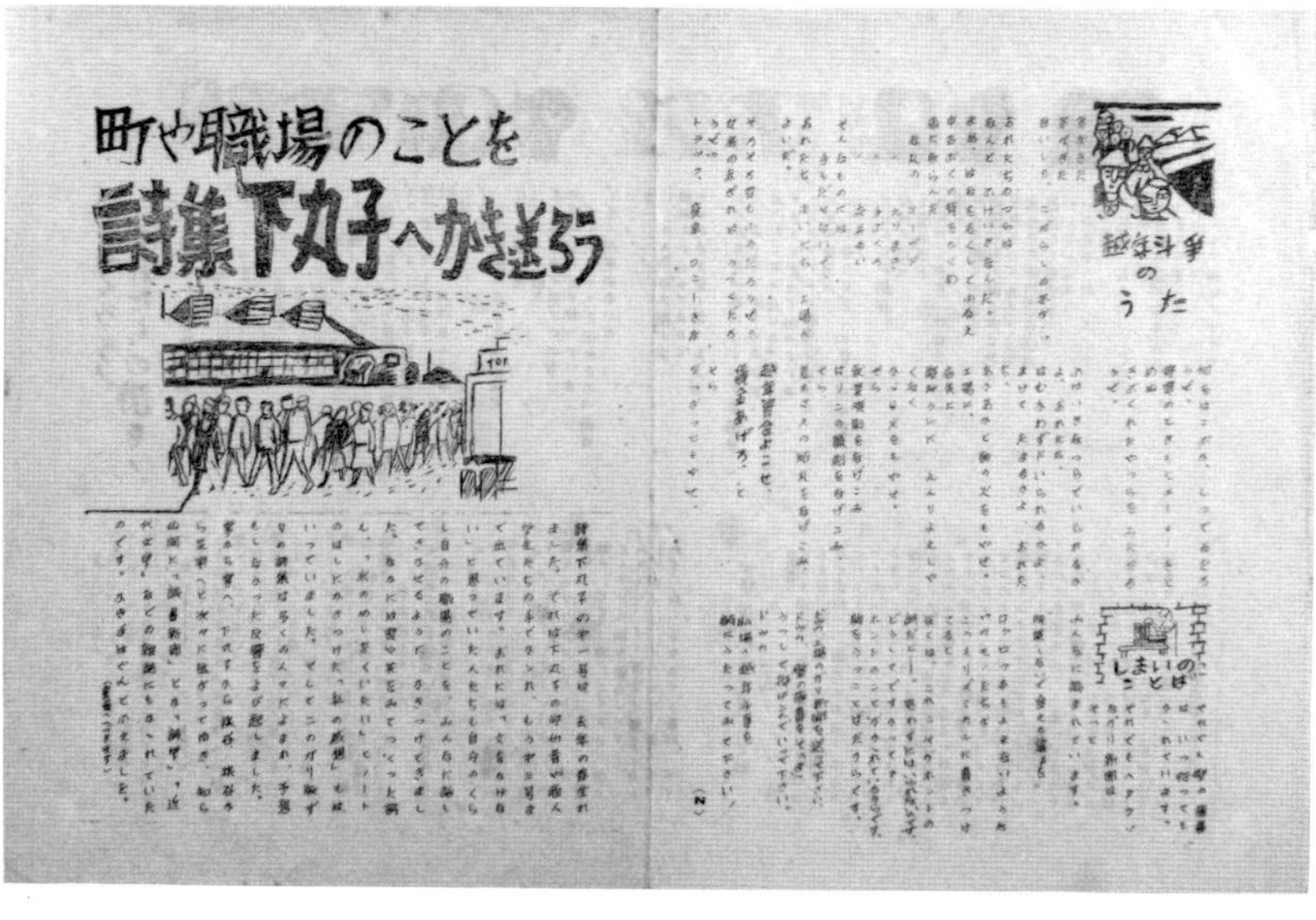

「町や職場のことを詩集下丸子へかき送ろう」［1952–1953年］「詩集下丸子」への投稿を呼びかけたチラシ。県立神奈川近代文学館蔵

「詩集下丸子」創刊号　1951年7月　4号まで発刊された、下丸子文化集団の雑誌。同号掲載の「たかだか一本の　あるいは二本の腕は――」は公房の詩。表紙の版画は桂川寛、差し込みの版画は勅使河原宏が手がけた。発刊と同時期に公房の芥川賞受賞が決定。下丸子文化集団は非合法のサークル活動だったためか、目次や本文に記載された公房、桂川、勅使河原の名は墨で消されている。県立神奈川近代文学館蔵・野間宏文庫

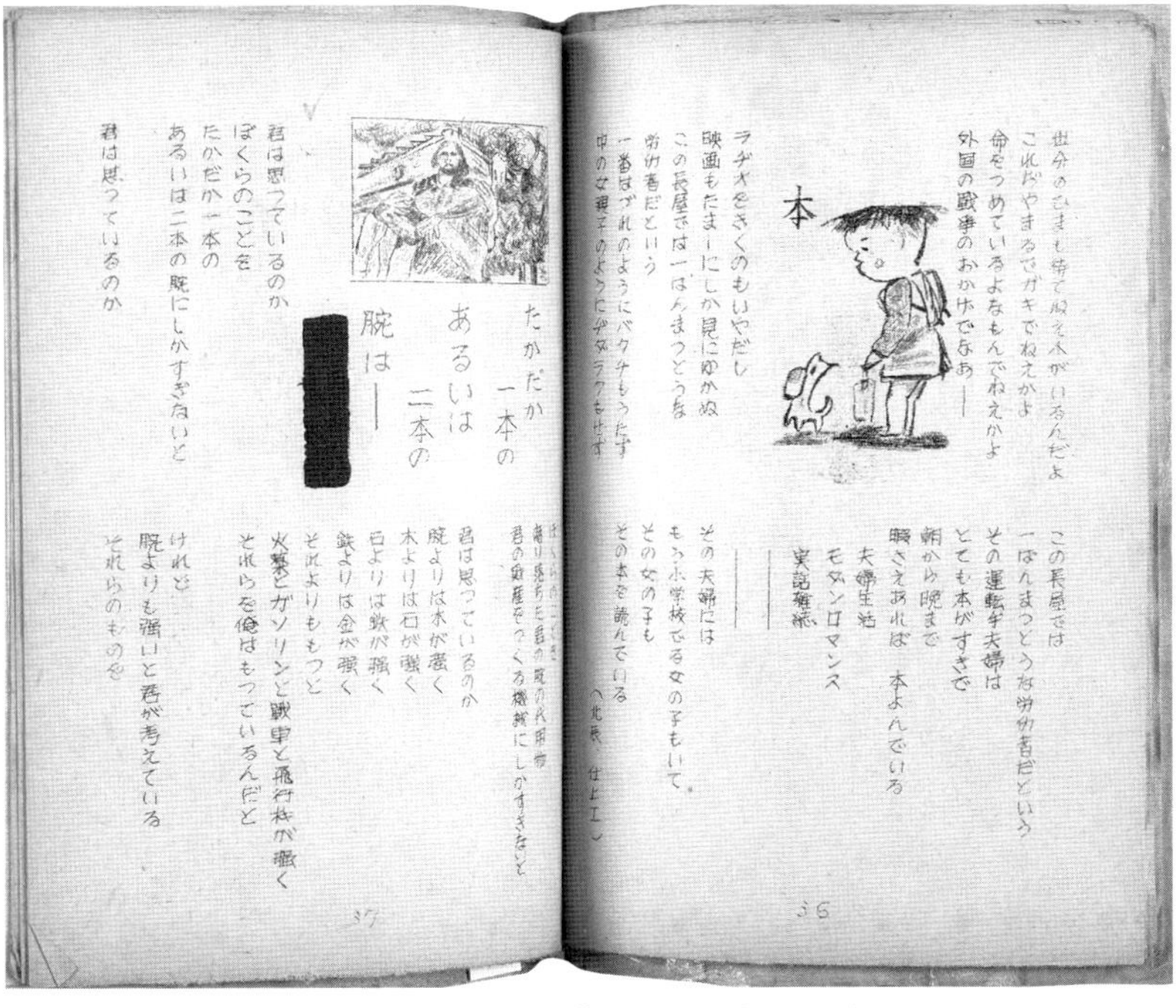
これおやまるでガキでねえかよ
命をつめているよなもんでねえかよ
外国の戦争のおかげでなあ――

本

ラヂオをきくのもいやだし
映画もたまーにしか見にゆかぬ
この長屋では一ばんまつとうな
労働者だという

この長屋では
一ばんまつとうな労働者だという
その運転手夫婦は
とても本がすきで
朝から晩まで
暇さえあれば　本よんでいる
夫婦生活
モダンロマンス
実話雑誌

その夫婦には
もう小学校でる女の子もいて
その女の子も
その本を読んでいる
（北辰　仕上工）

たかだか一本の
あるいは二本の
腕は――

[redacted]

君は思っているのか
ぼくらのことを
たかだか一本の
あるいは二本の腕にしかすぎないと
君は思っているのか

君の財産をつくる機械にしかすぎないと
君は思っているのか
腕よりは木が強く
木よりは石が強く
石よりは鉄が強く
鉄よりは金が強く
それよりももっと
火薬とガソリンと戦車と飛行機が強く
それらを俺はもっているんだと
けれど
腕よりも強いと君が考えている
それらのものを

「たかだか一本の　あるいは二本の腕は――」「詩集下丸子」　1951年7月

現在の会

現在の会編『内灘』　1953年8月　朝日書房　米軍基地の候補地となった石川県・内灘で起きた基地反対運動（内灘闘争）を追ったルポルタージュ。

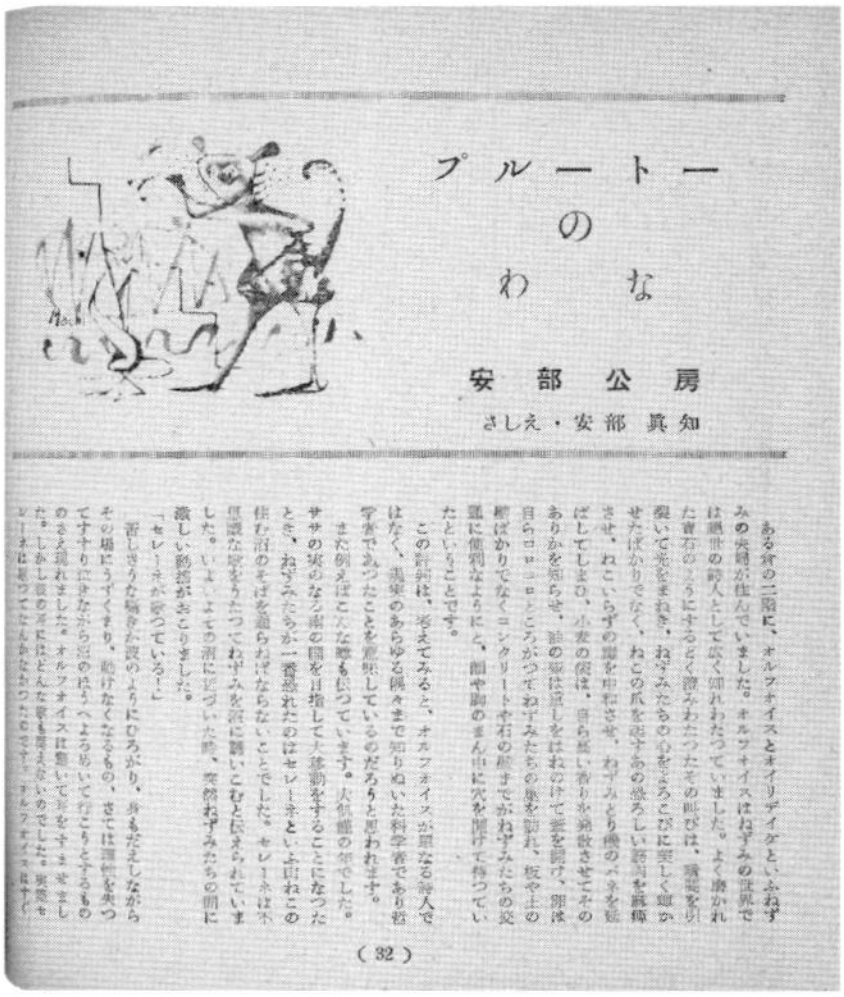
プルートーのわな

安部公房

さしえ・安部真知

（32）

「プルートーのわな」　「現在」創刊号　1952年（昭和27）6月　さしえ・安部真知　聡明なねずみのオルフォイスがねずみ共和国を築くが、残忍なねこのプルートーに狙われてしまう。「現在」は現在の会の機関誌。同会は、真鍋呉夫、島尾敏雄、伊達得夫ら同人誌「こをろ」の参加者に、世紀の公房、安東次男、柾木恭介らが合流した、ルポルタージュを志向する者の集まりだった。

公房ほか著『ルポルタージュとは何か?』　1955年9月　柏林書房　「日本の証言」の増補。「ルポルタージュの意義」のなかで、公房はリアリズムの前進と、急変する社会の姿を正しく伝えることを説く。

『にしん』1955年7月 柏林書房　文、写真・安東次男　絵・安部真知　現在の会によるルポルタージュのシリーズ「日本の証言」の1冊。

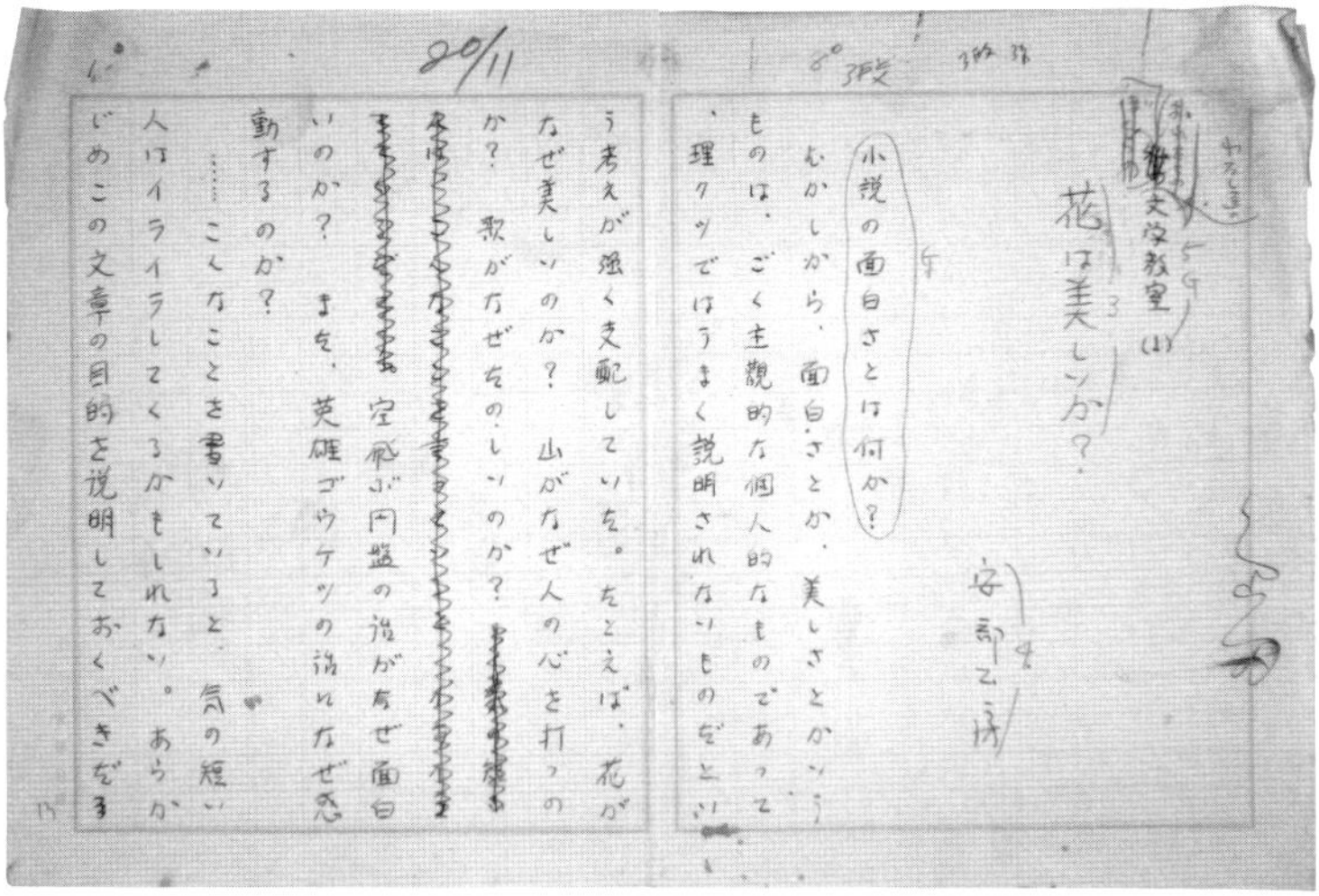

「花は美しいか？」原稿　「文学の友」1954年1月号に掲載　花はなぜ美しいか？といった、主観的なことを説明できれば、それが人間の解放に役立つと述べる。雑誌「人民文学」は新日本文学会から離脱した江馬修らが創刊し、のちに「文学の友」と改題。同誌は1950年代の日本共産党の分派騒動などを背景に生まれた。県立神奈川近代文学館蔵・野間宏文庫

「まったく、君の言うとおり、イソップの説は見当はずれだよ。ぼくらが君を追いかえすなんて、そんな不親切ができるもんか。夏中うたを聞かしてもらうお礼に、見つけたが最後、手放さないというのがぼくらの流儀さ。」

そう言いおわるが早いか、アリたちはキリギリスをまっ黒に、たちまち中まできれいに食いつくしてしまいました。

――「十四、兵隊アリとキリギリス」から

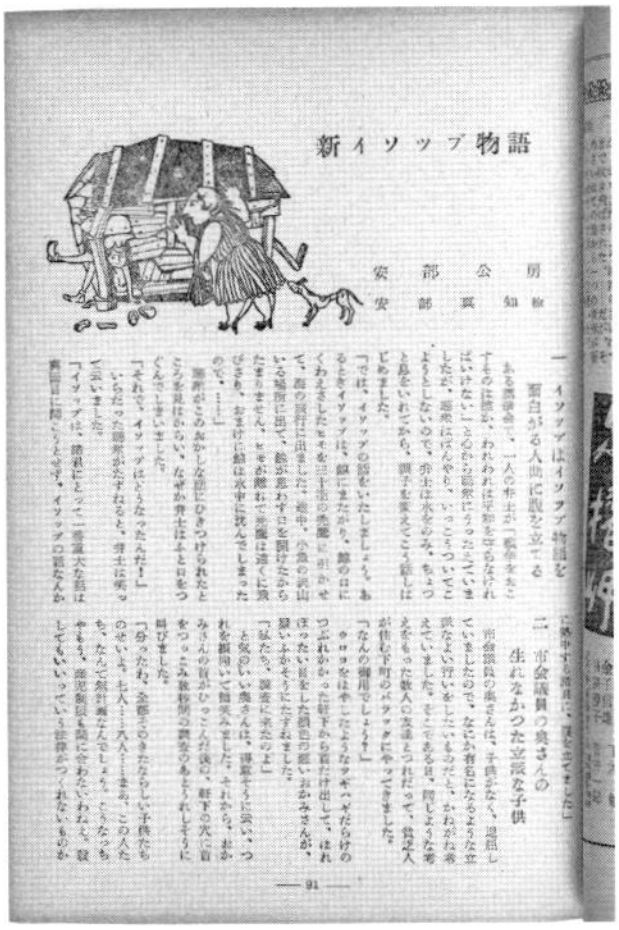

「新イソップ物語」「別冊文学の友」1954年4月　絵・安部真知
19編を掲載。

石川淳（1899–1987）　1950年代　茗荷谷の公房宅で。祖父は漢学者で、幼いころから漢籍に親しむ。1920年（大正9）、東京外国語学校（現・東京外国語大学）卒業。アナトール・フランスなどの翻訳を手がける。1935年（昭和10）、「佳人」で作家として出発し、翌年発表した「普賢」で芥川賞受賞。和漢洋の広範な知識をもとにした随筆も手がける。公房が著書『終りし道の標べに』を手に訪問してから師弟のような間柄となり、困窮する公房を経済的にも支えた。撮影・公房

立ち場が逆だったら、おそらくかんしゃく玉を破裂させたにちがいないような状況だったにもかかわらず、石川さんはいやな顔ひとつみせずに、ぼくの駄弁に耳を傾け、最後にかならず十二分の酒と食事を用意して下さったものである。

聞かれもせず、答えもしなかったが、石川さんはあのころのぼくの財布と胃袋の軽さを、ちゃんと見通していたにちがいない。さりげなさの裏にかくされた、あの心づかいを、ぼくは一生忘れないことだろう。石川さんの生活の拒絶には、同時にこうした半面もあったのである。

――「師と私と――石川淳氏」から

石川淳あて書簡　1949年7月10日
「夢の逃亡」を執筆中だと伝える。「キンドル氏とねずみ」という作品名も見える。のちに戯曲「制服」として発表した作品の構想を石川に相談していたこともわかる。世田谷文学館蔵

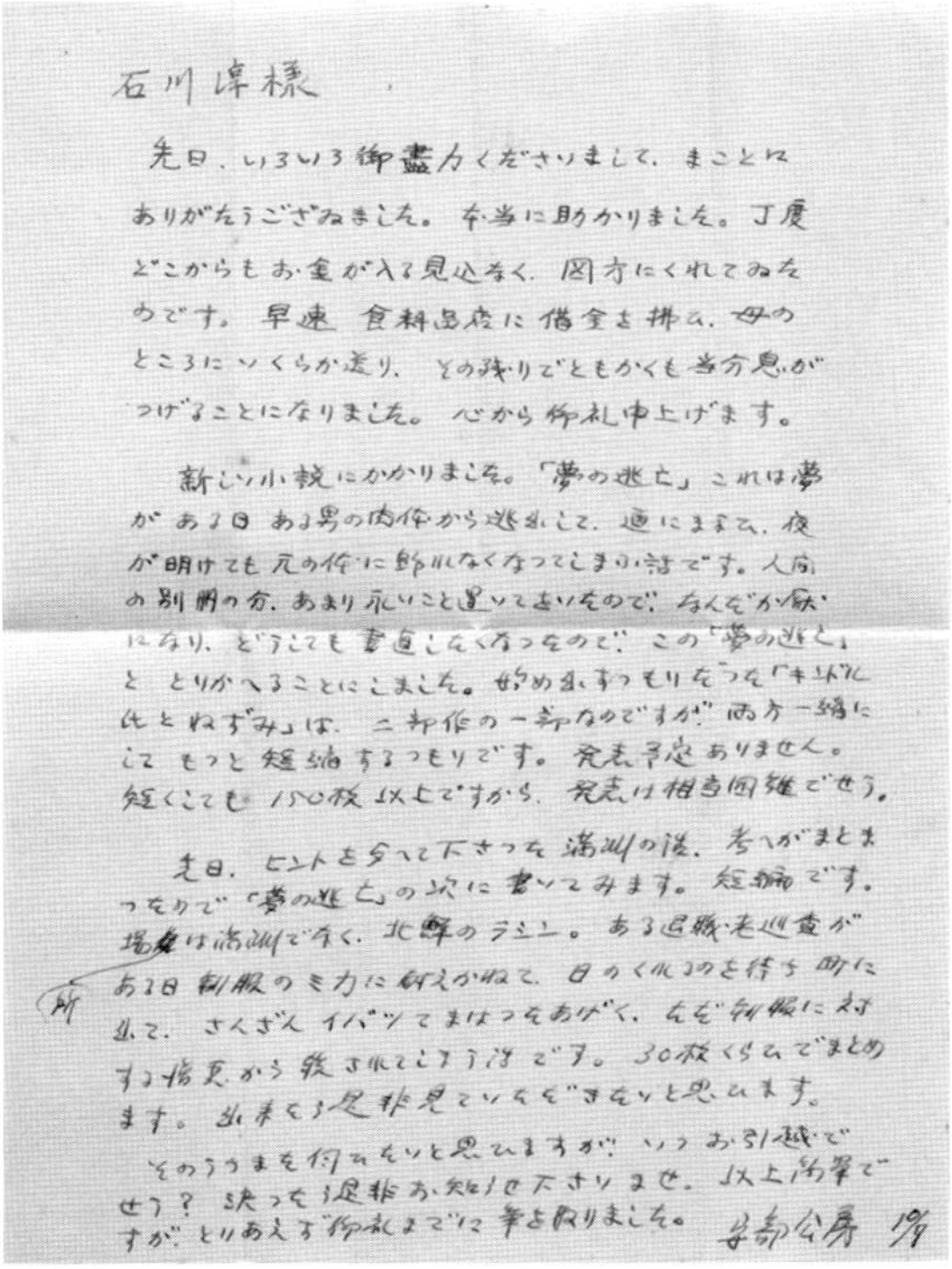

石川淳様

先日、いろいろ御盡力くださいまして、まことにありがたうございました。本当に助かりました。丁度どこからもお金が入る見込なく、困りきつてゐたのです。早速食料品店に借金を拂ひ、母のところにいくらか送り、その殘りでともかくも当分息がつげることになりました。心から御礼申上げます。

新しい小說にかかりました。「夢の逃亡」これは夢がある日ある男の肉体から逃出して、遊びまはり、夜が明けても元の体に帰れなくなつてしまふ話です。人間の別冊の方、あまり永いこと置いてゐたので、なんだか厭になり、どうしても書直したくなつたので、この「夢の逃亡」ととりかへることにしました。始め出すつもりだつた「キンドル氏とねずみ」は、三部作の一部なのですが、両方一緒にしてもつと短縮するつもりです。発表予定ありません。短くしても150枚以上ですから、発表は相当困難でせう。

先日、ヒントを与へて下さつた満洲の話、考へがまとまつたので「夢の逃亡」の次に書いてみます。短編です。場所は満洲で無く、北鮮のテミン。ある退職老巡査が、ある日制服のミ力に耐えかねて、日のくれるのを待ち町に出て、さんざんイバッてまはつたあげく、ただ制服に対する愛着から殺されてしまう話です。30枚くらゐでまとめます。出来たら是非見ていただきたいと思ひます。

そのうちまた伺ひたいと思ひますが、いつお引越でせう？　決つたら是非お知らせ下さいませ。以上用事ですが、とりあへず御礼までに筆を取りました。　安部公房　10/7

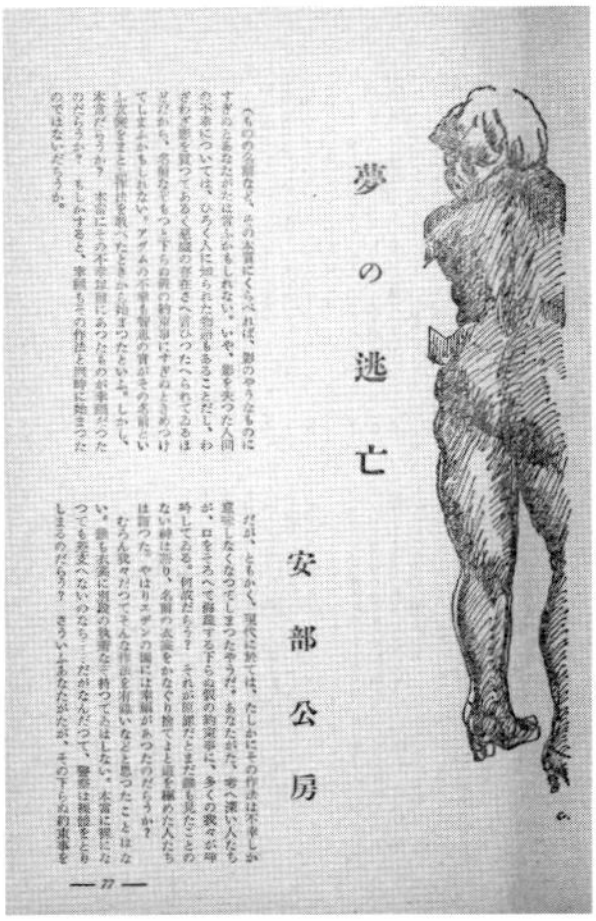

夢の逃亡

安部公房

— 77 —

「夢の逃亡」　「人間」秋季増刊号　1949年11月　カット・古茂田守介　ある男の子が不手際で隣人の子どものあだ名と同じ「サンチャ」と名付けられ、名前と自分自身とのずれを抱えて成長する。名前と自分との分離や空を飛ぶ身体など、のちの作品にも通じる要素が盛り込まれている。

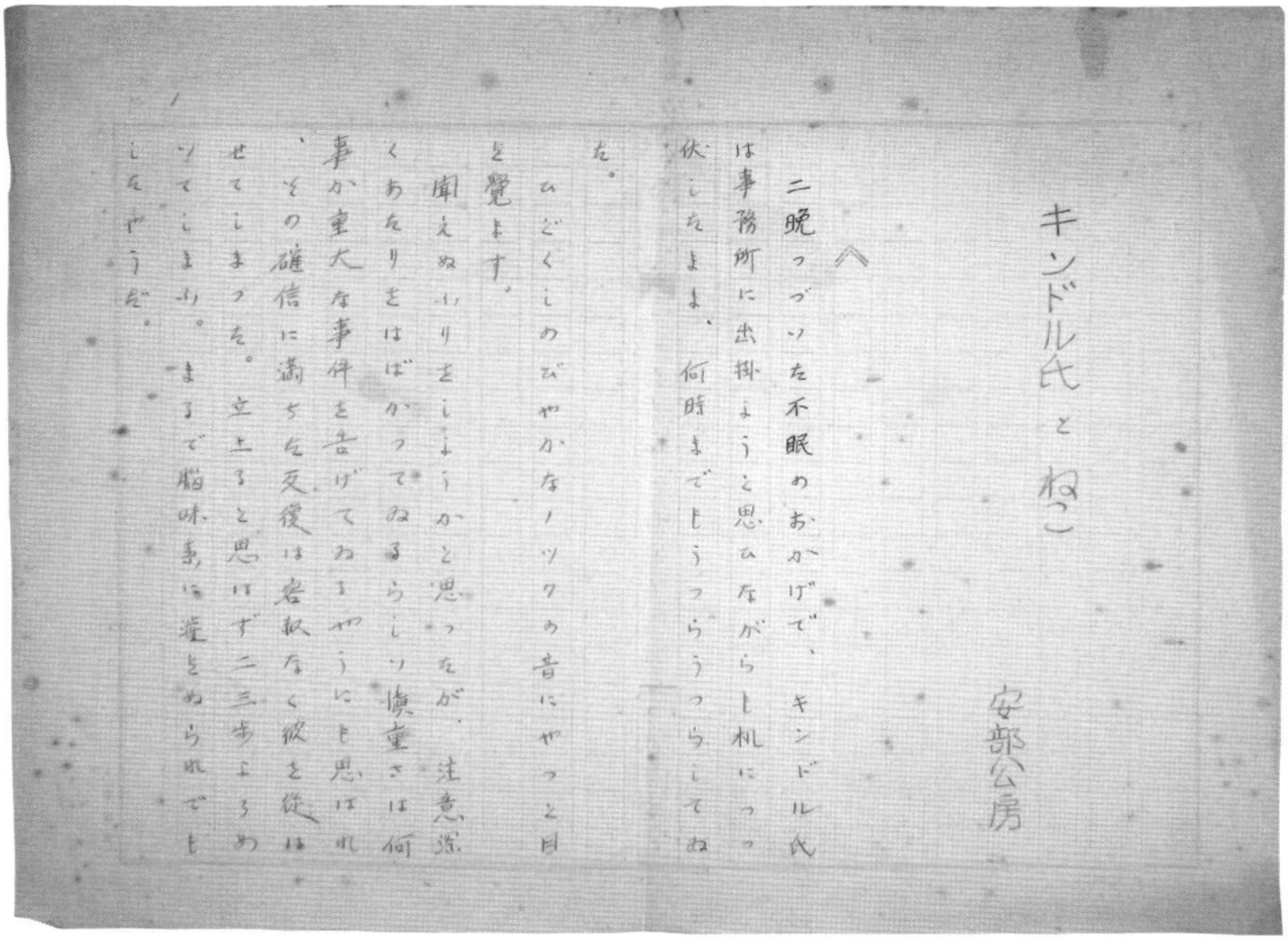

キンドル氏とねこ

安部公房

二晩つづいた不眠のおかげで、キンドル氏は事務所に出掛けようと思ひながらも机につっ伏したまま、何時までもうつらうつらしてゐた。

ひどくしのびやかなノックの音にやっと目を覚ます。

聞えぬふりをしようかと思ったが、注意深くあたりをはばかってゐるらしい慎重さは何事か重大な事件を告げてゐるやうにも思はれ、その確信に満ちた反復は容赦なく彼を従はせてしまった。立上ると思はず二三歩よろめいてしまふ。まるで脳味噌に糊をぬられでもしたやうだ。

「キンドル氏とねこ」原稿　［1949年（昭和24）3月］執筆　生前未発表の小説、未完。キンドル氏の着任早々、社長と支店長が亡くなる。支店長に任命されたキンドル氏だが、殺人犯だと疑われているようで……。石川淳あて書簡（1949年7月10日）で触れた「キンドル氏とねずみ」に関連する作品と推定される。

執筆中の公房　1951年ころ
茗荷谷の自宅で。

「壁」執筆のころ

書いては止め、書いては止め、この前おうかがひしてからも三回目、やつと〝壁〟といふ小説に落着いて、しかしそれも、書けば書くほど重い、たまらなく重い壁にはばまれて、息がつまりさうです。

――石川淳あてはがき（一九四九年一二月一六日消印）から

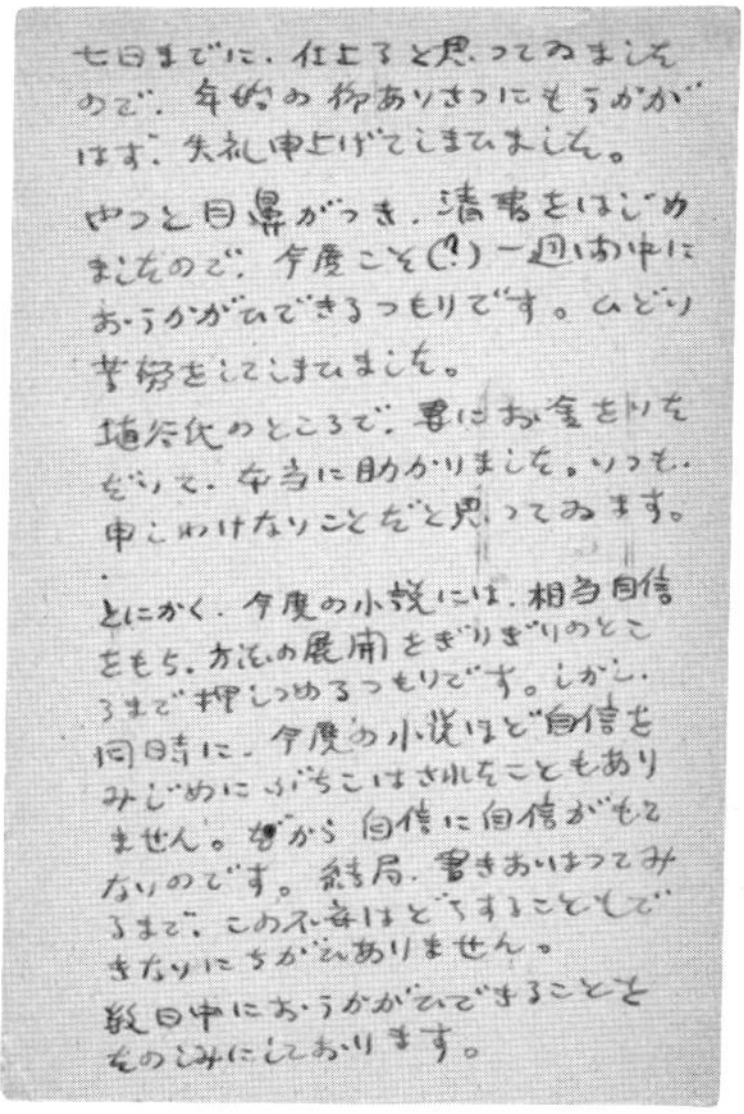

七日までに、仕上ると思つてゐましたので、年始の御あいさつにもうかがはず、失礼申上げてしまひました。

やつと目鼻がつき、清書をはじめましたので、今度こそ(?)一週間中におうかがひできるつもりです。ひどい苦労をしてしまひました。

埴谷氏のところで、君にお金をいたゞいて、本当に助かりました。いつも申しわけないことだと思つてゐます。

とにかく、今度の小説には、相当自信をもち、方法の展開をぎりぎりのところまで押しつめるつもりです。しかし、同時に、今度の小説ほど自信をみじめにぶちこはされたこともありません。だから自信に自信がもてないのです。結局、書きおはつてみるまで、この不安はどうすることもできないにちがひありません。

数日中におうかがひできることをたのしみにしております。

石川淳あてはがき　［1950年1月］　世田谷文学館蔵

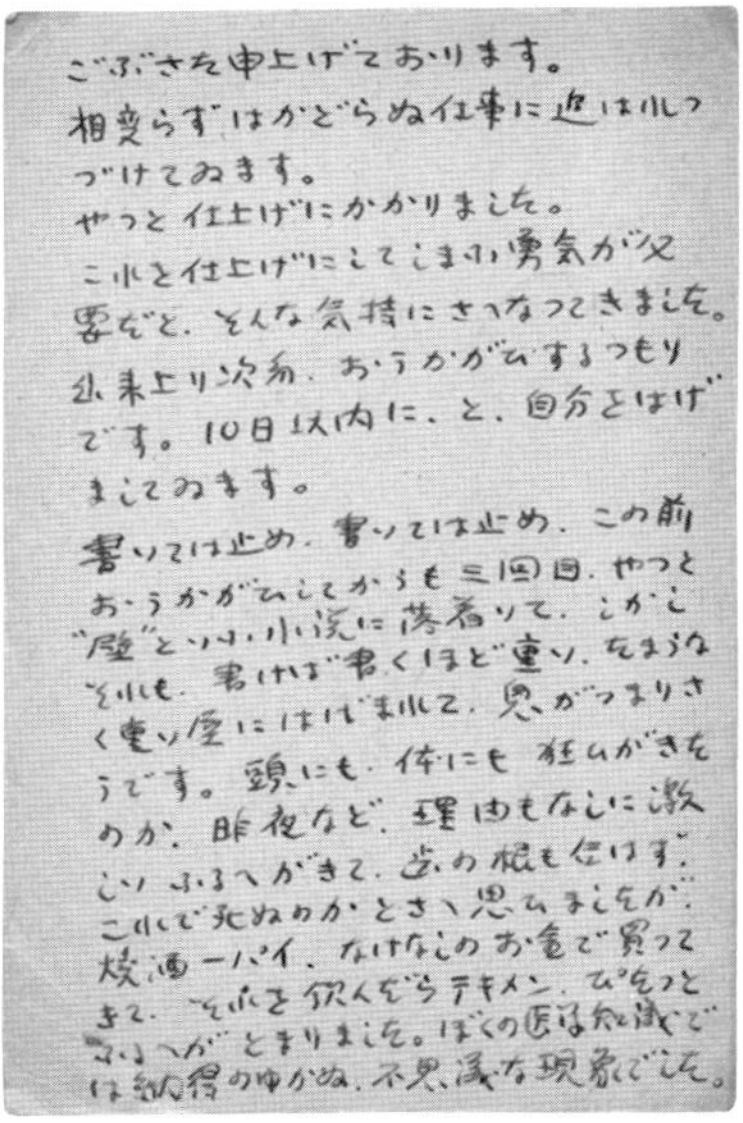

ごぶさたを申上げております。

相変らずはかどらぬ仕事に追はれつづけてゐます。

やつと仕上げにかかりました。

これを仕上げにしてしまふ勇気が必要だと、そんな気持にさへなつてきました。

出来上り次第、おうかがひするつもりです。10日以内に、と、自分をはげましてゐます。

書いては止め、書いては止め、この前おうかがひしてからも三回目、やつと"壁"といふ小説に落着いて、しかしそれも、書けば書くほど重い、たまらなく重い壁にはばまれて、息がつまりさうです。頭にも、体にも、狂ひがきたのか、昨夜など、理由もなしに激しいふるへがきて、歯の根も合はず、これで死ぬのかとさへ思ひましたが、焼酒一パイ、なけなしのお金で買つてきて、それを飲んだらテキメン、ぴたつとふるへがとまりました。ぼくの医学知識では納得のゆかぬ、不思議な現象でした。

石川淳あてはがき　1949年12月16日消印　世田谷文学館蔵

石川淳（右）と公房　1952年（昭和27）ころ　高輪の石川宅で。
撮影・沼野謙

○三月五日（日）晴。安部公房来話。その書くところの壁二百六枚の草稿を示す、あづかりおく、
○三月拾日（金）晴。……また月曜書房に至り群像高橋清次宛に安部を紹介する手紙を書く、その作壁二百六枚を群像に売りつけんがため也

――石川淳　日記（一九五〇年）から

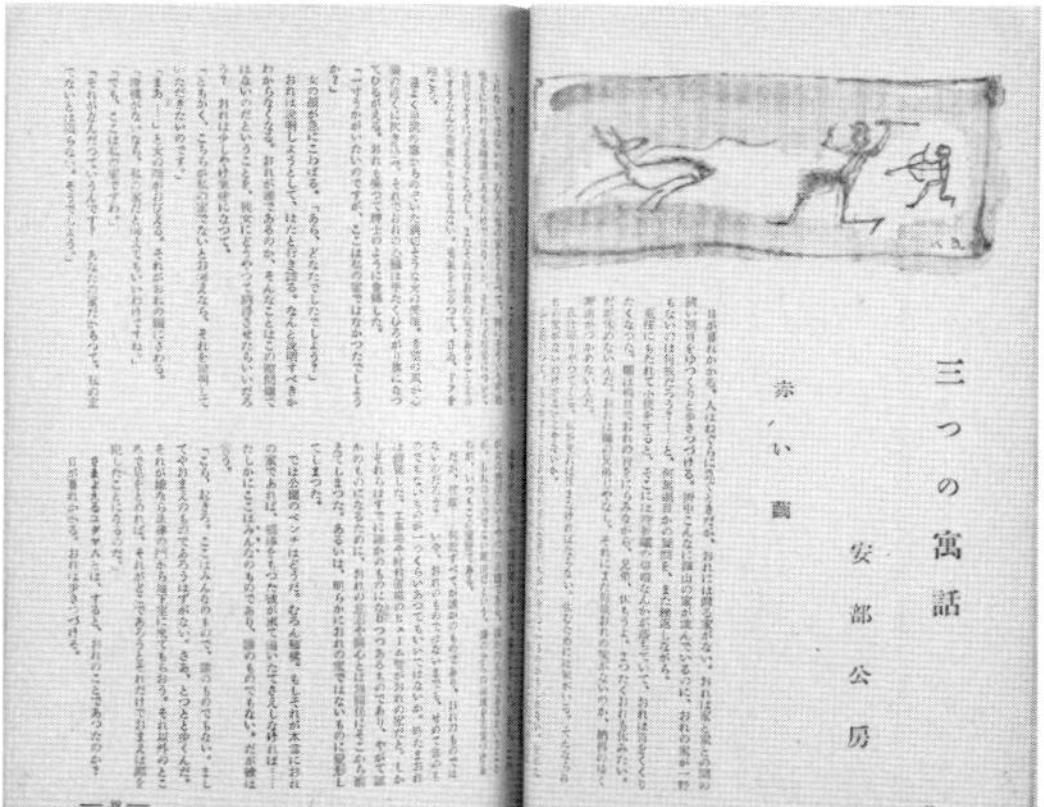
三つの寓話
安部公房
赤い繭

「三つの寓話」「人間」　1950年12月　「赤い繭」「洪水」「魔法のチョーク」を「三つの寓話」の総題で掲載。1951年4月、「赤い繭」で第2回戦後文学賞を受賞。

○五月一日（月）晴。安部公房来　その小説草稿壁第二部を批評して返す、
○五月三日（水）雨。……昨日安部公房その小説壁第二部の草稿を書直して持参す

――石川淳　日記（一九五〇年）から

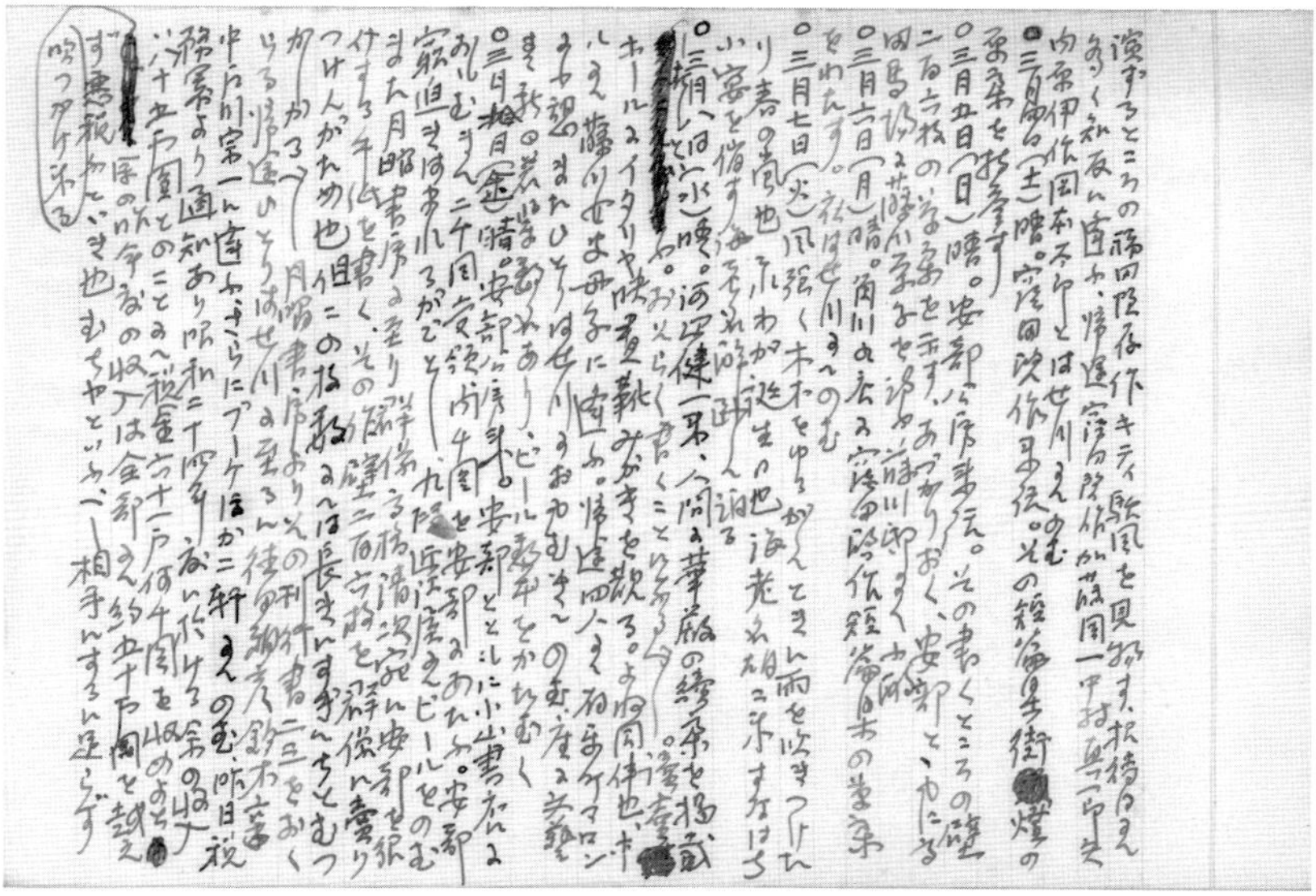

石川淳　日記　1950年3月5日　「壁」草稿を預かったと記す。このころの日記からは、公房が頻繁に石川を訪ねていたことがわかる。世田谷文学館蔵

石川淳　日記　1950年　5月1日と3日に公房が来訪した旨を記す。　世田谷文学館蔵

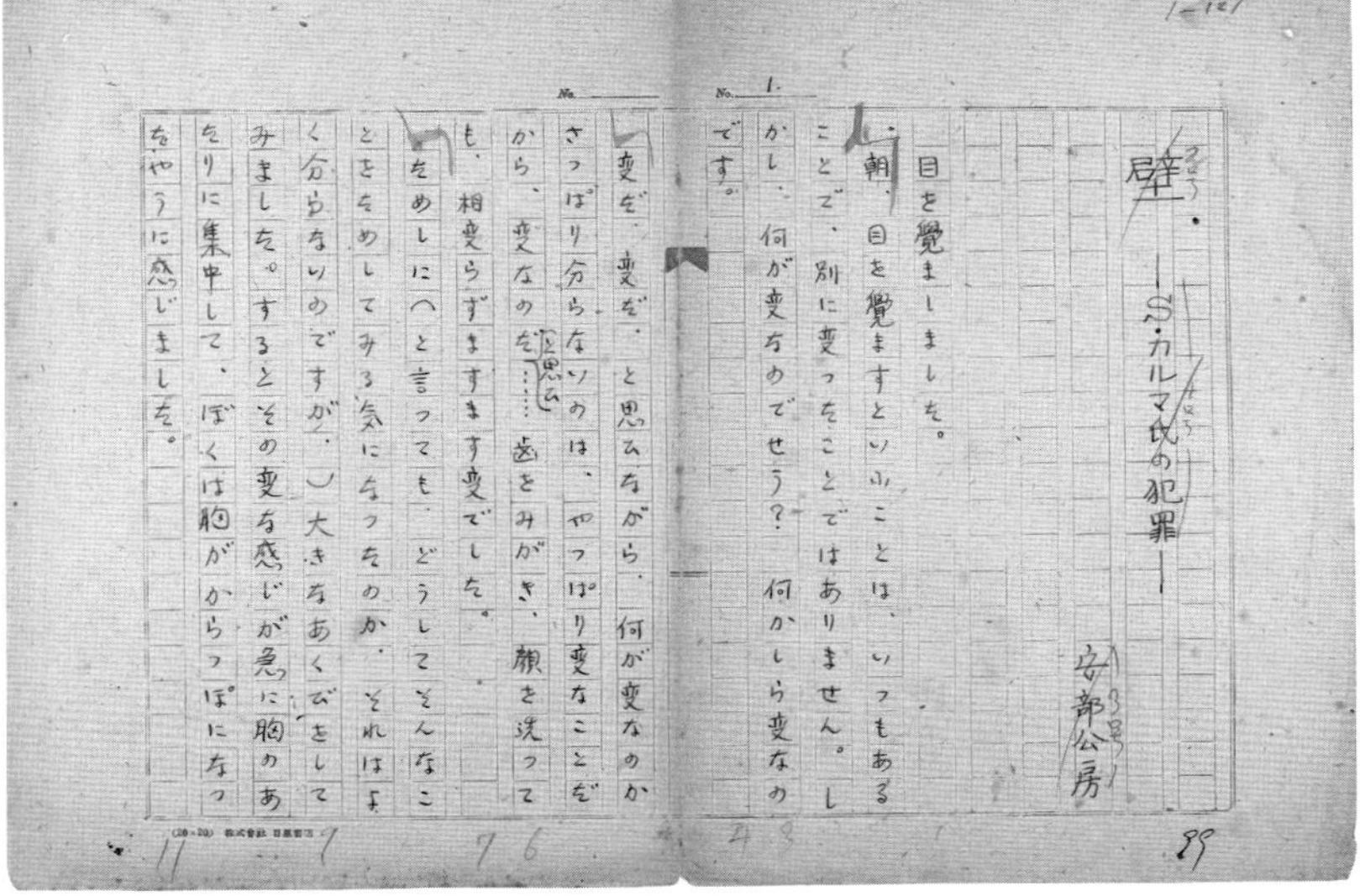

「壁―S・カルマ氏の犯罪―」原稿　「近代文学」1951年（昭和26）2月号に掲載　ある朝目覚めたカルマ氏は、名前を失ったことに気づく。名前がないために自分が自分であると証明できず、カルマ氏は次々と災難に見舞われる。

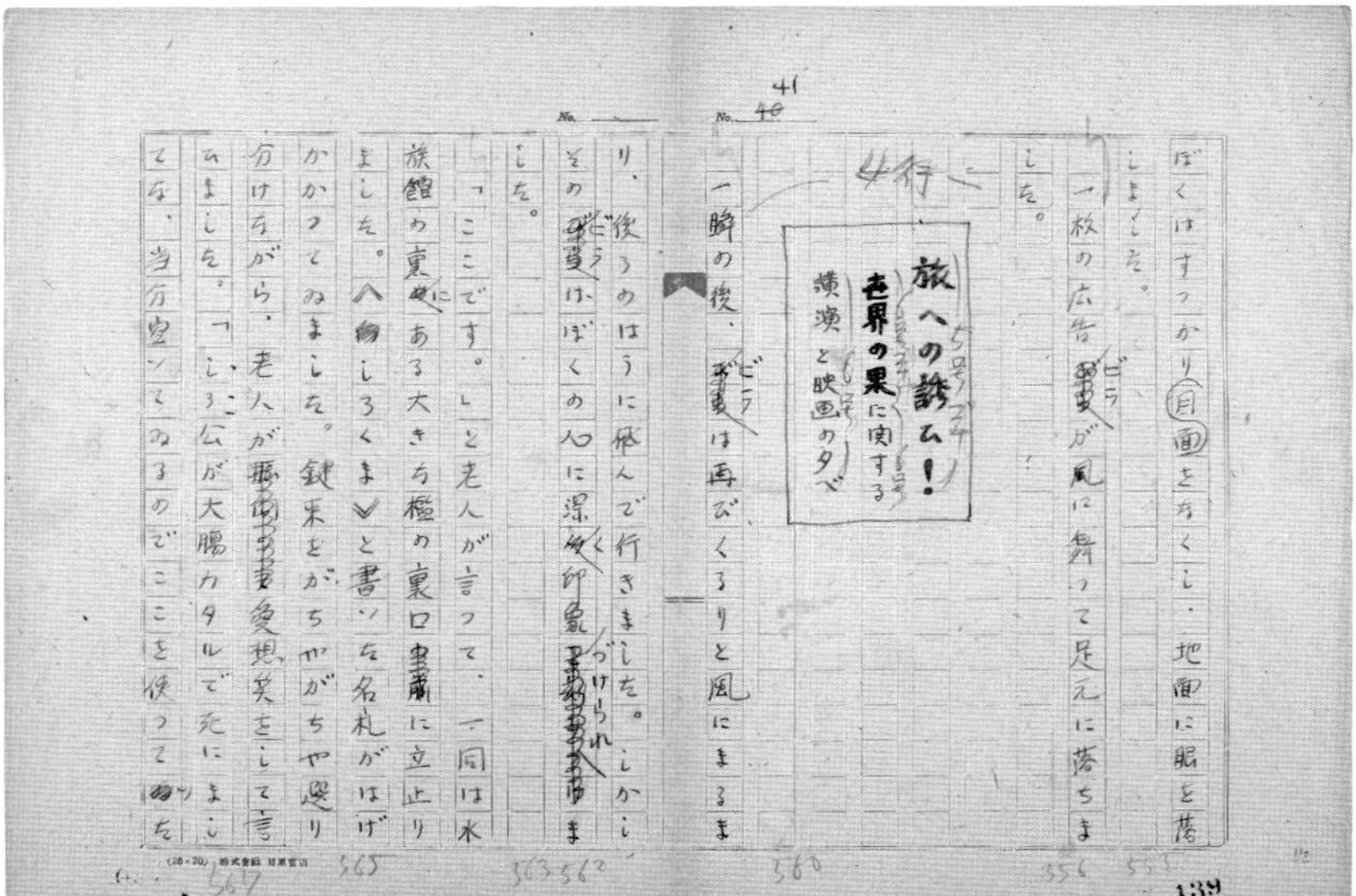

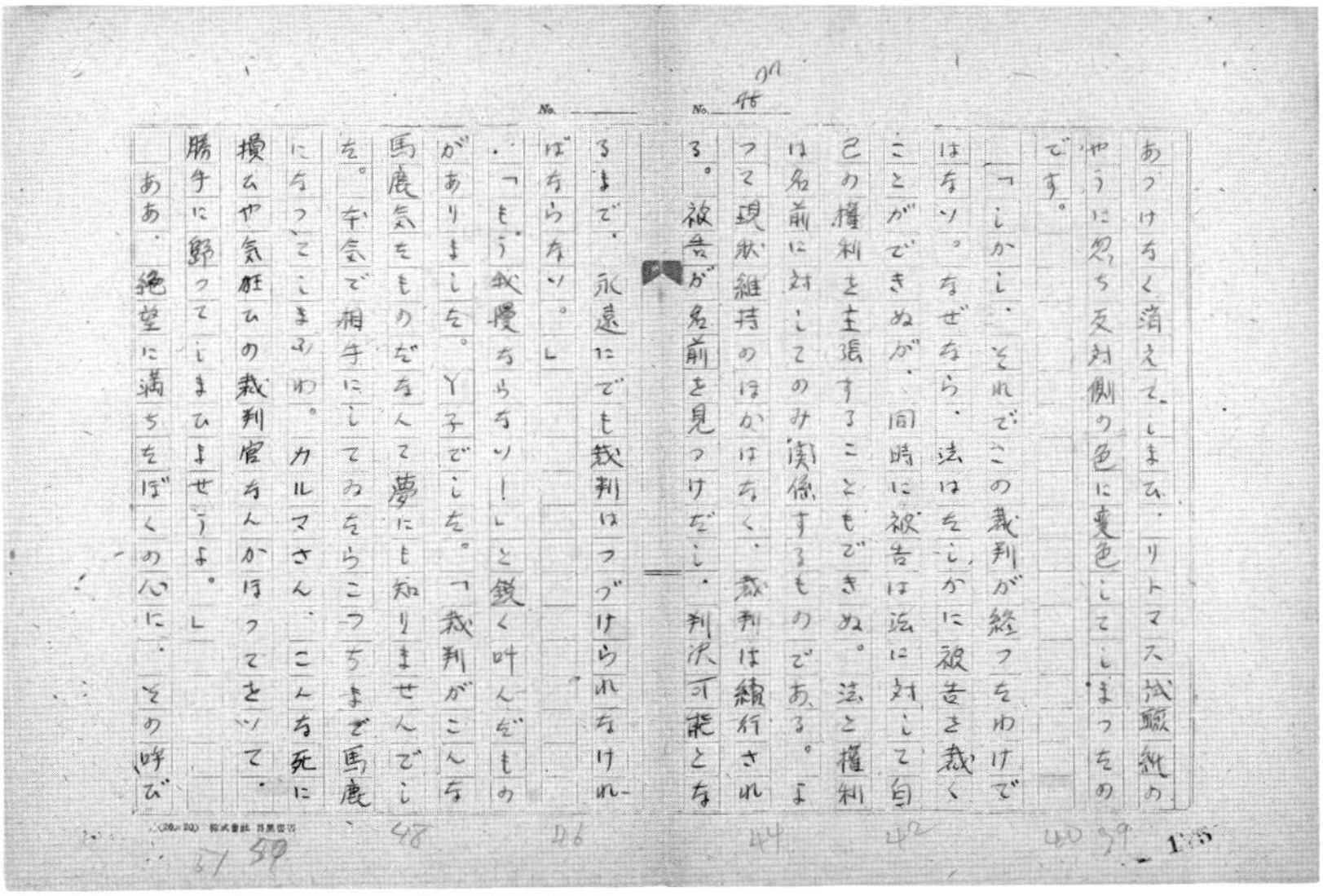

あつけなく消えてしまひ、リトマス試験紙のやうに忽ち反対側の色に変色してしまつたのです。

「しかし、それでこの裁判が終つたわけではない。なぜなら、法はたしかに被告を裁くことができぬが、同時に被告は法に対して自己の権利を主張することもできぬ。法と権利は名前に対してのみ関係するものである。よつて現状維持のほかはなく、裁判は続行される。被告が名前を見つけだし、判決可能となるまで、永遠にでも裁判はつづけられなければならない。」

「もう我慢ならない！」と鋭く叫んだものがありました。Y子でした。「裁判がこんな馬鹿気たものだなんて夢にも知りませんでした。今まで相手にしてゐたらこつちまで馬鹿になつてしまふわ。カルマさん、こんな死に損ひや気狂ひの裁判官なんかほつておいて、勝手に帰つてしまひませうよ。」

ああ、絶望に満ちたぼくの心に、その呼び

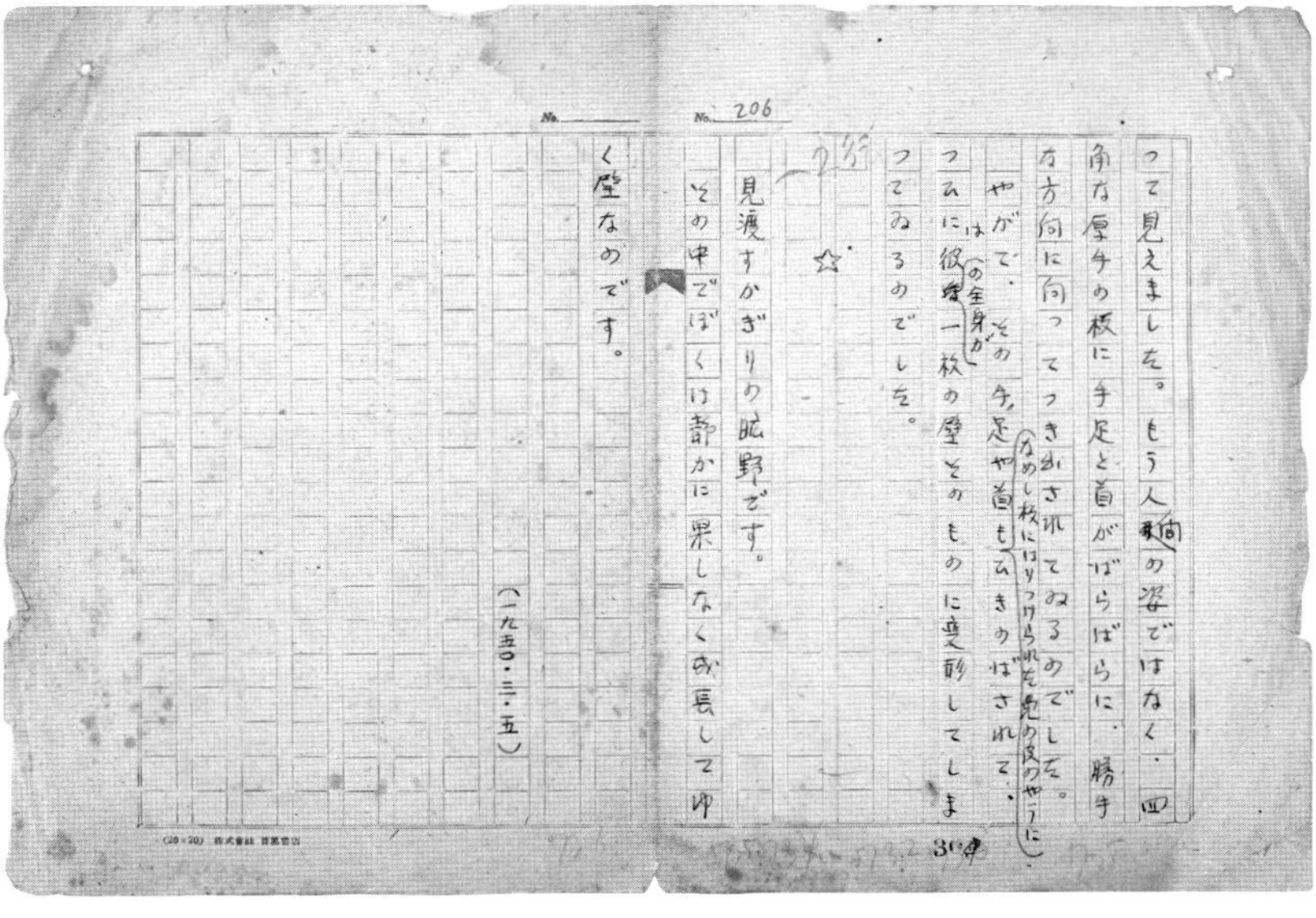

つて見えました。もう人間の姿ではなく、四角な厚手の板に手足と首がばらばらに、勝手な方向に向つてつき出されてゐるのでした。

やがて、その手足や首もなめし板にはりつけられた兎の皮のやうにひきのばされて、つひには彼の全身が一枚の壁そのものに変形してしまつてゐるのでした。

☆

見渡すかぎりの曠野です。

その中でぼくは静かに果しなく成長してゆく壁なのです。

（一九五〇・三・五）

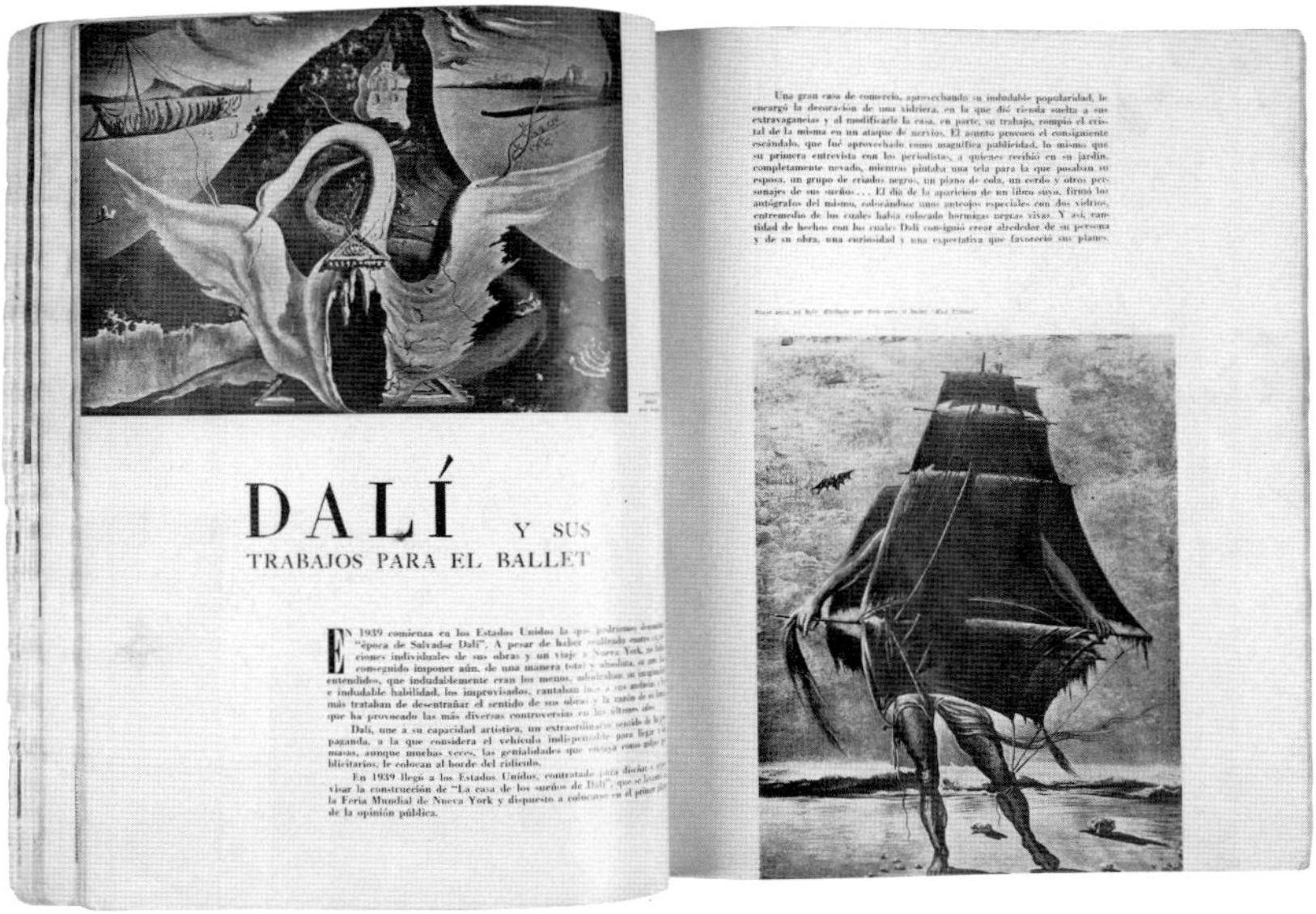

Una gran casa de comercio, aprovechando su indudable popularidad, le encargó la decoración de una vidriera, en la que dió rienda suelta a sus extravagancias y al modificarle la casa, en parte, su trabajo, rompió el cristal de la misma en un ataque de nervios. El asunto provocó el consiguiente escándalo, que fué aprovechado como magnífica publicidad, lo mismo que su primera entrevista con los periodistas, a quienes recibió en su jardín, completamente nevado, mientras pintaba una tela para la que posaban su esposa, un grupo de criados negros, un piano de cola, un cerdo y otros personajes de sus sueños.... El día de la aparición de un libro suyo, firmó los autógrafos del mismo, colocándose unos anteojos especiales con dos vidrios, entremedio de los cuales había colocado hormigas negras vivas. Y así, cantidad de hechos con los cuales Dalí consiguió crear alrededor de su persona y de su obra, una curiosidad y una expectativa que favoreció sus planes.

DALÍ Y SUS TRABAJOS PARA EL BALLET

EN 1939 comienza en los Estados Unidos la que podríamos [illegible] "época de Salvador Dalí". A pesar de haber realizado [illegible] ciones individuales de sus obras y un viaje a Nueva York, no [illegible] conseguido imponer aún, de una manera total y absoluta, [illegible] entendidos, que indudablemente eran los menos, admiraban su [illegible] e indudable habilidad, los improvisados, cantaban [illegible] más trataban de desentrañar el sentido de sus obras y la razón de [illegible] que ha provocado las más diversas controversias en los últimos años.

Dalí, une a su capacidad artística, un extraordinario sentido de la [illegible] paganda, a la que considera el vehículo indispensable para llegar [illegible] masas, aunque muchas veces, las genialidades que ensaya como [illegible] blicitarios, le colocan al borde del ridículo.

En 1939 llegó a los Estados Unidos, contratado para diseñar [illegible] visar la construcción de "La casa de los sueños de Dalí", que se [illegible] la Feria Mundial de Nueva York y dispuesto a colocarse en el primer [illegible] de la opinión pública.

[「REVISTA　LYRA」]　[年月不詳]　桂川寛旧蔵。「壁」作中でカルマ氏が眺めた「スペインの絵入雑誌」は、この雑誌から着想を得た。

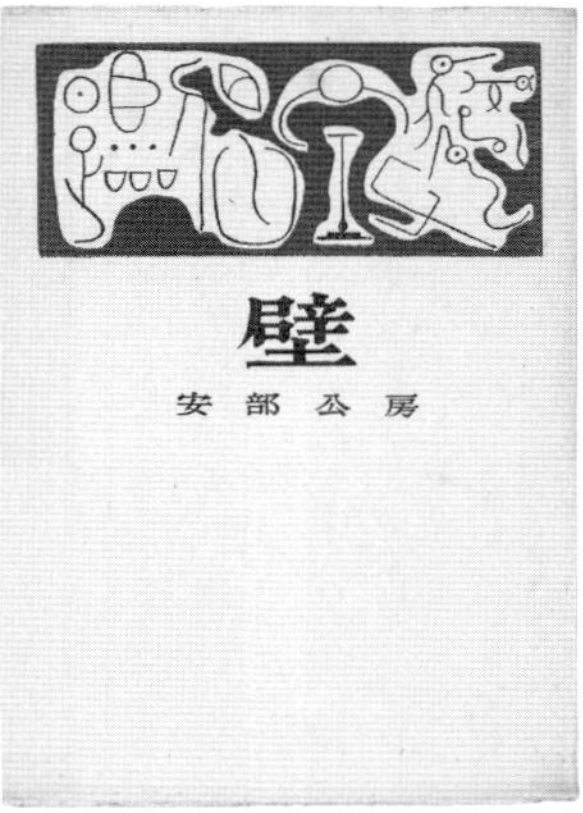

『壁』　1951年5月　月曜書房　装幀・勅使河原宏　挿画・桂川寛　序文・石川淳　「S・カルマ氏の犯罪」「バベルの塔の狸」「赤い繭」の3部作を収録。

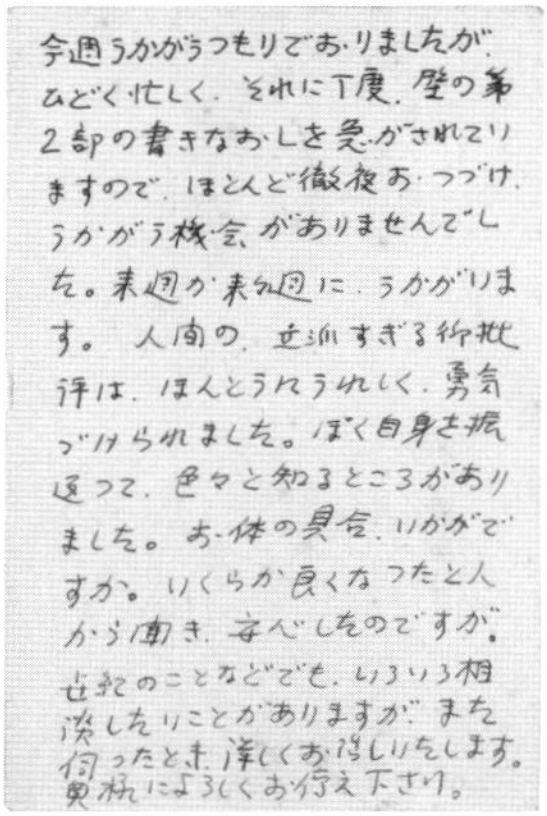

今週うかがうつもりでありましたが、ひどく忙しく、それに丁度、壁の第2部の書きなおしを急がされてりますので、ほとんど徹夜をつづけ、うかがう機会がありませんでした。来週か来々週に、うかがいます。人間の、立派すぎる御批評は、ほんとうにうれしく、勇気づけられました。ぼく自身を振返って、色々と知るところがありました。お体の具合、いかがですか。いくらか良くなったと人から聞き、安心したのですが。

近紀のことなどでも、いろいろ相談したいことがありますが、また伺ったとき詳しくお話しいたします。奥様によろしくお伝え下さい。

埴谷雄高あてはがき　1951年（昭和26）3月28日消印　「壁」第2部を書き直していると伝える。第2部「バベルの塔の狸」は同年5月、雑誌「人間」に発表。県立神奈川近代文学館蔵・埴谷雄高文庫

桂川寛画『壁』挿絵原画
1951年5月　月曜書房
東京国立近代美術館蔵

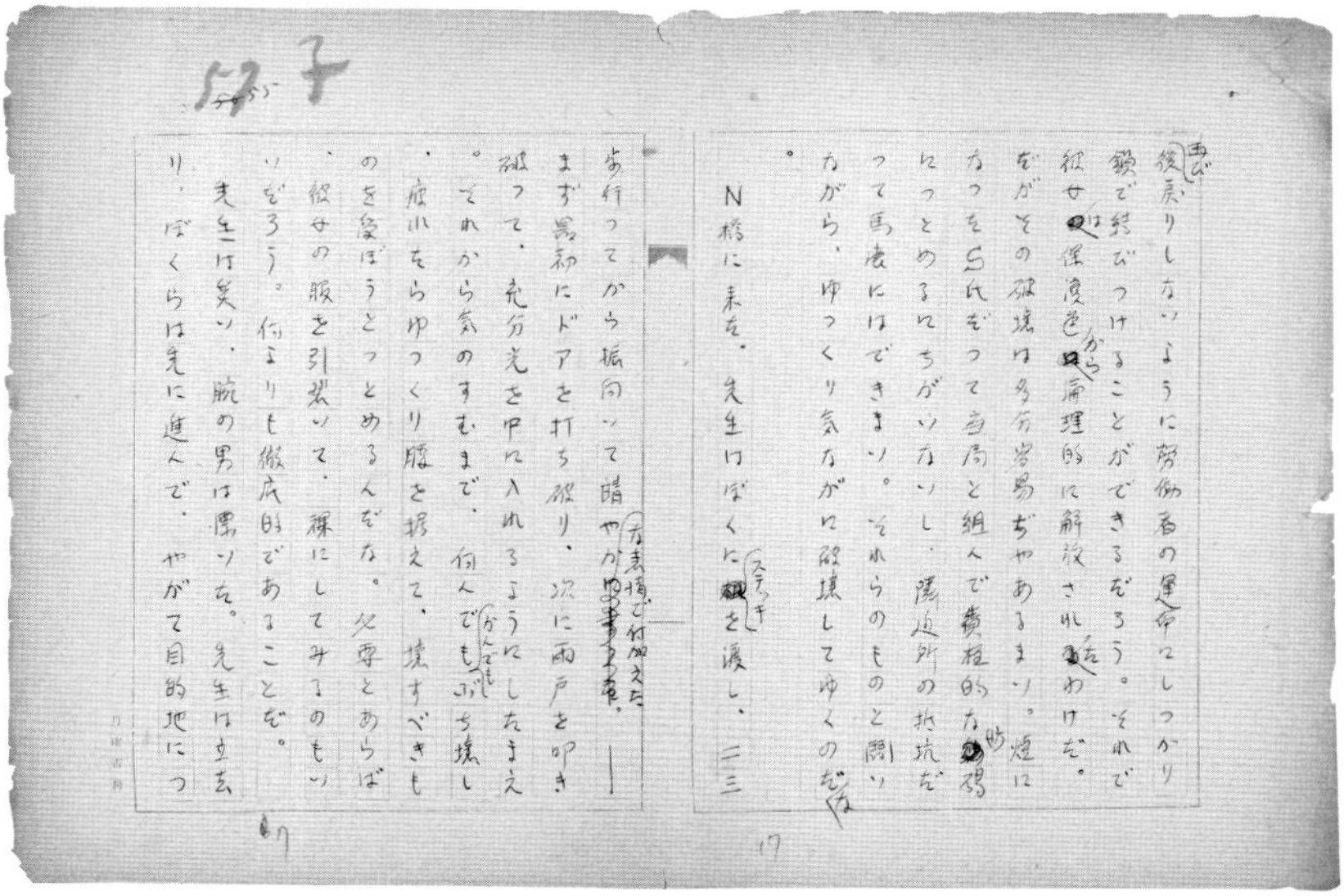

再び後戻りしないように労働者の運命にしっかり鎖で結びつけることができるだろう。それで彼女は保護色から論理的に解放されたわけだ。ながその破壊は多分容易ぢやあるまい。畑になつたら氏ぞつて当局と組んで積極的な防碍につとめるにちがいないし、隣近所の抵抗だつて馬鹿にはできまい。それらのものと闘いながら、ゆつくり気ながに破壊してゆくのだな。

N橋に来た。先生はぼくにステッキを渡し、二三歩行つてから振向いて晴やかな表情で付加えた。

まず最初にドアを打ち破り、次に雨戸を叩き破つて、充分光を中に入れるようにしたまえ。それから気のすむまで、何んでもかんでもぶち壊し、疲れたらゆつくり腰を据えて、壊すべきものを選ぼうとつとめるんだな。父母とあらば、彼女の服を引裂いて、裸にしてみるのもいいだろう。何よりも徹底的であることだ。

先生は笑い、腕の男は黙った。先生は立去り、ぼくらは先に進んで、やがて目的地につ

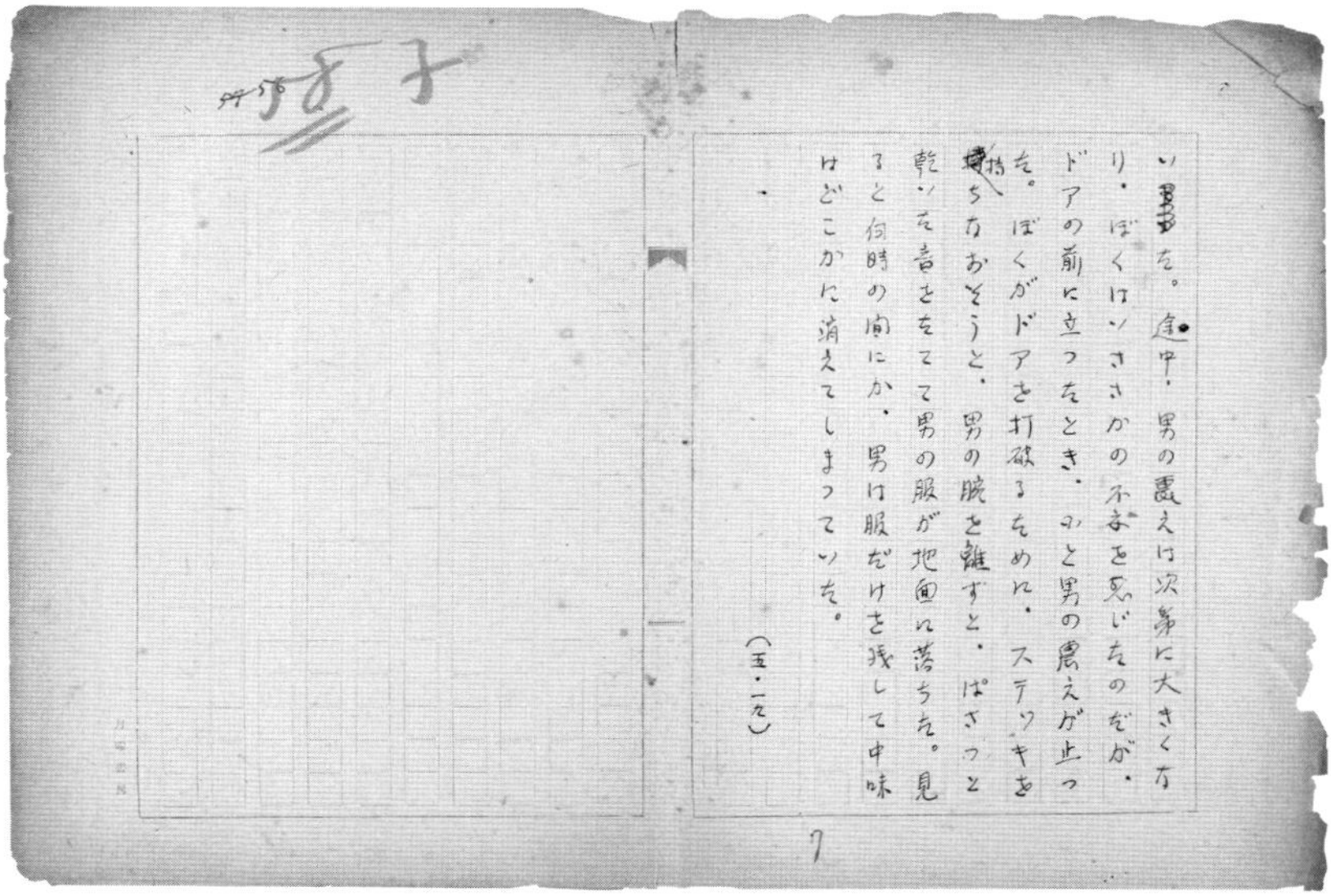

いた。途中、男の震えは次第に大きくなり、ぼくはいささかの不安を感じたのだが、ドアの前に立つたとき、ふと男の震えが止つた。ぼくがドアを打破るために、ステッキを持ちなおそうと、男の腕を離すと、ぱさつと乾いた音をたてて男の服が地面に落ちた。見ると何時の間にか、男は服だけを残して中味はどこかに消えてしまっていた。

(五・一九)

「保護色」原稿　[1951年(昭和26)] 5月19日執筆　末尾の部分。皮膚が変色し、保護色になってしまう娘が助けを求めてやってくるが……。同日消印の石川淳あて書簡に「保護色」の原稿を「群像」編集部へ送ったと書くが、未掲載。生前未発表の小説。同年発表した「餓えた皮膚」に表現が類似した箇所がある。

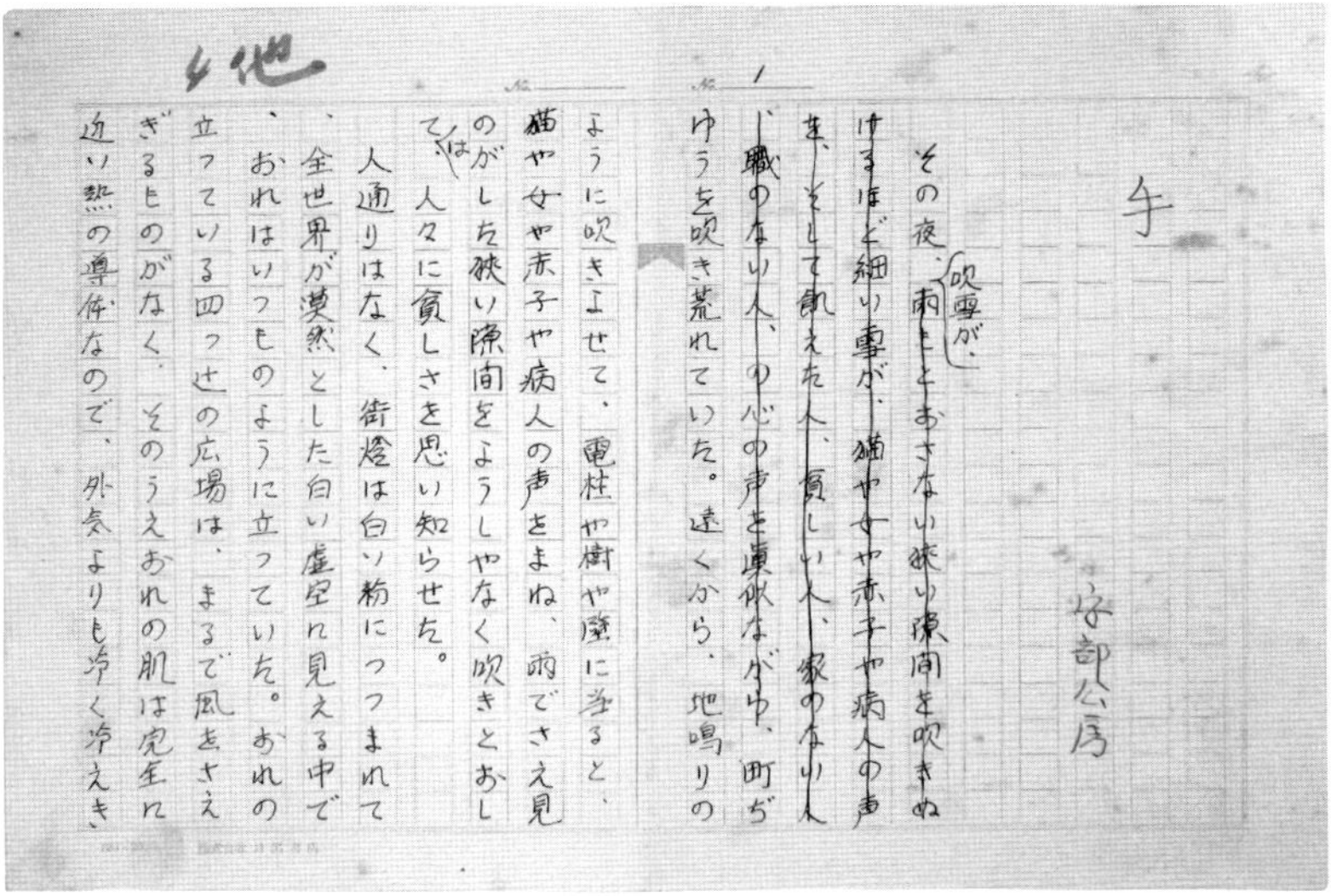

手

安部公房

No. 1

その夜、吹雪が、雨ととおさない狭い隙間を吹きぬけるほど細い雪が、猫や女や赤子や病人の声ま、そして飢えた人、貧しい人、家のない人職のない人、の心の声を真似ながら、町ぢゆうを吹き荒れていた。遠くから、地鳴りのように吹きよせて、電柱や樹や壁に当ると、猫や女や赤子や病人の声をまね、雨でさえ見のがした狭い隙間をようしゃなく吹きとおしては人々に貧しさを思い知らせた。

人通りはなく、街燈は白い粉につつまれて、全世界が漠然とした白い虚空に見える中で、おれはいつものように立っていた。おれの立っている四っ辻の広場は、まるで風さえぎるものがなく、そのうえおれの肌は完全に近い熱の導体なので、外気よりも冷く冷えき

「手」原稿　「群像」1951年7月号に掲載　戦争中伝書鳩だった〈おれ〉が、見世物小屋で手品に使われる鳩から、平和の鳩の像へと変身していく過程と、伝書鳩の世話係〈手〉との因縁が〈おれ〉の視点から語られる。講談社蔵

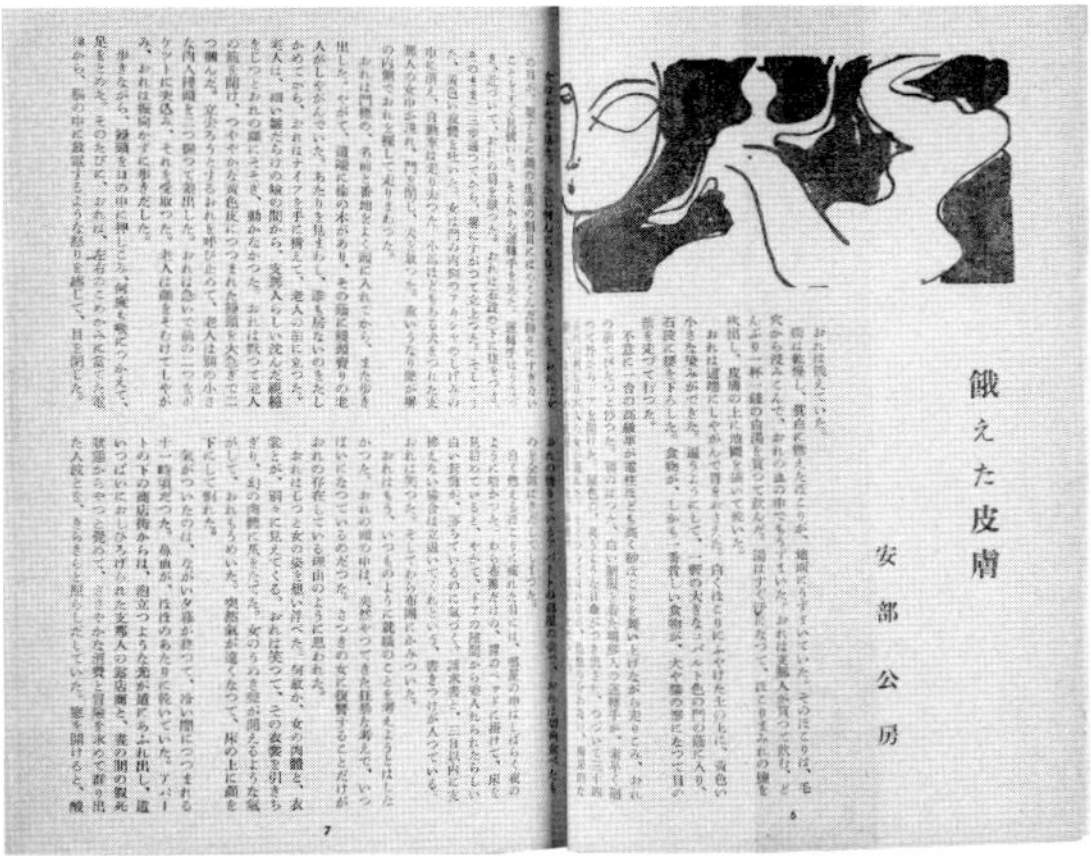

餓えた皮膚

安部公房

「餓えた皮膚」「文学界」1951年10月　カット・林武　貧しい「おれ」は裕福な家庭の夫人に目をつけ、皮膚が「保護色」に変色する病に冒されていると信じ込ませる。のち「飢えた皮膚」に改題。

おれはもう、いつものように就職のことを考えようとはしなかった。おれの頭の中は、突然やってきた狂暴な考えで、いっぱいになっているのだった。さっきの女に復讐することだけがおれの存在している理由のように思われた。

――「飢えた皮膚」から

文学的にも、思想的にも、私は一つの転機に立っていた。実存主義ヤスパースとリルケからぬけだし、社会に目をむけることで、アヴァンギャルドの方法にひかれはじめ、「世紀」というグループをつくっていたころである。作品のうえから言えば、芥川賞をうけた『壁—S・カルマ氏の犯罪』が、ちょうどその屈折点に当っている。

——「あの朝の記憶」から

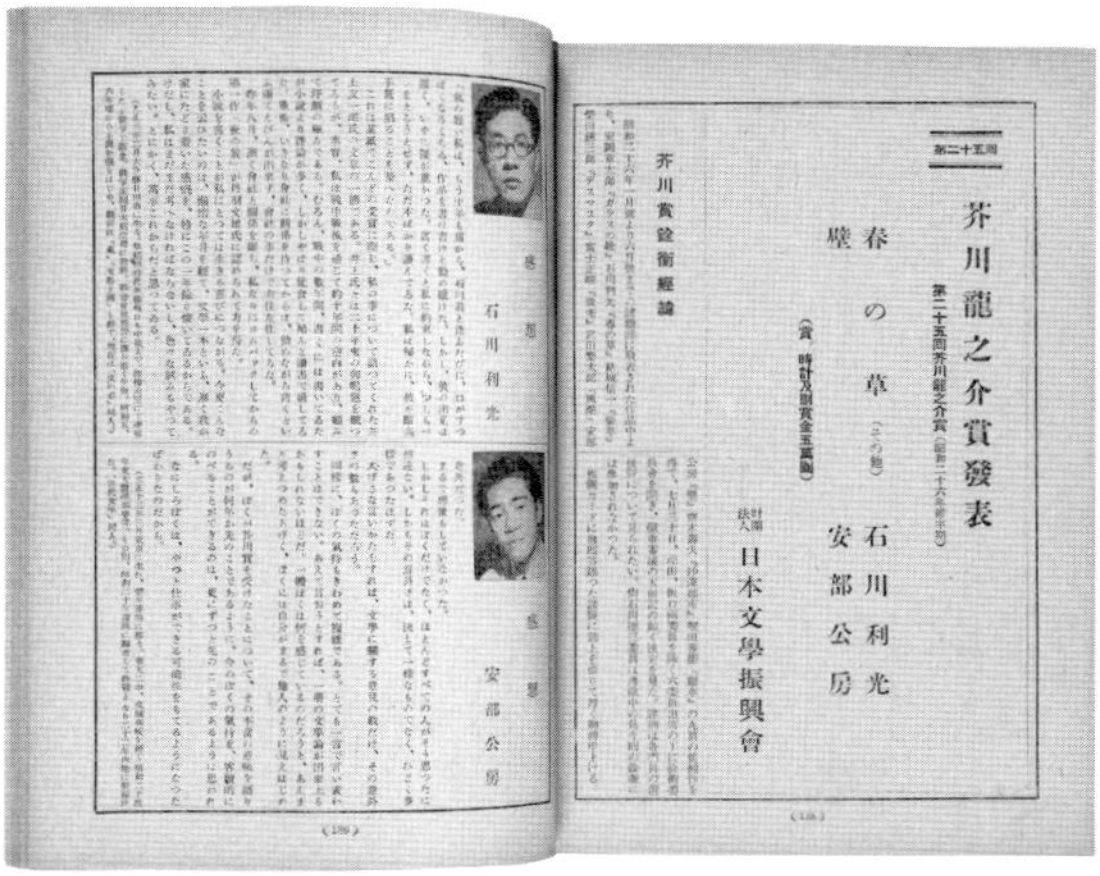
第二十五回

芥川龍之介賞發表

春の草（その他） 石川利光

壁 安部公房

財團法人 日本文學振興會

芥川賞銓衡經過

感想 石川利光

感想 安部公房

「第二十五回　芥川龍之介賞発表」「文藝春秋」 1951年（昭和26）10月　同年7月30日の銓衡委員会で、「壁—S・カルマ氏の犯罪—」への芥川賞授賞が決定した。

第25回芥川龍之介賞・直木三十五賞贈呈式　1951年　於・文藝春秋新社応接室　左から芥川賞受賞者の公房、石川利光、直木賞受賞者の源氏鶏太。写真提供・文藝春秋

芥川賞受賞当時の公房と真知
1951年　茗荷谷の自宅で。

安部真知画「バベルの塔の狸」挿絵原画　新潮文庫版の『壁』(1969年5月 新潮社)のために描かれたもの。同文庫のカバーも真知が手がけた。

ジャケツは青年の前に立止った。それから、わきに立った透明人間が着せてやってでもいるように、ジャケツは独りでに老いた息子の体をすっぽりと包みこんだ。不意に彼はまたたきをした。それから軽く首を左右にふり、少しずつ体をゆすった。不思議そうにあたりを見廻し、自分の赤いジャケツを目にとめた。突然彼は自分が詩人であることに気づき、うなずいて笑った。

チキンチキンと鳴る雪を、両手に受けてじっと眺める。

——「詩人の生涯」から

詩人の生涯

安部公房

67

「詩人の生涯」「文藝」1951年(昭和26) 10月　糸車に巻かれた老婆は、1枚のジャケットに編み上げられるが……。

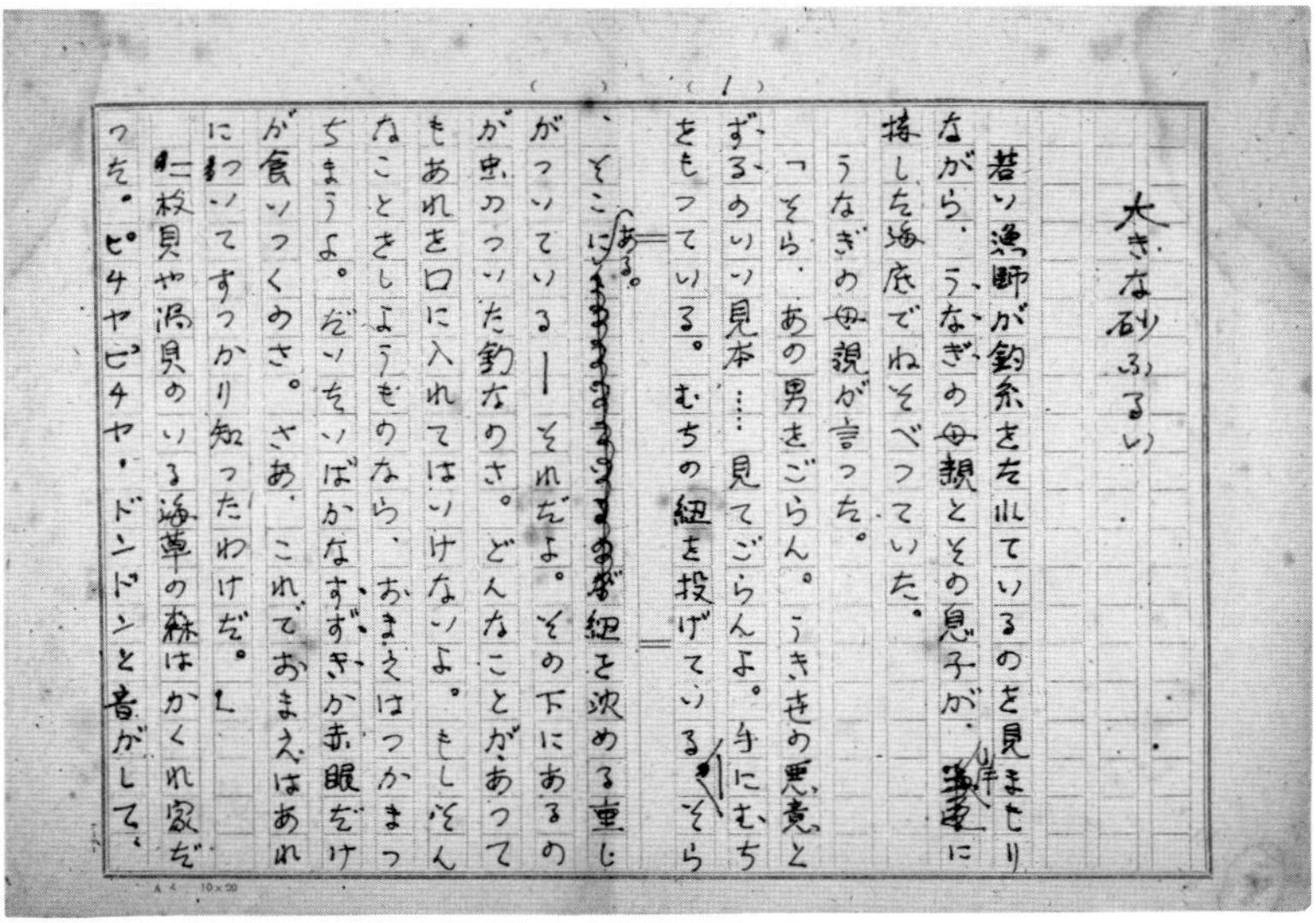

大きな砂ふるい

若い漁師が釣糸をたれているのを見まもりながら、うなぎの母親とその息子が、岸壁に接した海底でねそべっていた。

うなぎの母親が言った。

「そら、あの男をごらん。うききの悪意とずるさのいい見本……見てごらんよ。手にむちをもっている。むちの紐を投げている。そら、そこにある。紐を沈める重しがついている——それだよ。その下にあるのが虫のついた釣なのさ。どんなことがあってもあれを口に入れてはいけないよ。もしそんなことをしようものなら、おまえはつかまっちまうよ。ぞいぞいばかなすずきか赤眼だけが食いつくのさ。さあ、これでおまえはあれについてすっかり知ったわけだ。

一枚貝や渦貝のいる海草の森はかくれ家だった。ピチヤピチヤ・ドンドンと音がして、

「大きな砂ふるい」原稿　［1951年］執筆　海中に落ちた古いピアノと、「うなぎ」の親子ら魚たちをめぐる物語。生前未発表の小説。

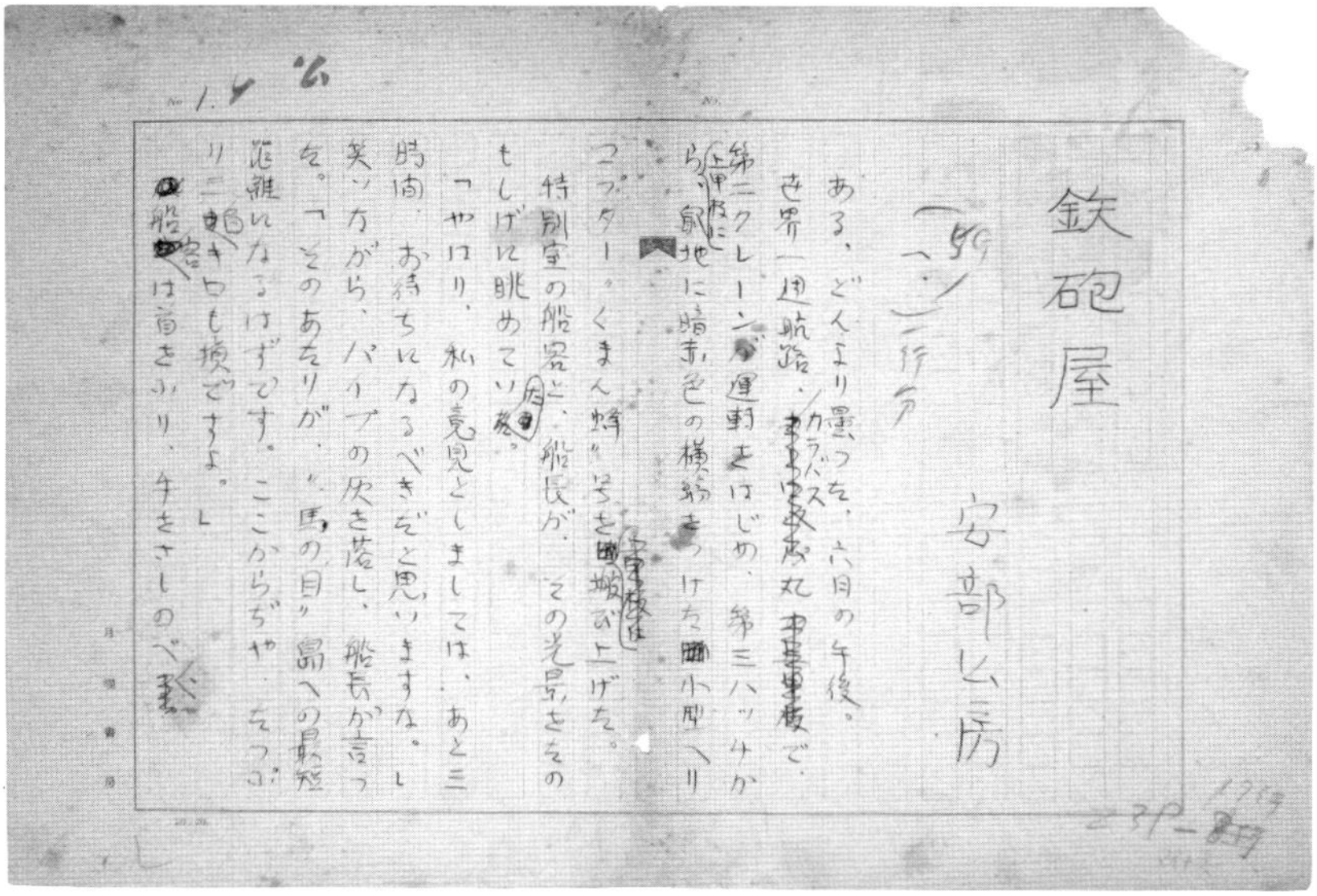
鉄砲屋

安部公房

（一）

ある、どんより曇った、六月の午後。
世界一週航路・カラバス丸で
第二クレーンが運動をはじめ、第三ハッチか
ら上甲板に、鼠地に暗赤色の横縞をつけた小型ヘリ
コプター"くまん蜂"号を上げた。
特別室の船客と、船長が、その光景をその
もしげに眺めていた。
「やはり、私の意見としましては、あと三
時間、お待ちになるべきだと思いますな。」
笑いながら、パイプの灰を落し、船長が言った。
「そのあたりが、"馬の目"島への最短
距離になるはずです。ここからだと、そっ
くり二時間も損ですよ。」
船客は首をふり、手をさしのべ

「鉄砲屋」原稿　「群像」1952年10月号に掲載　平和で貧しい人びとの住む馬の目島に、銃器製造会社の特派員を名乗る男が現れる。男は島長を唆して大量の銃を買わせ、徐々に島を支配していく。講談社蔵

安部真知画『闖入者』挿絵原画　1952年12月　未來社　右・「ノアの方舟」、左・「鉄砲屋」

安部真知画『飢えた皮膚』挿絵原画　1952年（昭和27）12月　書肆ユリイカ　上段右から「飢えた皮膚」、「手」、下段右から「闖入者」、「イソップの裁判」。

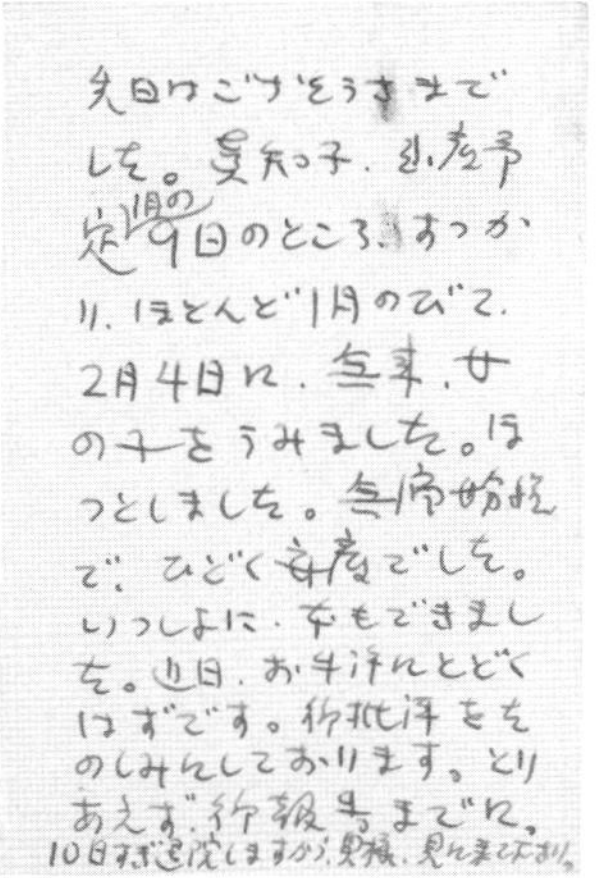

先日はごちそうさまでした。真知子、出産予定1月の9日のところすっかり、ほとんど1月のびて、2月4日に、無事、女の子をうみました。ほっとしました。無痛分娩で、ひどく安産でした。いっしょに、本もできました。近日、お手許にとどくはずです。御批評をたのしみにしております。とりあえず御報告までに。
10日すぎ退院しますから、見舞、見にきて下さい。

埴谷雄高あてはがき　1954年2月8日消印
真知が無事に女の子（長女・ねり）を出産したと知らせる。県立神奈川近代文学館蔵・埴谷雄高文庫

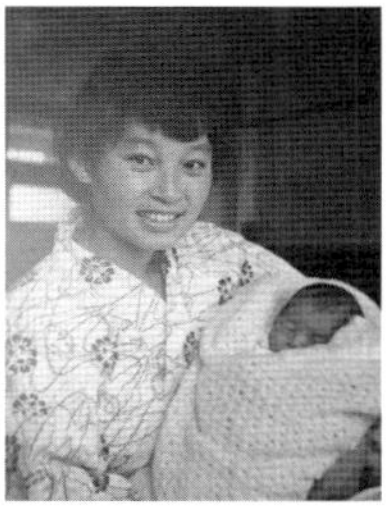

『飢餓同盟』1954年2月　大日本雄弁会講談社　装幀・安部真知　初の書き下ろし長編小説。花園町では町長ら裕福な支配者層と、労働者層との対立が続いていた。支配者層に恨みを持つ花井太助は秘密結社・飢餓同盟を立ち上げ、この町に革命を起こそうと動きだす。

左から公房、真知、ねり　1955年ころ　背後に掛かるカーテンは真知が模様を描いたもの。

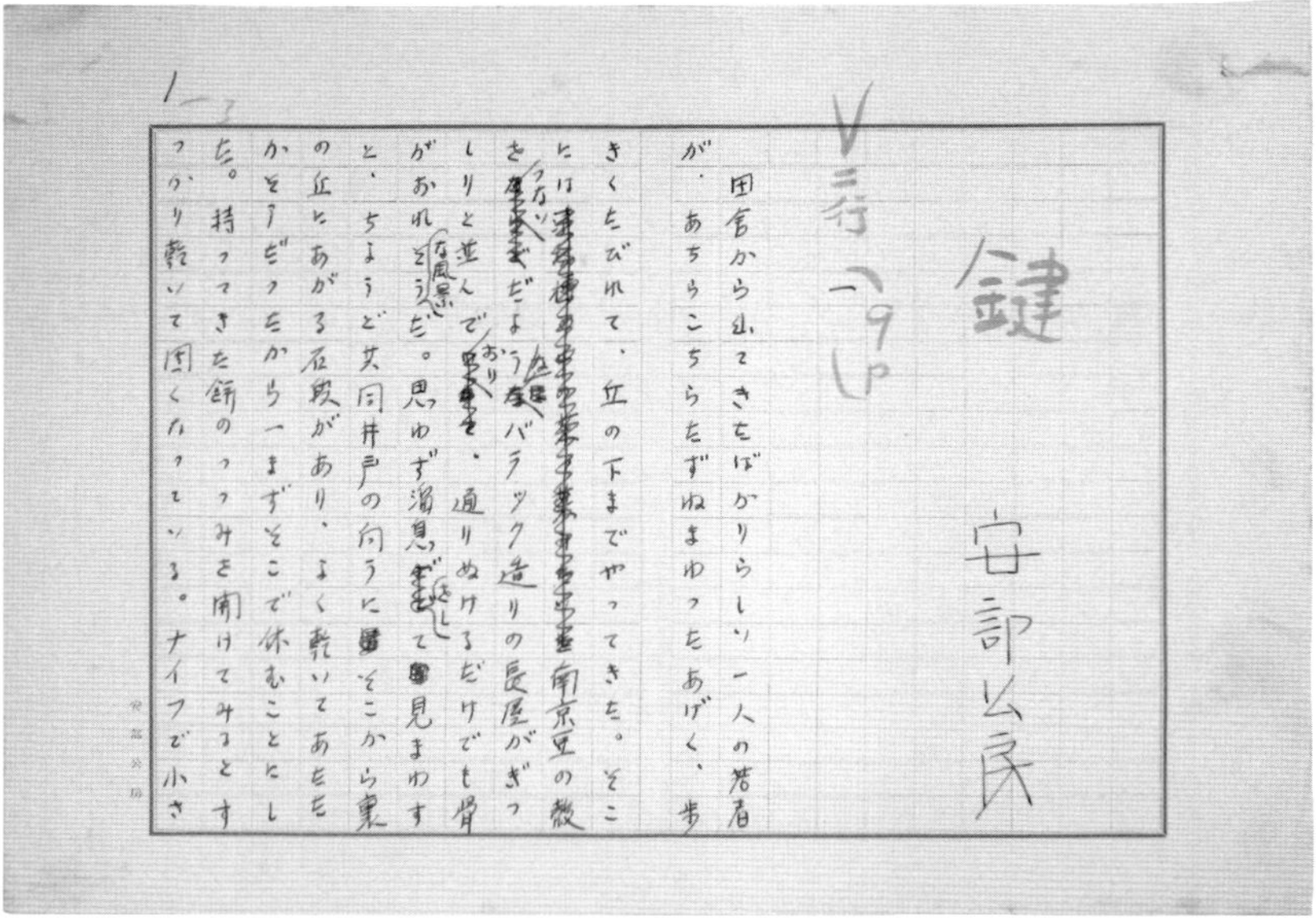

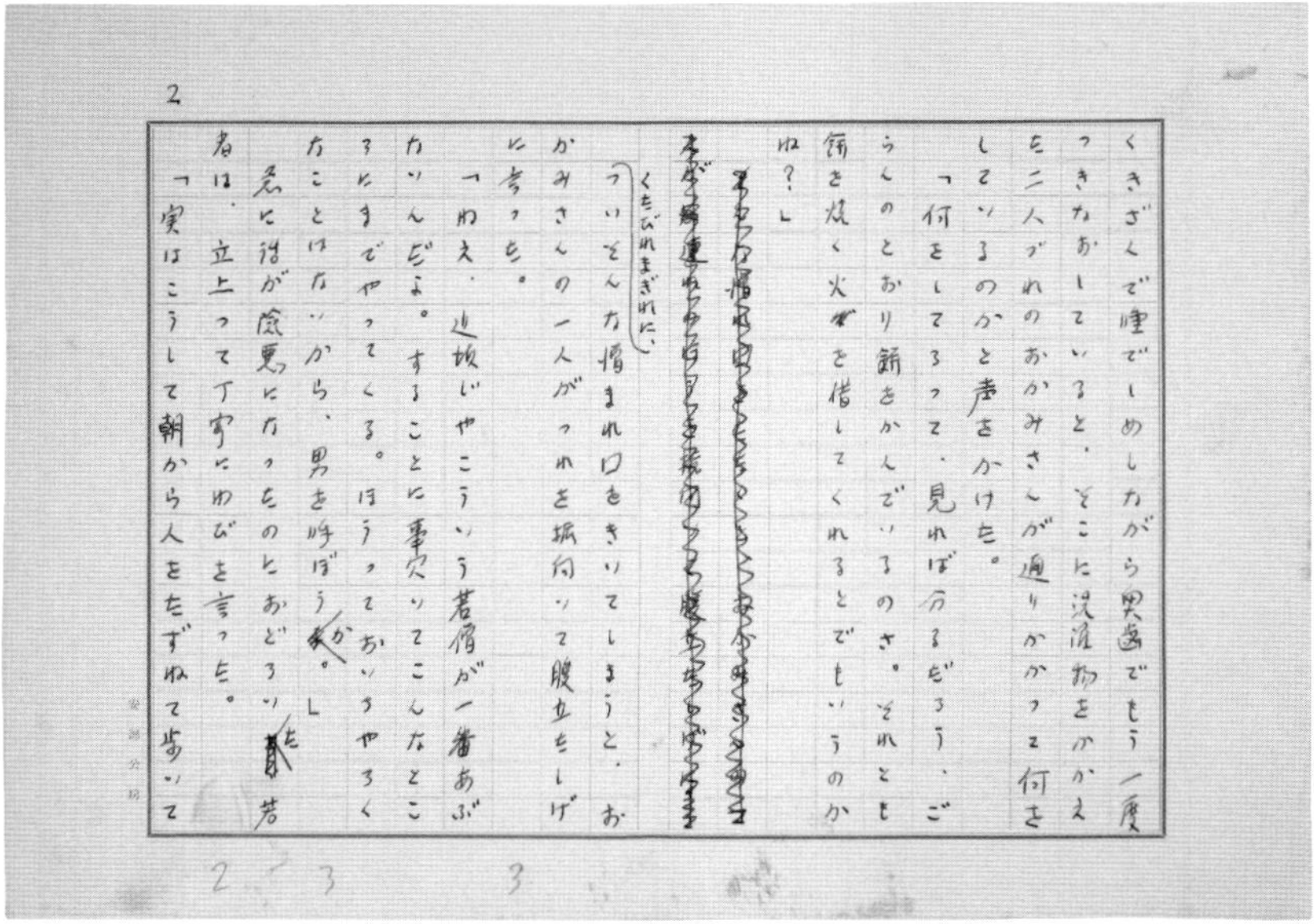

「鍵」原稿　「群像」1956年(昭和31)3月号に掲載　秀太郎は亡くなった母の言葉を頼みに「三叔父」と呼ばれる錠前工の叔父を訪ね、偏屈な叔父と、その娘で人の嘘を見抜く波子が暮らす家に居候することになる。講談社蔵

野間宏宅で　［年月不詳］　左から真知、野間新時、ねり。作家・野間宏（1915–1991）は労働者のサークル文化活動などに広く関わり、公房が日本共産党に入党する際相談に乗るなど交流があった。新時は野間の二男。

公房（左）、ねり　1958年ころ　豊島園で。

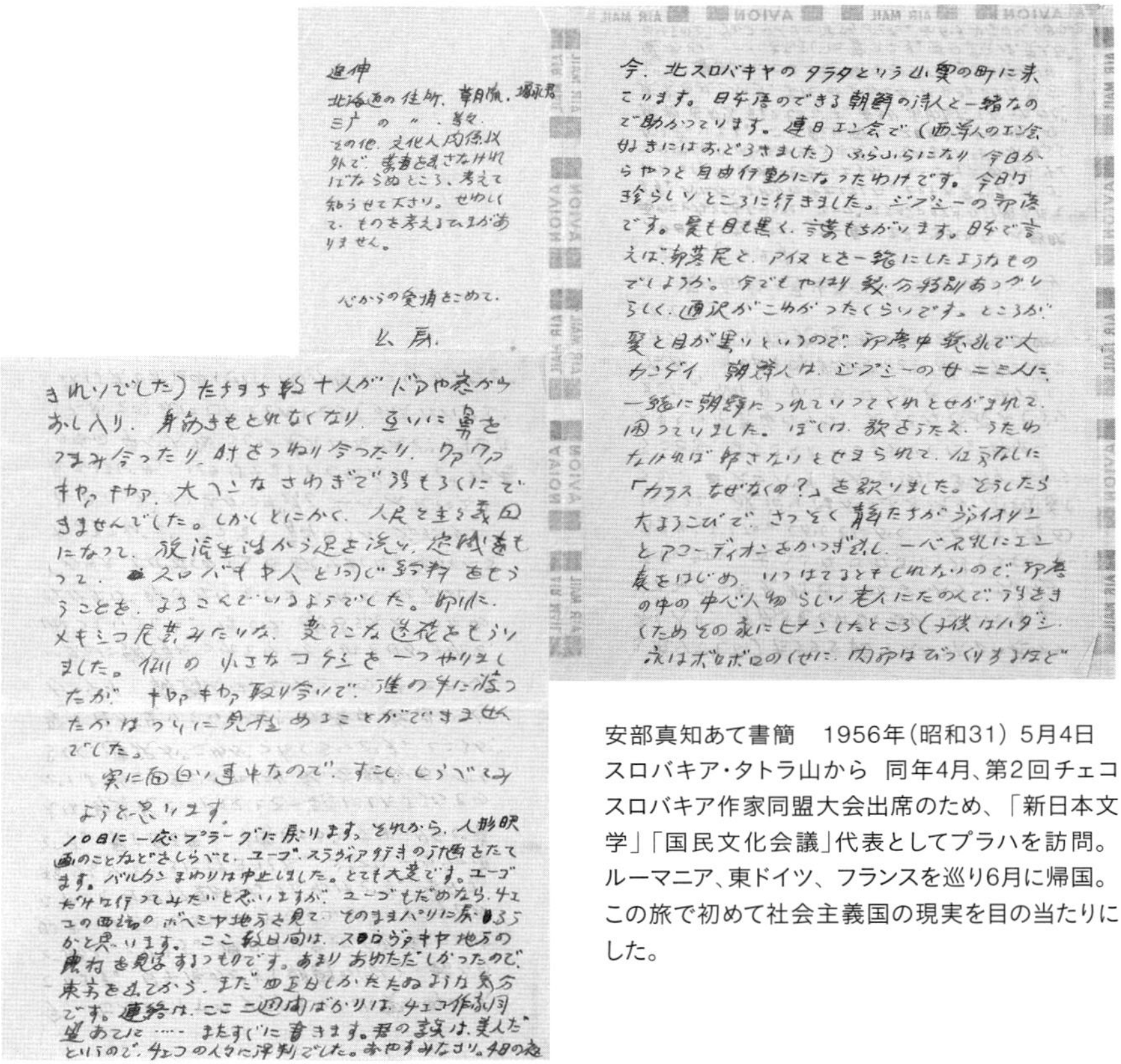

今、北スロバキヤのタタラという山奥の町に来ています。日本語のできる朝鮮の詩人と一緒なので助かっています。連日エン会で（西洋人のエン会好きにはおどろきました）ふらふらになり今日からやっと自由行動になったわけです。今日は珍らしいところに行きました。ジプシーの部落です。髪も目も黒く、言葉もちがいます。日本で言えば部落民とアイヌとを一緒にしたようなものでしょうか。今でもやはり幾分特別あつかいらしく、通訳がこわがったくらいです。ところが髪と目が黒いというので部落中熱狂で大カンゲイ。朝鮮人は、ジプシーの女二三人に、一緒に朝鮮につれていってくれとせがまれて、困っていました。ぼくは、歌をうたえ、うたわなければ帰さないとせまられて、仕方なしに「カラス なぜなくの？」を歌いました。そうしたら大よろこびで、さっそく男たちがヴァイオリンとアコーディオンをかつぎ出し、一ぺんにエン奏をはじめ、いつはてるともしれないので、部落の中の中心人物らしい老人にたのんで、引きあげるためその家にヒナンしたところ（子供はハダシ、衣はボロボロのくせに、内部はびっくりするほどきれいでした）たちまち約十人がドアや窓からおし入り、身動きもとれなくなり、互いに鼻をつまみ合ったり、肘をつねり合ったり、ワァワァキャッキャア、大へんなさわぎで話もろくにできませんでした。しかしとにかく、人民主義国になって、放浪生活から足を洗い、定職をもって、スロバキヤ人と同じ給料をもらうことを、よろこんでいるようでした。帰りに、メキシコ民芸みたいな、変てこな造花をもらいました。例の小さなコケシを一つやりましたが、キャァキャァ取り合いで、誰の手に渡ったかはついに見極めることができませんでした。

実に面白い連中なので、すこししらべてみようと思います。

10日に一応プラーグに戻ります。それから、人形映画のことなどをしらべて、ユーゴ、スラヴィア行きの計画をたてます。バルカンまわりは中止しました。とても大変です。ユーゴだけは行ってみたいと思いますが、ユーゴもだめなら、チェコの西端のボヘミヤ地方を見て、そのままパリに戻ろうかと思います。ここ数日間は、スロヴァキヤ地方の農村を見学するつもりです。あまりあわただしかったので、東京を出てから、まだ四五日しかたたぬような気分です。連絡は、ここ二週間ばかりは、チェコ作家同盟あてに……またすぐに書きます。君の写真は、美人だというので、チェコの人々に評判でした。おやすみなさい。4日の夜

追伸

北海道の住所、草月流、堀永君

三戸の 〃 、等々

その他、文化人関係以外で、葉書を出さなければならぬところ、考えて知らせて下さい。せわしくて、ものを考えるひまがありません。

心からの愛情をこめて、

公房。

安部真知あて書簡　1956年（昭和31）5月4日
スロバキア・タトラ山から　同年4月、第2回チェコスロバキア作家同盟大会出席のため、「新日本文学」「国民文化会議」代表としてプラハを訪問。ルーマニア、東ドイツ、フランスを巡り6月に帰国。この旅で初めて社会主義国の現実を目の当たりにした。

東欧旅行中の写真
1956年　撮影・公房

だが、ここには、たしかに民主々義があります。日本の党とは、かなりちがう。この点も、もっとよく研究したい。そして、作家の生活は、実にのんびりしています。うらやましくて、腹が立つほどです。

――安部真知あて書簡（一九五六年五月一二日）から

ルーマニア・コンスタンツァのイスラム教寺院前で
1956年5月ころ

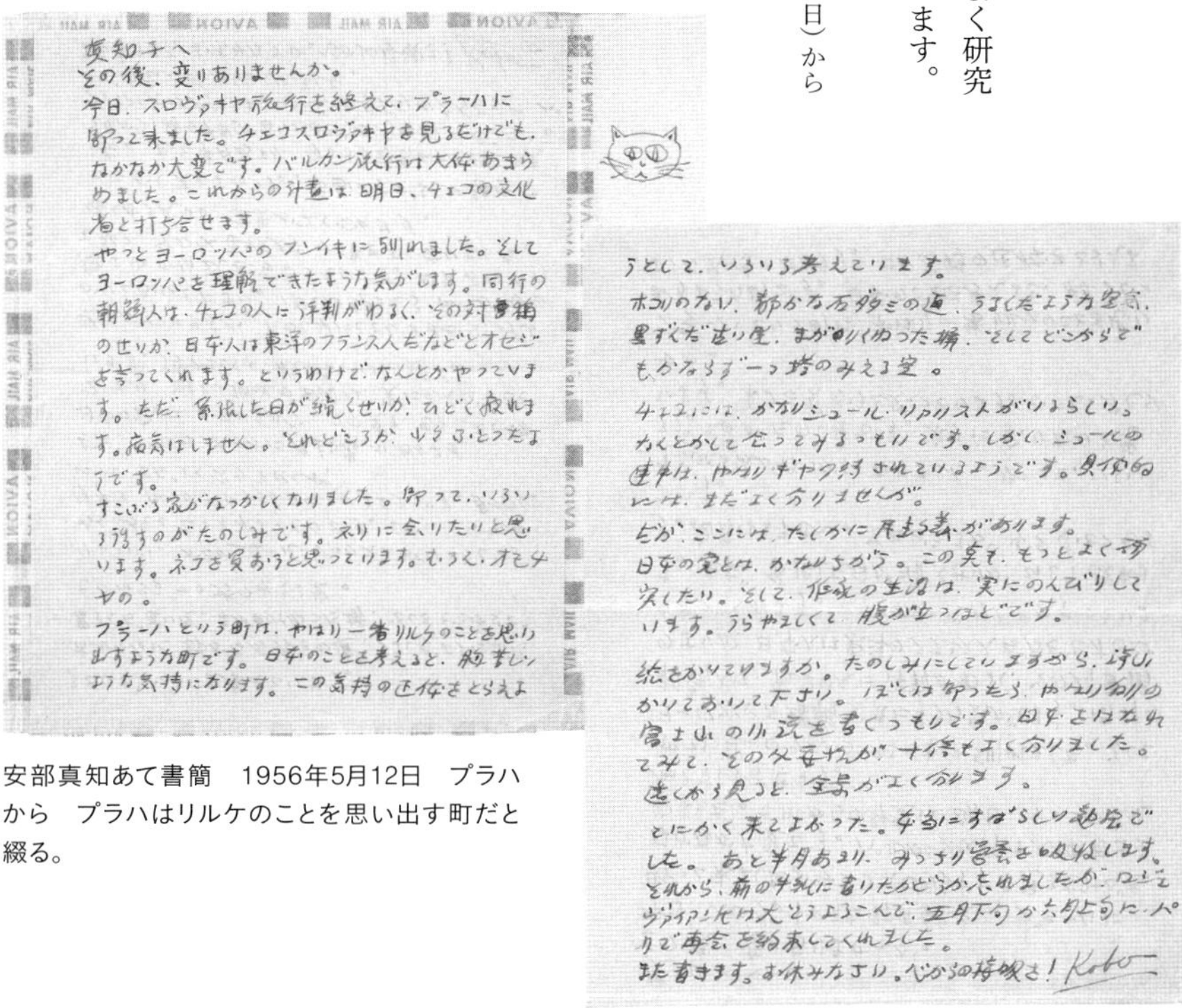

真知子へ
その後、変りありませんか。

今日、スロヴァキヤ旅行を終えて、プラーハに帰って来ました。チェコスロヴァキヤを見るだけでも、なかなか大変です。バルカン旅行は大体あきらめました。これからの計画は、明日、チェコの文化省と打ち合せます。

やっとヨーロッパのフンイキに馴れました。そして、ヨーロッパを理解できたような気がします。同行の朝鮮人は、チェコの人に評判がわるく、その対照的のせいか、日本人は東洋のフランス人だなどとオセジを言ってくれます。というわけで、なんとかやっています。ただ、緊張した日が続くせいか、ひどく疲れます。病気はしません。それどころか、少々ふとったようです。

すこぶる家がなつかしくなりました。帰って、いろいろ話すのがたのしみです。ネリに会いたいと思います。ネコを買おうと思っています。もうじく、オモチャの。

プラーハという町は、やはり一番リルケのことを思い出すような町です。日本のことを考えると、胸苦しいような気持になります。この気持の正体をとらえようとして、いろいろ考えています。

ホコリのない、静かな石ダタミの道、うるんだような空気、黒ずんだ古い屋、まがりくねった横、そしてどこからでもかならず一つ塔のみえる空。

チェコには、かなりシュール・リァリストがいるらしい。なんとかして会ってみるつもりです。しかし、シュールの連中は、やはり冷や々待されているようです。具体的には、まだよく分りませんが。

だが、ここには、たしかに民主々義があります。日本の党とは、かなりちがう。この点も、もっとよく研究したい。そして、作家の生活は、実にのんびりしています。うらやましくて、腹が立つほどです。

絵をかいていますか。たのしみにしていますから、沢山かいておいて下さい。ぼくは帰ったら、やはり例の富士山の小説を書くつもりです。日本をはなれてみて、その欠点が、十倍もよく分りました。遠くから見ると、全部がよく分ります。

とにかく来てよかった。本当にすばらしい勉強でした。あと半月あまり、みっちり勉強を吸収します。それから、前の手紙に書いたかどうか忘れましたが、ロマンヴァイアンさんは大そうよろこんで、五月下旬か六月上旬に、パリで再会を約束してくれました。

また書きます。お休みなさい。心からの接吻を！ Kobo

安部真知あて書簡　1956年5月12日　プラハから　プラハはリルケのことを思い出す町だと綴る。

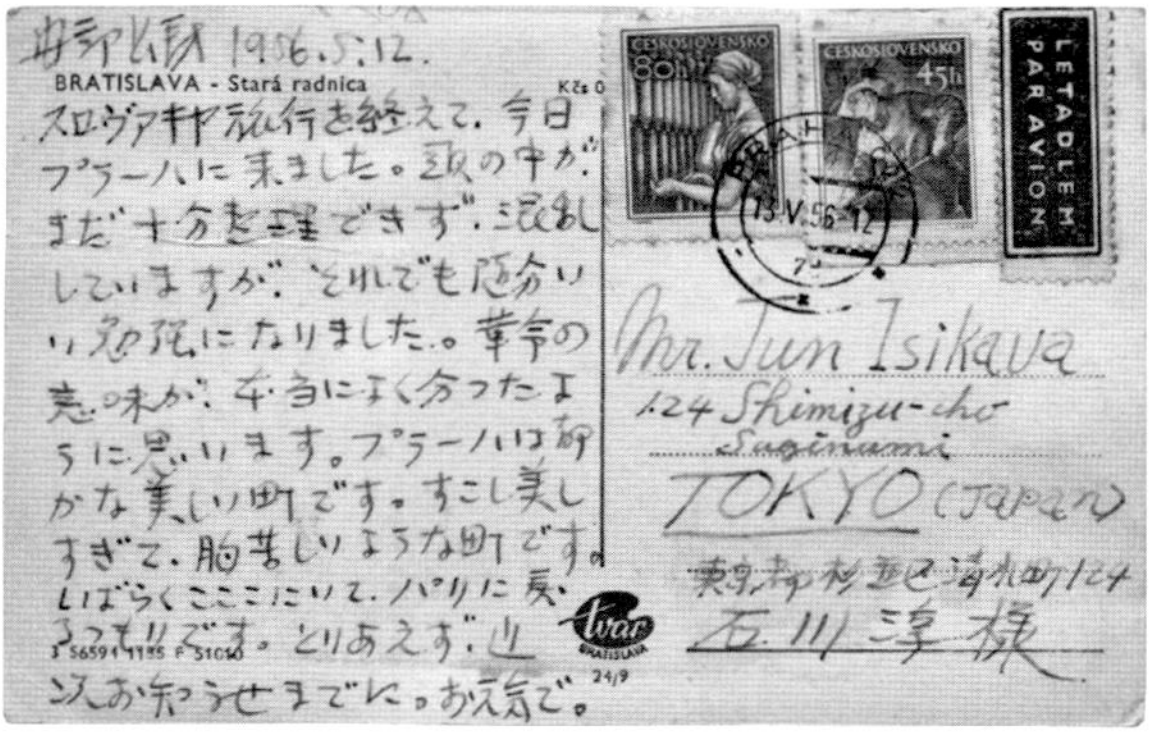
野間宏 1956.5.12.
BRATISLAVA - Stará radnica
スロヴァキヤ旅行を終えて、今日プラーハに来ました。頭の中がまだ十分整理できず、混乱していますが、それでも随分いい勉強になりました。革命の意味が、本当によく分ったように思います。プラーハは静かな美しい町です。すこし美しすぎて、胸苦しいような町です。しばらくここにいて、パリに戻るつもりです。とりあえず、近況お知らせまでに。お元気で。
ČESKOSLOVENSKO 80h
ČESKOSLOVENSKO 45h
LETADLEM PAR AVION
PRAHA 13.V.56-12
Mr. Jun Isikava
124 Shimizu-cho
Suginami
TOKYO (Japan)
東京都杉並区清水町124
石川淳様

石川淳あて絵はがき　1956年(昭和31)5月12日　プラハから　絵はがきの写真はチェコスロバキアの都市・ブラチスラヴァの旧市庁舎。世田谷文学館蔵

野間宏あて絵はがき　1956年5月20日　プラハから　絵はがきの写真はプラハのマラー・ストラナ橋塔。県立神奈川近代文学館蔵・野間宏文庫

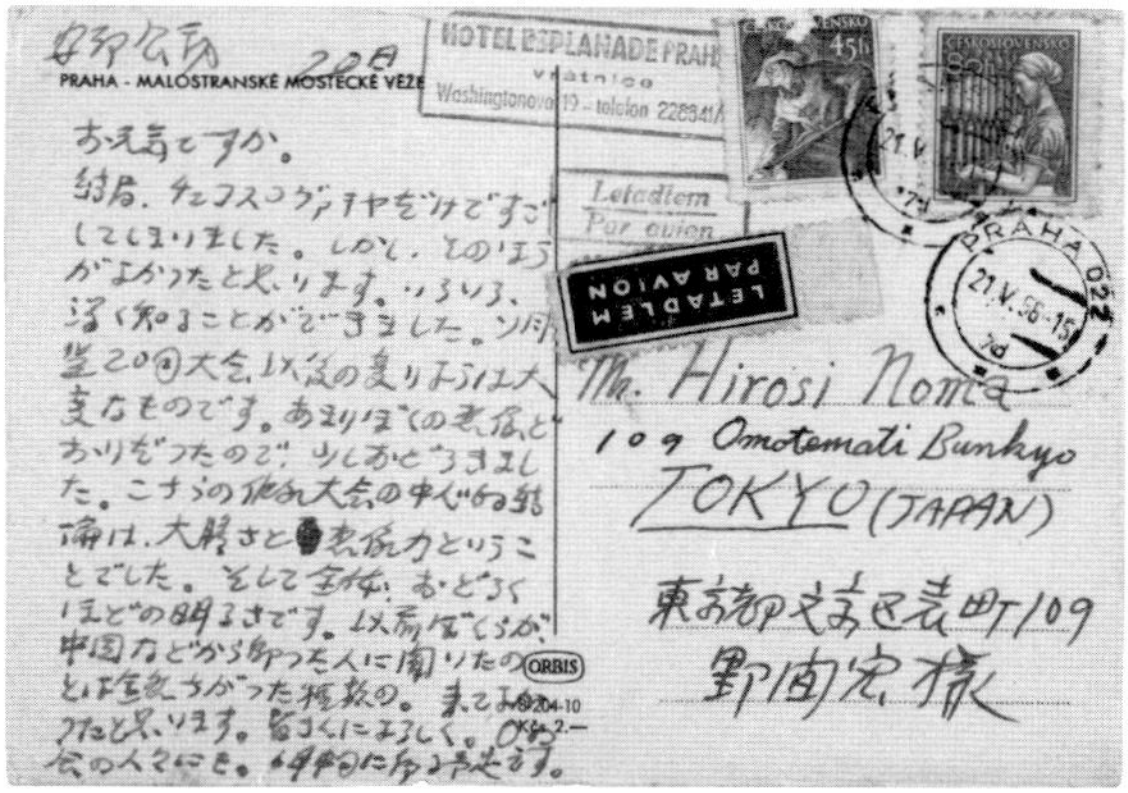
野間宏 20日
PRAHA - MALOSTRANSKÉ MOSTECKÉ VĚŽE
HOTEL ESPLANADE PRAHA
vrátnice
Washingtonova 19 - telefon 228941
お元気ですか。
結局、チェコスロヴァキヤをぬけですごしてしまいました。しかし、そのほうがよかったと思います。いろいろ、深く知ることができました。ソ同盟20回大会以後の変りようは大変なものです。あまりぼくの考えとかけちがったので、少しおどろきました。こちらの作家大会の中心的結論は、大胆さと表現力ということでした。そして全体、おどろくほどの明るさです。以前ぼくらが、中国などから帰った人に聞いたのとは全然ちがった種類の。またみなったと思います。皆さくによろしく。会の人々にも。に帰る予定です。
Letadlem
Par avion
LETADLEM PAR AVION
ČESKOSLOVENSKO 45h
PRAHA 022 21.V.56-15
Mr. Hirosi Noma
109 Omotemati Bunkyo
TOKYO (JAPAN)
東京都文京区表町109
野間宏様

芸術の当面する諸問題
＜チェコスロヴァキヤ作家大会・報告と要旨＞
安部公房

「芸術の当面する諸問題」「新日本文学」 1956年10月 カット・池田龍雄 チェコスロバキア作家同盟大会に参加した際の発表、討論の内容と印象を報告する。

もし大衆に真の社会主義を知らそうと思うなら、社会主義を天国のように描いてみせることではなく、むしろこの世には（むろんあの世にも）天国などは存在せず、あるのはただざまざまな矛盾であり、この資本主義国にはマイナスの矛盾が満ちあふれているが、べつな社会ではプラスの矛盾が支配的になるのだということを示すことによって、その閉ざされた意識を開放することが必要だったのである。

（中略）

今度の旅行で私がなによりも期待していたものは、まさにその新しい社会主義的矛盾の発見にほかならなかったわけである。

――『東欧を行く』から

『東欧を行く』 1957年2月 大日本雄弁会講談社 装幀、カット・安部真知 東欧旅行の見聞と考察をまとめた。この旅行以降に発表した文章をめぐり、日本共産党から非難を受けた。

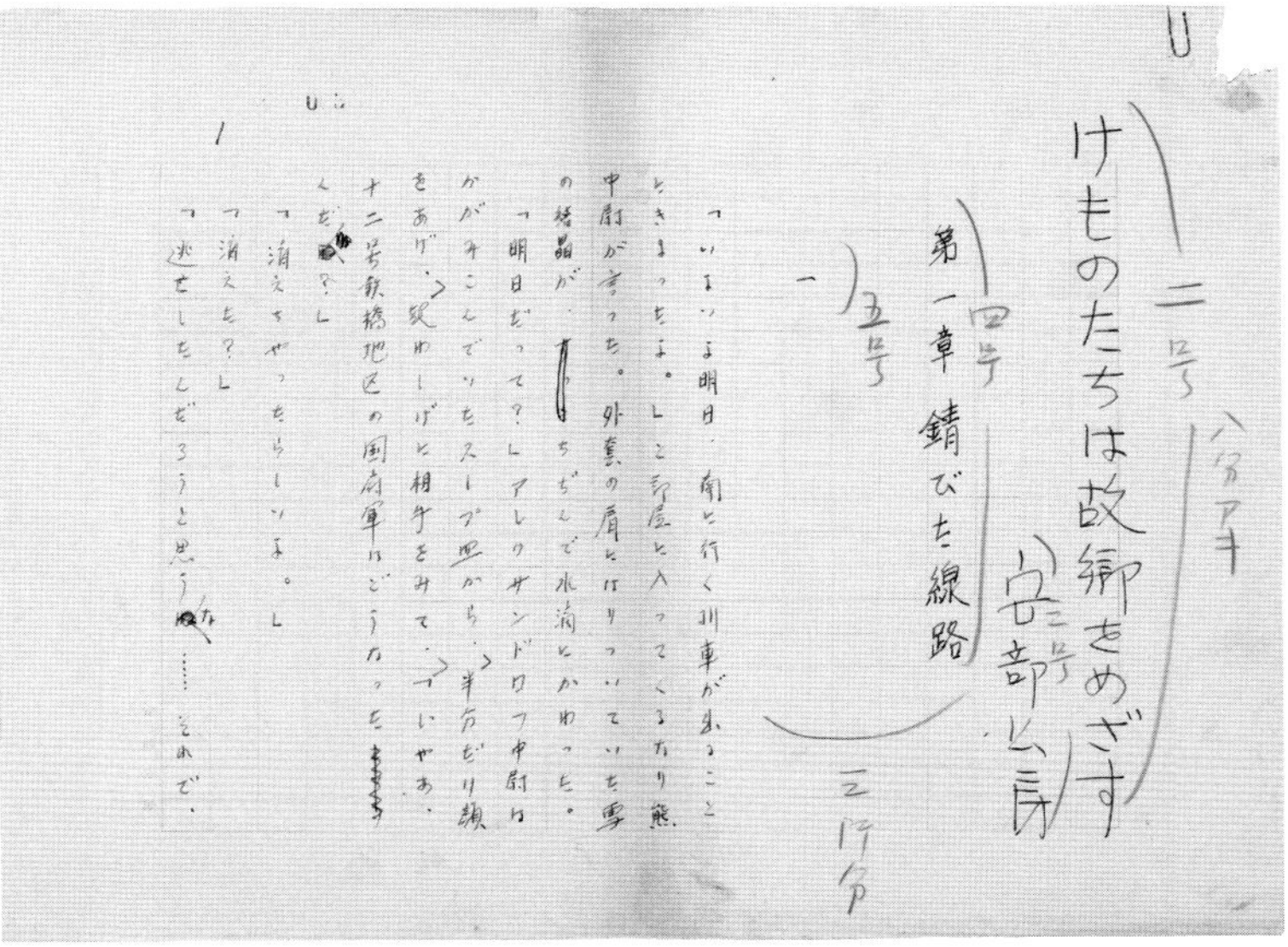
二号 八ポアキ
けものたちは故郷をめざす
安部公房
第一章 錆びた線路
一
「いよいよ明日、南へ行く列車が出ることになりましたよ。」と部屋に入ってくるなり熊中尉が言った。外套の肩にはりついていた雪の結晶が、ちぢんで水滴にかわった。
「明日だって？」アレクサンドロフ中尉は、かがみこんでいたストーブ皿から、半分だけ顔をあげ、けげんに相手をみて、「いやあ、十二号鉄橋地区の国府軍はどうなったんだ？」
「消えちゃったらしいよ。」
「消えた？」
「逃亡したんだろうと思うな……それで、

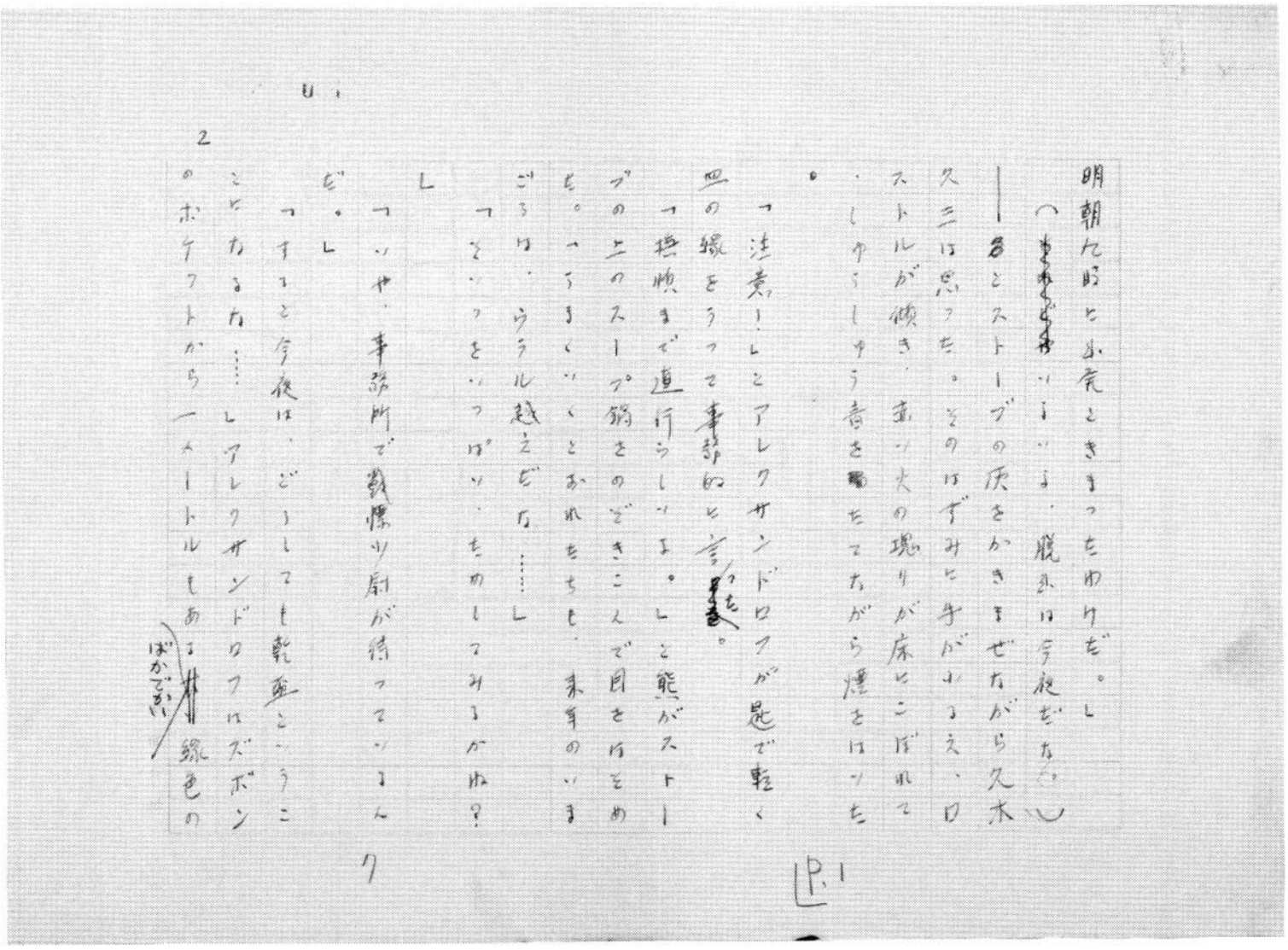
明朝九時に出発ときまったわけだ。」

（いよいよ、脱走は今夜だな）

——とストーブの灰をかきまぜながら久木久三は思った。そのはずみに手がふるえ、ロストルが傾き、赤い火の塊りが床にこぼれて、しゅうしゅう音をたてながら煙をはいた。

「注意！」とアレクサンドロフが足で軽く皿の縁をうって事務的に言った。

「標準まで進行らしいよ。」と熊がストーブの上のスープ鍋をのぞきこんで目をほそめた。「うまくいくとおれたちも、来年のいまごろは、ウラル越えだな……」

「そいつをいっぱい、ためしてみるかね？」

「いや、事務所で戴標少尉が待ってるんだ。」

「すると今夜は、どうしても乾杯ということになるな……」アレクサンドロフはズボンのポケットから一メートルもあるばかでかい緑色の

「けものたちは故郷をめざす」第1章原稿 「群像」1957年（昭和32）1月号に掲載 敗戦間近の1945年8月、満洲で育った少年・久木久三は、ソ連の兵士に拾われ半ば囚われの身となる。隙を見て逃げ出した久三は、危険をかいくぐりながら遠い日本の地をめざす。同年4月まで連載、同月書籍化された。講談社蔵

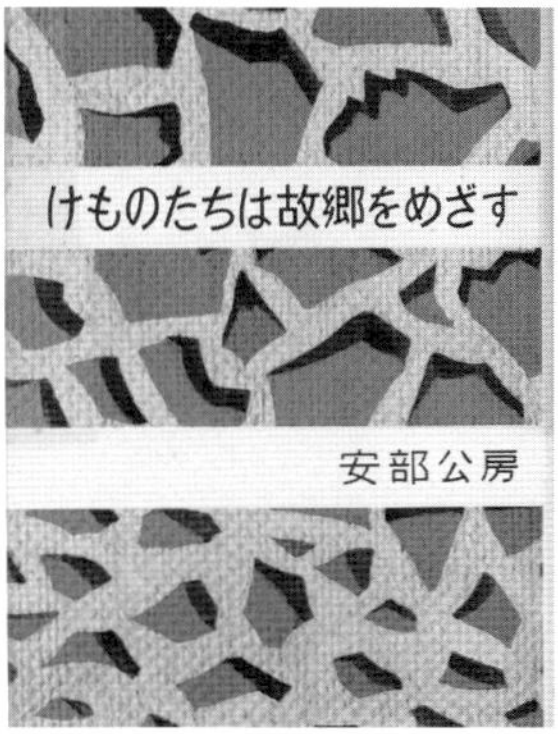

『けものたちは故郷をめざす』
1957年4月　講談社　装幀、カット・安部真知

……ちくしょう、まるで同じところを、ぐるぐるまわっているみたいだな……いくら行っても、一歩も荒野から抜けだせない……もしかすると、日本なんて、どこにもないのかもしれないな……おれが歩くと、荒野も一緒に歩きだす。日本はどんどん逃げていってしまうのだ……

（中略）

……こうしておれは一生、塀の外ばかりをうろついていなければならないのだろうか？……塀の外では人間は孤独で、猿のように歯をむきだしていなければ生きられない……禿げのいうとおり、けもののようにしか、生きることができないのだ……

――「けものたちは故郷をめざす」から

安部真知画『けものたちは故郷をめざす』装幀原画　1970年5月刊行の新潮文庫版カバーのために描かれたもの。

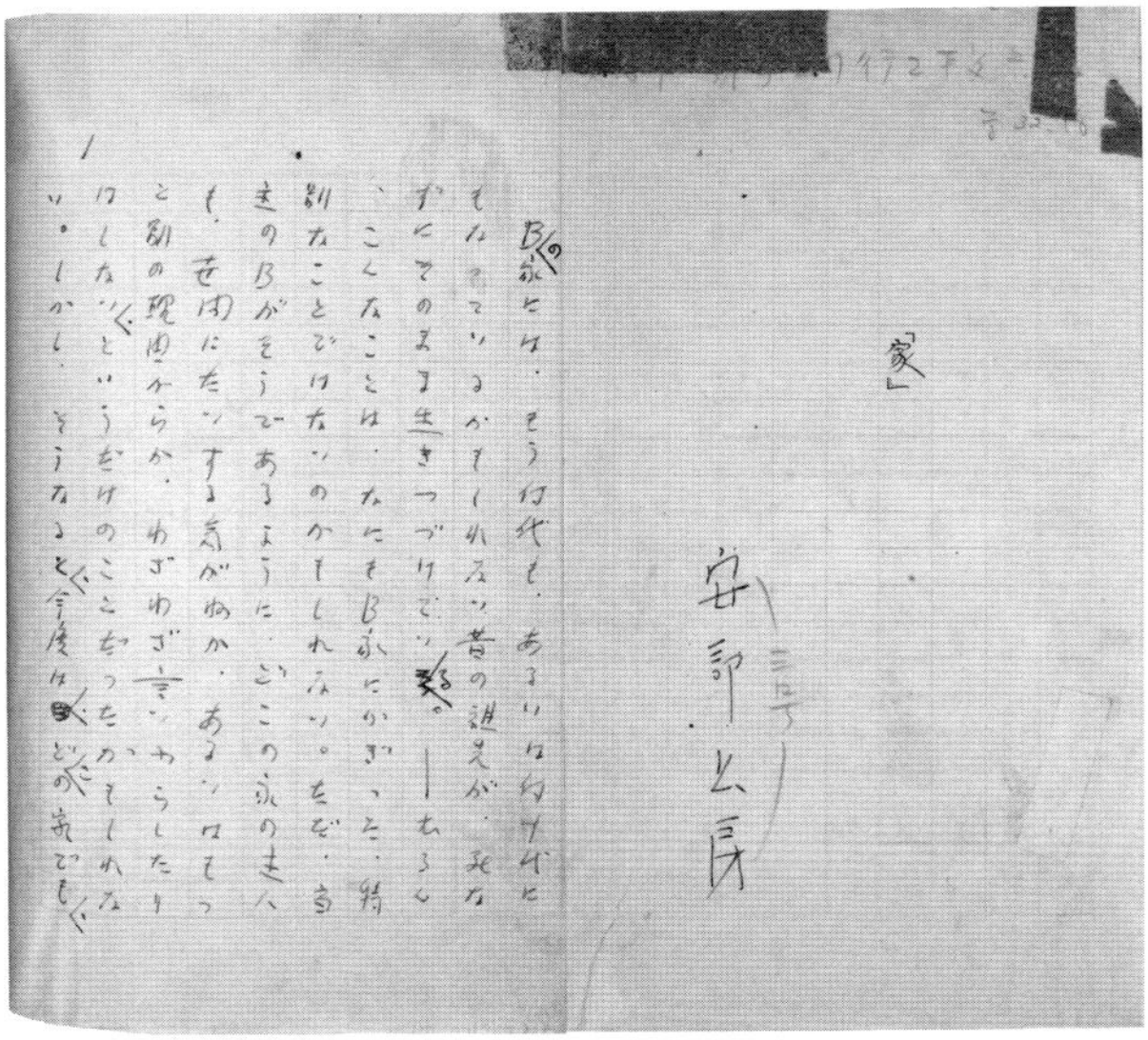

「家」原稿　「文學界」1957年（昭和32）10月号に掲載　Bの家には何代前から生き続けているかわからない「先祖」が住み、深夜に家中を這い回っている。子どものいないB夫妻は姪を養女にしたいと望み、一時的に預かることになるが……。

『猛獣の心に計算器の手を』　1957年12月　平凡社　カバー装幀、カット・安部真知　言葉、肉体、思想をめぐる初の評論集。

むつかしいのは、小説には、出来合いの面があまり役に立たないということである。そのたびに、新しいマスクの発見をしなければならない。マスクとして目立つ必要はないが、かならず独創的でなければならない。

（中略）

そのまま忍耐という言葉でおきかえてもいい作家の仕事のなかで、おそらくこの未知のマスクを予感した、あるいはしたと思っている抽象的な瞬間だけが、野心と期待に満ちた唯一の輝かしいときであるようだ。

——「マスクの発見」（『猛獣の心に計算器の手を』）から

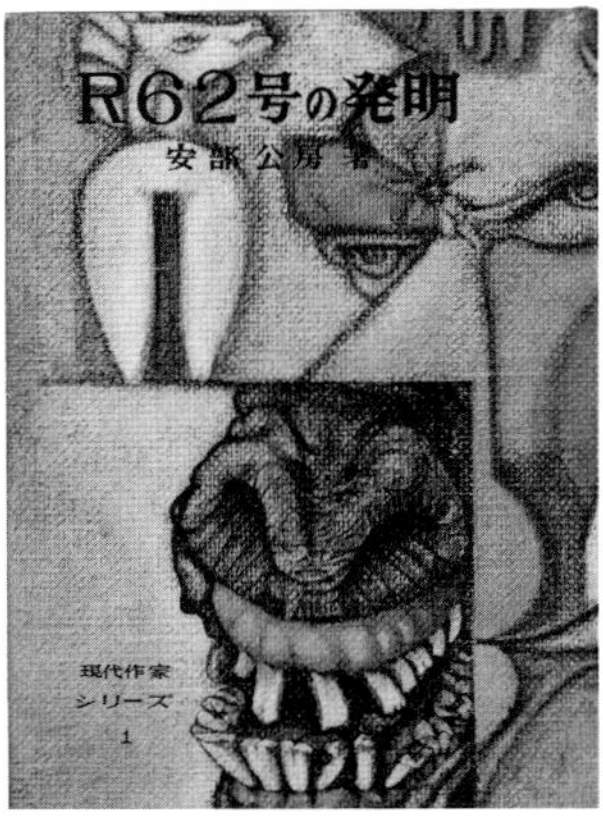

『R62号の発明』 1956年12月 山内書店 カバー装幀・安部真知 自殺志願者の青年がロボトミー手術を受け、R62号となる。人間の能力の限界を超えたR62号は、人間の合理化を実現するため、ある機械を発明する。

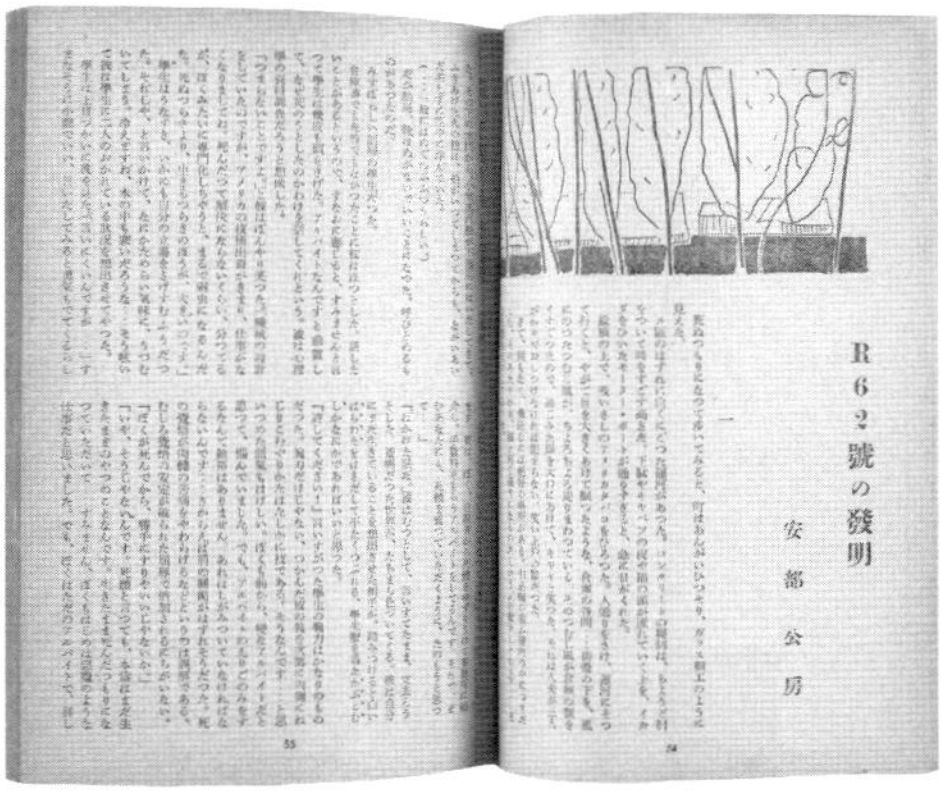

「R62号の発明」「文學界」 1953年3月 カット・菅野圭哉

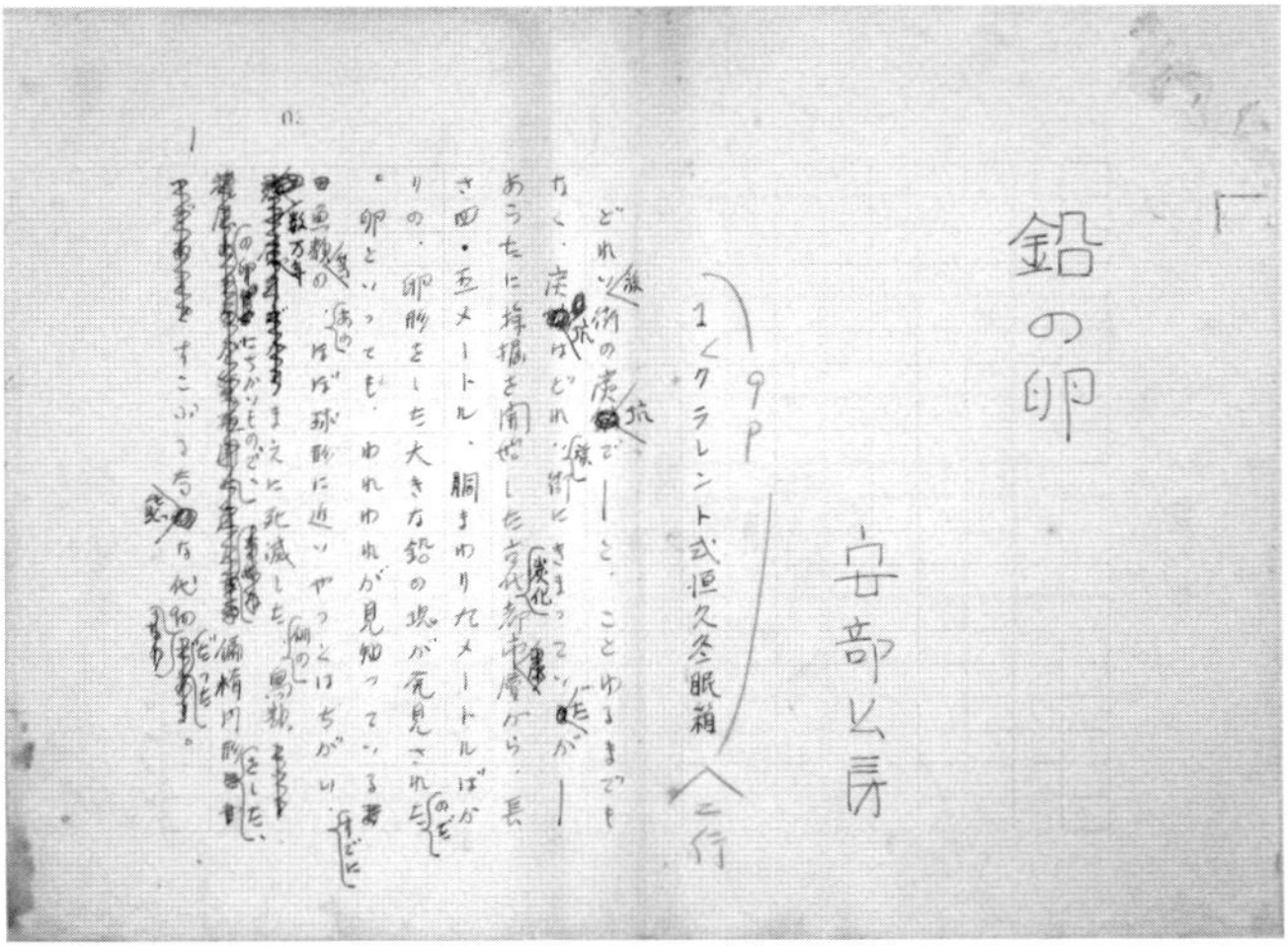

「鉛の卵」原稿 「群像」1957年11月号に掲載 鉛製の冬眠箱に入った〈彼〉は80万年後に目覚め、異形の未来人に迎えられる。未来人はかつての大飢饉を機に、新たな栄養補給の手段を獲得した人類だった。講談社蔵

ぼくが夢みているのは、文学のなかでの、SF精神の復権なのである。自然主義文学によって占領された、仮説文学の領地を、奪回することなのである。

——「SF、この名づけがたきもの」から

「第四間氷期」の取材で　1958年(昭和33)ころ　開発中の真空管式コンピュータ(電子計算機)を見学する様子。

『第四間氷期』　1959年7月
講談社　装幀・安部真知

歴史のページは、すばやい手つきで、次々とめくられていく。そのうつろいの中で、「今日」という存在の意味をさぐってみようというのが、この小説のテーマだった。

(中略)

生きるということは、けっきょく、未来の中に自分を思い描くことかもしれない。そして未来はかならずやって来る。だが、そのやって来た未来のなかに、予期していた君の姿があるとはかぎらないのだ。

——「『今日』をさぐる執念」から

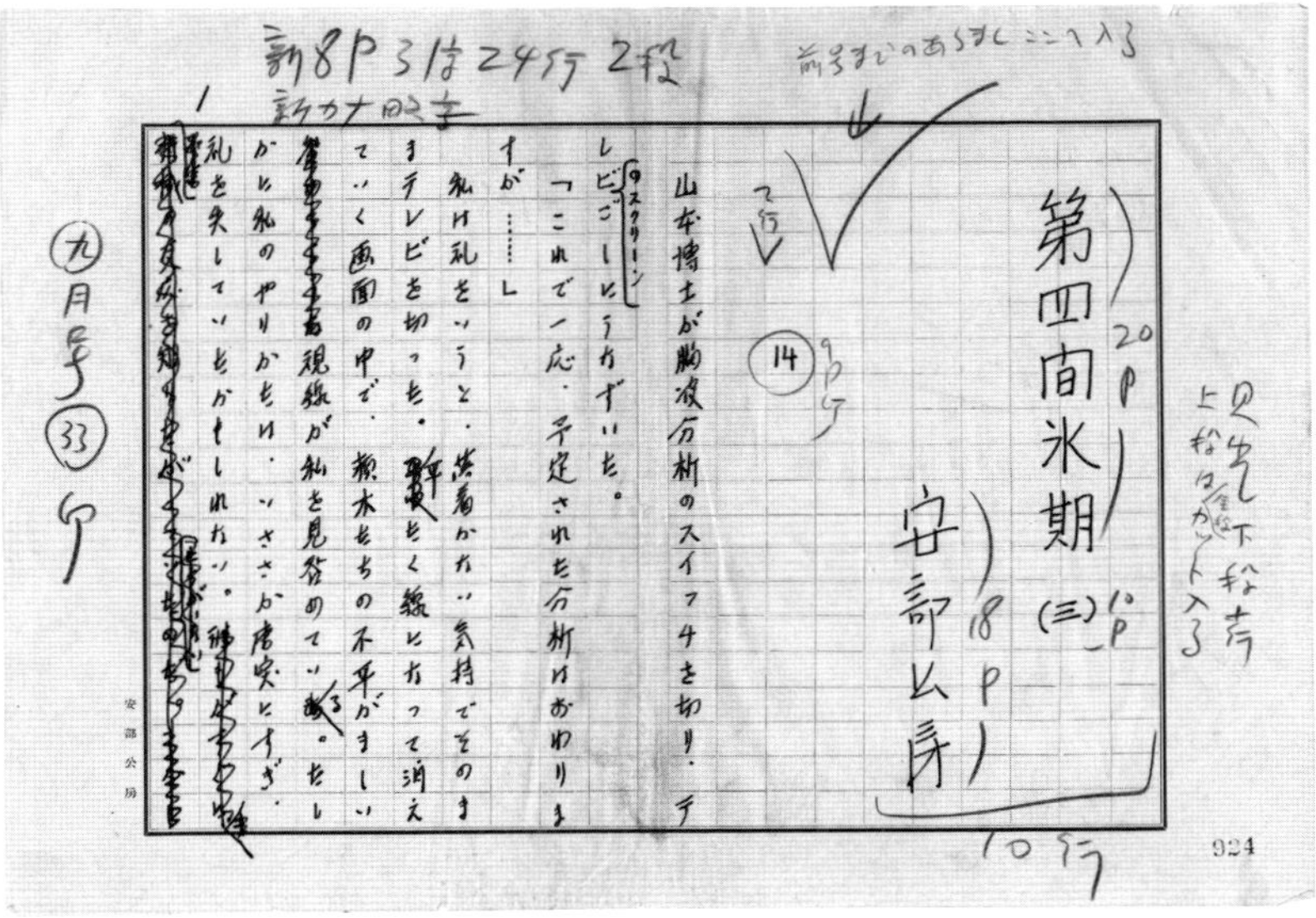

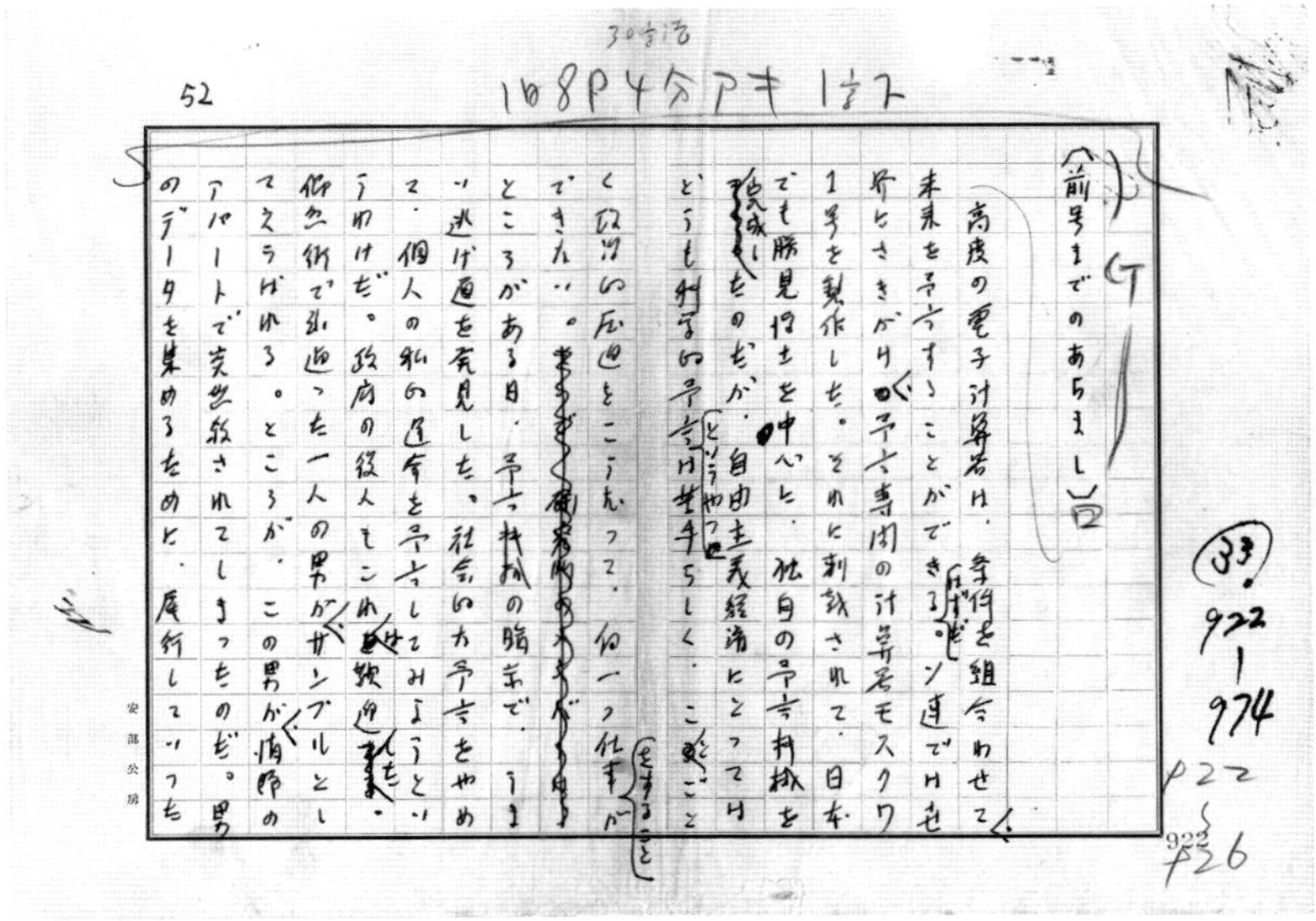

「第四間氷期」第3回原稿　「世界」1958年9月号に掲載　勝見博士はついに予言機械を完成させるが、予言が及ぼす影響を懸念した政治家らの圧力を受ける。社会的に影響の小さい事象で機械の能力を試そうとするのだが……。本文の前に掲載された「前号までのあらまし」も公房自身が書いている。聖徳大学・聖徳大学短期大学部蔵

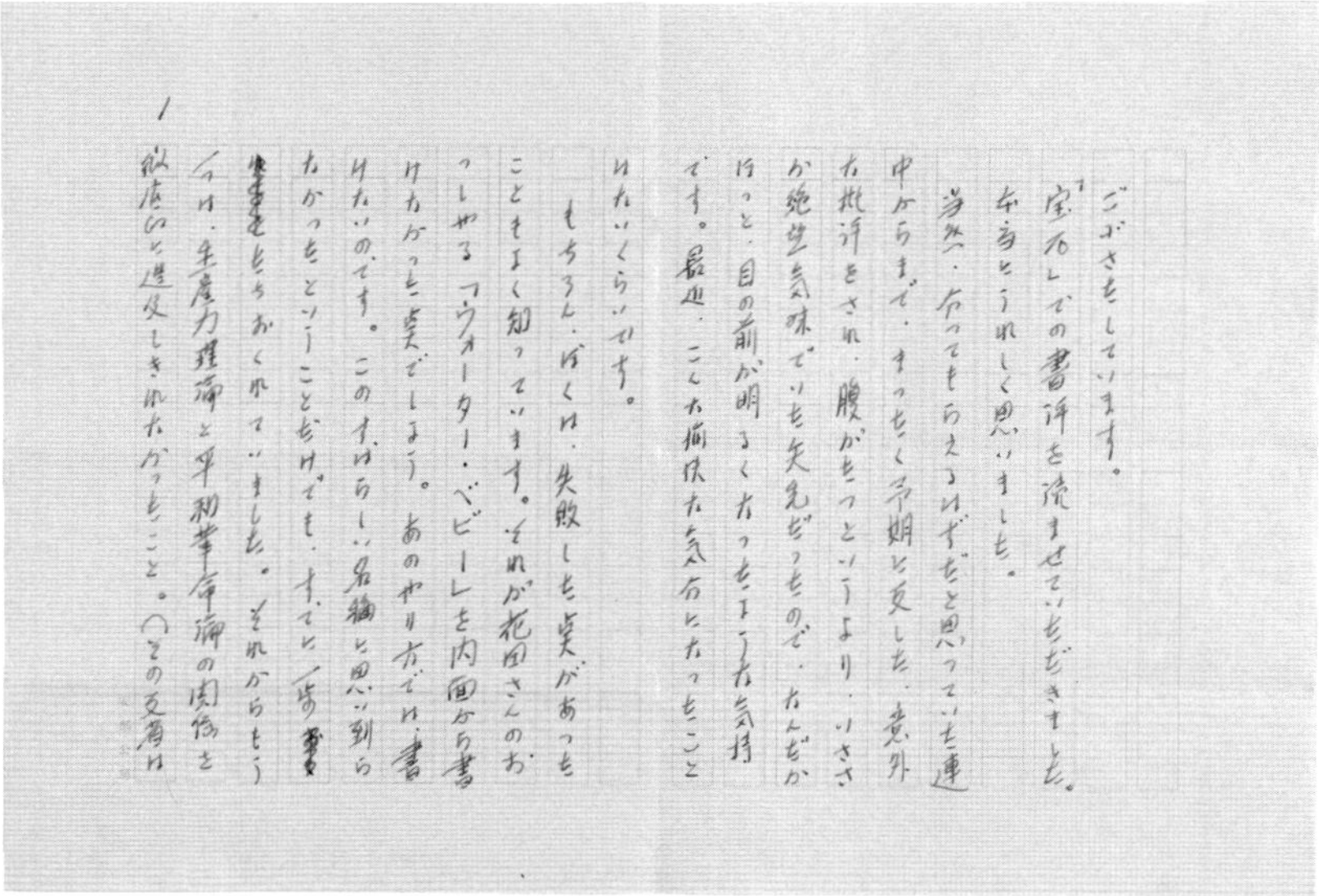
ごぶさたしています。
「宝石」での書評を読ませていただきました。
本当にうれしく思いました。
当然、分ってもらえるはずだと思っていた連
中からまで、まったく予期に反した、意外
な批評をされ、腹がたつというより、いささ
か絶望気味でいた矢先だったので、なんだか
ぱっと、目の前が明るくなったような気持
です。最近、こんな愉快な気分になったこと
はないくらいです。
もちろん、ぼくは、失敗した点があった
こともよく知っています。それが花田さんのお
っしゃる「ウォーター・ベビー」を内面から書
けなかった点でしょう。あのやり方では、書
けないのです。このすばらしい名論と思い到ら
なかったということだけでも、すでに一番
をもちおくれていました。それからもう
一つは、生産力理論と平和革命論の関係を
徹底的に追及しきれなかったこと。(その反省は
1

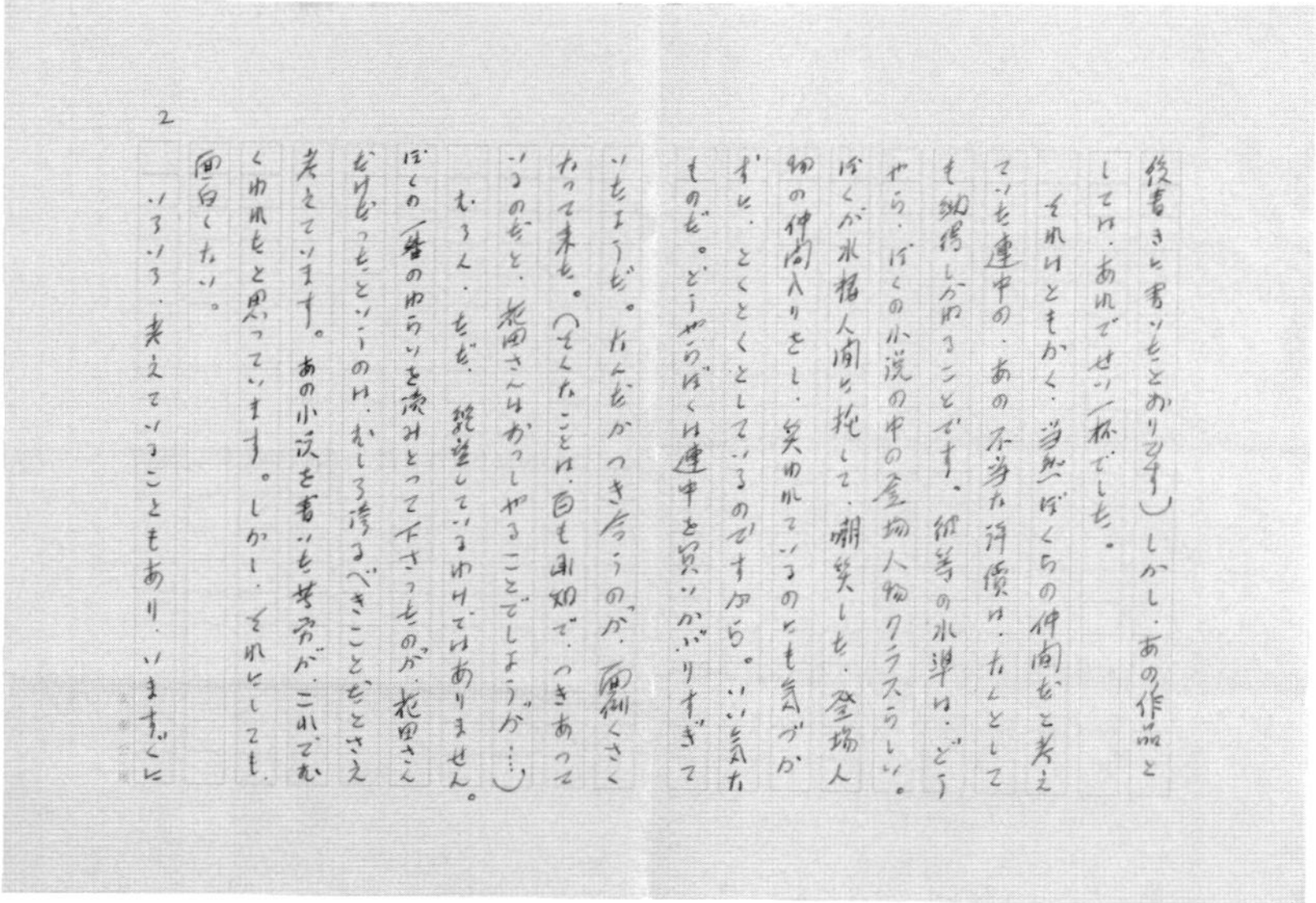
後書きに書いたとおりです)しかし、あの作品と
しては、あれでせい一杯でした。
それはともかく、当然ぼくらの仲間だと考え
ていた連中の、あの不当な評価は、なんとして
も納得しかねることです。彼等の水準は、どう
やら、ぼくの小説の中の登場人物クラスらしい。
ぼくが水棲人間に托して、嘲笑した、登場人
物の仲間入りをし、笑われているのにも気づか
ずに、とくとくとしているのですから。いい気な
ものだ。どうやらぼくは連中を買いかぶりすぎて
いたようだ。なんだかつき合うのが面倒くさく
なって来た。(そんなことは百も承知で、つきあって
いるのだと、花田さんはおっしゃることでしょうが……)
むろん、ただ、絶望しているわけではありません。
ぼくの一番のねらいを読みとって下さったのが、花田さん
だけだったというのは、むしろ誇るべきことだとさえ
考えています。あの小説を書いた苦労が、これでむ
くわれたと思っています。しかし、それにしても
面白くない。
いろいろ、考えていることもあり、いますぐに
2

花田清輝あて書簡(部分)　1959年(昭和34)8月18日　花田が寄稿した「第四間氷期」の評論「S・Fと思想」(「宝石」1959年8月)への礼状。県立神奈川近代文学館蔵・花田黎門氏寄贈

自宅アトリエで、真知(右)と
1959年ころ

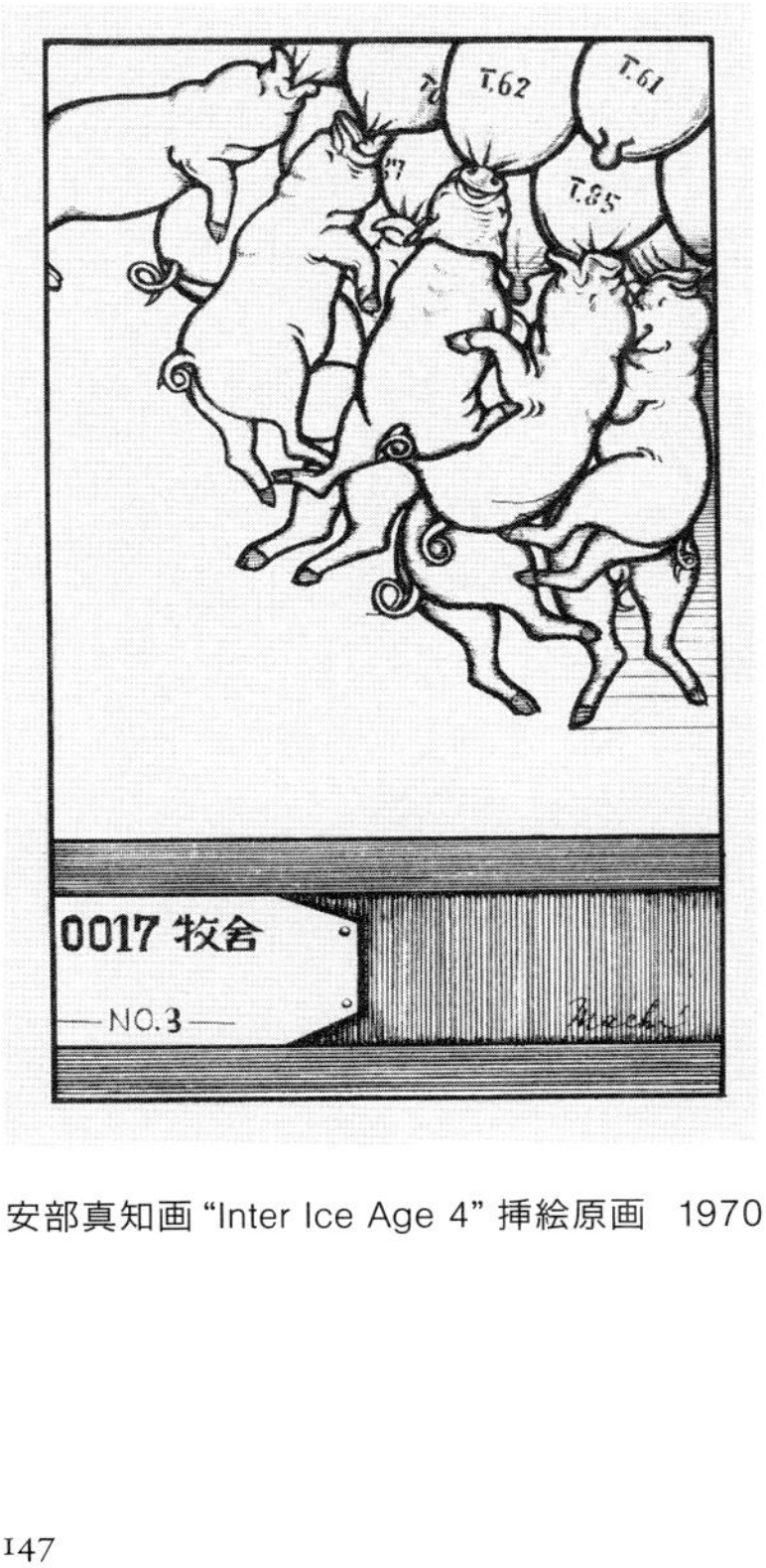

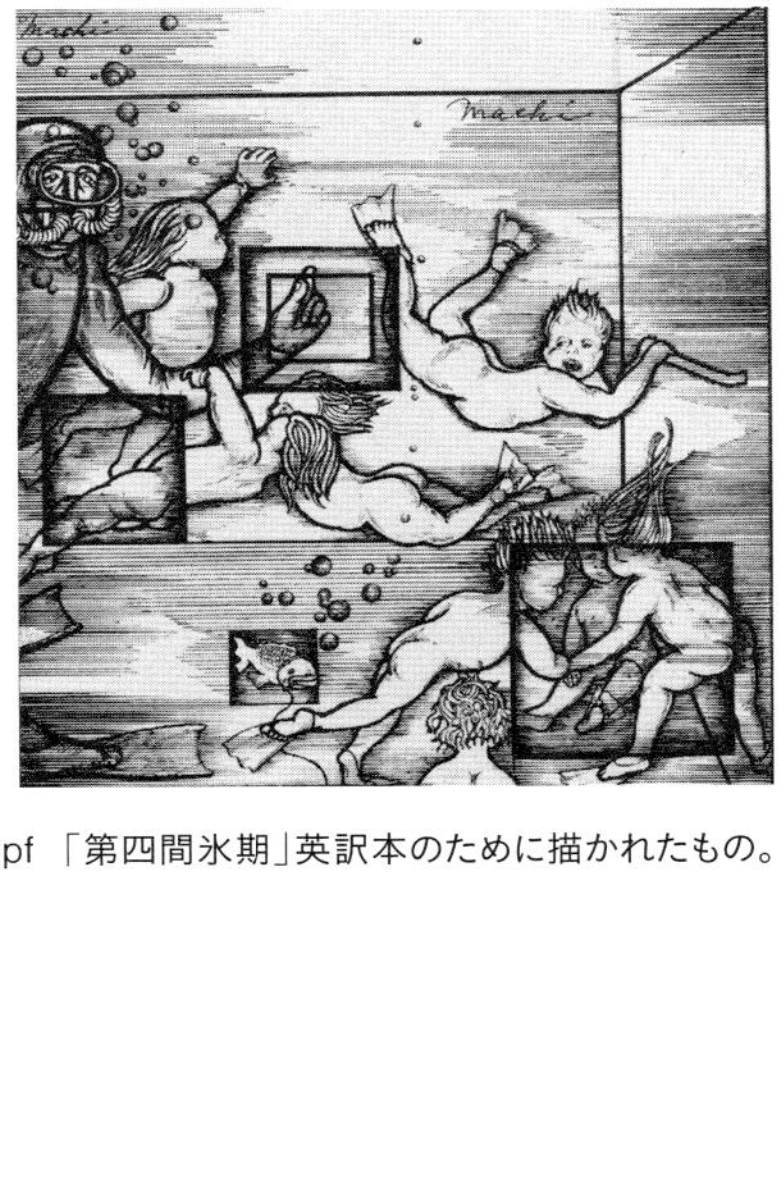

安部真知画 “Inter Ice Age 4” 挿絵原画　1970 Knopf 「第四間氷期」英訳本のために描かれたもの。

（左頁）1964年（昭和39）ころ　調布市若葉町の自宅書斎で

3

第三部　表現の拡がり

一九五〇年代初めのころ、公房はラジオのドキュメンタリー番組のシナリオを数多く執筆していたという。一九五三年（昭和二八）完成の映画「壁あつき部屋」で初めて映画の脚本を担当し、一九五五年には戯曲「制服」で初めて舞台作品を、一九五八年には初めてのテレビドラマ「魔法のチョーク」のシナリオを手がけ、脚本家としても活躍の場を拡げていく。脚本の執筆にあたっては、自作の小説を題材にすることも多く、気になるテーマについては、ラジオからテレビ、さらに舞台へというように、ジャンルをまたいで繰り返し扱い、それぞれの特色を活かして再構築し、別作品として深化させていった。逆に、脚本をもとに小説が書かれることもあった。

一九六〇年代に書かれた代表的な小説には、世界中で広く読まれた『砂の女』をはじめ、「他人の顔」「榎本武揚」『燃えつきた地図』などがあるが、いずれも公房の脚本により映画化または舞台化されている。この時期、舞台では演出家・千田是也が率いる劇団俳優座、映画では勅使河原宏監督と、特に多くの作品を残しているが、やがて公房は彼らと離れ、自ら演出家となり、新しい表現を模索していく。

また言葉とは別の表現としてカメラの世界にものめり込み、自宅に暗室を備え、写真展を行うなど、相当な腕前だった。カメラを通しての視点は、一九七三年発表の長編小説『箱男』などに活かされている。

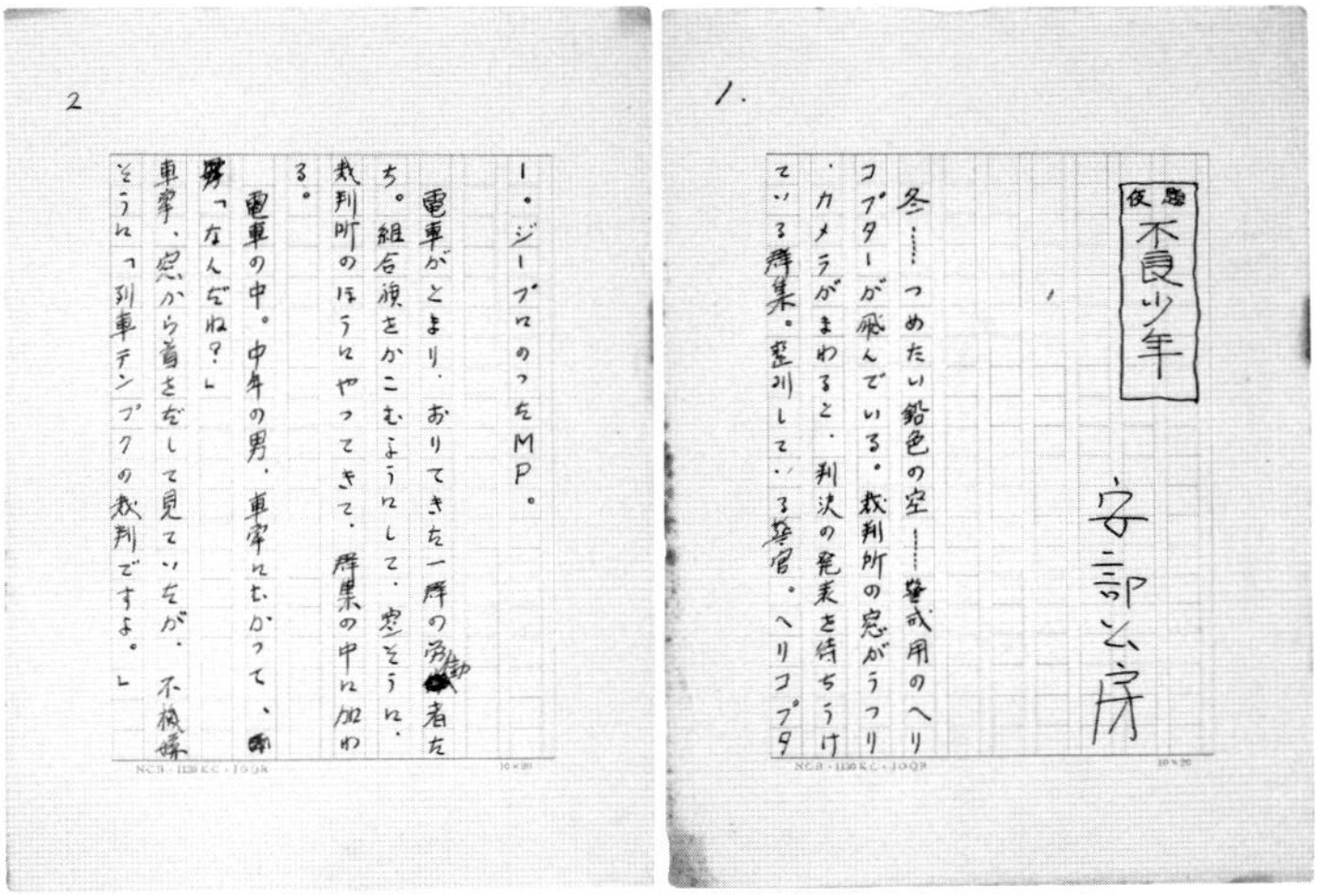

映画「不良少年」シナリオ原稿　松川事件を題材とした作品で、初出は『不良少年』（1954年〈昭和29〉11月　映画タイムス社）。映画化の予定だったが、実現しなかった。

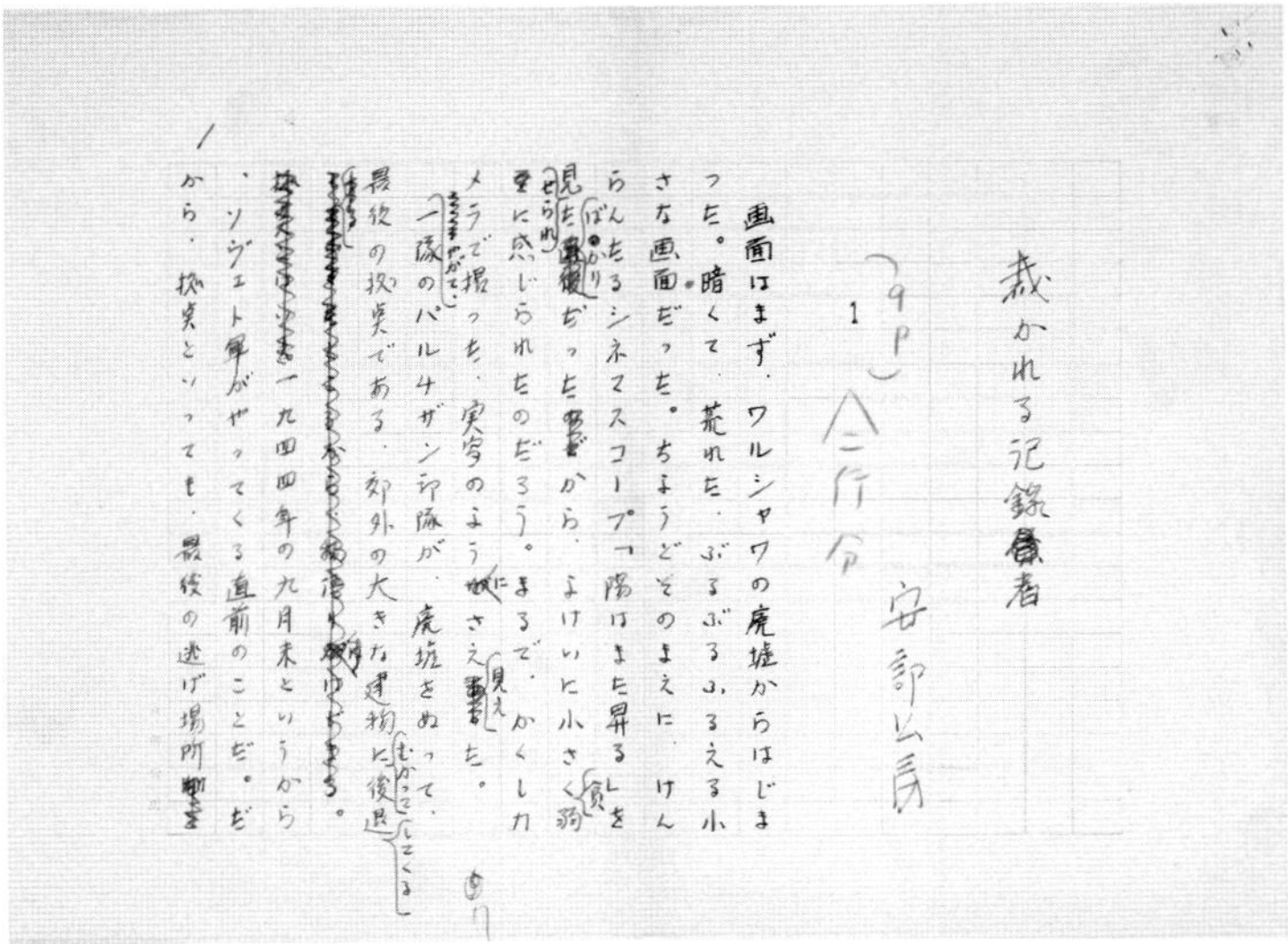

「映画芸術論」原稿　「群像」1958年1–12月号に連載　1年間に上映された映画を題材にしたエッセイ。第1回「裁かれる記録者」では、アンジェイ・ワイダ監督のポーランド映画「地下水道」を論じた。講談社蔵

ラジオドラマ「開拓村」台本　1955年（昭和30）9月8日、10月13日、11月1日放送　NHK第1放送　演出・小島凡子　出演・村上冬樹ほか　満洲からの引き揚げ者たちが住む、中部地方の高原地帯にある開拓村の苦難を取材をもとに描く。

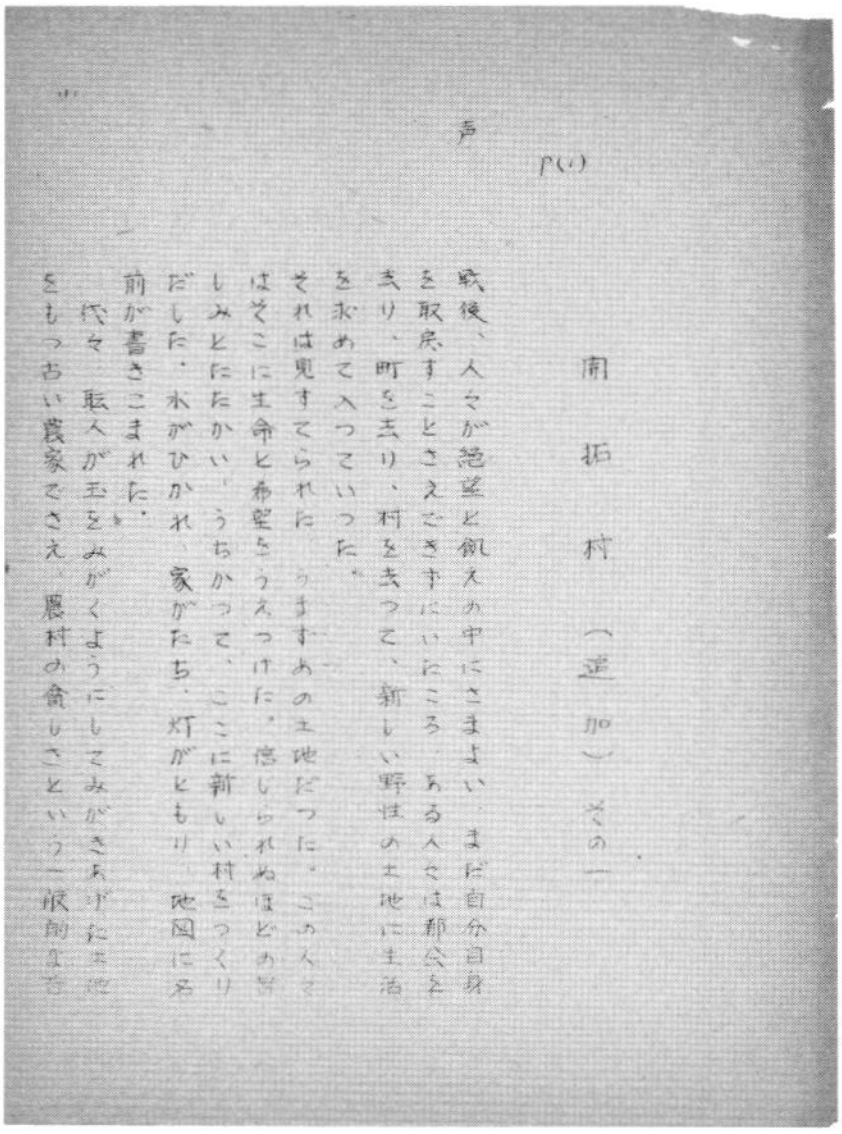

声　P(1)

開拓村（追加）その一

戦後、人々が絶望と飢えの中にさまよい、まだ自分自身を取戻すことさえできずにいたころ、ある人々は都会を去り、町を去り、村を去って、新しい野性の土地に生活を求めて入っていった。

それは見すてられたうすずみの土地だった。この人々はそこに生命と希望をうえつけた。信じられぬほどの苦しみとたたかい、うちかって、ここに新しい村をつくりだした。水がひかれ、家がたち、灯がともり、地図に名前が書きこまれた。

代々、耕人が玉をみがくようにしてみがきあげた土地をもつ古い農家でさえ、農村の貧しさという一般的な言

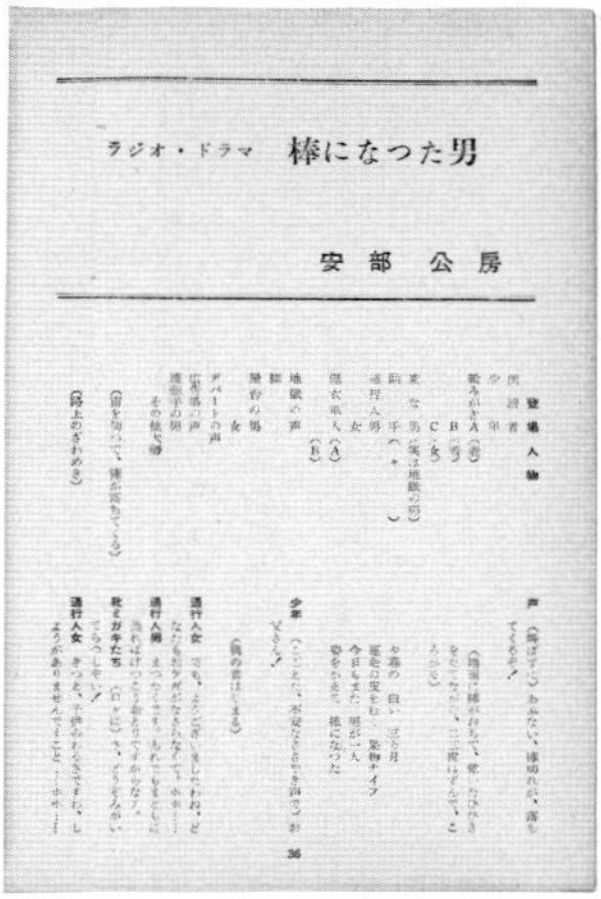

ラジオ・ドラマ　棒になった男

安部公房

36

「ラジオ・ドラマ　棒になった男」「新日本文学」1958年1月　1955年7月発表の短編「棒」をもとにした作品で、のち舞台化もされた。前年11月29日、文化放送で放送（出演・芥川比呂志ほか）。

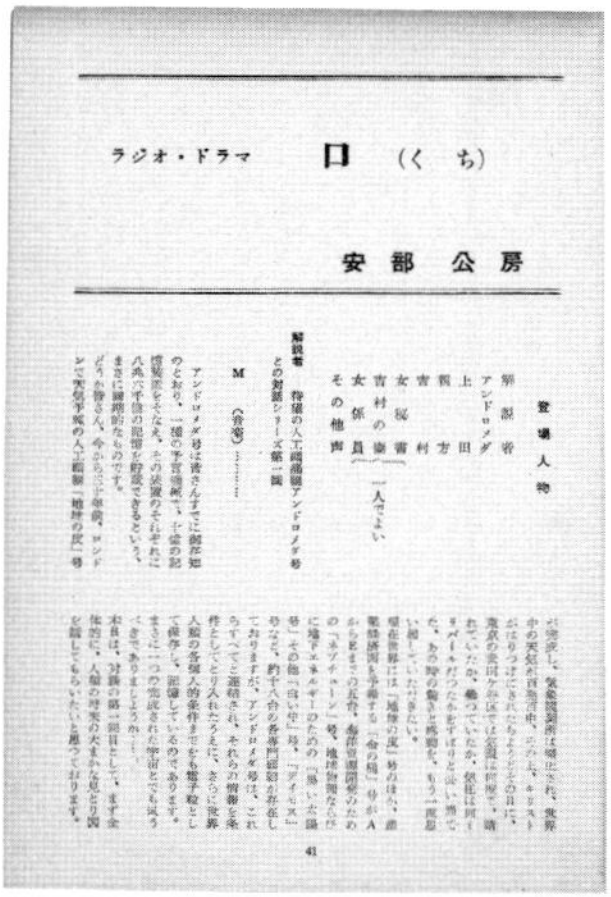

ラジオ・ドラマ　口（くち）

安部公房

41

「ラジオ・ドラマ　口」「新日本文学」1957年11月　スタジオゲストに招かれた人工頭脳〈アンドロメダ号〉が、奇想天外な未来を語り出すSF作品。前年12月7日、文化放送で放送（出演・宇野重吉ほか）。

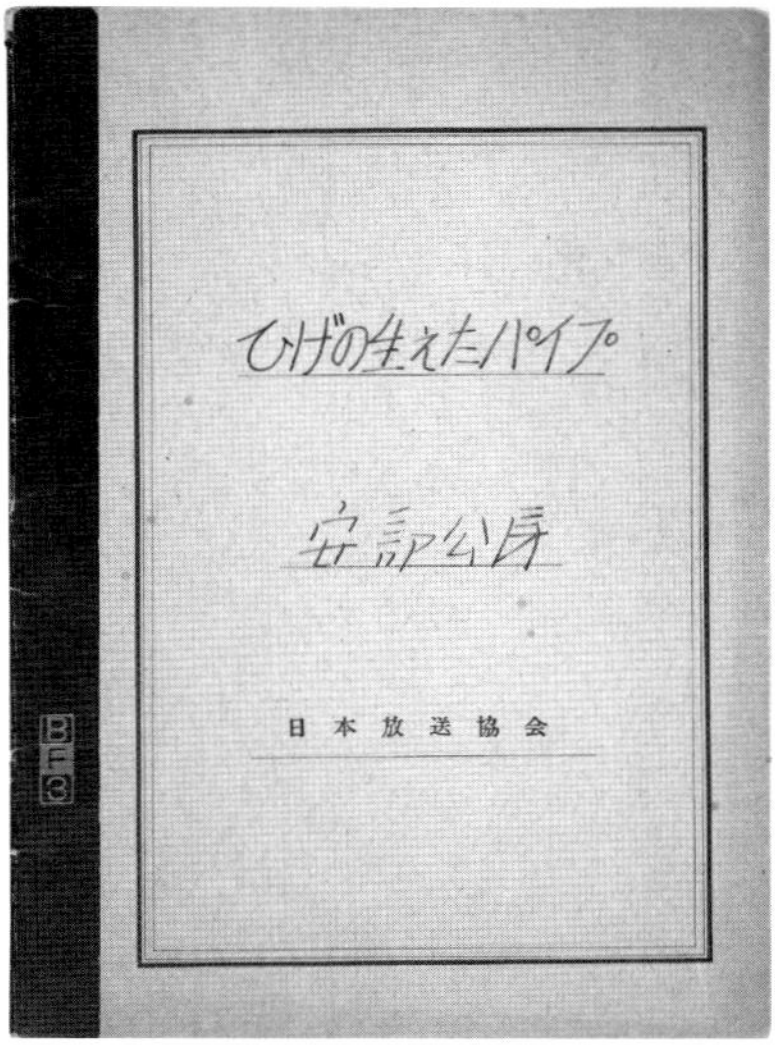

ラジオドラマ「ひげの生えたパイプ」収録のミキサー室で　1959年5月ころ　左・公房、中央・中村文雄（NHKプロデューサー）。

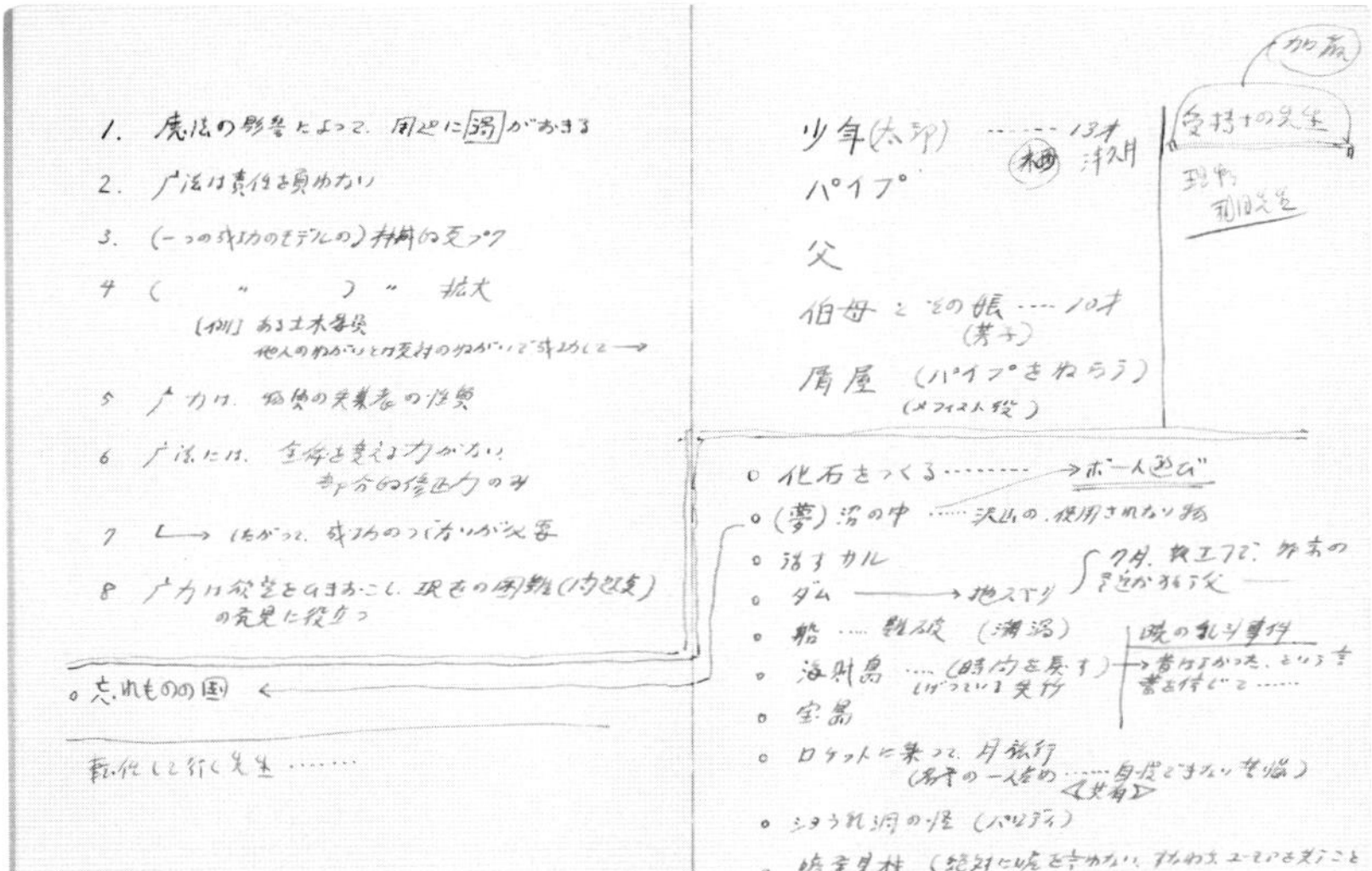

ラジオドラマ「ひげの生えたパイプ」創作ノート　ダムの設計技師である父親が各地を回っているため、伯母の家に預けられている〈太郎君〉。勉強をしていると、父が忘れていった魔法のパイプが話しかけてくる。欲しいものを心に願ってパイプを吹くと、望みが叶えられるのだった。1959年5月11日－9月4日に、NHK第1放送の「子どもの時間」で全85回にわたり放送（演出・中村文雄、長与孝子）。

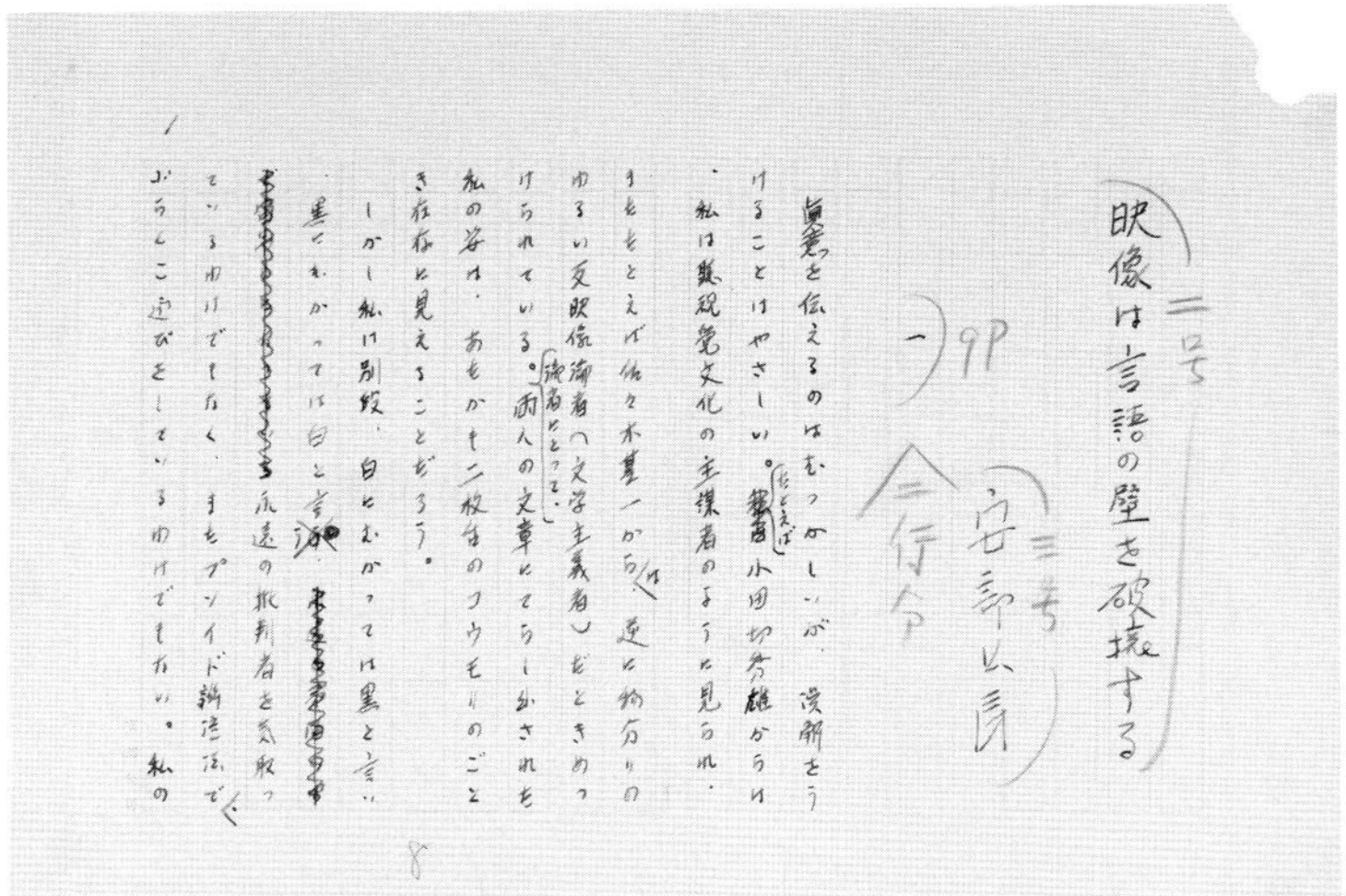

「映像は言語の壁を破壊する」原稿　「群像」1960年（昭和35）3月号に掲載　言語芸術と視聴覚芸術は対立せず、映像の価値は、既成の言語体系に挑戦し、言語を活性化することだと論じる。単行本収録時に「映像は言語の壁を破壊するか」と改題。講談社蔵

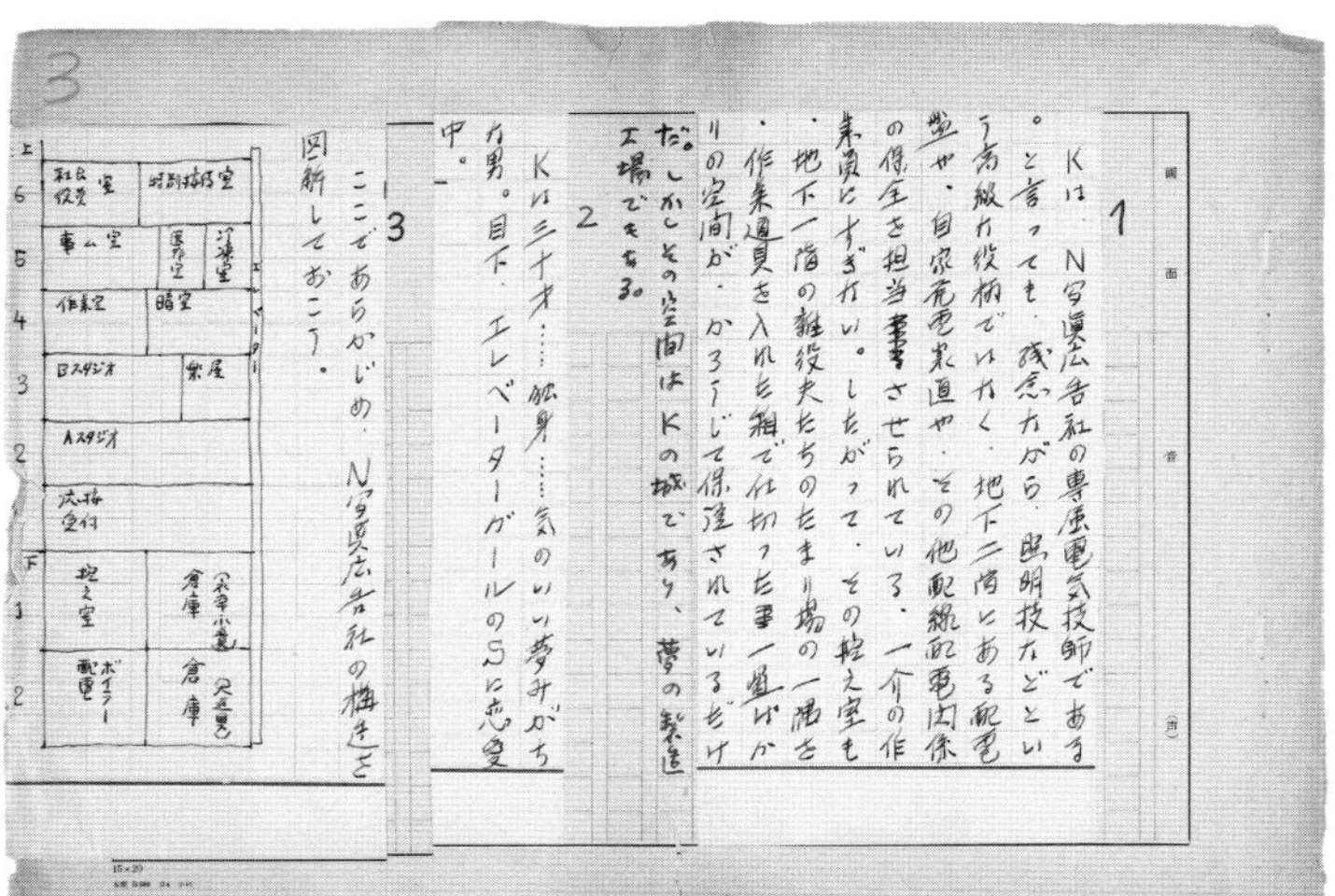

「地獄」シノプシス　和田勉演出のテレビドラマのために執筆。その後改題して構想を変えたシナリオにより、「モンスター　コンピューター時代のポエジー」（NHK 総合 1962年11月16日放送　主演・フランキー堺）が制作された。

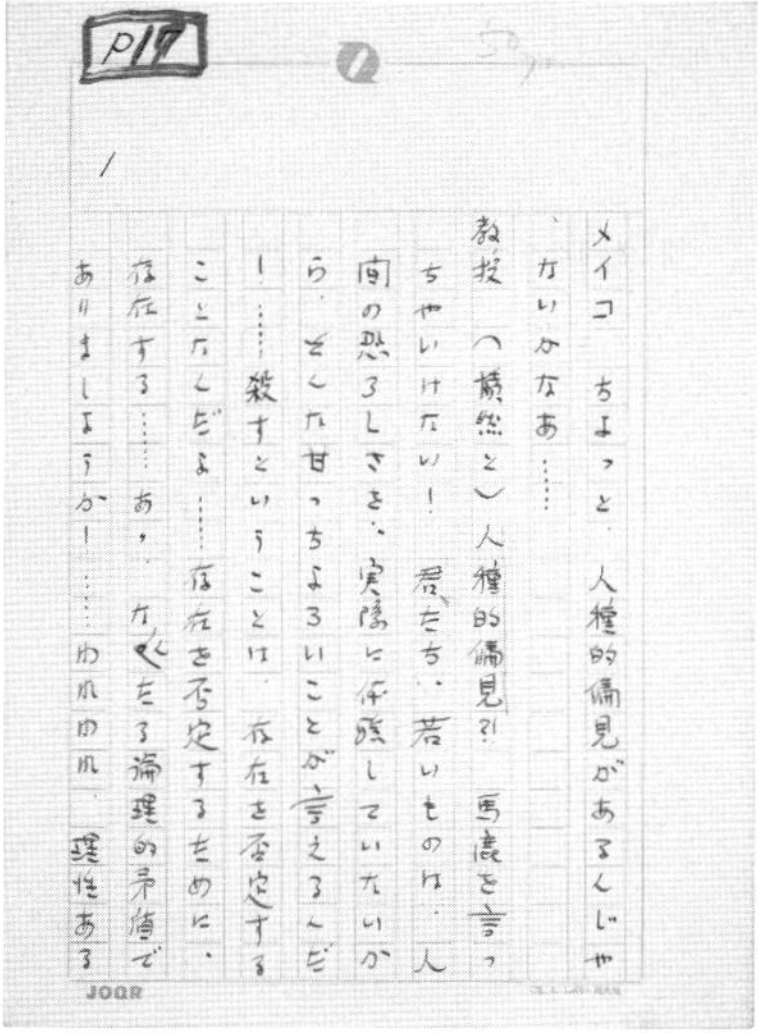

P17

メイコ　ちょっと、人種的偏見があるんじゃないかなあ……

教授　（憤然と）人種的偏見?!　馬鹿を言っちゃいけない！　君たち、若いものは、人間の恐ろしさを、実際に体験していないから、そんな甘っちょろいことが言えるんだ！……殺すということは、存在を否定することなんだよ……存在を否定するために、存在する……あ、なんたる論理的矛盾でありましょうか！……ゆ爪ゆ爪、理性ある

JOQR

ミュージカル「お化けが街にやって来た」シナリオ原稿　同名の公房作の連続ラジオドラマ（1960年9月5日–翌年9月2日放送）を舞台化し、1962年4月4–6、9、10日にサンケイホール（大阪）で上演。主演は中村メイコで、公房は観世栄夫とともに、演出も担当した。

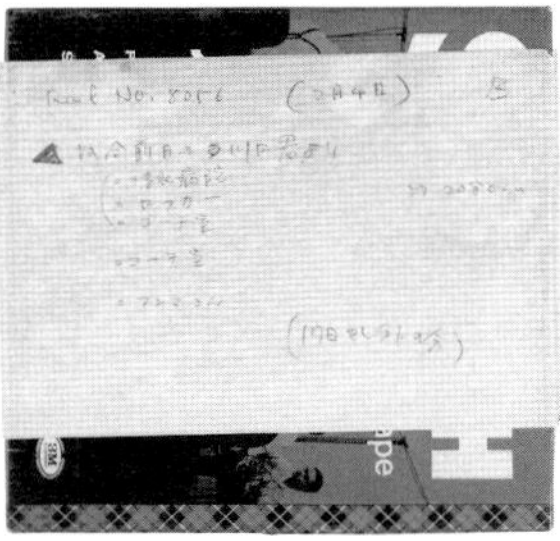

「試合前日の川口君より」オープンリールテープ　1963年2月28日放送のラジオドラマ「チャンピオン」（RKB毎日放送　出演・中谷一郎、井川比佐志）関連資料か。同作では、ボクシングジムの協力により各所にマイクを仕掛け、選手たちの会話等を録音。膨大なテープの中からモチーフを見つけ出し、音楽の武満徹とともにシナリオを完成させた。

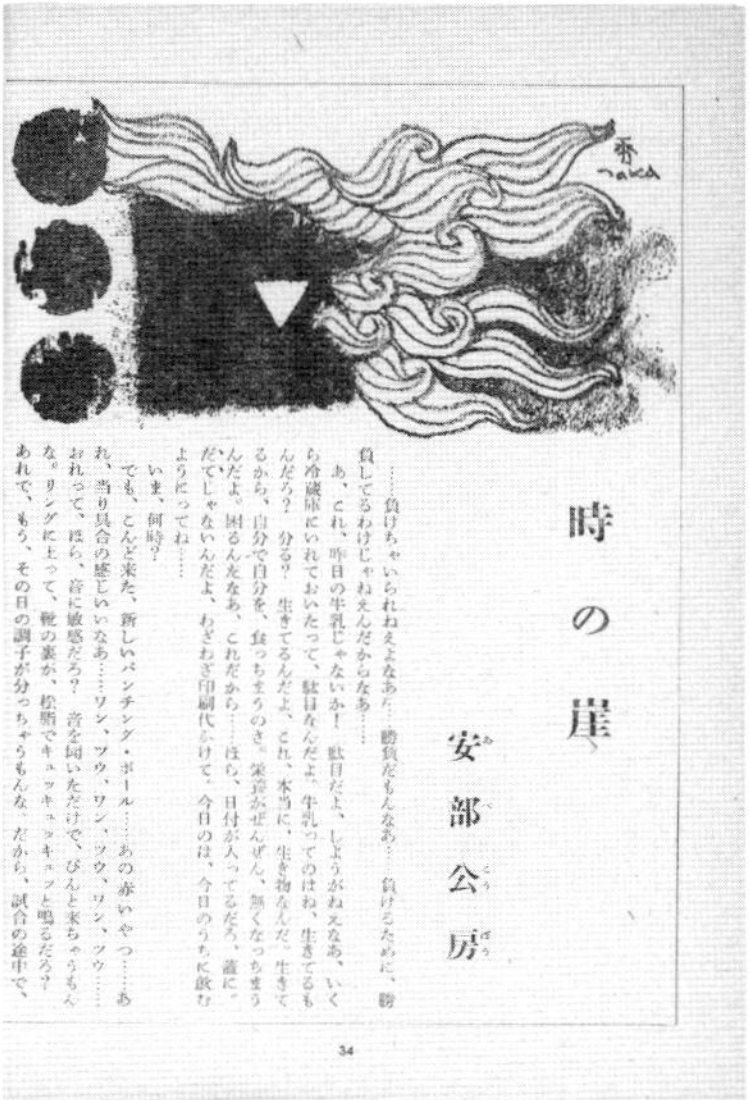

時の崖

安《あ》部《べ》公《こう》房《ぼう》

……負けちゃいられねえよなあ……勝負だもんなあ……負けるために、勝負してるわけじゃねえんだからなあ……

あ、これ、昨日の牛乳じゃないか！　駄目だよ、しようがねえなあ、いくら冷蔵庫にいれておいたって、駄目なんだよ。牛乳ってのはね、生きてるもんだろ？　分る？　生きてるんだよ、これ、本当に、生き物なんだ。生きてるから、自分で自分を、食っちまうのさ。栄養がぜんぜん、無くなっちまうんだよ。困るんだなあ、これだから……ほら、日付が入ってるだろ、蓋に。だてじゃないんだよ、わざわざ印刷代かけて。今日のは、今日のうちに飲むようにってね……

いま、何時？

でも、こんど来た、新しいパンチング・ボール……あの赤いやつ……あれ、当り具合の感じいいなあ……ワン、ツウ、ワン、ツウ、ワン、ツウ……おれって、ほら、音に敏感だろ？　音を聞いただけで、ぴんと来ちゃうもんな。リングに上って、靴の裏が、松脂でキュッキュッキュッと鳴るだろ？　あれで、もう、その日の調子が分っちゃうもんな。だから、試合の途中で、

34

「時の崖」　「文學界」　1964年3月　ラジオドラマ「チャンピオン」を小説化。
試合開始直前からダウンするまでのボクサーの意識の流れを克明に描写する。
1969年に自身の演出で舞台化、1971年には自ら監督を務め映画化した。

右・劇団青俳「制服」舞台写真　1955年（昭和30）3月10－21日上演　於・飛行館ホール　作・公房　演出・倉橋健　装置・北川勇　敗戦の6ヵ月前、朝鮮のある港町を舞台に、元々は小説として書き始めた作品。〈死人〉が生きている人間と混じって登場する設定は、リアリズムを重んじる当時の新劇のなかで異彩を放った。下・自作の初上演にあたり、プログラムに寄せた文章。

〃制服〃について

安部公房

これは私が文字どおり生れてはじめて書いた芝居である。このテーマは、もう三、四年前から、なんとかしてみたいと思ってはうまくいかず、投げ出すことをくりかえしていたもので、それが突然芝居になってとび出してきたときには、われながらびっくりしてしまったものである。まったく突然とび出してきた。芝居を書く気などまるでなかったのに、もしや芝居に、と思ったと同時に、出来上ってしまっていた。あとはただ書きとればよかった。書きはじめてからは、一分の休みもなく書きつづけ、二十四時間で書きあげた。

もっともこのスピードは、雑誌の締切という事情もあって、読みかえしてみると、欠点も多く、そのままではとうてい上演不能なので、日頃親しくしている青俳でとりあげていただくことになった機会に、てってい的に書きあらためることにした。ケイコに参加しながら、さらに手を加えた。

いや、ケイコに参加するというより、勉強にも行くといったほうが正確かもしれれない。倉橋さんの演出、俳優さんたちの行動による私の作品の徹底的な分析をみていると、私の作品について私自身がいちばん無知であるような錯覚におそわれる。錯覚ではなくて、本当かもしれない。まるで息を切って作品の後を追いかけているような気持がした。

しかし私は今後さらに芝居を書きつづけずにはいられないだろうことがよく分る。私の発想の中には、なにか芝居の形でなくては現わせないものが、ながいこと押しこめ閉ぢこめられたままになっていたようなのだ。芝居を書くことは苦痛なほどの緊張を要求するが、その緊張がいまは向うから私をとらえてはなさない。今年中に、あと二本半の芝居を書くことを予定している。そのどれも、ほとんど構想が出来上っている。

〃制服〃は、私個人にとってはこうして創作エネルギーをひきだしてくれたきっかけとしても、記念すべきものだ。しかし、どの作者も同じだろうが自分の（出来上った）作品の上演を想像することは、その出来不出来とはべつに、おそろしい不安と苦痛をともなうものである。これを書く緊張の苦痛よりも、もっと大きな戦慄にみちている。いま創り出しているのは私ではなくて劇団の人たちだからだ。ただその人たちの創造の熱情（と苦痛）だけが、私に、戦慄に耐える勇気をあたえてくれる。だから、いまはもう、なにも書くことがない。書く必要もない。

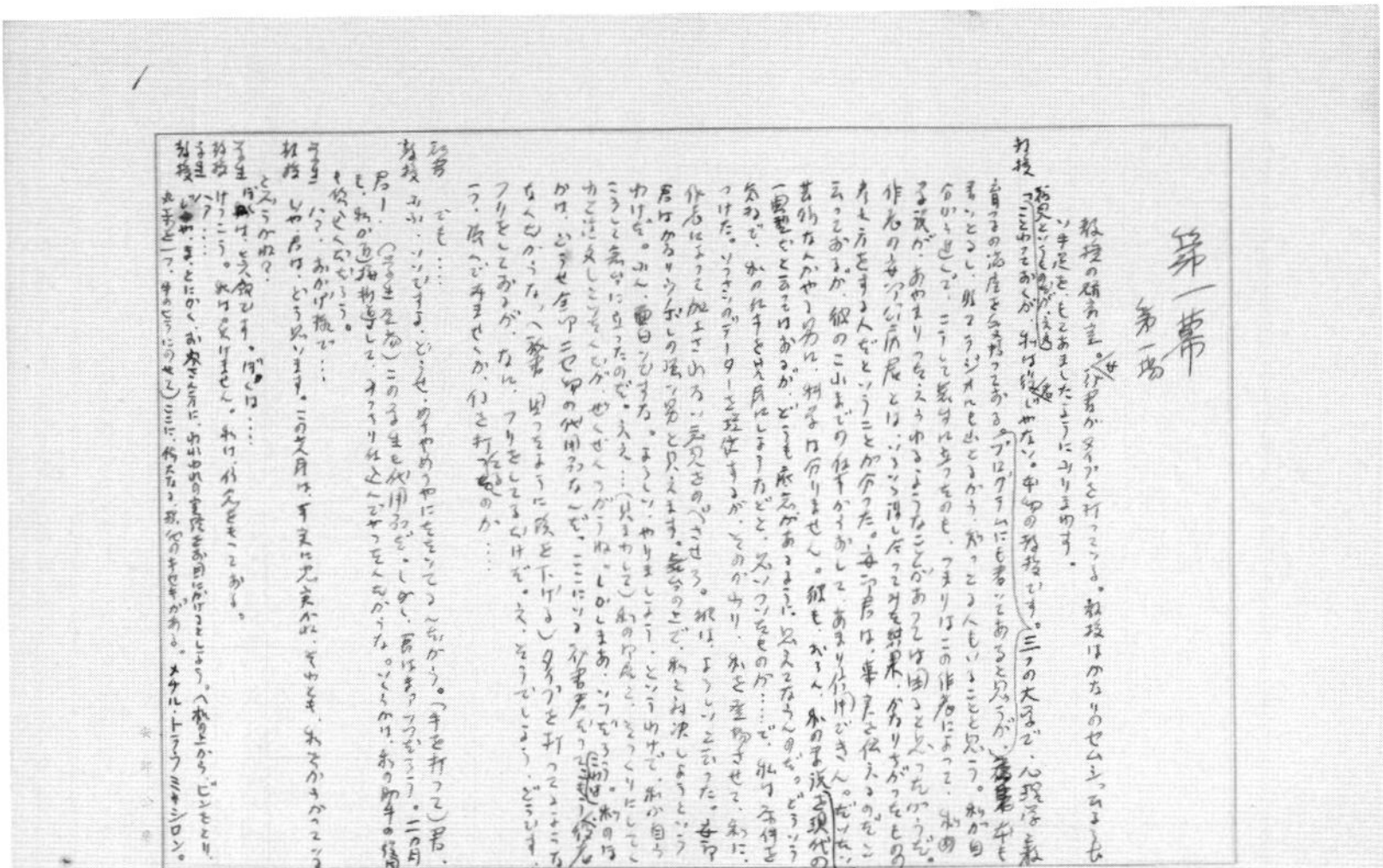

戯曲「快速船」原稿　劇団青俳（演出・倉橋健　装置・公房ほか）により、1955年8月24–30日ほかで上演。飲めばなんでも望みが叶うという薬〈ピュー〉をめぐる騒動を描く。

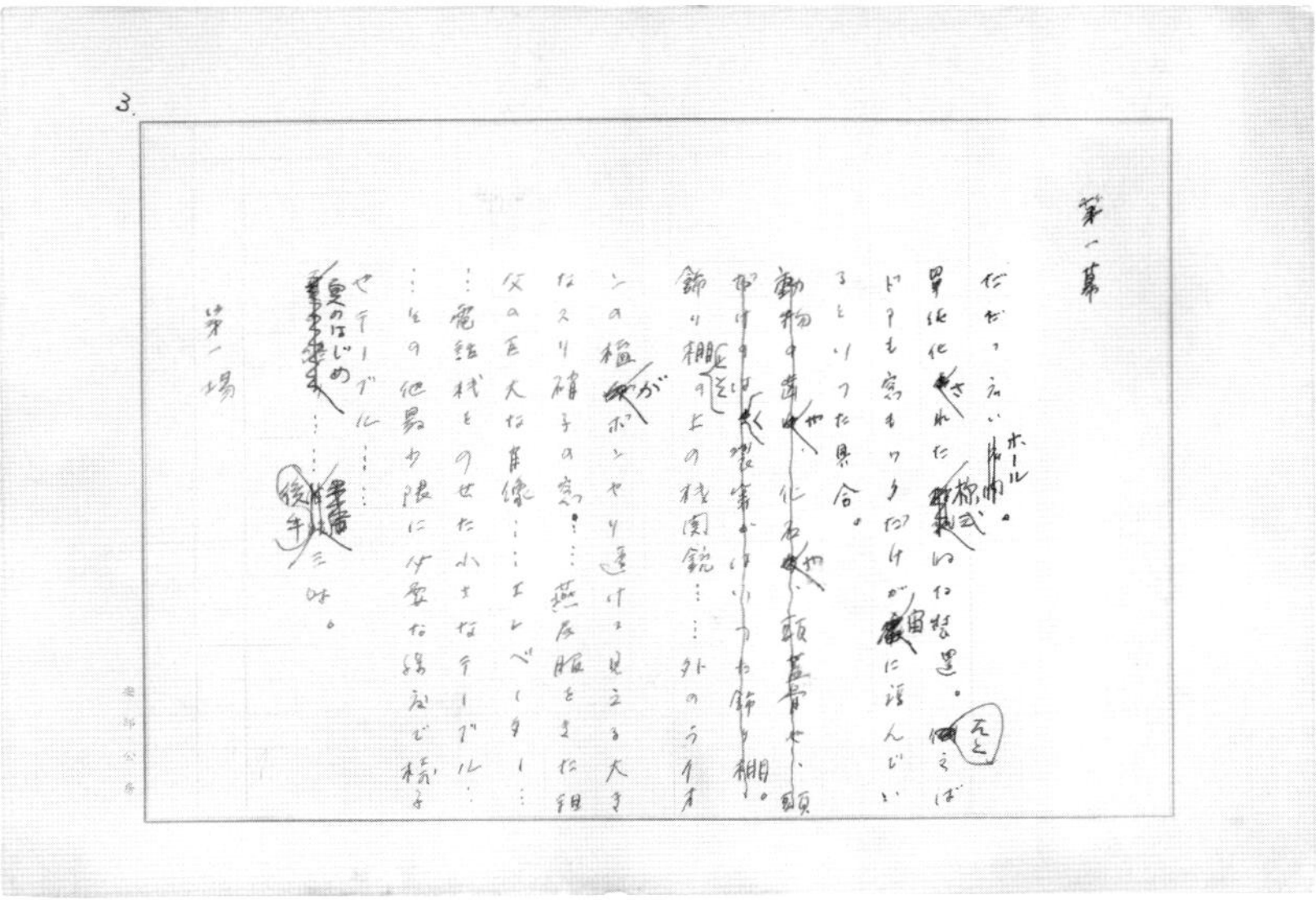

戯曲「どれい狩り」原稿　未完に終わった小説「奴隷狩」を戯曲化。「制服」を観た劇団俳優座・千田是也の依頼に応えて執筆した。以後、千田演出による俳優座との仕事が続き、「幽霊はここにいる」「最後の武器」「可愛い女」「巨人伝説」「石の語る日」「城塞」「おまえにも罪がある」「未必の故意」などの戯曲が生まれている。

劇団俳優座「どれい狩り」舞台写真と公演リーフレット　1955年6月17日–7月10日上演　於・俳優座劇場　演出・千田是也　装置・北川勇　人間そっくりな生物〈ウエー〉をモチーフとした同作は、のち戯曲「ウエー 新どれい狩り」へと発展する。協力・劇団俳優座

劇団俳優座「幽霊はここにいる」舞台写真　1958年（昭和33）6月23日–7月22日上演　於・俳優座劇場　作・公房　演出・千田是也　美術・安部真知　元詐欺師の男が、幽霊と会話ができるという男と出会い、珍商売を思いつく。ビジネスは大きくなっていくが……。本作で第5回岸田演劇賞を受賞。真知が初めて舞台美術を担当した。協力・劇団俳優座

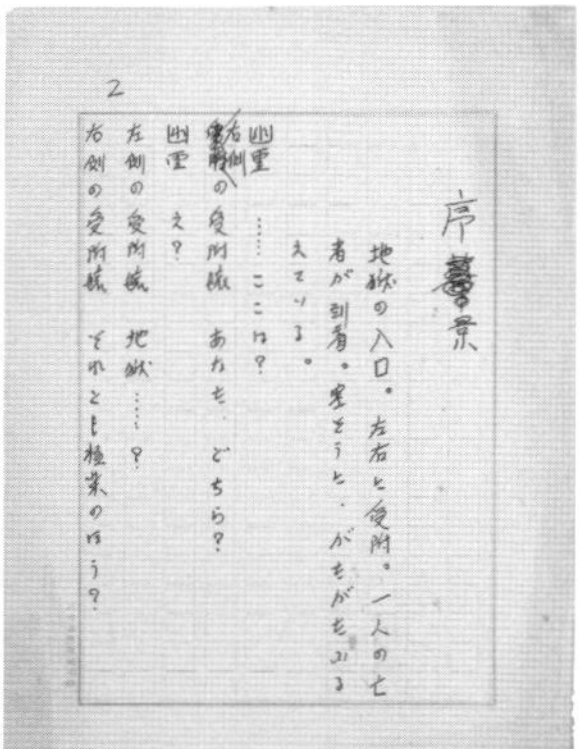

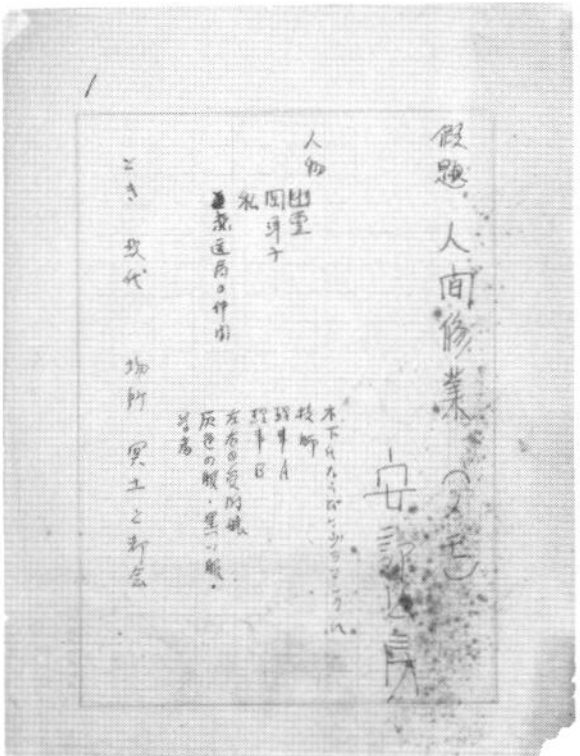

戯曲「仮題・人間修業」原稿　1957年5月ころに執筆した小説「人間修業」を、同年末に戯曲化。千田是也あてと思われる本原稿の説明も残っており、「すっかり変えるつもり」「もっとねりなおします」とある。本作を経て、戯曲「幽霊はここにいる」が完成した。

『幽霊はここにいる』 1959年6月　新潮社　装幀・吉田政次　挿絵・安部真知

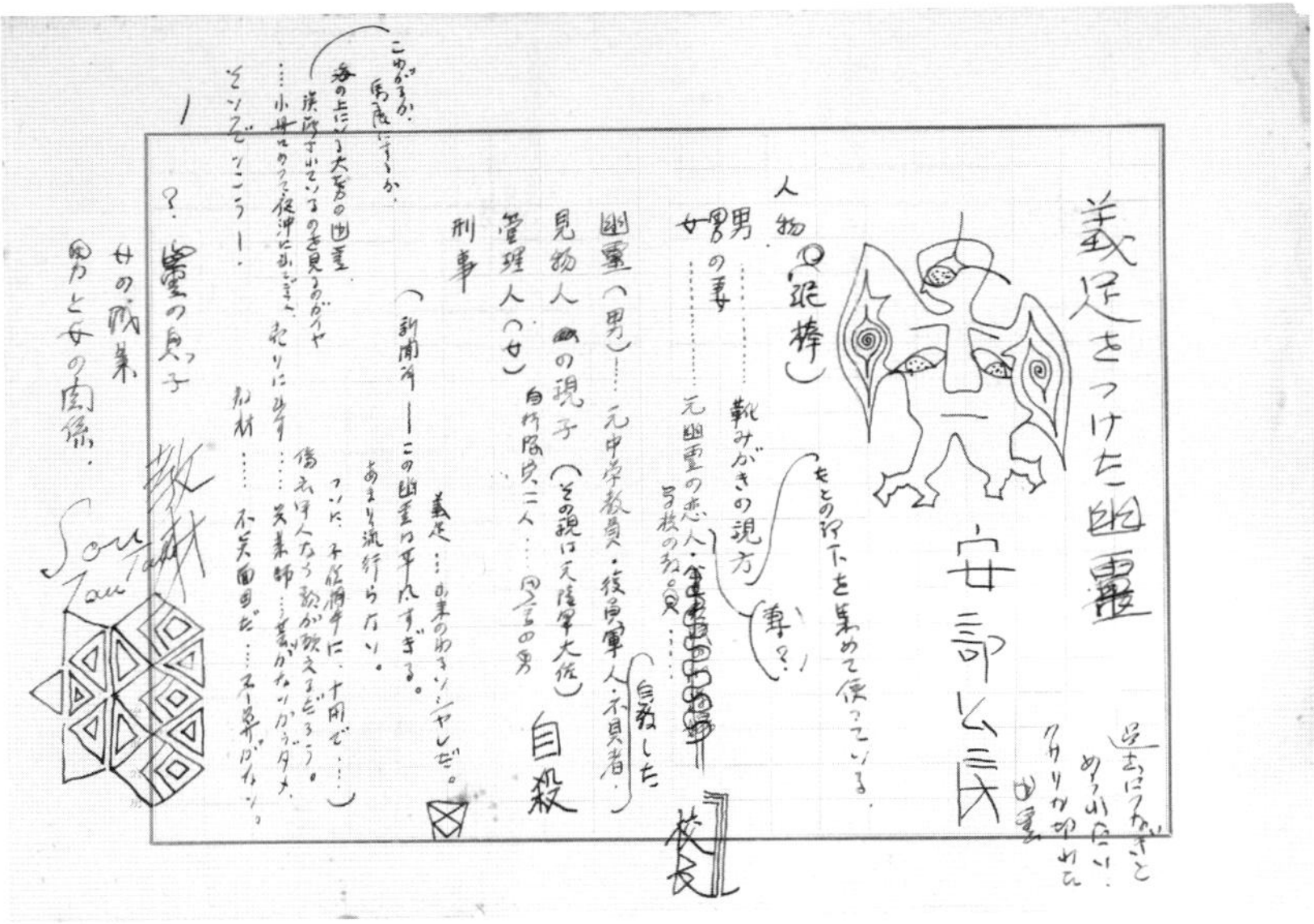

「義足をつけた幽霊」原稿　「幽霊はここにいる」に至る前段階のものと思われる。幽霊を利用した金もうけをテーマに小説として書き始め、途中から戯曲として作品化を試みている。

左・1959年に転居した調布市入間町(のち若葉町)の自宅で　1960年ころ
左からねり、公房、真知。右・自宅外観

劇団俳優座「巨人伝説」舞台写真 1960年4月4－30日上演(同年3月に地方巡演) 於・俳優座劇場 作・公房 演出・千田是也 装置・安部真知 映画製作・勅使河原宏 15年ぶりに北国の村に戻ってきた元巡査の大貫。彼は第二次大戦中、軍で虐待され脱走兵となった自分の息子を追い返し、自死に追い込んだ過去を持っていた。協力・劇団俳優座

巨人傳説 (十六景)

安部公房

戯曲「巨人伝説」 「文學界」1960年(昭和35)3月 脱走兵をテーマにした短編小説「夢の兵士」を発展させた。

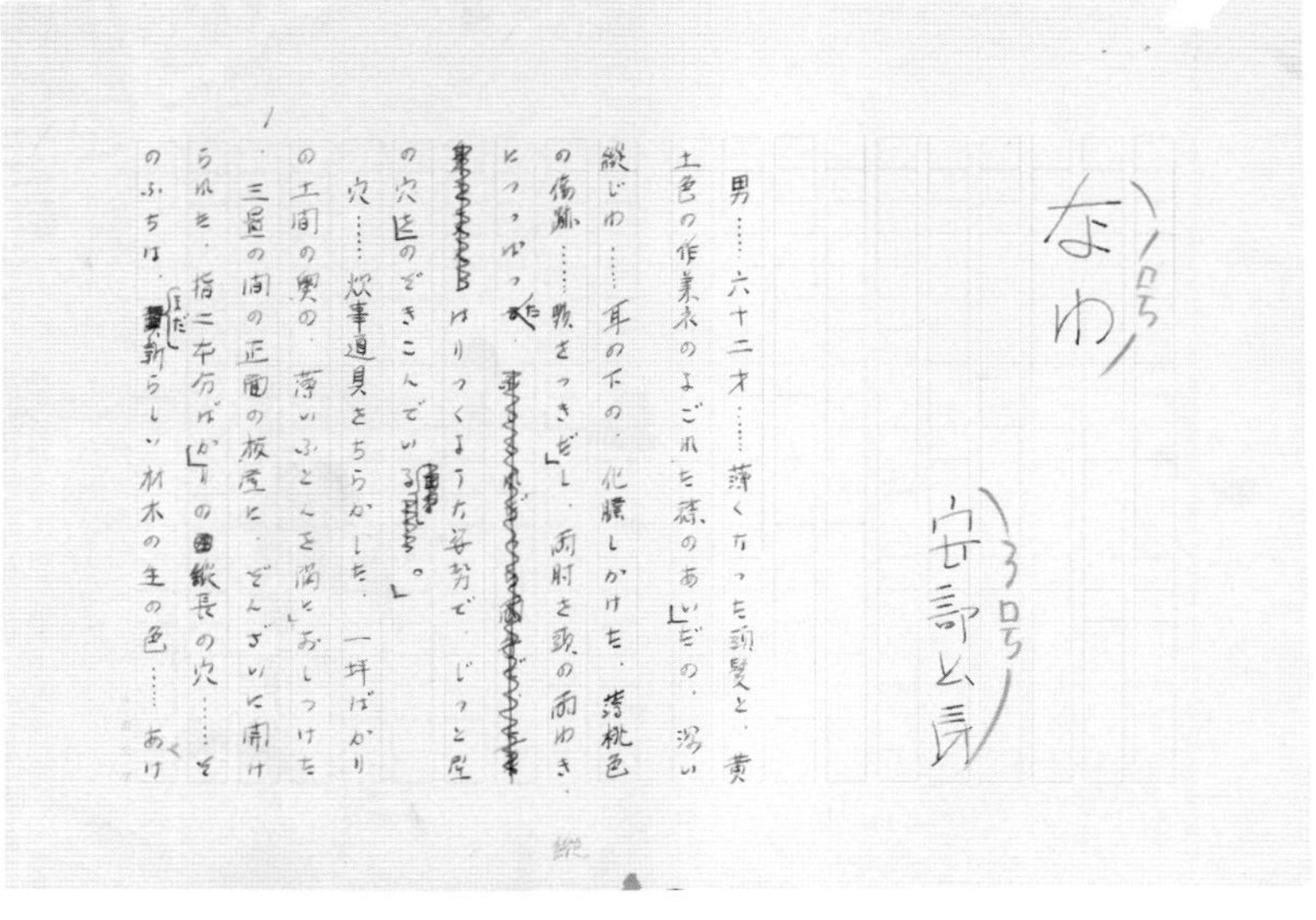
なわ

安部公房

男……六十二才……薄くなった頭髪と、黄土色の作業衣のよごれた襟のあいだの、深い皺じわ……耳の下の、化膿しかけた、薄桃色の傷跡……数をつきだし、両肘と頭の両わきにつっぱった はりつくような姿勢で、じっと壁の穴にのぞきこんでいる。

穴……炊事道具をちらかした、一坪ばかりの土間の奥の、薄いふとんを隅におしつけた三畳の間の正面の板壁に、ぞんざいに開けられた、指二本分ばかりの縦長の穴……そのふちは、まだ新らしい材木の生の色……あけ

「なわ」原稿 「群像」1960年8月号に掲載 屑鉄の廃棄場に不法侵入する少年たちを、穴からのぞき続けている〈老いぼれ番人〉の男。ある日、少年たちが仔犬をいじめていると、ロープを持った姉妹の少女ふたりが現れて……。最古の人間の道具のひとつ〈なわ〉に注目した短編。講談社蔵

『石の眼』 1960年6月 新潮社 装幀・玉置正敏
書き下ろし長編推理小説。完成間近の与路井ダムは、業者と政治家の闇取引による手抜き工事のため、そのままでは決壊する運命にあった。不正の露見を恐れる工事関係者たちのなかで、殺人未遂事件が発生する。

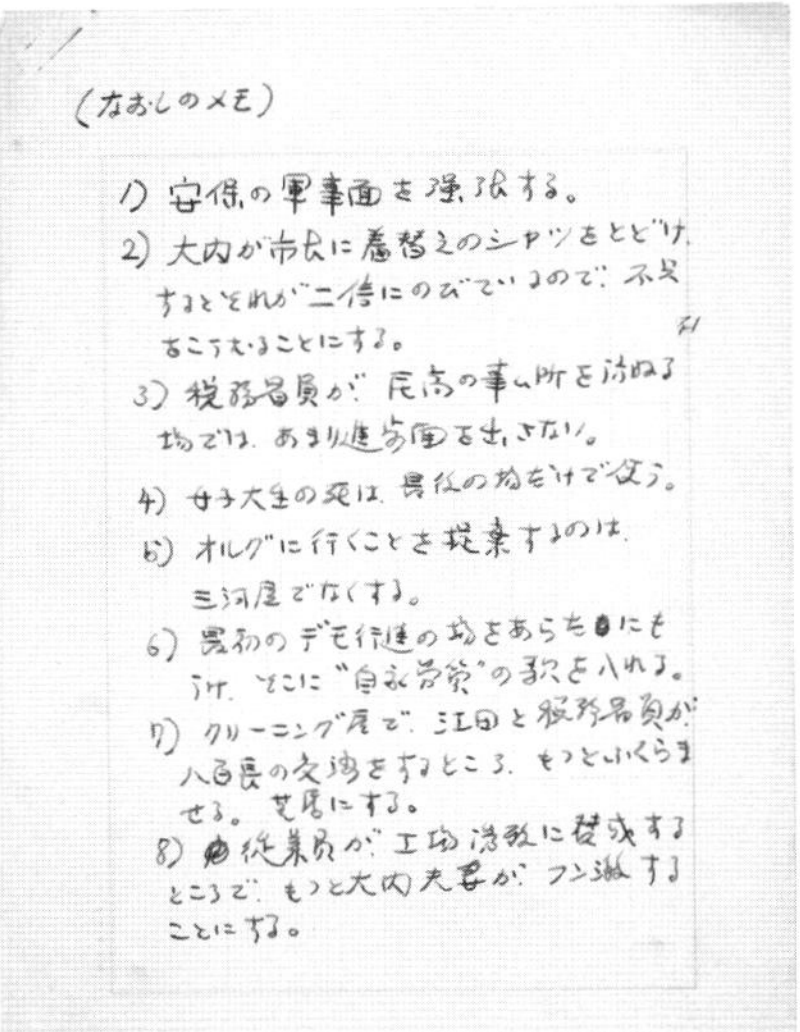
(なおしのメモ)
1) 安保の軍事面を強調する。
2) 大内が市長に着替えのシャツをとどけ、すると それが二倍にのびているので、不足をこうむることにする。
3) 税務局員が、民商の事務所を訪ねる場では、あまり進歩面を出さない。
4) 女子大生の死は、最後の場だけで使う。
5) オルグに行くことを提案するのは、三河屋でなくする。
6) 最初のデモ行進の場をあらためにもうけ、そこに"自衛労働"の歌を入れる。
7) クリーニング屋で、江田と税務局員が八百長の交渉をするところ、もっとふくらませる。芝居にする。
8) 従業員が、工場閉鎖に賛成するところで、もっと大内夫妻が、フン激することにする。

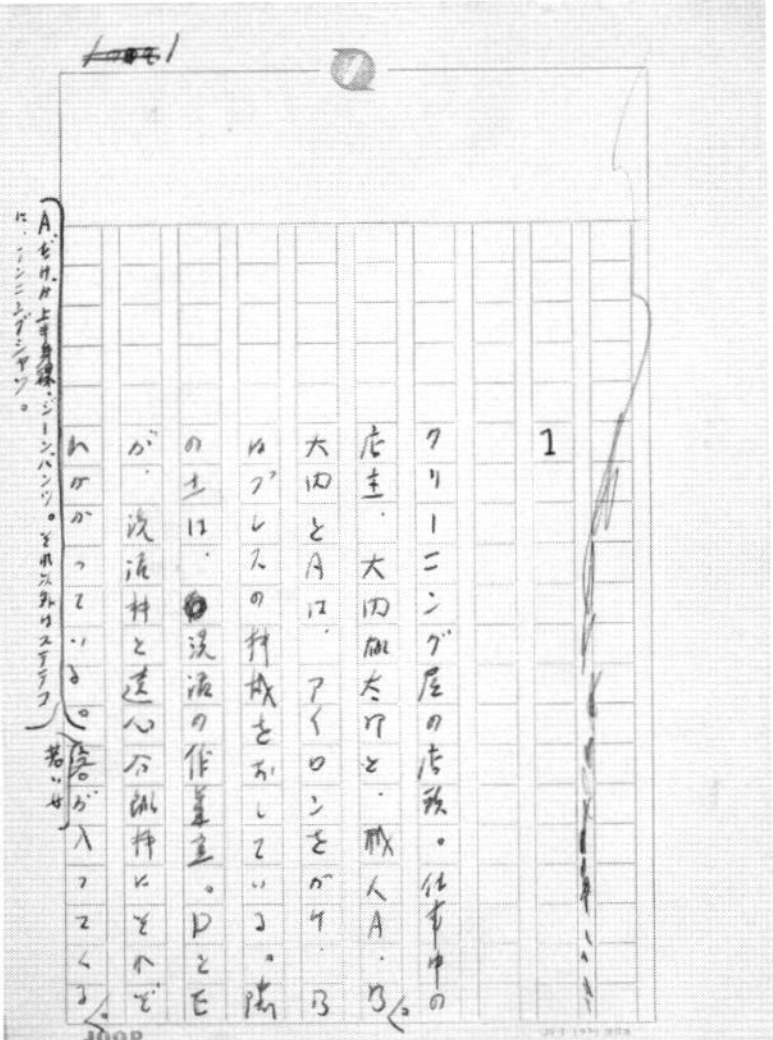
1
クリーニング屋の店頭。仕事中の
店主・大内と・職人A・B。
大内とAは、アイロンをかけ・B
はプレスの仕上をおしている。隣
の土は、洗濯の作業室。DとE
が、洗濯物と遠心分離機にとんで
JOQR

戯曲「石の語る日」原稿(右)となおしのメモ(左) 前橋市を中心に安保抗議運動として行われた、民商加盟店の閉店ストを題材とした作品。1960年9–11月の訪中日本新劇団の公演のため急遽書き下ろされたが、装置等の準備が間に合わず、試演のみで本公演は行われなかった。上は、翌年(1月22日–2月11日ほか)、劇団俳優座により上演された際の舞台写真。演出は千田是也。左から、岸輝子、小沢栄太郎、永田靖。協力・劇団俳優座

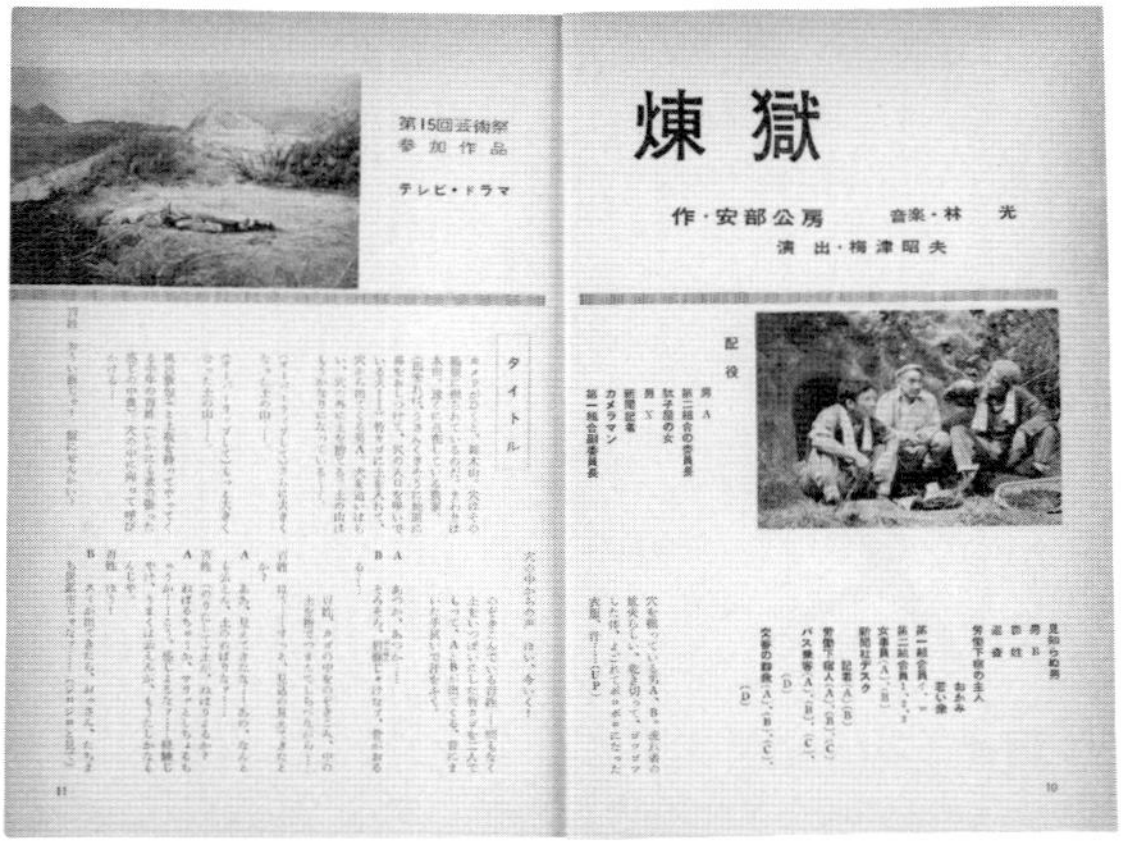

第15回芸術祭
参加作品

テレビ・ドラマ

煉獄

作・安部公房　音楽・林　光
演　出・梅津昭夫

配役

男A
第二組合の委員長
餃子屋の女
男X
新聞記者
カメラマン
第一組合副委員長
見知らぬ男
男B
百姓
巡査
労働下宿の主人
おかみ
若い衆
第一組合員イ、ロ
第二組合員1、2、3
女車掌(A)、(B)
新聞社デスク
記者(A)(B)
労働下宿人(A)、(B)、(C)
バス乗客(A)、(B)、(C)、(D)
交番の酔漢(A)、(B)、(C)、(D)

タイトル

テレビドラマ「煉獄」シナリオ　「現代芸術」　1960年(昭和35)12月
同年10月20日に九州朝日放送で放送(主演・芥川比呂志)。背後から刺されて死んだ〈炭鉱夫A〉は、炭鉱の第2組合の委員長と瓜二つだった。幽霊となったAは、自分を殺した犯人を知ろうとする。三池争議で発生した刺殺事件にヒントを得て執筆された。

左・映画「おとし穴」スチール　1962年7月1日公開
勅使河原プロダクション　二役を演じた主演の井川比佐志。写真提供・草月会
下・同映画台本　監督の勅使河原宏が使用した台本3種。テレビドラマ「煉獄」を映画化したもので、公房が脚本を執筆。タイトルは「煉獄」から「菓子と子供」になり、最終的に「おとし穴」に決定した。公房は本作でシナリオ作家協会賞を受賞。草月会蔵

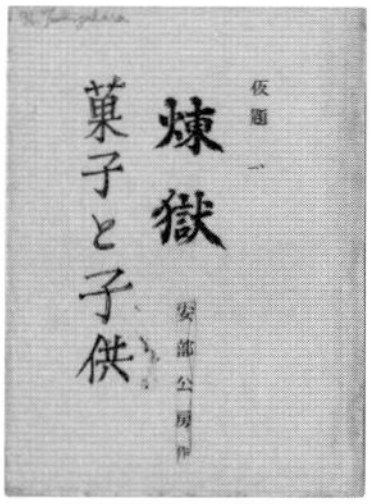

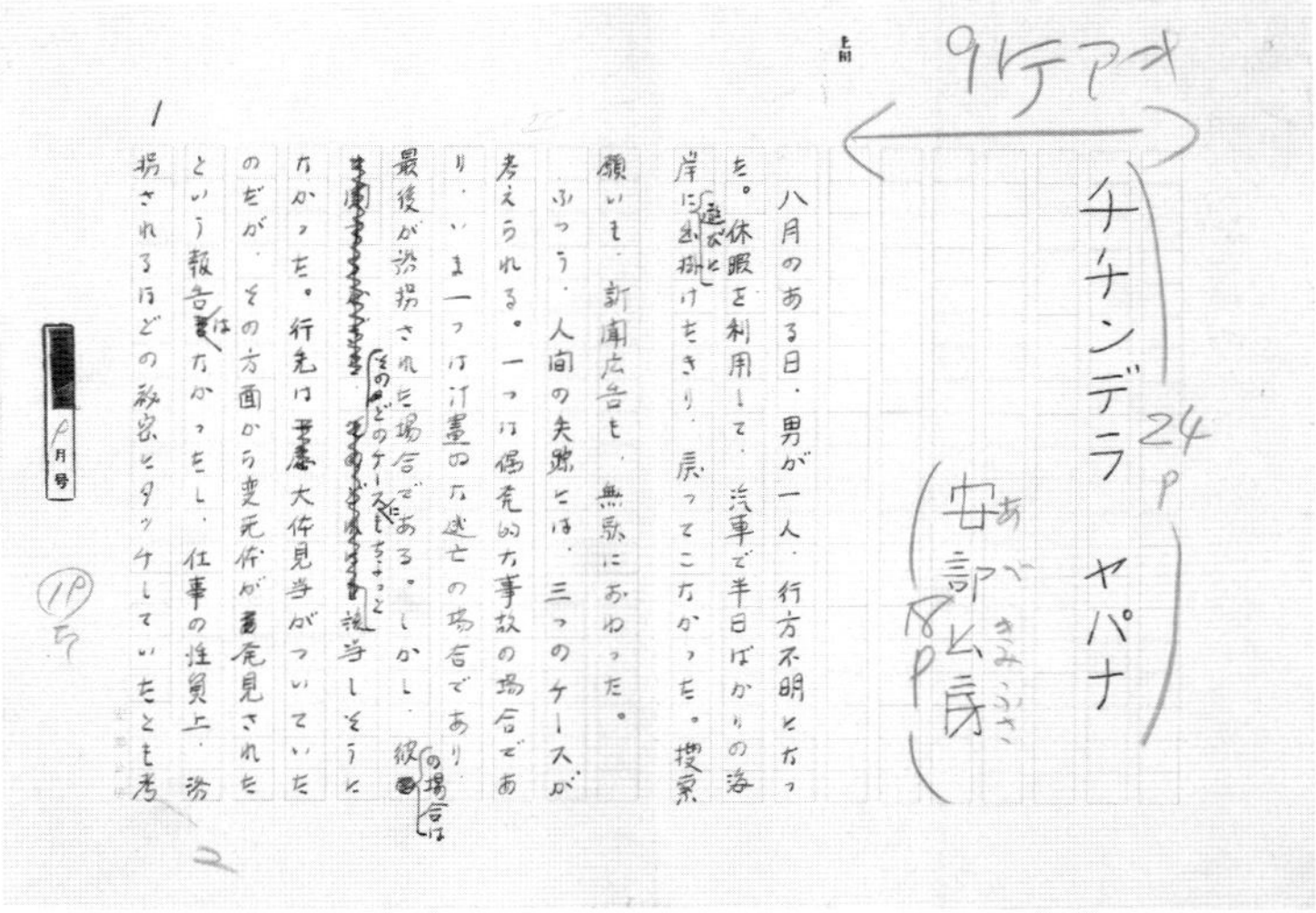

チチンデラ　ヤパナ

安部公房《あべこうぼう》

八月のある日、男が一人、行方不明となった。休暇を利用して、汽車で半日ばかりの海岸に遊びに出掛けたきり、戻ってこなかった。捜索願いも、新聞広告も、無駄におわった。

ふつう、人間の失踪には、三つのケースが考えられる。一つは偶発的な事故の場合であり、いま一つは計画的な逃亡の場合であり、最後が誘拐された場合である。しかし、彼の場合は、そのどのケースにもちょっと該当しそうになかった。行先は大体見当がついていたのだが、その方面から変死体が発見されたという報告はなかったし、仕事の性質上、誘拐されるほどの秘密をタッチしていたとも考

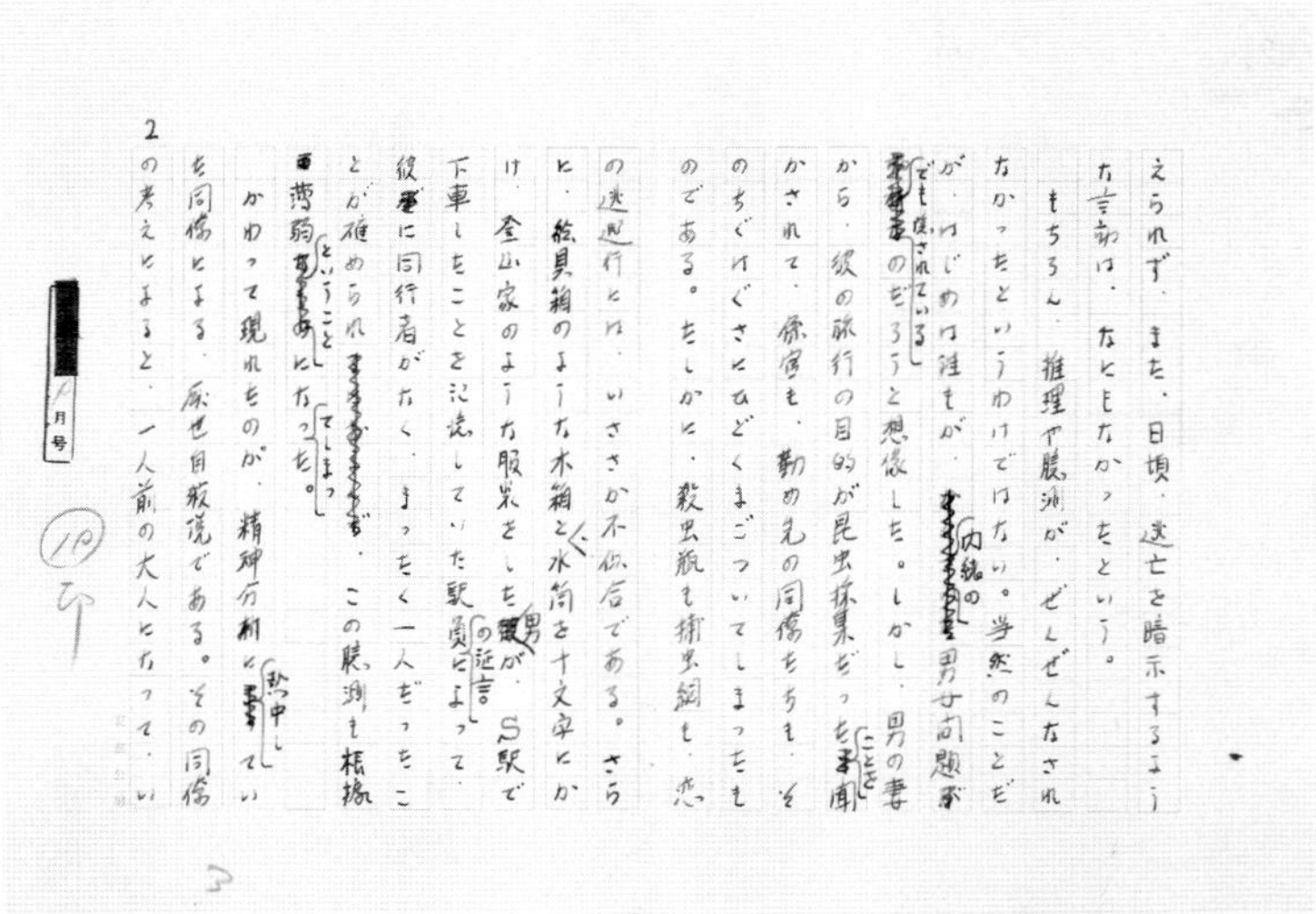

えられず、また、日頃、逃亡を暗示するような言動は、なにもなかったという。

もちろん、推理や臆測が、ぜんぜんなされなかったというわけではない。当然のことだが、はじめは誰もが、内緒の男女問題だろうと想像した。しかし、男の妻から、彼の旅行の目的が昆虫採集だったことを聞かされて、係官も、勤め先の同僚たちも、そのちぐはぐさにひどくまごついてしまったものである。たしかに、殺虫瓶も捕虫網も、恋の逃避行とは、いささか不似合である。さらに、絵具箱のような木箱と水筒を十文字にかけ、登山家のような服装をした男が、S駅で下車したことを記憶していた駅員の証言によって、彼には同行者がなく、まったく一人だったことが確められ、この臆測も根拠薄弱ということになってしまった。

かわって現れたものが、精神分析に熱中していた同僚による、厭世自殺説である。その同僚の考えによると、一人前の大人になって、い

「チチンデラ ヤパナ」原稿　「文學界」1960年9月号に掲載　タイトルは、ニワハンミョウの学名。昆虫採集のため休暇を利用して海辺の砂丘を訪れた男は、村人の計略により、女がひとりで住む砂穴の家に案内され、砂を掻き出すための労働力として幽閉される。新潮社の編集者・谷田昌平が本作の長編化を依頼し、２年近くかけて代表作『砂の女』が完成した。『砂の女』前半部分は、本作と重なっている。

鳥のように、飛び立ちたいと願う自由もあれば、巣ごもって、誰からも邪魔されまいと願う自由もある。

——『砂の女』箱から

『砂の女』取材で訪れた鳥取砂丘で　右・公房。

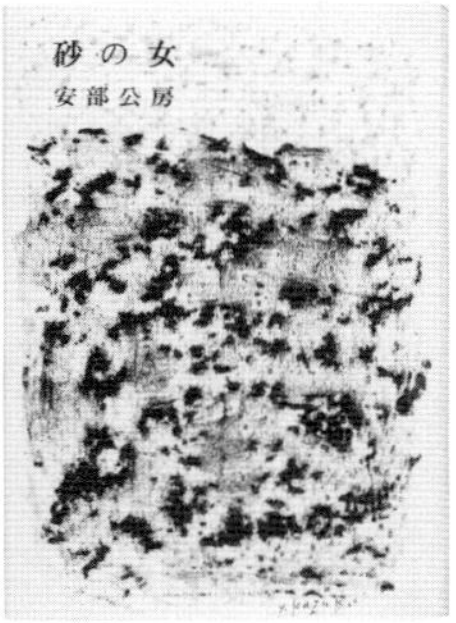

『砂の女』　1962年(昭和37)6月　新潮社　装幀・香月泰男　女が住む砂の家に閉じ込められた男は、抵抗し逃亡を試みるが、失敗の果てに女との生活に馴染んでいく。やがて男に脱出のチャンスが巡ってくるが……。「純文学書下ろし特別作品」シリーズの1冊として刊行された。第14回読売文学賞受賞。

映画「砂の女」スチール　1964年2月15日公開　勅使河原プロダクション　脚本・公房　監督・勅使河原宏　出演は岡田英次、岸田今日子ほか。カンヌ国際映画祭審査員特別賞に選ばれるなど、世界に公房の名を知らしめるきっかけとなった。公房は前年に、ラジオドラマ「砂の女」のシナリオも手がけている。写真提供・草月会

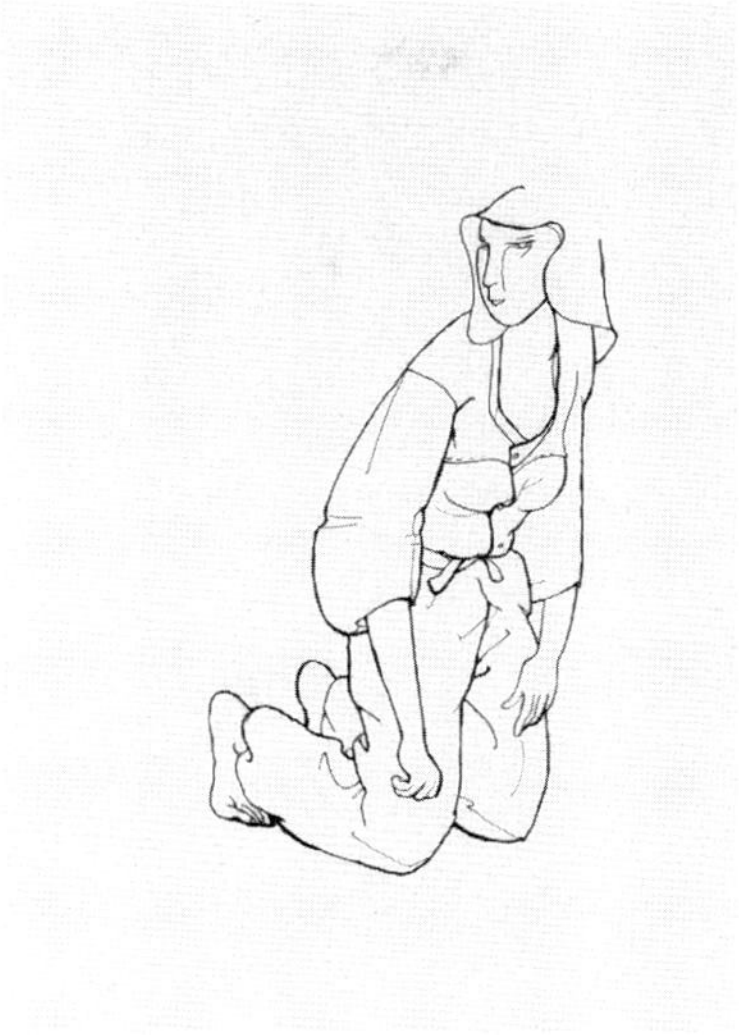

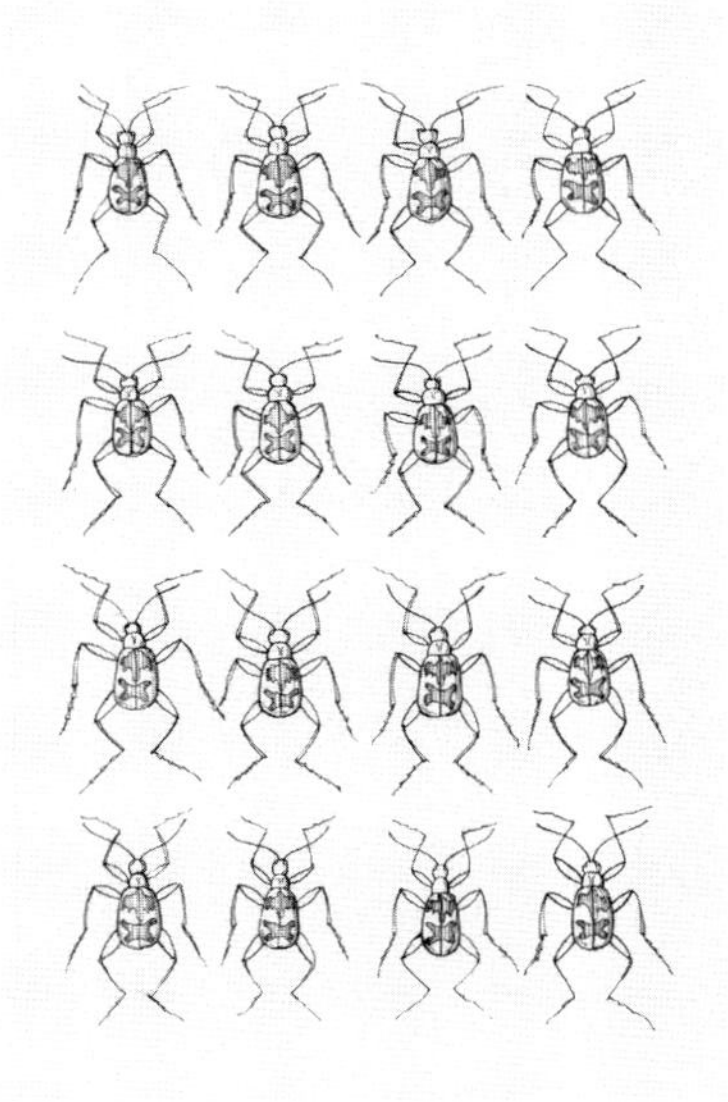

安部真知画 "The Woman in the Dunes" 挿絵原画　1964年に米国クノップ社から刊行された、E・デール・サンダースによる『砂の女』英訳本の挿絵。以降、『砂の女』は30以上の言語に翻訳されている。フランスで1967年度最優秀外国文学賞を受賞。

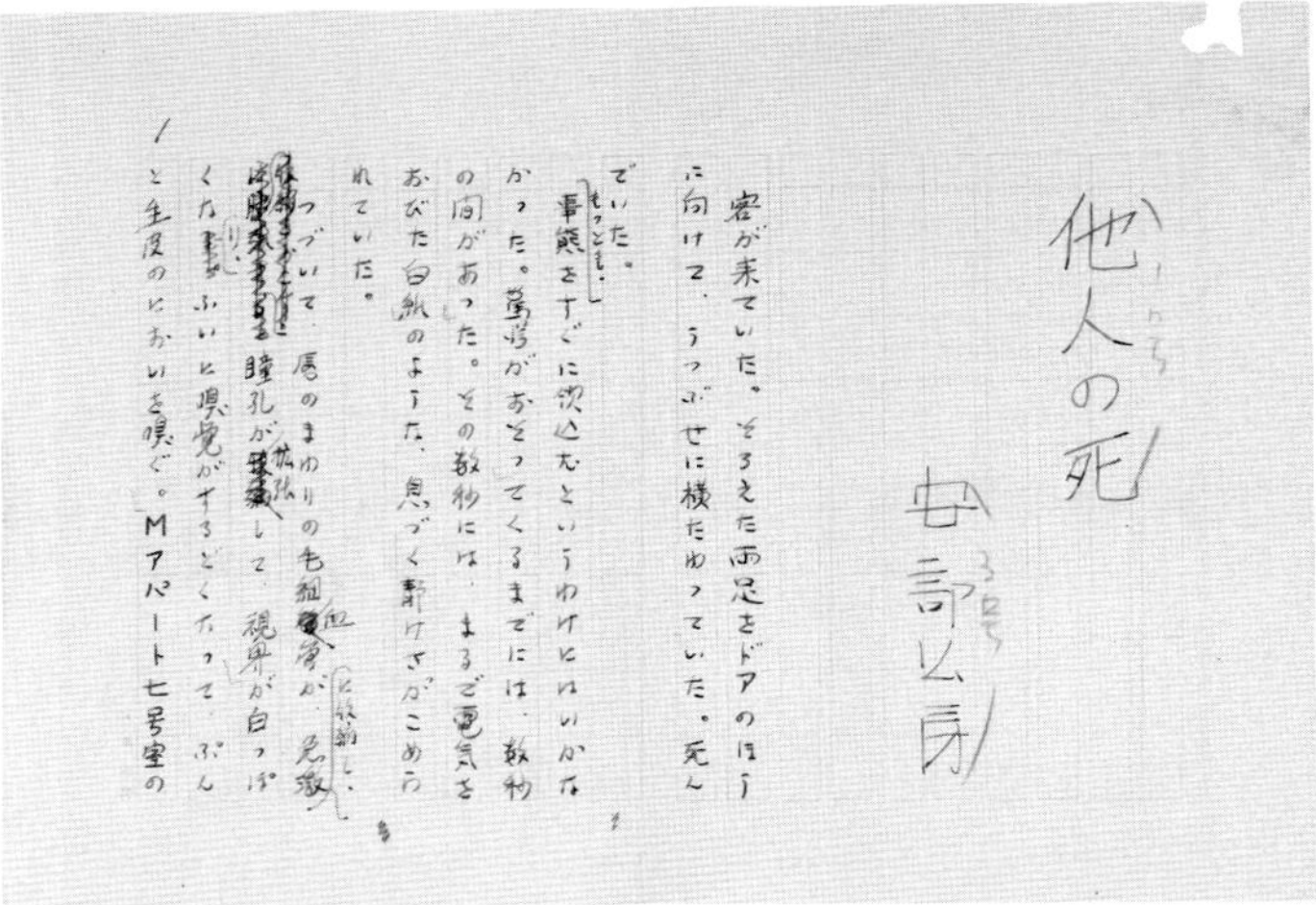
他人の死

安部公房

客が来ていた。そろえた両足をドアのほうに向けて、うつぶせに横たわっていた。死んでいた。

事態をすぐに呑込むというわけにはいかなかった。驚愕がおそってくるまでには、数秒の間があった。その数秒には、まるで電気をおびた白紙のような、息づく静けさがこめられていた。

つづいて唇のまわりの毛細血管が、充血し、瞳孔が拡張して、視界が白っぽくなり、ふいに嗅覚がするどくなって、ぷんと土埃のにおいを嗅ぐ。Mアパート七号室の

「他人の死」原稿　「群像」1961年（昭和36）4月号に掲載　単行本収録時に「無関係な死」と改題。自分の部屋に見知らぬ男の死体を発見して動転した男が、犯人と疑われないよう死体の移動を画策する。のちに、「おまえにも罪がある」の題で戯曲化した。この年、公房は日本共産党に批判的な立場をとり、同党から除名となった。講談社蔵

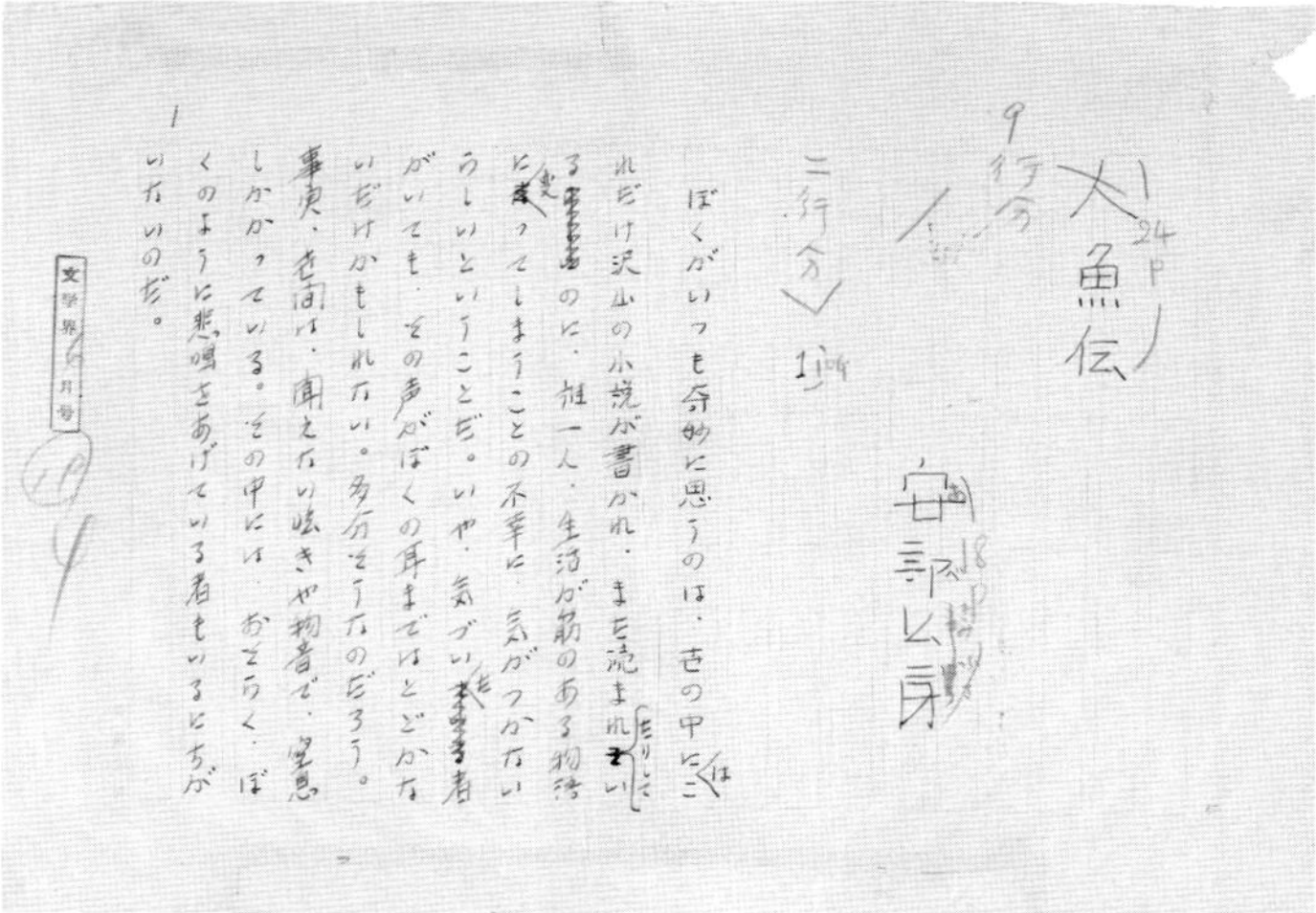
人魚伝

安部公房

ぼくがいつも奇妙に思うのは、世の中にこれだけ沢山の小説が書かれ、また読まれているのに、誰一人、生涯が筋のある物語に変ってしまうことの不幸に、気がつかないらしいということだ。いや、気づいている者がいても、その声がぼくの耳まではとどかないだけかもしれない。多分そうなのだろう。事実、世間は、聞えない呟きや物音で、窒息しかかっている。その中には、おそらく、ぼくのように悲鳴をあげている者もいるにちがいないのだ。

文學界 6月号

「人魚伝」原稿　「文學界」1962年6月号に掲載　沈没船の中で見た緑色の人魚に恋をした〈ぼく〉。彼女を運び出して風呂場に住まわせるが、やがて自分が知らぬ間に人魚に食べられ、その肉片から再生し続けていることを知る。

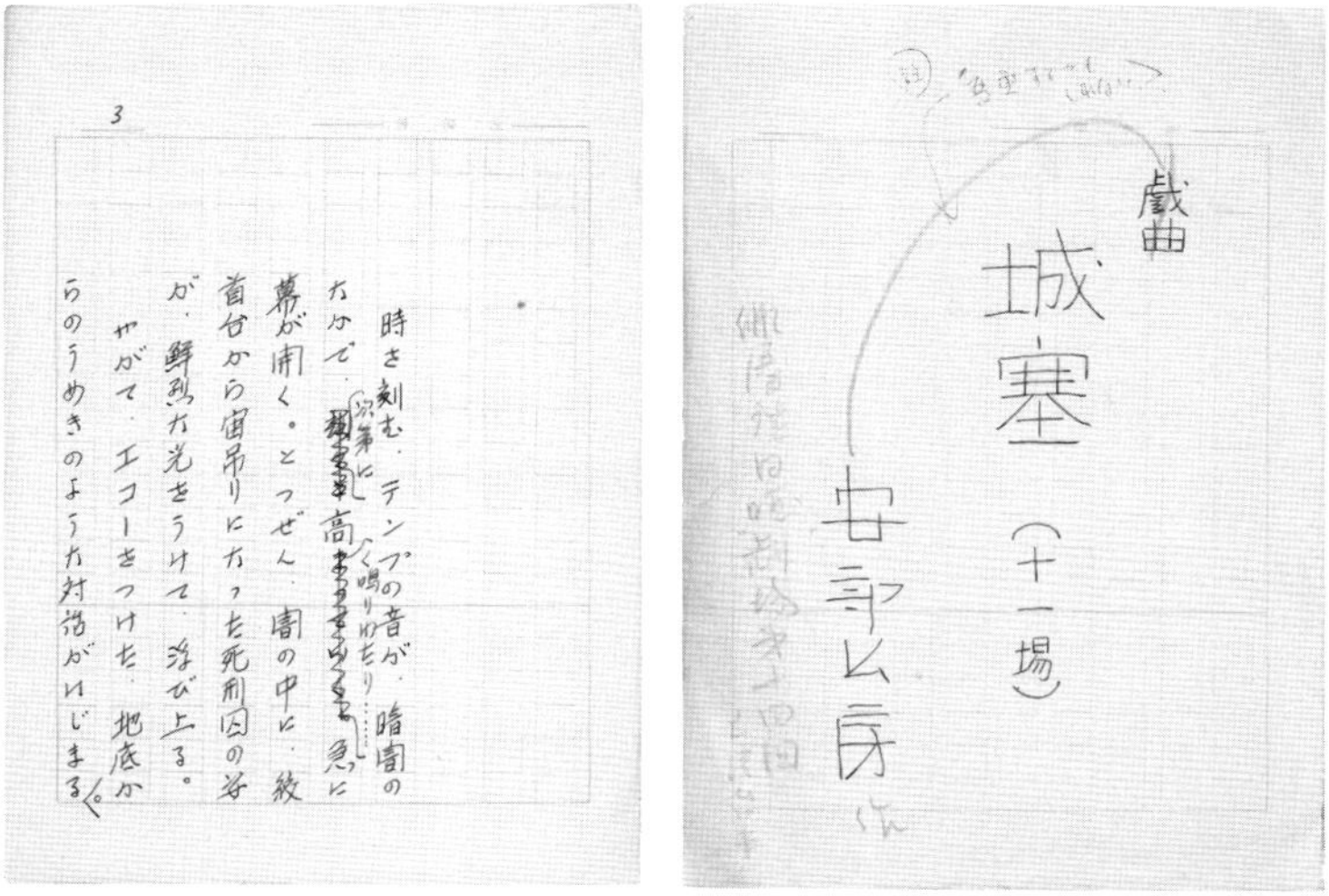

戯曲「城塞」原稿　満洲で敗戦を迎えた際、自分の娘を見殺しにした戦争成金の〈父〉は、時間が進むのを認めない〈拒絶症〉となった。〈男〉は、〈父〉の発作を静めるため、周囲を巻き込み、当時を再現する儀式を続けるが……。1962年9月2日から、千田是也の演出で劇団俳優座により上演された。東京労演委嘱作品。

劇団俳優座「おまえにも罪がある」舞台写真　1965年1月6–27日上演　於・俳優座劇場　作・公房　演出・千田是也　美術・安部真知　短編小説「無関係な死」を戯曲化。小説はすべて男の独白で構成されていたが、舞台では、隣人の男女によって男の部屋に運び込まれた死体が幽霊となり、男に話しかける。上・袋正（死体）と加藤剛（男）。協力・劇団俳優座

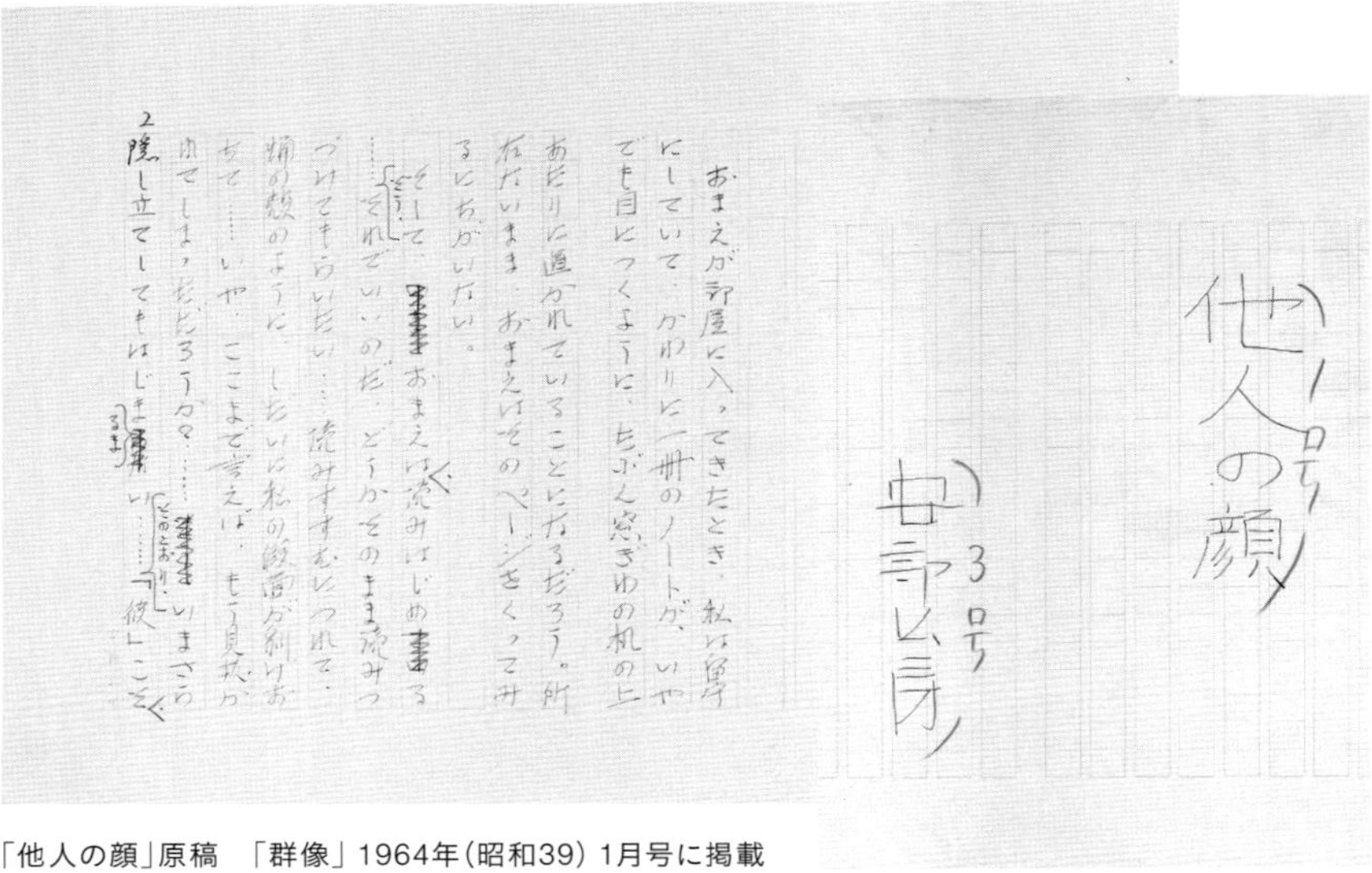

おまえが部屋に入ってきたとき、私は留守にしていて、かわりに一冊のノートが、いやでも目につくように、たぶん窓ぎわの机の上あたりに置かれていることになるだろう。所在ないまま、おまえはそのページをめくってみるにちがいない。

そして、おまえは読みはじめる……それでいいのだ。どうかそのまま読みつづけてもらいたい……読みすすむにつれて、蛹の殻のように、しだいに私の仮面が剥けおちて……いや、ここまで言えば、もう見抜かれてしまっただろうが……いまさら隠し立てしてもはじまるまい……そのとおり、「彼」こそ

他人の顔
安部公房

「他人の顔」原稿　「群像」1964年（昭和39）1月号に掲載
液体窒素の爆発事故で顔面に醜い傷を負った男が、精巧に造られた仮面をつけて他人になりすまし、自分の妻を誘惑しようとする。講談社蔵

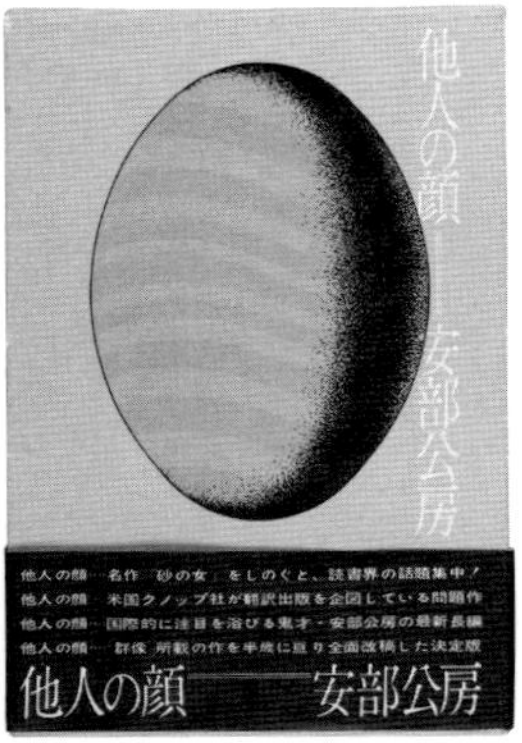

『他人の顔』 1964年9月　講談社　装幀・松本達　雑誌掲載のテキストを大幅に加筆、改稿して刊行。

映画「他人の顔」スチール　1966年7月15日公開　東京映画／勅使河原プロダクション　監督・勅使河原宏　美術・磯崎新、山崎正夫　左から平幹二朗（医者）、仲代達矢（男）、岸田今日子（看護婦）。脚本は公房が自ら執筆した。写真提供・草月会

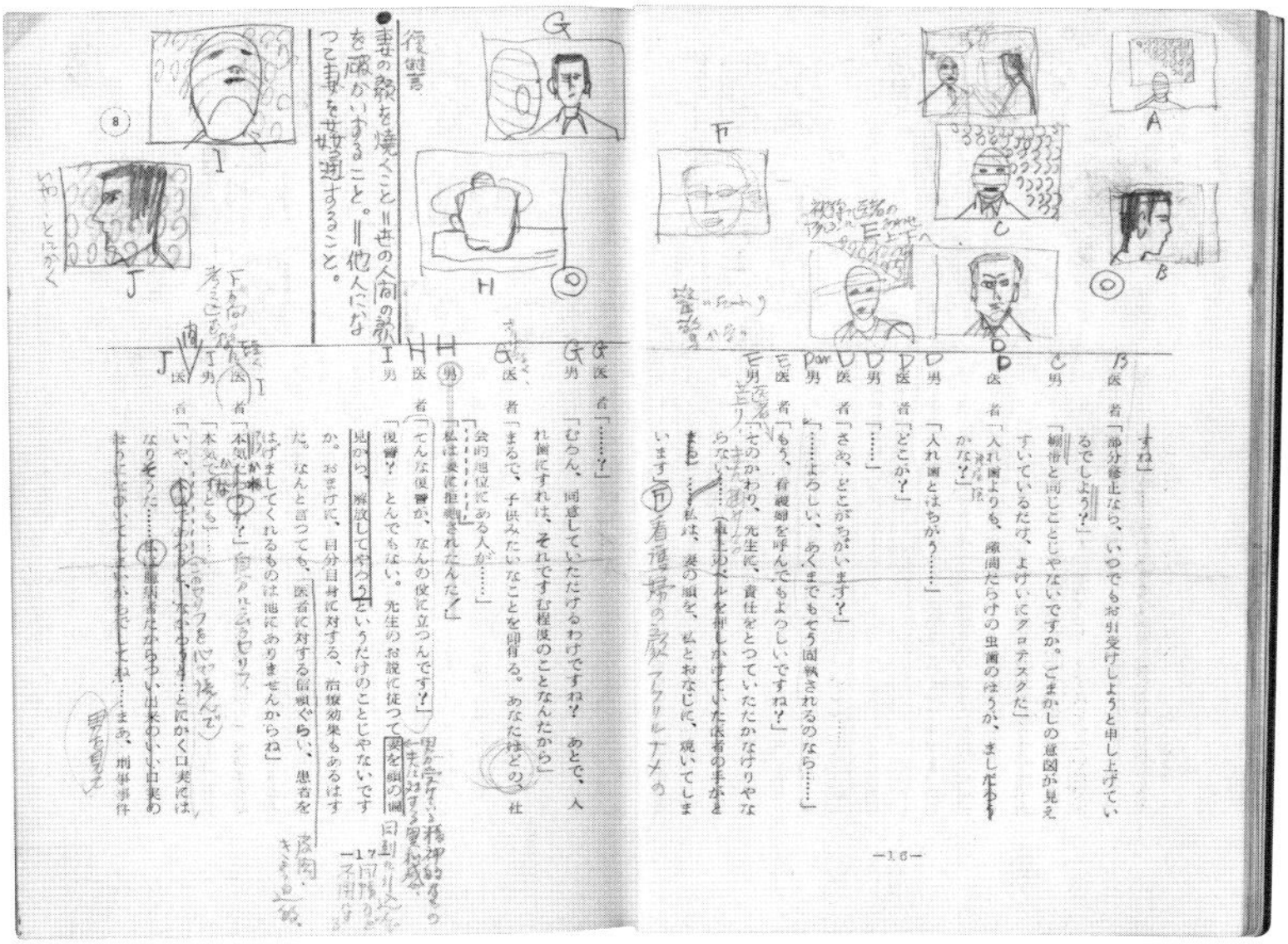

医者「部分修正なら、いつでもお引受けしようと申し上げているでしょう?」
男「細菌と同じことじゃないですか。ごまかしの意図が見えすいているだけ、よけいにグロテスクだ」
医者「入れ歯よりも、[illegible]だらけの虫歯のほうが、まし[illegible]かな?」
男「入れ歯とはちがう……」
医者「どこが?」
男「……」
医者「さあ、どこがちがいます?」
男「……よろしい、あくまでもそう固執されるのなら……」
医者「もう、看護婦を呼んでもよろしいですね?」
男「そのかわり、先生に、責任をとっていただかなけりゃならない……(卓上のベルを押しかけていた医者の手がとまる)私は、妻の顔を、私とおなじに、焼いてしまいます」
—16—

医者「……?」
男「むろん、同意していただけるわけですね? あとで、入れ歯にすれば、それですむ程度のことなんだから」
医者「まるで、子供みたいなことを仰有る。あなたほどの社会的地位にある人が……」
男「私は妻に拒絶されたんだ!」
医者「そんな復讐が、なんの役に立つんです?」
男「復讐? とんでもない。先生のお説に従って、妻を顔の[illegible]から、解放してやろうというだけのことじゃないですか。おまけに、自分自身に対する、治療効果もあるはずだ。なんと言っても、医者に対する信頼ぐらい、患者をはげましてくれるものは他にありませんからね」
医者「本気[illegible]?」
男「本気ですとも」
医者「いや、[illegible]……とにかく口実にはなりそうだ……出来のいい口実[illegible]……まあ、刑事事件」
—17—

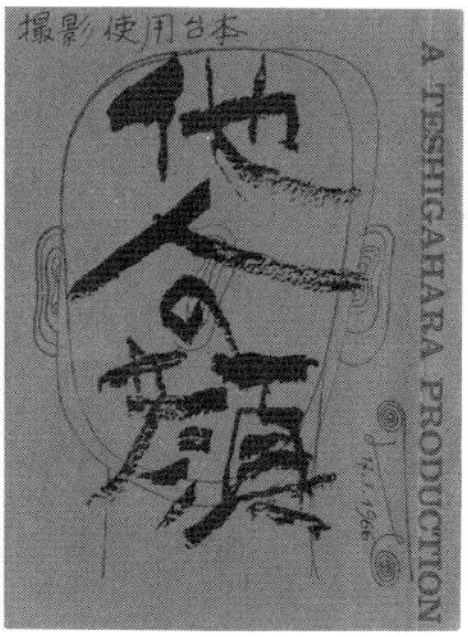

映画「他人の顔」台本　監督の勅使河原宏が使用したもので、多数の書き込みがある。草月会蔵

三木富雄作「EAR. 312」　1966年6月　アルミニウム、アクリル(シルクスクリーン)　公房旧蔵。映画「他人の顔」で男が訪れる病院には、三木の作品が設置されている。

自宅書斎で　1964年(昭和39)ころ

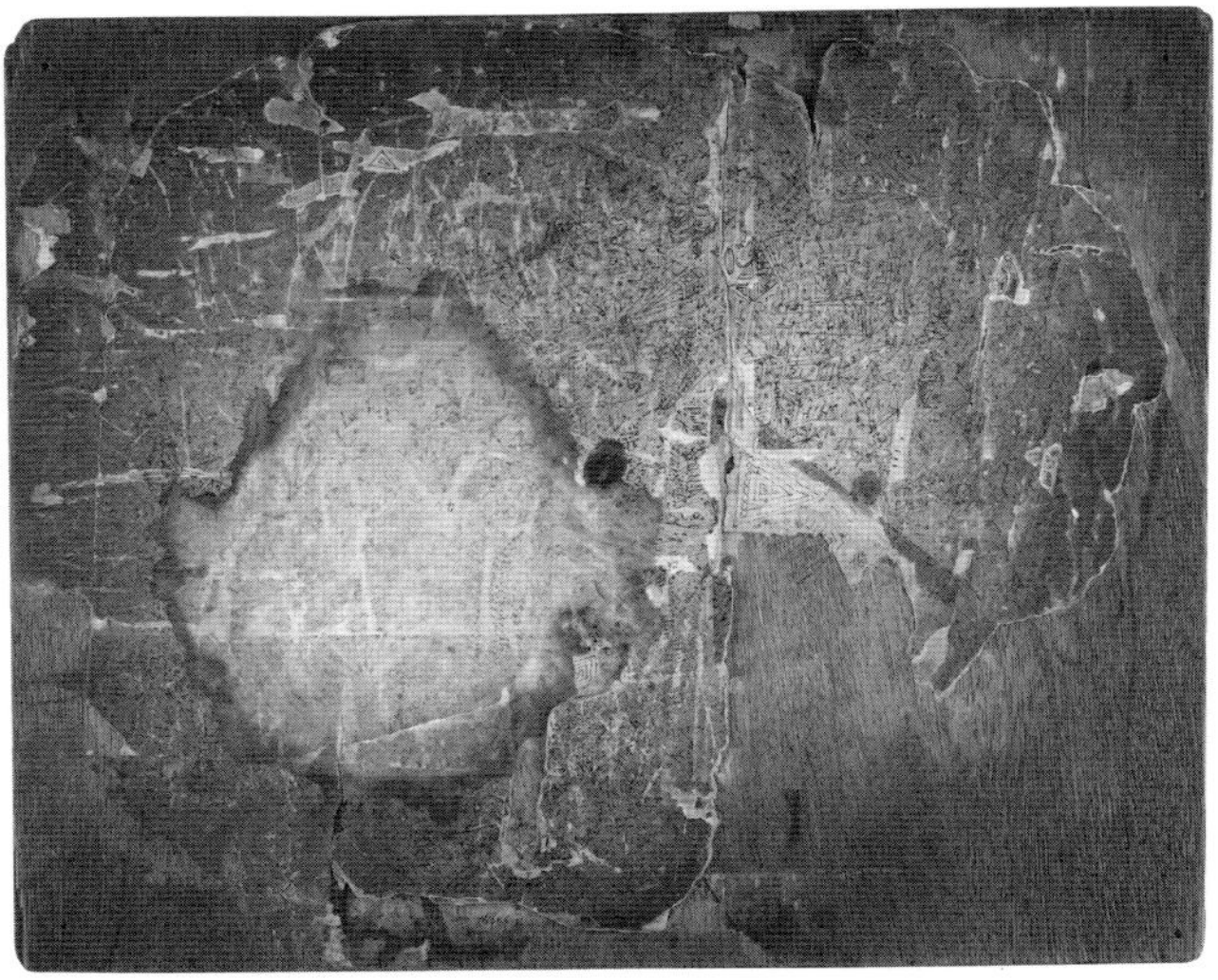

執筆の際に使用した下敷き

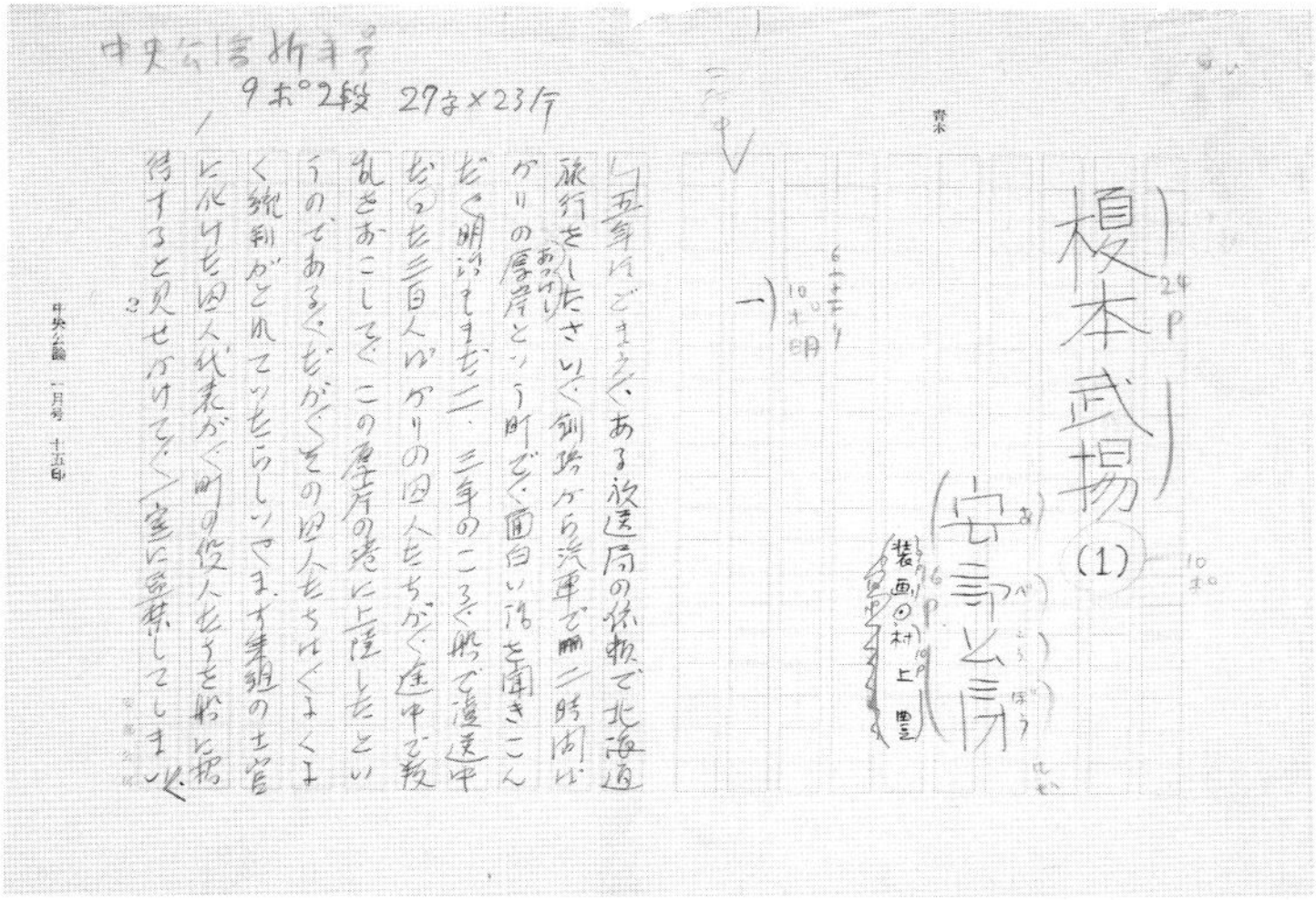

「榎本武揚」原稿　「中央公論」1964年1月－1965年3月号に連載　北海道旅行に行った〈私〉は、厚岸《あっけし》の旅館の主人から、榎本武揚と関わった囚人300人が護送中に脱走し、彼らだけの共和国を作り上げたという伝説を聞く。あえて転向者の汚名をかぶった榎本の真実をさぐる歴史小説。

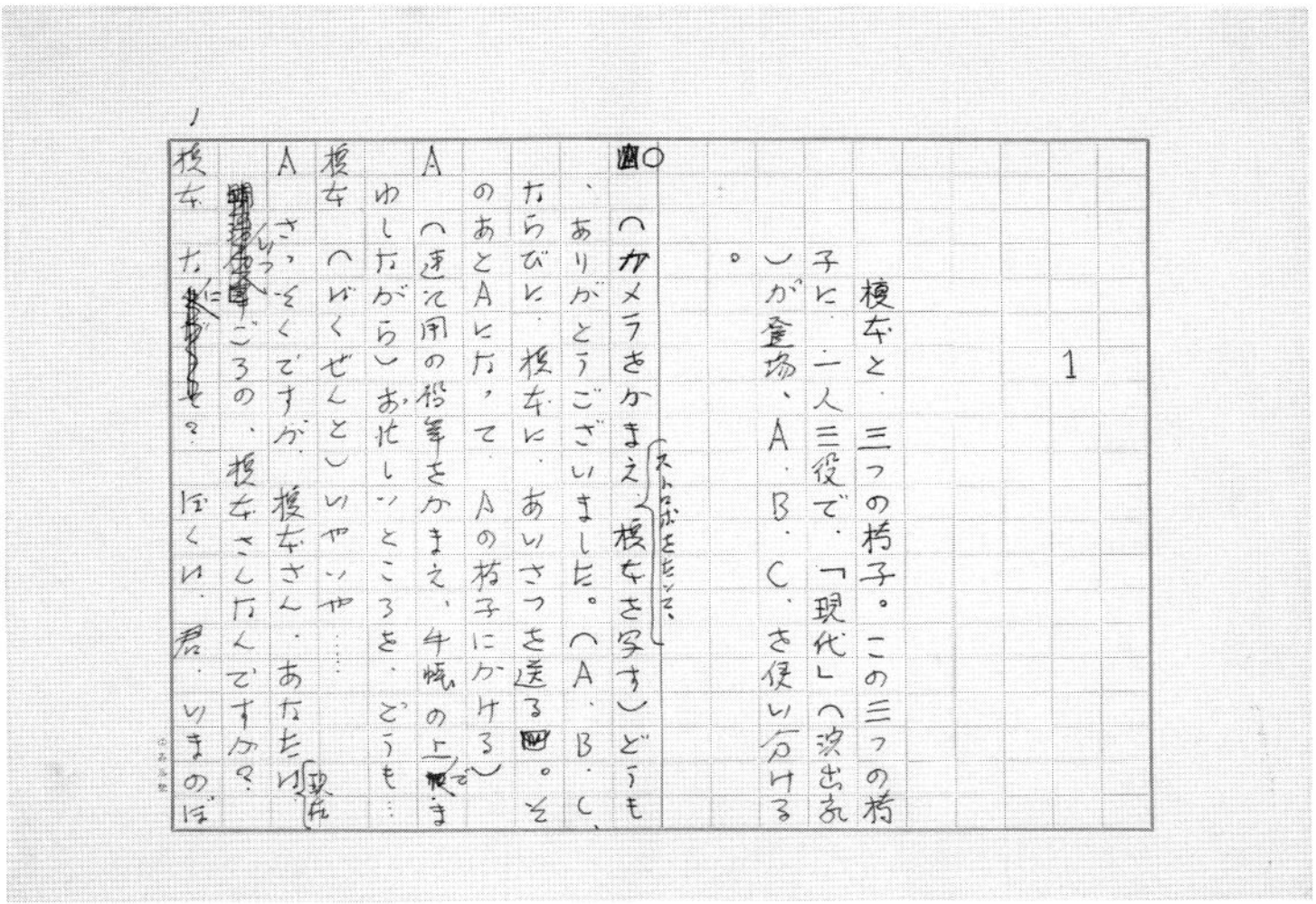

戯曲「榎本武揚」原稿　五稜郭の戦いに敗れた後の、獄中の榎本らを描く。冒頭は、現代に夢のなかでタイムスリップをした榎本が、〈現代〉（演出家）からインタビューを受ける。劇団雲により、1967年9－10月に日経ホールほかで上演され、昭和42年度芸術祭賞を受賞した。

劇団雲「榎本武揚」公演ポスター

劇団雲「榎本武揚」稽古で　演出および〈現代〉役を務めた芥川比呂志（左）と。

チェコスロバキアで、ねり（右）と　1966年　中央は公房作品を世界で初めて翻訳したヴラスタ・ヴィンケルヘフェロヴァーの娘・ヤナ。

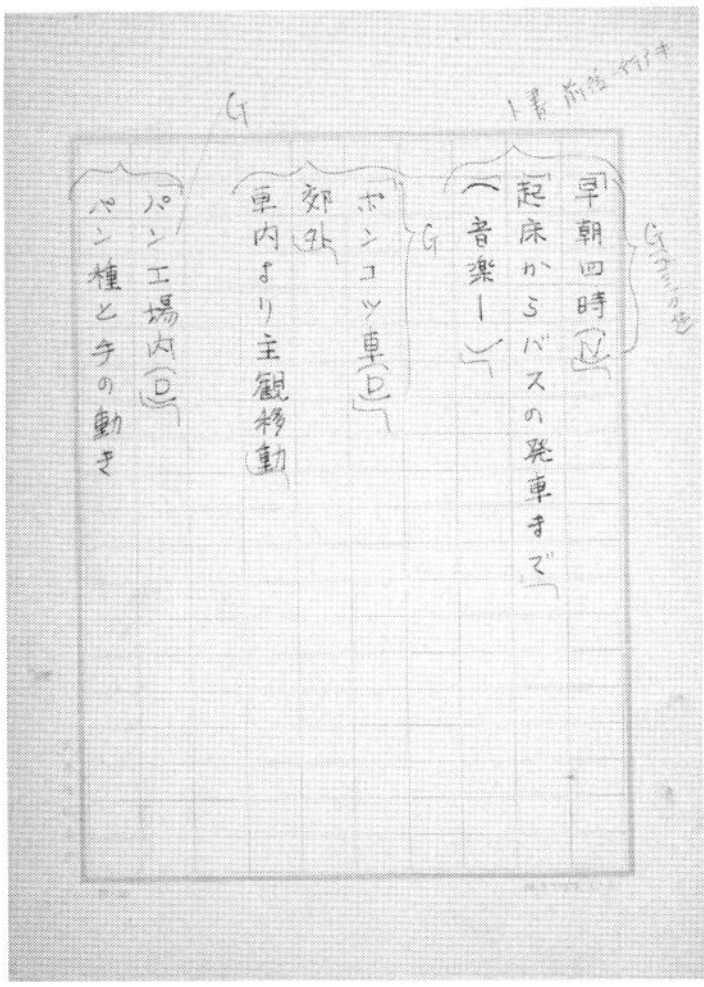

映画「白い朝」シナリオ原稿　パン工場で働き、休日は仲間たちと楽しむ少女の日常を描く。加伊仏日の合作によるオムニバス映画（邦題「十五歳の未亡人たち」　1965年〈昭和40〉　日本未公開）の1編で、監督は勅使河原宏。録音素材と、武満徹の音楽が先にあり、それにあわせて公房がシナリオを執筆した。

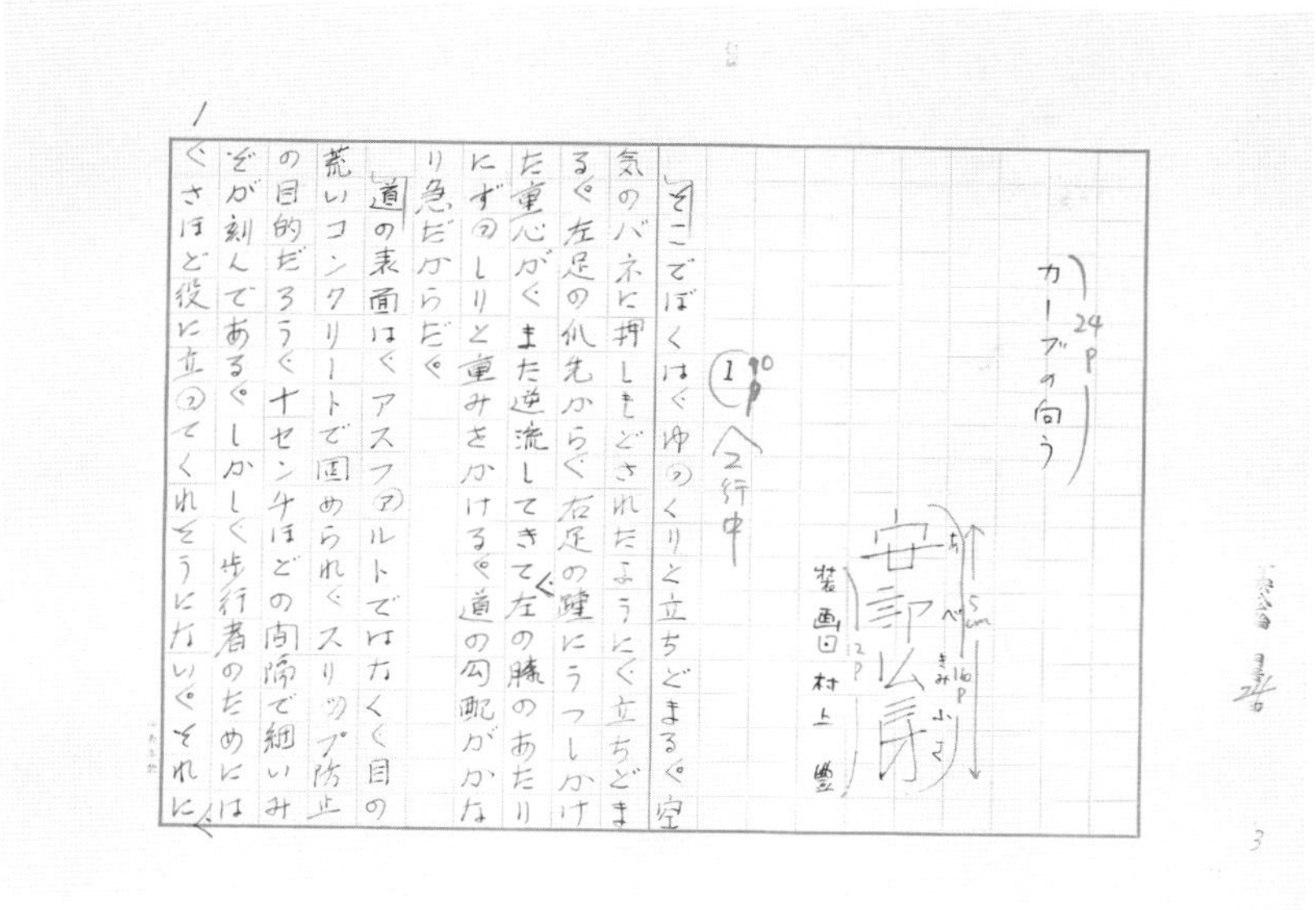

カーブの向う
安部公房

そこでぼくは、ゆっくりと立ちどまる。空
気のバネに押しもどされたように、立ちどま
る。左足の爪先から、右足の踵にうつしかけ
た重心が、また逆流してきて、左の膝のあたり
にずっしりと重みをかける。道の勾配がかな
り急だからだ。
道の表面は、アスファルトではなく、目の
荒いコンクリートで固められ、スリップ防止
の目的だろう、十センチほどの間隔で細いみ
ぞが刻んである。しかし、歩行者のためには、
さほど役に立ってくれそうにない。それに、

「カーブの向う」原稿　「中央公論」1966年1月号に掲載　自分の家に帰るため道を歩いていた男は、突然カーブの向う側の景色が思い出せないことに気づく。そこにあるはずの台地の町は空白となり、自分が何者かもわからず、手がかりを求めて男はさまよう。『燃えつきた地図』の最終部分に、改稿して挿入された。

『燃えつきた地図』　1967年9月　新潮社　装画・安部真知
「純文学書下ろし特別作品」シリーズの1冊として刊行。『砂の女』では、逃げた男を主人公にしたが、本作では追う男を主人公とした。

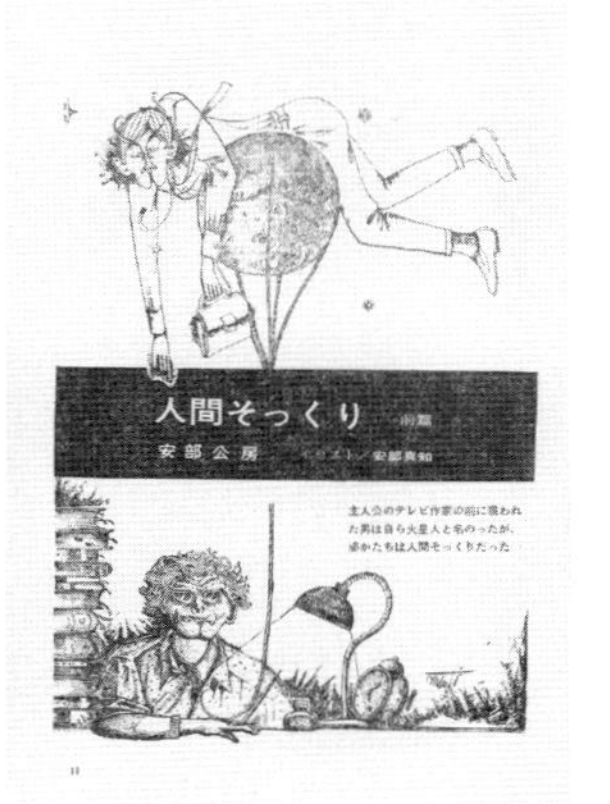

「人間そっくり」　「S-Fマガジン」　1966年9－11月　イラスト・安部真知　短編小説「使者」をテレビドラマ化した「人間そっくり」をさらに長編小説化。

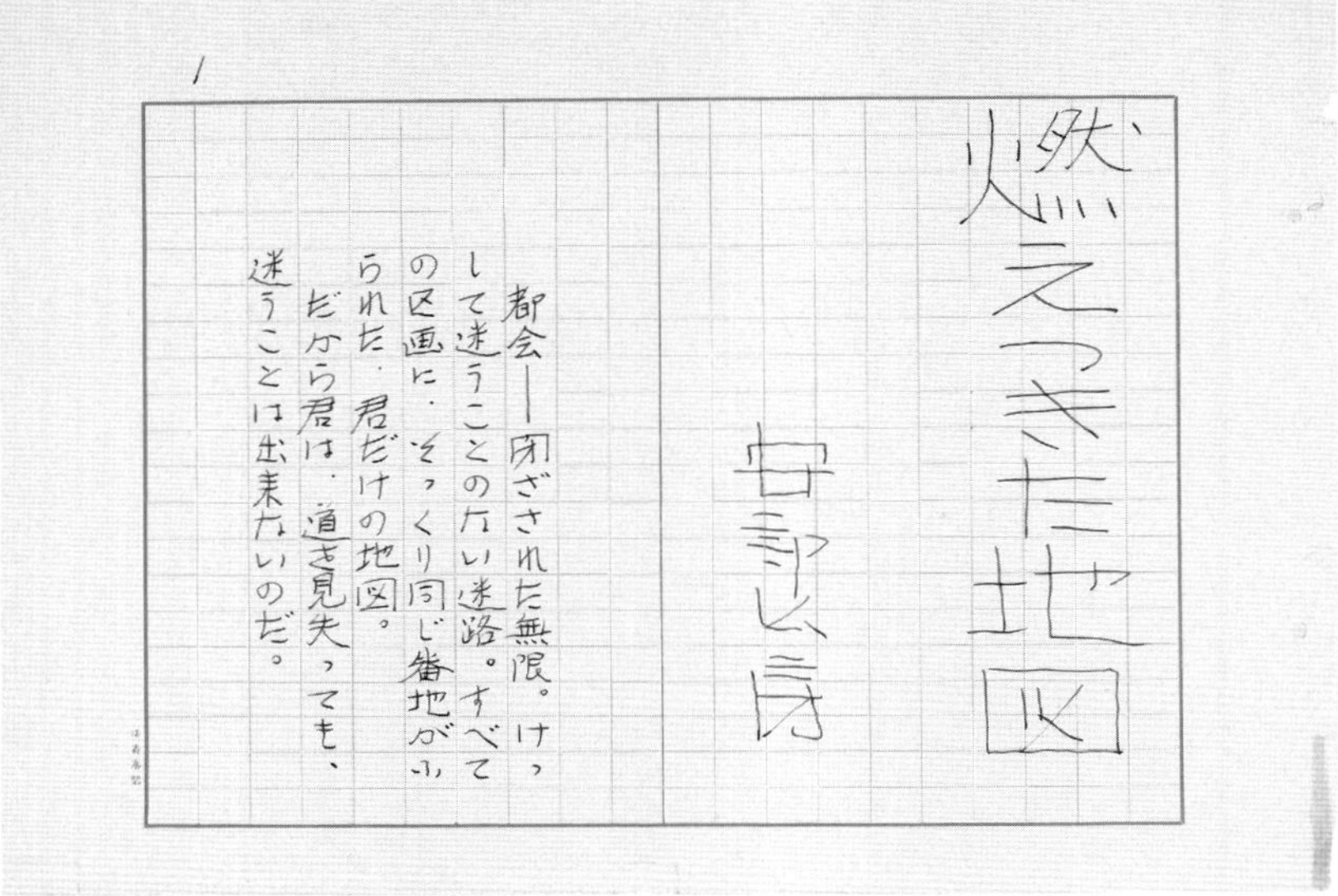
1

燃えつきた地図

安部公房

都会——閉ざされた無限。けっして迷うことのない迷路。すべての区画に、そっくり同じ番地がふられた。君だけの地図。

だから君は、道を見失っても、迷うことは出来ないのだ。

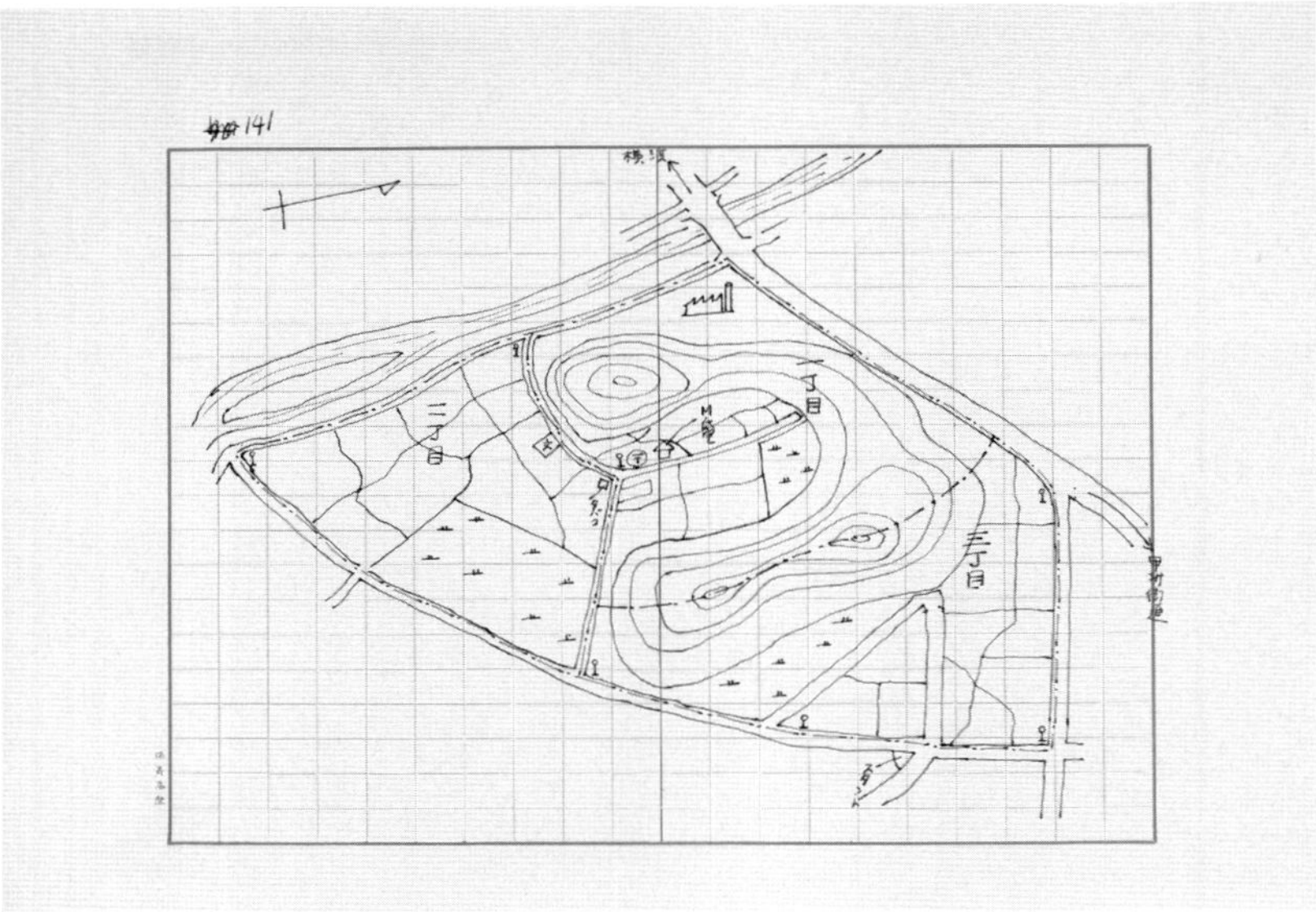

『燃えつきた地図』原稿　興信所員の〈ぼく〉は、半年前に失踪した夫の捜索を頼まれ、急なカーブの坂道を越えて、依頼人の女性が住む団地を訪ねる。調査の過程で事件に巻き込まれた〈ぼく〉は、やがて記憶を失い、失踪者となる。公房自らのシナリオで1968年（昭和43）に映画化。

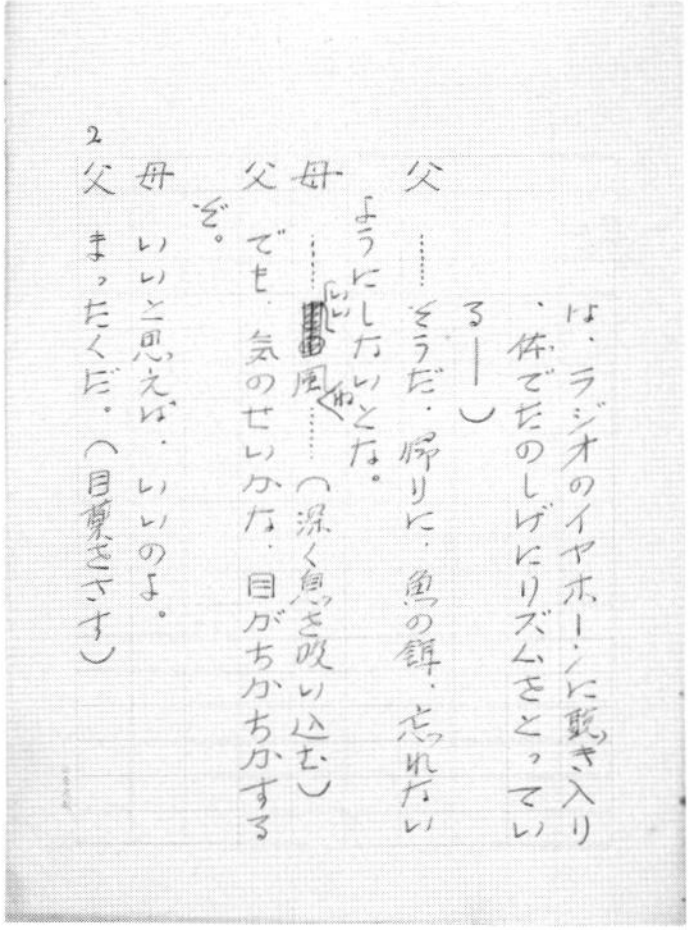

は、ラジオのイヤホーンに聴き入り、体でたのしげにリズムをとっている——)
父 ……そうだ、帰りに、魚の餌、忘れないようにしないとな。
母 ……風……(深く息を吸い込む)
父 でも、気のせいかな、目がちかちかするぞ。
母 いいと思えば、いいのよ。
父 まったくだ。(目薬をさす)
2

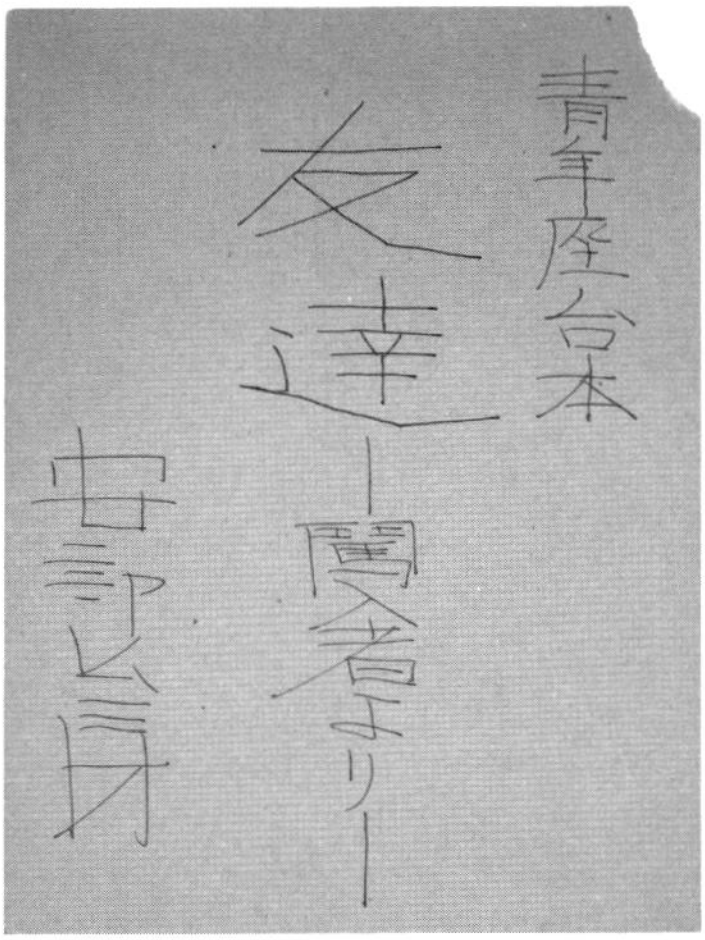

戯曲「友達―闖入者より―」原稿　ひとり暮らしの男の家に、突然闖入して来た怪しげな8人家族。彼らは笑顔で隣人愛を唱え、男の拒絶を無視して居座り続ける。ラジオドラマ化、テレビドラマ化もした小説「闖入者」をもとにした作品。

劇団青年座「友達」舞台写真　1967年3月15–26日上演　於・紀伊國屋ホール　演出・成瀬昌彦　美術・安部真知　左から溝井哲夫、大塚国夫、中曽根公子、平田守、青樹知子、森塚敏、東恵美子。のち安部公房スタジオで改訂版を上演した。写真提供・劇団青年座

大江健三郎(右)と　「中央公論」1967年11月号グラビアに掲載　公房は同年、戯曲「友達―闖入者より―」で、大江の「万延元年のフットボール」とともに谷崎潤一郎賞を受賞。公房にとって、大江は親友のひとりだったが、この翌年、東大紛争への対応で意見が分かれ、しばらく絶交することとなった。写真提供・中央公論新社

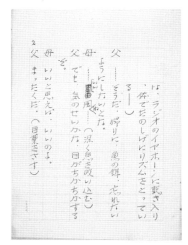

「中国文化大革命に関し、学問・芸術の自律性を擁護する」抗議声明の発表　1967年(昭和42) 2月28日　於・帝国ホテル　左から三島由紀夫、公房、石川淳、川端康成。左右立場の異なる文学者が手を携え、権力の言論への介入を批判した。写真提供・共同通信社

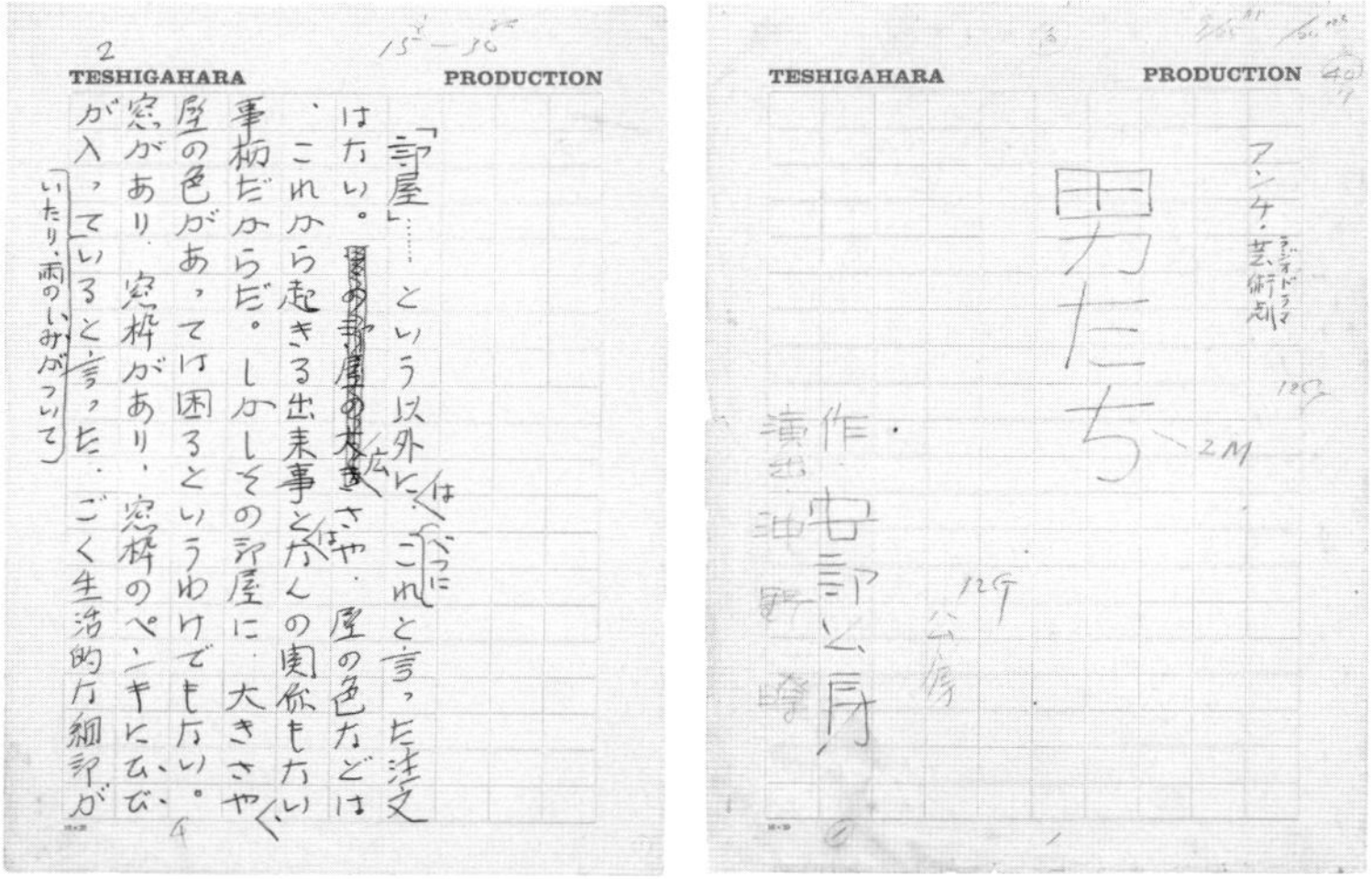

ラジオドラマ「男たち」シナリオ原稿　1968年11月16日、NHK-FMで放送。新妻が、夫の〈先祖〉が中にいるという鍵のかかった古いトランクの存在に悩み、女友達に相談する。中からは生き物がいるような音が聞こえてきて……。公房が手がけた最後の放送劇。翌年戯曲化し、「棒になった男」の「第一景 鞄」として上演された。

桐朋学園大学短期大学部芸術科演劇専攻第２期生卒業公演「ミュージカルス　可愛い女」プログラムと同公演の録音オープンリールテープケース　1969年4月9、10日上演　於・俳優座劇場　作・公房　演出・千田是也　音楽・黛敏郎　装置・安部真知　大阪労音で1959年に上演した作品の再演。同校演劇専攻は、俳優座養成所を前身に1966年創設（1968年に専攻科を設置）。公房は千田、田中千禾夫《ちかお》とともに設置計画から参加し、教授として招かれた。出身者の伊藤裕平、岩浅豊明、大西加代子、佐藤正文、条文子、宮沢譲治、山口果林らが、のちに安部公房スタジオに参加。桐朋学園芸術短期大学蔵

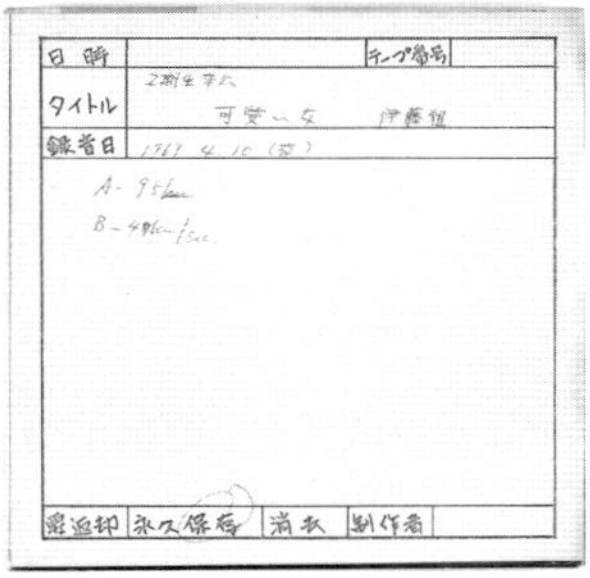

桐朋学園大学短期大学部演劇専攻科第1期生卒業公演「友達」ポスター　1970年4月2-5日上演　於・俳優座劇場　作・公房　演出・千田是也　装置・安部真知。

上記公演舞台写真　写真提供・桐朋学園芸術短期大学

第1回紀伊國屋演劇公演「棒になった男」プログラム　1969年（昭和44）11月1–17日 上演　於・紀伊國屋ホール

舞台「棒になった男」稽古風景　公房は、本作で初めて舞台の演出を手がけた。「第一景 鞄」の〈旅行鞄〉、「第二景 時の崖」の〈ボクサー〉、「第三景 棒になった男」の〈棒になった男〉を井川比佐志が担当。同じ俳優が演じることで、無関係に見える3つの話を結びつけ、隠れた主題「誕生」「過程」「死」を浮かび上がらせた。左から岩崎加根子、井川（手前）、市原悦子、公房。写真提供・紀伊國屋ホール

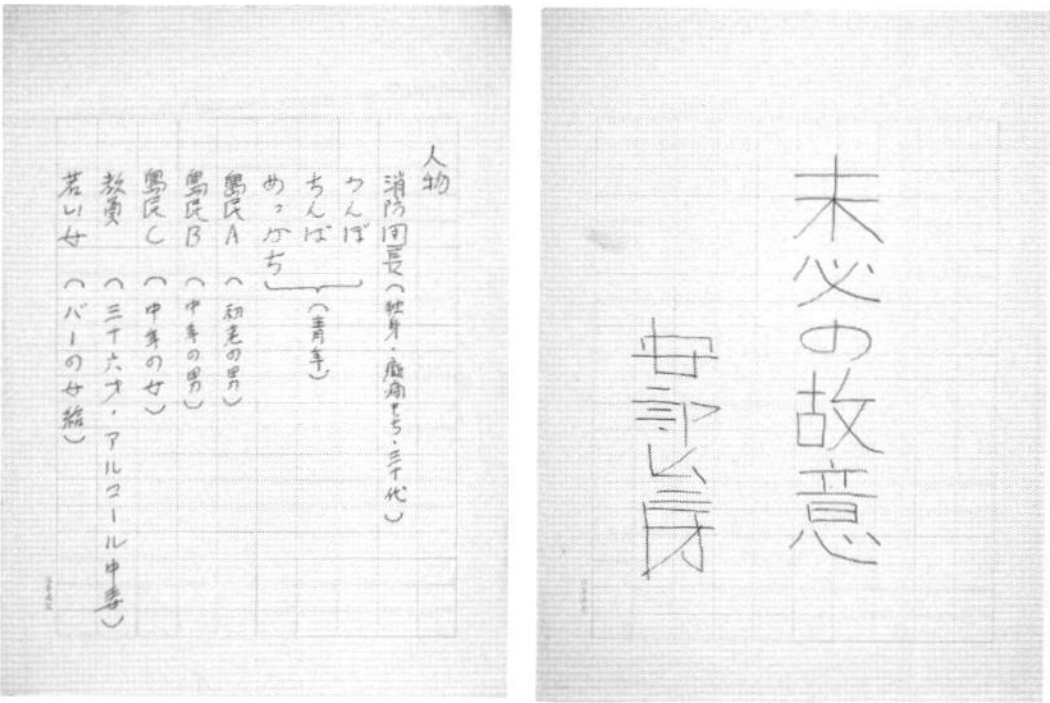

戯曲「未必の故意」草稿　姫島村リンチ殺人事件を素材にしたテレビドラマ「目撃者」（RKB毎日放送　1964年11月27日放送）を戯曲化。島の厄介者だった男が、島民たちに撲殺された。消防団長主導による計画的犯行だったが、島民たちは裁判で未必の故意を主張するため、偽証の練習を重ねる。

劇団俳優座「未必の故意」舞台写真　1971年9月10–18日ほか上演　於・俳優座劇場ほか　演出・千田是也　美術・安部真知　左から、立花一男、井川比佐志、早川純一。協力・劇団俳優座

上・映画「1日240時間」スチール　脚本・公房　監督・勅使河原宏　1970年3月15日－9月13日に大阪で開催された日本万国博覧会の自動車館で、4面の特殊スクリーンにて上映された。10倍の速さで動くことができる薬〈アクセレチン〉が発明された「現代の中の未来」を描くミュージカル・ファンタジー。左から平幹二朗、入江美樹。写真提供・草月会
右・万博の三菱未来館横で、真知と　公房は鉄鋼館と自動車館の企画に関わった。

映画「時の崖」出演者、スタッフと　1971年5月12日　前列中央・公房。脚本、演出を公房自らが手がけ、舞台「棒になった男」の「第二景 時の崖」を、短編映画化した。主役のボクサーは、舞台と同じく井川比佐志(前列右から2人目)が担当、その左横は〈女〉を演じた条文子。安部公房スタジオなどで上映された。

右・第3回紀伊國屋演劇公演「ガイドブック」チラシ　1971年（昭和46）11月4－23日上演　於・紀伊國屋ホール　作、演出・公房　美術・安部真知　公房は、「未必の故意」と本作で、第22回芸術選奨文部大臣賞を受賞。左・同公演舞台写真　山口果林（下）、田中邦衛（左）、条文子。山口はNHKの連続テレビ小説「繭子ひとり」にヒロイン役で出演中だった。写真提供・紀伊國屋ホール

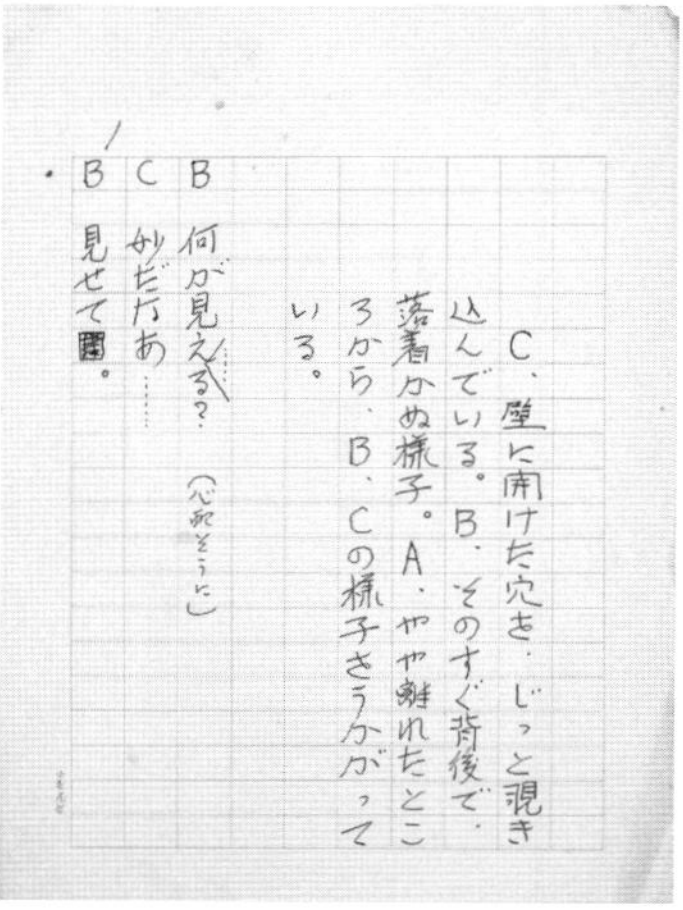
1
C、壁に開けた穴を、じっと覗き込んでいる。B、そのすぐ背後で、落着かぬ様子。A、やや離れたところから、B、Cの様子をうかがっている。
B　何が見える？　（心配そうに）
C　妙だなあ……
B　見せて。

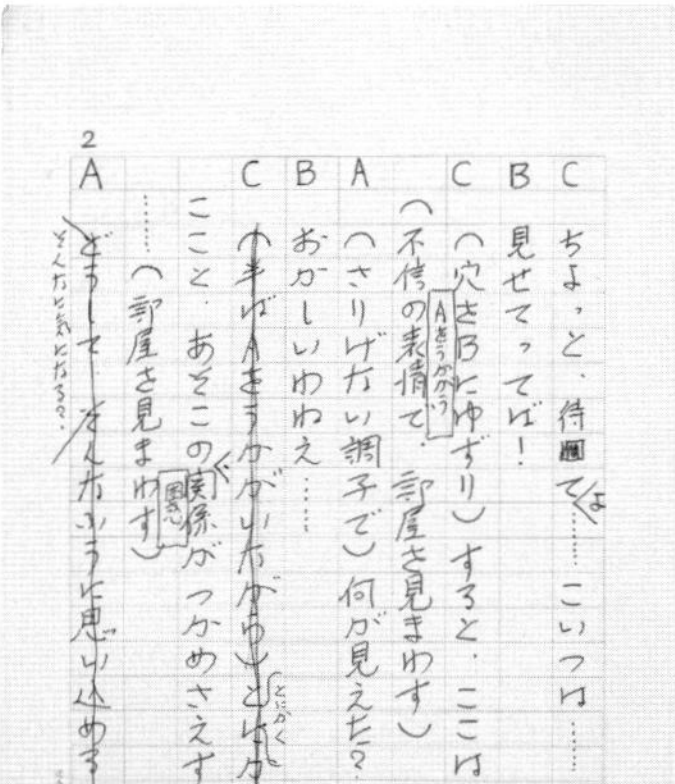
2
C　ちょっと、待てよ……こいつは……
B　見せてってば！
C　（穴をBにゆずり）すると、ここは……
A　（Aをうかがう　不信の表情で、部屋を見まわす）
A　（さりげない調子で）何が見えた？
B　おかしいわねえ……
C　（半ばAをうかがいながら）とにかく
ここと、あそこの関係がつかめさえすりゃ
……（部屋を見まわす）
A　どうして、そんなふうに思い込めるのかね
そんなに気になるの？

戯曲「ガイドブック」原稿　本作は、稽古の最初ではシチュエーションを示した指示書（ガイドブック）のみを用意し、俳優たちが即興で演技を重ねていくなかで、シナリオを完成させていった。写真は1971年9月28日の稽古の際に「台本④」として渡された部分で、完成したシナリオの冒頭にあたる。

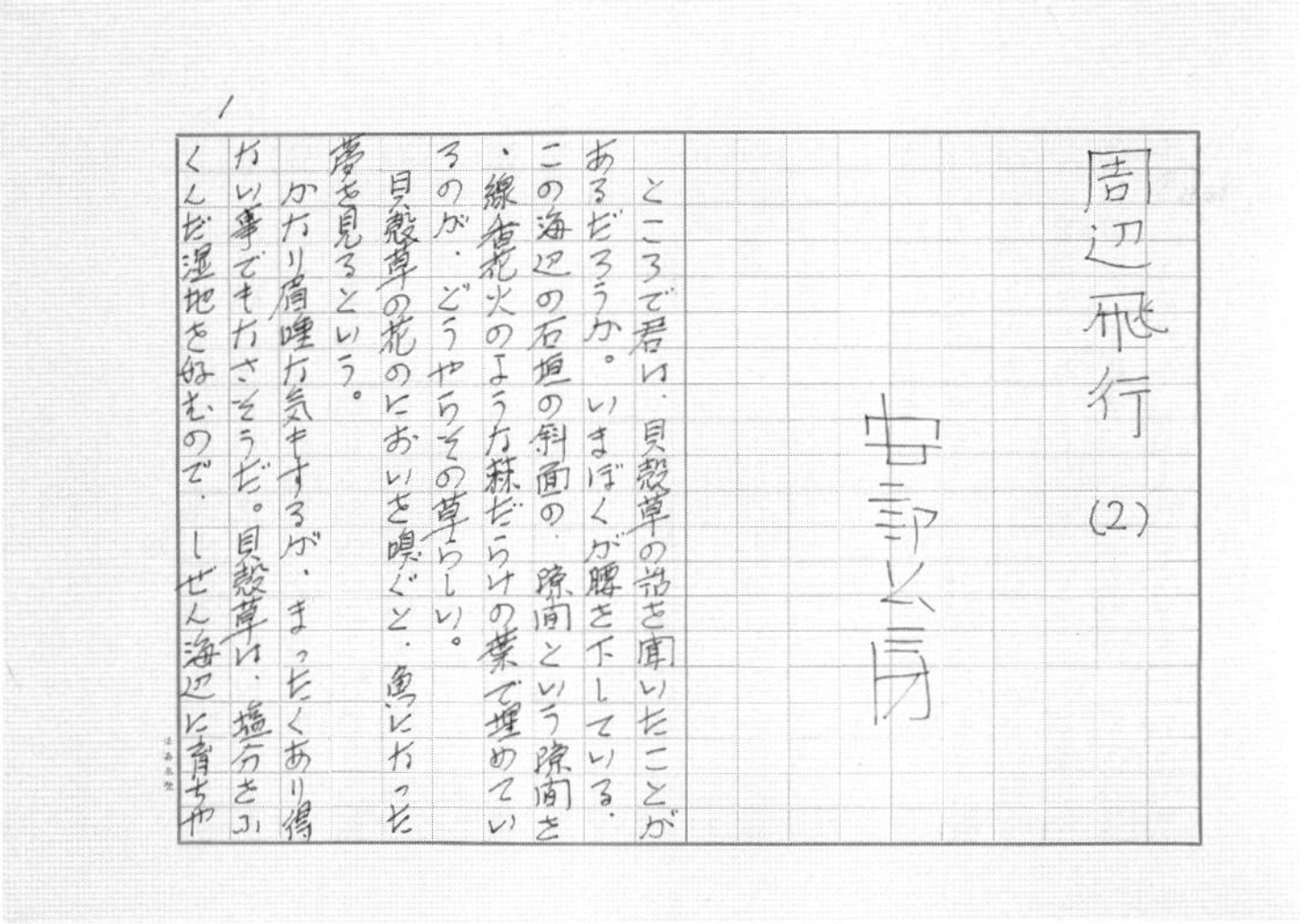

周辺飛行（2）

安部公房

ところで君は、貝殻草の話を聞いたことがあるだろうか。いまぼくが腰を下している、この海辺の石垣の斜面の、隙間という隙間を、線香花火のような形の葉で埋めているのが、どうやらその草らしい。

貝殻草の花のにおいを嗅ぐと、魚になった夢を見るという。

かなり屁理屈な気もするが、まったくあり得ない事でもなさそうだ。貝殻草は、塩分をふくんだ湿地を好むので、しぜん海辺に育ちや

「周辺飛行」原稿　「波」1971年3・4月号–1975年6月号に連載　全44回のエッセイで、小説や戯曲に活かされたイメージの種がたびたび登場する。写真は第2回冒頭。「貝殻草のにおいを嗅ぐと、魚になった夢を見る」という言い伝えから、〈ぼく〉は夢のなかで〈贋魚〉となった自分を思い描く。末尾を改稿し「箱男」に挿入しているほか、舞台「贋魚」「イメージの展覧会」「仔象は死んだ」にも同じモチーフが登場する。

安部真知画『笑う月』挿絵原画　真知が装幀を担当した同書には、写真を使用したコラージュ作品6葉が、挿絵として挿入されている。

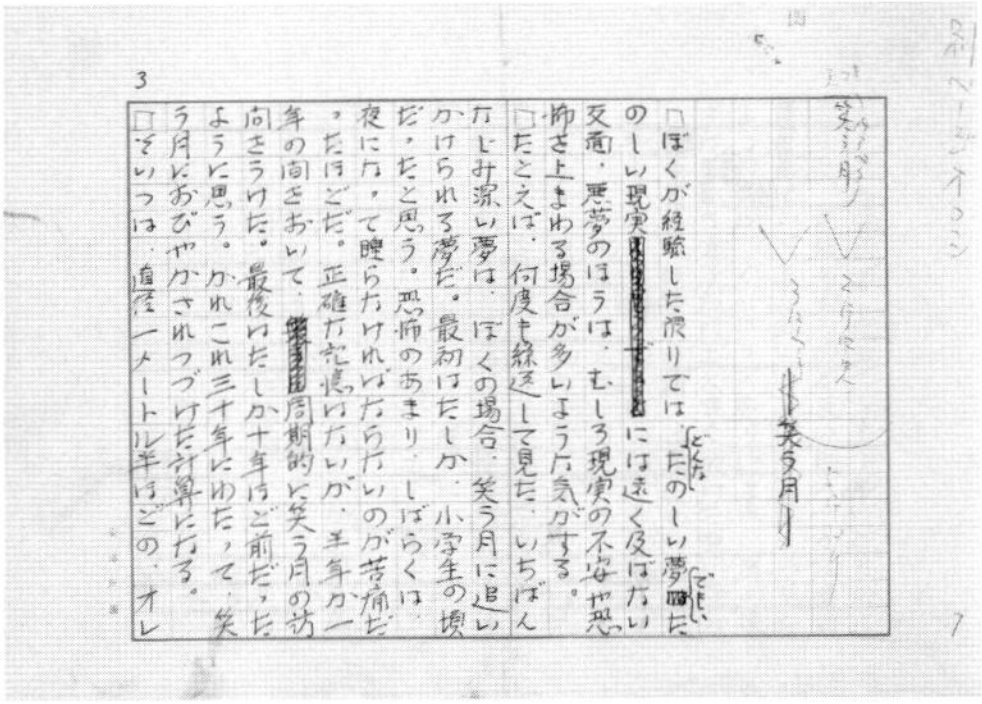

□ぼくが経験した限りでは、どんなたのしい夢でも、たのしい現実[redacted]には遠く及ばない反面、悪夢のほうは、むしろ現実の不安や恐怖を上まわる場合が多いような気がする。

□たとえば、何度も繰返して見た、いちばんなじみ深い夢は、ぼくの場合、笑う月に追いかけられる夢だ。最初はたしか、小学生の頃だと思う。恐怖のあまり、しばらくは夜になって眠らなければならないのが苦痛だったほどだ。正確な記憶はないが、半年か一年の間をおいて、[redacted]周期的に笑う月の訪問をうけた。最後はたしか十年ほど前だったように思う。かれこれ三十年にわたって、笑う月におびやかされつづけた計算になる。

□そいつは、直径一メートル半ほどの、オレ

「笑う月」原稿　笑う月に追いかけられるという、長年周期的に見た夢から書き起こし、創作における夢の役割を綴るエッセイ。「周辺飛行」から16編を選んだ『笑う月』（1975年11月　新潮社）に新稿として収録。

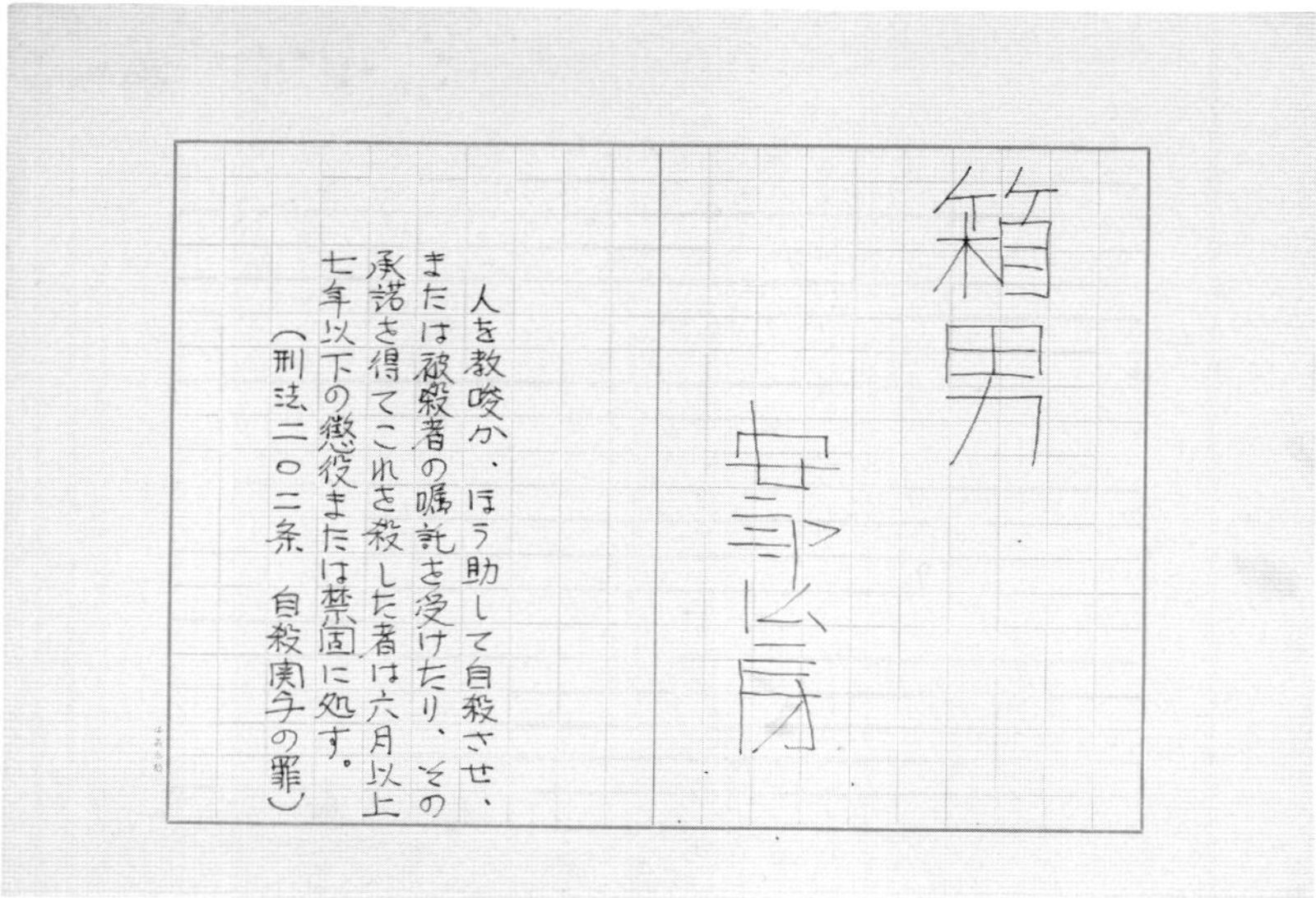
箱男
安部公房

人を教唆か、ほう助して自殺させ、または被殺者の嘱託を受けたり、その承諾を得てこれを殺した者は六月以上七年以下の懲役または禁固に処す。

（刑法二〇二条　自殺関与の罪）

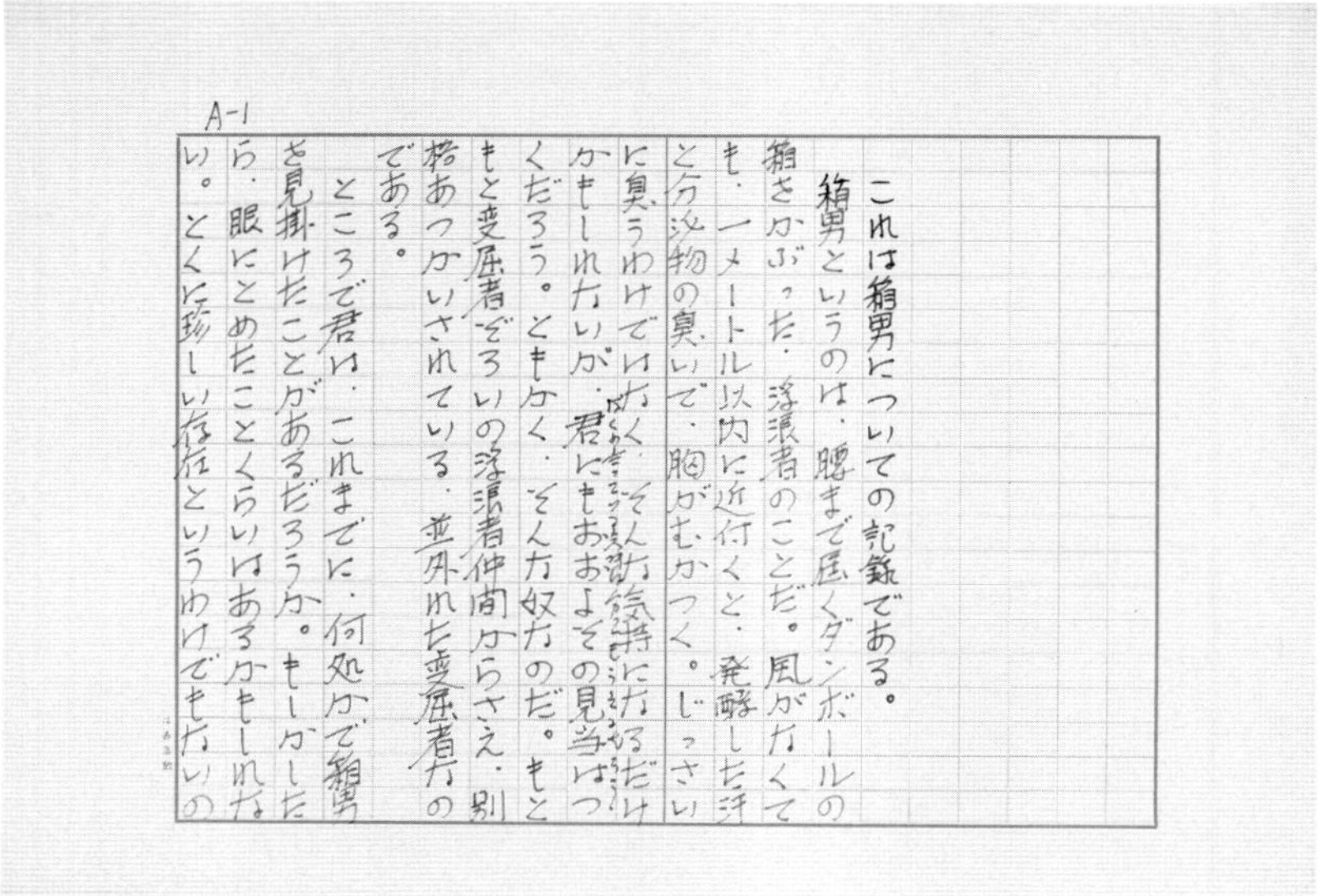
A-1

これは箱男についての記録である。
箱男というのは、腰まで届くダンボールの箱をかぶった、浮浪者のことだ。風がなくても、一メートル以内に近付くと、発酵した汗と分泌物の臭いで、胸がむかつく。じっさいに臭うわけではなく、そんな錯覚に捉われるだけかもしれないが、君にもおおよその見当はつくだろう。とにかく、そんな奴なのだ。もともと変屈者ぞろいの浮浪者仲間からさえ、別格あつかいされている、並外れた変屈者なのである。
ところで君は、これまでに、何処かで箱男を見掛けたことがあるだろうか。もしかしたら、眼にとめたことくらいはあるかもしれない。とくに珍しい存在というわけでもないの

『箱男』原稿　『燃えつきた地図』以来、6年ぶりの長編小説。原稿用紙300枚足らずの作品を書くのに、3000枚以上を書きつぶしたという。主人公・箱男は、腰の辺りまで届くダンボールを頭からかぶり、覗き窓の中から世界を見つめる。2024年（令和6）夏に、監督・石井岳龍、主演・永瀬正敏による映画「箱男 The Box Man」が公開された。

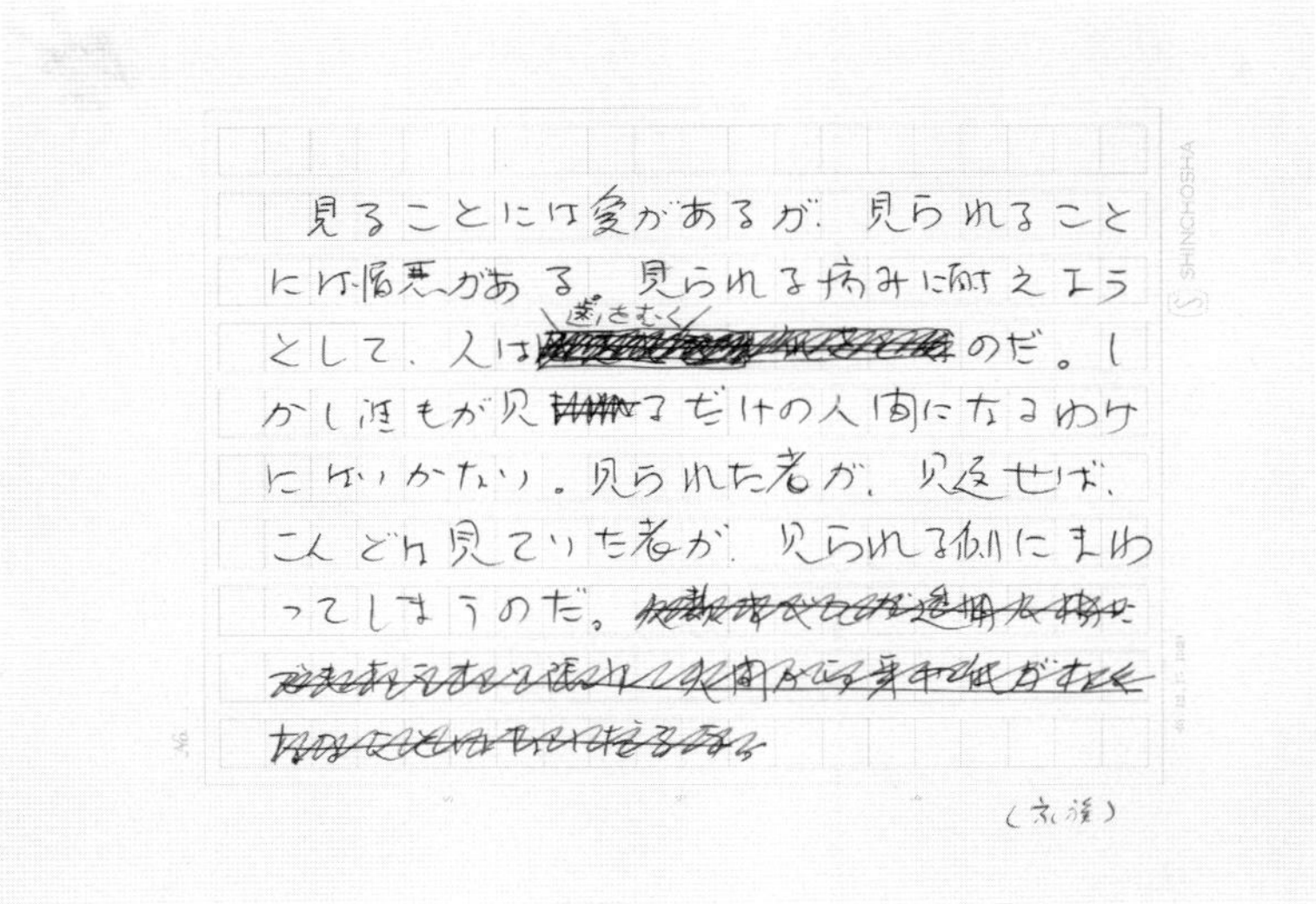
見ることには愛があるが、見られることには憎悪がある。見られる痛みに耐えようとして、人は歯をむくのだ。しかし誰もが見るだけの人間になるわけにはいかない。見られた者が、見返せば、こんどは見ていた者が、見られる側にまわってしまうのだ。

公房撮影による『箱男』挿入写真と、写真に付した説明文原稿　8枚の挿入写真がある。

『箱男』　1973年（昭和48）3月　新潮社
「純文学書下ろし特別作品」シリーズの1冊として刊行。カバー、本文写真・公房デザイン、扉絵・安部真知

安部公房と写真

東京・大井埠頭で　1978年（昭和53）6月18日　愛用のコンタックスRTSを構える。写真提供・新潮社

僕は、時間の中で変形してゆく空間、結果だけ求めているときには、ないにも等しいような変形のプロセス、それに非常に関心をもっている。そして、もちろん文学の場合でも同じ関心をもっている。写真というものは、そういう関心にとってはまことに都合のいい道具なんだ。

——インタビュー「都市への回路」から

公房撮影の写真から　モノクロネガだけで約1万カット以上のフィルムが遺る。2024年（令和6）8月には、近藤一弥の編集、デザインで初の写真集『安部公房写真集』（新潮社）が出版された。

The Invention of R62
The Lead Egg
安部公房
Kobo Abe
R62号の発明
鉛の卵
新潮文庫

安部公房
Kobo Abe
水中都市・
デンドロカカリヤ
The Underwater City
Dendrocacalia

安部公房
Kobo Abe
壁
The Wall
The Wall
新潮文庫

Woman in the Dune
安部公房
砂の女
新潮文庫

安部公房
Kobo Abe
第四間氷期
Inter Ice Age 4

飢餓同盟
安部公房
Kobo Abe
League of the Hungry
新潮文庫

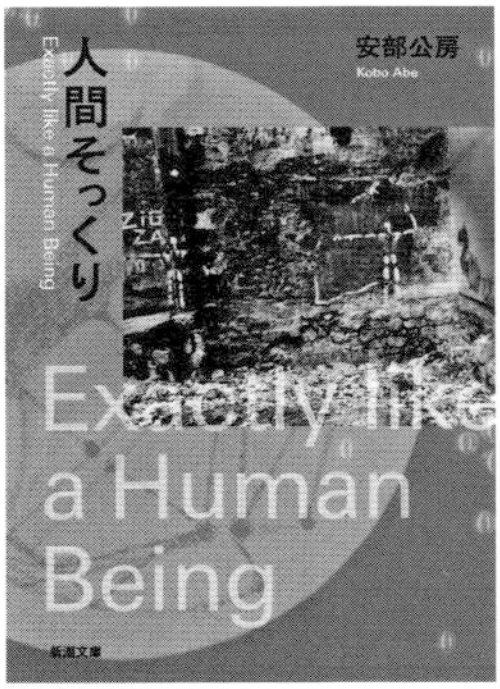
人間そっくり
安部公房
Kobo Abe
Exactly like a Human Being
Exactly like
a Human
Being
新潮文庫

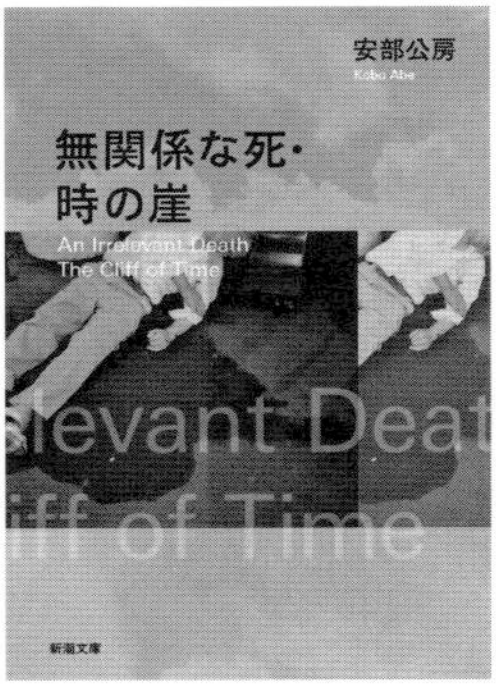
安部公房
Kobo Abe
無関係な死・
時の崖
An Irrelevant Death
The Cliff of Time
新潮文庫

安部公房
Kobo Abe
他人の顔
The Face of Another
新潮文庫

公房撮影の写真を表紙カバーに使用した、リニューアル後の新潮文庫　装幀・近藤一弥

初めての写真展「カメラによる創作ノート」の準備をする　1978年1月　安部公房スタジオで

公房を撮影するアンリ・カルティエ=ブレッソン(左)　1978年(昭和53) 4月　安部公房スタジオで　この後も、ブレッソンの写真展に公房が文章を寄せるなど、交友は続いた。

安部公房フォト&エッセイ　都市を盗る⑧

「証拠写真」「芸術新潮」　1980年8月　同誌に24回連載したフォト&エッセイ「都市を盗る」の第8回。公房の写真にアラン・ロブ=グリエが文章をつけて出版する企画があり、そのために新宿の歌舞伎町で撮影をしたことを書く。

『都市への回路』　1980年6月　中央公論社　装幀・安部真知　写真のことなど、自らの芸術観や創作秘話を語る同名のインタビュー(初出は「海」1978年4月号)ほかを収録。公房撮影の写真30枚を掲載しており、右は軍艦島(長崎県・端島)を撮影した1枚。

ドナルド・キーン

ドナルド・キーン(左)と　1975年5月13日　公房はコロンビア大学から名誉博士号を受け、授与式のため渡米した。キーンは同大学教授。

公房、ドナルド・キーン『反劇的人間』 1973年5月　中央公論社　「友達」「棒になった男」などの英訳を手がけたキーンとは、1964年の訪米時に対面。3年後に大江を介して再会し、以来親交を結んだ。日本文化、文学、劇、音楽などについて、幅広く論じる対談集。

大江健三郎(中央)、ドナルド・キーン(右)と　1967年ころ　調布市若葉町の自宅で

辻清明作　信楽茶碗　公房がキーンに贈ったもの。陶芸家の辻とは、家族ぐるみでつきあいがあった。

安部公房と車

軽井沢へ家族でドライブ　1960年(昭和35)夏　初めて購入した車・日野・ルノー4CVで。同年7月、公房と真知は自動車の運転免許を取得し、夫婦で競うように長距離のドライブを楽しんだという。以後、さまざまな車に乗り換えた。

日野・コンテッサ1300クーペと、ねり　1965年ころ

日野・コンテッサ900と、公房と真知
1962年ころ

タイヤチェーン「チェニジー」　公房の考案によるもので、西武百貨店等で販売。1982年に実用新案登録願を出し、1991年に登録された。箱根に仕事場を持っていた公房は、雪道で車を走らせる機会が多く、ジャッキを使わずに着脱できる本品を考えた。

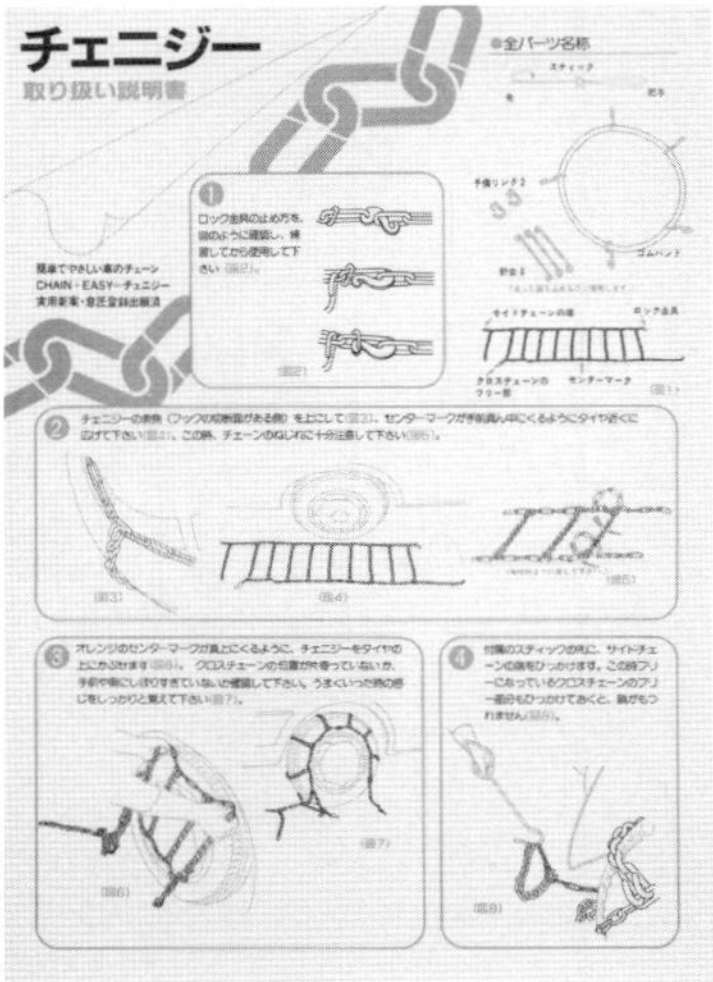

BMW2000と、公房と真知　1969年ころ

ルノー・カラベルと、真知　1965年ころ

ランチア・フルヴィア・スポルト　1968年ころ

ジープ・チェロキーチーフ、メルセデス・ベンツ350SL（車庫内）と箱根の仕事場で　1986年ころ　その後、1991年にジープ・ラングラー・レネゲードに乗り換えた。写真提供・新潮社

三菱・パジェロに乗る　1984年ころ

（左頁）1976年（昭和51）ころ　調布市若葉町の書斎

.4

第四部　安部公房スタジオ

自作の舞台演出、桐朋学園での授業などを通じて、独自の演劇理論を展開するようになった公房は、一九七三年（昭和四八）、演劇集団・安部公房スタジオを立ち上げる。その背景には、詩人、小説家・辻井喬としても知られる西武流通グループ代表・堤清二の後援があった。同グループは、新しい若者文化の創出をめざし、同年六月に渋谷ＰＡＲＣＯを開店。その九階に西武劇場（現・ＰＡＲＣＯ劇場）が設けられ、オープニング記念公演として、安部公房スタジオ第一回公演「愛の眼鏡は色ガラス」が上演された。

旗揚げには、井川比佐志、田中邦衛、山口果林らが劇団俳優座を退団して参加。仲代達矢ら、俳優座所属のまま参加した俳優もいた。スタジオはＰＡＲＣＯのすぐそばにあり、〈アベ・システム〉による稽古が重ねられた。公房が俳優たちに説いたのは、まず〈ニュートラル〉な状態になることで、感情のままに演ずるのではなく、状況に対する生理的な身体反応としての演技を求めた。六年半の間に、西武劇場や紀伊國屋ホール等で行った一二回の本公演に加え、六回のスタジオ内公演を行うなか、並行して長編小説『密会』（一九七七年刊）が書き進められた。

一九七六年にシンセサイザーを入手した公房は、自ら舞台音楽も手がけるなど、美術を担当した真知とともに、総合芸術としての舞台表現を追究。最終作となった一九七九年の「仔象は死んだ」は、国内に先駆けてアメリカで公演旅行を行い、各地で絶賛された。

安部公房スタジオ結成の記者会見　1973年(昭和48)1月11日　左から仲代達矢、公房、田中邦衛、井川比佐志、丸山善司、山口果林、大西加代子。写真提供・毎日新聞社

まず俳優たちに、各自、好きな場所、好きな姿勢を自由に選ばせる。現に聞えている物音に集中させる。(何種類の音が聞えているか?)次に、聞えている音を、一つ一つ消していくように注文する。(中略)この作業は想像以上に緊張と集中を必要とする。その集中している状態を、内側からよく観察してもらっておく。音に対する集中が、体の他の部分を完全に解きほぐしてしまっているはずだ。その時の生理感覚をよく記憶させておく。今後、その状態を「ニュートラル」な状態と呼ぶことにする。

——「ニュートラルなもの」から

新しい劇場への期待

堤清二——安部公房

堤清二、公房対談「新しい劇場への期待」　安部公房スタジオ第1回公演「愛の眼鏡は色ガラス」プログラムに掲載。いままでにない、新しい可能性を提示できる場所として、西武劇場に期待を寄せる。

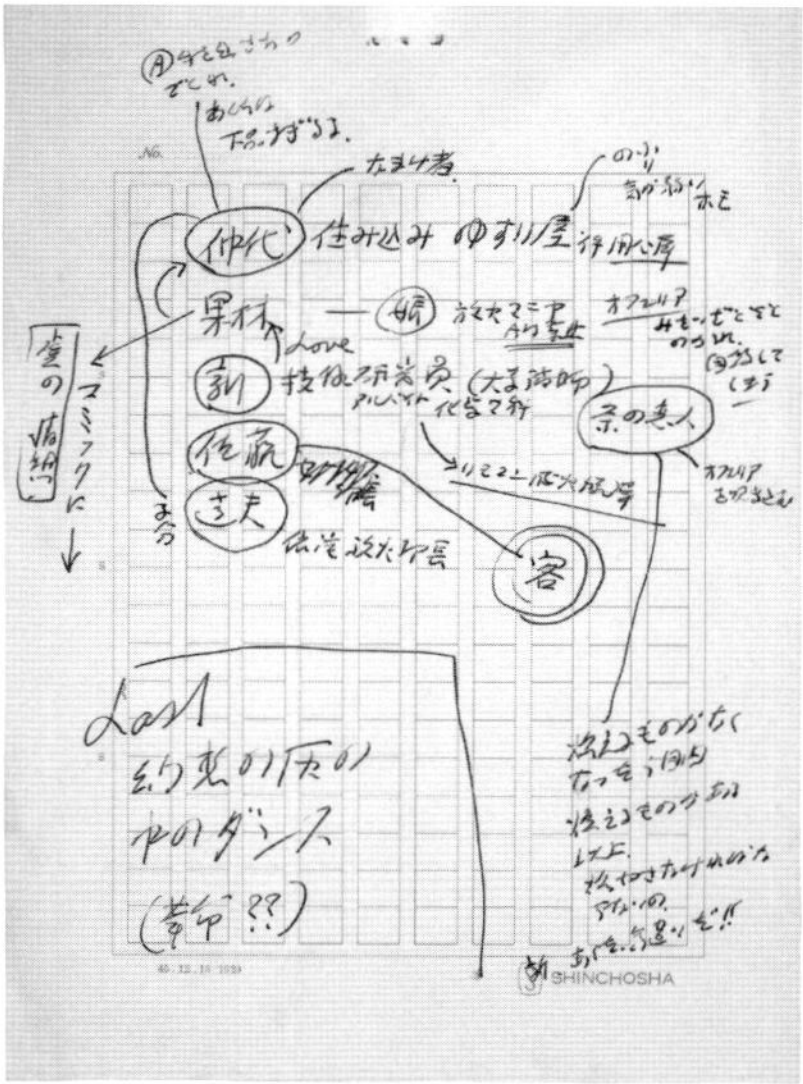

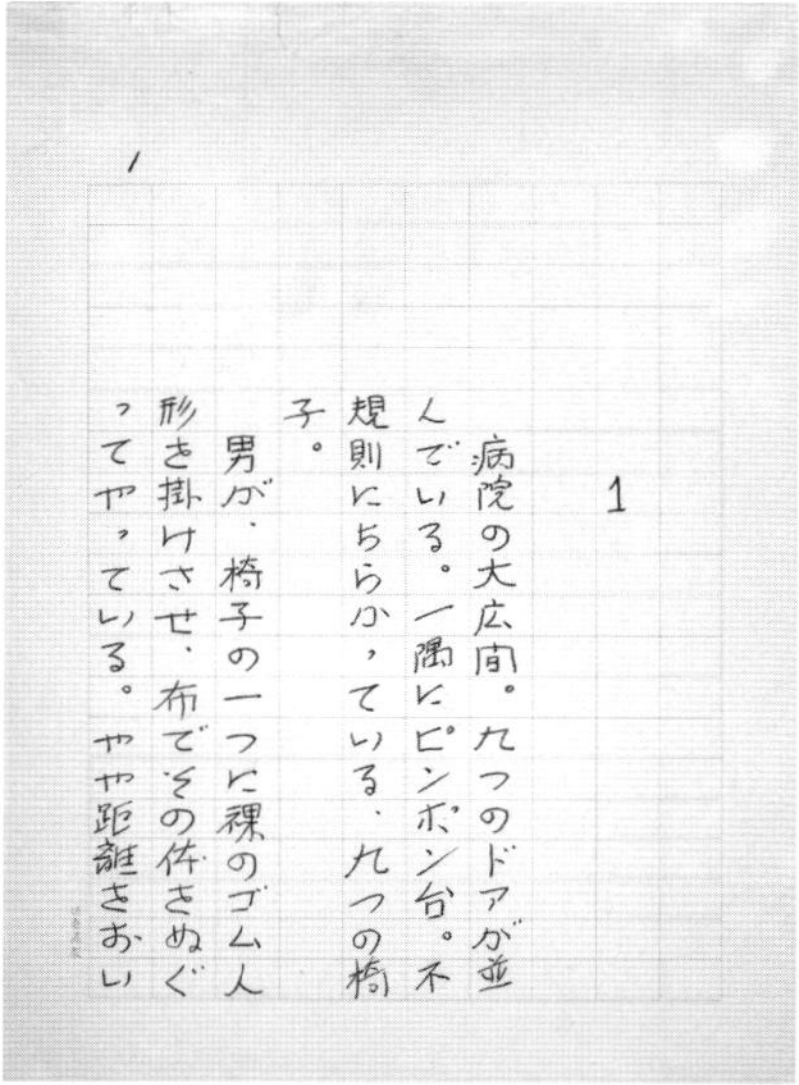

1

病院の大広間。九つのドアが並んでいる。一隅にピンポン台。不規則にちらかっている。九つの椅子。

男が、椅子の一つに裸のゴム人形を掛けさせ、布でその体をぬぐってやっている。やや距離をおい

戯曲「愛の眼鏡は色ガラス」原稿と創作メモ　精神病院を舞台に、医者と患者、全共闘の学生らが登場し、誰が正気で、誰が狂気なのか定かでない渾沌とした世界が繰り広げられる。

「愛の眼鏡は色ガラス」舞台写真　1973年6月4-28日上演　於・西武劇場　作、演出・公房　美術・安部真知　手前右から仲代達矢(赤医者)、井川比佐志(男)、山口果林(女A)。

『愛の眼鏡は色ガラス』1973年(昭和48) 5月　新潮社　装幀・杉浦康平、中山禮吉　上演に先駆けて刊行。

「ダム・ウェイター 鞄 贋魚」公演プログラム 1973年11月19－23日上演 於・紀伊國屋ホール 作、演出・公房 美術・安部真知 紀伊國屋書店提携公演。「ダム・ウェイター」は、イギリスの劇作家・ハロルド・ピンターによる不条理劇を公房が脚色。舞台を川崎に、サッカーの話題はプロ野球にするなど、日本人が自然に演じられる設定に置き換えている。

安部真知画「ダム・ウェイター 鞄 贋魚」カット原画

上・「ダム・ウェイター 鞄 贋魚」から「贋魚」の稽古
左・同舞台写真

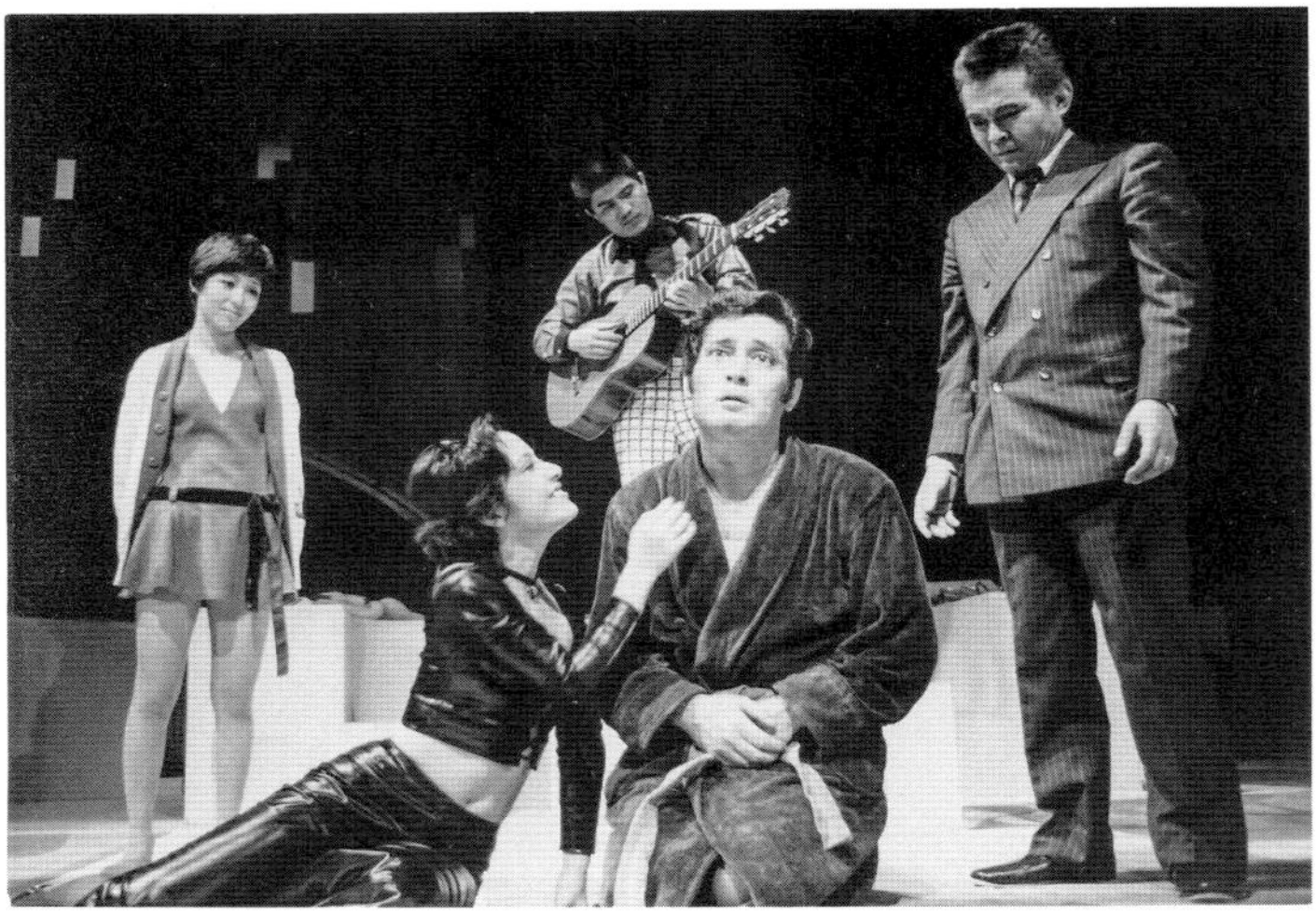

「友達」(改訂版)舞台写真　1974年(昭和49) 5月17日－6月27日上演　於・西武劇場ほか　作、演出・公房　美術・安部真知　西武劇場オープニング1周年記念公演。1967年に劇団青年座が初演した舞台の改訂版。スタジオメンバーにあわせて、一部配役を書き換えた。左から山口果林(次女)、条文子(長女)、新克利(次男)、仲代達矢(男)、井川比佐志(父)。

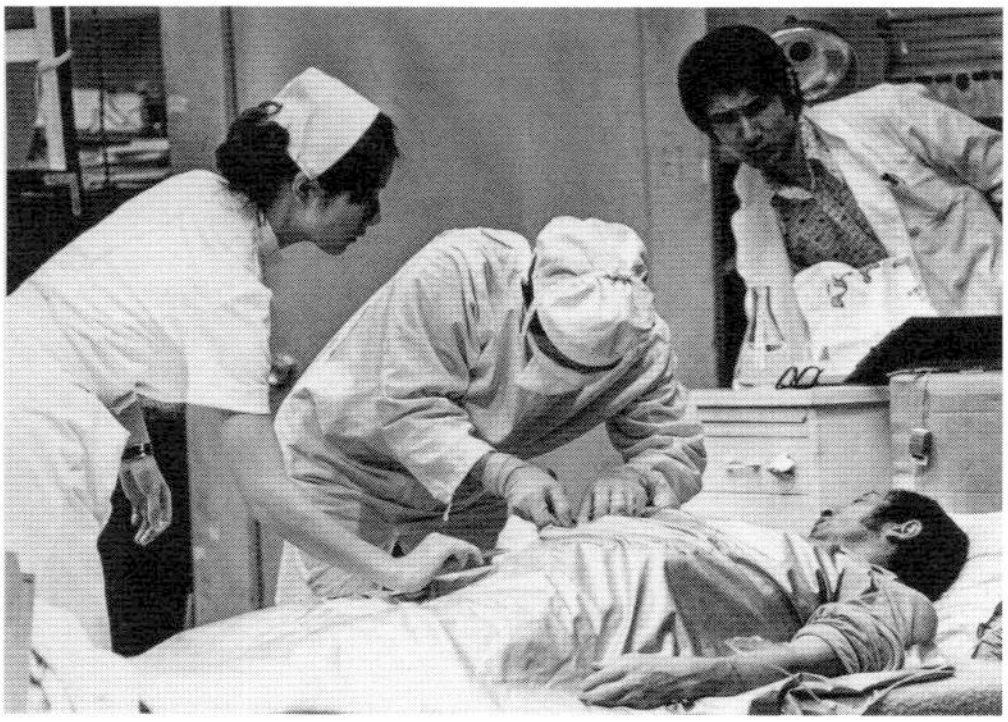

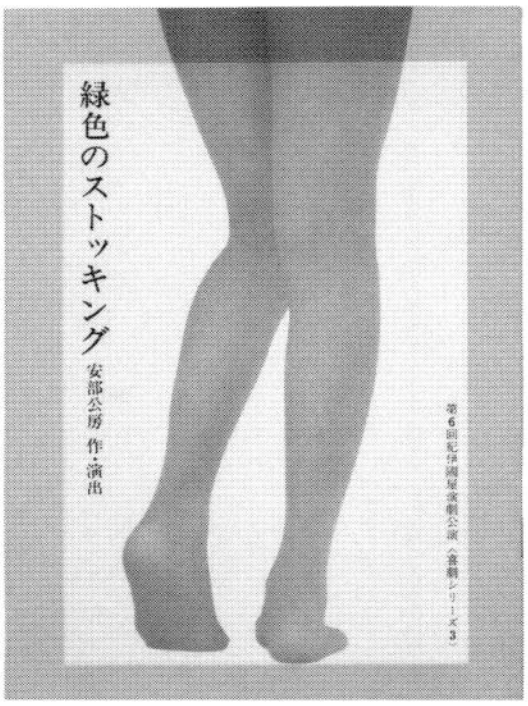

右・「緑色のストッキング」公演プログラム　1974年11月9－30日上演　於・紀伊國屋ホール　作、演出・公房　美術・安部真知　第6回紀伊國屋演劇公演。短編小説「盲腸」、同名ラジオドラマ、テレビドラマ「羊腸人類」を、さらに戯曲化したもの。緑色のストッキングを偏愛する男が、下着を盗んだことが妻子にばれ、自殺を図る。病院で目覚めた彼は、実験台になることを提案され、〈草食人間〉になる手術を受けるが……。1974年度読売文学賞戯曲賞を受賞。
左・同公演舞台稽古　左から大谷直(看護婦)、岡田英次(医者)、田中邦衛(手前、男)、佐藤正文(助手)。写真提供・紀伊國屋ホール

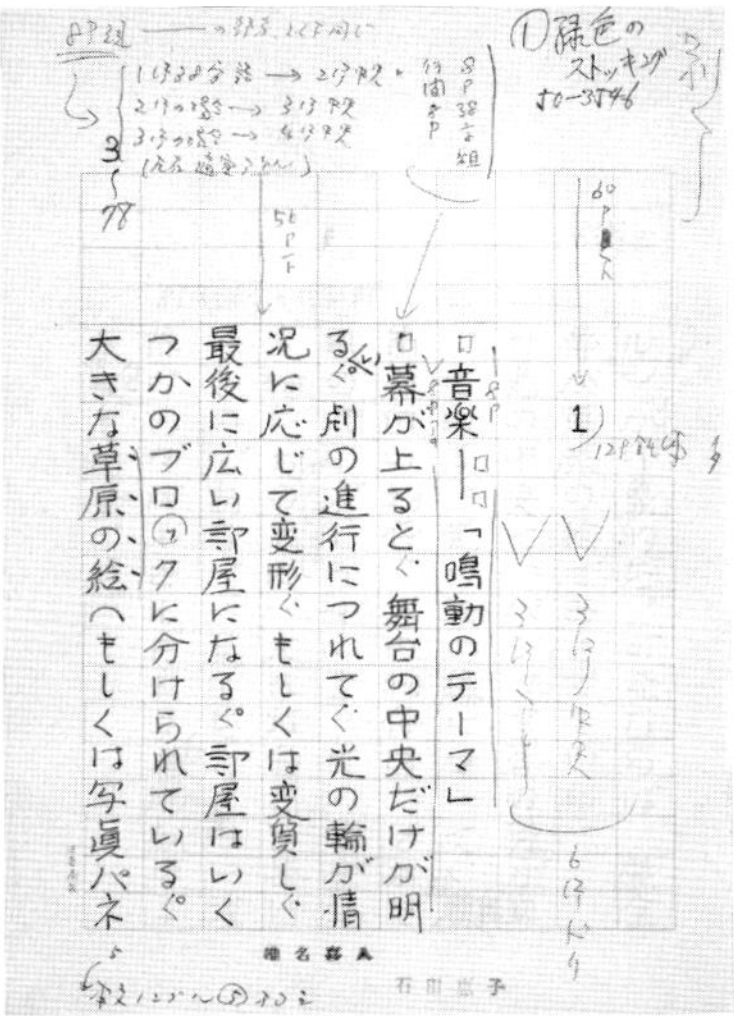

戯曲「緑色のストッキング」原稿　上演に先駆けて、1974年10月に新潮社から単行本として刊行された。

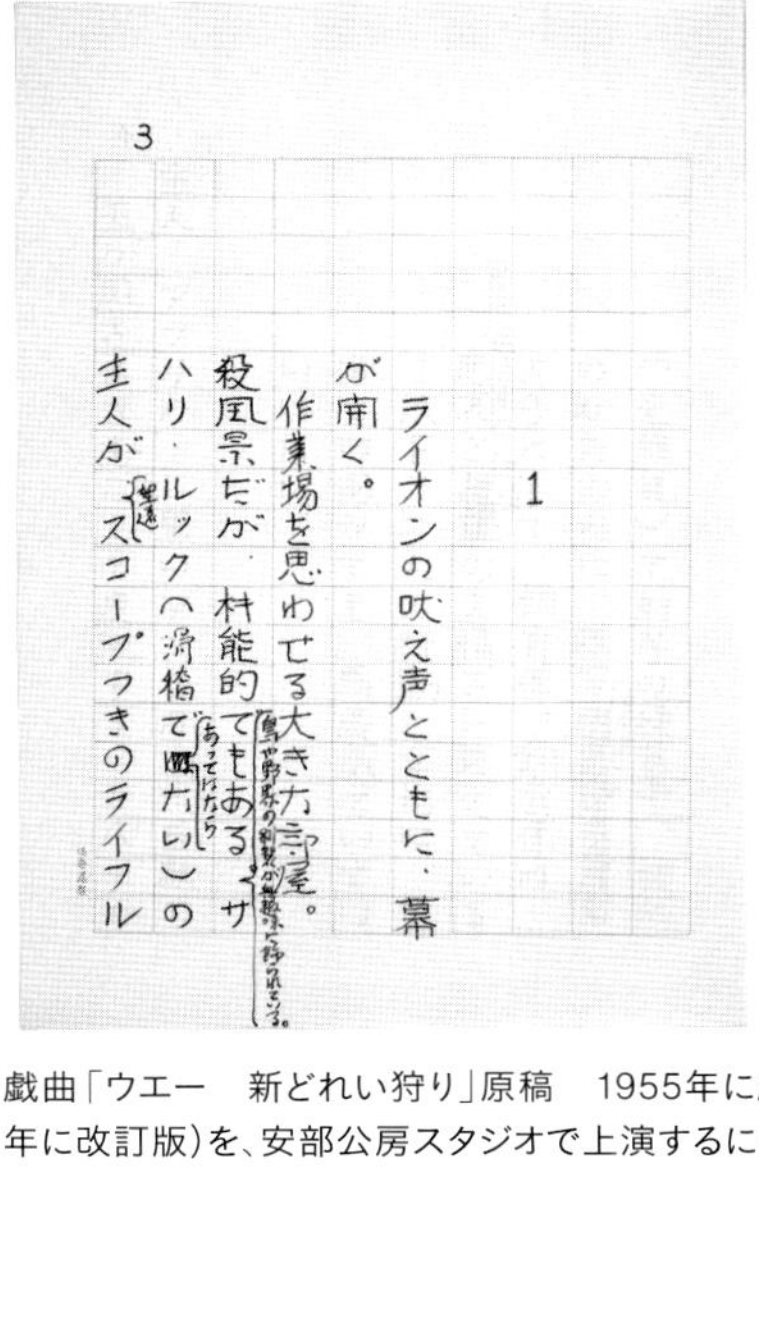

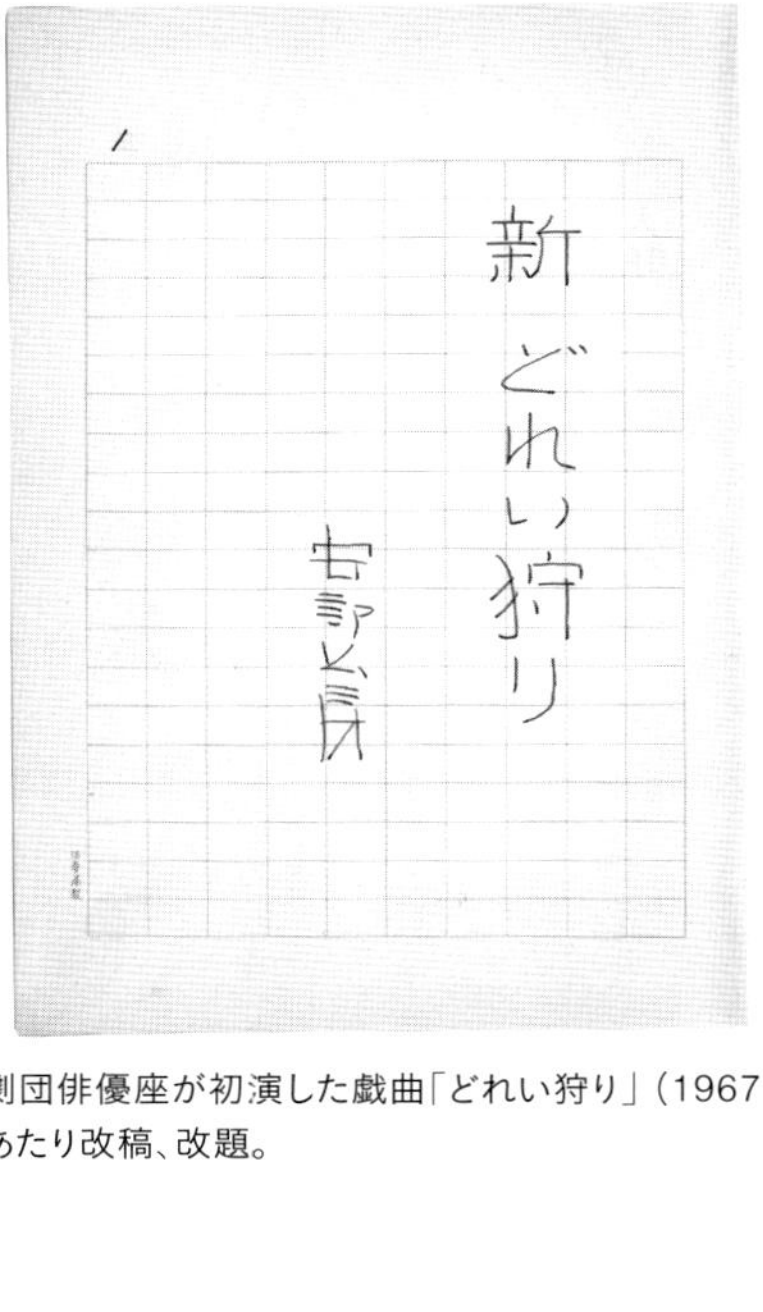

戯曲「ウエー　新どれい狩り」原稿　1955年に劇団俳優座が初演した戯曲「どれい狩り」（1967年に改訂版）を、安部公房スタジオで上演するにあたり改稿、改題。

『ウエー　新どれい狩り』
1975年5月　新潮社

「ウエー　新どれい狩り」公演のための稽古で　1975年(昭和50) 5月12日－6月9日上演　作、演出・公房　美術・安部真知
西武劇場オープニング2周年記念公演。左から公房、大西加代子(ウエーの女)、風間亘(ウエーの男)、山口果林(女子学生)。

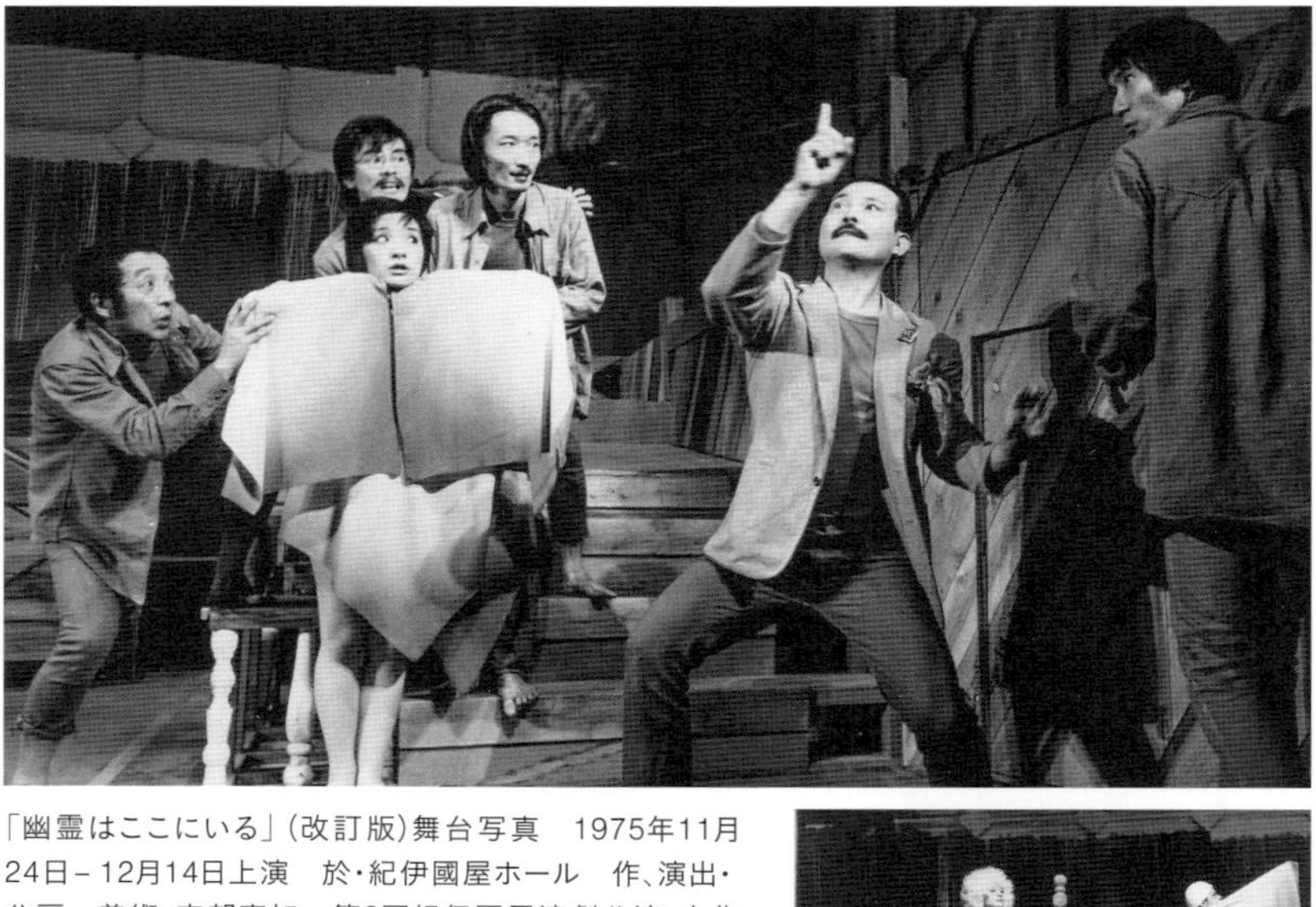

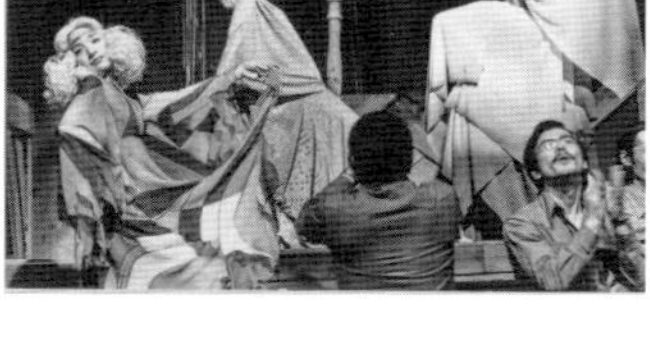
「幽霊はここにいる」(改訂版)舞台写真　1975年11月24日－12月14日上演　於・紀伊國屋ホール　作、演出・公房　美術・安部真知　第8回紀伊國屋演劇公演。本作は、1958年に劇団俳優座が初演(1970年に改訂版)。左から田中邦衛(まる竹)、条文子(手前、モデル嬢)、伊藤裕平(鳥居)、岩浅豊明(市長)、井川比佐志(大庭三吉)、佐藤正文(深川啓介)。劇中のファッション・ショー(右写真)を森英恵が担当した。写真提供・紀伊國屋ホール

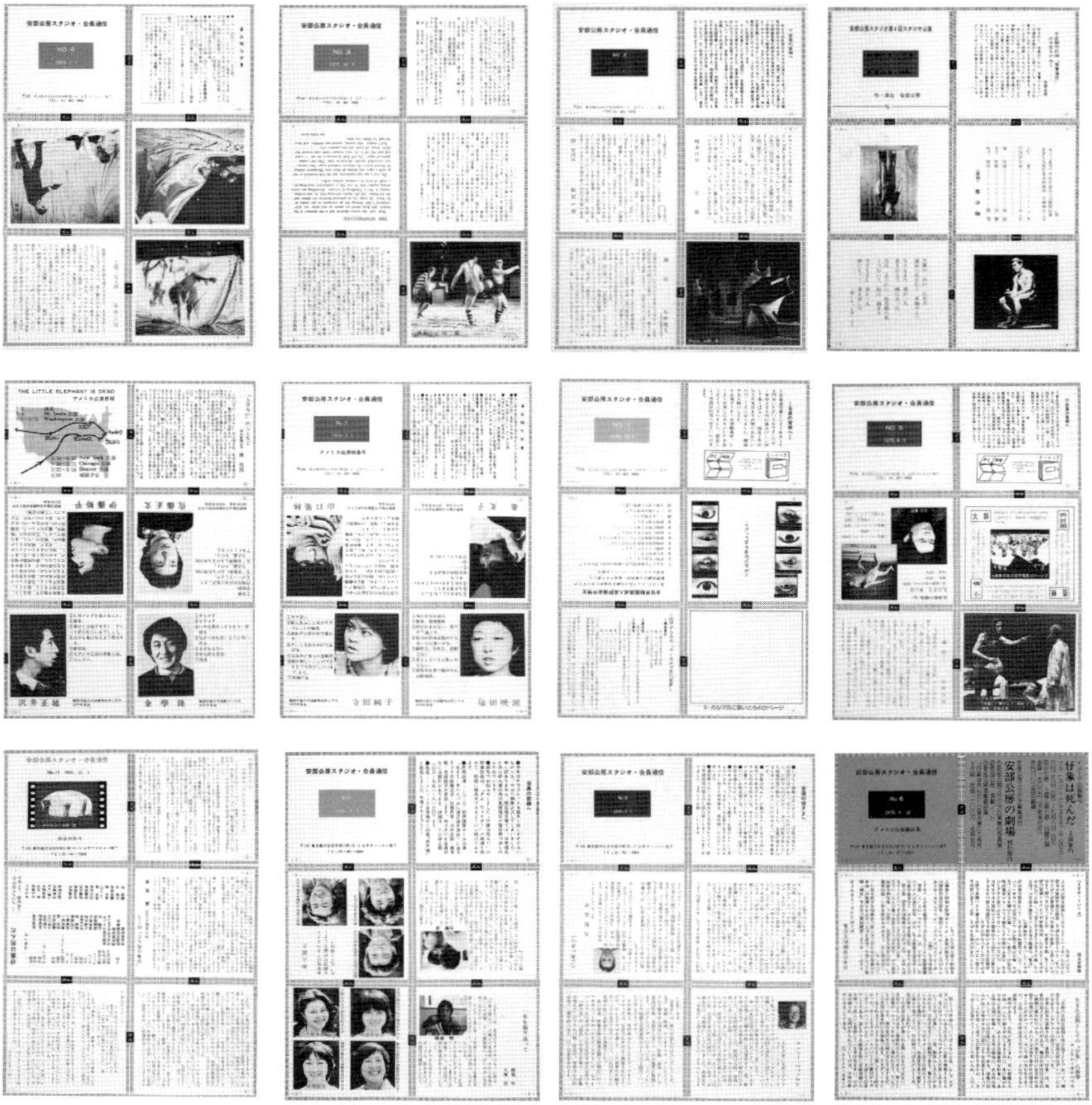

▽会員の皆様へ

○第五回スタジオ公演「ダム・ウェイター」は、おかげさまで大好評でした。四月の「人命救助法」に続く、次回八月のスタジオ公演には「おまえにも罪がある」を予定しています。御期待下さい。

○公演ポスターの掲載場所（店頭・学校等）を募集します。お心当りの方は、ハガキに住所、氏名、会員番号、電話連絡先★掲載場所の住所、電話番号を明記の上、スタジオ宛にお送り下さい。御紹介頂いた会員の方には、六月西武美術館「イメージの展覧会パートII」又は、十月の西武劇場「ガイドブックパートIV」の招待券一枚を送らせて頂きます。皆様の御協力をお願い致します。

「安部公房スタジオ・会員通信」 1976年5月－1980年11月　第4回スタジオ公演にあわせてNo.1を刊行し、No.11まで発行。B５判の両面印刷で、横３段に切って重ねて折ると、12頁の小冊子になる（No.7のみ24頁）。

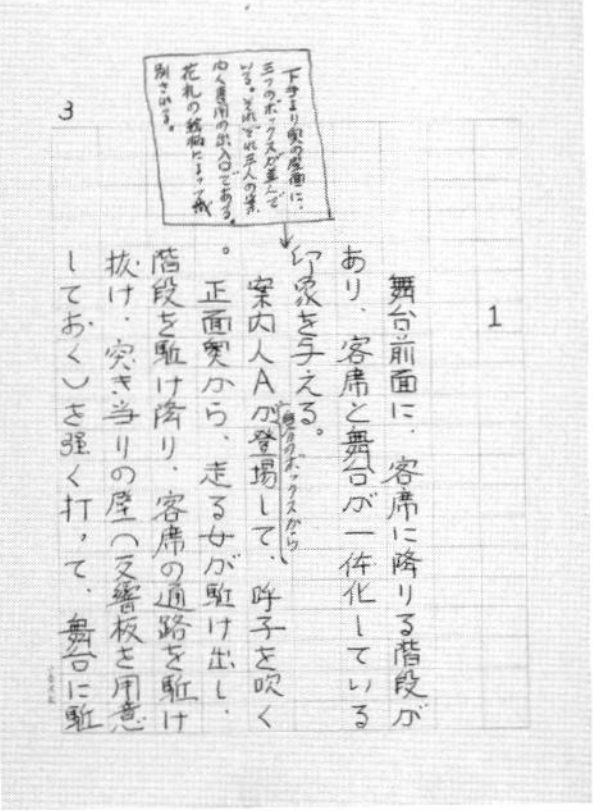

3

下手より奥の座面に、三つのボックスが並んでいる。それぞれ三人の案内人の出入口である。花札の絵柄によって識別される。

1

舞台前面に、客席に降りる階段があり、客席と舞台が一体化している印象を与える。

案内人Aが(奥のボックスから)登場して、呼子を吹く。

正面奥から、走る女が駆け出し、階段を駆け降り、客席の通路を駆け抜け、突き当りの壁(反響板を用意しておく)を強く打って、舞台に駆

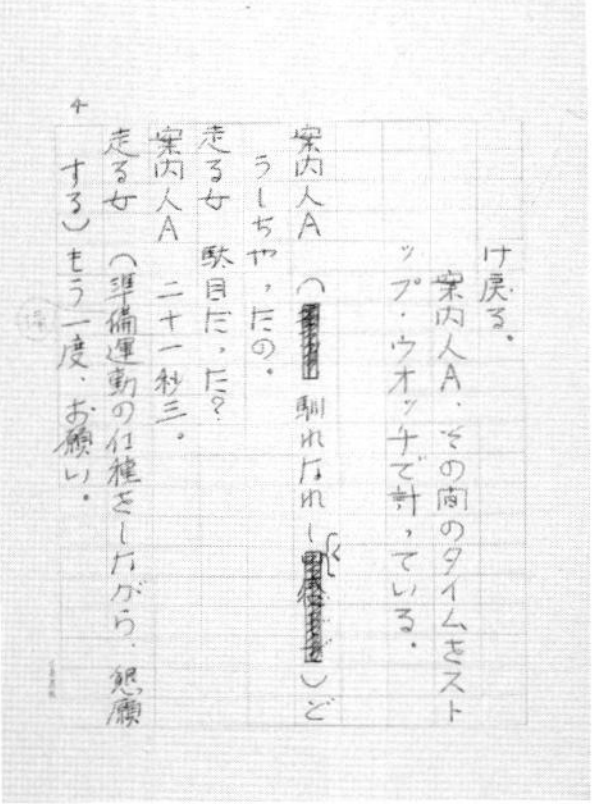

4

け戻る。

案内人A、その間のタイムをストップ・ウオッチで計っている。

案内人A (馴れなれしく)どうしちゃ、たの。

走る女 駄目だ、た?

案内人A 二十一秒三。

走る女 (準備運動の仕種をしながら、懇願する)もう一度、お願い。

戯曲「案内人」原稿 1976年(昭和51) 10月13－31日 上演 於・西武劇場 演出・公房 美術・安部真知 上演時の副題は「GUIDE BOOK II」。道を示す案内人が待つ案内所に、個性的な客が次々と現れる。同年、シンセサイザーを購入した公房は、本作から音楽も手がけた。

安部公房スタジオで 1977年10月3日

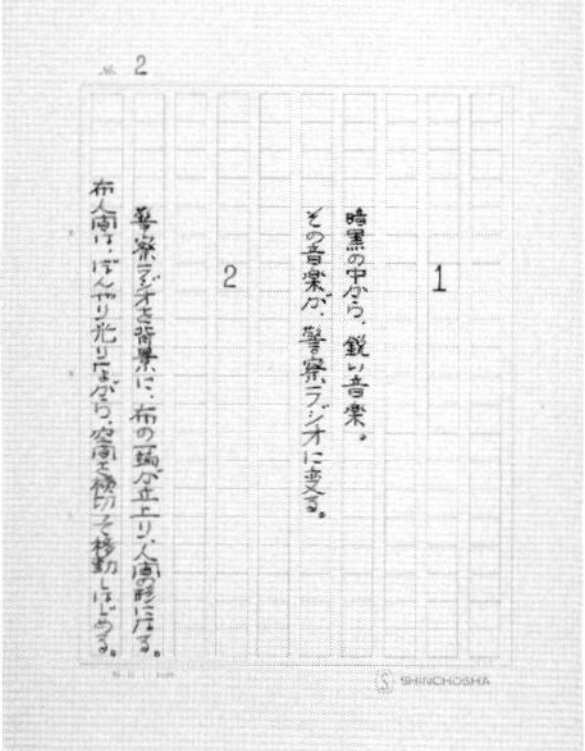

№ 2

1

暗黒の中から、鋭い音楽。

その音楽が、警察ラジオに変る。

2

警察ラジオを背景に、布の端が立上り、人間の形になる。

布人間は、ぼんやり光りながら、空間を横切って移動しはじめる。

SHINCHOSHA

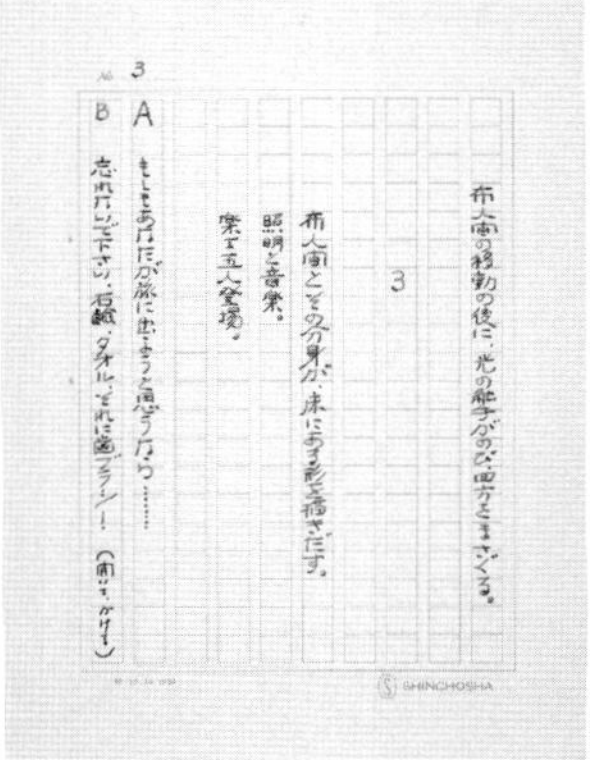

№ 3

布人間の移動の後に、光の梯子がのび、四方をまさぐる。

3

布人間とその分身が、床にあやしい影を描きだす。

照明と音楽。

案内人登場。

A もしもあなたが旅に出ようと思ったら……

B 忘れないで下さい、石鹸、タオル、それに歯ブラシ! (節をつけて)

SHINCHOSHA

戯曲「イメージの展覧会」原稿 1977年6月3－8日ほか上演 於・西武美術館ほか 演出、音楽・公房 衣裳・安部真知 上演時の副題は「音+映像+言葉+肉体=イメージの詩」。空気におぼれて死んだ〈鷹魚〉は、凍った夢のなかで象になる。装置に巨大な白い布を用い、同様の演出は「水中都市」「仔象は死んだ」へと引き継がれた。

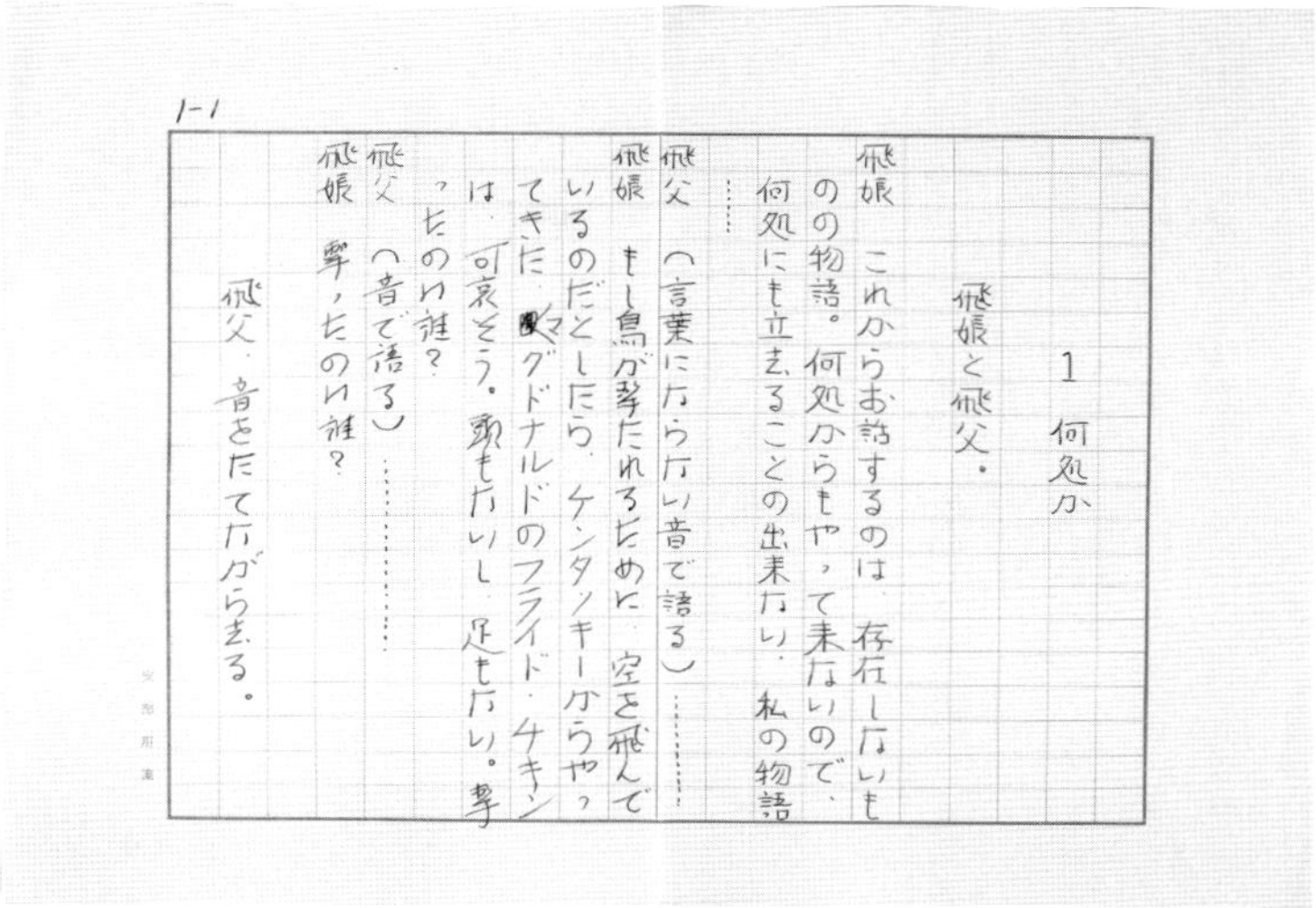
1-1

1 何処か

飛娘と飛父。

飛娘 これからお話するのは、存在しないもの の物語。何処からもやって来ないので、何処にも立去ることの出来ない、私の物語

……

飛父 （言葉にならない音で語る）……

飛娘 もし鳥が撃たれるために、空を飛んでいるのだとしたら、ケンタッキーからやってきた、マクドナルドのフライド・チキンは、可哀そう。頭もないし、足もない。撃ったのは誰？

飛父 （音で語る）……

飛娘 撃ったのは誰？

飛父、音をたてながら去る。

安部用箋

戯曲「水中都市」原稿　1952年執筆の短編小説「水中都市」を発展させた作品。空中を浮遊して、盗みを働く〈飛娘〉と〈飛父〉。存在しないはずの〈飛ぶ人間〉を見た被害者たちは、証言を疑われ、次々に精神病院へ送られる。早稲田大学坪内博士記念演劇博物館蔵

「水中都市　GUIDE BOOK III」舞台写真　1977年11月5－27日上演　於・西武劇場　作、演出、音楽・公房　美術・安部真知　左から、沢井正延（花屋）、山口果林（飛娘）、宮沢譲治（取調官）。

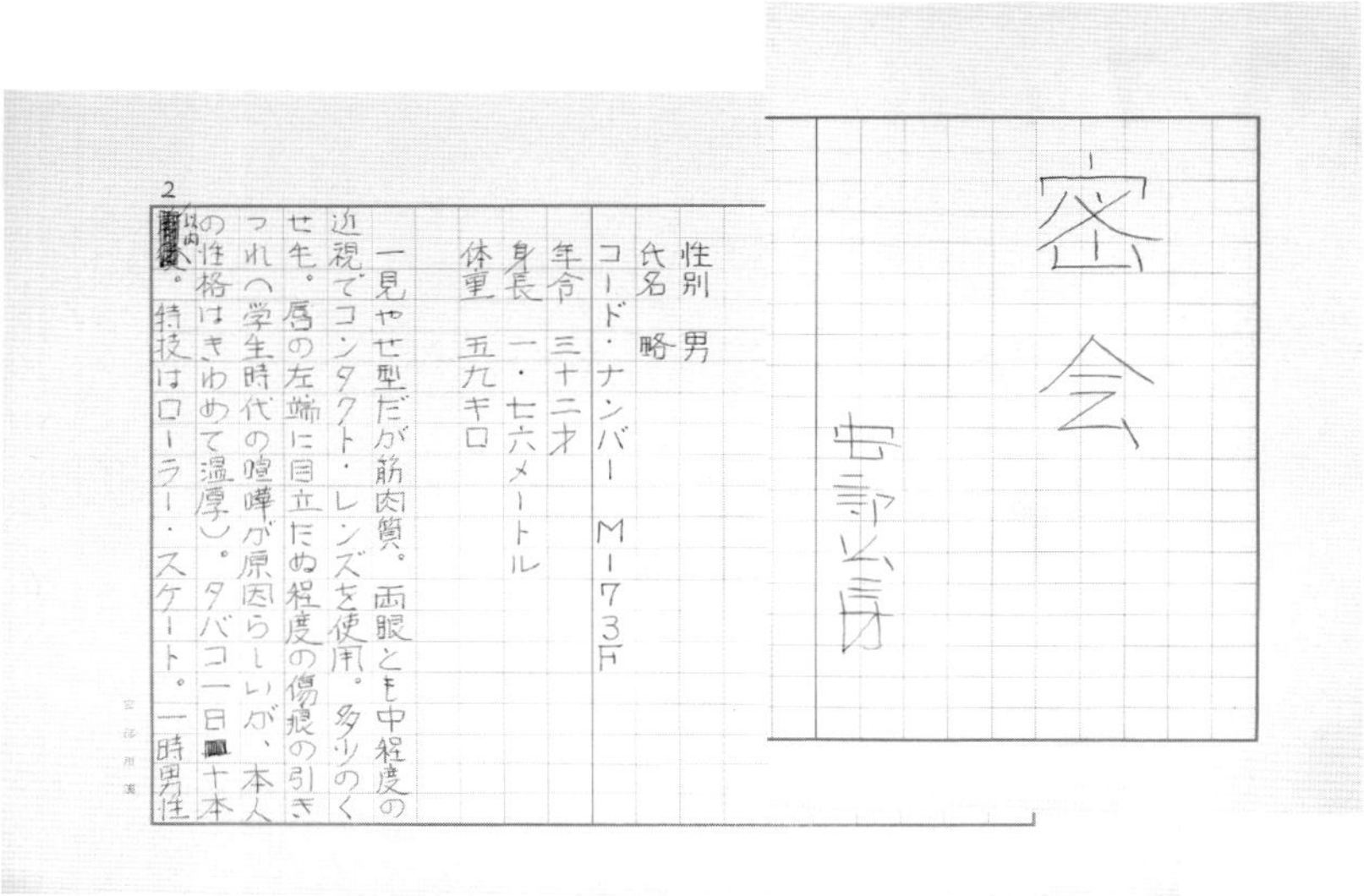

密会
安部公房

2

性別　男
氏名　略
コード・ナンバー　M-73F
年令　三十二才
身長　一・七六メートル
体重　五九キロ
一見やせ型だが筋肉質。両眼とも中程度の近視でコンタクト・レンズを使用。多少のくせ毛。唇の左端に目立たぬ程度の傷痕の引きつれ（学生時代の喧嘩が原因らしいが、本人の性格はきわめて温厚）。タバコ一日十本前後。特技はローラー・スケート。一時男性

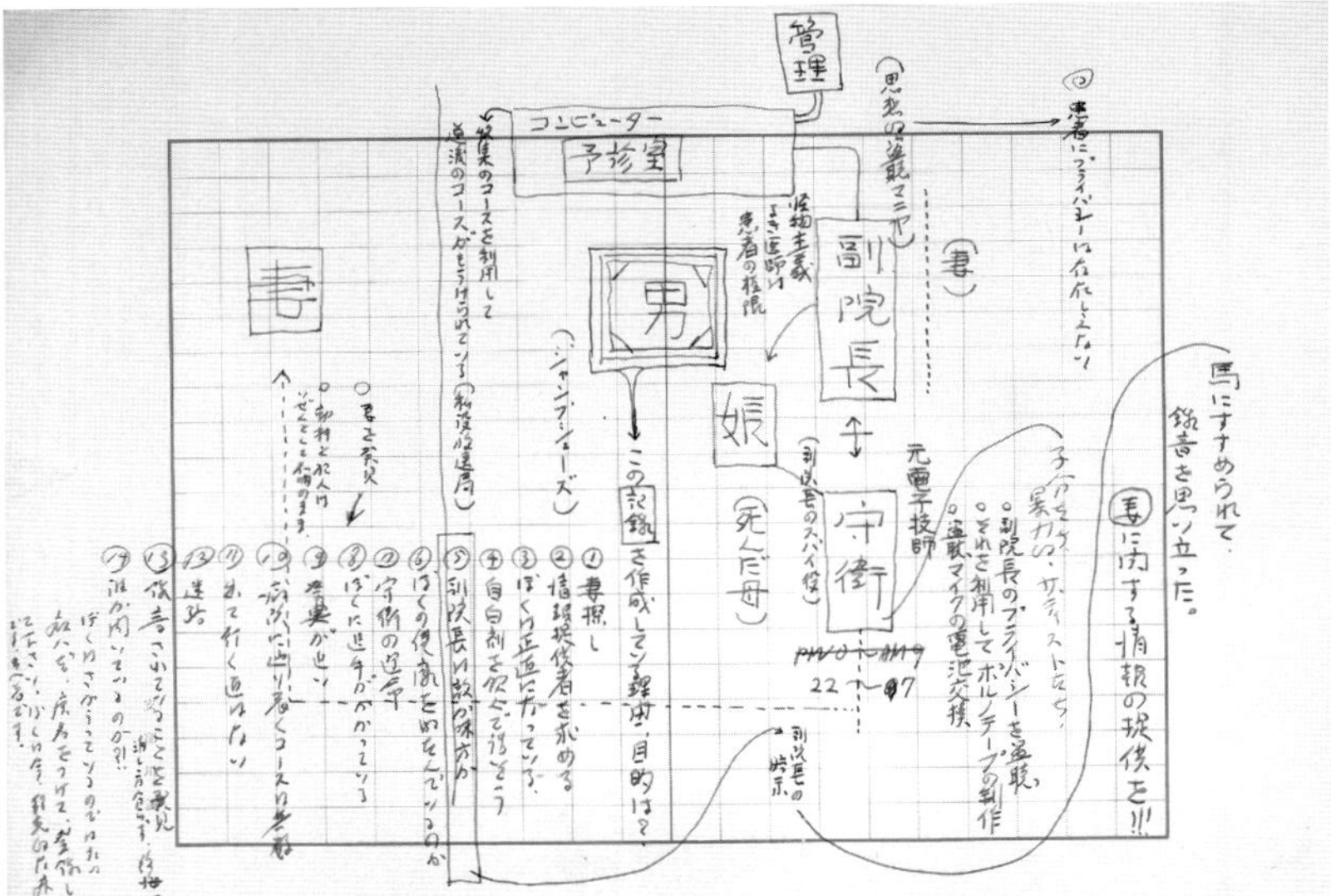

『密会』原稿（上）と創作メモ　突然救急車で連れ去られた妻を探すため、病院を訪れた男。その巨大な病院には多くの盗聴器が仕掛けられ、男の行動は逐一監視されていた。男は、副院長（馬人間）や溶骨症の少女らと関わりながら、妻の行方を追い続ける。4年半ぶりに書き上げた長編小説。

弱者への愛には、
いつも殺意がこめられている――

――『密会』エピグラフ

*戯曲「仔象は死んだ」末尾にも使用された。

調布市若葉町の自宅書斎で　1976年(昭和51)ころ

公房旧蔵の盗聴器

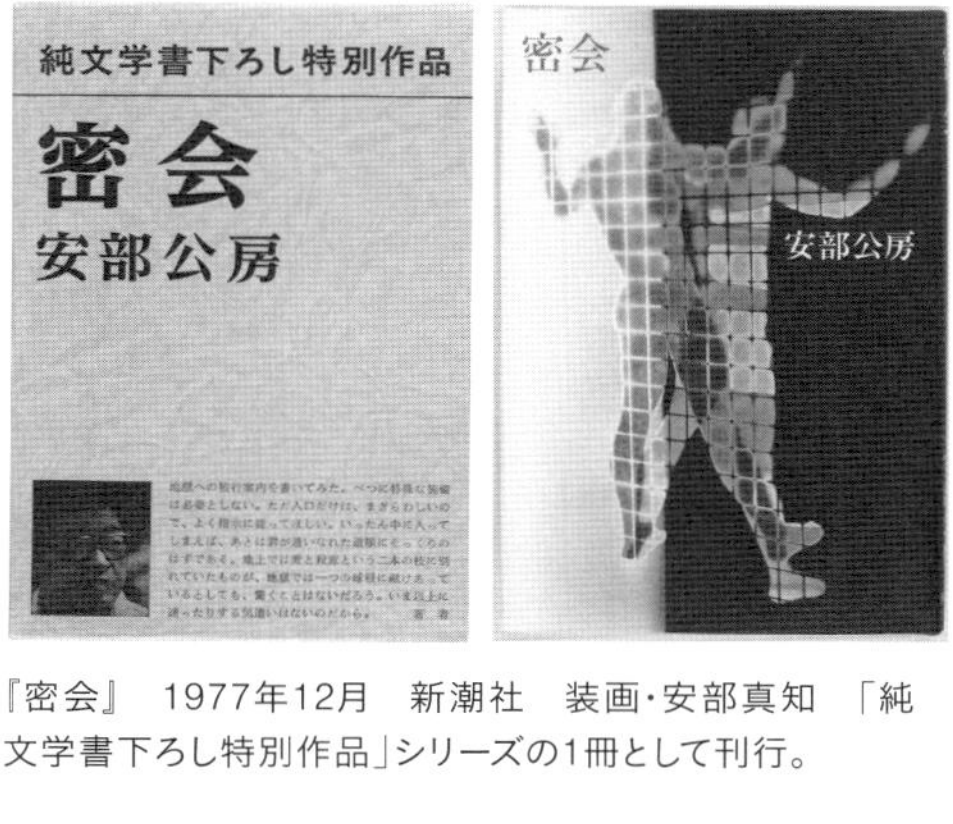

『密会』　1977年12月　新潮社　装画・安部真知　「純文学書下ろし特別作品」シリーズの1冊として刊行。

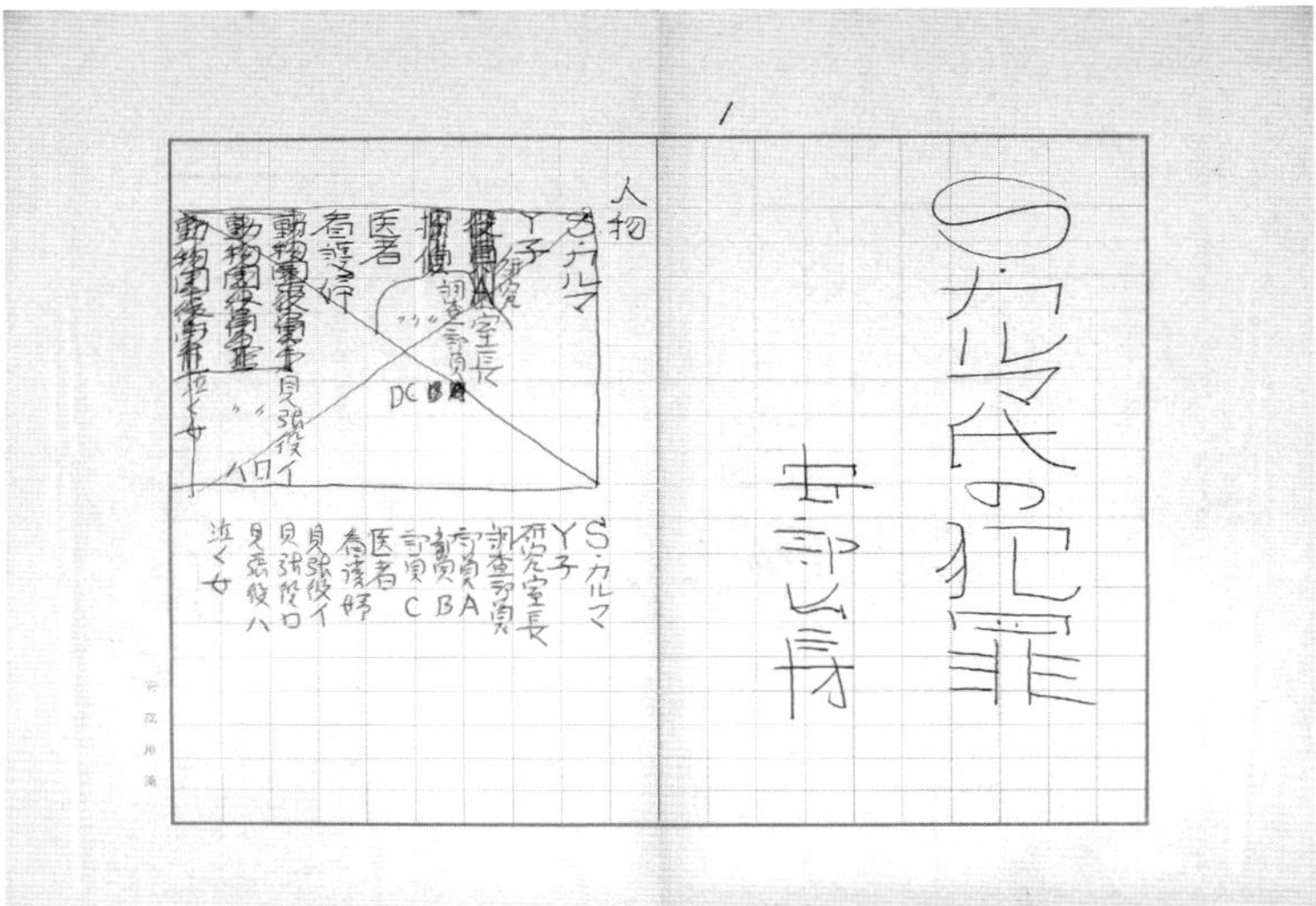

戯曲「S・カルマ氏の犯罪」原稿　自分の名前がわからなくなってしまった〈カルマ〉。彼が見つめていると、〈Y子〉がデスクごと消滅し、絵画から砂漠の砂が、看護婦の手からジュースの缶が消える。それらは〈カルマ〉の胸の中に吸収されているのだった。

「仔象は死んだ　イメージの展覧会」アメリカ公演日程　「安部公房スタジオ・会員通信」No.7から　1979年（昭和54）5月、日本芸術祭「Japan Today」の一環としてアメリカで公演旅行を行った。

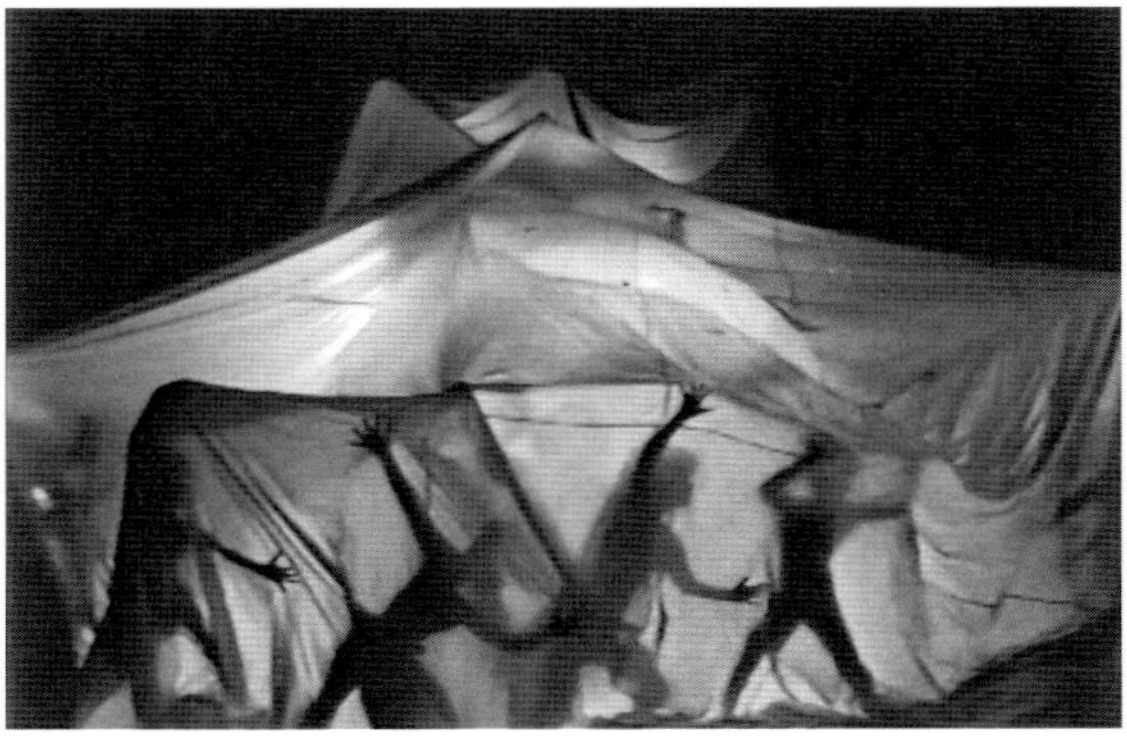

映画「仔象は死んだ」から　1979年9月14日試写　作、演出、音楽・公房　美術・安部真知　同作の舞台の日本公演（同年6月24、29日－7月8日上演　於・西武劇場ほか）終了後、舞台とは異なるシーンを交えて撮影を行い、映像作品として完成させた。

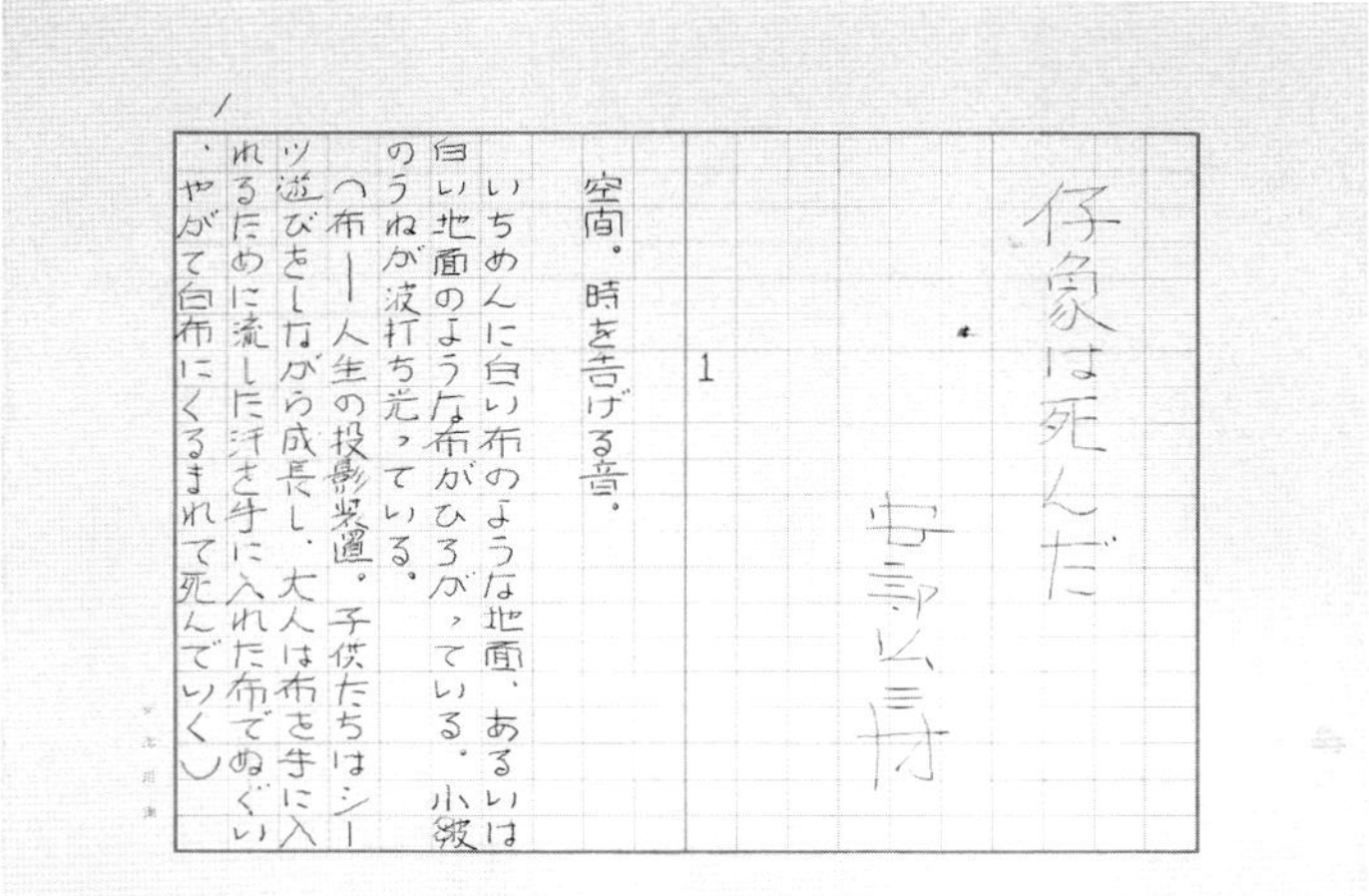

仔象は死んだ　安部公房

1

空間。時を告げる音。

いちめんに白い布のような地面、あるいは白い地面のような布がひろがっている。小波のうねりが波打ち光っている。

（布―人生の投影装置。子供たちはシーツ遊びをしながら成長し、大人は布を手に入れるために流した汗を手に入れた布でぬぐい、やがて白布にくるまれて死んでいく）

戯曲「仔象は死んだ」原稿　「新潮」1979年3月号に掲載　夢の中で夢の魚が象になった夢を見る、戯曲「贋魚」のイメージを発展。台詞（言葉）は群読を主体にごく限られたものとなり、一面に白い布を広げた舞台空間で、鍛え上げられた俳優たちの身体による緻密な表現が重ねられた。

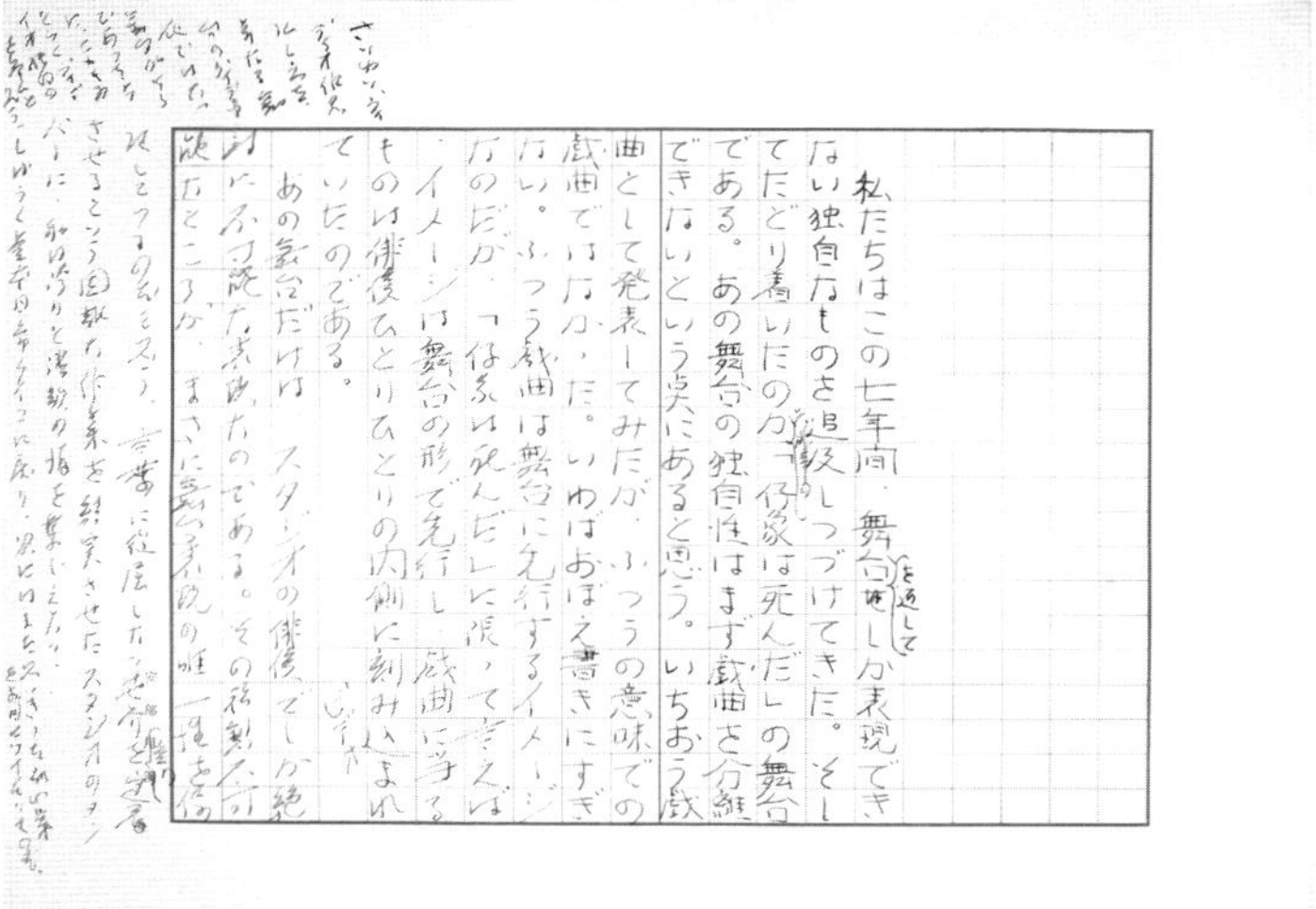

私たちはこの七年間、舞台を通してしか表現できない独自なものを追究しつづけてきた。そしてたどり着いたのが「仔象は死んだ」の舞台である。あの舞台の独自性はまず戯曲を分離できないという点にあると思う。いちおう戯曲として発表してみたが、ふつうの意味での戯曲ではなかった。いわばおぼえ書きにすぎない。ふつう戯曲は舞台に先行するイメージなのだが、「仔象は死んだ」に限って言えば、イメージは舞台の形で先行し、戯曲に当るものは俳優ひとりひとりの内側に刻み込まれていたのである。

あの舞台だけはスタジオの俳優でしか絶対に不可能な表現だったのである。

［「ー通信ー」原稿］　「安部公房スタジオ・会員通信」No.9（1980年3月）掲載エッセイの下書きと思われる。舞台を通してしか表現できない独自なものを追究し、安部スタジオが辿り着いたのが「仔象は死んだ」の舞台であり、スタジオの俳優でしか不可能な表現だと述べる。以後、舞台公演は行われなかった。

(左頁)1984年(昭和59)ころ　箱根の書斎

.5
1
VOLUME

第五部　晩年の創作

安部公房スタジオでの活動に区切りをつけた公房は、箱根の別荘を仕事場に、長編小説「志願囚人」（『方舟さくら丸』として完成）の執筆を進める。一九七三年（昭和四八）に建てた別荘は、芦ノ湖を一望できる高台の斜面にあり、身のまわりには、執筆に使ったワープロやプリンター、シンセサイザーのほか、創作のイメージを喚起するさまざまな品が置かれていた。

一九七八年に開発された日本語ワードプロセッサは、その後普及型への改良が進み、公房は、一九八二年にNECが発売したデスクトップ型ワープロ「文豪NWp―10N」をいち早く導入した。何度も推敲を繰り返し、膨大な反古原稿を出す公房にとって、ワープロの登場は願ってもないものだった。ワープロを用いて完成した『方舟さくら丸』は、一九八四年一一月刊行。『密会』以来七年ぶりの長編小説として注目を浴びた。同年には、〈スプーン曲げの少年〉をテーマにした次回作（「飛ぶ男」）に着手。一九九〇年（平成二）にかけて幾種もの異稿が書かれたが、生前発表することはなかった。

世界的な作家として高い評価を受け、ノーベル文学賞に近いと目されていた公房のもとには、講演、インタビューの依頼などが相次ぐが、多忙な日々のなかで、一九八六年ころから体調を崩すことが多くなった。生前最後の長編小説となった「カンガルー・ノート」（一九九一年）には、入院生活や死を前にした公房の心象風景が反映されている。一九九三年一月二二日、死去。六八歳だった。

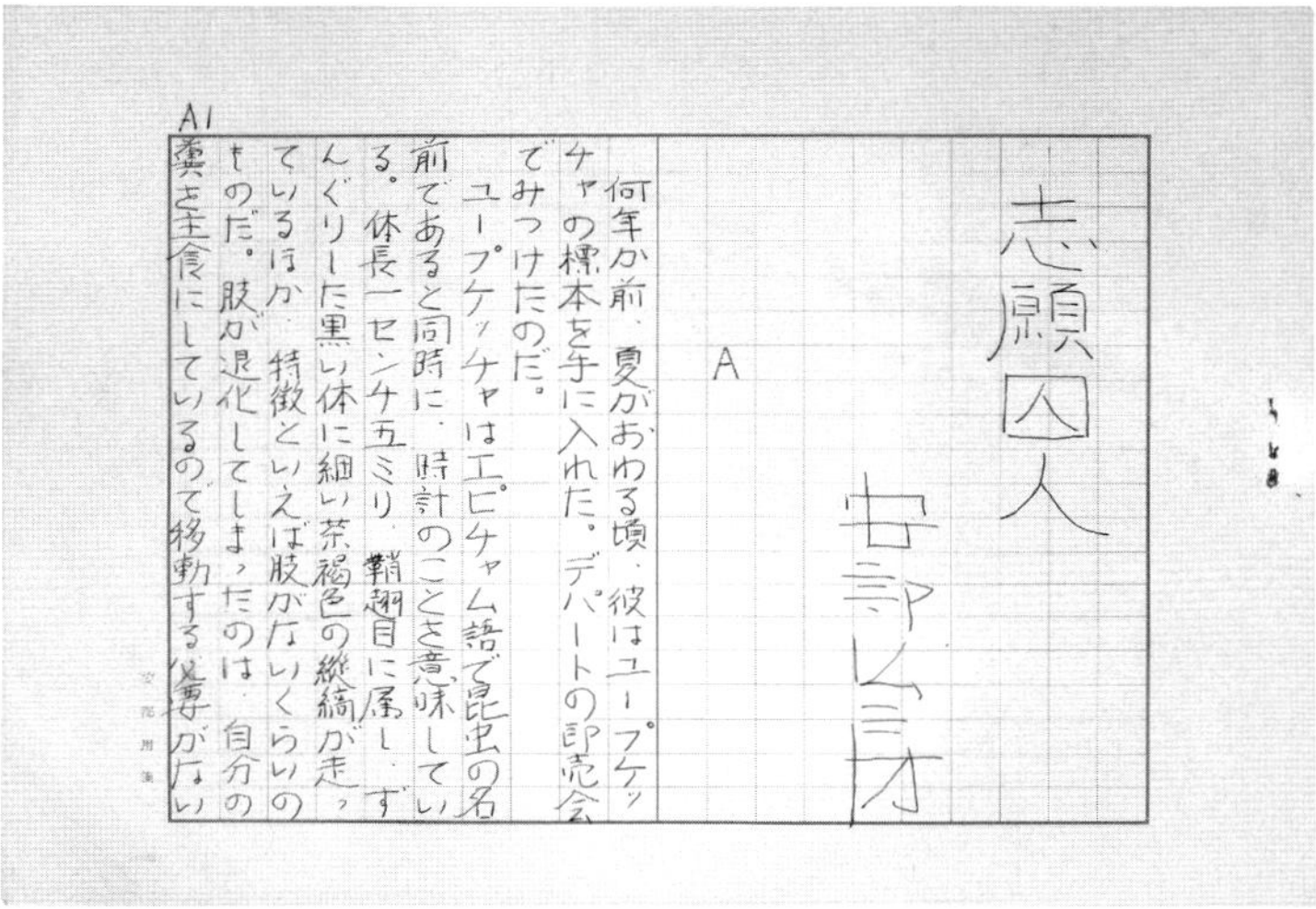
志願囚人

安部公房

A

A1

何年か前、夏がおわる頃、彼はユープケッチャの標本を手に入れた。デパートの即売会でみつけたのだ。

ユープケッチャはエピチャム語で昆虫の名前であると同時に、時計のことさ意味している。体長一センチ五ミリ、鞘翅目に属し、ずんぐりした黒い体に細い茶褐色の縦縞が走っているほか、特徴といえば肢がないくらいのものだ。肢が退化してしまったのは、自分の糞を主食にしているので移動する必要がない

「志願囚人」（『方舟さくら丸』）原稿　半円状の自分の糞を食べながら回転し続けるという昆虫〈ユープケッチャ〉のエピソードから始まる冒頭部分は、1980年（昭和55）2月号の「新潮」に短編「ユープケッチャ」として発表。末尾に、長編小説「志願囚人」の序章であることが謳われていた。

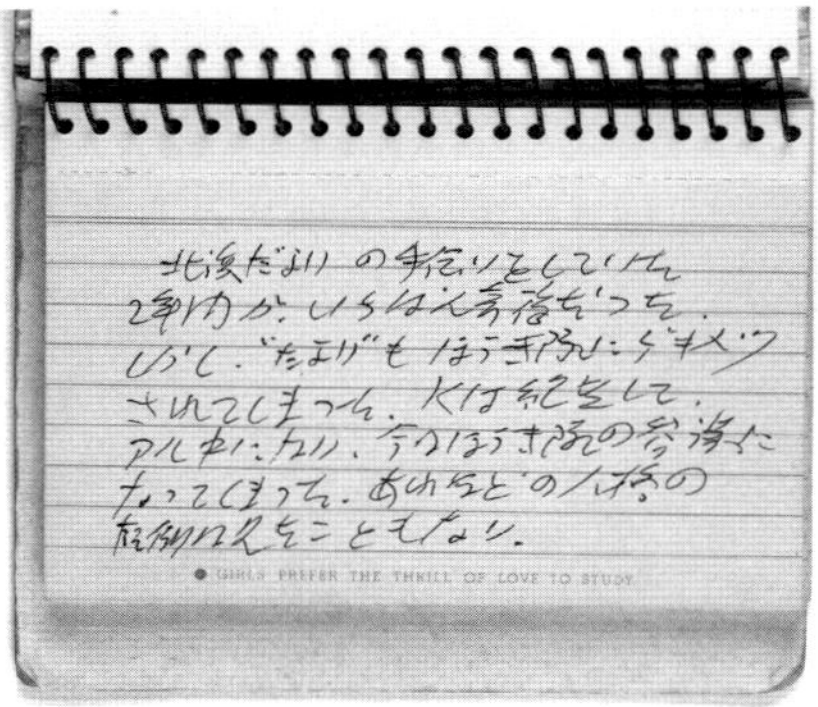

メモカード　1976年ころから使用。左はカードを切り離す前のノートで、『方舟さくら丸』のためのメモがある。

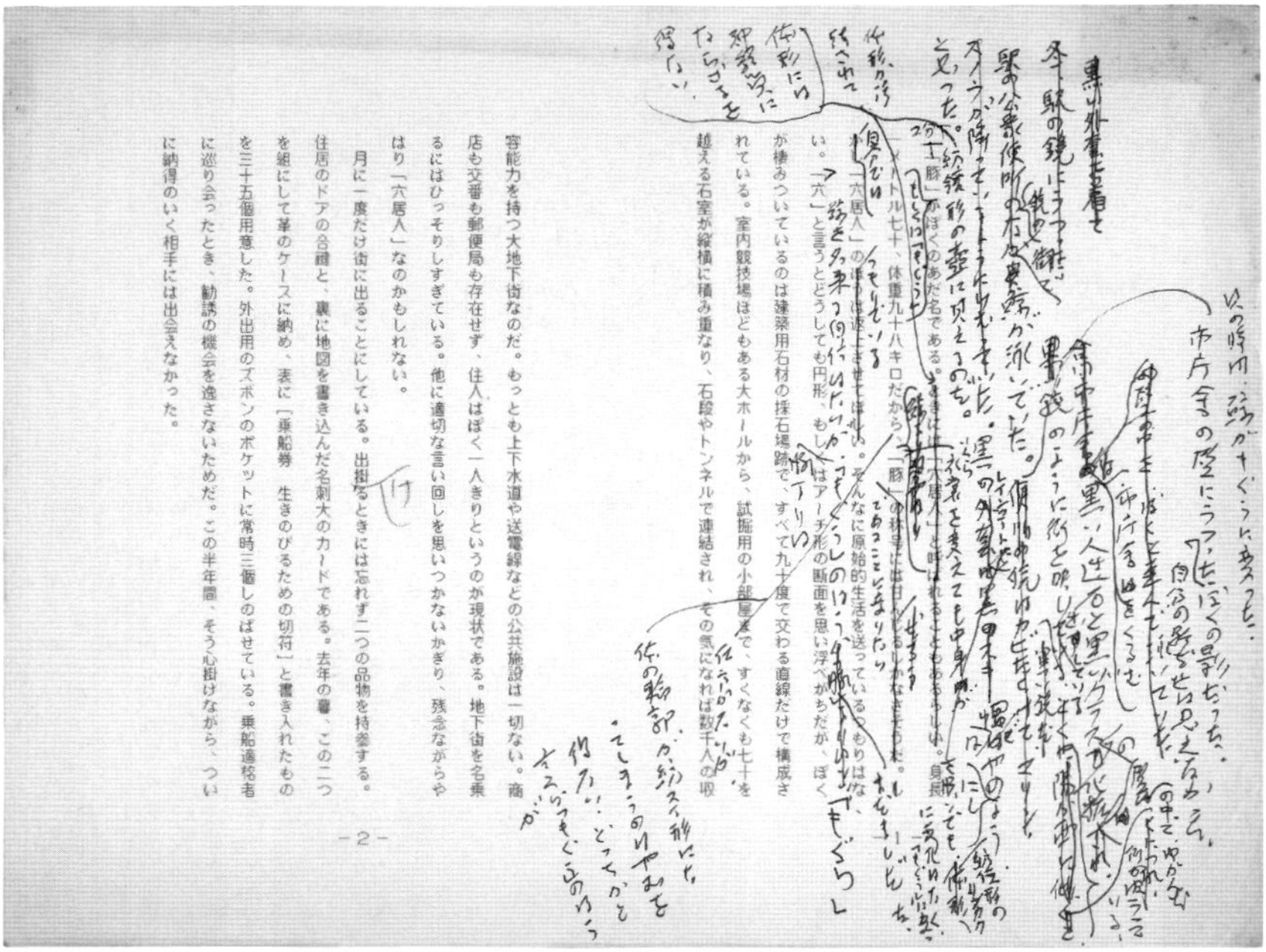

が棲みついているのは建築用石材の採石場跡で、すべて九十度で交わる直線だけで構成されている。室内競技場ほどもある大ホールから、試掘用の小部屋まで、すくなくも七十を越える石室が縦横に積み重なり、石段やトンネルで連結され、その気になれば数千人の収容能力を持つ大地下街なのだ。もっとも上下水道や送電線などの公共施設は一切ない。商店も交番も郵便局も存在せず、住人はぼく一人きりというのが現状である。地下街を名乗るにはひっそりしすぎている。他に適切な言い回しを思いつかないかぎり、残念ながらやはり「六居人」なのかもしれない。

月に一度だけ街に出ることにしている。出掛けるときには忘れず二つの品物を持参する。住居のドアの合鍵と、裏に地図を書き込んだ名刺大のカードである。去年の暮、この二つを組にして革のケースに納め、表に「乗船券　生きのびるための切符」と書き入れたものを三十五個用意した。外出用のズボンのポケットに常時三個しのばせている。乗船適格者に巡り会ったとき、勧誘の機会を逸さないためだ。この半年間、そう心掛けながら、ついに納得のいく相手には出会えなかった。

－2－

『方舟さくら丸』ワープロ稿への手入れ
「豚」というあだ名よりは「もぐら」と呼ばれることを望む元カメラマンの主人公の描写に、夥《おびただ》しい推敲が加えられている。巨大な採石場跡に棲みついた主人公は、世界の終末に備え、現代のノアの方舟ともいえるシェルターを作り、乗船適格者を探している。

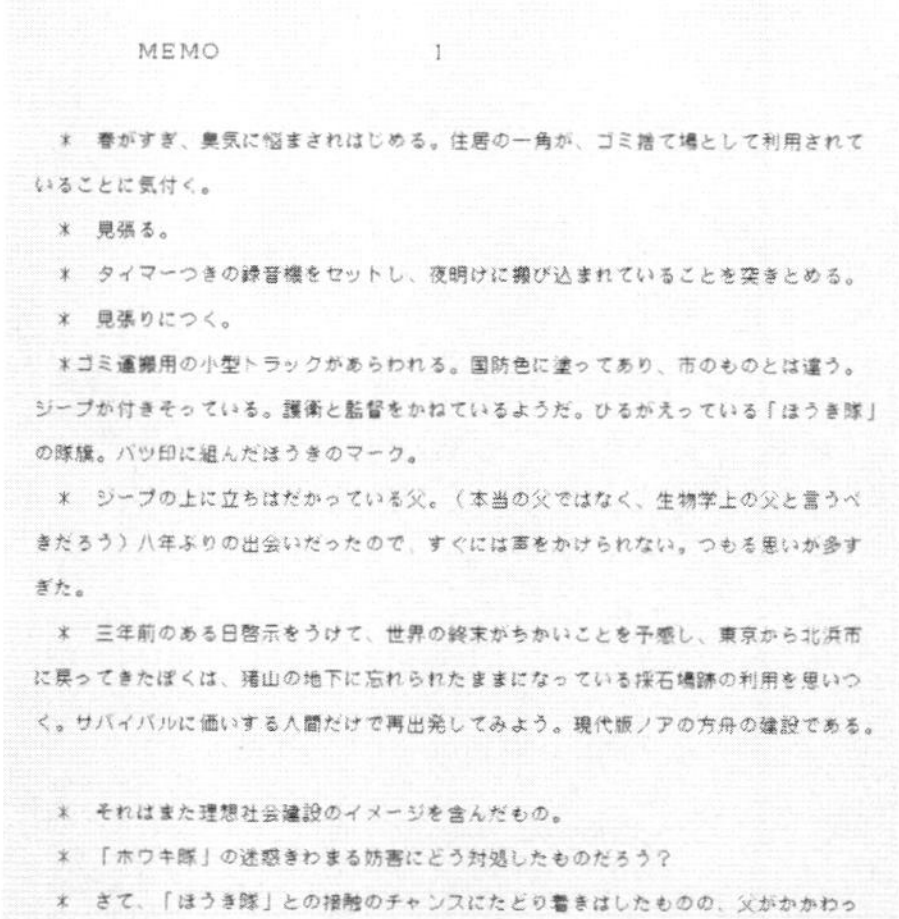

MEMO　　　　　1

＊　春がすぎ、臭気に悩まされはじめる。住居の一角が、ゴミ捨て場として利用されていることに気付く。

＊　見張る。

＊　タイマーつきの録音機をセットし、夜明けに搬び込まれていることを突きとめる。

＊　見張りにつく。

＊ゴミ運搬用の小型トラックがあらわれる。国防色に塗ってあり、市のものとは違う。ジープが付きそっている。護衛と監督をかねているようだ。ひるがえっている「ほうき隊」の隊旗。バツ印に組んだほうきのマーク。

＊　ジープの上に立ちはだかっている父。（本当の父ではなく、生物学上の父と言うべきだろう）八年ぶりの出会いだったので、すぐには声をかけられない。つもる思いが多すぎた。

＊　三年前のある日啓示をうけて、世界の終末がちかいことを予感し、東京から北浜市に戻ってきたぼくは、猪山の地下に忘れられたままになっている採石場跡の利用を思いつく。サバイバルに価いする人間だけで再出発してみよう。現代版ノアの方舟の建設である。

＊　それはまた理想社会建設のイメージを含んだもの。

＊　「ホワキ隊」の迷惑きわまる妨害にどう対処したものだろう？

＊　さて、「ほうき隊」との接触のチャンスにたどり着きはしたものの、父がかかわっていることを知って、はなはだしい困惑をおぼえる。方舟に乗船資格のない人物の第一号だったからだ。

＊　その日は一応やりすごし、あらためて父と対面の機会をつくろうと思う。

『方舟さくら丸』ワープロによる創作メモ
プロットを記す。

8インチフロッピーディスクファイル　右は『方舟さくら丸』の原稿を収めたフロッピー。

『方舟さくら丸』執筆中　1984年8月　箱根の書斎で。
撮影・新田敞　写真提供・新潮社

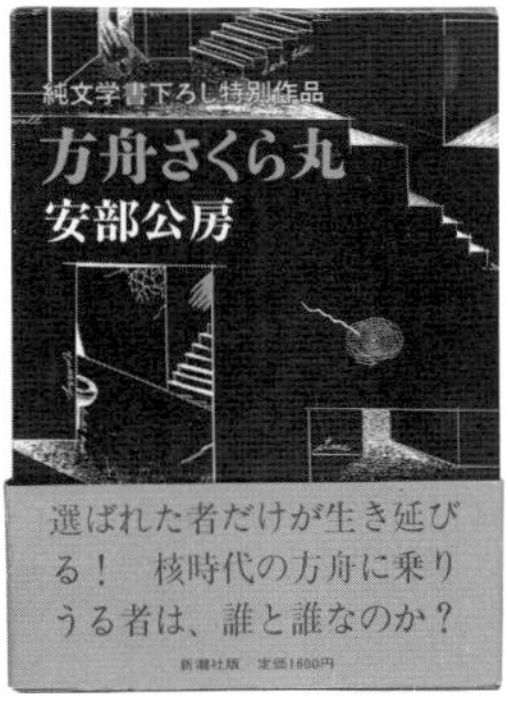

『方舟さくら丸』　1984年（昭和59）11月　新潮社　装画・司修　扉カット・渡辺冨士雄　本文カット・公房　「純文学書下ろし特別作品」シリーズの1冊として刊行。

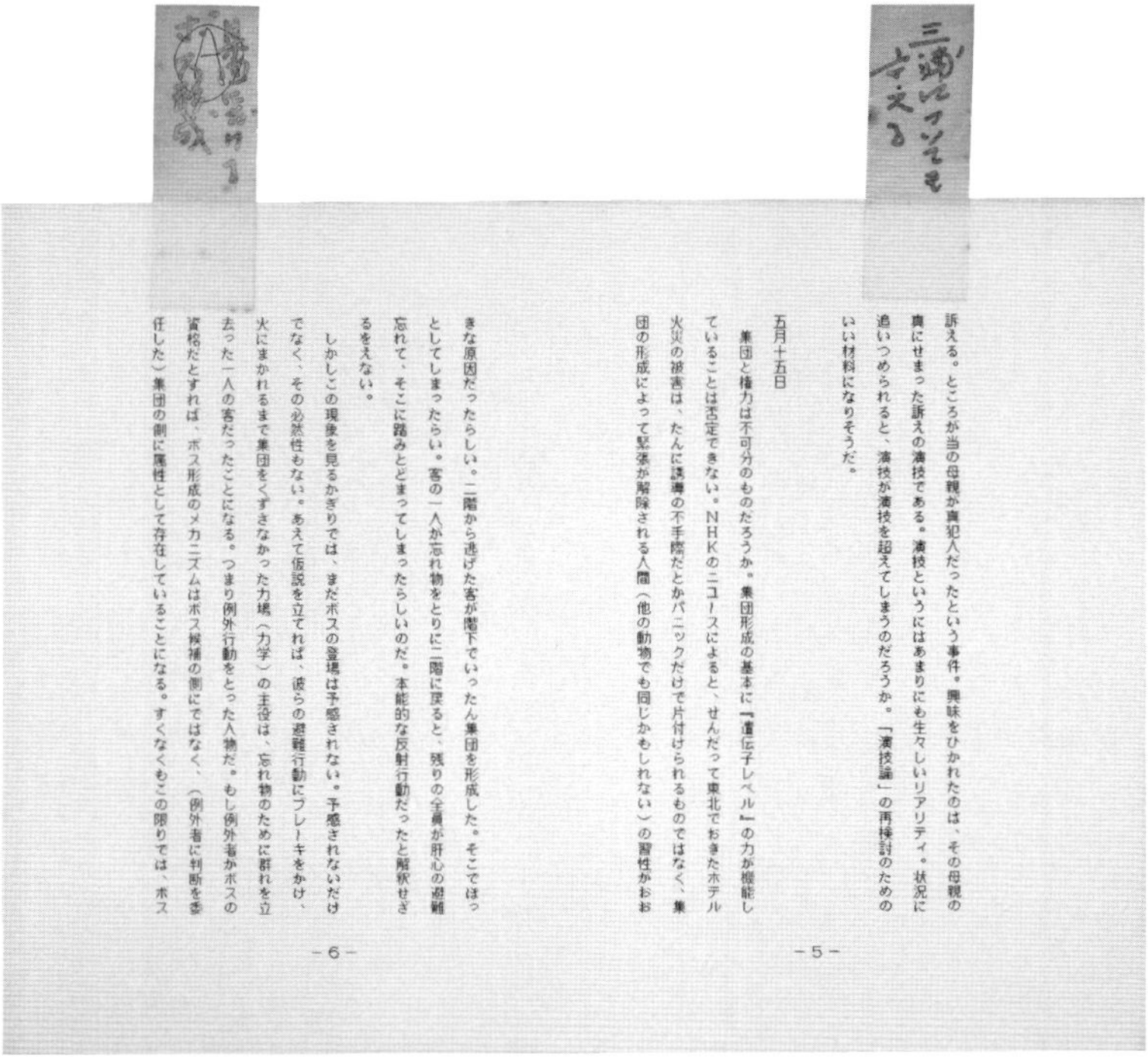

集団におけるボス形成

三浦についても考える

訴える。ところが当の母親が真犯人だったという事件。興味をひかれたのは、その母親の真にせまった訴えの演技である。演技というにはあまりにも生々しいリアリティ。状況に追いつめられると、演技が演技を超えてしまうのだろうか。「演技論」の再検討のためのいい材料になりそうだ。

五月十五日

集団と権力は不可分のものだろうか。集団形成の基本に『遺伝子レベル』の力が機能していることは否定できない。NHKのニュースによると、せんだって東北でおきたホテル火災の被害は、たんに誘導の不手際だとかパニックだけで片付けられるものではなく、集団の形成によって緊張が解除される人間（他の動物でも同じかもしれない）の習性がお

－5－

きな原因だったらしい。二階から逃げた客が階下でいったん集団を形成した。そこではっとしてしまったらしい。客の一人が忘れ物をとりに二階に戻ると、残りの全員が肝心の避難を忘れて、そこに踏みとどまってしまったらしいのだ。本能的な反射行動だったと解釈せざるをえない。

しかしこの現象を見るかぎりでは、まだボスの登場は予感されない。予感されないだけでなく、その必然性もない。あえて仮説を立てれば、彼らの避難行動にブレーキをかけ、火にまかれるまで集団をくずさなかった力場（力学）の主役は、忘れ物のために群れを立去った一人の客だったことになる。つまり例外行動をとった人物だ。もし例外者がボスの資格だとすれば、ボス形成のメカニズムはボス候補の側にではなく、（例外者に判断を委任した）集団の側に属性として存在していることになる。すくなくもこの限りでは、ボス

－6－

「もぐら日記」［I］ワープロ稿　1985年（昭和60）5月12日－9月12日のプリントアウト。日々の読書や報道などをもとに、さまざまなテーマについて探究、思考を重ねる。「集団におけるボス形成」と書かれた付箋のある5月15日は、ホテル火災に関するニュースをもとに、遺伝子レベルに組み込まれた人間の行動について考察している。没後、遺されたフロッピーディスクに、I（5月12日－10月13日）、II（10月13日続－12月6日）、III（1989年3月25日）が保存されていた。

『死に急ぐ鯨たち』　1986年9月　新潮社　装幀・辻修平　写真・公房　エッセイ、講演、インタビュー集。最新の研究成果などを採り入れながら、言語や集団、儀式など、人類における重要なテーマを論じる。公房の撮った写真5枚が掲載されている。

「飛ぶ男」(「スプーンを曲げる少年」)ワープロ稿への手入れ　中学教師の保根治のもとに、腹違いの弟と称する〈飛ぶ男〉が助けを求め、窓から飛び込んでくる。父親に超能力者として見世物にされそうだという。公房の死により、未完のまま遺された。

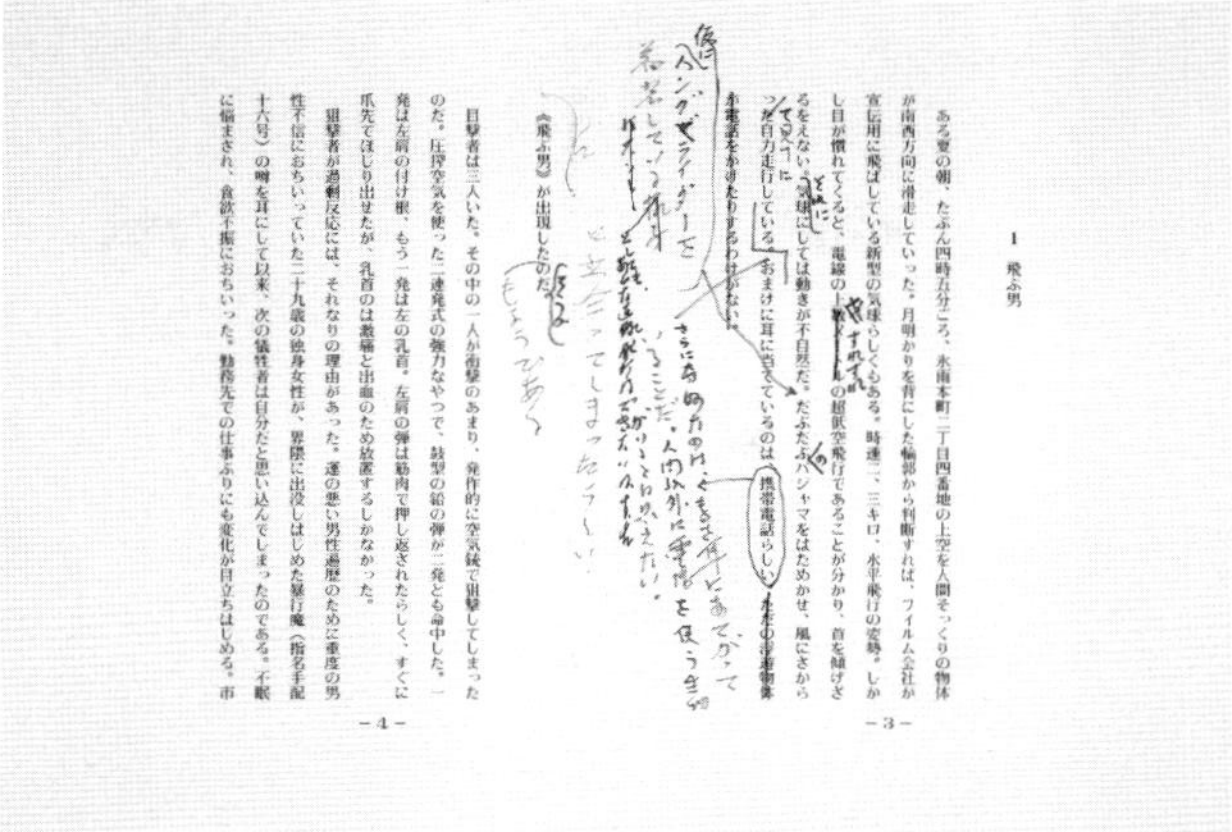
1　飛ぶ男

ある夏の朝、たぶん四時五分ごろ、氷雨本町二丁目四番地の上空を人間そっくりの物体が南西方向に滑走していった。月明かりを背にした輪郭から判断すれば、フィルム会社が宣伝用に飛ばしている新型の気球らしくもある。時速二、三キロ、水平飛行の姿勢。しかし目が慣れてくると、電線の上数メートルの超低空飛行であることが分かり、首を傾げざるをえない。気球にしては動きが不自然だ。だぶだぶパジャマをはためかせ、風にさからって自力走行している。おまけに耳に当てているのは携帯電話らしい。未来の浮遊物体が電話をかけたりするわけがない。

《飛ぶ男》が出現したのだ。

—3—

目撃者は三人いた。その中の一人が衝撃のあまり、発作的に空気銃で狙撃してしまったのだ。圧搾空気を使った二連発式の強力なやつで、鼓型の鉛の弾が二発とも命中した。一発は左肩の付け根、もう一発は左の乳首。左肩の弾は筋肉で押し返されたらしく、すぐに爪先でほじり出せたが、乳首のは激痛と出血のため放置するしかなかった。

狙撃者が過剰反応には、それなりの理由があった。運の悪い男性遍歴のために重度の男性不信におちいっていた二十九歳の独身女性が、界隈に出没しはじめた暴行魔（指名手配十六号）の噂を耳にして以来、次の犠牲者は自分だと思い込んでしまったのである。不眠に悩まされ、食欲不振におちいった。勤務先での仕事ぶりにも変化が目立ちはじめる。市

—4—

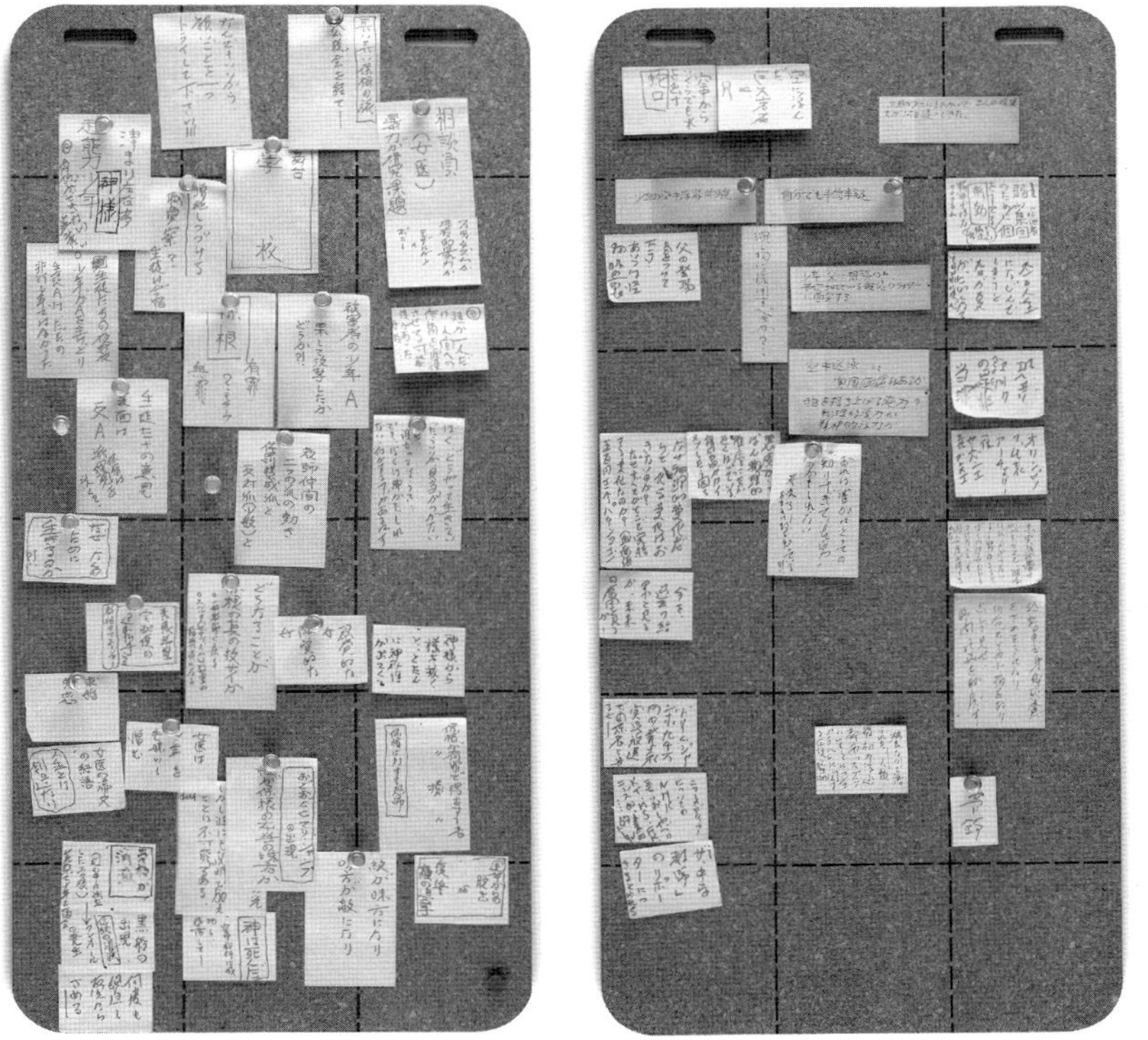
箱根の仕事場で使用していたメモボード　「飛ぶ男」に関連したメモが今も遺る。

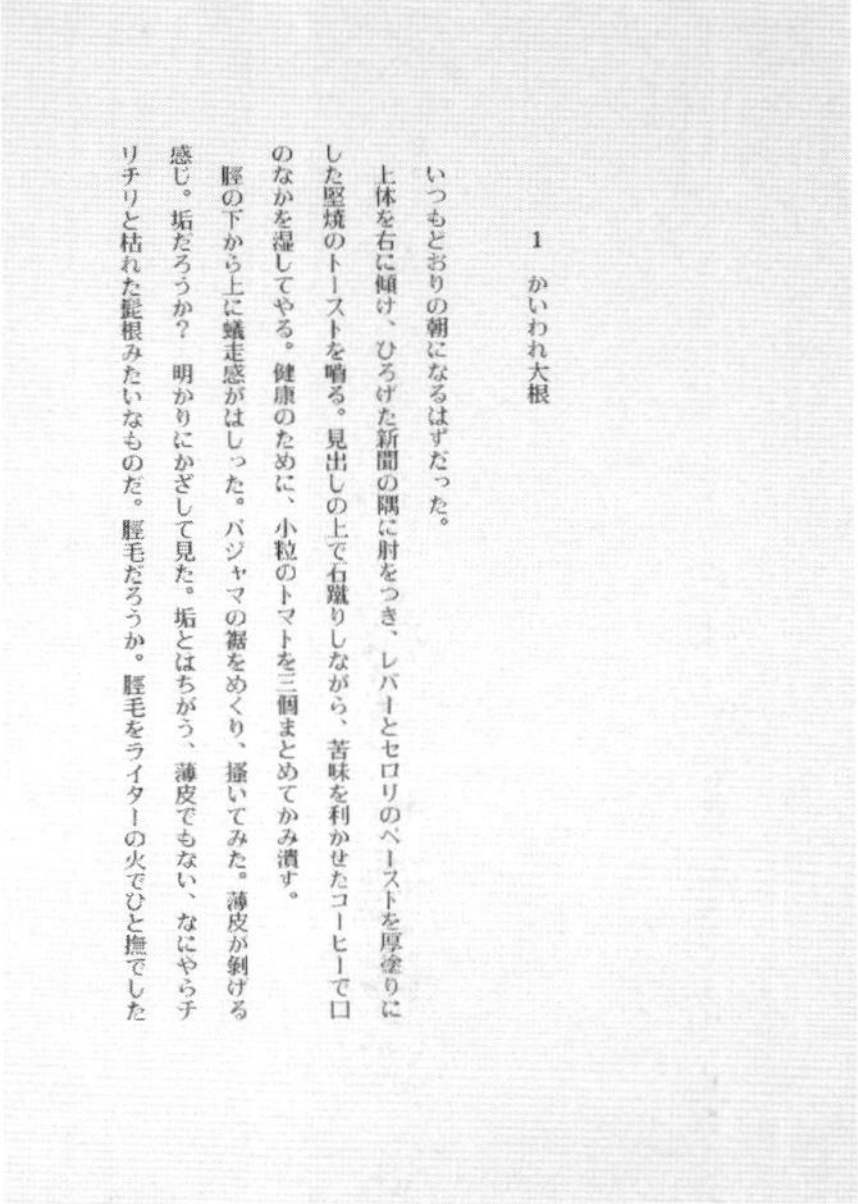

1　かいわれ大根

いつもどおりの朝になるはずだった。

上体を右に傾け、ひろげた新聞の隅に肘をつき、レバーとセロリのペーストを厚塗りにした堅焼のトーストを噛る。見出しの上で石蹴りしながら、苦味を利かせたコーヒーで口のなかを湿してやる。健康のために、小粒のトマトを三個まとめてかみ潰す。

脛の下から上に蟻走感がはしった。パジャマの裾をめくり、掻いてみた。薄皮が剝ける感じ。垢だろうか？　明かりにかざして見た。垢とはちがう、薄皮でもない、なにやらチリチリと枯れた髭根みたいなものだ。脛毛だろうか。脛毛をライターの火でひと撫でした

「カンガルー・ノート」ワープロ稿と3.5インチフロッピーディスク　「新潮」1991年（平成3）1－7月号に連作短編として掲載　脛から突然かいわれ大根が生え始めた男。病院を訪れると、自走ベッドに手足を固定され、硫黄泉による温泉療法を勧められる。ベッドは動き出し、地下坑道から運河、そして賽《さい》の河原へと走っていく。生前完成させた最後の長編。

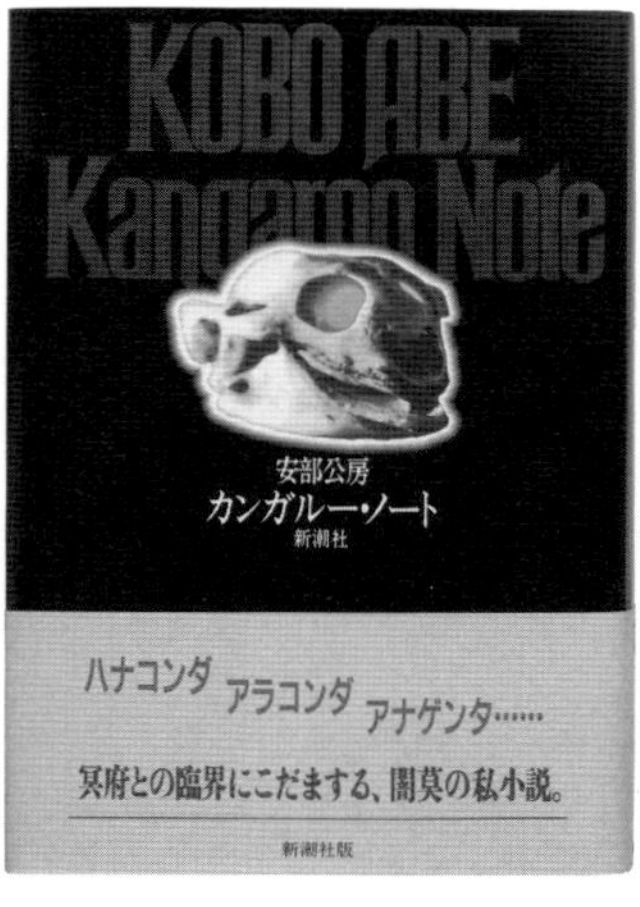

『カンガルー・ノート』　1991年11月
新潮社　カバー写真・公房

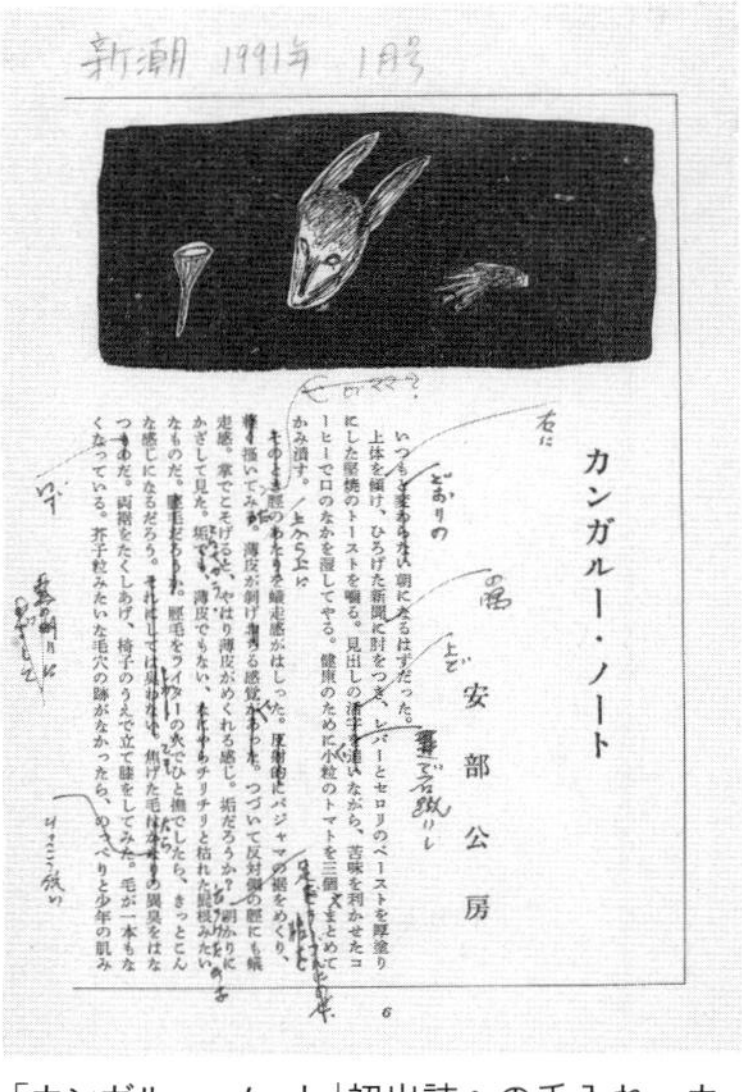

新潮 1991年 1月号

カンガルー・ノート

安部公房

6

「カンガルー・ノート」初出誌への手入れ　カット・木村繁之

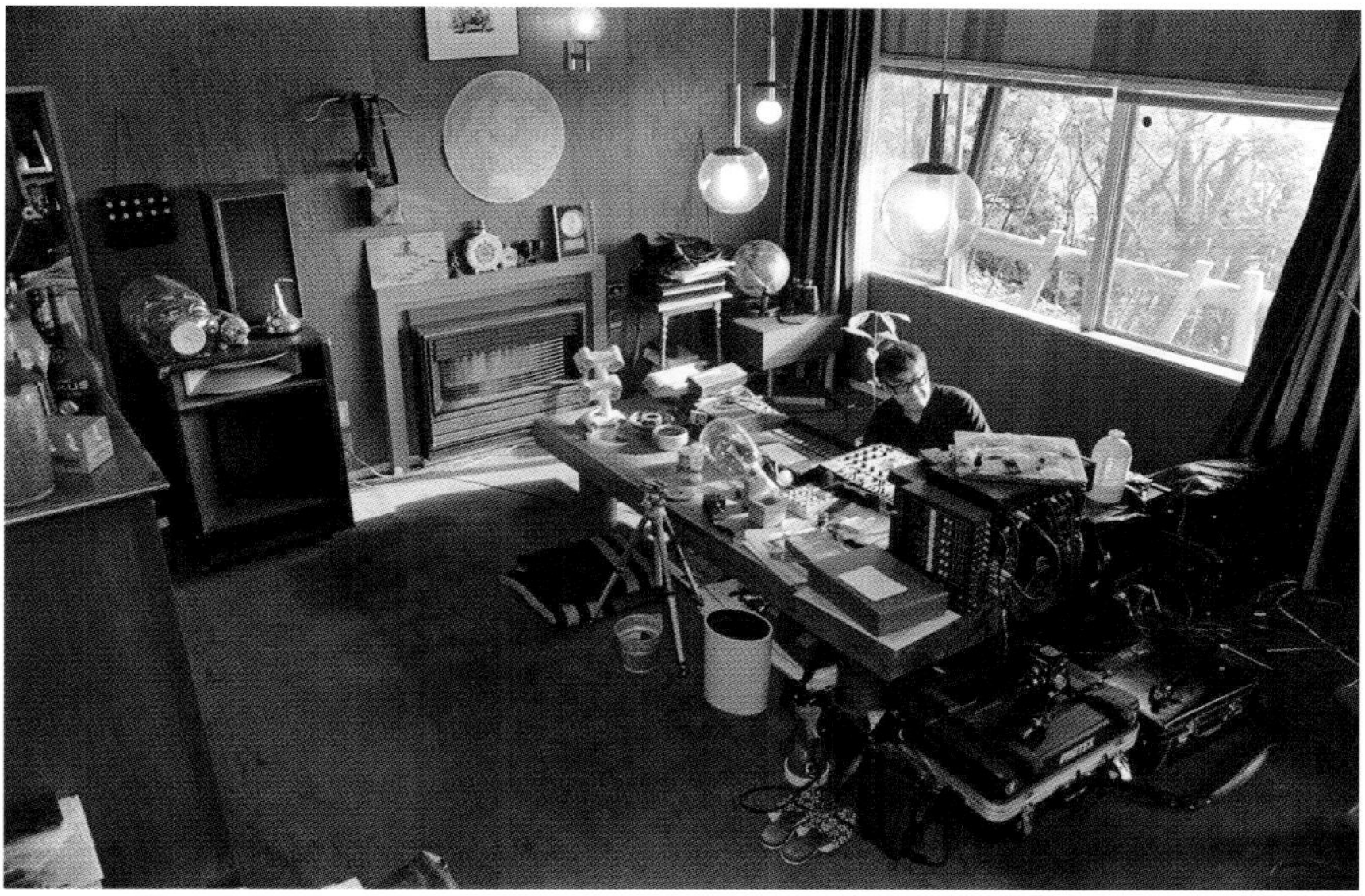

箱根の仕事場で　1986年(昭和61)　机上にシンセサイザー、イカ釣り漁船のランプ、壁面にクロスボウなどが見える。写真提供・新潮社

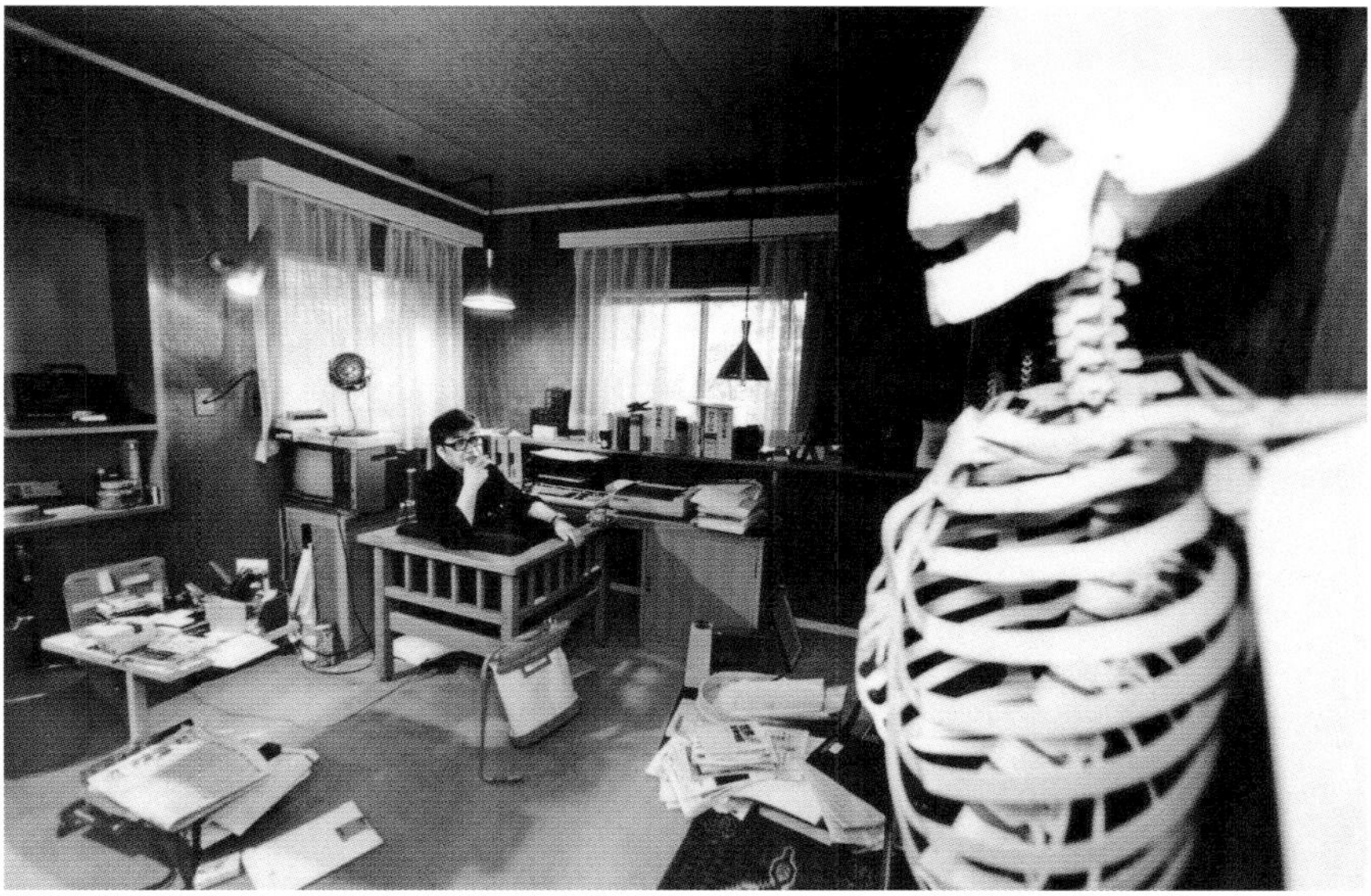

箱根の仕事場(書斎)で　1986年　手前に紙製の骨格模型が見える。 写真提供・新潮社

調布市若葉町の自宅で、孫の里沙と　1986年(昭和61)ころ

美術家・安部真知

画家として出発し、公房の作家デビュー当時から、その装幀、挿絵を手がけたほか、「幽霊はここにいる」以来、多くの安部作品の舞台美術を担当。高い評価を得て、広く舞台美術家、装幀家として活躍した。公房作品の成立における真知の存在は重要で、公房は書いたものをまず真知に読んでもらい、推敲を重ねたという。とくに、舞台を作り上げるなかで完成された戯曲では、美術家としての真知のアイデアが、作品に大きな影響を与えている。

「幽霊はここにいる」舞台装置の前に立つ真知
1958年（昭和33）3月

安部真知画「幽霊はここにいる」（劇団俳優座）舞台装置原画　1958年6月23日–7月22日上演　於・俳優座劇場　作・公房　演出・千田是也　真知はこの作品で初めて舞台美術を担当した。

安部真知画「巨人伝説」(劇団俳優座)舞台装置原画　1960年4月4–30日上演(同年3月に地方巡演)　於・俳優座劇場　作・公房　演出・千田是也

「友達」(劇団青年座 再演)舞台写真　1968年5月16–23日上演　於・国立劇場小劇場　作・公房　演出・成瀬昌彦　美術・安部真知　写真提供・劇団青年座

安部真知デザイン「案内人GUIDE BOOK II」(安部公房スタジオ)舞台装置模型　1976年10月13–31日上演　於・西武劇場　作、演出・公房　撮影・望月孝

安部真知画「奇想天外神聖喜歌劇」（合同公演）舞台イメージ　1967年（昭和42）8月14－27日上演
於・都市センターホール　作・ウラジーミル・マヤコフスキー　演出・観世栄夫

千田是也（右）と真知　1958年　俳優座劇場で　公房が自ら演出を手がけるようになり、千田と仕事を行わなくなった後も、真知は千田演出の舞台美術を担当している。

安部真知画「オセロ」（劇団俳優座）舞台イメージ　1971年2月20–28日上演（前年11–12月地方巡演）　於・俳優座劇場　作・ウィリアム・シェイクスピア（訳・三上勲）　演出・千田是也

安部真知画『シェイクスピア全集』（小田島雄二訳）挿絵原画　1973年9月–1980年10月
白水社　全7巻　真知は、装丁および全36葉の挿絵を担当。

1952年12月

1952年12月

1948年（昭和23）10月

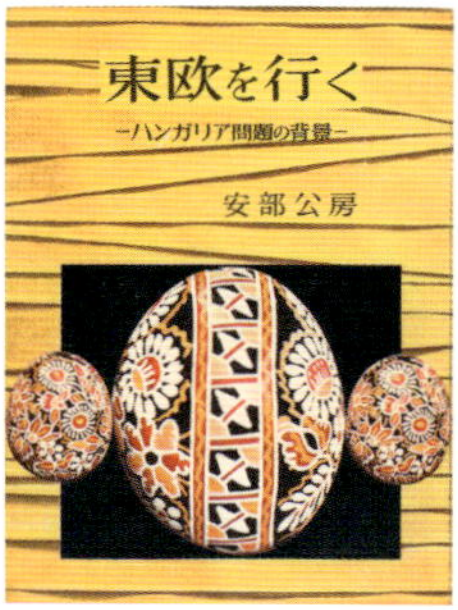

1957年2月

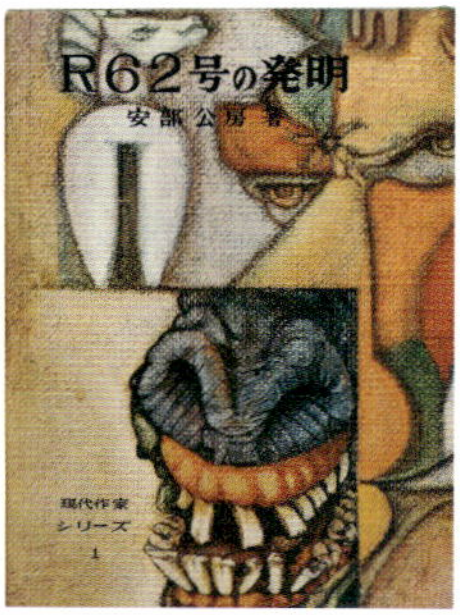

1956年12月

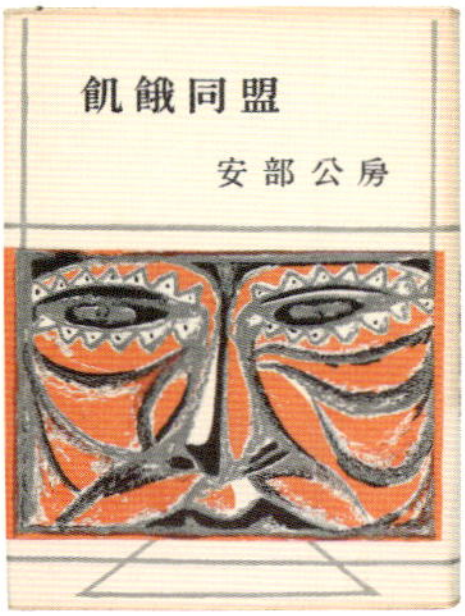

1954年2月

1959年7月

1957年12月

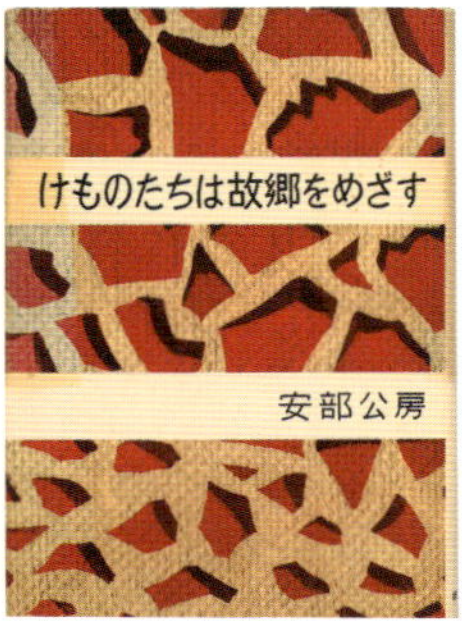

1957年4月

［真知装幀による公房著書から］

1967年9月

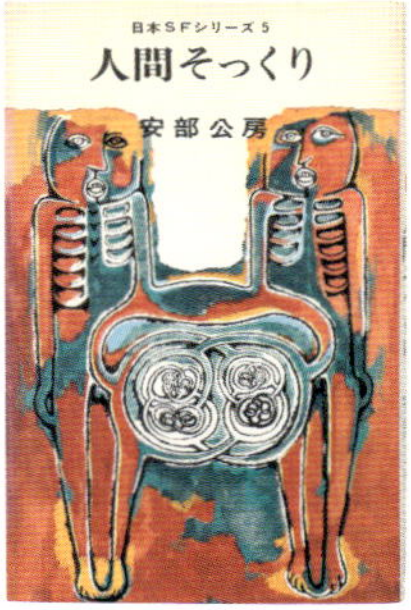

1967年1月

1965年7月

1971年11月

1969年9月

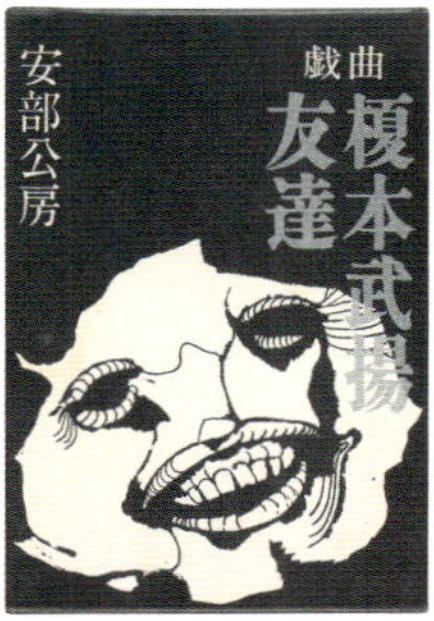

1967年11月

1980年6月

1977年12月

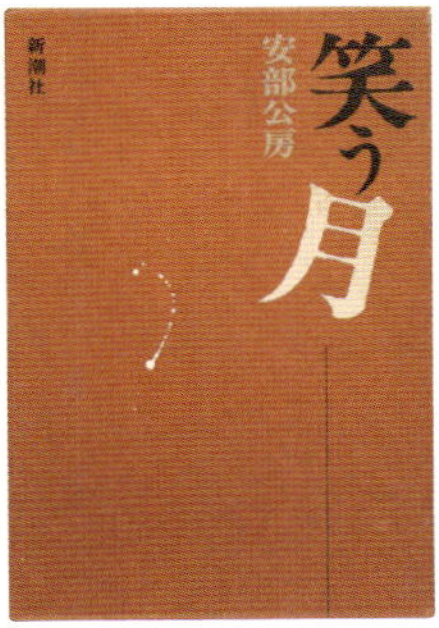

1975年11月

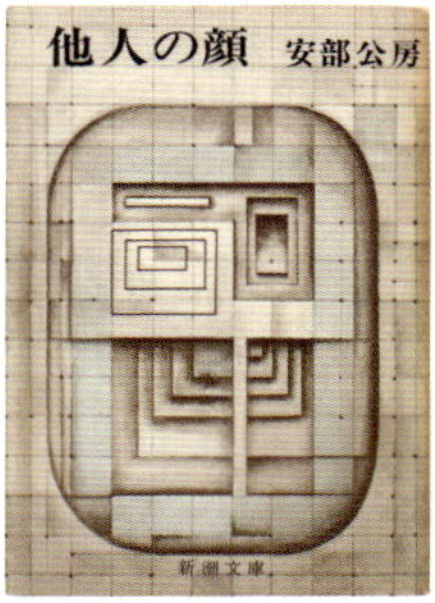

1970年7月

1970年5月

1969年(昭和44)5月

1971年7月

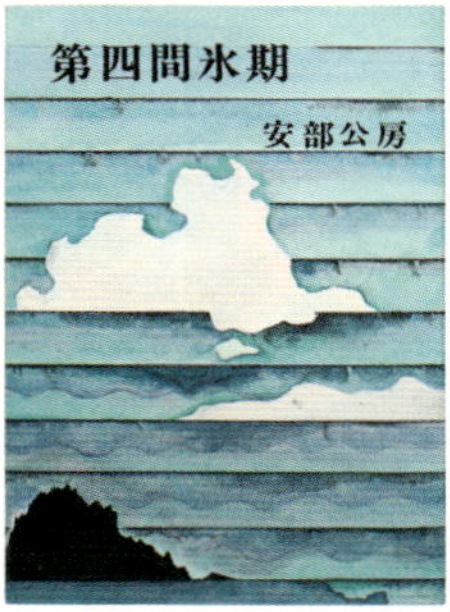

1970年11月

1970年9月

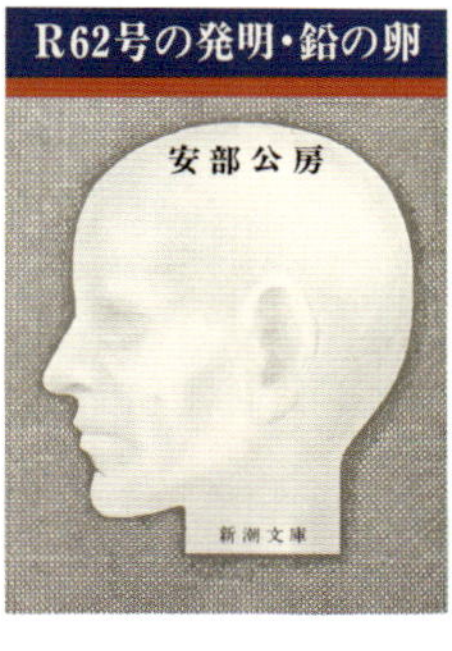

1974年8月

1974年5月

1973年7月

［真知装幀による公房著書(新潮文庫)］

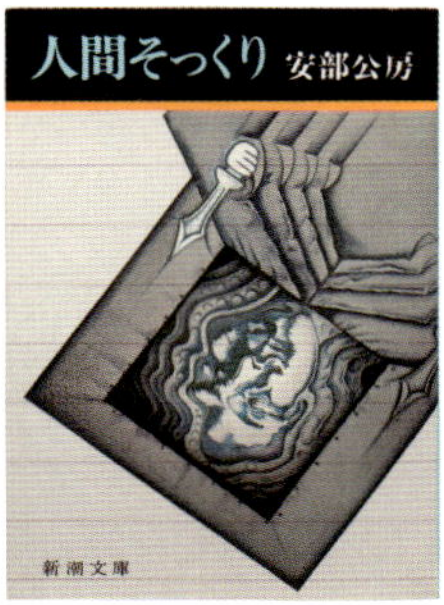

1976年4月

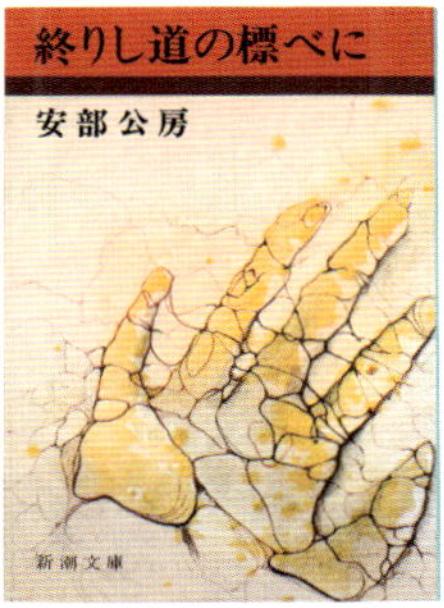

1975年8月

1975年1月

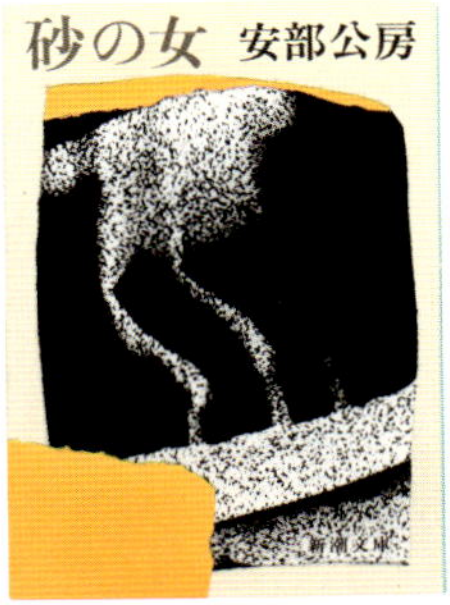

1981年2月

1980年1月

1977年10月

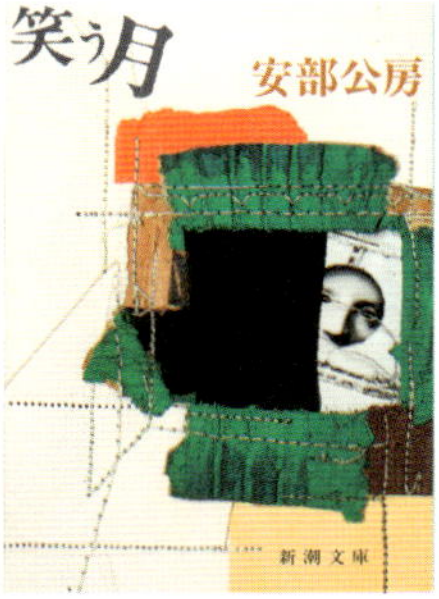

1984年7月

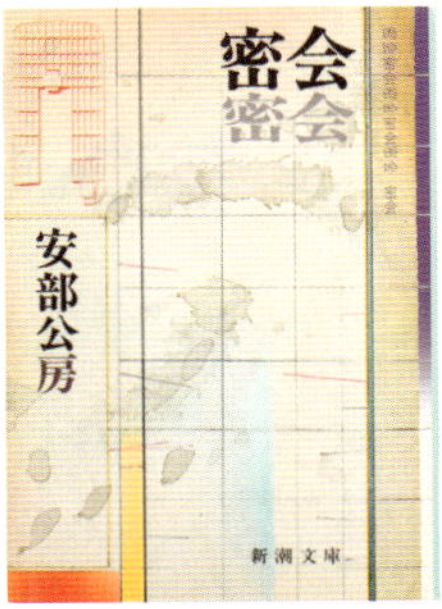

1983年5月

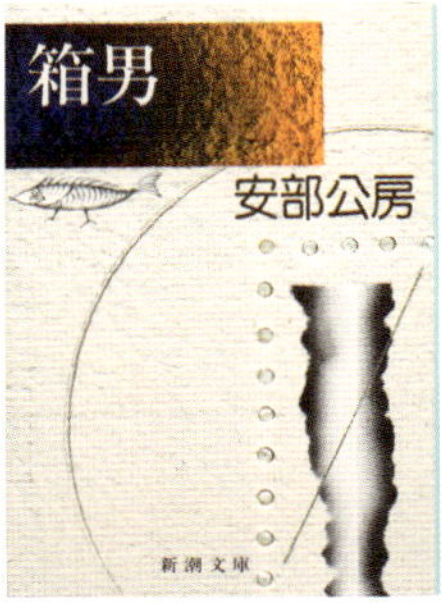

1982年10月

Bibliothèque cosmopolite
Stock
bruna science fiction
CAPPELEN
THE FACE OF ANOTHER
Die Andere Bibliothek
EICHBORN VERLAG
KOBO ABE
THE FACE OF ANOTHER
A NOVEL
The Ruined Map
Kobo Abé
translated from the Japanese by E. Dale Saunders
KOBO ABE
SECRET RENDEZVOUS
KOBO ABÉ
Kvinnan i sanden
S PEŠČIN
Kobo Abe
ЧУЖДО ЛИЦЕ
Abe Kobo
Kobieta z wydm
KOBO ABE
INTER ICE AGE 4
상자인간
KOBO ABE
THE BOX MAN
KOBO ABĖ
moteris smėlynuose
箱男
日本当代经典文学大师
安部公房文集
THE BOX MAN
KOBO ABÉ
KOBO ABE
LA MUJER DE LA ARENA
kobo abé
välijääkausi 4
KOBO ABE
СПАЛЕНА КАРТА
the Woman in the Dunes
Kobo Abé
ČERVENÝ KOKON
KOBO ABE
ODEON
KŌBŌ ABE
The Man Who Turned into a Stick
translated by Donald Keene
UNIVERSITY OF TOKYO PRESS
Three Plays by
Kōbō Abe
translated by Donald Keene
Kobo Abe
Der verbrannte Stadtplan
Roman. Eichborn.
KOBO ABÉ
KVINDEN I SANDET
SECRET RENDEZVOUS
密会
安部公房
KOBO ABE
A NOVEL TRANSLATED BY JULIET WINTERS CARPENTER
KOBO ABE
ИЗГОРЕНАТА КАРТА
TRANSLATED BY JULIET WINTERS CARPENTER
DU MONDE ENTIER
KÔBÔ ABE
Rendez-vous secret
Abé Kôbô
L'homme-boîte
Roman
traduit du japonais

in the Dunes
THE RUINED MAP
The Ruined Map
Kobo Abé
LA MUJER DE LA ARENA
KÔBÔ ABE
EDICIONES SIRUELA
砂丘之女
Kôbô Abe
LA MUJER DE LA ARENA
Kôbô Abe
TVAR toho druhého
Kobo Abe
Die Frau in den Dünen
«LOOMINGU» RAAMATUKOGU
KOBO ABE
Neljas jääaeg
Nr. 11—13 1966
KOBO ABÉ
DEN FÖRSTÖRDA KARTAN
ROMAN
BONNIERS
KOBO ABÉ
Svetimas veidas
A Novel of the Future
Inter Ice Age 4
Kobo Abe
Translated by E. Dale Saunders
ABE KOBO
Le plan déchiqueté
Stock
KOBO ABE
DIE FRAU IN DEN DÜNEN
ROMAN
ROWOHLT
KOBO ABE
LUITENAINE
Hiekkaa
KOBO ABE
Kôbô Abe
El rostro ajeno
Siruela
ABÉ KÔBÔ
LA FEMME DES SABLES
КОБО АБЭ
A Novel by
KOBO ABÉ
Kôbô Abé
Rendez-vous secret
Kobo Abé
Kartong-människan
Panacheserien
Bonniers
Kôbô Abé
Mort anonyme
PAR L'AUTEUR DE
LA FEMME DES SABLES
Denoël
Abé Kôbô
La femme des sables
Roman
Stock
Кобо Абэ
KÔBÔ ABE
LA DONNA DI SABBIA
Тайное свидание
Kobo Abe
Die vierte Zwischeneiszeit
Literatur aus Japan
Kôbô Abe
FREUNDE
Kobo Abe
DU MONDE ENTIER
KÔBÔ ABE
L'ARCHE EN TOC
nrf
GALLIMARD
Friends
a play by
Kobo Abe
Author of Woman in the Dunes

安部公房全集 020 1966.01-1967.04 新潮社
安部公房全集 021 1967.04-1968.02 新潮社
安部公房全集 022 1968.02-1970.02 新潮社
安部公房全集 023 1970.02-1973.03 新潮社
安部公房全集 024 1973.03-1974.02 新潮社
安部公房全集 025 1974.03-1977.11 新潮社
安部公房全集 026 1977.12-1980.01 新潮社
安部公房全集 027 1980.01-1984.11 新潮社
安部公房全集 028 1984.11-1989.12 新潮社
安部公房全集 029 1990.01-1993.01 新潮社
安部公房全集 030+ 1924.03-1993.01 新潮社

安部公房全集 001 1942.12-1948.05
安部公房全集 002 1948.06-1951.05 新潮社
安部公房全集 003 1951.05-1953.09 新潮社
安部公房全集 004 1953.10-1955.02 新潮社
安部公房全集 005 1955.03-1956.02 新潮社
安部公房全集 006 1956.03-1957.01 新潮社
安部公房全集 007 1957.01-1957.11 新潮社
安部公房全集 008 1957.12-1958.06 新潮社
安部公房全集 009 1958.07-1959.04 新潮社
安部公房全集 010 1959.05-1959.09 新潮社
安部公房全集 011 1959.05-1960.05 新潮社
安部公房全集 012 1960.06-1960.12 新潮社
安部公房全集 013 1960.09-1961.03 新潮社
安部公房全集 014 1961.03-1961.09 新潮社
安部公房全集 015 1961.01-1962.03 新潮社
安部公房全集 016 1962.04-1962.11 新潮社
安部公房全集 017 1962.11-1964.01 新潮社

p219 安部真知作 リンゴ 1980年(昭和55)ころ | p228-229 公房作品の翻訳書
p230-232『安部公房全集』全30巻 1997年(平成9)-2009年 新潮社 ブックデザイン・近藤一弥(撮影・望月孝)

イメージの展覧会

近藤一弥

高校の終わりぐらいの頃だったと思う。ある友人から安部公房の演劇を観にいかないかと誘われたことがある。安部公房の小説は嫌いではなかったが、舞台といえばその頃はロックコンサートに行くことが最優先だったので、無碍に断ってしまった。その後、ある理由からその友人とは二度と観に行くことができなくなり、しばらくその事が気にかかっていた。ちょうどその頃、池袋の西武百貨店にある西武美術館で安部公房スタジオによるイベントがあり、〈音＋映像＋言葉＋肉体＝イメージの詩〉「イメージの展覧会(Part I)」を観ることができた。同じ頃に同じ会場でJ・バルビエのエリック・サティの演奏会も観た記憶があるので、ちょうど、美術館がこのように開放された時期だったのだろう。

「イメージの展覧会(Part I)」はとても面白かった。もともと西武美術館は美術館と言っても当時はデパートの十二階にあり、店舗としての天井高しかない。その狭い空間で、壁一枚隔てた向こう側から、白い布を引き摺りながら行ったり来たりする役者の様子を間近で見ることができた。そこに舞台らしい舞台はなく、客席もなく、小さな座布団のようなものが配られた。ストーリーを語るようなセリフはなく、その場、その場の状況を示す音声と身振り、空間に向かって呟かれる詩のような数行の言葉。大きな白い布の空気の彫刻。なぜか特に記憶にあるのは、8ミリフィルムの映写機を中央に持ってきて、皮膜のような白い布を持ち上げて、そこに映写する姿を見せるところ、当時、自分も8ミリフィルムを使って実験フィルム的なものを作っていたので、映写機そのものと投影のプロセスを小道具として見せてしまうことに、親近感を覚えた。EMSシンセサイザーを使った音も、内臓のスプリングリバーブがよく効いていて、実験音楽的な生っぽさが、かえって新鮮に聞こえ、耳に残った。

それから短い期間ではあったが、その後の安部公房スタジオの公演は欠かさず観たと思う。ただ、記憶力の悪さからか、それぞれの公演が似ていたからなのか、今となっては入り交じったような一つの印象となってしまっている。なかでも憶えているのは、西武劇場での安部真知による装置と衣装で、竹馬のようなポールを履いた二人の役者が、その高さを生かして、毛糸のようなもので編み込まれた被り物をまとっていた。そのスケールの違和感が特撮現場のようだった。確か、本物のリンゴを齧りながらリンゴそのものを投げ合ってやりとりをしていて、果汁で下の白い布が汚れないかと心配になった。

話は少し変わるが、その当時、一九七〇年代終わりの西武劇場では武満徹の「MUSIC TODAY」をはじめ、寺山修司の実験映画、演劇なども上演され、いずれも足繁く通った。とりわけ、安部公房と寺山修司は格別に面白かった。寺山修司の演劇も、寺山が亡くなるまでの間、欠かさず観ることになった。伝え聞く六〇年代の草月アートセンターの催しを直接観ることのできなかった自分にとっては（一九七〇年代初頭から半ばにかけては、自分が中高生だったからか、あるいはそういう時代だったのか、あまり目立った催しの記憶がない）、これらの舞台はエキサイティングな体験だった。冒頭でも触れたように、当時は洋楽、ロックミュージックに夢中で、それこそピンク・フロイドやデヴィッド・ボウイ、ブライアン・イーノなど、ロックミュージックが時代の文化を牽引しているように感じていた。七〇年代の終わりにはそれらが一度爛熟して、ある種の停滞感と変化があった。イーノでいえば、ちょうどアルバム「ビフォア・アンド・アフター・サイエンス」（一九七七）の頃、ロックからアンビエント・ミュージック（アート）への移行期にあたる。

誤解を恐れずに言うと、安部公房や寺山修司が、見たこともない新しいことをしていると驚愕した記憶はない。当時のさまざまなメディアによる作品表現は、それぞれのジャンルで新しく面白かった。ただ、その頃の自分にとっては、それぞれどこか別ものの感じがしていた。それが西武美術館での安部公房スタジオの公演をきっかけに、何か少し近づいたような気がした。今になると、結果的にそれは束の間の出来事だったことになるのだが。

（こんどう・かずや／グラフィックデザイナー）

生命を維持するための壁——マルコフブランケット

乾 敏郎

安部公房の「壁—S・カルマ氏の犯罪」では、ある男が突然「名前」に逃げられ、孤立するために壁を築く様子が描かれている。彼は奇怪な現実を次々と体験し、最終的には彼自身が壁になる。安部は、この作品を通じて壁が人間を絶望に追いやるのではなく、むしろ精神のよき運動となり、健康的な笑いをいかに誘うかを示そうとした。本稿では、最新の脳科学の理論である「自由エネルギー原理」の観点から、生きるために必要な「壁」の意味について考える。

まず、生物が生命を維持するために必要な機能とは何か。これが著名な物理学者シュレーディンガーが提起した問いである。熱力学の原理に従うとエントロピーが増大し、すぐに無秩序になる（死に至る）はずだ。だから生物は負のエントロピーを食べて一定期間秩序を維持しているのだと彼は述べた。生物は環境から独立し、自律性を持って秩序を形成する。この仕組みが明らかになったのは最近のことだ。生物は外部環境との間に壁（正確にはマルコフブランケット）を作り、環境との独立性を保っている。単細胞では細胞壁がこの壁である。脳では感覚野と運動野が壁の役割を果たし、これ以外の脳部位が身体内の状態に対応する。

我々は環境の状態（物自体）を直接知ることができず、壁を通じて無意識に推論できるだけである。他者の心も同様に推論の対象である。この考えはカントやヘルムホルツの思想であり、現在では科学的に実証されている。つまり、我々は「脳が推論した仮想世界の中で行動している」のだ。壁を通じて環境を知覚し、内部状態をほぼ一定に保ち（ホメオスタシス）、エントロピーを中程度に維持するために壁を通じて環境に働きかける。だがどのように働きかけるのか。フリストンは、知覚と運動が協調して自己の持つ自由エネルギー（不確実性の指標でもある）を最小化するように環境に働きかけると主張した（乾・阪口、二〇二〇年『脳の大統一理論』岩波書店）。

自由エネルギー最小化なら、刺激のない暗闇でじっとしているのが最適解のように思えるが、そうではない（これを暗室問題という）。外環境に対して最適であっても、内環境（身体内の環境）については早晩秩序が乱される。したがって、我々は積極的に自由エネルギーが最小になるような状態を絶えず探し求めなければならないのである。また身体外環境の知覚推論は、事前の状態（これまでの遍歴）や身体内環境の状態に大きく影響される。感情は身体内環境の状態の推論結果を反映するため、同じ外界でも感情によって見え方も異なるのである。自由エネルギー原理に従うと、人間は予測通りに環境が変化していることが最も安定している。この状態が突然大きく破られると、様々なサプライジングな感覚が生じ、知覚と運動の循環を通じて世界の内部モデルを修復しなければならないのである。このような理論と、前述の安部の小説の描写が密接に関連していると思われるが、いかがであろうか。

（いぬい・としお／心理学者・脳科学者）

演劇人・安部公房の光と影

大笹吉雄

一九五五年に劇団青俳が上演した『制服』のパンフレットに、安部はこれが初戯曲だと書いている。同時に、今後芝居を続々とものするとも述べていて、事実、安部は同年中に『どれい狩り』と『快速船』を書き、五八年の『幽霊はここにいる』と続く。この間、一作ごとに劇作家としての評価を高めていき、俳優座と組んで千田是也の演出で初演された『幽霊……』にいたって、その評価は決定的なものになった。

これらの一連の戯曲は、何げない日常があるきっかけによってかき乱され、思いもしなかった日常の裂け目が露出するという形を取った。別に言えばブラックユーモアによる風刺劇で、しばしば読者および観客は、そこに見たくない自分を見せつけられた。六七年に青年座が初演した『友達』もまたそういう例だ。アパートに住む独身のサラリーマンが、ある夜、見知らぬ家族の訪問を受ける。この孤独な人々に愛と友情の連帯をもたらす使命感に燃えた家族は、その優しさの限りの果てに男を追い詰め、殺してしまう。

作者はここで、自立を冒す共同体の偽善性を暴いたが、このテーマはたちまち世界的な関心を集めて、七二年のアメリカでの上演をはじめ、世界中での上演が続いた。劇作家として一つのピークに達したと言っていい。

これを裏打ちするもう一つの出来ごとは、七三年の『愛の眼鏡は色ガラス』が西武劇場（現・パルコ劇場）のこけら落としとして上演されたことで、安部が演出したこの舞台は、安部公房スタジオの第一回公演でもあった。

安部が演出に手を染めたのは六九年の『棒になった男』が最初だったが、やがて演技への関心を深めて、自ら「安部システム」と称する演技メソッドの創造に向かった。しかし、これが大きな傷痕を残すのである。

安部らが尽力して六六年に創設されたのが、桐朋学園大学短期大学部演劇専攻（現・桐朋学園芸術短期大学）だった。安部もここの教授としてゼミを開いたが、これが俳優とその演技への関心を深める契機になったろう。「安部システム」はここの学生との共同作業の中で発芽し、安部は劇作家のほかに演出家という貌を持つようになる。即興を中心とする演技の状況論が「安部システム」で、簡単に言えばパフォーマンスというものに近い。そしてそういう訓練を積んだ俳優を集めたのが、安部スタジオだった。前述の第一回公演には仲代達矢や田中邦衛ら、俳優座の在籍組も加わっていたが、彼らはこれ限りで身を引いた。「安部システム」の創造に邁進する安部と、彼らとの間に演劇観の溝が深くなったからである。そして残念なことには、「安部システム」による舞台がどんどん衝撃力をなくしていった。「安部システム」による最後の舞台は七九年の西武劇場での『仔象は死んだ』だったが、客席は閑古鳥が鳴いていた。つまり安部公房は劇作家として成功し、演出家として失敗した。安部公房の光と影とはこのことである。

（おおざさ・よしお／演劇評論家）

『壁』前後と石川淳

加藤弘一

埴谷雄高は『壁』刊行にあわせて発表した書評の中で、安部公房は「文学的には椎名麟三と埴谷雄高から出発した」と書いている。実際、二十代の安部が独立の文章で論じた日本作家は椎名と埴谷だけだし、重厚で語り手の存在感が際立っている両者の刻印は安部の初期作品のうちにはっきり見てとれる。エッセイまで視野を広げれば、花田清輝の影響も見のがせない。

だが、安部が師と呼んだ作家は石川淳ただ一人なのだ。

石川の作品と安部の作品はすこしも似ていない。大きなくくりでは反リアリズムになるのかもしれないが、それでは大雑把にすぎるだろう。

鳥羽耕史『消しゴムで書く　安部公房』（ミネルヴァ書房）によれば、石川が『終りし道の標べに』第一部を絶賛した手紙を送ったのが師弟関係の端緒だった。一九四七年七月、安部は単行本になった同作を石川宅に届け、それ以来、頻繁に訪ねるようになる。

敗戦後の石川は『焼跡のイエス』や『處女懐胎』など、聖書のモチーフを混乱した世相の中に置いた作品で注目を集めていたが、聖書ものが一段落した後、一九四九年四月の「おとしばなし堯舜」を皮切に、江戸の戯作を当代に甦らせた「おとしばなし」シリーズを書きはじめる。

ちょうどその頃、安部は『壁』の試行をはじめていたらしい。『壁』につながる「複数のキンドル氏」という創作メモと、「キンドル氏とねこ」という断片が残っていて、前者には「1949．3．9」という日付が入っていたからだ（全集では後者も同じ日付になっているが、実際に書かれた時期は不明である）。キンドル氏メモから一年後、『壁』第一部が完成する。山口俊雄が翻刻した「石川淳日記」（世田谷文学館）から関連部分を抜粋する。

○三月五日（日）安部公房来話。その書くところの壁二百六枚の草稾を示す、あづかりおく
○三月拾日（金）晴。安部公房来。また月曜書房に至り群像高橋清次宛に安部を紹介する手紙を書く、その作壁二百六枚を群像に売りつけんがため也　但この枚数にては長きにすぎてむつかしかるべし
○五月一日（月）晴。安部公房来、その小説草稾壁第二部を批評して返す
○五月三日（水）雨。昨日安部公房その小説壁第二部の草稾を書直して持参す

安部は後に『壁』の文体は「一回限り」と書いているが（「S・カルマ氏の素姓」）、確かに「一回限り」にしても、『壁』以前と以後では文体が大きく異なる。この変化に「おとしばなし」の軽みが関係しているのではないか、というのがわたしの仮説である。

（かとう・こういち／文芸評論家）

夢のあとしまつ——『笑う月』再考

苅部　直

安部公房の『笑う月』（一九七五年）は、小説ともエッセイとも言えるような文章を十七篇収めた著書である。作者その人が見た夢について語った、不思議な味わいの作品がそのほとんどを占める。以前にこの作家について論じたときには、「夢」という主題が、都市生活者のふわふわした現実感覚と通じあうことに注目し、安部自身が「都市の時代」と呼んだ一九六〇年代以降、日本社会に広がった感覚が、その諸作品にも強く浮き出ていることを考察したのだった。

だが実を言えば、釈然としないところが残っていたのである。それは安部が夢について書き記すさいの方法に関わる。枕元に録音機を置いておき、目ざめてまだ記憶が新しいうちに、直前まで見ていた夢について語る言葉を、マイクに吹きこむ。そんなやり方を安部はこの本のなかで「見た夢をその場で生け捕りにする」と呼んでいる。それを作品化した文章が、『笑う月』に収められた諸篇なのである。

はたしてこれは、適切な方法なのだろうか。その点について曖昧な疑問を抱いたままだったのだが、同じような読後感を言い表わした文章があることに、最近気がついた。『笑う月』が一九八四年に新潮文庫から再刊されたさいに、美術家の赤瀬川原平が、小説家としての筆名、尾辻克彦の名で寄せた解説「夢に勝つということ」である。そこで赤瀬川＝尾辻はこう語る。起きてすぐに夢について言葉で語るのは、小説の材料にするために夢を分析し、明確に整理する作業であって、「夢の方がこの作家に敗けてしまっている」。それは、夢の不思議さ、不安定さをそぎ落とし、作品に使いやすい情景に加工することにならないか。そんな感想を、赤瀬川もまた抱いていたのかと思ったのである。

同じ解説で赤瀬川はみずからの安部公房体験を語っている。「S・カルマ氏の犯罪」などの安部の初期作品がもつ「ナンセンスの力」には強く惹かれたが、のちの小説『第四間氷期』（一九五九年）、特に『砂の女』（一九六二年）から後の作品は「生きた言葉の表現」から離れ、その代わりに「思想と表現をつなぐ回路」を意識してしつらえる、「文学の力」がこめられるようになってしまった。（この指摘については赤瀬川の著書『超私小説の冒険』〈一九八九年〉の第二章でも再論されている。）作品の価値評価については異論をもつ読者もいるだろうが、戦後初期の渾沌とした世の中から、「都市の時代」への移行と並走するようにして、安部が創作の手法を変えていったことを、鋭く言いあてている。

しかし、『安部公房全集』第三十巻（新潮社）の「著書目録」によれば、赤瀬川＝尾辻による解説は、文庫版『笑う月』の第三刷から割愛され、いまでは幻の文章になってしまった。安部の怒りを買ったせいらしいが、この経緯もまた、「都市の時代」がさらなる爛熟を迎えた時期に到来した、作家の変貌を示す出来事なのかもしれない。

（かるべ・ただし／政治学者・日本政治思想史）

疑い

川上弘美

最初に読んだ安部公房は新潮文庫の『砂の女』で、大学に入ったばかりのころだった。一読、驚き、それから次々に文庫を買っていった。当時の学生は、おおかたの者は単行本を買うことはめったになく、たいがいは図書館、どうしても手元に置いておきたい作家の本は、文庫が出るまで待って買いに走る、というふうだった。だから、大学時代に読んだのは、『無関係な死・時の崖』までだった。すでに単行本になっていた『箱男』を、図書館で借りてもいいようなものだったが、「自分のものにしてから読み始めたい」と言う執着から、借りることをいさぎよしとしなかったのだ。

やせ我慢のようにして『箱男』を読まないでいた代わり、と言うのもなんだが、「安部公房スタジオ」の公演に、たまに行くようになった。五百円払うと、二年間、「安部公房スタジオ・会員通信」を送ってくれるのだが、これは、封筒に大きな紙が二枚入っており、「キル」「オル」という文字に従って自分で製本すると、全十二ページ、縦横十センチほどの小冊子ができあがる。公演のお知らせ、安部公房による文章、俳優たちの言葉、ゲストの短文などが印刷されており、届くたびに心が躍った。

四十年近く前のこととて、記憶がさだかではないのだが、公演は「身体性」ということにこだわっていたように思う。身体性とは、いったい何だろうかと、ぼんやり思いながら見ていた自分自身の感じたこともまた、今ではさだかではないのだが、言葉だけで表現する小説と違って、身体と舞台装置を通して言葉が出来上がってくる、その過程を見ているような心もちだったということは、かすかに覚えている。

おりしも、わたしが安部公房スタジオの公演を見に行きはじめた当時は、野田秀樹が「夢の遊眠社」を旗揚げした頃で、こちらもおりおり見に行ったものだったが、野田秀樹の「身体性」とはまったく異なるアプローチなのかな、と、うすぼんやり思ったことも、かすかに覚えている。

この文章を書くにあたり、安部公房の小説を読み返しながら、「身体性」について読み取ろうとしたのだが、小説にあらわれる「身体性」は、四十数年前に安部公房スタジオを見て思った「身体性」とはまったく異なっている印象で、つまり小説における「言葉」だけではあらわしがたいものを、安部公房はさらに希求していたのだろうか、と感じもしたのだが、そもそも四十数年前の記憶というものが果たして今も正しく存在しているのだろうか、という疑いの方が大きい。その「疑い」につつまれる感じは、まるで、安部公房の小説を読んでいる時の、明晰な言葉ばかりで書かれているのにどんどん迷路に導かれてゆき、頭の中が曖昧模糊としてきてしまい、身動きがとれなくなる感じと、似ているような気もする。

（かわかみ・ひろみ／作家）

リセット後の人間

多和田葉子

　最近、安部公房氏が今のわたしくらいの年齢の時に行った対談の録画をインターネットで聴いた。対談相手は養老孟司氏。その中で安部公房氏はどんどん複雑化していく社会というシステムがコンピュータによって運営されること自体は怖くない、機械には人間の持つ悪意や愚かさがないのでその方が平等かもしれない、と語っている。対談の行われた四十年前と比べるとわたしたちの生活は実際かなりＡＩに管理されており、ニュートラルである機械に任せておけば平等な社会ができるどころか、ますます格差社会となってきている。しかしだからこそ現在のわたしたちが、これが人間的だ、これこそ人間性だ、と思い込んでいるものをゼロにリセットした後で残る「人間」とは一体何なのか、という安部文学が発する問いはますます重要性を増している。

　わたしたちは日常、自分が人間として市民として、ゆるがぬ「場」を社会の中に与えられていると思い込んでいる。自分には名前があり、住所があるというだけで安心している。しかし、もし突然その名前が消えてしまったらどうなるのか。答えはＳ・カルマ氏に訊いてみるのが一番だろう。また、自分の家を建てたりマンションを買ったりすれば一時の安心は得られるかもしれないが、そのようなマイホームなどいつ失うことになるか分からない。そして現実に箱男暮らしをしている人も少なくない。野宿者やネットカフェ生活者だけでなく、違法滞在の移民、二重生活者、引きこもりなど、解釈のしようによっては今の世は「箱男」に溢れている。

対談の中で安部公房氏は建ち並び始めた高層ビルを窓から眺めながら、ビルが並べばその合間で暮らす姿の見えない人たちが必ず存在するのだ、と指摘する。そのように見えないものを見るところから小説のリアリズムは出発するのかもしれない。

今日も愛読され続けている『砂の女』（一九六二年）や『箱男』（一九七三年）などよりもずっと前に書かれた「霊媒の話より（題未定）」（一九四三年）を今回初めて読んでみて驚いたのは、出身が全く分からない主人公が出てくることだった。生い立ちとか親とか、そんなところから人生を語る小説が多かった中で、安部文学は未知の世界にいきなり投げ込まれる自分自身も実はまた未知の存在であるというところから始まった。

自分の話になってしまって恐縮だが、わたしのデビュー作の『かかとを失くして』は主人公が異国に着くところから始まっていて、それまで主人公がどんな生活を送っていたのか、つまり「出身」のようなことは全く書かれていない。なぜそうしたのか自分でも説明できないが、それ以外の選択はわたしにとってリアリティがなかった。また、最近書いた『地球に散りばめられて』で始まる三部作では、ヒルコという登場人物の出身国そのものがすっかり姿を消してしまっている。故郷を慕う文学ではなく、故郷というものを全く思い出せないところから出発する安部文学から学ぶことはまだまだありそうだ。

（たわだ・ようこ／小説家）

読んでもらいたかった人

中村文則

高校のとき太宰や芥川を読み、大学に入って、ドストエフスキーなど海外文学を読んだ。安部公房は、カミュ、カフカ、サルトルと読んでいく中で、世界文学としての日本文学を知りたいと思い、三島由紀夫や大江健三郎さんと共に、出会った作家になる。

初めに読んだのは『砂の女』で、衝撃を受けた。テーマ、設定、構成、深度、完成度。僕は今でも、この『砂の女』は世界文学の最高峰の一つだと思っている。

砂に埋もれた家で生活する主人公は、粗雑な漫画を読み、胃痙攣を起こしそうなほど笑う。あらゆるものから遮断されていた主人公にとって、その漫画は強烈な刺激だった。世界は相対的であるということ。人生の秘密を知ったように思えた。

僕は当時、いや、今でもかもしれないが、小説を娯楽として読んでいなかった。生きていくために、自分に必要な言葉を探すために、人間や世界の深淵を知りたくて読んでいた。

作家という存在は、自分と同じように、決して生きやすい人生を生きておらず、この世界をありのままに見つめるがゆえに、精神が追い込まれるのだと思っていた。太宰や芥川、三島など、好きな作家が自殺していることは、僕にとって希望が塞がるようでもあった。でも違った。

ドストエフスキーなどは自殺しておらず、つまりあれほど世界の暗部を見つめたのに絶望しておらず、いや、絶望することがあったとしても、自身を鼓舞し人生を生き切った。安部公房の略歴に病死とあるのを見て、ここにもいた、と思ったのだった。大江さんもそうだったが、安部公房も、これだけ人生の暗部を鋭く見つめた上でなお、生き切っていた。

主人公が不条理な状況におかれる小説は、カフカが大本の印象があるけどもちろん違って、古くは民話や童話、神話まで遡る。ドストエフスキーにも、カフカより当然前だが、鰐に飲まれた人間が喋る「カフカ的」な短編「鰐」がある。安部公房は作品のある部分をその系譜の流れに置きながら、見事にオリジナルな文学を確立した。僕は作家になってから、ずっとこの「系譜」への強い想いが意識の奥にあり、ようやく去年(二〇二三年)、大勢の人間が得体の知れない列に並び、世界が記憶ごと列に変わろうとする『列』という小説を書いた。短い小説なのに、二年半、何とも異様な精神状態でほぼこの小説だけを書き続けた。本が出てまず思ったのが、安部公房に読んでもらいたかった、ということだった。自分の作品は、大江さんには読んでいただけた。でも安部公房は、僕がデビューする十年近く前に亡くなっている。自分で言うのも変だが、何か温かい言葉をもらえたのでは、と勝手に思っている。

安部公房作品は、何度も読み返している。『砂の女』も、たとえば女が主人公を誘うために自分のえくぼを見せる(!)描写など、細部まで最高だ。その豊穣な世界はいつまでも読み継がれる。安部公房の文学には永遠の言葉が相応しい。

(なかむら・ふみのり/小説家)

眼前の石

鷲田清一

一九七〇年代、私は哲学の勉強を現象学とともに始めた。〈世界〉という現象を説明するより、まずは記述すること、それに際して記述を存在のどのような位相へと遡行させてゆくかということ。そんな「現象学的還元」の課題で頭がいっぱいだった。

現象学があくまで経験の記述にこだわるのには、人は何を確実に知りうるかという認識論の発想から足を抜きえていないという事情もあった。その頃、安部公房の本をよく開いた。息抜きのつもりだったが、ある日ふと、安部が哲学者たちの内閉的な謙虚さを訝り、それとはおよそ異質な記述をもくろんでいるのではないかとおもった。ありえない虚想をつうじて経験の記述よりはるかにリアルな地平に踏み込んでいる。限界の向こうで何を触診しているのかと、こんどはこっちが訝しんだ。

案の定というか、そのあと〈世界〉という現象、さらには他者、顔、皮膚といった主題について考えはじめると、安部公房の小説がすぐには動かせない石のようにごろんと転がっていた。

たとえば軀《からだ》として在る〈私〉のその表面について考えようとしたときには、人の皮膚に周囲の世界が転写される病気についての小説があった。遭難しても森や海の色に染まり救出不能になったり、発禁の春画を眺めすぎて顔面に同じ模様が現われたり。〈私〉が見えるもの、触れうるものであることの意味、はたまた〈私〉という存在の帰属を問うときには、名前の消失、顔の喪失を描いた小説があった。私自身もさまざまの思考実験を試みたが、奇妙なことにそこでひしひしと迫られたのは、心身問題をはじめとする従来の哲学的な問題設定ではなく、むしろ安部の提示する一連の仮想にどう応えるかということだった。

その後、国家とか制度、所有といった主題に取り組みを拡げていったときも、やはり安部の置いた石はあって、しかもさらに大きくなっていた。言語、生命、物質といった視点の多次元的な導入にも刺激されたが、それ以上に、それらを貫通する砂漠と曠野と壁のイメージに引き込まれた。それらは、構築とおなじだけ瓦解に、内閉とおなじだけ離散に、焦点を合わせていた。安部の知るよしもないSNSのコミュニケーションや、民主主義と全体主義の不安定な分水嶺にも差し込まれるべき有効な発想だとおもった。

ひとつ、壁のメタファーに足を掬われかねないとすれば、壁をつい何かと何かを隔てるものと考えてしまうからだろう。こちら側などというものはない。砂漠や曠野のイメージに照らすと、〈主体〉という中心に方位づけられた遠近法《パースペクティヴ》や環境（＝周囲世界）の概念すら中途半端に見えるのだ。

壁は砂漠のただなかで垂直に立とうとする。そしてそこに〈世界〉が劈《ひら》く。だが、その壁はすぐに痕跡を消される。ゼロへと押し戻される。壁を砂が背後でたえず蝕んでいるぶん、イメージは深いとおもった。歴史のさらに向こう側まで私たちを連れてゆくぶん、遠いともおもう。哲学者よ、もっともっと絶望しろよ、と諭されているような。

（わしだ・きよかず／哲学者・評論家）

執筆者一覧（掲載順）

三浦雅士（みうら・まさし）　文芸評論家。一九四六年、弘前生まれ。雑誌「ユリイカ」、「現代思想」、「大航海」、「ダンスマガジン」などの編集長をつとめながら、文芸、現代思想、バレエなどに関する多数の評論を発表。著書に『私という現象』、『幻のもうひとり』、『身体の零度』、『青春の終焉』、『孤独の発明　または言語の政治学』、『石坂洋次郎の逆襲』、『考える身体』など。

安部ねり（あべ・ねり）　安部公房の長女として、一九五四年に生まれる。『安部公房全集』の編集に参画。著書に『安部公房伝』がある。二〇一八年死去。本書に掲載の文章は「宮沢賢治学会　イーハトーブセンター会報」（一九九八年三月）からの再録（一部修正）。

鳥羽耕史（とば・こうじ）　早稲田大学文学学術院教授。一九六八年、東京都生まれ。専門は日本近代文学、戦後文化運動。著書に『安部公房――消しゴムで書く』、『1950年代――「記録」の時代』、『運動体・安部公房』、編著に『安部公房　メディアの越境者』など。

近藤一弥（こんどう・かずや）　グラフィック・デザイナー。一九六〇年、東京生まれ。東北芸術工科大学教授。現代美術、音楽、ダンスなどアート関連のポスター、書籍デザインを中心に活動。『安部公房全集』のブックデザイン、「没後10年　安部公房展」（世田谷文学館）アートディレクション、『安部公房写真集』の編集を担当。

乾　敏郎（いぬい・としお）　心理学者・脳科学者。一九五〇年、大阪生まれ。著書に『イメージ脳』、『感情とはそもそも何なのか』、『脳科学からみる子どもの心の育ち』、『脳の大統一理論――自由エネルギー原理とはなにか』（阪口豊との共著）、訳書に『能動的推論』（カール・フリストン他著）など。近刊に『脳の本質』（門脇加江子との共著）。

大笹吉雄（おおざさ・よしお）　演劇評論家。一九四一年、大阪生まれ。著書に『日本現代演劇史』全八巻、『新日本現代演劇史』全五巻、『日本新劇全史』全三巻、『花顔の人　花柳章太郎伝』、『女優　杉村春子』、『最後の岸田國士論』など多数。

加藤弘一（かとう・こういち）　文芸評論家。一九五四年、埼玉県生まれ。著書に『石川淳　コスモスの知慧』、『電脳社会の日本語』、『図解雑学　文字コード』。

苅部　直（かるべ・ただし）　政治学者。一九六五年、東京都生まれ。東京大学教授。専攻は日本政治思想史。著書に『光の領国　和辻哲郎』

『丸山眞男――リベラリストの肖像』『鏡のなかの薄明』『歴史という皮膚』『安部公房の都市』『小林秀雄の謎を解く』など。

川上弘美（かわかみ・ひろみ） 作家。一九五八年、東京生まれ。著書に『蛇を踏む』、『神様』、『センセイの鞄』、『大きな鳥にさらわれないよう』、『恋ははかない、あるいは、プールの底のステーキ』、『明日、晴れますように―続七夜物語』など。

多和田葉子（たわだ・ようこ） 小説家。一九六〇年、東京生まれ。ベルリン在住。著書に『犬婿入り』、『地球にちりばめられて』、『星に仄めかされて』、『太陽諸島』、『白鶴亮翅』など。

中村文則（なかむら・ふみのり） 小説家。一九七七年、愛知生まれ。著書に『銃』、『遮光』、『土の中の子供』、『最後の命』、『何もかも憂鬱な夜に』、『掏摸《スリ》』、『悪と仮面のルール』、『教団X』、『R帝国』、『その先の道に消える』、『逃亡者』、『カード師』、『列』など。

鷲田清一（わしだ・きよかず） 哲学者、評論家。一九四九年、京都生まれ。せんだいメディアテーク館長、サントリー文化財団副理事長。著書に『モードの迷宮』、『「聴く」ことの力――臨床哲学試論』、『「ぐずぐず」の理由』、『所有論』など。

	出席のため真知とフィンランド旅行、ラハティで「現代の文学」について講演。9月、自主制作の映像作品「仔象は死んだ」完成(作、演出、音楽・公房)。		
1980	4月、神奈川県箱根町の山荘を仕事場とする。6月、インタビュー・講演集『都市への回路』刊。		
1981	6月から「PLAYBOYドキュメント・ファイル大賞」選考委員(-1985)。10月、「友達」パリで上演(ルノー=バロー劇団)、観劇のため渡仏。11月、エッセイ「サクラは異端審問官の紋章」(「ワシントン・ポスト」、英訳ドナルド・キーン)。		
1982	1月から「読売文学賞」選考委員(-1992)、「木村伊兵衛賞」選考委員(-1984)。この年から執筆にワープロを導入。	1982	2月、日航機羽田沖墜落事故
1983	1月から「日本文学大賞学芸部門(のち、新潮学芸賞)」選考委員(-1992)。4月、講演「ガルシア・マルケスをめぐって」。		
1984	11月、『方舟さくら丸』刊。		
1985	5-12月、エッセイ「もぐら日記」執筆。6月、北欧4ヵ国とアイスランドを旅行。10月、大阪で開催された第6回国際シンポジウム「人間と科学の対話」で「技術と人間」を講演。		
1986	1月、第48回国際ペンクラブ大会(ニューヨーク)にゲスト・オブ・オナーとして中上健次とともに招かれる。5月、第10回国際発明家エキスポ'86(ニューヨーク)で、公房考案の簡易着脱型タイヤチェーン「チェニジー」が銅賞。	1986	4月、チェルノブイリ原発事故
1987	11月、聖路加国際病院に検査入院、がん告知を受ける。		
1988	1月、「石川淳と別れる会」で弔辞。		
1989	12月、映画「友達」公開(原作・公房、脚本、監督・シェル=オーケ・アンデション)。	1989	6月、天安門事件 11月、ベルリンの壁崩壊
1990	6-8月、「飛ぶ男」執筆(未完)。7月、箱根の山荘で倒れ東海大学病院に入院。同月、母・ヨリミ死去。	1990	バブル崩壊(−1991)
1991	11月、『カンガルー・ノート』刊。	1991	ソ連崩壊
1992	9月、アメリカ芸術文学アカデミー名誉会員となる。12月、箱根の山荘で執筆中に体調をくずし、脳内出血で東海大学病院に入院。		
1993	1月、日本医科大学付属多摩永山病院に入院、同月22日死去。死後、フロッピー・ディスクから「飛ぶ男」、「もぐら日記」などが発見された。		

1969 11月、「棒になった男」上演（紀伊國屋劇場）、初の舞台演出。

1970 1月、『安部公房戯曲全集』刊。3月、日本万国博覧会の自動車館で映画「1日240時間」（脚本・公房、監督・勅使河原宏）上映。9月、フランクフルトの国際書籍見本市出席のため渡欧、ストックホルム、パリ、ロンドンなどで日本文化について講演。

1971 7月、自主製作の映画「時の崖」完成（原作、脚本、監督・公房）。9月、「未必の故意」上演（俳優座）。11月、「ガイドブック」上演（紀伊國屋演劇公演）、演出・公房。

1973 1月、演劇グループ「安部公房スタジオ」を結成。3月、『箱男』刊。6月、「愛の眼鏡は色ガラス」上演（安部公房スタジオ）。11月、「ダム・ウェイター」「鞄」「贋魚」上演（安部公房スタジオ）。

1974 5月、「友達（改訂版）」上演（安部公房スタジオ）。11月、「緑色のストッキング」上演（安部公房スタジオ）。

1975 5月、「ウエー 新どれい狩り」上演（安部公房スタジオ）。米コロンビア大学から名誉博士号を受ける。11月、「幽霊はここにいる（改訂版）」上演（安部公房スタジオ）。

1976 10月、桐朋学園大学短期大学部を退職。「案内人（GUIDE BOOK II）」上演（安部公房スタジオ）。この頃からシンセサイザーを導入。

1977 4月、アンリ・カルティエ=ブレッソンが安部公房スタジオを訪問。5月、アメリカ芸術文学アカデミー外国人名誉会員に選ばれる。6–7月、「イメージの展覧会（音＋映像＋言葉＋肉体＝イメージの詩）」上演（安部公房スタジオ）。11月、「水中都市（GUIDE BOOK III）」上演（安部公房スタジオ）。12月、『密会』刊。

1978 1月、「友達」上演（ミルウォーキー・パフォーミング・アーツ・シアター）、オープニングのため渡米。渋谷の安部公房スタジオ内で、写真展「カメラによる創作ノート」。6月、「人さらい（イメージの展覧会 PART II）」上演（安部公房スタジオ）。10月、「S・カルマ氏の犯罪（GUIDE BOOK IV）」上演（安部公房スタジオ）。

1979 5月、「仔象は死んだ（イメージの展覧会）」（安部公房スタジオ）、アメリカ各地で巡演。6月、「仔象は死んだ（イメージの展覧会 PART III）」を日本で上演、安部公房スタジオ最後の公演となる。「ラハティ国際作家セミナー」

1969 1月、東大安田講堂占拠解除、7月、アポロ11号月面着陸

1970 3月、日本万国博覧会開幕、よど号ハイジャック事件、11月、三島由紀夫自決

1972 2月、あさま山荘事件

1973 10月、第4次中東戦争を機に第1次オイルショックが始まる

1975 4月、ベトナム戦争終結

1978 8月、日中平和友好条約締結

1958	6月、「幽霊はここにいる」上演(俳優座)。7月、「安部公房を励ます会」に千田是也、石川淳、花田清輝、野間宏、岡本太郎、中野重治、勅使河原宏、三島由紀夫ら50余名出席。		
1959	4月、調布市入間町(現・若葉町)に新居を構える。5-9月、ラジオドラマ「ひげの生えたパイプ」(NHK)。7月、『第四間氷期』刊。8月、ミュージカル「可愛い女」上演。10月、テレビドラマ「日本の日蝕」(NHK 大阪)。	1959	三井三池争議(–1960)
1960	3月、「巨人伝説」上演(俳優座)。夏、運転免許を取得し、はじめての車、日野・ルノーを購入。9月、ラジオドラマ「お化けが街にやって来た」(文化放送)。10月、テレビドラマ「煉獄」(九州朝日放送)。12月、子ども向けミュージカル・コメディ「お化けの島」上演。	1960	6月、60年安保闘争、6.15事件、9月、カラーテレビ放送開始
1961	1月、「石の語る日」上演(俳優座)。9月、日本共産党除名。	1961	4月、ソ連が有人宇宙船打ち上げ
1962	6月、『砂の女』刊。7月、映画「おとし穴」公開(原作、脚本・公房、監督・勅使河原宏)。9月、「城塞」上演(俳優座)。	1962	2月、日本電気(現・NEC)が国産初の大型電子計算機を発表、10月、キューバ危機
1963	1月、徳島、高知を真知とドライブ旅行。2月、ラジオドラマ「チャンピオン」(RKB 毎日放送)。11月、テレビドラマ「虫は死ね」(北海道放送)。12月、民放テレビ合同番組「ゆく年くる年」(NET)構成・公房。		
1964	2月、映画「砂の女」公開(原作、脚本・公房、監督・勅使河原宏)。8月、ソビエト作家同盟の招きで石川淳、江川卓、木村浩らと訪ソ。帰路『砂の女』英訳出版の契約のためニューヨークのクノップ社へ立ち寄る。ドナルド・キーンと会う。11月、テレビドラマ「目撃者」(RKB 毎日放送)。	1964	東海道新幹線開通、東京オリンピック開催
1965	1月、「おまえにも罪がある」上演(俳優座)。	1965	ベトナム戦争、アメリカ北爆開始
1966	4月、桐朋学園大学短期大学部芸術科演劇専攻の教授に就任。7月、映画「他人の顔」公開(原作、脚本・公房、監督・勅使河原宏)。8月、ソ連・バクーで開かれたAA(アジア・アフリカ)作家会議出席。帰路、真知、ねりとモスクワ、レニングラード、中央アジア、プラハを旅行。	1966	中国文化大革命始まる
1967	2月、川端康成、石川淳、三島由紀夫と「中国文化大革命に関し、学問・芸術の自律性を擁護する」抗議声明を発表。3月、「友達」上演(青年座)。9月、『燃えつきた地図』刊。「榎本武揚」上演(劇団雲)。		
1968	2月、『砂の女』がフランスで1967年度最優秀外国文学賞。6月、映画「燃えつきた地図」公開(原作、脚本・公房、監督・勅使河原宏)。	1968	ソ連軍、チェコ侵攻

安部公房 略年譜

＊『安部公房全集』略年譜等を参照して作成した。

1924　3月7日、東京府北豊島郡滝野川町西ヶ原に生まれる。

1925　奉天市（現・中国瀋陽市）の満鉄社宅に住む。

1930　奉天・満洲教育専門学校附属小学校入学。

1931　父・浅吉の留学中、父母の郷里北海道・東鷹栖（現・旭川市）の近文第一小学校に転校。

1932　満洲教育専門学校附属小学校に再編入学。

1936　4月、奉天第二中学校入学。

1940　4月、成城高等学校理科乙類入学。

1943　10月、東京帝国大学医学部に入学。

1944　12月、金山時夫と新潟から満洲へ渡る。

1945　12月、父・浅吉、発疹チフスのため死去。

1946　9月、母、弟妹と本土に引き揚げる。11月、母、弟妹と東鷹栖の母の実家に戻ったのち単身上京、復学。

1947　3月、山田真知子と出会う。『無名詩集』自費出版。

1948　1月、「夜の会」発足。3月、東京大学医学部卒業。5月、「世紀」結成。10月、『終りし道の標べに』刊。

1950　10月、文京区茗荷谷に転居。

1951　2月、「壁—S・カルマ氏の犯罪—」発表。4月、「赤い繭」で第2回戦後文学賞。5月、桂川寛、勅使河原宏と日本共産党に入党、『壁』刊。7月、「壁—S・カルマ氏の犯罪—」で第25回芥川賞。

1954　2月、娘・ねり誕生。『飢餓同盟』刊。11月、映画「億万長者」公開（脚本協力・公房、監督・市川崑）。

1955　3月、「制服」上演（青俳）。6月、「どれい狩り」上演（俳優座）。7月、最初のラジオドラマ「闖入者」（朝日放送）。8月、「快速船」上演（青俳）。

1956　4月、中野区野方に転居。4–6月、第2回チェコスロバキア作家同盟大会出席のためプラハほかを訪問。10月、映画「壁あつき部屋」公開（脚本・公房、監督・小林正樹）。

1957　小説「赤い繭」がチェコ語に翻訳され、公房作品の最初の翻訳となる。2月、『東欧を行く』刊。6月、子ども向け連続ラジオドラマ「キッチュ クッチュ ケッチュ」（NHK）。11月、ラジオドラマ「棒になった男」（文化放送）が芸術祭奨励賞。12月、初の評論集『猛獣の心に計算器の手を』刊。

1922　ソビエト連邦（以下ソ連）誕生

1923　9月、関東大震災

1931　9月、満洲事変

1932　3月、満洲国建国宣言

1937　7月、盧溝橋事件

1941　12月、真珠湾攻撃

1943　文科系大学生の学徒動員が始まる

1945　8月、第2次世界大戦終戦

1946　11月、日本国憲法公布

1948　6月、ベルリン封鎖

1949　8月、松川事件

1950　6月、レッドパージ、朝鮮戦争勃発

1951　9月、民間ラジオ放送開始、サンフランシスコ平和条約、日米安全保障条約締結

1952　5月、血のメーデー事件、10月、第25回衆議院議員総選挙で共産党全員落選

1953　2月、NHKテレビ放送開始、7月、朝鮮戦争休戦

1954　3月、ビキニ環礁でアメリカが水爆実験、第五福竜丸被曝

1956　10月、ハンガリー動乱

1957　10月、ソ連、人類初の人工衛星スプートニク1号の打ち上げに成功

回伊藤熹朔賞受賞。
11月、劇団俳優座「リア王」♣。
12月、劇団俳優座「管理人」♣。
1973 1月、安部公房スタジオ(以下◆)創立。
3月、『箱男』♠。
6月、劇団民藝「影」♣。◆「愛の眼鏡は色ガラス」♣。『榎本武揚』(文庫)♠。
7月、『水中都市・デンドロカカリヤ』(文庫)♠。
11月、◆「ダム・ウェイター 鞄 贋魚」♣。
11–12月、劇団民藝「血の婚礼」♠。
1974 5月、『無関係な死・時の崖』(文庫)♠。
5–6月、◆「友達」(改訂版)♠。
6月ほか、劇団俳優座「ワーニャ伯父」♠。
6–7月、劇団俳優座「三人姉妹」♣。
8月、『R62号の発明・鉛の卵』(文庫)♠。
9月、大橋也寸プロデュース「都会のジャングル」♣。劇団俳優座「かもめ」♣。
10月、『人間そっくり』(文庫)♠。
11月、◆「緑色のストッキング」♣。
1975 1月、『石の眼』(文庫)♠。
5–6月、◆「ウエー 新どれい狩り」♣。
7月、『内なる辺境』(文庫)♠。
8月、『終りし道の標べに』(文庫)♠。
9月、劇団俳優座「帰郷」♣。
11月、『笑う月』♠。
11–12月、◆「幽霊はここにいる」(改訂版)♣。
1976 4月、『人間そっくり』(文庫)♠。
10月、◆「案内人 GUIDE BOOK II」♣。
1977 4月、演劇集団円「尺には尺を」♣。
6月、◆「イメージの展覧会」♣。劇団俳優座「ルル」♣。
10月、『夢の逃亡』(文庫)♠。
11月、◆「水中都市 GUIDE BOOK III」♣。
12月、『密会』♠。
1978 2月、新劇団協議会「ペール・ギュント」♣。
4–5月、◆「人命救助法」♣。
6月、◆「人さらい イメージの展覧会 PART II」♣。
10月、◆「S・カルマ氏の犯罪 GUIDE BOOK IV —『壁』より」♣。
11月、演劇集団円「ママに捧げる鎮魂歌」♣。
1979 5月、◆「仔象は死んだ イメージの展覧会」(アメリカ公演)♣。
1980 1月、『燃えつきた地図』(文庫)♠。
2–3月、演劇集団円「まちがいつづき」♣。
6月、劇団民藝「古風なコメディ」♣。『都市への回路』♠。
9–10月、劇団俳優座「コーカサスの白墨の輪」♣。
11–12月、劇団俳優座「背信」♣。
1981 2月、『砂の女』(文庫)♠。
5月、劇団俳優座「桜の園」♣。
6月、劇団民藝「廃屋のパーティ」♣。
1982 2月、博品館劇場「キャバレー」♣。
6月、演劇集団円「ヴォルポーネまたの名を狐」♣。
10月、『箱男』(文庫)♠。
1983 5月、劇団俳優座「メアリ・スチュアート」♣。『密会』(文庫)♠。
6月、劇団民藝「こわれがめ」♣。
11月、演劇集団円「山の巨人たち」♣。
1984 6–7月、劇団俳優座「おまえにも罪がある」♣。
7月、『笑う月』(文庫)♠。
12月、劇団俳優座「貴族の階段」♣。
1985 4–5月、劇団民藝「こんな筈では…」♣。
1986 11月、劇団民藝「転落の後に」♣。
1987 9月、セゾン劇場「朱雀家の滅亡」♣。
1990 10–11月、劇団民藝「どん底」♣。
1993 1月、公房死去。
9月、自宅にて死去。

安部真知 略年譜

＊安部ねり作成「安部真知略年譜」をもとに、舞台美術等の仕事（＝♣）、公房著作の装幀、挿絵など（＝♠）を中心に記述。

1926　8月、大分県西国東郡高田町（現・豊後高田市）の廻船問屋・山田清とノブのあいだに、6人兄妹の第5子として生まれる。本名・真知子。

1944　大分県立高田高等女学校を卒業後、上京し、女子美術専門学校（現・女子美術大学）日本画部に進む。

1947　女子美術専門学校を卒業後、安部公房と出会い、同棲を始める。

1948　10月、『終りし道の標べに』♠。

1950　秋、『魔法のチョーク』♠。

1952　12月、『闖入者』♠。『飢えた皮膚』♠。

1953　12月－翌年1月、国立近代美術館「抽象と幻想」展出品。

1954　2月、長女ねり誕生。『飢餓同盟』♠。

1956　12月、『R62号の発明』♠。

1957　2月、『東欧を行く ハンガリア問題の背景』♠。

4月、『けものたちは故郷をめざす』♠。

12月、『猛獣の心に計算器の手を』♠。


1958　6–7月、劇団俳優座「幽霊はここにいる」♣。

10－11月、劇団舞芸座「泥棒論語」♣。

12月、『裁かれる記録 映画芸術論』♠。


1959　6月、『幽霊はここにいる』♠。

7月、『第四間氷期』♠。

8月、大阪労音「可愛い女」♣。

1960　3－4月、劇団俳優座「巨人伝説」♣。
4月、国立近代美術館「超現実絵画の展開」展出品。

1961　9月、劇団俳優座「おまへの敵はおまへだ」♣。

1962　4月、大阪労音「お化けが街にやって来た」♣。
11月、フェーゲラインコール「乞食の歌」♣。

1964　5月、『第四間氷期』♠。

11月、『無関係な死』♠。

12月、『水中都市』♠。

1965　1月、劇団俳優座「おまえにも罪がある」♣。
7月、『榎本武揚』♠。

1967　1月、『人間そっくり』♠。

3月、劇団青年座「友達」♣。

8月、合同公演「奇想天外神聖喜歌劇」♣。

9月、『燃えつきた地図』♠。

11月、『戯曲 友達・榎本武揚』♠。

11－12月、劇団青年座「鳥たちは空をとぶ」♣。

1968　11月、劇団俳優座「コーカサスの白墨の輪」♣。

1969　1月、劇団俳優座「御意のままに」♣。

3月、劇団俳優座「狂人なおもて往生をとぐ」♣。

5月、『壁』（文庫）♠。

9月、『棒になった男』♠。

11月、紀伊國屋演劇公演「棒になった男」（演出・公房）♣。「狂人なおもて往生をとぐ」「棒になった男」で、紀伊國屋演劇賞受賞。


1970　3月、劇団俳優座「幽霊はここにいる」（改訂版）♣。

5月、『けものたちは故郷をめざす』（文庫）♠。

7月、『他人の顔』（文庫）♠。

9月、『飢餓同盟』（文庫）♠。

11月、劇団文学座「花の館」♣。『第四間氷期』（文庫）♠。

11－12月ほか、劇団俳優座「オセロ」♣。


1971　4月、劇団民藝「神の代理人」♣。

5月、劇団文学座「十二夜」♣。

7月、『幽霊はここにいる・どれい狩り』（文庫）♠。

9月、劇団俳優座「未必の故意」♣。

11月、紀伊國屋演劇公演「ガイドブック」（演出・公房）♣。『内なる辺境』♠。

11－12月、劇団民藝「るつぼ」♣。

1972　3月、「オセロ」「未必の故意」その他で、第5

【書簡】
〈発信〉
安部真知あて 1956.5.4、1956.5.12
阿部六郎あて［1943］12.10
石川淳あて 1949.7.10、1949.12.16消印、［1950.1］、1951.5.19消印、1956.5.12、1957.11.2
………世田谷文学館蔵
井村春光あて 1949.6.20消印
中埜肇あて 1943.11.4、1944.5.7消印、1944.7.3、1947.6.17、［1947］10.22
埴谷雄高あて 1947.9.8、1948.11.21、1949.4.6消印、1951.3.28消印、1954.2.8消印、1976.4.20消印
………◆埴谷雄高文庫
野間宏あて 1955.7.9消印、1956.5.20
………◆野間宏文庫
花田清輝あて 1959.8.18………◆花田黎門氏寄贈
ドナルド・キーンあて 1967.10.11、1969.2.26
………コロンビア大学 C.V.スター東亜図書館蔵（複製展示）
〈来信〉
川端康成 1967.2.12
〈その他〉
安部真知 野間宏、野間光子あて 1964.2.21消印
………◆野間宏文庫
阿部六郎 埴谷雄高あて［1947］9.4
………◆埴谷雄高文庫
岡本太郎 埴谷雄高あて 1973.7.6消印
………◆埴谷雄高文庫
勅使河原宏 鈴木秀太郎あて［1951.7］
長谷川四郎 埴谷雄高あて 1957.7.3消印
………◆埴谷雄高文庫
埴谷雄高 阿部六郎あて［1947.9］25消印
………◆小野悠紀子氏寄贈

【美術品】
〈装幀〉
安部真知画『石の眼』『けものたちは故郷をめざす』『幽霊はここにいる・どれい狩り』
〈挿絵ほか〉
安部真知画『飢えた皮膚』『内なる辺境』『壁』『シェイクスピア全集』「ダム・ウェイター 鞄 贋魚」『闖入者』『笑う月』“Inter Ice Age 4” “The Woman in the Dunes”
桂川寛画『壁』………東京国立近代美術館蔵
〈舞台美術〉
安部真知画「オセロ」「おまへの敵はおまへだ」「奇想天外神聖喜歌劇」「巨人伝説」「友達」「るつぼ」
安部真知デザイン「案内人 GUIDE BOOK II」舞台装置模型

〈写真〉
公房『箱男』挿入写真ほか
アンリ・カルティエ=ブレッソン “Camus”
〈その他〉
公房作 FBI長官の顔、彩色した容器、ブタの貯金箱
公房ほか画「世紀画集」………◆
安部真知作 リンゴ
桂川寛画『カフカ小品集』試作断片………◆
桂川寛画「洪水の街」………東京国立近代美術館蔵
辻清明作 茶碗、猪口
三木富雄作「EAR. 312」1966.6

【旧蔵品その他】
安部公房スタジオ大入り袋
………早稲田大学坪内博士記念演劇博物館蔵
アメリカ芸術文学アカデミー賞状
イカ釣り漁船のランプ
オープンリールテープ………桐朋学園芸術短期大学蔵
碍子
カメラ、カメラレンズほか
クロスボウ
コロンビア大学名誉博士号
自作の印章
執筆用下敷き
シンセサイザー EMS SYNTHI AKS、KORG MS-20
タイヤチェーン「チェニジー」
父・浅吉の切り絵肖像画
盗聴器
ナイフ（ドナルド・キーンへの北欧土産）
パイプ
メモボード、メモカード
フロッピーディスク
万年筆
ワード・プロセッサー NEC文豪 NWP-10N、NEC文豪 3MII
ピンク・フロイドのレコード
マジックグッズ入りケース
モデルガン
ルービックキューブ

主な出品資料

＊所蔵者空欄は個人蔵その他、◆は県立神奈川近代文学館蔵です。

【原稿】

「悪魔ドゥベモオ」
「家」
「映画芸術論」………講談社蔵
「映画俳優」
「映像は言語の壁を破壊する」………講談社蔵
「榎本武揚」
「大きな砂ふるい」
「オカチ村物語(一) 『老村長の死』」
「鍵」………講談社蔵
「カーブの向う」
「賭」………講談社蔵
「壁―S・カルマ氏の犯罪―」
「カンガルー・ノート」ワープロ稿
「キンドル氏とねこ」
「けものたちは故郷をめざす」………講談社蔵
「志願囚人」(『方舟さくら丸』)
「事業」………講談社蔵
「地獄」シノプシス
「詩と詩人(意識と無意識)」
「写真屋と哲学者」訳稿
「周辺飛行」
「白い蛾」
「ぜんぶ本当の話」………講談社蔵
「第一の手紙」
「第四間氷期」………聖徳大学・聖徳大学短期大学部蔵
「他人の顔」………講談社蔵
「タブー」
「チェニジー」ワープロ稿
「チチンデラ ヤパナ」
「月に飛んだノミの話」
「手」………講談社蔵
「鉄砲屋」………講談社蔵
「天使」
「透視図法」………講談社蔵
「都市を盗る」
「飛ぶ男」ワープロ稿
「鉛の卵」………講談社蔵
「なわ」………講談社蔵
「名もなき夜のために」
「人魚伝」
『箱男』
『方舟さくら丸』ワープロ稿
「花は美しいか?」………◆野間宏文庫
「保護色」
「牧神の笛」
『密会』
「ミリタリィ・ルック」
「無関係な死」(「他人の死」)………講談社蔵
『燃えつきた地図』
「もぐら日記」ワープロ稿
………早稲田大学坪内博士記念演劇博物館ほか蔵
「(霊媒の話より)題未定」
「笑う月」
映画「白い朝」
映画「不良少年」
映画「燃えつきた地図」
戯曲「愛の眼鏡は色ガラス」
戯曲「案内人」
戯曲「石の語る日」
戯曲「イメージの展覧会」
戯曲「ウエー 新どれい狩り」
戯曲「S・カルマ氏の犯罪」
戯曲「榎本武揚」
戯曲「快返船」
戯曲「ガイドブック」
戯曲「仮題・人間修業」
戯曲「仔象は死んだ」
翻案劇「最後の武器」
戯曲「城塞」
戯曲「人命救助法」
戯曲「水中都市」
………早稲田大学坪内博士記念演劇博物館蔵
戯曲「友達―闖入者より―」
戯曲「どれい狩り」
戯曲「緑色のストッキング」
戯曲「未必の故意」
戯曲「幽霊はここにいる」
ミュージカル「お化けが街にやって来た」
ラジオドラマ「男たち」
石川淳「安部君の車」………世田谷文学館蔵

【自筆資料】

数学のノート 1941、1942
「MEMORANDUM」ノート
ラジオドラマ「ひげの生えたパイプ」創作ノート
石川淳 日記 1950………世田谷文学館蔵

出品者・協力者一覧（敬称略）

安部賢治
安部修平
真能キリネアラ里沙
相澤直
五十嵐桂
井川比佐志
池渕剛
石川眞樹
伊藤裕平
犬塚潔
岩崎加根子
大西加代子
小野悠紀子
角地幸男
風間亘
桂川あかね
キーン誠己
木村剛太郎
木村悌次郎
合田ノブヨ
近藤一弥
佐藤正文
澤井正延
条文子（坂東遥）
スティーブン・チェ
辻けい
殿岡聡志
鳥羽耕史
仲代達矢
長谷川倫子
花田十輝
宮澤淳子
望月孝
山口果林
公益財団法人岡本太郎記念現代芸術振興財団
河出書房新社
公益財団法人川端康成記念会
紀伊國屋ホール
共同通信社
劇団青年座
劇団俳優座
講談社
国立映画アーカイブ
コロンビア大学C.V.スター東亜図書館
新潮社
成城学園教育研究所
聖徳大学・聖徳大学短期大学部
世田谷文学館
SETENV
一般財団法人草月会
中央公論新社
東京国立近代美術館
桐朋学園芸術短期大学
中村幾一法律事務所
ハピネットファントム・スタジオ
早川書房
文藝春秋
毎日新聞社
未來社
早稲田大学坪内博士記念演劇博物館

ブックデザイン
近藤一弥
筒井萌（株式会社カズヤコンドウ）

DTP組版
株式会社キャップス

編集
秋元薫（県立神奈川近代文学館）
浅野千保（県立神奈川近代文学館）
日下部行洋（平凡社）
押金純士（平凡社）

生誕100年
安部公房　21世紀文学の基軸

二〇二四年一〇月一八日　初版第一刷発行

編者　県立神奈川近代文学館
公益財団法人神奈川文学振興会

発行者　下中順平
発行所　株式会社平凡社
〒一〇一-〇〇五一
東京都千代田区神田神保町三-二九
電話　〇三-三二三〇-六五七三（営業）
平凡社ホームページ　https://www.heibonsha.co.jp/

印刷　株式会社東京印書館
製本　大口製本印刷株式会社

ISBN 978-4-582-20737-8